裟椤双树 ❋ 著

THE STORY OF FLEETING LIFE

浮生物语

伍

下

裟椤敖炽

长江出版传媒 ❘ 长江文艺出版社

Written by 裟椤双树

Illustrated by 鹿菁

浮生物语

伍

下

裟椤教织

浮生十年，温暖不停！

先格玥珂

♡ 2021.5. ^^

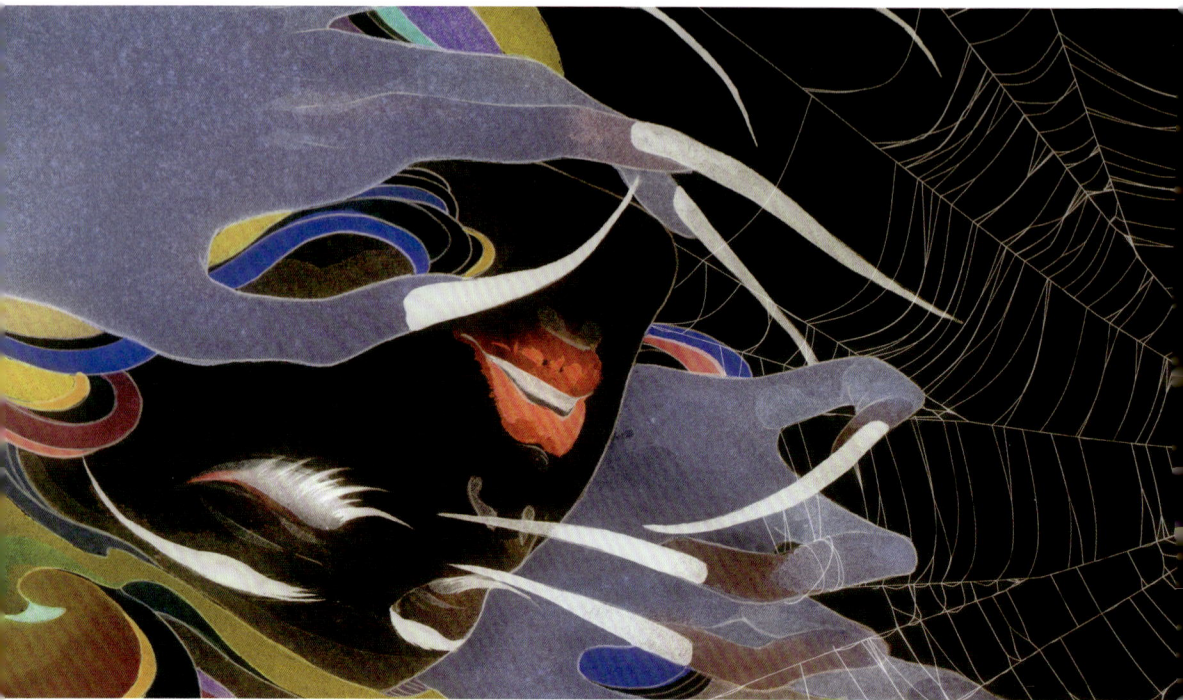

目录

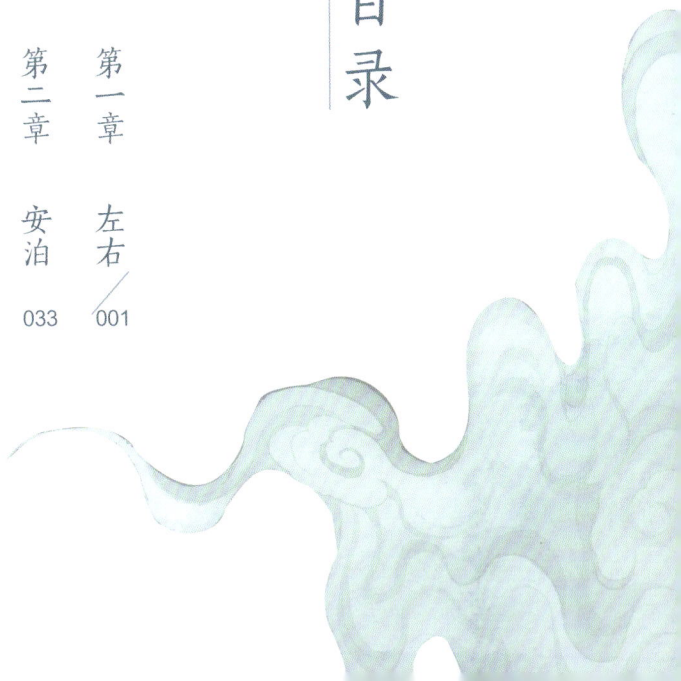

知音动漫图书·新阅坊出品

《漫客小说绘》书系

第一章 【左右】

我直视前方，一直没有回头。

敖炽也没有。

我们要去的，是只能往前、不能后退的地方。

◉ 楔子 ◉

这次，我愿意来领取当年的"酬劳"。

◇ 壹 ◇

前面有光，明亮到嚣张，天空大地分裂于瞬间，只得一双赤金羽翼，大到遮天蔽日，每一次扇动都掀起一场无从躲避的风暴。云朵与尘土调换位置，山河湖海乱作一团，世界处处混沌，无立足之处，一呼一吸之间，竟觉得疼痛是可以被闻到的。

我左顾右盼寻不到出口，身体总飘忽着，始终未曾脚踏实地，心头慌慌郁郁，却又怀着一丝不可言喻的期待。我努力张开眼睛，试图看清身在何地，可惜眼前总蒙了一层纱，一时白，一时绿，纷乱的光与雾层层叠叠地交织来，无边无际，无休无止。

"你还不过来吗？"有人在说话，轻轻柔柔，不慌不忙，声音自四面八方而来。

我想开口，又如鲠在喉，费了天大的力气才发出声音："谁？"

无人回应。

远远走来一个人，样貌模糊，雌雄难辨。

我眼见对方朝我而来，可不论其步伐是缓是急，走了多长时间，我们之间的距离并无丝毫改变。

"爸爸！妈妈！"

是在叫我吗？可那不是未知跟浆糊。但我记得这声音是叫阿朱的小妖怪吧？它怎么在这里？许久前它就不在这世界上了，是我亲手葬了它。

"你有名字吗？以后就叫你裟椤吧。"

又是谁？子淼？

我不信。我拼命想让自己靠近对方，奈何身体根本不听命令。

"老板娘，蛋炒饭要这样做才会好吃。"

胖三斤也来了？你出鱼门国了？不不，你出不了，我亲眼见你灰飞烟灭。

"开饭！我煮了番茄煎蛋面！"

这……赵公子是你吗？你走近点儿，我看不清楚，你还活着？

光线越来越刺眼，人影晃动不止，初时明明只见一个，怎的越来越多，还在各说各话，每一个我都认识，每一个又都陌生。

我想大声质问，喉咙却仿佛不存在了，发不出半点儿声音，耳朵里嗡嗡作响，世界如散落的拼图，伸手去拽，却触不到任何有形之物。

我又被困在什么诡异的地方了，叫天不应，无路可走。

呼吸没有越来越急促，反而越来越慢，越来越慢……

哕！

好冷！头顶怎的下起了雪，那么大那么密，片刻间便能将我整个儿埋起来吧。

可是，为何只有头顶发冷，身体却温暖如常？

散乱的光线渐渐聚拢成一个光点，又如烟花般绽开，瞬间绚烂后，四周漆黑如墨，寂静无声。

忽地一声叹息，将黑暗撕开一个角。

天又亮起来了，米白色的窗帘在微风里晃动，半开的窗户外头几只麻雀叽叽喳喳飞过去，窗台上的绿植终于熬到了它们最盼望的季节，绿得扬扬得意。

不知过了多久，我的视线才聚焦到身边的男人身上。

敖炽大气不敢出，只使劲握住我的手，看我的眼神不是在看老婆，而是在看一枚定时炸弹。

"醒……醒了？"他的声音鲜少有这么低沉柔和的时候，仿佛稍微大声一点我就会四分五裂。

我没吱声，下意识地翻了翻眼珠，因为额头冰凉一片。敖炽给我压了一个可能比我的头还大的冰袋……

"你有病啊，不如干脆把我冻到冰箱里。"我的声音低得连自己都听不清，灵魂跟身体可能还没有完全契合好。

敖炽赶紧把冰袋拿开，摸了摸我的额头："倒是不怎么烫了。"

我哭笑不得："不怎么烫了……我没长冻疮已经是命好了。"

"你真的醒了！"敖炽眼里骤然有了光，一把将我抱到怀里。

我看不到他的表情，但我切实感到了他失而复得的喜悦，尽管我对这种喜悦的由来并不是很理解。

醒了？问题是我什么时候睡过去了？还是晕过去了？

毫无印象。

愣了好几秒，我从敖炽的拥抱里挣脱出来，所有的记忆与思考能力还在身体里四散奔跑，一个都不打算回来似的。

见我眼神涣散，敖炽又紧张起来，抓住我的肩膀死死盯住我的眼睛："我是谁？你在哪儿？"

我都不想回答这两个蠢问题——你是我夫君，这儿是不停，我们的卧室。

毫无难度嘛。

可是……为何心里有股怒意在蠢蠢欲动，从刚才到现在，越发不能控制，如一把早就插在心脏深处的刀，不动还好，一动便剧痛难忍，血流满地。

我记得眼前人，记得我是躺在自家的床上，可心头那把刀是什么？

我下意识地捂住心口，那里越痛，丢失的记忆回来得越快。

"怎么了？不舒服？痛吗？"敖炽急吼吼地起身，"我去找人。"

我一把拽住他的胳膊："找谁？"

他愣了愣，不管不顾道："随便吧，天上地下，神仙妖怪，总有医术高明的，怎么也能绑一个回来。"

我笑了，果然，纵使天地变色万物更替，我家敖大爷的画风也是绝不会改变的。

天上地下……神仙妖怪……我是要找人，可绝对不是他们中的任何一个。

我要找谁呢？

如此一问，心口越发揪起来似的疼，脑子反倒是彻底清醒过来了。

"甲乙！"我的指甲差点儿抠进敖炽的肉里，总算想起心里那把刀是怎么来的了，"甲乙带走了浆糊和未知，带走了不停里的所有人？"

即便到了这个时候，我的本能还在抗拒将"绑架欺骗诱拐"这般下作的词语用在甲乙身上，带走……这个曾被我无限信任的人，利用我的毫无防备"带走"了我可以用性命去交换的家伙们。梧桐画廊那间茶室里的香气，到现在都未散去，跟甲乙那张悲喜皆无的脸一起，化成我最难承受的毒药。

怎么能是他呢……怎么能是他呢！

"是。"敖炽坐回来，任由我不受控制的怒气在他身上发泄，"甲乙带走了所有人。你我亲耳听到，亲眼见到，他就是将军，是从头到尾都在跟我们作对的敌人。"

力气瞬间从手下滑走，我松开敖炽，整个人都瘫软下来，所有缺失的画面都想起来了。

甲乙的每一句话，都是能夺我性命的好武器。

后院起火，防不胜防。

"那天一出梧桐画廊，你就气晕过去了。"敖炽揽住我的肩膀，仍不放心地打量我半天，那欲言又止的模样倒是少见得很。

我皱眉，他不说还好，一听"气晕过去"，浑身骨骼经脉似是得了提醒，各种酸胀疲痛汹涌而来，这种不适，久躺不动的人才有。

"我睡了多久？"我难受地扭扭脖子。

敖炽的眉头皱得比我还深："十五天。"

"半个月？"我一惊。

"准确说是十五天又十五个小时。"敖炽把枕头立起来，让我靠上去，又把被子往上扯了扯，"吓人……十五天。"

我自己都觉得吓人。之前在鱼门国，我把自己饿晕了三天，区区三天便已将敖炽吓个半死，难怪这次醒来，他一反常态，紧张忐忑得像个做不出考题的小孩子。

怎么可能昏睡这么久……上次三天，这次十五天！

"醒了就好，其他的暂时别多想。"他摸了摸我的额头，确定温度正常之后，才松口气道，"饿了没？"刚说出口他就打了一下自己的嘴，恨恨道，"废话！十五天不吃东西能不饿吗！"说罢便匆匆出了房间。

不知道是不是眼花，我看见敖炽的眼睛有点儿红，亏得他转身转得快，才没给我看清楚的机会。

他是不是以为我这次铁定被甲乙气死了？

不会的，没有那么容易。

腹如雷鸣，身体不过稍微松懈一下，难忍的饥饿便排山倒海扑过来。

无暇顾及其他，敖炽拿来的所有能吃的都被我顷刻间消灭干净，连方便面的汤都喝得一滴不剩。

敖炽的担忧又增加了，不但怕家里的食物不够吃，更怕我一不小心把盘子都吞了。

而我面对一大堆空碗空盘，连打个饱嗝的欲望都没有，吃了那么多东西简直跟用意念吃下去的一样，肚子里一点儿饱足的感觉都没有，仅能说不那么饿罢了。

敖炽闭上张大的嘴巴，连声道："好好，能吃就好，能吃就死不了。"

"没了？"我擦擦嘴角的汤汁。

"我再去叫一轮外卖。"敖炽伸手去拿手机。

"不用了。"我摇头，"已经不太饿了。"

"还是再吃点儿吧。"他不放心。

"真不用。"我抬头直视他，"我是不是有点儿不正常了？"

敖炽愣了愣，旋即弹了一下我的脑门："无病无痛能吃能睡跟猪一样，哪里不正常了。"

我笑笑："也不知刚才是谁哭着喊着要去找大夫。"

敖炽尴尬地白了我一眼："刚刚是以为你有内伤！"说着又将一杯温水递给我，"喝！"

咕嘟咕嘟喝下去，整个人舒服许多，脑子也没之前那般沉重糊涂了。

深吸一口气，我掀开被子要下床。

"干吗？"敖炽拦住我。

"躺了半个月，再不起来就该入土了。"我推开他的手站起来，双脚触地的瞬间腿有点儿发软，撑住敖炽的肩膀才勉强站定了。

"呸呸呸，什么入土，刚醒过来就说胡话！"敖炽连啐了几口，起身把我扶稳，"别勉强，你现在走、跑、跳都不可能利索的。"

这话是真的，关节近乎僵化，感觉手脚都不是我自己的。

在敖炽的搀扶下来来回回走了好几圈，身体才渐渐找回一点感觉。

现在是下午，天气很好，春天的阳光附在玻璃上，我把手掌贴上去，与窗外的世界打了个久违的招呼。

不停的周围一切如故。街面上依然会传来汽车的喇叭声，电瓶车偶尔也会不甘示弱滴滴滴地喊起来；不用看也知道那些路过的孩子今天依然在打闹嬉笑，拎着蔬菜水果的爹妈长辈在身后唠叨着要他们好好走路；年轻的男孩子拧开矿泉水瓶盖，递给挽着自己的女朋友；临街的小店门口又贴上了打折的海报。往来诸人皆有来处，也知终点，每天的生活安排得妥妥当当。

我竟羡慕起来。

如果我不是一只树妖，敖炽不是东海的龙，我们不会法术，没有不老的容颜，无须强大到要将众生性命扛在肩头，只跟街头寻常人一样，上班下班，为买房子攒钱，为孩子要念哪所学校头疼，为自己今年又胖了几斤气个半死——这样是不是好很多？

可惜啊，我们连享受这些烦恼的资格都没有。

连孩子都丢了，生死未卜，前路难测。

我的手指在玻璃上叩出了声音。

"去院子里晒晒，去去这些天的霉气。"敖炽捉住我的手。

从头到尾，他对未知和浆糊几乎只字不提。

我当然知道他不是心痛到逃避现实，只是顾念着刚刚才"活"过来的我。

如果我此刻恨不得杀掉甲乙，那么敖炽只会想把甲乙反复杀一百次。

可他偏偏什么都不说，平日里能为吃不到西瓜大发脾气的男人，如此大祸，却连一点儿愤怒都不肯表露出来。

歇斯底里，无用。

他明白，我明白。

幸好我们没有分开，毕竟还要互相支撑着彼此理智与坚强。

◇ 贰 ◇

春天的下午三四点钟，天气晴朗的话，不停的院子是很美很惬意的。

我将阿朱与赵公子坟前的杂草清理掉，这些在我生命里出现又消失掉的家伙们，多日不见，很是想念。我没有跟敖炽提起昏睡时做的无比缭乱的梦，也没有跟他说我在梦里见到了那些永远不会回来的人。

此刻的不停前所未有的安静，没有浆糊和未知吵架，听不到纸片儿喋喋不休的八卦，信龙兄弟的太极拳不知道练成了什么样子，没了阿灯，那些青蛙玩具只能无聊地躺在没有水的浴缸里，厨房里没有赵公子，没有青童，没有温度。

敖炽把椅子上的灰尘掸了掸，又去沏了一壶热茶来。

我坐下，环顾四周，笑了笑："有点儿冷清。"

敖炽把茶杯递给我："难得耳根清净。"

我叹气："早知就不把暮放回浮珑山去了，阿松跟白驹也是，由得它们在咱们这儿胡闹，恐怕还热闹些。"

不知还有多少人记得那棵害我吃了不少苦头的槐树妖，当初我将它封进真身，还故意把它移植到不停的后院里，只因后来有故人来寻它，我见那家伙对它痴心执着，便又找了个利姻缘的黄道吉日将它放回了浮珑山山脚，毕竟不停里人多嘈杂，实在不是一个适合谈心恋爱的好地方。野猪阿松也是，当年闹出那么大的动静，差点儿害我跟敖炽葬身烬湾，还骂我骂得特别欢快，本打算将它禁足在不停思过修行，可考虑到它的食量，我还是放弃了，再加上这头猪后来并不怎么骂我了，我便找了个风和日丽的好日子，跟敖炽一道将它运去了浮珑山，虽说那不是它的家乡，但既然顽劣如我都能在浮珑山上重新开始，它应该也能。对于重获自由这件事，这头野猪连个谢字都没有，甩着屁股就走了。我看着它远去的样子，觉得之前喂给它的饺子还不如我自己吃了。白驹虽比它们的脾气好得多，平日里也不乱来，可他毕竟只是一只暂时寄居在碗里的魂，嘈杂红尘委实对他的未来无益，所以我在征得他同意之后，将他送至浮珑山山腰的泉水之下。那里景色清幽四季凉爽，少见阳光，泉水本又为阴柔之物，对白驹的修行有莫大好处，也许再过个几百年几千年，能有奇迹。

如果它们还在，起码不停还能有一丝热闹，比起如今的光景，我倒是希望有人在这院子里叽叽喳喳，哪怕是说我的坏话。

"那头猪走就走了吧，养着也费粮食。"敖炽喝了一口茶，若有所思，"还省得一看见它就想起烬湾里的破事。"

烬湾……谁又能忘记在那里经历过的种种。如果没有甲乙，敖炽怕难全身而退。

于我们有救命之恩的人，怎的转眼又成了不共戴天的仇人呢？

我跟敖炽都沉默下来。

"这小王八蛋究竟在想什么呢？"敖炽突然将茶杯重重放下，茶水溅得到处都是。

"问题太难了。"我吹开茶叶，"现在我们只能问我们在想什么。"

茶室里甲乙的告诫，字字犹在耳边——

要我们"安分守己"，要我们"老老实实生活下去"，要我们绝不再插手 4E 的事。

如此，便是他归还我挚爱亲朋的全部条件。

毫无难度不是吗？我跟敖炽只要每天晒晒太阳喝喝茶，八卦一下别人的家长里短，把时光老老实实消磨过去，看见有不善良的妖魔鬼怪伤害无辜，我们也视而不见不管不顾，我夫妇两人的前途便能一片光明，在混吃等死的日子里等待我们被充作人质的家人自动出现在不停的大门口。

但，这显然不会是这场阴谋未来的走向。

甲乙他算计的不是别人，是树妖与孽龙啊，如果我们能屈从于"安分守己"四个字，那才真是侮辱了裟椤、敖炽这两个名字。

"我们仍是他最大的忌惮。"敖炽看了看天，"甚至可能是他们正在进行的那个见不得人的计划里最大的阻碍，关乎胜败的那种。不然他不会釜底抽薪，直接对我们最大的弱点下手。"片刻，他一拳捶在自己的腿上，咬牙道，"我看他平日里也是个有傲气的家伙，没想到看走了眼。"

也许我们从来就没将他看准过。

跟我做了许久死对头的"将军"，居然在很长一段时间里跟我一起长途跋涉出生入死，帮过忙，救过命，还心甘情愿在不停做一个连工资都领不到的帮工，一想到这些，我的脑袋就疼得厉害。

连我自己都不能彻底说服自己甲乙就是一个彻头彻尾阴暗毒辣的大魔头。

可他又的的确确策划出了最能伤害我跟敖炽的阴谋。

此刻，他一定躲在我们看不见的地方，用他那双永远藏在墨镜背后的眼睛，冷冷监视着不停的一举一动吧。

"若我们老老实实生活下去，"敖炽看定我，一抹他专属的不怕死的邪笑挂在嘴角，"你说咱们是重开甜品店还是小旅店，或者继续卖你不赚钱的茶叶？"

西移的太阳把今天最后的光与热悉数洒进不停，淡淡的金色附在我与敖炽的面目之间，乍眼看去，树妖孽龙也不至于多狼狈，即便此刻我们接近一无所有。

"他们每一个都不会有事。"我抬头，在夕阳里半眯起眼。

"如果这么容易就死掉，肯定不是我亲生的。"敖炽赞同地点点头。

意思我都懂，可这句话听来咋这么讨打呢？

算了，今天就不打他了，在一起这么多年，难道我还不知道这条龙根本不懂什么叫求生欲吗？叹气。

"敖炽。"我突然喊了他的名字，慎重无比。

他顿时坐直了身子："说！"

"还是不开店了吧。"我四下看看，"既然他们要咱俩过安生日子，你我也不必折腾了。"我顿了顿，俯身拾起一片树叶在指间转动玩耍，笑了笑，"闲庭信步，养花种草，提前过上养老的幸福日子，如此可好？"

敖炽皱眉，眼珠转了两圈，并不太能吃透我的意思："养老？"

"对啊，我们只有在不停里养老，世界才能和平不是吗？"我的嘴角挂着狡黠的笑，"不过，要世界和平，我们得找两个老朋友。"

"你想……"

我斜过身子，对敖炽附耳几句。

他面色一变："你要找他？"

"如今只有他了。"我点头，坚定至极。

敖炽犹豫片刻，咬牙："行。"话音未落他又疑惑起来，"你说要找两个人？还要找谁？"

"碗千岁。"

"那只下落不明的花母鸡？"

"对。"

◇ 叁 ◇

翌日傍晚，有人敲门。

我亲自开门迎接，来客披一身晚霞，五颜六色地站在门口冲我笑。

敖炽从我背后探出头来，啧啧道："你的衣品果然毫无进步。"

碗千岁掸了掸他的花衣裳，笑道："真是猪笑乌鸦黑……我的装备起码不是某宝包邮爆款。"

在两个半斤八两的家伙打起来前，我踢了敖炽一脚，把碗千岁让进门。

好久不见，虽不是多想念你，然此时此刻有故人不远千里而至，带进门来的已不止晚霞与春风。空寂的不停因为多了一个朋友，总算有了一丝它本该有的样子。

进了客厅，碗千岁左右环顾半晌，突然幸灾乐祸道："你们这是破产了吧？一个帮工都请不起了？"说罢一屁股坐到沙发上，手指从冷冰冰的茶几上划过，然后嫌弃地搓掉沾在手上的灰尘，"你们几十年没擦过桌子了？赵公子呢？纸片儿呢？我记得那两个家伙是重度洁癖患者，恨不得把牙签都拿鸡毛掸子掸一遍。"

这些名字，无论说不说出口，都带痛觉。

我暗自咬咬牙，对敖炽使了个眼色，摇摇头。

找碗千岁来，不是为了把这些痛入骨髓的过往再向这个不知情的人复述一遍。

"我放了他们的长假。"我让敖炽去端一杯热茶来，自己坐在碗千岁对面，尽量笑得自然，"本来就没多少工钱，再不多给些假期，我怕被画圈圈诅咒。"

"变善良了啊。"碗千岁朝我竖大拇指，"不过你家两个小魔怪呢？我就在他们刚出生时跟他们玩耍过，这都好久不见了，我还给他们带了礼物呢！"

"呃……他们在东海玩儿。"我搪塞过去，迅速岔开话题，"也不知当初是谁抱着我大腿说一定要留在不停打工，结果后来又偷偷摸摸跑路去做什么骨瓷碗生意，做生意也就罢了，还做得整个人杳无音讯。"

"我要是真杳无音讯，你们又怎能这么快找到我？我手机号可从没换过，过年过节的也没见你们给我发个祝福短信啥的。"碗千岁不服气道，"一收到你们的短信我立马飞奔过来，你们知道我在多远的地方做生意吗？知道我这一走又得减少多少订单吗？"

"得了吧，一个卖碗的，说得跟金融大鳄似的。"敖炽不客气地把茶杯推到他面前，"你那些只要998元的破碗一年能卖出两个不？"

"要不是我给自己立了规矩，不到万不得已时绝不用我的真本事，纵然你是东海的龙，也逃不过大出洋相的下场。"碗千岁翻了个白眼，气哼哼地喝了口茶。

这点我是信的，碗千岁的本事我不是没见识过。

"你们急吼吼喊我来，究竟出了什么事？"碗千岁放下茶杯，又四下环顾一番，"总觉得不停有些不妥呢，跟从前好像不太一样。你们可别瞒我，若真有麻烦……"他神色骤然严肃，"我就先走为敬了！"旋即又起身摆出要走的样子。

我跟敖炽横抱手臂，一言不发地看戏精的表演。

见我们丝毫没有挽留的意思，碗千岁无趣地坐回来："开个玩笑罢了，你们俩真是越老越无趣了。"

"碗千岁，"我亲手给他的杯子里添上热茶，"不瞒你，我们不停最近是遇到了一点点麻烦。你若拿我当朋友，便不要多问。这次请你来，确实有求于你。"

"突然这么客气，我有点儿不习惯。"碗千岁看看我又看看敖炽，小心翼翼道，"要我帮你们做点儿啥？"

我伸手将他扯到我面前，低声说了几句。

"就这样？"他瞪大眼睛。

"就这样。"我点头，"想来想去，我能在最短时间内找到的可以帮我这个忙的朋友，只有你。"

碗千岁皱眉，挠了半天鼻子，最后一拍大腿："行，交给我。"

"这么爽快？"我认真道，"你可想好了？看起来简单，也是要费不少力气的。"

"这有啥费力的，我自有我的法子。你们不必担心。"碗千岁拍胸脯，却又露出担忧之色，"只是你们俩……是不是真的遇上大麻烦了？"

"不大，我们也自有我们的法子，你不必担心。"我笑笑，拍拍他的肩，"明日起，就交给你了。"

"那……我没法做生意这些日子，你们就把我库存的碗都买了吧，八折。"

"我们要这么多碗干什么！"

"可以用，可以观赏，可以送亲戚。"

"你不是吹嘘你的碗供不应求吗？"

"对啊，要不是看在熟人面上，哪能让你们捡这便宜！"

"滚！"

不停里头，很久很久没有这样情真意切的争执声了。

所以朋友还是不能缺的，不管他穿的衣服有多难看。

◇ 肆 ◇

我希望这是我们最后一次因为"麻烦"而离开我们的家。

乌衣送我的旗袍，也算陪了我万水千山，历过大灾小难，今天我脱了它，**叠得整整**齐齐摆在床头，旁边是敖炽最爱的花衬衫，这样，就算我们不在，不停也还会有我们的气息吧。

换上一身低调至极的黑色运动卫衣，扣上黑色的棒球帽，背上双肩包，我头也不回地走出不停的大门。

有朝一日，不停依然会有茶有酒，有糖有肉，欢笑与喧闹，永不缺席。

这是不停老板娘立下的誓言。

敖炽在前头朝我招手，出租车停在他身旁。

难得他愿意放弃标志性的花衬衫，老老实实换了一身深灰色运动装，加上棒球帽反戴在头上，恍惚一眼，竟是一身少年气。

在一起时间太长，我们习惯了以"老家伙"来看待彼此，身为非人类，我们已千百岁不止，可惜最不见老的便是皮囊。偶尔我会好奇敖炽老了是什么样，会不会弯腰驼背，脸上皱纹夹死苍蝇，可转念一想，连他亲爷爷都还保有英俊中年人的外貌，想看敖炽老态龙钟，怕是要等到天荒地老了。

算了，还是这样好。

现下不是很流行一句话吗，愿你沧桑历尽，归来依旧少年。

无论经历过什么，你还是挺拔地站在阳光里，穿什么都好看。

敖大爷，要永远这样下去才好啊。

我看他看得入神，直到他跑过来拽起我的手埋怨："愣着干啥，那不是能停车的地方！快点儿！"

被他拖着上了车，出租车绝尘而去。

不停交给碗千岁，我对他的请求是用他碗妖造梦的本事，让任何接近甚至进入的人或者别的玩意儿，都以为我跟敖炽还乖乖待在不停，早睡晚起，吃吃喝喝，用羡煞旁人的悠闲不慌不忙地消磨着时间。留下我们俩的衣裳，应该能让碗千岁造出的梦境更逼真，即便他已经是我见过的最能办到"身在梦中不知梦，假作真时真亦假"的妖怪。

我不知这种把戏能将那些刻意"关注"不停的家伙们瞒到什么程度什么时候，比起被人识穿，我其实更不愿意留在身后的是一个无人守护的空房子。以前那里有赵公子、纸片儿、九厌，后来还多了许多成员，不论走多远，总有人等你归来的地方才称之为家。

那么就麻烦你了，碗千岁。

"只留那只花母鸡在不停就够了吗？"敖炽忽然说，"要不要把臭猫臭狐狸臭骷髅他们也叫来？"不等我回答，他立刻否决了自己的提议，"还是不要了，他们也没啥用处，来了也是添乱，还是离咱们远点儿好。只有花母鸡那种不要脸的，才能在任何危险中活下来吧。"

每一句都在抱怨，每一句都是担忧。

我拍拍敖炽的手："人家有名有姓，碗千岁，老叫人花母鸡算个啥。你是受不了他穿成那样还是掩盖不了他长得好看的事实？毕竟在他之前，只有你能办到对吧？"

"在我面前谈好看，本就是自取其辱的事。"敖炽哼了一声，"他就是一只穿花衣服的花母鸡。"

"就算是花母鸡，人家本事可不小。"我笑笑，"当年他来不停住店时，我亲身领教过。造梦不是他最厉害的地方，幻惑人心、真假不辨，这才是重点。所以你不必担心太多，就算来了劲敌，他起码能给自己争取到逃跑的时间。反正他这号妖怪，在逃跑跟动手之间，肯定不选后者。"

"谁担心他的死活呀！我担心的是咱们家会变成他的仓库！你想想，等我们回去一开门，妈呀，全是碗！"

"……"

如果这样的一幕真的发生在我们顺利返回之后，我一点儿都不会生气，还很高兴。

如果我们能全身而退，如果我们能一家团聚，如果世界还是如今日这般熟悉温暖，我会心甘情愿把碗千岁所有卖不出去的碗都买了，说话算话。

微温的风从开了一半的车窗外吹过，我直视前方，一直没有回头。

敖炽也没有。

我们要去的，是只能往前、不能后退的地方。

难过、颓丧、愤怒，都不能装到行囊里，我们需要带上的，只是完整的我们，那两个应付过千奇百怪的麻烦、上天入地行走江湖、能吃能喝、中万箭而不死的老妖怪。

◇ 伍 ◇

这是一场辛苦的旅途，比我们当初坐拖拉机去默县还艰苦。

下飞机，坐大巴，转小巴，再转面包车，现在，我跟敖炽坐在一辆驴车上，即便屁股下垫着厚厚的干草，可千里镇的路况实在太糟糕，那头蠢驴子每跑一步，我们都被颠起半米高。

驾车的老农收了不菲的车费，高兴得跟过年一样，一边赶驴一边跟我们聊天。

"你们是大学生吧？"老农回头看了我俩好几次，"去雪湖那边找工作的吧？你们这样的年轻人，但凡说要去雪湖的，十个有十个都是去那边厂子里工作的，今年我都送了几拨了。那厂子给的工资很高吧？"

被误认为是大学生让敖炽很是喜悦，忙回道："就算是去工作吧。"

"大叔你常去雪湖那边？"我顺口一问。

"除了在车站揽客，送你们这些学生过去，咱们这儿的人现在都很少去雪湖了。"老农摆摆手，"那地方太大了，原本是个空旷地儿，夹了个半死不活的湖，夏天热死冬天冷死。反正我还是个小娃娃时，那里就只有个庙，挺大一座，啥年月修的也不知道，听说是自古就有的。那会儿吧，大家还常去烧香拜佛，后几年不知哪里来的有钱人，投资了好多钱，硬是把雪湖这块儿规划成了一片工业区，建起了可大可大的厂子，造啥我也不是很清楚，好像是饲料啊化肥啥的，生意挺红火。"

"哦，那座庙还在吗？"我又问。

"在啊。"老农忙点头，"人家说投资归投资，古建筑是不能破坏的，所以留下了。不过和尚都遣走了，也不烧香点蜡了，说工厂重地不能见火苗，最后给庙弄了个围墙圈起来当摆设啦。"

"有钱盖厂，生意还不错，却舍不得把路好好修一修。"敖炽不满地揉了揉肚子，"颠得午饭都要吐出来。"

"咳，以前也不是没人这么说过。可人家大老板就是修啥都不修路，还说要尽量保证雪湖工业区周边生态不被破坏。所以啊，你们要去雪湖，就只能这么颠着去了。这些日子还好，要赶上雨季，驴车都难进。"

"啧啧，说得这么惨……不过你们也是，就这种烂地，也好意思叫千里镇，是有千里马还是有一日千里的好路况啊？"敖炽嫌弃地盯着脚下高低不平的烂泥地，"你们平时可以不往那儿去，那厂子里的人要进出怎么办，骑驴往返？"

"哈哈哈，小伙子，这就是你见识少了。"老农脱口而出，"你以为咱们千里镇是穷乡僻壤吗？雪湖工业区里可是有停机坪的！"老农晒得黝黑的脸上泛起得意的光彩，仿佛口里的停机坪是他家的一样，"想不到吧？在厂子里工作的人，平日里住的宿舍比大酒店的房间还漂亮，人家的员工进出都是飞机接送，坐飞机跟坐驴车一样简单。你们是还没入职，等你们正式在里头工作了，也就不用我来送了。哎呀，就后悔当年没有多念书，跟你们一样考个大学，不然我也去厂子里上班！"

话音未落，头顶传来一阵轰鸣声。

抬头，一架直升机飞过去了。

"看看看！这就是他们的飞机！人家还不止一架，每天来回好几次呢！这油烧的，肯定贵死了。"老农指着天空，又兴奋又心疼。

敖炽收回视线，疑惑地盯着我，压低声音道："连航线都有了，那老东西真是没少赚呐。"

我的目光一直追随着那架直升机，直到它消失才回过神来："不奇怪啊，他们这一行赚得有多狠你又不是不知道。"

"呸，黑心钱！"敖炽忿忿然。

瞧着远远的一片白色建筑群离我们越来越近，我笑着对敖炽道："老家伙也是闲得慌，挪来挪去也不嫌麻烦。"

敖炽没好气地道："他喜欢到处挪，偏害我们坐驴车。"

老农当然不明白我们在说什么，更不会知道我们这两个"大学生"要去的这座盈利丰厚的工厂里，可能许多员工都不是人类。

又颠簸了半个多钟头，抵达目的地。

"荣盛科技有限公司"的金字招牌做得很大很显眼，跟在它后面的一大片厂房整整齐齐，面积惊人，统一的灰白色外墙很能抵抗时间，看不出是哪年哪月建起来的，只是无论从哪个角度看，这里都谈不上奢华，连拥有核心地位的办公楼也不过是比别的地方多盖几层罢了，一点儿凸显其地位的设计感都没有。如果不是亲眼所见，谁也不会相信这样一个毫无特色甚至有点儿土的地方，是拥有自己航线的大佬般的存在。

老农跟我们道别，我一边微笑着对他挥手，一边对敖炽说："也不容易啊，这么大规模，却连一丁点儿妖气都没有。若老东西不讲，我们十年也寻不到这儿吧。"

敖炽用力踩了踩脚下的地，笃定地说："难怪不肯修路，肯定是要用那些烂泥搞把戏。"

"走吧。"我把双肩包背好，径直朝门岗走去。

地方大，门口值班的人也多，除了站在门口太阳伞下的一个，门岗室里还坐了五个汉子，专注地在一排电脑前忙碌，个个西装革履，高大健硕，连头发都收拾得一丝不乱，完全不只是摆设的样子。有他们这样的家伙把门，我很难说服自己相信要去的只是一个卖化肥的地方。

走到外头那人面前，我礼貌地打了个招呼。

"请问有什么事？"守卫打量着我，面无表情。

"我们来拜访一个朋友，他在你们这里工作。"我又补充一句，"是他要我们到这里来寻他。"

"你们的朋友叫什么？"守卫问。

"左右。"我微笑，"姓左，名右。"

一旁的敖炽打了个刻意的哈欠，代替差点儿脱口而出的"这是个啥破名字"。

我知道敖炽历来不喜欢姓左的，最讨厌的应该就是左展颜了，毕竟把一生里最丢脸的时段给了他嘛。缺氧黑历史，一辈子洗不白。

"稍等。"守卫连眉毛都没动一下，掏出对讲机，"门岗门岗，查一下公司里有无一个叫左右的员工。"

我朝门岗室的窗户瞅了一眼，有人在麻利地敲键盘。

很快，对讲机那头传来机械的回应："查无此人。"

啥？

敖炽跟我面面相觑，大老远来了，跟我们说查无此人？

"你没看错地址？"敖炽怀疑道。

"当然没有！"我迅速拿下背包，从最里层掏出一个名片夹，里头放了一沓不同大小不同质地的纸片，我小心翼翼地取出摆在最上头的那张旧卡片，这是那个人很久很久之前寄给我的名片，上面有他的名字和这里的地址，唯一特别的是每个字都是手写的，非印刷，工工整整，可以当正楷摹本的那种级别。好在纸张跟墨水质量都还不错，历经多年字迹还清清楚楚。

其实这家伙给我寄的每一张"名片"，不论过去还是现在，都只用手写。

敖炽接过去细细一看，又朝大门上光亮如镜的招牌看了好几眼，突然就恼了："老东西耍我们呢！明明就是这个地方！"

话音未落，他三两步走到守卫面前，黑着脸命令道："再去查！你们电脑肯定中病毒了！"

守卫完全没将他放在眼里，依然像个有呼吸的机器人一样说："我们的系统从不出错。既然查无此人，麻烦两位尽快离开，工作重地，闲人免进。"

如果是从前，恐怕在接下来的一分钟之内，这里以后都不会再需要"大门"这种东西，会被夷为平地，家业无存，敖炽发脾气的样子你们又不是不知道。

幸好今时不同往日，我们俩早有默契，不到万不得已，绝不动用非人类的能力。

我把敖炽拉开，把那张手写名片递给守卫，不慌不忙道："可能我这位朋友年纪有些大了，在这里工作时间也长，万一你们的系统里没有录入他的资料也是有可能的。这样，你拿这张名片去给你们管事的瞧瞧，看看有无印象。"

我不发脾气，但每个字都强硬，先礼后兵，我未必比敖炽温柔多少，尤其是此行我们还是抱着生死攸关的目的来的。

千年老妖怪不怒自威的气场还是在的，那守卫看了我一眼，犹豫片刻后，伸手接过了名片。

我眼见着这个活体机器人在触碰到名片的刹那，脸色骤变，终于像个活人一样慌了手脚，结结巴巴地问我："这……这真是你们的？"

"难道是从你兜里掏出来的吗？"敖炽忍了又忍才没揍这个敢给他吃闭门羹的家伙。

"是是……那个……这个……"守卫语无伦次，名片在他手中已经不是拿，而是捧着，"二位稍等片刻，我去找人处理。"说罢一溜小跑回了门岗室，然后有四个人都跟着他一块儿跑出来，以百米赛跑的架势往办公楼方向而去。留下来的那一个也没闲着，跑出来把我俩请进去坐下，还特别殷勤地给我们倒了热水，并热情地自我介绍他叫啥啥啥，在这儿负责安保工作已经两年了，还拿过优秀员工奖什么的，今年二十三岁还没有女朋友……可是，这跟我们有啥关系？

不过一张名片，我跟敖炽受到的待遇，前后天差地别。

"至于吗……"敖炽嘀咕。

我笑："对他们来说，挺至于的。"

"一群势利鬼。"敖炽冷哼。

"他们要是慷慨大方，咱们才要怀疑是不是来错了地方。"我耸耸肩。

这些家伙不知道左右是谁，但那张名片上一定用别的方式表明了身份，这个老家伙啊，就是喜欢玩这些躲躲藏藏的把戏。

热水的温度还没降下多少，门岗室外便响起匆匆而来的脚步声。

跟着几个守卫进来的是个年约四旬的男人，中等个头，偏瘦，戴黑框眼镜，衬衫西裤，领带系得规规整整，头发用了发胶之类的，梳得有模有样，身上还有淡淡的男士香水味，看起来是个很不张扬但又讲究的人。

敖炽看了他几眼，低声问我："咱们是不是见过这人？"

我也觉得面熟，但又不是很确定。

"老板娘大驾光临，方才是我们怠慢了。"中年男人竟认识我，上前跟我和敖炽一一握手，"敖先生莫要怪罪才是，都是些孩子，有眼不识泰山。"

敖炽甩开他的手："你哪位啊？"

见我也是同样表情，中年男人倒也不觉得尴尬，反而哈哈一笑："太久不见，二位不记得我也不打紧。来来，到我那儿小坐片刻如何？"

我真的不记得这位热情中年人到底是谁……

◇ 陆 ◇

等等，我以为我们要去的是一个挂着"办公室主任"或者"副厂长"之类名牌的办公室，可是从电梯里出来后，展露在眼前的却是一片巨大的环形建筑，以坚硬的岩石切割组合成框架，将一望无际的玻璃分隔成无数面积均等的格子，再以计算精确的角度围拢成不差分毫的正圆形。每个格子里都摆了东西，无论从场地大小还是藏品数量来看，这里都是一个我生平仅见的大手笔陈列馆。

此刻，我们的立足之地类似一方悬于半空的瞭望台，地板、围栏与那些展柜材质相似，皆透明如无物，要不是前方有一块金属面板提醒我们这地方还是有实体的，那种脚不踏实地的感觉会更彻底。

"这玩意儿会逼死恐高症患者。"敖炽敲了敲手边的围栏，"玻璃的？"

"非也。是一种透明度及硬度都远高于玻璃的特殊材质。"中年男人一边解释一边摁下金属面板上的按钮。

没有任何颠簸，我们被这块长方形的瞭望台平缓地送到场地正中，下降，着陆，科技感十足……实在很难说服自己我们来的只是个卖化肥的工厂。

然而当完全身在其中时，对此地的感受已不光是面积巨大了，我居然觉得自己突然渺小了，将我们环绕在中间的展柜比在瞭望台上看的时候大多了，精心布置的光线在每个展柜里都呈现出不同的光影，冷暖明暗各有千秋，里头放的东西更是精彩。

离我最近的几个格子里，摆放着形态各异的石板，看上去就是不同颜色的岩石罢了，却被当宝贝一样陈列起来。

"这是世界上最早的岩石了。"中年男人走到我身旁，望着展柜，里头透出来的光线把我们也染得金光闪闪，"世界刚刚诞生时的样子……"说罢回头看着我们，笑道，"并不太好看是吧？"

等等，虽然这个地方的酷炫令我震惊，可我们千里迢迢来这里并不是为了看岩石，也没有那个时间跟人讨论这世界好看不好看。

"这位领导，多谢你带我们来参观如此壮观的地下陈列室，可我想我们还是不要浪费时间了。"我尽可能耐心地说，"我们来这里，是找左右这个老东西的，有很紧迫的事需要他帮忙。"

"我知道。"中年男人微笑点头，"若事无紧急，你们夫妇二人断不会主动来找帝君的。"

"狗屁帝君，不就是个小虫子。"敖炽小声嘀咕。

"哈哈哈。"中年男人听到了也不生气，"在我们虫人一族里，他就是受万众仰望的帝君啊。连帝君的本名都尊贵无比，不是下面的小卒们可以知晓的。不然也没有方才那些尴尬了。"

"不知道名字，却认识名片？"敖炽翻个白眼，"狗子附体闻味道吗？"

中年男人笑道："帝君亲书之物，全族上下无人不识。内里缘故以后再说与二位听吧。"

是的，你没听错，我这次来的，便是虫人的老巢。

虫人一族，以前曾无数次出现在我的故事里，我对这一族的评价历来只有八个字——嗜财如命，贪得无厌。并且一个个都毫无节操，不止一次把我的行踪当作赚钱的消息卖给他人。最可恶的是近几年这群王八蛋连连涨价，想买点儿稍微有用的消息都要先考虑一下会不会破产。

妖怪之中，若要追溯究竟是哪一族的历史最长久，只怕狐妖猫妖鱼妖各种你们常见的种类都排不上号，甚至在我还是浮珑山上一棵小树时，虫人已在这世界上到处乱跑了。他们这一族完美诠释了什么叫"活得越久知道得越多"，不但诠释了，还充分利用这个优点，靠倒卖各种信息发家致富。虽然虫人们的活动范围仅限于陆地，但陆地已经够用了，在你想得到和想不到的地方，都有虫人的踪迹。这些家伙自有一套独门的避人耳目的方式，且最重要的是，虫人虽然对钱财有旺盛的渴望，也经常做一些在我看来特别不要脸的事，但他们多年来一直恪守一条规矩——只卖消息，不害人命，故而结仇不多，加上我们大多数妖怪都需要他们的存在，虫人一族的兴旺绵长也就可以解释了。

但需要归需要，我真的不喜欢虫人，不光因为这些家伙坑钱太狠，我对他们的"不害人命"是持保留意见的。他们虽不害人命，但经他们倒卖传出的各种消息，多少也会造成"我不杀伯仁，伯仁因我而死"的后果，因此我从不认为虫人是多么光明正大的存在，善恶在这一族身上并不太明显。

可这次，我需要买一个太重要的消息，而这个消息，只有虫人的首领能给我百分之百准确的答案。

虫帝左右，我始终还是要来寻你，尽管自认识你起，自你亲口承诺之后，这么多年不论我遇到什么麻烦，都不曾动过寻你的心思。不是不想，说来大家都是生意人，我要他人付出的不过是金子是钱，但你收取的酬劳远不止钱财，我怕我负担不起，倾家荡产。

"老板娘，还请少安毋躁。"中年男人始终保持礼貌，"是这样的，帝君吩咐过，若有朝一日老板娘驾到，一定要请您移步此地，稍做歇息，喝一杯他亲手制的白山玉露，待心思平静后，再图正事。"他顿了顿，又道，"帝君的意思，本是要亲自沏这杯茶给老板娘以表谢意，可惜他此刻身在别处，只好由在下代劳。"

"他不在？"敖炽一听就急了，"又去哪儿发疯了？"

"莫急莫急。"中年男人不慌不忙道，"依在下看，越大的事，越急不得，急则乱，乱则败。二位风尘仆仆，好歹歇一口气，再去找帝君不迟。"

每个字都在理，但我就是歇不下来，我恨不得下一秒就揪住左右的衣领告诉他我现在愿意跟他做买卖了，不论他开出的价码有多离谱多可怕。

"告诉我他在哪里。"我装出沉着的样子，又仔细打量了一阵中年男人的脸，模糊到死的记忆竟有一点儿复活的迹象，"你……是不是许多年前在葫芦镇外出现过的那家伙？"

"白马少年郎，黄金赠英雄。"中年男人微一躬身，竟向我们作揖，"米良多谢二位当年大恩，救我帝君一命。"

"白马少年郎……"我想了想，碰了敖炽一下，"记得他吗？"

敖炽挠了半天的脑袋，突然一拍手："想起来了，当年不就是这家伙骑了一匹脏兮兮的白马来接走他们的倒霉帝君，还顺手给了咱们一整盒金豆子！"他上下打量这个自称米良的男人，"那时候你蛮年轻的啊，才大几百年就中年人了？你们虫人有这么不抗老吗？"

搁置在数百年前的记忆终于完整回来了。

"你叫米良啊，当年连名字都没跟我们讲就走了。"我仔细将他跟记忆中的那个一晃而过的家伙对比，是老了，虽然只是中年人，但对妖怪，尤其是虫人这种生命期特别长的妖怪来说，算老得特别快了。

他摸摸脑袋，几根白头发已挂在鬓边，笑道："操心啊，有这样一位帝君，想保持青春都不成。"

也算故人重逢了，虽然只在好几百年前有过一面之缘。

◇ 柒 ◇

那一年，我还不是老板娘。

愿望之一是早点儿学会石化术或者别的一切可以让敌人原地不动的术法，愿望之二就是用愿望之一的成果把教会我的那个家伙固定十天半个月，愿望之三就是在愿望之二实现后马不停蹄逃下浮珑山，去人界吃喝玩乐尽情放飞自我。

我那会儿的老师是敖炽。

你们知道的，这种家伙哪有为人师长的潜质，从不会温言软语循循善诱，浮珑山里每天都能听见他不分时段的大嗓门——

"你倒是躲快一点儿啊！慢了就没命了！"

"不是用蛮力不是用蛮力！用灵力灵力！你是妖怪不是野猪！"

"出手要有准心！要眼观六路！实战里头你要攻击的可不是石头，是活物！"

"眼圈怎么红了？别哭呀！大不了让你打我一顿呗！小气！"

"你哪儿弄来的卤鸡腿！你又偷偷下山了？飞那么快干吗！给我留一个！"

当时他好像很厉害的样子，可如今回想起来，在许多术法面前，他也顶多是半桶水，如果他幼年时有无名那么刻苦好学，今天的东海孽龙肯定……算了，也幸好只是半桶水，不然天晓得还能闹出多大的祸事。

反正很长时间里我都没从他那儿学到有效的定身类术法，最成功的一次偷跑，也是我自学成才，去浮珑山的某个山洞里寻来一种叫瞌睡枕头的药草，取其汁液放到敖炽的晚饭里，成功让他睡了整整三天三夜。等他一觉醒来，我早已无影无踪。

我多喜欢在人界玩儿啊，那么多好吃好看的新鲜玩意儿，每个经过的人都可能有个精彩的故事。

我帮过路人拿回小贼偷走的荷包，也帮过好看的姑娘打跑流氓，哪条街哪个铺子里的东西好吃，我一天就能搞得明明白白。而且我不光跟人类打交道，妖怪也没少遇见，我还在河里钓到了一只受伤昏迷的蝎子妖，当时可把我高兴坏了，没收鱼线前以为钓到了一只巨大肥美的螃蟹呢，真扫兴。

但我还是把他救了，帮他治伤，还教他如何脱胎换骨，至于他是怎么重新做人开始新生活，怎么跟我结下一段有关茶叶的缘分，那都是后话了。我重点想说的是，在我跟伤愈的蝎子告别后的第三天，就被敖炽逮住了。

当时那个热气腾腾的鸡腿离我的嘴只有一厘米，硬生生被他夺走了。

那天的街头，刚好从食肆外路过的人都看见一个边啃鸡腿边骂人的还算高大英俊的男子，以及一个被他骂得狗血淋头的穿着绿衣裙的美貌过人的姑娘，但没一个路人敢停下脚步看热闹，毕竟有的家伙光是眼神就可杀人。

反正那天我起码被他骂了一个时辰，从街头骂到街尾，直到我忍无可忍对准他的下巴猛揍一拳才得了清净。

挨上一拳的他反而温和多了，还说这次的准心找得不错。我让他滚蛋，我不要他教，也不许他再限制我的自由，再逼我就跟他恩断义绝！而且本来也不觉得他对我有什么大恩大德，一条嚣张跋扈的龙罢了，哼。

可他说什么——"我滚到哪里都会再滚回来的，既答应了子淼那个死鬼照应你周全，我就不会食言。该学的你一样不能少，想背叛师门是不可能的，下下辈子都不可能，除非哪天你能打败我。不过呢，以后我允许你每个月来人界玩几天，条件是，带上我。"

理不直气也壮的把戏他最擅长了，对不起，我都被气笑了。

那段时间我跟敖炽的关系就是这样，还是针锋相对，但也开始习惯形影不离。

我同意了他的条件，他得意得很。

估计是他心情好，或者干脆说是他玩心比我大得多，那次我们在人界多玩了好些日子，回浮珑山的头一天，敖炽说要多带些好吃好玩的回去，拉着我满街乱逛乱买，平日里连字都不写半个，居然买了一堆文房四宝，如果不是我拦着，他还打算把一架古琴跟一把琵琶打包带走。我骂他是哪根筋出了毛病，买这些无用玩意儿做甚，他却面不改色地说不过是陶冶情操罢了。

说真的，你们能想象敖炽吟诗抚琴的鬼样子吗？反正我不能，一想就觉得这世界肯定要完蛋了，因为敖炽不正常了。

幸好拦住了，我说别买东西了，邻街有个变戏法的场子，有趣得很，民间艺人里也是有高手的。

敖炽不信，说戏法不过是人类骗人的把戏，不值得称赞。结果看了一场下来，这位大爷给的打赏最多，还缠着变戏法那老头非要人家告诉他其中诀窍……要不是看他打赏丰厚，我猜那老头肯定要打他一顿，人家吃饭的本事，焉能随便拿出来满足你的好奇心！可这就是敖炽啊，除非当时有一件更有趣更能激起他好奇心的事出现，不然那老头必然是脱不得身的。

谢天谢地，还真出现了一件更让他好奇的事。

旁边另一个人堆里传出了高声的吆喝——

"来来来，今日神虫斗雄鸡，奇景百年难得一见，走过路过切勿错过啊！"

这话倒是奇了，自古以来，鸡以虫为食已是常事，除了传说中的怪物级虫子，世间哪只小虫子敢跟鸡打架？

"虫子跟鸡？走走，看看去。"敖炽撇开老头，拉着我径直往另一头走去。

"时间不早了，该回了！"他觉得好奇，我觉得无聊，不想去。

"也不差这一会儿！多好玩儿，虫子跟鸡打架！看完了咱们就去吃饭！"他兴致勃勃，非拉我过去。

人堆里不过就是个用草绳围出来的圈儿，面孔黝黑瘦成一只猴的中年男人还在努力吆喝，手里托着个带盖的小竹篓，脚下躺着一只大竹笼，关在里头的公鸡焦躁地走来走去，时不时用力啄笼子，也不知是饿慌了还是天生脾气就不好。

"鸡是寻常的鸡，虫却是从山中出过仙人的洞府中得来的，生性骁勇，莫看它们身子小，连大公鸡都未必是它们的对手。今日便让看官们一饱眼福。"男人说得唾沫横飞，边说边将两个陶碗摆出来，"红碗押鸡，一赔一，绿碗押虫，一赔一百！押多押少无所谓，老少爷们儿就当玩儿个新鲜有趣。"

真是无聊又老土的把戏，谁都看得出不过是个想骗些小钱的江湖人罢了。但依然有人吃这套，而且押虫的居多，大概是觉得反正押出去的钱也不多，输便输了，凑个热闹，加上最近几日都下雨，天气差，街头卖艺的人少了许多，难得今天遇到个用活物逗乐的，围观者们的兴致更是高出不少。

在这方面，敖炽真像个没见过世面的土鳖，东海龙宫里的真本事好东西看腻了，反倒对人类街头这些不值一提的小把戏特别着迷，拉着我挤到最前面，还不停问我押鸡还是押虫。

"虫啊。"我漫不经心地道，"反正你又不缺钱，当是资助平民百姓吧。"

"当啷"一声，敖炽扔到绿碗里的银子差点儿把碗砸破。

那瘦猴子见了，眼睛都亮了。大概觉得怎么能遇到蠢得这么可爱的有钱人！

众人一片哗然，看怪物一样看着敖炽，有些还哧哧笑出声。

敖炽当然没兴趣留意别人，只催促那瘦猴子赶紧开始。

"好咧！"瘦猴子当即将竹笼打开，一只虽说不上多强壮但还算有点儿杀气的金羽公鸡跳出来，满场乱转，看到什么都想啄一口。

瘦猴子蹲下来，从袖里取了一根直直细细的蟋蟀草出来，揭开手里竹篓的盖子，将蟋蟀草伸进去拨弄一番，也不知用了什么法子，当即便见一只黑黢黢的小蟋蟀自竹篓里一跃而出。

结果不出所料，那蟋蟀在地上还没跳出两步，便被饿极的公鸡一口啄进腹中。

人群里发出一片"我早知结果如此""但万一有意外呢""可事实上确实没意外"的遗憾之声。

"见笑见笑，这只小虫怕是没有睡醒，连累大家了。"瘦猴子笑眯眯地把绿碗里的银钱一股脑儿倒进钱袋里，嘴里还不忘说点儿安慰傻子金主们的好听话。

"不堪一击啊。"敖炽顿足叹道。

"浪费时间，走吧。"我扯了扯他的袖子。

"世事难料，这盘输了，下盘输赢未可知呢！"瘦猴子又将空碗放到地上，"这回咱历经艰辛，总共带了三只神虫，老少爷们儿莫慌着走，不过几个小钱儿，再博一次也无妨吧？"

居然还真有人又往绿碗里扔钱了……

敖炽被我狠狠掐了一把才打消了继续送钱的蠢念头，还嘀咕着埋怨我扫兴，不就图个好玩吗。

好玩？明明是好蠢！瘦猴子心里肯定也这么想的，摆明是坑钱的低级把戏，人们却甘愿上当，就为了那一丁点儿可能永远都不会出现的反转。

"再看看呗，不就只有三只虫子嘛。"敖炽不走，还捉紧我的手也不许我走。

如今回想起来，敖炽对扫地机的迷恋原来早就有迹可循，鸡吃虫这种无聊事都能看半天，还有什么无聊的快乐是他找不到的……

第二场生死决斗依然毫无悬念，根本不可能有悬念！

第三场开始前，绿碗里只有一块银锭，其余人的小钱都跑到了红碗里。

我只是稍微走了一下神，敖炽就干了第二件蠢事。我气得想咬人，他却若无其事说人界的银锭子带身上太重，舍了才轻松，反正回浮珑山之后金银都无用，不如趁早拿来赌一把运气。

我骂他败家子，他回我钱财身外物。

呵呵，也不知道昨天是谁因为被少找了几文钱差点儿跟卖糖膏的小贩打起来。

算了，反正这场闹剧也快结束了。

我打个哈欠，顺手掏了几粒瓜子儿扔嘴里，面无表情地看瘦猴子从竹篓里放出最后一只送死的小虫子。

这只应该死得更快，连体型都比它的两个前辈小一圈，唯一的亮点是长得比它们神气一些，头顶上还生了一个十分鲜艳的红点，不知是人为还是天生，若是人为，也是无聊人所为，一只虫子罢了，又不是大姑娘，还需点个朱砂痣于眉间增姿色？

我以为再打一个哈欠，敖炽就可以死心了，我们也可以去吃饭了。

但，反转这种事情虽然概率极低，却也是有概率的——公鸡来回啄了十几次，硬是连蟋蟀的触角都没碰到。小小的战圈内，只见那命悬一线的小虫子仿佛真有了神通，闪避腾跳，任由那公鸡下嘴再快再狠，它总有法子与对方擦身而过。

无聊的游戏突然变得有点儿看头了。

人群里有人开始叫好喝彩，有人开始骂那只鸡蠢笨，明明只是押了几个小钱，却还是舍不得输。

突然，公鸡发出一连串难听的惨叫，蟋蟀灵巧地从它脸上跳下来，留下一只血流不止的鸡眼睛。

我吃惊了，拽了拽敖炽："蟋蟀会咬人吗？"

"又不是怪兽毒虫，就算运气不好被咬一口，只怕比被蚂蚁夹过还不如。"敖炽目不转睛盯着地上那小东西，"从未见过能弄瞎公鸡眼睛的蟋蟀，有趣极了！"

又不是怪兽毒虫？这话倒是提醒了我，蟋蟀头上的红点，怕不是无聊人弄的记号吧。

此时，受伤的公鸡借着那股痛疯了的劲，早已杀红了眼，扑棱着翅膀满场追赶蟋蟀，那蟋蟀竟也不逃，沉着地留在战圈应对。

人群渐渐沸腾起来，输钱赢钱已不重要，重要的是大家看到了此生仅见的一幕，一只必死无疑的小蟋蟀居然敢跟公鸡动手，还占了上风。

"莫非真乃神仙洞里来的神虫？"

"哪有什么神仙，我瞧这虫子倒是邪性得很！"

"对对，你们看它头上那个红点，鲜得跟血一样，咱们几时见过长得如此奇怪的蟋蟀？"

"如此凶猛，怕不是个妖怪吧？我听算命的张瞎子说过，这几年世道不稳，妖孽四起，凡事需小心再小心。"

真想把脸凑到他们面前，告诉他们真正的妖怪在这里，无知之辈，一出点儿不同寻常的事就往妖怪身上扯。就是一只虫子罢了，半分妖气都没有。

为了活下来，虫子很拼命。

战局已呈白热化，愤怒的公鸡虽见疲累，置敌人于死地之心不减，不啄死蟋蟀绝不罢休，蟋蟀的弹跳闪躲也不及起初那么迅捷，有几次险些丧命鸡嘴之下，但也非全无胜算，如果它能再发神力弄瞎公鸡另一只眼睛，此战可告胜利。

瘦猴子显然也受到了惊吓，但我猜他一半的惊吓来自这只小虫居然如此"邪门"，至于另一半惊吓——万一蟋蟀斗败了公鸡，一赔一百，光是敖炽那个银锭子就足够他赔到裤子都不剩。

"哎呀我的老祖宗哟！这是成精了呀！"只见瘦猴子突然双手抱头，又惊又吓地往前一蹿，那蟋蟀刚好落在他脚前，眼见这厮抬腿就要踩下去。

蠢，真蠢，难怪此生只能做一个街头骗小钱的货色。若我是他，莫说绝不会为一百个银锭子踩死虫子，反而真要把它当成祖宗供起来，此物既有如此神力，将来何止一百个银锭子！

说时迟那时快，他大脚落下时，我将口中的一颗瓜子儿"送"了出去。

瘦猴子怪叫一声，脚还没落地整个人便歪倒一边，躺在地上捏住右脚哎哟哎哟直叫。

得了这空当，我快步上前，弯腰伸手，袖口一拂便将那蟋蟀收归己有。

人群中又一阵哗然。

"姑娘，你这是做甚！"瘦猴子疼得满头大汗，声音倒还不小。

"战局未停，你又是做甚？"我笑笑，"怕这小虫输了你一百个银锭子？"

"你……"瘦猴子脸色一变，赶紧否认，"胡说！我不过是一时激动多走了两步！"

"你以为我跟那些送钱给你的人一样瞎吗？"我蹲到他跟前，"两军对垒，生死有命，你半路插刀可大大的不好。"

瘦猴子的脸一阵红一阵白，嘟囔着："不知你在说什么，我的鸡，我的虫，我想怎样便怎样！"

我晃了晃衣袖："鸡我不要，还是你的。虫子归我了。"

"凭什么！"他不干。

"就凭它小小一只蟋蟀瞎了大公鸡一只眼，已算胜出。你纵不赔我们一百个银锭子，五十个也是跑不了的。如今那银锭子给你，剩下的四十九个我们也不要了，只当替这蟋蟀赎身。"

"赎身……"瘦猴子转着眼珠子，不满地嘀咕，"又不是万花楼的姑娘。"

还想叽叽歪歪的他突然被人扯住衣襟，敖炽冷冷地盯着他："这里没有人在跟你商量，我说了这虫子是我们的，那就是我们的了。"

论眼神的杀伤力，敖炽比我强。

没几个人能在他的咄咄逼人之下还敢多说一句废话的。

众目睽睽下，我俩带着虫子，大摇大摆地离开了现场。

◇ 捌 ◇

郊外，山清水秀之地。

我从袖口将那小东西抖落出来。

"小虫子捡回性命，你居功至伟，全赖今日你无聊透顶，非要留下看这热闹。估计你们东海龙族里没有哪条龙曾经救过一只虫，你又干了一件大好事。"我调侃敖炽，又看着在地上晃着触角的蟋蟀，笑着挥挥手，"走吧，你自由了。以后当心，别又被人抓去喂鸡。"

"虫算什么，我还救过一棵树呢。"敖炽白我一眼。

我踢他一脚，他嬉笑着闪开。

"咦？这小东西咋还不走？"敖炽盯着地上，"它干啥呢？"

一步之外，那蟋蟀竟直起身子，又趴下去，如此反复三次，跟人在磕头似的。

真成精了啊？

我跟敖炽面面相觑。

"行了行了，知道你非凡品了，不用磕头，走吧。"我蹲下来对它说。

可它就是不走，不断冲我晃着脑袋。

"它是有事？"敖炽也蹲下来，好奇地伸出手指。蟋蟀顺势爬到他手背上，摇动触角，也不知想表达什么。

离得这么近，我突然觉得蟋蟀头上的红点有点儿不妥，仔细一看，并不止是个红点，再睁大眼睛一看，方发现那是一个用朱砂或者别的红色颜料画的古怪符文，因为面积太小，不凑近细看根本看不出端倪，只以为是个红点点。

"这个……"敖炽皱眉，又将手指轻轻触到红点上，片刻之后拿起来，疑惑道，"似乎是个封印呢。"

"这么小的封印？"我不信。

"下封印的时候肯定不会这么小啊，被封的家伙缩小了，封印自然也小了嘛，笨。"敖炽又摸了摸蟋蟀的头顶，"不是多厉害的那种，我试试看。"

"等等。"我按住他的手，"万一封的是个厉害的恶物呢？"

"能恶过我？"敖炽脱口而出，然后弹了我的脑门一下，"真是个不得了的恶物，就算被封印了，也不是能被刚刚那些凡夫俗子们随便抓来喂鸡的存在。"

也是。那就试试呗。

敖炽将蟋蟀放在手心，另一只手捏诀，嘴里念念有词一阵，朝蟋蟀的头上一指，喝了声："去！"

红光闪过，蟋蟀头上的红点无影无踪。

只见它愣了刹那，旋即落到地上，翻身一滚，白雾如烟而起，再散去时，地上再无小虫，只有一个白发白衣，皮肤比我还白的清秀少年。

也在这时，我们都明显感受到了一丝浅浅的妖气。

少年深吸一口气，爬起来盘腿坐好，也顾不得搭理我们，只管闭目运气，神态略见疲倦。

我跟敖炽不敢打扰他，退到一旁讨论这究竟是个什么妖怪，不像狐狸也不像蛇。

再看少年，我跟敖炽吓了一跳，这家伙儿时又长出四只手来，加上本来的两只手，六只手……每只手都在捏诀，丝丝白雾萦绕于指间，多看几眼之后也不那么吓人了，反而有一种奇特的……美感。

"蜘蛛精啊！"敖炽张大了嘴。

"蜘蛛有八条腿！"我不同意。

"加上他的脚不就八条了！"

"脚不算！"

"凭什么不算，都是肢体啊！"

我跟敖炽争执不休时，少年睁开了眼，面色好了许多，六只手也还原成双手了。

"多谢二位救命之恩。"他理了理身上的丝绢长袍，跪下朝我们磕了三个非常标准的头。

"你……是啥？"敖炽上下打量他，"怎的被封到一只蟋蟀里头了？"

少年起身站好，朝我们一躬身："在下虫帝左右，虫人一族之首。"

"虫人？"我拨开敖炽，上前绕着少年走了足足三圈，"专做消息买卖，于陆地上无所不在的虫人？"

少年微笑："正是。"

"不对啊。"敖炽盯牢了他的脸，"我不是没见过虫人，那些家伙个个都很丑的，虽有人形，但身上总有虫子的特征。"

"虫人幼年时都不会太好看。"少年解释道，"毛虫与蝴蝶的道理吧。"

"可你看起来跟神仙似的……"我历来以为虫人的头目只有更丑没有最丑，没想到错得离谱，自称虫帝的少年，论模样，天上的神仙都逊色几分。

"我的岁数，可能比你们俩加起来还要多呢。"他似乎早就习惯了旁人对他外表的惊叹，且并不以此为荣的样子。

"虫人一族在妖怪里可不算弱势，光是你们的数量就足以让外敌却步。"敖炽半信半疑道，"你若是虫人一族的头头，怎会……"

"虫人亦是妖怪，天下但凡妖怪，便有天劫之日。"他自嘲般笑笑，"我也躲不过。只是妖怪们的天劫各不相同，落到我身上，便如你们所见，遭人暗算，封印成虫，若无贵人救命于危难，我便在那鸡腹之中烟消云散了。"

听罢，我跟敖炽忍不住背过身去小声嘀咕——

"身为虫帝也不是很厉害嘛。"

"他们虫人除了卖消息赚钱本来也没什么大本事，就是仗着人多罢了。"

"我们看个热闹而已，居然解了虫帝的天劫？"

"该不该要点儿报酬？"

"他不像带了钱的样子……"

他应该是听到了。

"救命之恩，必有所报。"

我跟敖炽回头，他正笑着摇了摇头，仿佛面前站着的不是他的救命恩人，只是两个厚脸皮要糖吃的小孩子。

"给金子还是珠宝？"我忍不住问。虽然那会儿我跟虫人们的接触还不算多，但我老早就听说这些家伙特别能赚钱。

他走近一步，分别握住敖炽跟我的手，一字一句郑重地道："今日吾立重誓，有朝一日二位若有求而不得知的消息，无论大小，我必告之，一人一问，绝不食言。若有违，天不饶，地不谅，绝命当场。"

我跟敖炽交换了一下眼神，这人说话突然这么文绉绉的，听上去挺害怕。

不过，全文里也没提到金银或者珠宝啊！

"等一下，你的意思是你给我们的酬劳，是以后如果我们需要知道什么消息，你会知无不言言无不尽，以及，消息数量还有限制，一人只能问你一次？"我提炼了一下重点。

他点头，补充道："虽是酬劳，但虫人一族的规矩不能坏，我们的每个消息都有价码，自古以来能让我出手的人，给出的代价可不止金银那么简单。纵然你二人于我有恩，若将来你们要来取这份酬劳，也不能空手来取。"他顿了顿，看着我们俩，"我从不索钱财，只要你们应承我两个愿望，以及承诺不论这愿望是大是小，是正是邪，你们都要毫不犹豫地完成。"

"你这算什么酬劳！"敖炽气得跳起来，"还不如不报答咱们呢！"

我也觉得离谱，不但一个子儿都不给我们，还想用两条我们都不知道会不会用得上的"消息"骗我们两个愿望！我们需要"消息"难道不会自己去查？我们认识的人跟妖怪也不少，自己的眼线足够应付了。

"酬劳我就放这儿了。"他似是看穿了我的心思，笑道，"或许你们这辈子都未必会需要我，但，真有那么一天的话，我的承诺永远有效。而且你们要明白，绝大多数的人或妖怪，怕是一生都不可能得到我的帮助。"

现在看他，倒觉得外表于他只是个看似年轻的皮囊了，里头裹着的那个灵魂，跟我认识的任何一个活了很长时间的精明的老家伙没两样，区别是，他能把讨人嫌的市侩处理得有情有义，再加上一点儿隐晦的高高在上，能让你在吃了大亏时都错觉自己是得了天大的便宜。

可是对我们无效，我跟敖炽本就不是"绝大多数"中的一员。

"不必了，酬劳您自己留着吧。"我撇撇嘴，"今天就当我们俩看了场热闹，顺便救了一只没良心的虫子，送出去的银锭子就当破财免灾。走！"我拉敖炽离开。

"留步。"他叫住我们。

"干吗？"敖炽恶狠狠回头。

"相识一场，不如一同用个饭再道别吧。"

"不想跟你一起用饭，谢谢。"

"不是，我身上没银两，这不刚解除了封印吗，身子虚，肚子饿。"

"你觉得我不敢打你？"

"你敢。但我还是觉得用饭后再打我比较有力气。"

"……"

也怪我们当时还年轻吧，居然莫名其妙被老家伙蛊惑了，不但没有打他，还真的带着他去了葫芦镇上一间不错的饭馆里大吃大喝了一顿。

其间我问过左右他怎么会在人界跌了这么大一个跟头，他却不愿细说，只道是人心难测，世事多变。

傍晚时分，镇外的凉亭前，有人骑白马而至。

印象中，马上是一年轻书生，布衣儒巾，长相虽不出众，但还斯斯文文。

一见左右便下马来拜，看他心中似有千言万语，但只道一句："属下来迟，但求责罚。"

"何错之有，起来吧。"左右扶起少年，又看看我们，"便是这二位救我于天劫。"

书生又拜，感激不尽："二位对虫人一族之恩德，必永志不忘。"

"也不必拜他们了，酬劳我已亲自给了。"左右一笑，翻身上马，"回去了。"

我冷哼。

书生赶紧起身，却没急着上马，只从搭在马上的褡裢里取了一个木匣出来，双手捧给我，道："纵然帝君已付了报酬，我仍要一表谢意，如若帝君有何得罪之处，还请二位海涵。"

他还真了解他老大啊，那厮肯定不止一次干出忘恩负义的事了！

打开木匣，金光耀眼，满满一盒金豆子！金豆子！金豆子！

老大不是个东西，手下却这么懂事，我感动得要哭。

"后会有期。"书生上马，手指往空气中划了划，脏兮兮的白马瞬间变成一只马头蛇身的怪物，驾起一团白气飞速钻入林中，转眼无踪。

谁管后会不后会啊，我现在只管抱着一盒金豆子笑成个傻子。

◇ 尾 ◇

"老板娘是回忆起什么有趣的过往了？"米良盯着我，又往我的茶杯里添了些热水，"笑得很好看呢。"

我回过神来，立刻左顾右盼掩饰自己情不自禁的傻笑。

因为左右给我们的"酬劳"代价太高，所以自葫芦镇一别后，我从未来找他兑现诺言。

我与敖炽言出必行，一旦接受了左右的帮助，那就意味着我们会陷入一场可大可小的风险——无论左右的愿望是大是小，是正是邪，我们都要完成，如果他的愿望是毁天灭地草菅人命呢……毕竟我并不够了解左右。

倒是左右这个老东西，这么多年来不论他将虫人老巢的出入口迁到哪里，都会给我寄来一张有具体地址的手写名片。然而每次我都嗤之以鼻，宁可找虫人里那些年轻的丑八怪真金白银地买消息，也绝不叨扰他老人家。

可这次，我愿意来领取当年的"酬劳"。

"左右到底在哪儿？"我问米良，又敲了敲茶几上的杯子，"茶也喝了，你们巨大的陈列馆我也参观了，休息够了。"

敖炽一口喝光了茶水："再磨蹭下去，就不怕我把你也变成陈列品？"

"哈哈哈，敖先生十分幽默啊。"米良大笑，随后从沙发后的柜子里拿了个火漆封口的牛皮信封，放到茶几上推到我面前，"帝君有命，若你们二位来寻，可如实告知下落。"

我抓起信封拆开，里头短短几行字。

敖炽见了，皱眉："这老家伙怎么成天在人界乱跑呢？"

米良无奈道："大概是越老越小吧，贪玩。回头二位若见了他，还是要多包涵。"

"那就后会有期了。"我起身，又指了指他给我沏的那杯"白山玉露"，"等我见了他，会坦白跟他讲，他制的茶不如我制的浮生，味淡又轻浮，毫无回味之处。"

"可以可以。"米良又笑出来，"当初帝君学制茶时便说过，是以老板娘您为榜样的，如今得您点评，他也可以死心了。"

我肯定会说的，如果真见到这个大几百年不见的"老朋友"的话。

米良送我们出去，离开前，我又回头看了一眼这座属于左右的陈列馆，那些闪闪发光的柜子里，不光有开天辟地时的岩石，还有最古老的三叶虫、各种丑陋的节肢动物，有鱼、鸟、兽，以及各种款式的恐龙和猛犸象之类的大家伙，如果你继续往前走，还能围观不同进化阶段的原始人类，总之，大多数已经不存在于现阶段的生物，都成了他的收藏品。最重要的是，连最久远的生物，在他这里都是真正意义上的标本，并非化石。

如此，我真的相信他是一个彻底的老家伙了。

敖炽也在回望，随即叹了口气，小声跟我说："没想到这老家伙也是个手办狂人……手笔太大了。"

"还是年代限量版。"我也叹气。

"他连木乃伊都搬来了，太令人发指了！"

"都是无价之宝啊。"

"管他宝不宝，我觉得这老家伙有点儿变态，咱们得小心些。"

旁边的米良忍了很久才没有大笑出来。

停机坪前，米良与我们握手道别。

在送我们出来的这段路上，我顺便找他证实了我的猜测，不修路确实是因为烂泥之下有最厉害的结界，可阻止任何试图寻找虫人老巢的人类妖怪神仙锁定位置，以及他们这里真的会老老实实生产有机化肥跟猪饲料什么的，钱是不缺的，所以直升机这个福利也是真的。至于雇员，以人类居多，人类多人气旺，又是一重保障。

"老板娘，此行保重，不送了。"米良退后一步，向我们挥挥手。

"多谢当年慷慨相赠。"我对米良的印象比左右好很多。

"没事多运动少熬夜，你已经这么显老了，再秃头就更没法抢救了。"敖炽冲他挥挥手。

"哈哈哈，知道了，多谢敖先生提醒。"

螺旋桨轰隆隆地旋转起来，我跟敖炽坐在直升机机舱里，看着米良渐渐变成一个黑点。

虽然此行目的只达成了一半，但也算有收获。

虫帝左右，大概是我现在能想到的唯一的希望。

直升机往东而去，此时天刚亮，正对面的云层里露出一条金线。

我半眯起眼睛，也许这是一个好兆头。

若能把恶魔放出来，不知道能不能杀掉另外的恶魔。

◉ 楔子 ◉

从现在开始，阿图拉村是我们的地盘了，畜生勿近。

◇ 壹 ◇

伦敦，雨。

航班晚点，落地时天刚黑。

也不是第一回来，但还是消受不住这座城市的天气，反正都没什么阳光，白天黑夜的界限便越发不明显了。

但选择在这里定居的妖怪倒不少，尤其是不喜阳光的种类。

敖炽特别不爱来这里，说此地的雾有一半都是妖气，吸多了会胃溃疡。

虽然我知道他在不负责任地瞎说，但这里的妖气的确偏多了些，上回来时还好，尽管同样阴雨连绵，空气却清新自然得多。

机场一如既往地繁杂，等行李等到想睡觉，旁边有人举着手机看新闻，没戴耳机，传出来的不是股市大跌就是议员辞职之类的新闻，不远处的 LED 广告牌上闪烁着红色的大鱼，大鱼旁边写着"红鱼远洋集团欢迎您的到来"之类的广告语，多看几眼更易困倦。

好不容易等到行李，匆匆穿过机场，跳上出租车，给了司机一个地址，直到发动后，我才稍微想起我们是坐了十来个钟头飞机的人，颈椎腰椎的各种不适如有蚂蚁爬出。明明做人比妖怪辛苦，可千万年来偏有无数妖怪费尽心血也想修炼成人的模样，拥有人的生活。说到底也不过是一种非常柔弱的生命体，人类却永远头顶"万物之灵长"的光芒，危险又坚韧地活在世界上，并且你永远不知道他们会在什么时候做出连神都会吓一跳的事来。

我看着街头飞速而过的车与行人，不禁冒出散乱的感慨，倦意也随之袭来，一边揉脖子一边打哈欠。

"累了？"敖炽伸手过来揉我的肩膀，眼神有一点点紧张。

"一把老骨头坐十几个钟头飞机，很难活泼起来。"我朝肩膀努努嘴，"使点儿劲。"

"都说了干脆用咱们自己的法子过来，你偏不肯，自作自受。"敖炽故意加大手下的力气，疼得我龇牙咧嘴。

"非常时期，万不能引人注目，以免节外生枝。"我打开他的手，视线定在窗外闪过的各色路人身上，"你信不信，刚刚过去的一拨人里，可能就有世世代代与咱们过不去的家伙。而且你也不是不知道，这些年，各种款式的赏金猎人越来越多，饭桶有之，高人有之，咱们长居忘川，气脉早与那里融到天衣无缝，除了有大本事的家伙，能留意到我们的人不多，可一旦到千万里之外，只怕水土不服，随便使个小法术也有招惹是非的可能。遇上讲道理的还好，不讲道理的，多是一场恶战，能避则避吧，正事要紧。"

"以静制动也不是长久之计，真要打，还得打。"敖炽话里有话。

我知道他心里憋屈，但也只能憋着。我也希望我们遇到的麻烦可以打一架就解决，问题是我们现在连打架都找不到地方，他憋屈，我也憋屈，身在这场毫无春天气息的绵绵冷雨里，更憋屈。

敖炽扭头看着窗外，一闪而过的建筑物越来越稀疏，本就没几个人的街道在雨夜里荒凉得不像给活人建造的。

出租车左弯右拐，在走错了几次路之后，终于把我们送到了蓝石街89号。

拖着行李站在这座三层高的说不出是什么风格但看上去就历史悠久而且造价不会便宜的小楼前，我把那张写了地址的纸又拿出来仔细核对了一遍，地址门牌号都没错。

米良给我们的信封里，装的就是这张纸。

左右亲笔，告诉我们要找他的话，就按纸上的地址来。

我按下铁门上带扩音器的老旧门铃，同时也注意到头顶上的摄像头。

很快，扩音器里传出声音："请问找哪位？"

居然是标准的中文。

敖炽看看摄像头："怕是老早瞧见咱们了。"说罢还故意抬头往摄像头方向夸张地挥挥手，然后避开扩音器保持笑容骂了一句："死老东西！找你可真不容易！反正听不到。"

我瞪了他一眼，靠近扩音器道："你好，我们找左右先生。"

035 第二章 安泊

"二位稍等。"

几十秒后，铁门打开，门后是一位当地的中年妇人，金发碧眼，白胖慈祥，跟童话绘本里出现过的各种善良妈妈毫无二致。

"二位一定是老板娘跟敖先生了。"妇人礼貌微笑，"快请进。"

"您好。"我笑着同妇人点点头，与敖炽前后脚进了门。

穿过绿植丰富、修剪得当的小花园，妇人热情地将我们领入屋内。

烛光与暖香扑面而来，光线柔和的走廊两旁挂满油画，靠墙而立的大理石台上整齐地摆放着插满鲜花的花瓶，花瓶中间点着马鞭草味道的香薰蜡烛，顶上的灯光与烛光交汇出一个完美的亮度，笼罩其中的油画与装饰就算不是名家手笔也光彩照人。走在这样的廊道里，你会忍不住整理自己的衣衫，不想用任何一点儿粗糙唐突了这处美好。

走廊尽头便是四四方方的大厅，刚好在美与奢靡之间找到一个平衡点，所有器物都不新，从吊灯壁炉沙发茶几到各种小物，其实都各有瑕疵，但就是让你心生欢喜，仿佛见到一张记录了旧年时光的老照片，既欣赏，又不敢乱碰，生怕撕碎了它的一点点边角。

一幅巨大的油画挂在正中间的墙上，画面十分简单，黛蓝的夜空里有一颗流星划过，只是这流星长得有点儿奇怪，身上似乎多了一对翅膀，看角度也不是往地上落，而是努力往高处飞。既不写实，也不抽象，真是奇怪的品位。

不过，这真的是左右的家吗？

那个我们认识的，一头银发，长衫若仙的少年，怎么想都不能跟眼前的一切相匹配。

我想象中他的住所，要么是清泉流水竹篱木屋，要么黑白分明线条简约，怎么都不会是眼前的风格。

老家伙的喜好还真是不好琢磨。

妇人请我们在沙发坐下："两位喝茶还是咖啡？"

"茶，谢谢。"

两杯热气腾腾的红茶很快放到我们面前，托盘里除了牛奶跟砂糖，还贴心地放了几块奶香浓郁的小饼干。

"多谢，请问他人呢？"

此刻我是没心思吃喝的，只想尽快见到他，但饼干真的很香，我忍不住抓了一块塞嘴里——啊，好吃。

"先生外出拍戏去了。"妇人站在桌旁，中文说得真是标准。

半块小饼干从我嘴里掉出来："啥？出去拍戏？"

敖炽差点儿被一口红茶呛死，咳嗽着说："你再说一次，他去干吗？"

"拍戏呀。"妇人赶紧抽出两张纸巾分别递给我们，"二位不知道？"

"知道？我们能知道什么？"敖炽从沙发上弹起来，"我们万里迢迢来这个鬼地方找他，还是他自己给的地址，结果你跟我说他出去拍戏了？拍什么戏？导演还是演员还是灯光师？"

妇人"扑哧"一下笑出声来，转身去房间另一头，取了一张海报铺到我们面前。

海报设计得酷炫，一身西装玉树临风的左右站在铺天盖地的怪兽面前，一根雪茄在他指间袅袅冒烟，搂在怀中的女主角手执光剑明艳动人，一排大字印在当眼处——《怪兽猎人》雷夫·莱特领衔主演！

至于后面写的女主是谁导演是谁几时上映我都没兴趣看清楚了，我只想确认海报里这个男人是不是当年我们从鸡嘴巴里救下来的无比倒霉的虫人的帝君。

"是他吧？"

我碰了碰敖炽，不能百分之百肯定。

"是……吧。"敖炽揉了揉眼睛，指着海报上男人的脸，"这脸好像没多少变化，就是年纪看上去像是多长了几岁，头发颜色也没变……"

堂堂虫帝跑到伦敦当演员？

这种操作很难理解啊！

"雷夫·莱特……Left……Right……"老东西真是懒到连名字都不屑改呢，我一把抓起海报指着他，问妇人，"他真是个演员？"

"先生是个很优秀的演员呢。"妇人点头，"喜欢他的观众可不少。"

好吧，他好歹是个帝君，任性些也正常，想做演员还是做外卖小哥都随他，可问题是我得见他呀！何况地址是他让米良给我的，米良不可能不跟他说我们来找他了。

"他去哪里拍戏了？几时走的？"我忙问。

"先生一个月前就出发了。"妇人回答，"这次是到一个叫阿图拉的地方出外景。"

"阿图拉？"敖炽皱眉，"听起来可不像伦敦的地名。"

妇人一笑："阿图拉是一个位于 T 国与 X 国之间的小山村，比较偏僻，恐怕在地图上都没有标记的一个小地方。"

我有点儿蒙："两国交界的小山村？还是那两个历来不太平的国家？"

"是的。"妇人一副习以为常的神情，"听先生说是要拍一部战争片，只有那个地方的外景最合适。"

等等，我将一下思路，我们一路从忘川到千里镇，左右不在，米良说他在伦敦，我们又不远万里追到蓝石街 89 号，左右还是不在，说他在另两个国家的交界的小山村出外景拍戏？也就是说我们接下来还得往那个地图上都没名字的什么拉什么图的地方去？万一我们去了，他又跑火星了怎么办？连日的奔波劳累与不断起伏的不安和焦躁，加上多多少少被戏弄的感觉，终于让我有些生气了。

妇人看出我脸色不对，倒也不慌，将茶杯往我面前移了移："老板娘不要着急，先生是吩咐过的，说二位若见不到他，拆了这房子也是可能的。"

"这话倒是没错。"我强压下那口气，坐回去喝了口茶，"那么他肯定也给了你应对的法子。"

"二位稍坐，我去去就来。"她请敖炽也坐下，自己往一旁的楼梯走去。

听着妇人上楼的声音，敖炽低声道："觉得有古怪吗？"

"最古怪的是他怎么就当演员了。"我还是想不通，"没想到他居然是这么不低调的老妖怪。"

敖炽环顾四周："我是说这个地方。"

"信封是米良给的，纸上的地址是左右亲笔写的，此地有古怪的概率不高。你看到什么不妥当的地方了？"

"有钱我看出来了，不妥当倒没有。"敖炽一本正经道，"救命之恩呐，谅他也做不出坑我们的事，何况位至帝君，不太可能出尔反尔。就是太抠了，这么大这么漂亮的房子，都舍不得多请几个好看的女仆，就一个阿姨晃来晃去。"

我白了他一眼："那我该在不停给你请十个八个好看的女仆？"

"少来，几个毫无颜值的帮工都养不起，还好看的女仆。"

我举起拳头捶他，手却停在半空。

因为4E，因为甲乙，我跟敖炽不止丢失了自己的儿女跟挚友，还有不停的一众帮工，虽然对他们的回忆大多是要我加工资的不要脸的模样，可我如今最期待的，是他们平安归来，继续他们的不要脸，然后我再不敷衍了事，给每个人都发一个大红包，再逐个拥抱他们，说有你们在真好。

甲乙的筹码，不止浆糊、未知和九厥，还有他们，这个背叛我的男人，偷走了整个不停。

敖炽把我的手轻轻拽下来，拍了拍："他们都不是省油的灯，说不定哪天因为太烦人直接被踢出西溟幽海也不一定。"

我笑："也对。"

嗯，会好起来的，会。

妇人下楼的声音传来，再站到我们面前时，手里多了一个文件袋。

"这是先生让我准备的。"她打开文件袋，拿出一沓花花绿绿的文书卡片之类，"这是明天飞 T 国的机票，以及到达后转乘其他交通工具所需要的票据跟相关联络人的电话，还有一份详细的路线行程图，总之，保证你们在最短时间内顺利到达阿图拉。"她将所有东西摆到我们面前，笑道，"先生是很想见到你们的。"

"想见我们就老实蹲着别乱跑啊。"敖炽哼了一声，又将这堆东西大致翻看一番，对我附耳道："那个地方真的好偏僻，我看到行程里还要坐一整天的马车。"

"当是一场美好的旅行吧。"妇人似是猜到了我们在嘀咕什么，"那边的景色有别样的美。"

我收起文件袋："美不美不确定，很乱是一定的。那可不是个太平地方。我很好奇那得是多不怕死的剧组，才敢把团队往那样的地方拉。"

"如果能死在自己热爱的事情上，死又算什么。"妇人说罢，又赶紧补充，"不是我说的，是先生说的。他真的是一位非常敬业的演员，早晚会拿到最佳男主角奖的。"

伟大吗？得了吧，也只有一个能活到千秋万载的老妖怪才有底气蔑视死亡。

不过若他真说过这样的话，我倒是越发好奇他此刻的戏剧人生了。想来也十分有趣，虫帝居然想当影帝，米良说他"越老越小，贪玩"，是真的玩心大发还是另有目的，见面再议。

◇ 贰 ◇

今天就睡左右家。

客房在三楼。

妇人在前头带路，全程礼貌得体，不时提醒我们注意脚下楼梯。

"承蒙您款待，都不知道如何称呼？"

"叫我茉莉就好。我还会唱你们那里的歌，好一朵美丽的茉莉花。"她回头一笑。

真的，虽然她人过中年，体态也不复轻盈，眉目也算不得漂亮，但一颦一笑间的温柔大方与恰当的分寸感，令人如沐春风，便觉得这样一个雅俗共赏的名字放她身上也是刚刚好。

敖炽插嘴："你中文说得这么地道，很难得呢。"

"先生教的。"她笑道，语气中不无崇拜，"他不仅是一位优秀的演员，也是一个真正的绅士，学贯中西，无所不晓。"

"还不是差点儿被鸡给吃了……"敖炽嘀咕。

"您说什么鸡？"茉莉停下，回头，"啊，你们长途跋涉，晚饭都没吃吧？瞧我，光顾着跟你们说话。就是不知道你们的口味，家里什么吃的都有，鸡肉也有，先生是最喜欢吃鸡肉的，他自己曾研究过一个菜谱，叫'论鸡肉的一百种吃法'，煎炒烹炸无所不有，可说是吃鸡的行家了。怎么，敖先生也喜欢吃鸡？"

我们俩费了很大力气才憋住没有笑出来，老家伙看起来仙气十足，私下里还是非常记仇的呢。

"好啊，我们客随主便，不过不用一百种吃法那么复杂，能有个热乎乎的炸鸡腿吃就可以了，再给配点儿番茄酱。"她不说还好，说着说着我就饿了。

茉莉忙道："好的，我先领你们去客房安顿下来，然后就去准备晚餐，直接给你们送到房间还是你们来餐厅吃？"

"送房间吧，我怕我吃相难看，吓着你。"我吐吐舌头，"麻烦你了，茉莉女士。"

茉莉又回头看了我们一眼，笑道："难怪先生待你们与众不同，真是十分可爱的人呢。"

"与众不同？"我好奇道，"怎么个与众不同？"

"先生虽然交游广阔，但并不喜欢在家中呼朋唤友，能进到这里来，还能让先生千叮万嘱要照顾好的客人，实在不多。"茉莉坦白道。

救命恩人的接待规格，必须要高啊。这么一想，我突然理直气壮地觉得一会儿除了鸡腿之外，熏肉香肠意大利面水果沙拉冰激凌什么的都可以来点儿，不用假装斯文跟老东西客气了。

三楼的客房收拾得整整齐齐，床铺又大又软，被褥枕套都是新的，空气里散发着清新的皂粉味。

"今晚二位就安心在这里休息吧。"茉莉又一一将拖鞋睡衣浴袍等各种东西的放置处跟我们讲了一遍，这才安心离开。

半小时后，我们房间的桌上就堆起了晚餐，丰盛至极，餐盘之间除了有插着一支红玫瑰的小花瓶，还讲究地摆放了银制烛台。

一顿普通的饭，非给弄成烛光晚餐那么浪漫，不知道老东西付了多高的薪水才能请到茉莉这么靠谱的帮手，对比我自己家的，羡慕。

"你们慢慢吃，吃完之后将餐具放到门口便好。"茉莉将最后一道甜品摆好后，又指着床头的电子闹钟说，"闹钟是调好的，七点整，明天你们的航班是上午十一点半，如果没听到闹钟也不打紧，我会在七点十分来叫你们。"

"好的。"我上前拉起她的手，真诚地说，"多谢你了，茉莉女士。"

"叫我茉莉就可以了。"她笑着同我们道晚安，"如果倒时差睡不着，浴室的抽屉里有助眠的香薰精油，还不行的话，镜子后头的暗格里有褪黑素片。"

敖炽看着她离开，啧啧道："实在太周到了。"

我是没时间再感慨的，刀叉也是不需要的，鸡腿这些东西，手抓起来吃最幸福。

"你怎么吃得那么快？小心噎着！"

"好……吃……"

"好吃你也不能一次啃两个鸡腿啊！"

"那你为啥一把拿三个？"

"我手比较大啊。"

风卷残云，片甲不留。

我跟敖炽打着饱嗝，抚摸着圆滚滚的肚子，满足地躺在舒服的大床上。

"明天出发之后，怕是吃不到这么肥美的鸡腿了。"敖炽说，"咱们要去的地方，能吃上一口饱饭就不错了吧？"

"没那么夸张。"我打了个哈欠，"我担心的倒不是食物。"

"担心走着走着就有子弹飞过来？"

"那里的局势如何，你不是不知道，我刚刚上网查了查，关于那个阿图拉的信息差不多是零，越是这样的地方，越难以估算危险。"

"到处都能查到信息的地方，叫旅游景点。等老东西的电影拍成了上映了，你再看看那什么拉的信息还是不是零。再说普通人怕子弹，你我怕个什么。"

"不是，还有个问题，你说老东西当演员也不是一天两天了，怎么咱们从没看过他演的片子？"

"可能他根本没茉莉说得那么厉害，搞不好长期演路人甲匪兵乙之类的。"

"那张海报也是匪兵乙吗？"

"呃，可能是我们本来就很少看电影，也不关注娱乐圈吧。关键是也就大几百年前见过一面，要不是看见那张海报，我都想不起来他长啥样。别纠结了，睡吧，明天七点就要起来。"

也是，就算在屏幕上见过他，我也必不会认为那个眉清目秀的男演员是几百年前有一面之缘的故人，尤其这故人还是世间千万虫人的帝君。

关了灯，窗外的树影投在白色带蕾丝边的窗帘上，说不出的温柔静谧。

吃好喝好睡好，才有力气去下一个地方，我拍拍自己的心口，说了声晚安。

"等等啊，你说他最喜欢演什么角色啊？蜘蛛侠最合适吧，不是六只手吗，加上两只脚，哈哈哈。"

"你不是睡了吗？"

"就是好奇问问。"

"滚一边儿去！"

◇ 叁 ◇

呸！呸！呸！

即便蒙了面巾，我还是觉得嘴里有沙子，不知道是不是在路边小摊随便买的面巾质量太差，反正对正坐在敞篷越野车里迎风飞奔的我来说，现在就是一场灾难。

茉莉给我们的行程单很准确，要到达目的地的确需要换乘无数交通工具，飞机、小型飞机、马车，然后就是现在搭载我们的，一辆我总是担心它再快一点儿的话轮子会被甩飞出去的老破越野车。

司机是个油腻的胖子，头发胡子都油到发光，一路上只顾着用当地方言跟我们的向导叽里呱啦聊着，从他市侩的眼神跟动作来推测，应该是让我们多给点儿车费。

从我们降落在 T 国首都机场开始，名叫奥德的年轻向导便全程陪同，虽然这个二十出头的小伙子的英语不太流利，但沿途安排各种事务倒很麻利妥帖，还会适时表露出对中国菜的喜爱，以及希望尽快赚到足够的旅费亲自去中国大吃大喝的愿望，是个很擅长缩短彼此距离感的人。

我问他是不是英国来的莱特先生雇来当我们向导的，他说是旅行社派他来的，他并不认识莱特先生，公司只交待他一定要把我们俩顺利送到阿图拉，完成之后他可以拿到额外的奖金。

他还好奇地问我们，为什么要去那么偏僻的地方。我们也没隐瞒，说那位他不认识的莱特先生是一位演员，拍戏外景去了阿图拉，我们有急事要跟他面谈，所以才要到那个地图上都没名字的地方。

奥德听了，说这几年确实经常有世界各地的剧组跑来他们这边取景，说这里的景色苍凉壮阔，且拍摄成本很低，他还有一次被拉去当群众演员的经历呢。

不过在说到阿图拉时，我注意到他皱了皱眉头。

"那里几乎不会有人去……"奥德有点儿担心地看看我们，"边界之地，不够太平的。你们朋友的剧组也是十分大胆了。"

"你也大胆啊，明知不是个好地方，还肯做我们的向导。"敖炽拍拍他的肩，把墨镜摘下来露出眼睛，坏笑，"那笔额外的奖金应该不少吧？"

奥德不好意思地搓手："钱不好赚……"

"之前你去过那里吗？我查过，关于阿图拉的资料太少了。"我问他。

奥德摇头："我们旅行社从来没有安排过往那里的线路，连附近的地点都没有。莫说剧组了，本地人都很少往那里去。我只是听老祖母说过，阿图拉是个邪恶之地，长眠着不安的灵魂。"

我跟敖炽顿时觉得有意思了，我问他："不安的灵魂怎么说？闹鬼啊？"

"不是闹鬼啦，世上哪来的鬼，反正我是不信的。"奥德扶了扶他的近视眼镜，认真道，"关于阿图拉的记载真的很少，就算在我们本地也找不到多少。传说阿图拉在远古时便是神囚禁魔鬼的地方，当然谁也没见过那儿有魔鬼。不过几百年前，一队试图窃国篡位的叛军逃亡到了阿图拉，最后被全部剿杀。叛军里有个巫师，临死前下了诅咒，说甘愿以灵魂饲喂魔鬼，终要报血海深仇什么的。后人为了镇压魔鬼，还重建了神庙。大概就是这么个故事，反正大家都是听年纪大的人讲的，然后又添油加醋讲给别人听，我认为可信度就是零。我觉得那里危险，不是因为魔鬼，是因为现在那里有比魔鬼还可怕的人。"

我们明白他的心情，绵延不止的战火，不分是非的杀戮，从来就没有在远方停止过。

总之，这几天我们同奥德相处还算愉快，这是一个简单没心机的年轻人，并不掩饰自己对赚钱的渴望，等到了阿图拉后，我一定另给他一笔小费。

越野车在碎石遍地的山野里越开越慢，原本一直话很多的司机也安静下来。

我们的方向一直往东南，起初还有比较规范的公路，到现在，只能说脚下都是路，随便开，只要别撞在石头上。

春季的气温其实还是很好的，不凉不热，只是四周说不出的干燥，沿途的风也特别大，一路喂我们吃土。

但在这里的时间越长，我越能理解为什么那些家伙非要往这里来取外景。

苍凉广阔形容这里还不够，如果你独自行走其间，大概会错觉自己只是一个被不小心遗落在外星的倒霉鬼，眼巴巴等着母星飞船来接自己回去，可再看远远近近的山脉，又觉得飞船不可能找到自己，自己一辈子也不可能走出这片天地，即便跨过一座山，前头还有一座，无休止，无尽头。

连神都不能解救的极致的孤独之地，最适合英雄的出现。

我的感慨还没有结束，整个人便差点儿撞到前头的椅背上。

司机急刹车，打开车门跳下去，在离车头不到三米的地方蹲下来，不知道在看什么。

所有人都不明所以，奥德下车走过去，我看见一脸惊慌的司机摇头晃脑跟他说些什么，又飞快跑回驾驶位，不知从哪里掏出来一个望远镜，匆匆忙忙架到眼前，嘴里不知嘟嘟囔囔念些什么。

见状，我跟敖炽也下了车。

往前方看，目所能及处一切如常，除了三米开外的地上，一大片不规则点状的红色颜料聚集成一丛火焰的形状，不知是红漆还是别的材质，似乎是以一种炸裂开的方式留下来的，在灰黑的碎石地上十分显眼。

身后，司机跟奥德争执的声音越来越大。

"怎么了？"我问奥德。

一旁的司机跟中邪了似的，说话飞快都不带停顿，边说还边指前方。

奥德的脸色也很不好看了，有点儿发白，甚至连扶眼镜的手都有点儿抖："司机不肯再往前走了，说必须马上原路返回。"

"他见鬼了吗？"敖炽皱眉，"还是耍花招想要更多车费？"

"不是，不是花招。"奥德连连摇头，指着前头的红漆，"他说那是神焰军的记号，也是绝对的警告，但凡有这个火焰标记的地方，焰尖所指方向，方圆百里的土地都归他们'清理'，旁人需火速退离，否则格杀勿论。"

"神焰军是什么东西？"敖炽冷笑，"随便画点儿油漆就能宣示主权了？"

"一直在东南边境活动的恐怖武装组织，火力强大，杀人如麻。多年来都没能剿灭他们，各方组织也十分头疼。最近几年他们越发猖狂，新闻里出现过的恐怖袭击，起码一半都跟他们有关系。"奥德眼神复杂地看了看我们，又过去从司机手里拿过望远镜塞给我，"你们往前头看看。"

我举起望远镜，大概就是我们要去的地方，隐隐有烟雾腾起。

"我曾听说他们为了寻找一个逃兵，一夜之间屠尽一个村的村民。"奥德担忧地朝远处看去，"我想，咱们还是回去吧，看情形他们肯定又发疯了，阿图拉真的不能去了。"

司机一把将望远镜夺回去，飞快跳上车，急打方向盘把车调了头，又停下朝我们招手，叽里呱啦乱喊一气。

"他让我们赶紧上车。"奥德扯了扯我的袖子，自己不由自主地朝车门那边移了一步，"万一运气不好撞到他们，我们恐怕永远都回不去了。"

我指着前头："阿图拉就在那个方向，确定？"

"确定。可是……"

我拉下奥德的手，从兜里掏出一沓现金塞给奥德，笑笑："你们回吧。"

"什么？"奥德难以置信地瞪大眼睛，"你们不要命了？还要去？"

"老朋友在那里，我们爬也要爬过去的。"我推了他一把，"快上车，一路上多谢你照顾了。"

司机的叫喊越发不耐烦了。

奥德无奈，拥抱了我一下，说愿神保佑我，并且还不忘让我录一段视频，表示我是自愿留下，而且一定要去阿图拉，说万一出什么事，他也好凭这个找人来救我们。这小子，明明是怕被赖上遗弃客户的罪名吧。

越野车的速度可比来时快多了，老远都还能看见奥德在车上冲我们挥手。

他肯定觉得我们是那种空虚到需要拿性命去找刺激的有钱人……可惜，我们事情真的很多，根本没有空虚的资格。

茫茫天地间，瞬间只剩我跟敖炽。

我刚刚描述过的极致的孤独，我们终于得到了零距离接触的机会，仿佛有无数不安的灵魂从四面八方涌来，拼命拉扯我们，空气里有微妙的敌意。

地上，紫色的龙昂起头："走吧。"

◇ 肆 ◇

凹地里的火已经熄得差不多，黑烟仍疯狂扭结着往天空里蹿。

我掩着鼻子，呛人的不是烟味，而是包裹在其中的，死亡的味道。

已经不太可能看清楚他们本来的模样，美与丑、老与幼都在这里失去了意义，他们横七竖八地躺在那里，有的好像还紧紧牵着手，有的还那么小，可能只有五六岁。也许他们这辈子都没料到自己生命的终点是在一个无人问津的坑里，并在这里失去所有颜色，只剩下焦黑的残骸。

凹地旁散落着一些乱七八糟的东西，有钥匙，有女人的鞋子，还有装着彩色铅笔的塑料袋，铅笔上印着笑眯眯的熊。它们之间还躺着无数弹壳，敖炽拾起一枚，看了看，一言不发地将其捏成一个平面。

活了这么多年，生死场面没少见，但还是无法接受任何不平等的生死较量，恃强凌弱的屠戮依然能激起我的愤怒。

敖炽一挥手，凹地四周飞沙走石，瞬间填平了本不该出现的坟坑。

黑烟散去，平整的地面上看不出任何罪恶的端倪。

"不知道这儿的人讲不讲究入土为安。"敖炽笑了笑，又把地上的彩色铅笔捡起来，小心地收到了背包里。

正要开口，耳畔传来一阵刺耳的轰鸣声。

左前方百米外的矮坡上，出现了几辆装甲车，后头还跟着一队改装过的军用卡车，每辆都满员，粗略估计有几百人，与我们要去的方向一致。

敖炽将我扯到一块大石后头。

扬起的尘土中，车队离我们越来越近，我们不但听到车上的人放肆的笑声，也看见了车身上鲜红的火焰标记，还有那些被他们簇拥在其中的各种武器。

"现在就可以埋了他们。"敖炽淡淡道，"你觉得呢？反正这里没别人，不怕暴露行踪。"

"不急，看看他们去哪里。"

"行。"

身为老妖怪的好处终于体现出来，我们在暗，他们在明，观察他们太容易，除掉他们也容易。

本以为他们是迫不及待去作恶，可车队却在开出几十公里后停了下来，并且完全没有要去大开杀戒的意思，下车的人一部分开始搭建帐篷，一部分从车上搬下几个巨大的金属箱，小心翼翼摆放开来。

感觉是要在这里安营扎寨，奇怪。

事实上再往前一点点，越过一条干涸的河道，树林后就是一片村落。

根据茉莉的行程单末尾的照片，我们的终点目标，名叫阿图拉的村子，就是这儿了。

暂时不管那群什么神焰军搞什么名堂，我们俩悄无声息地落在村外，以为没人看见，不远处的石墙后却站起来一个七八岁的男童，手里攥着一把弹弓，眨巴着眼睛看着我们，吸了吸即将落下来的鼻涕。

也是这时，一个穿着大花裙子、系着橘黄色宽腰带的妇女从村口匆匆跑出来，一见男童便火急火燎地吼开了。

男童吓了一大跳，慌乱之中竟朝我们跑过来，躲在我们身后，紧紧拉住我跟敖炽的衣裳。

那妇人追到我们面前，正要去拽男童，却突然意识到不对，视线骤然落在我们俩脸上，半秒之后尖叫了一声，连退几步，跟见了鬼一样朝男童招手，起初的叫骂突然变成了惊恐的哀求。

我跟敖炽虽然长得不像当地人，但也不至于被厌恶成这样吧？

男童从我们中间挤出脑袋，居然跟妇人吐了吐舌头，这孩子倒是有眼光，挑靠山的本事一流。

虽然语言不通，但我尽力用丰富的肢体语言向妇人表示我们没有恶意，不是坏人，我们只是来这里找个人。我把行程单上的照片指给她看，跟她确定阿图拉是否就是这里。

她半信半疑地看了我们几次，又瞟了瞟照片，终于缓慢地点点头，然后趁我们不注意，一把将男童拽到自己怀里。

应该是母子了，她那种防备的眼神，表明她能跟任何试图伤害这孩子的人拼命。

我又从包里拿出左右的海报，指着上面的他，表示我们在找这个人，问他是不是在这里。

妇女盯着海报，眼睛一亮，用力点头，然后又盯着我们，用英文吃力地问："你们……朋友？"

"是的。"我点头微笑，庆幸她起码还会几个英文单词。

不等妇女说话，那孩子早迫不及待地一左一右拉起我跟敖炽的手往村子里跑，嘴里"雷特雷特"地叫着，看样子是迫不及待带我们去见谁，根本不管他妈妈在后头的叫喊。

似乎有很久没有被小孩子这样牵着跑了，我竟有片刻的恍惚。

村子不算小，起码一眼看不到头，蜿蜒的小道两侧分布着用石块与木条搭建的小楼，每家每户门前都有花台，还摆放着染成不同颜色的石头当装饰，一两只懒猫随意躺着，没太阳晒也很舒服的样子。

想到几个钟头前我们才埋葬了一段不忍直视的惨剧，不过相距几十里外的地方，却是另外一番光景，生死之间，又近又远。

可是，没有人。

不是来出外景吗？怎么一个剧组人员都没看到，摄像器材什么的也没一台，除了男孩跟他母亲，甚至连一个本地居民都没有。

男孩跑过一段斜坡，在一扇紧闭的房门前停下，气喘吁吁地指着里头说："雷特雷特！"

他是在说莱特莱特吧……我猜。

我敲门，顺便看了看眼前这栋充满当地特色的小楼，可惜门窗紧闭，看不出什么端倪。

半天没人开门，敖炽上来把门捶得震天响，我把他拉到一旁，正要说他没礼貌，大门却开了。

可首先出来的不是人，而是一把上了膛的手枪，枪口几乎怼到我的脑门上。

枪口后头是一张小麦色的脸，眉眼鼻口没一个地方不写满怀疑跟敌意，最意外的是，这张脸的主人仅仅是个十来岁的小姑娘。

这个年岁的当地姑娘很少有不好看的，高鼻深目长睫毛，如果她左脸颊上没有那一道长长的伤疤，便是个标准的妙龄美少女了。当然，不这样举枪对着我们就更好了。

敖炽"唰"的一下挡到我面前，举手表示我们不是来找麻烦的。对女孩子他始终还是手下留情，若换一个文身大汉这么对我，可能对方整个人已经不见了吧。

男孩跳起来去掰姑娘的手，嘴里叽里呱啦地叫喊着。

姑娘的眉头始终不肯展开，手里的枪也不肯放下，但总算肯开口了："你们是谁？"

谢天谢地，英文说得不错。

"我们是莱特先生的朋友，应他的邀请来这里见他的。"我赶紧解释，又拍了拍男孩的头，"这孩子是你们这儿的吧，他带我过来的。"

姑娘又将我们打量一番，还是半信半疑。

我赶紧把电影海报行程单登机牌什么的一股脑儿拿出来给她看，表示我们确实是来找那个叫莱特的"著名演员"的，以及我们跟他还是老朋友。

这时，孩子的妈妈终于追上来，姑娘示意她把孩子带走，又用当地话问了她几句，得到回答后，她脸上的神情终于松懈了一些，放下了枪。

我们也松了一口气。

"你们在这儿等等。"她转身回去，关上了门。

敖炽四下环顾，皱眉道："看似平静悠闲，实则腥风血雨。"

说得夸张了，但也算事实，没有哪个正常人会拿枪待客。

很快，门又打开，姑娘面无表情地朝我们偏了偏脑袋："进来吧。"

屋子里挺宽敞，一次坐十来个人不成问题——其实也确实坐了十来个人，都是男性，准确地说是十来个身着迷彩军服的男性，年龄在二十岁到三十岁之间，每个人身上都有伤，也有武器，要么是枪，要么是带锯齿的军刀，还有手雷。

我看着他们，他们也看着我们，目光冷静而犀利，你会觉得完全不能在这样的注视下动一点儿坏心思。

连敖炽都觉得这样的杀气很难得，他一直以为只有自己有"以眼杀人"的本事，不由得小声跟我说："这些人不是好对付的。"

姑娘带我们往二楼走，从那群人面前走过时，我努力对他们露出人畜无害的笑脸，指着前头说："我们来看朋友的，幸会幸会，大家吃饭了吗？有机会来中国玩哦！"才不管他们听不听得明白。

可是，一个普通村落里的房间里，怎么会出现一队连敖炽都不会小看的军人，还有持枪的姑娘，加上村外不远处驻扎的那群家伙……

拍电影吗？

我突然想起茉莉说左右他们是来拍一部战争片。

"我说……"我拽了拽敖炽，朝身后努努嘴，"他们该不是剧组群演吧？咱们沿途一个剧组的人都没见着，是不是都在这里窝着开会啊？"

敖炽白了我一眼："连我都不能视而不见的杀气，哪个群演能演出来？以我闯荡江湖多年的经验，那些人身上的刀枪可不是道具。"

也是……

可这样就更没法解释我们看到的一切了。

说好了不就是一趟简单的探班之旅吗，大不了就是路途遥远曲折点儿，可现在怎么越来越不对劲？

姑娘停在二楼最后一个房间门口，又看了我们一眼，便自顾自下楼去了。

我走过去，轻轻敲了敲门。

"请进。"

门里传来一句标准的中文。

◇ 伍 ◇

房间里充斥着消毒药水的气味，寂静到只能听到彼此的呼吸声。

"别憋了，想笑就笑出来吧。"斜靠在床头的左右无奈道。

我严肃地盯着他，提醒自己绝对不能笑出来，即便几百年来的第一次重逢完全不是我预想的那个样子。

我以为出现在我们面前的会是那个跟海报上差不多的绅士、著名演员、年纪虽大但颜值从不掉线的虫人君王，但眼前这个人……整个上半身都缠满绷带，右手固定了夹板吊在胸前，左眼还不知被哪个揍成了熊猫眼，正蔫蔫儿地躺在床上。

"对不起，先笑为敬！"敖炽到底是哈哈哈笑出声来，边笑边特别同情地说，"你这是走街上被雷劈到沟里了吗，怎么狼狈成这样？幸好没毁容，不然还真不敢确定你是谁。"

真的，又想笑又满腹疑惑，堂堂虫帝，麾下何止千万兵将，就算独自在外，以他的本事，哪个能将其伤成这样？

"你……"我上前，轻轻敲了敲他手臂上的夹板，"真受伤啦？"

"你以为这些是特效妆？"他叹气，"右臂骨折，肋骨受损，面部肌肉软组织挫伤。"

我跟敖炽都顾不得笑他了。

事出反常必有妖……

"谁干的？"敖炽眼里燃起怒火，拍着心口道，"是哪只鸡又成精了？告诉我们，我们替你出气！"

我觉得吧，如果敖炽不是东海最霸道的龙，他应该早就被他语言伤害过的人打死了。

好在左右不是个冲动的妖怪，都没有半分生气的样子，只说："不是鸡，是人类，一群自称神焰军的乌合之众。"

又是神焰军？

"好了好了，不跟你开玩笑。"敖炽总算正经起来，"你不是来这儿拍戏的吗，怎么跟那帮人扯上关系？还有，你们剧组的人呢？咱们来时连一台摄像机都没瞧见。"

"剧组里活下来的就我一人。"左右再叹气。

我跟敖炽一愣。

在左右沮丧的眼神和时不时的叹息里，我们逐渐理出了一个令人匪夷所思的故事——

剧组在抵达阿图拉后的第二天，所有成员便去到阿图拉村西边的神庙遗址取景拍摄，只是所有人都不知道，那一天成了他们在世上的最后一个工作日。

几辆改装过的越野车出现在他们面前，车身绘有火焰标记，车上的人个个持有武器。

他们拒绝交流，不听解释，抢走了所有器材和财物，所有人被打到鼻青脸肿不说，还被他们绑到石柱上供他们当枪靶。

在这群东西眼里，人命只是可以被他们拿来随意戏弄的玩具，他们一边嘲笑这些异国他乡来的毫无还手之力的"傻子"，一边蒙上眼睛开始一场"盲眼射击大赛"，看谁闭上眼还能击中"靶子"的头部或者心脏，用子弹最少的人获得冠军。

左右说，当子弹从他的脑袋上擦过去时，他有点儿后悔——如果他没有封印自己的灵力，被绑起来往死里打的，该是这群不能称之为人的玩意儿。

跟他绑在一起的是阿图拉村的一个小姑娘，才十五岁，名叫安泊，专门负责给剧组带路。虽然不是个很爱说话的姑娘，但安泊对这些和气又有趣的外来人充满了好奇，会因为得到一块巧克力高兴至极，也会趁他们不注意时去偷看镜头。她很喜欢这份差事，不累，还能赚到钱，毕竟这个村子实在算不上富裕。

左右以为安泊会哭，但小姑娘只是皱眉咬牙，全程一声不吭，之前在他们之中有人哀求敌人不要伤害自己时，她都没有任何求饶的意思，从一看到这群混账东西开始，她的眼里就失去了这个年纪应有的稚气。

那时，他拼命挣扎，就算不能挣脱绳索，也希望自己能尽量把安泊挡住。都说人生如戏，要他说，人生怕是比戏还要精彩，从生到死根本不需要几十年那么长。

可安泊还那么年轻。

"比赛"不会因为任何人的死去而停止，没有底线的笑声不断传来，他听到安泊惊叫了一声，一颗子弹擦伤了她的脸颊。

同一时间，又一声枪响，却是对面的枪手毫无预兆地倒在地上。

然后便是无数声枪响，震耳欲聋，他在昏过去之前看到的最后一幕，是不远处的地上激扬起一阵尘土，以及那群混账逐一倒下的慌乱的身影，耳边不止有枪声，还有人从远处跑过来的脚步声。

"再醒来时，我就躺在这里，这个样子。"左右自嘲地笑笑，"所以我不介意你们笑话我，事实上我自己都觉得这是一件特别好笑的事。"

"楼下那队人救了你们？"我问，"他们什么来头？"

"来这里执行任务的别国军队。"左右道，"不过他们的任务并不包括保护当地人民，事实上他们早就可以离开，只是……那天逃了一个畜生。"

"他们怕神焰军回来报复？"我想了想，"你这段遭遇比电影还电影，也算遂了你想当影帝的心了。"

"我这辈子都不想当这样的影帝。"左右扭头看向窗外，"做妖怪这么多年，以为早已事事看透，心如止水，人也好妖也罢，生离死别爱恨情仇都不过是时间长河里的小水花，却不承想当自己面对恶毒丑陋之物却无还手之力时，心下竟还是躲不过愤怒与恐惧。我身为虫帝尚且如此，那些真正的血肉凡人在引颈受戮时的感受，便更是不堪了。"

我跟敖炽都没说话，心里却绝了再跟他开玩笑的心思。

"为何封印自己？"我问他。

"因为我在休假。"左右回过头，嘴角微扬，"做一个完全的人类，体验不同的人生，无须面对铺天盖地的消息与秘密，不被任何'买卖'打扰，是我以为的最好的休息方式。"

敖炽打量他身上的伤痕，撇撇嘴："即便封印了灵力，你也做不成完全的人类，因为你死不了，所有子弹打你头上都死不了。"

"可是疼啊！"左右提高了声音，"肉体受到每一次打击都会造成真实的伤害！就算痊愈时间比人类短，还是疼啊！"

"你吼也没用，不是你自己要封印的吗？"我替他倒了杯水，"你封印了自己多久？"

会自我封印的妖怪不止他一个，的确有些想当人间隐者的妖怪，为了杜绝被识破身份的可能，甘愿封印灵力，放弃一切妖怪的特权。但是，你想要多少"安静"，就得拿多少危险去交换，现在的左右就是例子。

"十年。"他左手接过杯子，喝了一口，情绪平复下来，"幸好你们来了。"

敖炽不客气道："我们来是找你要报酬的，没打算帮你干别的。"

他笑笑："两个问题，终于想好了？"

我顿时紧张起来，一种等待开奖结果的急切心情迅速蹿遍心脏。

"如何才能进到万妖之源，西溟幽海？"

"用什么法子才能让刑王寒荒恢复正常？"

都是脱口而出的。

可我没想到敖炽问的竟是这个问题，自己的家人亲朋尚是危机重重，他心头却还记挂着一条来自无名间的龙的托付。

答应了的事就要做，这方面敖炽总是可靠的，所以我总是庆幸在身边的从不是别人，是他。

左右沉思片刻，说："你们的问题，我需要时间。"

"多久？"我追问，"晚一天知道，我们生命里最重要的人就多一天的危险。"

"我给不了确切的时间。"他看着我们急得发红的脸，"你们的问题太大了，即便由我亲自出手去找答案，也不是朝夕能办到的。不过你们大可放心，天下没有我得不到的答案。"

"可我们不能等太久……"

"你们只能等。"

他此刻的神情，便又是数百年前那个恍若仙人，用年轻外表装起沧桑的灵魂，拒绝让你看透心思的虫帝了。

不远万里，曲曲折折，吃了十斤土不说，连杀人不眨眼的恐怖分子都遇上了，得来的结果却还是一个"等"，不得不承认心情瞬间低落许多，但好歹又有了一丁点儿值得期待的希望。

"你有什么愿望？"我没有忘记他当年说过的"规矩"。

"不急。"他说，"本想的是故人重逢，又在这景色奇丽壮阔之地，怎么也要把酒言欢一番，却害你们连一顿安生饭都吃不上。"

他脸上有真诚的歉意。

敖炽伸手摸摸他的额头："你没烧坏脑袋吧？你发神经把自己封印了，我们俩可没干这蠢事，来都来了，顺手把你带回伦敦吃顿好饭很难？"

"你们就没想过，为何我在这里将近一个月了，却从没跟外界联络过？"他突然道，"这里所有通信都被切断了，在你们来之前，阿图拉已经经历过两次攻击。逃走的家伙并没有感激上苍让自己捡回一条命，而是把更多的凶手带到阿图拉寻仇，这群人杀人如麻，睚眦必报，不荡平阿图拉是不会罢休的。"

我朝窗外望了望，说："可这里不像是被攻击过两次的样子。"

"楼下那群士兵很厉害，论战术论攻击力，不是乌合之众能比的。"他笑笑，"你们来时一定没有注意到村子外头的弹坑跟用过的陷阱，听说前两拨敌人已经尸骨无存了，村子后头还停着从他们手里缴来的车辆，还有武器。”

他顿了顿，笑容渐淡："但以寡敌众，终难持久。他们也是血肉之躯，虽然得了两次胜利，也受伤不轻。神焰军以为阿图拉的人只是待宰羔羊，以为随便派点儿人就能为所欲为，谁知这只羊会咬人。我猜，如果还有下一次攻击，他们不会再掉以轻心。"

我收回目光，耸耸肩："肯定不会。因为我们来时……"

话音未落，房门被打开，安泊出现在门口，站在离我们一米远的地方。

"哨兵看见他们了，人数很多，就在林子对面，可是没有往这里来。"

◇ 陆 ◇

我现在才知道阿图拉不是没有居民，而是全部集中在村尾的地下室里，老老少少足有上百口人。每个人在看到陌生人时，都会本能地露出惊恐的表情。

安泊说，从神焰军第一次报复性攻击后，士兵们便要他们全部迁入地下室。

难怪男孩的母亲那么焦急愤怒，调皮的孩子耐不住寂寞，总想跑出来玩，可他哪里知道外面的世界已经不是游乐场，而是一个随时会吞掉生命的战场。

"不杀掉我们跟士兵，他们不会收手。"安泊说话的时候，手总是时不时去摸一下别在腰间的手枪，生怕它不见。

"那群当兵的教你用的枪？"我问她。

她沉默片刻，点头："我害怕手无寸铁。"

这不该是一个十五岁的姑娘说的话。这个年纪的她们，应该为期末考试发愁，应该讨论学校里哪个男生最好看，应该穿着新买的花裙子跟同学去看电影。

但在世界的这个角落，以上都不能被成全，她需要思考的只有一件事，怎样才能不被杀掉。

"你的英文讲得很好。"我称赞她，"有你当翻译，你们这里的人终于不用把我们夫妻当坏人了。"

"我父亲是英国人，画家，喜欢这里的风景就留下来了，娶了我妈妈。"短暂的回忆让她的表情柔和了些，她从衣领里拽出一条银链子，上头挂着一块清亮澄澈的琥珀，"这是他送给我妈妈的结婚礼物，说琥珀是他前世为她掉的眼泪，几亿年都没有消失，现在终于可以还她了。"

平时若有人跟我这么说，我只会觉得好肉麻赶紧住嘴，可安泊说的时候，我倒希望她一直说下去，从死亡线上逃出来的孩子，太难露出幸福的表情。

"难怪你叫安泊。"英文里的 Amber 就是琥珀的意思，我看着她手里的链子，"真好看，你妈妈把它送给你当礼物了？"

"十二岁时的生日礼物。"安泊把项链塞回去，"第二天，他们去很远的地方买种子跟布匹，就再也没回来。我听村里的人说，他们坐的车被发现时，已经烧成了光架子，剩下的部分都是弹孔，不远处的地上留着一个显眼的火焰标记。那段时间我总是想不明白，为什么没有任何罪过的人，说死掉就死掉了。"

我摸了摸她的头，没说话。

"你相信世上有恶魔吗？"她突然问我。

我反问："你信吗？"

"阿图拉外头的神庙下，就锁着恶魔。"她眼神恍惚起来，"若能把恶魔放出来，不知道能不能杀掉另外的恶魔。"

"靠恶魔是解决不了问题的。"我有点儿心疼她。

"那靠什么可以？神？"她回头看了看左右住的小楼，"你知道莱特先生他们来拍的电影叫什么名字吗？"

我摇头。

"《神迹》。"她笑了笑，捋了一下乱蓬蓬的头发，"莱特先生是个好人，我们被当成靶子时，他拼命想挡住我。"

傻孩子，那是应该的，反正他死不了，多挨几颗子弹没什么。

我把这句话咽回肚子，说："那些军人更是好人，没有他们'管闲事'，你们都回不来。"

"对，他们也是好人。"她收回目光，看着脚下的小路，"但世上没有神。"

我落在她身后，不知说什么才能安慰一颗不安的心。

士兵们按照他们的计划，再一次给这座与他们本无关联的村落布置防线。我看见他们拿着地图在村子里进进出出，走走停停。敖炽叼了一根野草坐在花台上，懒洋洋地看着忙碌的他们，而他们也只把敖炽当成一个无关紧要但需要被保护的闲人，虽然不太想搭理他，但也警告他从现在开始不要踏出村子一步，外头埋了地雷。

敖炽对他们的好意只是哼一声，很讨打的样子，好在人家没工夫同他计较。

我走过去坐到他身边，他问："那丫头干吗去了？"

"村子里的年轻人都轮班出来巡视，光靠那些士兵是不够的。"我说，"非常时期，天知道那群王八蛋在憋什么坏主意，人都到了，偏停在对面不过来。"

"所以我真不知道你们一个个在想啥。"敖炽不耐烦道，"需要巡视吗？需要埋地雷吗？需要这么紧张吗？我们在这儿啊！"

出于正义感，也出于对那群人形畜生的厌恶，我们跟左右提出过帮忙的意愿。敖炽的原话是，你们大家坐下来安心吃个晚饭，都不用一顿饭的时间，不该出现的人永远都不会再出现。

左右拒绝，说东海孽龙出手向来没轻没重的，万一怒气攻心发个大招，该死的肯定死了，不该死的也危险，毕竟此地地势广阔，说一阵风能刮过三百里也不夸张，一条龙的破坏力太大了。真要出手，也得先把这里的无辜者，包括那群士兵在内，送到安全地带之后才行。

"你说几百年没见，他怎么就变得跟娘们儿似的磨磨叽叽，这也不行那也不行，我怎么就破坏力太大了？"敖炽越说越气，"还能有比我出手更快速便捷的方法吗？早点儿解决了咱们也好早点儿回去办正事啊！"

我想了想："也不是没有道理。毕竟你当年'一澡成名'的黑历史被太多人诟病，我们身边这些都是脆弱的血肉之躯，不说你这种等级的大咖，就算妖怪们一次普通的攻击都足以让他们半死不活。"

"那怎么办？就算我出手，要把上百人迅速带走也得分好几次，而且我怕他们都没到安全地方就被我英俊的原形帅死了。"敖炽翻了个白眼，"实在不行，做个结界把他们圈起来，刀枪不入百毒不侵，这总够了吧？"

"当初无藏青霜以寒气伤我，你以真元为我疗伤，别以为我不知道从那之后，你的身子一直没有完全恢复。"我盯着他，坦白道，"而我现在的状况你也很清楚，经过这么多事之后，我们的灵力大不如前，造结界这种活儿损耗太大，我们支撑不了多久。"

敖炽一愣，旋即撸起袖子鼓起肌肉给我看："你说我身体没康复？"

我打开他的胳膊，又把他的手拽过来，整个人靠在他身上："不要胡乱拼命，我们还要走很远的。"

敖炽没作声，只把我的手抓紧了些。

傍晚的光线落在我们身上，擦掉一切会引起争执的可能，路过的猫懒懒看了我们一眼，花台里的花摇摆着，眼前画一般宁静。

◇ 柒 ◇

晚上，我们得到了两个好消息。

一个是敌人依旧原地不动，虽然不知道这究竟算不算好消息。

另一个是士兵里的通信兵说他终于修好了卫星电话，虽然还不能确定能不能顺利联系到援军，但总算多了一个希望。

于是这个夜晚的主题，是一群人紧张地等待电话另一端的回应。

我也很紧张，能联系到援军自然最好，人类世界的问题，本就该由人类自己来解决。

直到深夜，年轻的通信兵一脸激动地从屋顶上跑下来，说："打通了。"

大家兴奋不已，问援军什么时候能到，能先派飞机过来把村民转移到安全地带吗？

可通信兵说，刚连上才说了一句话就断了。

众人顿时失望，但通信兵又说，虽然通话有障碍，但只要保持电话开机，对方一定可以定位到他们的位置，以及他会继续尝试联系援军。

我希望他能成功，因为我从今晚的空气里隐隐觉察出一些不妥当的东西。

安泊没有表现出任何激动的情绪，她从头到尾都紧锁着眉头，一句话都不说，只有在手指碰到她的枪时，才会稍微安定一些。

士兵的队长给面前的十几个年轻村民分派任务，谁去帮忙布置陷阱，谁负责地下室里的老幼妇孺，谁例行巡逻。队长比敖炽还高大健壮，因为长时间没洗澡刮胡子，让他看起来更像一头凶悍的熊。

在我们同他们短暂的相处中，交流不多，他们只知道我们是楼上那个倒霉男演员的朋友，以为是一趟愉快的旅行却发现是生死危机，我们也不知道他们究竟什么来头，他们对自己的信息三缄其口，连名字都不肯说，彼此间都是拿硬币啊飞猫啊之类奇奇怪怪的代号来称呼，天晓得是谁派来执行什么见不得光的任务。

经过安泊身边时，队长停下来，看了看她脸上尚未痊愈的伤，又拍拍她的肩膀，笑道："你会安全活下来的。"

安泊咬紧嘴唇。

很想相信这样的承诺，哪怕只是一个安慰。

另外两个经过的士兵也笑着拍拍她的头，并比画了一个"我可厉害了"的手势。

明明已经是敌我力量悬殊的背水一战，他们却安稳得像是只需要抬脚踩死几只蚂蚁，何况这场生死未卜的战斗，本来与他们毫无关系。

突然，安泊追上他们，一把抱住了队长，把头埋在他背上，呜呜地哭出了声，嘴里含含糊糊地说着："对不起……对不起……"

士兵们笑出声来，小女孩就是小女孩啊，不管之前多坚决地要他们教她用枪，说要做一个能保护别人的人，结果还是这么容易哭鼻子。

等她哭够了，队长才转过身，蹲下来给她擦掉脸上的眼泪。

"你们可以不留下的。"

"总是视而不见的话，眼睛又拿来干吗呢？"队长刮了刮她的鼻子，"我妹妹跟你一样大，爱哭。可你现在有枪了，是战士了，再随便哭就很难看了。"

安泊点点头，情绪渐渐平复下来，说："我们一定能活下来，都能。"

傻瓜，当然能下来，你们面前不单有一队管闲事的士兵，现在还有一只千年树妖和一条东海孽龙，谁能动你们性命！

有时候吧，人与人之间并不需要认识多久，只要一场短短的相遇，可爱的人就出现了。

安泊很可爱，熊队长也可爱，我们也可爱。

但，我们的敌人不可爱。

从现在开始，阿图拉村是我们的地盘了，畜生勿近。

今夜，没有一个人能睡得着，除了不谙世事的孩子。

空气里看不见的弦越绷越紧。上过战场的人，对危险都是敏感的。

队长跟他的士兵分散在各自的据点，全神贯注地监视四周任何的风吹草动。

村子里最高的石塔上，枪法神准的狙击兵居高临下。

我们还是得配合他们，尽量把自己伪装成需要被保护的平民，不管敖炽有多想告诉他们这场仗胜负已分，你们得是多走运才能有幸跟东海的龙一同战斗。

敖炽跟我已经想好了对策。

就趁今夜，我们俩亲自去敌营"拜访"，大招就不用了，在隐身术的有效时间内，直接手动解决几百号敌人，安全又环保，就是人累点儿，相当于我们要在很短时间内连续挥拳踢腿几百下，其中还包含被子弹或者别的人类武器击中的危险——虽然难伤性命，可我们也疼啊。

本来敖炽说一刀一次解决算了，被我拒绝，因为我说过我不接受不平等的生死较量，普通人类在我们面前实在不堪一击，虽然这群人该死，但终结他们的应该是曾经被他们伤害过的同类。

所以最好的结果，就是明早的村口躺着几百个被树枝五花大绑的家伙，要如何处置，他们自己说了算。

就这么愉快地决定了。

我回头看了看身后闪着稀疏灯火的村落，暴虐与死亡实在跟它不匹配。

通信兵还在楼顶忙碌，但愿我们回来时，他也有好消息，毕竟之后会有几百个战俘需要处理，光靠他们一队人肯定会很忙。

"走吧。"敖炽打了个哈欠，"早点儿收工早点儿回来睡觉。"

我俩快步往村外走去。

"你们去哪里？"

回头，安泊不知从哪里钻出来，疑惑地盯着我们。

"去队长那里看看。"我随口道，"你怎么在这儿，今晚不是让你在地下室待着吗？"

"也让你们在地下室里待着。"安泊看我们的眼神跟白天不同，很不信任。

这孩子是怕我们"投敌卖国"不成？

"我们去看看就回。"敖炽冲她挥挥手，"你做好自己的事，别理我们。"

她原地不动，问："你们走了就不会回来了吧？"

还是不信任我们啊。

不等我们回答，她却转过身去，瘦削的身影渐渐隐入黑暗之中。

"这孩子有点儿不对劲呐。"

"不管了，先解决那些家伙。"

◇ 捌 ◇

一直走出村外的树林，确定不会被任何人看到后，敖炽现出原形，以他的速度，几分钟后便能抵达敌方营地。为了今夜一战，晚饭时我特意多吃了七块土豆烙饼……

但是，有点儿不妥。

迎面而来的夜风里夹杂着奇怪的土腥味，以及明明白白的……妖气。

"地下有东西。"

敖炽落回地面，用力踏了踏脚。

不易察觉的震颤一阵重过一阵地传来，推测有东西在地下游走，并且离我们这边越来越近。

几分钟后，十几米开外的地面鼓起几道痕迹，看行进方向，绝对是奔着阿图拉而来。

土遁术可不该是这帮人类能有的技能。

敖炽皱眉，一掌劈出，地面顿时炸裂开来。

三只仿佛长了刺的大蚯蚓似的怪物从地下呼啸而出，口器大开，黏液飞溅，凡被碰到的石块野草皆被灼到焦黑，冒出阵阵白烟。每只怪物都有两三米长，黏滑无骨，观之十分倒胃口。

说它们是纯粹的怪物好像又不对，因为每只怪物的脖子上还系着狗牌似的玩意儿，上头镶有液晶屏，闪烁着看不清的内容。

虽然个子大还恶心，但不是什么难对付的东西，至少在我们眼里毫无武力值。

都不需要我帮忙，敖炽一个人就把它们打到虫仰马翻，可它们不论被打得多惨，依然坚持要往阿图拉去。

敖炽打得没了耐心，干脆吐出海蓝真火，一次烤完，省时省力。

龙火之中，三只怪物扭缠在一起，发出刺耳的嗞嗞声，可身躯却不见融化，反倒是越来越膨胀，直到胖成三个黏糊糊的肉球。

不好，这是要爆开的节奏！

敖炽一把将我拽住，呼啦一下蹿上天去。

我只觉脚下有强光炸起，热浪袭人，低头再看，地面上再无怪物踪迹，只有一片赤红火海，竟如地狱之火，连石头都烧化了。

见势不妙，敖炽忙召出一阵急雨，很费了番工夫才渐渐熄了这场怪火。

火焰所到之处，地面都熔到凹陷，石头化灰，野草植物连灰都不剩。

但是，它们的"狗牌"居然完好无损。

我们蹲下来仔细看。

那个比手表盘大一点儿的液晶屏上，显示的是一串数字，应该是某个地点的坐标。

"肯定是阿图拉的坐标。"敖炽冷哼一声，"想不到那群王八蛋居然把妖怪当武器。"

这点我们俩都没想到——恐怖分子的武器里，怎么会有妖怪这一项？

难怪不着急过来，原来有先遣兵……

想想也是后怕，虽然在我跟敖炽手里，它们不堪一击，但若我们不在，由得这三个怪物进到阿图拉，它们吃不吃人另说，如果受到攻击或者远程指令之类就地自爆，以能把石头都烧成灰的温度，阿图拉里焉能有活口？

我想起白天远远见到他们时，被他们搬下来的几个金属大箱子……

如果里头装的就是这三只，那倒不能小看他们了。

如今看来，我们是不宜离开阿图拉了，谁知道他们手里还有没有别的更要命的武器。

匆匆回到村子，却发现不对，原本应该在各自据点蹲守监视的士兵们都不见了踪迹，村子里的小路上，几个本该忙着巡夜的年轻人缩在一旁，似受到了极大的惊吓，身体抖个不停。

他们面前冰凉坚硬的地上，一个人一动不动地躺在血泊中。

我们跑过去一看，大吃一惊，地上那个已无生命迹象的人，是通信兵。

看位置，他应该是从楼顶上摔下来的，不幸头着地。可他不是在弄卫星电话吗，怎么会摔下来？

"怎么回事？队长他们呢？"我抓住一个年轻人大声问。

吓坏了的他们没一个人说得清楚。

"是安泊。"

暗处响起左右的声音，光线太差，我们这才发现坐在角落里的他，眼神涣散，面无表情。

"安泊？"我蹲到他面前，"到底发生什么了？"

"安泊把那孩子推了下来，还抢走了电话。"左右叹气，"往神庙那个方向跑了，队长带人去追，你们也快去。"

不不，这个反转太没道理了，安泊怎么可能干这种事，一个前一秒还拼命想活下去的姑娘，怎么后一秒就成了杀人犯，杀的还是能让她活下去的人？

"快去，我怕队长他们不是她的对手。"左右吃力地推了我一把，"她身上有妖邪。"

敖炽跟我俱是一惊。

妖邪？

来不及追究，我俩拔腿就跑。

刚跑出一步，敖炽又返回来指着左右的鼻子道："回去好好管管你的虫子虫孙！跟着恐怖分子混是没有前途的！"

"啊？"左右的眼神更涣散了，完全不知敖炽在讲什么。

唉，回来再跟他解释吧。

◇ 玖 ◇

找到他们很容易，跟着枪声走就是了。

但此刻的情景是我们做梦都想不到的——只剩下残垣断壁的神庙前，士兵们正朝那个在断柱之上迅捷跳跃的身影举枪射击，因为巨大的诧异与愤怒，他们的子弹大部分失去了准心，就算偶尔打中，目标也没有表现出丝毫痛苦。

安泊仿佛在戏弄他们，有时候还故意停下来，面带微笑地站定，任凭子弹呼啸而来，可每个弹头都在碰到她身体时化成一缕烟雾。

倒是这边的子弹，眼见着就要用尽了。

此刻，安泊站在最高的柱子上，头发悬空而飞，似在水中漂浮，面目没什么变化，只是嘴唇与眸子红得像刚流出身体的血。天边弦月如弓，也被她感染了一般，看不出本来颜色，红得妖异无比。

她笑着俯瞰我们所有人，红唇下的牙齿显得特别白，然后将一直握在手里的电话捏成了碎块，若无其事地撒下来。

"她不是你们能对付的。"敖炽拦住想上去拼命的士兵，"交给我们吧。"

"安泊！"我喊她的名字，攥紧了拳头。

"你们不是走了吗？"她笑着看着我，"走了才能活，回来只有死。"

"回来才能活着呢。"我也笑，腾空而起，落在她对面的柱子上。

她有刹那的惊讶："你……"

"你会的我都会。"我收起笑容，冷冷道，"我知道你不是安泊。"

"我是。"她笑得邪恶。

"安泊是要活下去的人，你连人都不是。"我毫不客气道，"你到底是哪里来的邪祟？传说中被封印在这里的恶魔？"

"我是神。"她伸展开双臂，自我陶醉般道，"我不允许我手里有逃脱的性命。"

她顿了顿，扫视着下头仇视着自己的所有人，深深吸了口气："想救他们，想救自己，我都不同意。"

敖炽落到我身旁："确实被妖邪占了身子，别听她疯言疯语了。"

被视作疯子可能让她非常生气，就像很多人听不得别人说自己丑一样，她突然张嘴吐出一口黑雾，在空中化成一群带着利齿的人脸，朝我们汹涌而来。

敖炽只是一挥手，便轻轻松松散了对方的"大招"。

"我至少得弄明白她究竟是什么玩意儿吧？"我连看都不看她一眼，只顾着跟敖炽说话。

"垃圾品种而已，我三两下就收拾了，还弄什么明白？"

"不行，要收拾也是我来！"

我们的蔑视，她看得一清二楚。

越是激怒她，她的原形越容易出来。

果然，从安泊的肩膀上冒出了另一个脑袋，长着跟她一模一样的五官，但皮肤却是骇人的血红色。现在的安泊看起来就是个双头怪物。

"你们才是垃圾！"

血红的脑袋大吼着朝我们扑来，我们这才看到它的嘴里长了许多排牙齿，每排都比电锯还锋利，谁被咬上谁倒霉。

就是现在了，我手臂一扬，一根头发化成枝条，准确地缠住了它的脖子，将它往地上狠狠一拽，枝条无限延长，眨眼便将她绑在石柱上。敖炽立刻无缝对接，一口海蓝真火烧得对方鬼哭狼嚎，无处可逃。

很快，不该出现的东西在火焰中化成一缕焦臭的黑烟，永远失去了再冲我们发脾气的资格。

火焰熄灭，剩下的只有满脸冷汗昏迷不醒的安泊。

我们赶紧上去将她解开，轻轻拍她的脸，喊她的名字。

片刻后，她终于在我怀里睁开了眼睛，见面前是我们，她翕动着嘴唇，眼角滑出泪来。

"没事了，恶魔被我们杀掉了。"我对她微笑。

她怔怔地看了我许久，脸上却没有劫后余生的喜悦，只有无尽的懊悔与悲伤："我没有回来。"

我们一愣，这孩子怕是吓糊涂了。

"你回来了，你还是安泊。"我把她扶起来，"别怕，你现在很安全。"

她看看我，又看看敖炽，虚弱地摇摇头："回不来的，永远都回不来。"

怎么越说越糊涂？

不等我再开口，敖炽突然碰了碰我："不对，人怎么没了？"

"什么人没……"我抬头一看，顿时愕然。

一直就在我们不远处观战的士兵们，此刻都不见了，四周只剩模糊了边界的地与山。

我肯定的是在我把安泊绑到柱子上时他们都还在那里，义愤填膺又匪夷所思地注视着所见到的一切。

风声呜咽，温度骤降，我觉得耳朵里有点儿疼，短短数日经历的一切不受控制地在脑袋里反复滚动。

"敖炽，"我看着他，突然问，"你记得我们从伦敦飞到 T 国用了多久吗？"

"问这个干吗？"敖炽不解，想了想，觉得不对，又想了想，还是不对，"等等，我怎么想不起这一段了？"

这就是问题所在了。

我记得我们在 T 国首都机场着陆时的一切情景，记得奥德朝我们跑过来的样子，唯独没有从伦敦飞过来的记忆，包括我们是怎么从左右家里到机场的，是自己打车去还是茉莉找人送我们的，都是空白。

风声越发剧烈，几乎媲美机械的轰鸣。

我手臂一轻，怀里的安泊杳无踪迹。

敖炽急忙将我拖起来揽到身后，警惕地打量四周，咬牙道："我们太大意了。"

轰鸣声一阵强过一阵，目之所及皆在分崩离析，天空、山脉、村庄、遗址，被切割成密密麻麻的方块，每个方块又被切割，无休止地进行。

最后剩下的，只有心跳声，以及似曾相识的皂粉味……

◇ 尾 ◇

房间里，显示器是唯一的光源。

鼠标在一段文字上缓慢滑行——

"1×××年，T国东南边界处，名为阿图拉的村庄被恐怖组织血洗，后由政府军出面，重兵围剿，终将该组织歼灭。村庄中除发现当地村民尸体，还有十二名军人尸骸，身份不明，疑为他国秘密潜入之队伍。据悉，阿图拉惨案中仅有一名十五岁女性幸存者。"

这是一张从旧杂志上扫描下来的图片，非常简短的一条内容，末尾留下的日期距今差不多五十年。

坐在电脑前的男人揉了揉眼睛，将图片打印出来，夹到一本厚厚的册子里，册子的封面上印着——《神迹》剧本。

男人起身走到窗前，拉开百叶窗，阳光正好落在他银白的头发上，他回头看了看镜子里西装革履仿若绅士的自己，满意地笑了笑。

第三章 【飞星】

你是知道我的，动与静之间必须做个选择的话，我一定选前者。因为我是敖炽啊。

◉ 楔子 ◉

即便生来就注定与众不同，注定要坠落，还是想尽可能地飞起来，亮起来。世界我们也有份，哪怕不为世界所喜爱，也不妨碍我们对付试图伤害它的人。

◇ 壹 ◇

皂粉的味道我一直很喜欢，清香又不过分，不停的被子枕头也是差不多的气味，闻起来总是舒服到不想起床，只想把头往软绵绵的被子里再埋一埋。

但是，被子？枕头？

这两件东西无论如何都不该出现在我与那个怪物的战斗之中，更不可能出现在千里之外的另一个国度。

我一个激灵，猛地睁开眼，"唰"的一下从床上坐起来。

白色蕾丝窗帘正被窗外的微风撩动，平淡的光线自无雨无晴的天空里透进来，在倚窗摆放的单人沙发上逆光而坐的男人十指交叠，安静等待，唯一显眼的只有那一头银白的短发。

我很镇定，毕竟我整整齐齐地穿着睡衣睡裤，虽然那是一套粉红色带爱心花纹的睡衣——敖炽买花衬衫时满二赠一的产物。唯一不太好见人的，是头发有点儿乱，可能跟一只炸毛的长毛猫很像。

但比起糟糕的发型或者卧室里突然多了一个观众，我更气的是身旁的敖炽居然还在睡，嘴里还发出呼呼的声音。

我用力一巴掌拍在他屁股上，这厮方才从床上弹起来，睡眼惺忪左顾右盼："怎么了？到哪儿了？谁打我？"几秒钟后他终于清醒过来，看看我，又看看周遭，瞪大眼睛，"怎么还是这里？我们刚刚不是在阿图拉的神庙遗址……等等，我想起来了……我们被坑了！"

话音未落，他蓦然注意到卧室里多出来的家伙，二话不说便抓起床头柜上的闹钟砸过去，大吼："谁在那里偷窥？"

白皙纤长的手指稍微动了动，闹钟在离他脑袋不到一尺的地方转了几个圈，缓缓落到手里。

他将闹钟完好无损地放在身旁的茶几上，笑道："知道你东海龙族富甲天下，可闹钟也是花钱买的，何苦砸了它？"

见来者竟如此轻松地化解了攻击，敖炽正要发作，却在抓起拖鞋的刹那停住了，使劲瞪着男人的面容："你……你是左右？"

"多年不见，别来无恙。"男人自暗影中起身，走到了光线里，一张脸跟数百年前并无差别，没有多一条皱纹，也没有少一分让人讨厌的老奸巨猾。

虫帝左右，果真是他。

"多年不见？"戒备解除，我伸了个懒腰，挪到床尾盘腿坐下，冷笑着望着他，"咱们才见过没多久吧，在你给我们安排的……梦里？"

之前我跟敖炽在阿图拉经历过的一切，只能是一场梦吧？尽管现在我还不知道如此坑我们的意义在哪里。

敖炽却是坐不住的，他光着脚冲到左右面前，用力甩了甩他的胳膊，又使劲掐掐他的脸，然后才回头对我遗憾地说："没缺胳膊少腿，我们果然是在做梦。"

左右揉了揉被掐红的脸，笑着摇摇头，转身从沙发上拿起一个本子递到我面前："说梦是不准确的，不如说是一部从编剧到导演到演员都很投入的电影。"

我疑惑地接过来，视线聚焦在本子的封面上："《神迹》……剧本？"

"由我一手编纂，不觉得很精彩吗？"左右面露些许得意，"这么些年，我在影视圈也不算白混的。"

我一页一页地翻过去，越看越诧异——第一幕：T国首都机场，裟椤与敖炽走出，导游奥德迎上去……第五幕：司机发现神焰军留下的火焰标记，拒绝前行……第十七幕：裟椤和敖炽在左右休养的房舍里遇到一队士兵……

敖炽也凑过来看，表情与我无异。

看完，我"啪"的一声合上剧本，跳起来揪住左右的衣领："这算什么？为什么我们的梦都写在你这里？"

敖炽皱眉："老家伙不但偷窥我们睡觉，还偷窥我们做梦？"

"并非你们的梦写在了这里。"左右收回剧本，故意在我们面前晃了晃，"而是有了这个剧本，才有了属于你们的'电影'呢。"

我想把脑子迅速转起来，但可能是因为起太早或者没洗脸也没吃早餐，一时间我的思维真的非常迟钝，完全想不明白我跟敖炽在一夜之间究竟经历了什么，第一反应是一场梦，但目前看来远不止如此。

"你到底在做些什么？"我坐回床上，大概是觉得受到了愚弄并且气糊涂了，脱口而出的威胁变成了——"再不说清楚我就把你家东西全吃光！"

"哈哈哈，怎么，都嫁给东海的龙了，还吃不饱饭？"左右的笑声从没这么爽朗过，还故意对敖炽道，"你失职哟！"

敖炽翻了个白眼，居然也一屁股坐到床上，还乱晃着两条腿摆出市井混混的样子："再不说清楚，我把你家都吃了，连个闹钟都不给你留。"

妇唱夫随，此处我们应该为彼此的默契击个掌，虽然这默契委实不太高明。

"都说越老越小，你们也不例外啊。"左右好像很久没有这么开心过，扬起的嘴角仿佛要开出一朵花来，他边笑边从兜里摸出手机，也没说什么，只在屏幕上划拉几下，又点了几下。

我觉得突然不对了，仰视左右的视线忽然走向了俯视的角度，伴随着一阵轻微的类似轻型机械发出的咔咔的声音——好好的床居然升空了！

四条类似激光的白线从地板四角探出，轻松把床"抬"了起来。

敖炽也不晃腿了，低头左看右看，满脸诧异道："可以啊……能撑住我的重量就罢了，加上你居然都还能升起来！"

真的，我的控制力但凡再差那么一点点，我的脚就收不住了，只恨离地不过三米高，摔不死这条永远不会说人话的龙。

"你们家的床非要这么不接地气吗？"我一个翻身从床上跳回地面，"还是你有特殊的睡眠癖好？"

紧跟着跳下来的敖炽拽了拽我的袖子，说："看那边！"

"看什么看！我……"被左右的故弄玄虚搞得十分窝火的我，不耐烦地甩开他，但注意力很快便被眼角的余光吸引过去——

裸露出来的地板竟如一道暗门似的朝两旁滑开，柔和而明亮的光线倾泻而出，随着又一阵机械运行时的轻微噪音，一个刚好可以容纳一个人的玻璃盒子自地板下升起，晶亮透明的面板上隐隐闪现出各种我看不懂的按键与指示灯，玻璃盒的顶端有一个台球大小的圆形凸起，里面充斥的不知是空气还是液体，总之我清清楚楚看到有一缕一缕白色的丝状物在其中旋转游走，像不小心滴进水里的白墨水，又像某种有生命的玩意儿。

诡异又高科技的感觉搅和在一起，我跟敖炽面面相觑。

敖炽憋了半天，指着破土而出的玻璃盒道："你别跟我说我们床底下有个棺材！你要是跟我说我昨天晚上睡在尸体上头我立刻打死你！"

左右扶额，哭笑不得："死人躺在这里面是毫无意义的。"

"那你用它装什么？"我的好奇心终于占了上风，直觉这个玻璃盒子太高级，用来厚葬某人绝对是浪费。这玩意儿透露出来的气场跟它本身精密的程度，让我怀疑它简直可以制造出一个宇宙——不知为何，就是有这种感觉。

左右轻轻吁了口气，说："安泊。"

我："……"

敖炽："……"

安泊，不正是我们梦中的女孩？

◇ 贰 ◇

地下室不知道有多少层，反正我们从厨房的暗门里坐电梯下来起码用了二十秒。还有，是怎样的变态才会把电梯暗藏在巨大的烤箱里？弄得我进进出出都觉得自己是一块行走中的烤肉。

但出了电梯，便再没有心思纠结烤肉的事，因为眼前的一切立刻让我觉得突然置身于某部好莱坞高科技大片的地下实验室。弧形的巨大玻璃幕墙后，除了一排我完全不知用途的电子仪器之外，还有一张白色的病床纹丝不动地悬浮在离地一米高的地方，床底的地面上镶嵌着跟别的地板不一样颜色的黑色地砖，灯光下隐隐闪着细碎的光芒。仪器前还坐着一个穿白色毛衣的短发男人，正背对着我们在各个显示器跟按键上忙碌。

病床上躺了一个老妇人，白发苍苍，高鼻深目，起码年过六旬，裸露在外的脖子跟手背上青筋尽出，乍看上去并不像什么养尊处优的太太。但最吸引我目光的，是她左脸颊上一道不算短的伤痕，应该是许久前的旧伤，且永远都不能被时间抹平。

多眼熟的伤。

再看那张垂垂老矣的脸，看久一点儿也觉得眼熟。

敖炽指着病床，低声问我："你看那老太婆，咱们是不是在哪里见过？"

我又往前走了一步，盯着她看了许久，回头问左右："她是安泊，阿图拉那个差点儿死在神焰军手里的孩子？"

敖炽一拍大腿："是她了！就是她！我说怎么眉眼口鼻那么眼熟，人老了，轮廓还是在的！"他也回头瞪着左右，"她真是那个长两个头的怪物孩子？"

左右走到我俩中间，神色比之前任何时候都严肃："她全名叫安泊·菲尔斯，父亲是英国的一个画家，旅居到 T 国的阿图拉时，结识了她的母亲，并定居于此。可惜在她十二岁时，父母在一场恐怖分子制造的意外中丧生。三年后，在阿图拉爆发了一场惨烈的局部冲突，毫无人性的恐怖组织意图血洗整个阿图拉，却意外受到阻挠，一队秘密潜入 T 国边境执行任务的军队不知是出于同情弱者的天性，还是出于身为真正的军人的血性，与恐怖组织较量到底，可惜最终因为弹尽粮绝全军覆没，阿图拉村的村民也未能幸免，最终只有安泊活了下来。之后她被送到孤儿院，再后来被一对英国夫妇领养，定居伦敦。"

他描述得异常简单，可每个字在我听来都惊心动魄，因为几乎每个场景我都亲身经历过，就算那只是一场梦。

"不知你们抵达伦敦后，有没有看见红鱼远洋货运集团打出来的各种广告？"他突然转了话题，"应该很多吧，尤其机场与车站。"

敖炽回想了一下："好像在机场见到过，广告牌亮得不行，怎么，跟咱们现在聊的事儿有关系？"

"红鱼远洋的创始人，就是安泊。"他的视线穿过玻璃幕墙，落在病床上双目紧闭的老人脸上，笑笑，"没想到对吧，一个从恐怖分子手里捡回一条命的小女孩，几十年后却成了英国最大的几个集团之一的掌舵人。"他顿了顿，看向我们，"离你们'见到'她那会儿，已经过去了差不多五十年，十五岁的少女转眼已成鸡皮鹤发的老人。当年的殊死搏斗与生死一线好像也在这五十年里远得看不见了。"

眼前这个老去的安泊似乎睡得很安稳，胸口在被单下平缓而有规律地起伏，眉眼之间没有半分难受，只有倦极又刚好得到一张床的人才有的舒适。拴在她手腕上的表带状物体负责将她的心跳与脉搏投放到身后的某一个显示器上，一切正常。

可我的心跳跟脉搏肯定不正常，我要知道真相。

"那你告诉我，我跟敖炽是被你们用妖术放到了你们设置好的梦境里，还是被你们错乱了时空，去了五十年前？"我严肃地看着左右平静的侧脸，"以及意义是什么？我们好歹是不远万里来见你的故人，这样耍弄我们合适吗？"

各种仪器的光线在左右眼眸中闪烁，他淡淡道："我是喜欢玩，但我不玩别人。你们昨夜没有时空错乱，也不是做梦。"他转头看向我，"你们帮了大忙，救了安泊的性命。"

我跟敖炽沉默了很久，我们没吃上早饭的身体大概还很迟钝，不过是一夜怪梦，哪里又能扯上救人性命？若眼前这个真是安泊，我们连她的存在都不知道，谈何救命？

"你们随我来这边。"他转身朝左边走去，停在一扇厚重的金属大门前。

我跟敖炽狐疑地跟过去，发现这扇大门实在诡异，钥匙孔、门把手、密码锁、视网膜扫描仪，一切你能想到的可以开启此门的机关都没有。

左右伸手在门上画了几笔，门开了。

"进来吧。"他径直入内。

敖炽进去了又退出来，把这扇门里里外外又看了一遍，回来跟我小声道："内外光滑没有机关，感觉是纯凭意念开关的变态设置，进出的时候快一点儿，被卡住就完蛋了。"

为何他的关注点总是跟我不一样呢……算了，这才是他嘛！

门后是格子，一层又一层哑光银白金属的格子，可以说是铺天盖地地摆在我们面前，高度直达离地十米不止的天花板上，仿佛一堵不可逾越的墙，横贯整个空间，给你再多时间都不可能数清楚这里有多少个格子。

再仔细看，格子其实更像一个个密闭的金属盒子，每个盒面上还用激光刻印了一连串类似序号的字母跟数字。当无数极度简单的线条汇聚成一个貌似无限大的庞然大物时，观者很容易被震撼住，连视线都不敢太久地放在上头，总觉得再多看一会儿便会陷入黑洞般的迷茫。

这里头除了微凉的空气，没有任何多余的气息可循，干净到与世隔绝。

左右走到左边，抬头，目光锁定头顶上的一个盒子，然后屈起手指，敲门似的在盒盖上敲了三下。

"咔"，盒盖弹开，从盒子里缓缓滑出一个正方形的空心金属框，上头悬空托着一个透明的玻璃瓶，准确地说是个没有任何开启途径的光秃秃的全密封玻璃球，跟市面上随处可见的会边下雪边放音乐的圣诞玻璃球或者占卜摊上常见的水晶球毫无二致，区别只是它不下雪也不响音乐，也看不见他人的未来。

他拿下玻璃球，金属框自动滑回，盒盖关闭，严丝合缝。

"你家地方挺大啊……"敖炽低下仰得发酸的头，"这里算啥？你的保险库？"

左右走到我们面前，托起手里的玻璃球："只是一座小型的标本库。"

"标本库？"我的目光落在他手中的玻璃球上，再次确认它真的不是圣诞玻璃球，因为在里头漂浮的不是美好的雪花，而是一只赤红色的类似蚯蚓的小虫子，实际身长不超过一厘米，但在玻璃球自带的放大功能下，模样倒是看得无比清楚——虽然像蚯蚓，但比蚯蚓怪很多，因为它生了两个脑袋，凑近再仔细看的话，两个半张开的嘴巴里还生着锯齿般的尖牙，不但骇人，还奇丑无比。好在它体积小，实在不能想象这种东西如果长到恐龙那么大该有多恶心。

不过，这鬼东西看上去居然也莫名地眼熟……尤其那排牙齿，与我跟敖炽在"梦里"解决掉的附身于安泊的怪物非常相似。

"我给这妖物起的名字，吞心。"左右穿过玻璃球的眼神突然变得特别冷，"好在它终于死透了，托你们的福。"

"妖物？"我又看了玻璃球一眼，"它没有自己的名字？还劳烦虫帝你亲自命名？"

"它并非天地造化出的妖怪，而是人造的。"左右又郑重地强调了一遍，"人造的妖怪。"

人造的……妖怪？

我跟敖炽同时皱起了眉头。

"这种妖怪本身非常微小，你们此刻所见已是它吸取能量生长后的状态。"左右晃了晃玻璃球，已经失去生命的东西在里头无奈地摇摆几下，他松了一口气，"被它杀死太容易，杀死它却太难，怕是安泊命不该绝，竟等来了你们。"

我忍住小小的恶心，又多看了这只"人造妖怪"几眼，只余最后一点儿耐心，问："你可以解释了吗？"

"对于内心深处始终埋藏着后悔与内疚的人，吞心的存在是致命的。"他将手收回去，玻璃球刚好挨到他的心口，"这个妖怪一旦进入人体，受害者会渐渐变得多眠，但一开始并不会很夸张，顶多以为是自己太疲劳的缘故，不碍事。而吞心也借由这段时间'驻扎'到受害者的心脏里，再经过一段足够的'磨合'期，大概只需要两周时间。吞心与受害者的身体完全契合之后，受害者便会一睡不醒，所有意识都会消失，只剩下这一生最令其后悔内疚的画面，仿佛永不结束的噩梦，在吞心妖力的驱使下循环反复地折磨受害者。若无外力阻断，受害者的心脏便会一直成为吞心的养分供给方，直到彻底枯竭，最后整个心脏缩小成核桃般大，受害者自然也会在绵延不断的痛苦中渐渐死去，可以说死得非常不痛快，也非常不舒服。"

"真是人造的妖怪？"敖炽厌恶地瞥了玻璃球一眼，"制造它的人图什么？杀人不见血？"

"制造它的人，或许只是享受仿佛造物主的满足感；使用它的人，才是为了杀人不见血。"

玻璃球在左右手中悬浮起来，我总觉得他一直在压抑自己的愤怒，如果不是为了保留"标本"，他应该是想狠狠地把玻璃球砸到地上，再抬脚把里头的玩意儿踩到四分五裂。

可他是虫帝，是世间最老的妖怪，不能辱没了自己的身份跟年岁。有一瞬间，我居然还从他眼中看到了一点点力所不能及的挫败，虽然只是一瞬间。

"说来说去，我们昨夜'抵达'的地方，还是安泊的一场梦，虽然是噩梦。"

我脑海中关于阿图拉的种种画面至今清晰，真实度和临场感的确不像一场梦。

"已经不算是她的梦了。"左右摇摇头，走回去把玻璃球重新送进金属盒子里关起来，"是经过我干预的世界。"

"能不能说人话？我们这一大早的，早餐都没吃，得个完整的答案有那么难？"敖炽急得抓头发，幸好发量大，秃不了。

左右转身回到我们面前，神情自若，想再从他眼底察觉稍纵即逝的情绪已是不可能，他又恢复成那个滴水不漏的老家伙。

"安泊经历的噩梦，看似是吞心一手促成的，实则也是她心中的往事作祟。在无休止的噩梦里，她只会不断重复当年让她后悔至死的行为，一边痛苦着，一边却又无法停止，身体里仿佛住进了两个灵魂，互相撕扯折磨。最可怕的是，她根本不知道这只是一只住在她心脏里的妖怪制造出的梦境，只能任由自己沉沦在多年前的困境中，每走一步都是绝望，直到坠入地狱。"左右指了指门口，"出去吧。"

我们赶紧跟出去，答案不能只听一半。

金属门重新关闭，左右走到玻璃幕墙前，看着里头的一切："所以为了救她，首先要做的便是干预吞心给她写出来的'剧本'，她不能是一个身体里藏着怪物的人，忘恩负义，杀人不眨眼。最起码我要尽量纠正被吞心歪曲的过去。所以我也制造了我的剧本，然后将'一切本应该如此'的情景画面完整送到她的意识中，以此阻断吞心的妖力，也暂时将她从炼狱般的噩梦中解救出来。"他顿了顿，看了我们一眼，"我给她的剧本是怎样的，你们最清楚不过。只不过你们见到的，是我根据你们的加入又重新编撰过的，比如一定要给你们一个机场，一个有意思的导游跟胆小势利的司机，还要给你们安排一队代表邪恶势力的'神焰军'，以及受伤的我自己。我对细节的要求已经严格到连一个小道具都不能马虎的地步，务必不能引起你们的怀疑。"他看向敖炽，微笑道，"还记得你在堆满尸体的大坑边捡到的彩色铅笔吧？你还把它们收到了背包里。"

敖炽当然记得，而我也知道他当时这样做，不外乎是出于一个父亲的柔软悲悯的心。可再一想到这令人悲伤愤怒的一幕居然是老家伙创造的，目的仅仅是不让我们察觉这一切只是个并不存在于现实的'剧本'，我心头的火莫名起来了。管他是年岁可能比我还大的老妖怪，还是妖力高深模样出众的虫帝，现在我只想动手把那张自以为是的脸使劲摁到玻璃上反复摩擦！

他眼里只是剧本，可我跟敖炽给出去的却是实实在在的心意，真是可恶。

"我知道你现在可能想拿我的脸去撞玻璃或者拿烟灰缸砸我的头，"他真是有一双能洞察人心的好眼睛，"但是，你们先不忙生气。"

行，反正这里也没有烟灰缸，我可以暂且不砸他的头，只等他的下文。

"我的剧本只能纠正部分被吞心制造出来的错误的情节，例如我不论怎么改，吞心还是会在那个世界里控制安泊的意识跟身体，制造出不同的恶果。剧本只是剧本，情节进展多少都会随着演员的临场发挥而改变。但无论最后的情节变成怎样，吞心一定会现身把安泊的心魔扩散到无限大。唯有在吞心现身时斩杀它，现实中那条虫子才会脱离心脏，一命呜呼。然而，只有当你们以为这一切都是真实的，吞心才有被杀死的可能。"他吁了口气，"在你们之前，我们也试过让有杀妖之力的成员进去，可我们没预料到的是，但凡进去的人知道这一切不过是个被制造出来的虚幻世界，那么就算他顺利走到剧本末尾，遇到了吞心露出真容的那一刻，也无法用任何方式杀死它，打出去的拳头、砍出去的刀、使出去的法术，碰到的最终都是虚无。而我们在短时间内能找到的合适人选全部都知道我们在做什么，若找不知道原委的人来，又担心对方实力不够，消灭不了吞心不说，反伤了自己甚至丢掉性命，毕竟在'认知真实'的情况下，敌我双方给彼此造成的伤害都是真实的。我们前后选了好几人，都失败了。"

"等一下。"敖炽想了半天，"你的意思是，为了让不同的人进去，你反复重置了好几次'剧本'？可那妖怪是智障吗？它会察觉不到自己一手操纵的世界突然换了样子，任由你来编写剧情？"

左右笑笑："这便是它唯一的弱点。虽是妖，毕竟是人造的，比不得天然之物灵气聪慧，而我其实也是以它制造的剧情为基础，只在关键处修改一些走向，它根本察觉不到。而每一次的重置，对它，以及安泊而言，都是第一次。"

我指着里头的病床道："照你所说，她一睡不醒也不是一两天的事了，你如何得知吞心给她制造了一个怎样的世界？她说梦话给你听不成？"

"梦话……"左右笑看我的样子像老师在看一个不成材的学生，"其实，我们妖怪天生的能力，跟如今的科技，是不冲突的。"

我跟敖炽面面相觑，妖怪跟科技……两个词放到一起就像把大象跟拖鞋放到一起那么不协调。

左右朝里头那个一直背对着我们忙碌的男人努努嘴："我不光要庆幸你们的加入，还要庆幸我们有如此优秀的技术支持。如果没有他制造出可以将安泊的意识成像导出的仪器，我还真不好写我的剧本。"说罢，他又指了指男人身旁的一台跟普通笔记本电脑没两样的玩意儿，"就是那个，有了它，我们可以将任何人在睡眠中的意识导出为完整的画面，包括你们俩的。"

"这不是赤裸裸的偷窥吗……"我冷哼一声，又问，"那我们床底下那个鬼东西又是什么？"

"也是妖力与科技的结合体。"左右笑道，"将你们跟安泊'链接'起来的唯一工具，科技的部分就不跟你们解释了，反正你们也不懂，不过那些游动的白丝你们应该有印象吧？那便是妖怪了，只生在连理树之间的小妖怪，叫牵丝，听说过吧？"

"牵丝？"我不是很确定，"传说中可通两人心意的妖怪？"

"正是。"左右点头，"不过数量不多了，如今这世界，树木越来越少，连理树就更难找了。幸好所托非凡人，到底是给找回来了。若没有它们，大事难成啊。"

一直沉默的敖炽突然将我扯到一旁，说："我怎么想到了一个很奇怪的画面——昨晚咱们睡着之后，有人不但把老太婆抬到我们床下，还让那些看起来黏糊糊的小妖怪爬到我们的头上，然后把它们的身体拉得跟拉面一样长，再钻到老太婆的脑袋里，然后借着什么狗屁科技的力量，把无辜的我们塞到根本与我们无关的战斗里！是这样没错吧？"

不等我回答，左右已然点头："虽不中，亦不远。只是牵丝在连接你们的时候并不像一根拉面，其实是很美的会发光的白丝线般的样子。"

够了，我根本不在乎昨晚爬到我们头上的是拉面还是丝线，我只想更完整地了解整件事的来龙去脉，虽然这事跟我们一点儿关系都没有。

"我们千里迢迢来找你，不是为了替你杀妖怪。"我说，"若我们中途变卦去了别处，你又当如何？"

"给她准备葬礼。"左右认真地说，"从把她接来到现在，已经耗去太多时间，其实我已经不太抱希望。直到那天米良跟我说，你们去了我的家，我突然又觉得也许安泊命不该绝。你们跟我数百年不见，完全不知我如今境况。一个千年树妖，一个东海孽龙，论硬功夫，一万个吞心也不是你们的对手，除掉这种等级的敌人，简直万无一失。所以我立即着手准备，包括让米良立即过来当一下茉莉，以及在你们可能吃喝的任何食物里加入足够剂量的能让你们这种强壮的老家伙安睡一夜的特制药物。还好，一切如我所愿。"

米良……茉莉？

我说这妇人怎么细心周到得让我心生好感，一点儿破绽都没有，原来是米良这个家伙！当年初次见面就对他评价不错，只是没想到这家伙不但给钱爽快，扮起女人来也是非常到位，哼。

"特制药物……你非要把蒙汗药说得这么清新吗？"敖炽揉了揉脖子，愤怒地说，"我说我脖子怎么这么僵硬，你给我们吃了几斤药才把我们放倒的？蒙汗药过量会影响神经系统甚至会引发老年痴呆，你们懂不懂生命的宝贵？"

左右擦了擦额头，虽然那儿并没有汗水："那个……根据我亲眼所见，你的脖子会僵硬，是因为你睡相太差，踢被子两次，从枕头上滑下来三次，所以你现在的情况不是药物中毒，是落枕。"

这个我信左右……踢被子什么的还算轻的，有一回差点儿把我踢下床去。不过这种事暴露在人前真的非常丢脸，我赶紧插话道："好了好了，我现在不跟你计较你坑我们的事，反正我们也替你解决了妖怪，里头老太太也没事了。那么可以谈谈我们的事了吧？"

"西溟幽海的位置。"左右脱口而出。

我一愣，其实每每听到这四个字，我的心脏便会不由自主地收紧，呼吸都会停顿一下。

"昨夜你们在阿图拉对'我'说的话，我是记得的。"他笑了笑，"只是这个问题，我现在暂时给不了你答案。"

"连你都不知道？"我真的一点儿都不想掩饰自己的失望，"可你之前说的是你需要一点儿时间，天下没有你得不到的答案。"

他无奈地看着我，耸耸肩："那个不算是我啊。"

我突然没了力气，一直在支撑我身体与灵魂并让我努力活得一如既往的某个东西瞬间抽离出去，眼前一切都模糊起来，脑子里嗡嗡乱响，连空空的胃也凑热闹地疼起来。

感觉自己即将倒地时，敖炽及时搂住我，让我紧靠着他缓缓坐下来。

"多大点儿事！他不知道，总有人知道，你着什么急，真没出息。"他轻轻擦我额头上的冷汗，嗔怪的语气里听不出一丝气馁，横在面前天大的难题似乎只是一加一等于几的小事。

这条龙啊，会因为买回丑到死的花衬衫兴高采烈，会因为吃不到西瓜失望，会因为我称赞他人颜值生气，从不掩饰情绪，唯独在我不争气时，他会收起一切凡人应有的模样，活得像个可以满足你一切愿望的神，坚定沉着，言出必行，不论是那双紧握住你不许你往下坠的手，还是那张不以为然一切困难都是个屁的脸，都是让你重新活过来的理由。

视线渐渐恢复正常，脑子也清醒过来，我调匀呼吸，重新站起来。

"没事了？"敖炽不确定，所以不松手。

我摇摇头："没事了。不吃早餐是不对的，容易低血糖。"

"妖怪是不会有低血糖的。"从头到尾只是站在一旁看着我从倒下到起来的左右，脸上一点儿歉意都没有，"虽然我不是很清楚为何你们如此执着要找到西溟幽海，但我确实要坦白同你们说明，即便身为虫人之首，号称无所不知的虫帝，也会遇到不易寻找到答案的难题。"他沉默片刻，忽然向我们伸出一只手来，"合作如何？只为这个问题的答案。"

敖炽警惕地瞪着他的手："你又玩什么把戏？合作？要找西溟幽海的是我们！你利用我们这事也不跟你算账了，当我们做好事不留名，你不知道我们要的答案也罢了，只是莫再说些胡话耽误我们时间。"

"我们回去吧，顺便吃个早饭。"我重重打开左右的手，算是对他欺骗我们的报复，然后挽着敖炽便走。面对这个心思成谜的老家伙，我已经没有耐心跟好奇心再去深究他到底在干些什么了，既然此路不通，便该尽早启程，换个方向前进。伦敦之行，就当是上天注定要我们顺便救一个陌生人性命的插曲。

"我们也在找西溟幽海。"

身后传来的一句话，有效地阻止了我跟敖炽离开的脚步。

回头，左右揉着被我打红的手，强颜欢笑："合作是真心诚意的，不是胡话。"

我走回到他的面前，半信半疑道："你也在找西溟幽海？"

"不是我，是我们。"他纠正，"你们来得正是时候。你们以为救了安泊只是凑巧做了件好事，却不知道这件事多多少少跟西溟幽海也有关联吧？"

刚刚才从身体里抽离的力气突然都回来了，眼前都亮了起来，哪怕让它们亮起来的只是一个未经确认的小希望。

"你把话说明白。"我目不转睛地盯着他的脸，不想遗漏他任何一个表情。

左右扭头看向玻璃幕墙内，说："说起来便话长了。"

"再长也要说！"敖炽忍不住攥起拳头。但凡左右下一句话还说不到主题，不光敖炽要揍他，我也会帮忙。

左右笑笑："我今天说的话够多了，其他的，换个人跟你们讲吧。"

换个人？

"我想，你们应该还记得他。"左右轻轻叩了叩玻璃。

一直背对着我们忙碌不休的男人举起手，做了个"知道了"的手势，然后又在他的键盘上敲了几下，方才起身走到一旁，按动开关打开玻璃幕墙的出口，不慌不忙地走出来。

"想不到在伦敦碰面了，老板娘，看起来还是很年轻貌美呢。"面目英俊的年轻男子，在白色毛衣的衬托下越发显得干净温柔，他对我伸出手，又看了敖炽一眼："东海孽龙也长大了啊，一条成天胡闹的小肥龙也能长到如此俊俏强壮，实在是意料之外。"

顾不得接他的话，我跟敖炽死死瞪着他，在脑中飞快地寻找一切与他有关的记忆。

是他吧？那时的不停还是一家小旅店，敖炽因为龙珠受损，以一条小肥龙的形态天天在不停捣乱，说长不长说短不短的时日，眨眼也过去好几年了。

可我又不太确定，因为这个男人跟我们认识的其他妖怪相比，存在感实在不算高，从来到离开，只不过是留下了一个故事，然后便杳无音讯，从不与我们联络，我们也从未再提起过他。

他见我们俩一直在发愣，笑出来，竟上前轻轻抱住我，说："多谢当年你给了我一个身体，质量很好，至今有效。"

我由着他拥抱自己，又愣了几秒方才说出话来："嗯，只要远离火源，你这个身体可以使用很久。"

遗忘很久的记忆完整地回到眼前。数年前的一个傍晚，我目送一个男妖怪跟一个女妖怪在夕阳里肩并肩离开了不停，女妖怪是一只已经不吸血的血妖，男妖怪更有趣，大概是我认识的妖怪里本尊最滑稽的一个——一颗巧克力。

没记错的话，他叫自己白玉糖？

敖炽回过神来，毫不客气地把他从我身上拽开："握个手就算了吧，抱这么久还不撒手是等着挨揍还是挨揍呢？"

他笑看着敖炽，揉了揉鼻子："你模样虽跟从前不同，但脾气一点儿都没变。"他顿了顿，站到我们中间，忽然很用力地握住了我跟敖炽的手，眼中闪烁着喜悦与庆幸，"你们能来，真是感激上天。"

握住我们的手很激动，很热，还有点儿发抖。

"你怎么跟这老东西混在一起？"我朝左右努努嘴。

他松开手，说："要不，一起吃个早饭？"

吃就吃啊，只怕这顿早饭才是一切的开始？

◇ 叁 ◇

三天后，清晨，无雨。

今天我是吃了早餐的，很丰盛，很满足。

漂浮着淡淡植物气息的花园前，老太太坐在轮椅里，膝盖上搭着红黑格毯子，白发梳得整整齐齐，在脑后挽成个很显气质的髻。气色相比初见时好了太多，手里捧着一台平板电脑，看得面带微笑，身后一大丛半开的红玫瑰，露水还挂在花叶之上，微风拂过时，她鬓边的发丝轻轻晃动，随手捋一捋，姿态端丽，风情仍在。有相机的话，实在应该拍下这一幕，有故事的女人，魅力从不局限于年龄。

只是很难想象，现在的她在三天前还只是一个躺在病床上，枯竭到接近死亡的人。

老白要跟我讲的已经讲了，花了好几顿饭的时间。他让我们喊他老白，说白玉糖这个名字太像姑娘了，也承载了许多并不愉快的过往，何况他死过一次，旧名字不要也罢，一声老白，亲切又顺口。

今早他跟我讲，说老太太醒了，精神很好，可以相见。

地点约在了花园里，说是老太太要求的，她说睡了太久，想看看真正的天空。

我跟敖炽沿着小路走过去，在离她不远的地方停住，礼貌地轻轻咳嗽了几声。

老太太听到后抬头，见我们在面前，笑容慈祥得像看见自己久别重逢的孩子，声音也轻柔，亲切到每个字都仿佛一个细腻的拥抱："你们跟我记忆中的一模一样，还是这么年轻漂亮，真好。"

一句话便消除了我们其实只是陌生人的距离，如此自然，没有丝毫的牵强和尴尬。

我们走到她面前，我重新打量这个我们应该认识但又是初次见面的老人，微笑道："你也没多少变化，美人胚子的有效期真长啊。"

在这么个老太太面前，敖炽不知说什么合适，只得附和我道："好看好看真好看！"

老太太被他的表情逗乐了，掩口笑了好一会儿才抱歉地说："对于我曾拿枪对着你的脑门这件事，我表示歉意，请原谅我当时的敌意。"

"不不不，不用道歉，你当时那么做是对的。"敖炽尴尬地摆手，这算什么嘛，实在不必为一个与现实无关的"剧本"道歉，"再说，那一切本就是不存在的。"

老太太摇头："对我来说是存在的，虽然那是左右先生为了救我而设置的剧本，但那也算我曾经真实经历过的一切。"

我的目光落在她手里的平板电脑上："你在看什么，很有趣的东西吗？远远便看见你在微笑。"

"我们的电影啊。"她的表情忽然顽皮起来，朝我挤挤眼睛，把平板电脑递给我，"你看看。"

我跟敖炽只看了两眼便目瞪口呆。

平板电脑里头播放的视频，正是我跟敖炽在阿图拉村外对付那几条蚯蚓怪时的场面，真就跟一场电影无异。

"老白先生真的非常厉害，世上怕再没有第二人能做到将无形的意识导出为完全还原的画面，真实到仿佛是用摄像机现场拍摄的。"她真心实意地称赞着，又看着我们俩，并竖起了大拇指，"你们也非常厉害，我没想到有生之年竟能亲眼看见一条龙，虽然跟我小时候看过的童话书里画的龙不太一样，你好看得多。"

"这……"敖炽居然有点儿不好意思，把平板电脑放回她怀里，又红着脸指着屏幕上的自己，"你自己看看便罢了，可千万别跟别人说！不然我可要灭口的！"

老太太再次笑出了声："真是可爱的孩子。放心，传说见到龙的人会得到幸福，我很自私，不会跟任何人分享。"

虽然我不知道这五十年来她经历了什么，但能肯定的是，岁月把当年脆弱到差点儿留不住性命的小姑娘，磨炼成了一个处变不惊、能做大事的人，她所有的魅力与姿色毫无关系，与她不过对话三两句，已见沉稳大气，坚强隐忍。

"我们在阿图拉见到的人，真是你的当年？"我坐到她旁边的白色木椅上，眼神跟渴望听故事的孩子没两样。

"除了没有蚯蚓怪。"她又调皮起来，但笑容没有维持太久，她陷入真正的回忆，"伤害我们的也不是什么神焰军，我都不记得他们给自己安了个什么名号，只记得他们把村民们绑在石柱上当靶子消遣时的笑声，记得子弹从我耳畔擦过时的动静。在那时，我相信阿图拉的地下封印了嗜血成性的恶魔，并且确定封印已经失效，恶魔不在地下，在眼前。"她沉默片刻，黯淡下去的眼眸渐渐有了光，"可也在那天，我见到了神，见到了真正的神迹。"

"队长他们真来了？"敖炽接过话来。

她点头，又长长地叹了口气："没有任何别的理由，真的只是路见不平。当他们把我从石柱上救下来时，我听到他们欣喜的声音——'她还活着'。"她低头，像摩挲一个人的脸一样抚摸冰凉的屏幕，又说，"隔了五十年，我依然清楚地记得他们每个人的脸，也记得他们对我说过的每句话，连他们的代号都没有忘记。"

"你并没有把那个通信兵从楼顶上推下来，对吧？"我猜测着，"这段情节甚至都不在左右的剧本里，是你体内的吞心在作怪，不论之前的剧情如何，它都会带领你走向癫狂，把你拼命想挽回的东西逐一毁灭，让你永不得解脱。"

"或许吧。"她苦笑，"真相是我没有把他们中的任何一个从楼顶上推下来，我也没有像你们见到的那样，在他们的帮助下成为一个敢拿枪指着别人脑袋的勇敢女孩。队长的确给了我一把枪，也教了我如何射击，可那把枪在我手里成了废品，没有射出过一颗子弹，甚至都没有被我从枪套里拿出来过。"她抬头，指着自己，"从头到尾，我都没有成为一个战士。"

我跟敖炽沉默着，虽然真相有点儿令人泄气，但旁人又有什么资格去指责呢？年纪轻轻的血肉之躯，在侥幸逃脱死亡后还能跳起来手执武器跟恶魔殊死一战的热血场景，多半只出现在电影里。

"左右说，吞心只对心内深藏内疚的人有作用。"我看着那张布满岁月痕迹的脸，回想她五十年前的样子，"你为没有勇气拿起枪内疚了这么久？"

一阵风吹过，有点儿大，有点儿凉，她不自然地动了动身体，毯子滑下来大半，她伸手去拽却又没抓牢，毯子滑下去更多，只在这一瞬间，她才露出了年迈的弱势。

敖炽一把抓起毯子给她盖好，并细心地把边角掖进去，防止它再滑下来。

"谢谢。"她拍了拍敖炽的手背。

我大概问到了最关键的问题，我不相信她的内疚仅仅只是如此。

"对，我很内疚自己从没有拿起那把枪。"她看向我，缓缓道，"但更内疚的是，我跑了，并且没有回去。"

我皱眉，回想起"剧本"之中，魔化的安泊口口声声说"走了才能活"，以及在我们斩妖除魔后自我们怀里醒来的安泊也无比懊悔痛苦地说"我没有回来"，此话究竟意味着什么？我没有接话，安静等待。

"队长他们其实已经同援军联系成功，对方要他们即刻启程去约定的地点，会派飞机来接，不要再为任何事延误。但他们推迟了离开的时间，因为敌人卷土重来了。他们承担起保护本与他们毫不相干的生命的责任，以真正的战士的身份，与敌人殊死搏斗。"她每个句子之间的间隙越来越长，脸色也越来越凝重，"在外头枪林弹雨血肉横飞的时刻，我既没有拿起枪加入战斗，也没有跟村子里的老幼妇孺在一起，我偷偷躲到了我家的地下室里。那是个密室，除了父母跟我，没有任何人知道。密室是我父亲当年修建的，初衷只是作为能让他彻底与世隔绝静下心来作画的画室而已，他心情不好时便躲到里头，调整好了才出来，并且跟我约定，永远不可以把他留给自己的小天地说给外人知道。我自己也很喜欢这间被藏起来的画室，里头被我父亲收得十分舒适温馨，虽然没有阳光，但父亲在墙上画了敞开的窗户跟耀眼的向日葵。恐怕他至死都不知道，这个不见天日的房间却在若干年后，留住了他女儿的一条性命。"她说着说着便自嘲般笑出来，"这个房间啊，本该培养出一个画家的，谁知最后养出来的却只是个可耻的凶手。"

又一阵风吹来，她微微眯起眼睛，伸手揉了揉："我真的没有告诉任何一个人。我跑进这里躲起来，捂住耳朵闭上眼睛，不去看也不去想，心里只有一个声音，它冷漠地说，你一个人躲在这里，敌人很难发现你，可如果你放进来的人多了，就一定会露出破绽，你想好了吗，确定要冒这个险吗？"她又揉了揉眼睛，眼睛越揉越红，"我不敢回答，我只是害怕，缩在墙角不敢动弹，对时间也没有了概念，更不知外头是个什么情形。我不知道自己在里头躲了多久，直到耳朵里再听不到任何动静，腹中也空到发疼，才悄悄走出来。打开房门时，硝烟跟血腥的味道纠缠在一起，平日里只有花跟懒猫的石阶上躺着队长的尸体，不论我往左看还是往右看，都是死去的人，每一个我都认识，即便他们血肉模糊。"她停顿许久，抬头看向我们，"你们有过全世界都死光了只剩下自己的经历吗？那就是五十年前的我唯一的感受。"

她说的，并没有我预想中的惊心动魄曲折离奇，她确实只是跑了，然后没有回来。从密室到战场，可能只有数十米的距离，但如她所说，回不来了，永远回不来。

"如果当初我不是一个人躲在里头，结局可能真的不一样。"她泛红的眼眶里终于溢出眼泪，她赶紧擦去，却始终擦不干净，"他们之中，本该有人活下来，但我独自跑了，没有给他们机会。"她深吸一口气，挤出一个笑容，然后握住我的手，"我跟队长说过，他们本可以不用留下，可他回答我的却是'总视而不见的话，眼睛有什么用'。我们的对话真实地发生过。可又有什么用呢，我终究还是做了那个最可耻的视而不见的人。"

我清楚感觉到她的手在剧烈抖动，直到整个人都弯下腰来，用额头抵住我的手背，低声啜泣起来，此刻她捉住的不是我的手，而是那些已经不在人世也永远不能被触摸到的人。

若不是她，我应该很难原谅这种行为，但面对此时这个把我的手当成某种救赎的老人，责怪与愤怒都无从谈起。唯一的遗憾是，五十年前，我跟敖炽没有出现在阿图拉。

敖炽叹了口气，蹲下来，伸手轻轻抚摸着她的背脊，说："五十年前，你也只有十五岁而已。"

旁人总以为安慰人永远不是敖炽的强项，但这种认知是错的，虽然他安慰人的话永远比不上他骂人的话那么多。

听上去是很惹人生气，可我们又怎能站在高处去指责一个十五岁孩子的懦弱？尤其是这个孩子面对的不是鲜花、糖果和玩具，而是真正的子弹，以及与死神擦肩而过的侥幸。

最坏的、最该死的、生生世世不得原谅的，不该是挑起这场杀戮、视人命如草芥的家伙吗？

又等了好一阵子，她的情绪终于平复下来，她慢慢直起身子，不好意思地松开我的手："对不起孩子，把你的手都抓红了。"

我甩了甩微微发麻的手，笑笑："不打紧，哭完舒服多了吧？"

她深呼吸几口，点点头，旋即又问："你们现在一定很看不起我吧？"

"我最看不起的是恃强凌弱的东西。"敖炽回答，"后来呢？"

"后来……我在阿图拉遍地的尸体里发了整整三天的呆，不吃不喝，最终昏死过去，醒来时已经躺在医院里。"她拢了拢头发，又道，"之后我听说，是队长他们的援军知悉他们的死讯，震怒之下发兵阿图拉，在半路截住了那群以为获得了胜利的恶魔，最终将这群满手鲜血的刽子手悉数歼灭。这场战斗也惊动了当地政府，他们迫于压力派出军队，却也只做了收尸的工作，以及发现了幸存的我。只不过后来出现于报纸杂志的内容，变成了政府军成功围剿恐怖分子，队长以及与他有关的一切从此彻底消失。我身体恢复后，被送到了孤儿院，不久后遇到了我的养父母，随他们定居英国。"说到这里，她发灰的脸上总算恢复了一些光彩，"他们是做货运公司起家的，虽然那会儿还只是一个规模很小盈利也不多的小公司，但他们对我非常非常好，尽可能给我最好的生活跟教育，还有真诚的爱护与关心。之后的事便没什么可讲的了，无非是我继承了他们的事业，并一点一点把它壮大起来。"

后半生只用一句话便概括了，她真是个低调的人。我不禁回想起沿途看见的铺天盖地的广告，"壮大"一项事业并不会很容易，只是谁能想到这个光彩照人的女强人，差点儿在五十年前的小山村里葬送了一生。

命运就是这么简单粗暴又离奇。

"你的产业为何要取名'红鱼'？"我顺口问了个问题，"听起来跟个卖海鲜的食品公司一样。"

"你这孩子……"她笑出来，隔了好一会儿才说，"队长的代号就叫红鱼。我也跟你一样，问过他为何要取这个代号，他说他小时候家在海边，听母亲说，如果谁在水中见到一条全身红色的大鱼——鱼鳍如天马的翅膀，眼睛仿若璀璨的黑宝石，谁就能得到海神的庇护，因为红鱼就是海神的化身。可惜他从没见过这样的鱼，但不介意一直怀着这样的希望。他还说他打算退役后就回老家，造船钓鱼，继续碰运气，看此生能不能遇到一条红鱼。"

原来队长就是红鱼，也是她一生都不肯放下的执念。

我笑道："想不到钢铁一般的汉子，心里还装着一个温柔的童话。"

"是啊。"她轻轻叹气，"后来我一直试图寻找队长跟他的队友的信息，可他们仿佛从没有存在于这个世界，我能触及的范围里根本没有一丝他们的痕迹。十几年前，几乎要失掉信心的我，在一堆本来要被扔掉的广告信里看到一间私家侦探社的地址，当时我想的是就再试一次吧。应约而来的，是个年纪轻轻的中国男子，模样很好看，头发却是银白。"

"私家侦探？"敖炽脱口而出，"左右那老东西不是个三线演员吗？"

她无奈地笑："大概他真的是一个兴趣广泛的家伙吧，他的确当了演员，不过那是后几年的事了。就我所知，他还当过记者、厨师、作家，对考古也十分在行。实在是个难得一见的天才。"

其实如果你能活到他这把岁数，大概你也能成为一个跨界无压力的天才，因为生命太长太长的话，难免无聊，总要找不同的消遣打发时间，一如米良所说的"越老越小，贪玩"，也许贪玩是假，寂寞才是真，尤其他好像还是一只"单身狗"……

"看来你跟他不仅仅是雇主与侦探的关系，还很了解他的样子。"我一边脑补老太太说不定是老家伙的红颜知己，不然他怎会大费周章救她性命之类的情节，一边问道，"他替你找到了需要的信息？"

她点头："想不到有生之年还能找到他们，虽然说'找到'已经不恰当，但起码知道了他们真正的名字，家在哪里，安葬在哪里。唯一觉得遗憾的是，他们因为职务特殊，死后都不能跟他们的同僚一般盖国旗并安息于殉职军人专属的国家墓园。他们是真正的军人，也是活生生的神，但注定要被抹掉存在的痕迹。"她又难过起来，喉咙哽咽着，好一会儿才开口道，"我找到他们时，他们的父母早已不在人世，他们中一大半又都还没来得及成家，顶多还剩下几个兄弟姐妹侄儿侄女之类的亲戚，日子过得都很平淡，有些甚至不太好。我能送给他们的，只有一张支票，知道这很俗气，但这是唯一可以让我做些什么的办法。队长有个弟弟，跟他很不像，嗜酒、好赌，日子过得颇潦倒，五十多岁时才得了个儿子，妻子生下孩子后就离家出走再没回来。孩子在糟糕的环境里长大，不但要学会自己照顾自己，还要照顾毫无改观的父亲，但脑子是极聪明的，上学读书很用功，我在学校外头第一次见到他时，他正把一个被混混打翻在地的同学扶起来，在明知没有胜算的情况下，还是跟混混们一场恶战，便宜自然没讨到，被打得鼻青脸肿。我将他浑身病痛的父亲安排到当地一家私人疗养院里，再以一家慈善基金会的名义'资助'这孩子到了英国，给他安排最好的学校和资源，希望他顺利成长。他大学毕业后，进红鱼工作，从最低的职位开始，几年时间便做到了我的副手，表现十分抢眼，是所有人羡慕称赞的青年才俊，也是财经杂志封面人物的常客。"

她的讲述停在了这里，抬头深深看了我们一眼："所以还是活着好。你们看，只要活着，就能遇到各种各样有意思的人，生命被各种风景曲折填满的感觉，也不是很糟糕。"

"左右那家伙是挺有意思的。"我顺势道，"你跟他，算朋友？"

她笑了："这一秒前，我同你们讲过的所有话，是否令你们忘记了我本质上是个生意人？"

真的快忘了……初见她时，她只是个躺在病床上半死不活的病人，再见她时又是个为不堪的过去内疚到在我们面前啜泣的老太太，可不管她是大难不死的病人，还是满心懊悔的老太太，她最重要的身份，是一家大集团的女掌门，叱咤商海，不让须眉。

"从左右先生替我找出他们的底细开始，我便对他刮目相看，同时也十分欣赏他的博学多识，以及跟他年纪不相符的对生命的认识与智慧。跟他聊天时，我总错觉面前坐的不是一个年轻人，而是一个年纪与见识比我大得多的老人。你们也知道的，我这样身份的人，其实很难有一个可以坐下来无所不谈的对象。他算一个。"这本该是件令人欣慰的事，但她随即话锋一转，"可生意人始终只能跟生意人做'朋友'，我们在无话不谈的同时，我付给了他远超过他人想象的报酬，他的侦探社所有日常开支都由我负担，当厨师时我为他找到最便宜最好的原材料供货商，当作家时我买下他大部分的书，当演员时我是剧组最大的赞助商……这样，你们还觉得我们是朋友吗？"

我跟敖炽交换了一下眼神，敖炽小声嘀咕："听起来像个被大佬包养的小白脸……"

"哈哈哈。"她听到了，笑了好久才说，"我跟他都是优秀的生意人，我们都明白用付出来换取收获才是世间最稳当的关系。我付出金钱，换来的收获不只是跟他谈天说地，还有他在我得不到他人帮助时，帮我脱离困境。人跟人之间的战斗，不止是在阿图拉，哪里都有。尤其做到我这个阶段的人，很多人羡慕崇拜，但更多人会怕我、讨厌我，甚至希望我消失。能平安活到这把岁数，他帮了很多忙。不过我给出去的钱也不少，哈哈。"笑过，她又补充一句，"我们就是优质金钱关系下的合作伙伴，这么定义比较贴切。"

有意思，友谊这一项下居然有了另一个分支，大概只有经历过生死的她跟老得成了精的左右才当得起。

"说来你认识左右也有十几年了。"我忽然想到一件事，试探道，"你就不觉得他的样子几乎没有变化吗？"

"我知道他不是人类啊。"她十分干脆地回答，"只是不知道他究竟属于哪个物种。"

倒是没想到她如此直接，也没想到左右居然会连这个也让她知道。

"你……就没什么别的想法？"敖炽诧异地问她，"没有怕过？"

"我五十年前已见过世上最可怕的存在。"她嘴角微微扬起，"世界又不是人类专属，所以不是人类又有什么稀奇。你们不也很可爱吗？"

所以知道为什么不是人人都可以走到很远的地方了吧。胸襟与见识，大概是唯一能与不友好的命运相抗衡的武器。

我蹲到她面前，露出十分灿烂的笑脸，并伸出手托住自己的下巴故意摆出"我是一朵花"的幼稚造型："我一直都知道自己非常可爱。虽然我年岁也比你大很多，但我接受你拿孩子来称呼我，也希望有朝一日我们也能成为十分优质的金钱关系下的伙伴！事实上我也是个做生意的，开过甜品店，也开过旅店，还卖过茶叶，除了经常资金不够，别的都挺好！我特别喜欢黄金，有空我们一起研究呗！"

我也是本性难移……

敖炽拽了我一下，白眼道："丢不丢人？说得跟我没本事养不起你似的！"

"闪开！"我甩开他的手，"别打扰生意人跟生意人之间的高水准谈话！"

"你看你那个样子，恨不得跪下来叫干妈是怎么着？"

"便宜总不能让左右一个人占了吧！来都来了！"

"……"

老太太终于露出了今天最开心的笑容，慈爱地看着我们，说："那个……我是听得懂中文的，左右教过我。"

啊，有点儿尴尬。

我哈哈笑着站起身，握住她的手："我的意思是，多一个靠谱的合作伙伴是一件好事。"

"嗯，我也这么认为。"老太太赞同地点头，反过来拉住我跟敖炽的手，认真地看着我们，"谢谢你们对我的善意，不论是在'剧本'里，还是在刚刚过去的几个小时。"

"不用特别感谢，其实我们也是顺便。"敖炽最受不了别人一本正经的感激，十分不自在。

天气不知什么时候变了，几滴雨落下来。

"回去吧。"我说。

"好。"她伸了个懒腰，"回去吧。"

敖炽去推轮椅，还是一脸的不自在。

如果不是下雨，其实我也不希望她这么快回去，留在花园里呼吸新鲜空气，跟两个老孩子谈起过往的悲伤与此刻的释然，总好过回到身后钢筋水泥的房子里去面对一些新的问题。

敖炽的不自在，并不都来自她毫不掩饰的夸奖与感激。

今天来见她之前，老白跟我们说，凶手抓到了。

我问："是她生意上的对手？"

老白摇头，说："是她的副手，最被她看好以及信任的人。"

雨，越下越大了。

◇ 肆 ◇

地下室里什么都不缺，实验室、标本室、茶水间，以及囚室。

三十岁左右的男人，领带松松垮垮地挂在胸前，白衬衫上沾满了尘土污渍，被反绑在椅背上，眼睛上蒙着黑布。

他应该是剧烈挣扎过很久，此刻已经没了力气，瘫坐在椅子上，粗重地喘着气，像被猎人击中的猎物，逃又逃不掉，死又死不了，隔着玻璃也能感受到他的恐惧与愤怒。

左右站在外头，闲闲地翻着手里的杂志，然后递给身旁的老白，轻笑道："最近他真是商界红人，连娱乐杂志都能上头版，红鱼远洋的新掌门，年轻有为，还跻身女性最想嫁的理想对象榜前三名。"

老白翻了翻杂志，啧啧道："听你口气，倒是羡慕嫉妒居多呢。非著名演员雷夫·莱特先生居然榜上无名，这些女人是多不识货。"

"等我下一部片子上映，她们会哭着喊着要嫁给我的。"左右耸耸肩，自信心爆棚。

"你又接了什么奇怪的剧本？"

"《菜刀侠》。"

"别人挑剩下的剧本对不对？"

"这不重要，重要的是我的演技又能得到一次突破。"

"是下限又一次突破吧？"

"你不懂艺术。"

"你还是退隐吧……"

两个人跟无所事事的闲汉似的在一个杀人凶手面前聊着毫无营养的话题，专注到都没工夫留意身后多了好几个人。

米良领着我们跟老太太一路来到这里。

说来米良也真是个妙人，如果没有他，左右的生活肯定是一团乱麻，他不但要替他照顾虫人的老巢，还要跑来伦敦帮他打理杂务，不但包括一日三餐，还要负责变成茉莉大妈诱骗我们吃下有蒙汗药的美食，为了让我们相信左右是一个优秀的演员，忙碌到随时都要出外景，他不但要负责吹捧，连电影海报都得设计好，永远是任劳任怨，对左右从无半点儿违逆。这么妥帖又全才的帮手，要是给我该多好。

不过我还是狠狠地骂了他，并且警告他如果以后还敢对我们坑蒙拐骗，我发誓会把他泡到杀虫剂里，这回且看在当年他给了我一盒金豆子的份上，不同他计较。而这家伙居然一点儿都不恼，只不断跟我们道歉，说身为虫帝的仆从，刀山火海也要照他的吩咐行事，然后就笑容满面地问我们这几天想吃点儿啥。

这样的人，便是怎么都气不起来了。

米良咳嗽了一声。

左右跟老白回过头来，见我们都到了，老白把杂志抛给我："看看，有意思呢。"

接过来翻开，显眼处便是那青年才俊的大幅照片，西装革履，君临天下的气派，配文大意是红鱼掌舵人菲尔斯女士身染重疾昏迷不醒，幸好有她一手提拔的年轻人扛起江山，并在短短两周内做出了好几项重要决策，包括与某某集团的战略新合作，深得董事会成员的赞赏与信任，颇有红鱼接班人之趋势。

被吹捧的人昨天还在慈善晚宴上觥筹交错举杯发言，展望未来新世界，怎么也想不到今天便成了狼狈的阶下囚。

左右走到老太太面前，说："人我抓来了，你要不要跟他聊聊？"

她怔怔地看着囚室里的人，神情平静，眉头都没有皱一下："不用了。我知道为什么，你们也知道。"说着，她回头看我，指着自己，"其实已经很老了对不对，耳朵没有从前灵敏，眼睛也不大好使了，自己放的东西，一会儿便忘记了搁在哪里。"

"可你从没忘记自己是个人。"我说。

"其实我最初并没有想过要接他来英国。只是当年我在学校外头第一次看见他时，虽然他被揍得很惨，但那一瞬间，我总觉得自己又看见了队长，明知前路凶险，还是不逃走。"她笑了笑，又沉默了好一会儿，"其实我老早就立下了遗嘱，一切都会留给他。这孩子啊，太着急了。"

一室沉默。

多年前的伤害或许还可以原谅，但这新鲜出炉的一刀，好话说再多也是无用。

好在她对于新撒在伤口上的盐表现得很镇定，从恐怖分子的屠刀下捡回性命，又在商海中摸爬滚打多年，这被人背后捅刀的打击，纵然疼痛，却不致命。

"交给我处理，还是警察？"左右看了看等候裁决的囚徒，连骂他几句都不屑。

"交给我吧。"她微笑着，但掩不住疲倦，"至少这一回，我希望只是一件家务事。"

老白却有些不放心："能对恩人下杀手，当家务事处理合适吗？"

"交给我吧。"她不回答他，笑容里多了不容反对的坚决。

"行。"左右点头，"一会儿把他送回你府上。"

"多谢了。"她感激道，又看了那个意欲置自己于死地的年轻人，叹了口气，转头对我们说，"我有些累了，想回去睡一会儿。"

不等左右吩咐，米良已经主动握住了轮椅："我这就送您回去，菲尔斯夫人。"

"去吧，好好睡一觉，醒了吃点儿东西，什么时候想回去，跟米良说一声就行。"左右拍拍她的肩膀，"以后啊，吃东西注意点儿，安保工作再做细致些，我得空时给你推荐几个得力的保镖。"

"知道了。"她对我们所有人点点头，又拉了拉我跟敖炽的手："待我身体完全康复，请你们来我家吃饭，一定要赏光。"

我跟敖炽猛点头，大佬赐饭，却之不恭！

目送她跟米良进电梯离开后，我走到左右面前："这种十分隐蔽的人造妖怪，并不容易被发现，你是如何得知她昏迷的真相的？"

"人造妖怪最大的问题，在于它们几乎是没有妖气的，的确很难被我们这样习惯以妖气来辨别同类的老妖怪们发觉，准确说它们都不算我们的同类，仅仅是具备相同功能的机械。所以当时我知道安泊病重去探望她时，的确没有发现什么破绽，以为她只是上了年岁，身体到了极限。"说到这儿，他指着老白，"幸好我们这边有他，那天他随我同去探望，出了病房后他跟我说，安泊可能不是患病，而是被暗算了。"

我的视线转移到老白脸上："你？"

"我发现安泊的额头上有一块不起眼的红印，也许在别人看来只是一块红疹，但我知道不是。"他顿了顿，眉头微微皱起，"是 4E 给他们的'试验品'们打的印记。作为曾经 4E 试验场中的一员，我对那个印记极度敏感，刻骨铭心。"

4E，又是 4E，我就知道这个名字会阴魂不散地跟着我们，这么多年来，无论我身在何处，无论我替他人甚至整个世界解决了多大的麻烦，都没能对这个永远藏在暗处深不可测的组织造成任何实质性的阻挠与打击，他们依然我行我素，把肮脏的爪子伸到世界任何一个角落。

我跟敖炽的脸色都非常难看。

"安泊是个命大的人。"老白继续道，"不光是因为她遇到了左右，还因为有个我在左右这里。当年我恰巧参与过吞心的制造及试验过程，这玩意儿当年只有一个编号，虽然不是我亲手制造，但也算非常了解它的妖力以及大概知道消灭它的方法。把安泊从医院里秘密带回来后，我给她做了详细的检查，果然在她的心脏里发现了寄居的吞心。"他摸了摸鼻子，"说实话我更愿意叫它双头丑八怪，只有虫帝这种附庸风雅的人才会叫它吞心。"

左右却很不同意他后面的说法："妖怪里头有太多双头的，以后再遇到怎么办？我们的标本库里总不好写上双头丑八怪一号二号三号吧？起名字，最要紧的是有辨识度。"

"行行行，你是当家人，你说什么就是什么。"老白举手投降，然后对我们撇撇嘴，"事情就是这样了，因为有我，还因为有你们，安泊又捡回了性命。"

敖炽依然想不通，问他们："杀人动机呢？把他带回英国悉心栽培，好吃好穿地伺候着，将来还能继承江山，就算是个白眼狼不记恩情，也不该起这天打雷劈的杀心啊。"

"我目前知道的，是安泊之前坚决否决了一家名叫克罗托集团的合作请求，他们要求红鱼替他们运送一批货物往北极，并承诺如果红鱼接下这一单，今后他们集团旗下所有的远洋航运需求都交给红鱼完成，可以说是极大的一笔生意。但安泊仔细评估权衡后，认为这家集团来路不明，遂表示无论他们付出多大报酬，红鱼也不同他们合作。做出这个决定后没多久，她就进了医院。"左右指了指还在我手里的杂志，"然后就是红鱼的代主席不知用什么法子说服了整个董事会，与克罗托签订了合作协议。具体细节，我还在调查。"

"克罗托……好绕口的名字。"我刚才在杂志上翻到这个名字时都懒得看清楚，不过多念几次之后，竟觉似曾相识，"等等，这名字……好像是希腊神话里的一个女神？"

"命运三女神里纺织生命之线的那位。"左右说，"我总认为，一定是自视极高的家伙才会用这个名字当招牌。只是目前我还没有得到关于这家集团的详细信息，不过也等不了多久了。"他朝里头的囚犯努努嘴，"那位跟我交代的是，对方在安泊那里碰了钉子后，私下又找到了他，承诺只要他能促成这件事，他得到的回报将不仅仅是钱，还有意想不到的神秘礼物，同时暗示他他并不是安泊的亲人，大丈夫要成就大业，有些事情便不用太在意。加上最近一年他接连在业务上犯了几个错误，安泊毫不留情地批评了他，并且放话如果再出纰漏，她便要将他调离总部。他血气上头，索性下了狠手。"

我的目光落回杂志上，忍不住又翻出那张照片看了好几遍，看上去多么英俊干净、意气风发的年轻人啊，可是闪光灯与掌声背后，又是什么呢？

不知安泊在知道这些之后的真实感受如何，我自己的心口倒一阵阵地隐隐作痛起来，杂志也掉到了地上。

"怎么了？"敖炽觉察到我脸色不对，赶紧扶住我，"又饿了？"

还好，疼痛很快便消失了，我松了口气，摆摆手："没事，就是听了这些被气得心口疼，若不是看在安泊的面子上，我不会轻易放过这种人。"

闻言，老白笑道："老板娘果然还是那个老板娘，疾恶如仇，嘴硬心软，从来没有变过。"

"称赞我收下了。"我不客气地说，"但那家伙不过是一介凡人，他如何知道并且找来了 4E 制造的妖怪？"

"网购。"老白吐出了一个近乎笑话的词。

我跟敖炽以为我们的耳朵出了问题。

"来。"左右朝我们招招手，走进了另一边的实验室。

我们跟进去，站在他身后，看他敲键盘。

很快，显示器上出现了一个网站页面，白色的页面上头没有一个字符，正中间只有一个简单的标志——一个黑丝圆圈，圆圈里头是一道黑色的纵向裂纹。

点击这个标志后，页面变暗，一个简单的搜索框在页面里出现，依然没有任何文字提示。

"这是什么？"我弯腰盯着屏幕，"感觉是个不及格的家伙做的网站。"

"一个购物网站。"老白说，"没想到吧。"

"你是觉得我们从不上网买东西吗？"敖炽怎么都不能把这个网站跟我们日常使用的花花绿绿的页面联系在一起，"这里头卖啥？有花衬衫、扫地机吗？"说着他干脆挤开左右，在搜索框里飞快敲下"花衬衫"。

电脑仿佛死机了一般，没有任何反应。

"不是卖这些东西的。"左右挪回来，在搜索框里敲下"让一个超级富豪不惹人怀疑地死去的武器。"

页面瞬间出现了十几页结果。

诧异之中的我仔细看了其中一页，给出的结果有毒药，有人为制造的意外，有病菌，还有各种千奇百怪的杀人方法。

"这家伙买下了用妖怪夺走性命的法子。"左右冷冷地盯着显示器，然后关闭了网页，"这个网站卖的，没有一件是好东西。一个人所能产生的任何恶念，都能在上头找到实施的法子。付钱，到货。邪恶至极。"

老白补充道："我们追查这个网站也有好些日子了，它没有名字，追踪不到真实 IP，我们叫它裂网。但我认为它跟 4E 脱不了关系，他们在各地试验场里的产物最终通过什么渠道流向了哪里，也许这个网站可以解答我们一部分疑惑。而且近两年来裂网越发不低调了，经常有人会收到他们的广告邮件。最可怕的是，你根本不知道有多少人点击进去，点击进去的人又有多少个真的在'购物'。"

"你们没有尝试过在这里买东西吗？"敖炽突然问，"比如输入'如何愉快地弄死 4E 那帮王八羔子'。"

"我试过啊。"左右说，"毕竟我也好奇嘛。"

"结果呢？"我问。

"搜索结果只是一个笑脸。"左右笑笑，"我们对面的家伙，显然已经拥有了知道你看不惯我但也知道你无法干掉我的绝对自信。"

是了，这就是他们的风格。

"但我们也不算完全无计可施。"老白又道，"我最近终于查到了裂网的访客 IP，虽然只截获了其中半个月的名单，但起码有机会从另一个角度去真实接触这个网站。"

"点击进去的人多吗？"我问。

"我的名单里就几百人吧。"老白道，"而且单凭这个名单无法确定他们有没有购买过东西，好在我们有虫帝。虫人们出马，不出三天便将几百人的资料都汇总过来。我们根据这些人的性格与经历，按危险程度排序，虫人负责监视中度与轻度危险的人物，极度危险人物由我们亲自上阵。"说到这儿，他故意很疲倦地吁了口气，"所以我们真的很忙，而且很缺人手。组织里能派出去的成员都派出去了，可还是很不够。"

左右顺势道："所以你们不妨再考虑一下我的建议，来都来了，还是加入我们吧。"

我翻了个白眼："我是不停的老板娘，从不隶属于任何组织，也从不打算受任何人指使。"

敖炽也道："我的身份不用再强调了吧？想让我当他手下的人，要么死了，要么还没出生。"

左右横抱起双臂，似笑非笑："并非手下，而是合作。我说了很多次了。不过这几天老白只是跟你们叙旧吗，就没有跟你们说点儿别的？"

别的？老白这几天跟我们的聊天内容，只有他跟血妖章三枫姑娘的浪漫故事，比如他们去了世界上很多好玩的地方，吃了许多好吃的，他还计划明年在她生日时向她求婚，我问他怎么没见章三枫，他只说她出差去了。他还告诉我他是如何在伦敦的小酒吧里遇到了左右，如何跟他一见如故，又是如何在他的劝说下加入了他的组织。而他说得最多的还是对我的感谢，表示很怀念当初在不停的日子，还说希望有机会能再弹吉他给我听，以及能再喝一杯我沏的很苦的茶。

从我的表情里，左右得到了答案，摇摇头："想来是没有了。"

"你到底想说什么？"我问。

左右看定我跟敖炽："你们有没有想过，凭什么 4E 有制造妖怪的能力？"

我一愣，这问题我真没想过。

"西溟幽海，万妖之源。"左右缓缓道，"理论上说，世间所有妖怪都自西溟幽海而来，如今在世的多数妖怪，虽不是生于此地，但他们的祖辈无一例外不是产生于此地。只可惜那是一个离开了便不能回去的地方。就我所知，只有从未踏足过西溟幽海的妖怪或者人类，才有机会进到这个所谓的妖怪的圣地。你们应该也听说过，千万年来误打误撞或者机缘巧合进到西溟幽海的家伙，总数不会超过十个。"

"我知道的是，曾经有个姓姜的老头子进去过，为了钓到一种叫忘形的妖怪，还有一只老鼠也进去过，跳进岩洞里滚烫的岩浆中，把自己化作了一只无相。"我都还记得，"可惜他们都不在了，我没机会再问他们去西溟幽海的路。"

左右摇摇头："纵然他们活着，你也问不到答案。不是说了吗，只要从那里出来，就永远被拒绝再入内。你有问过那些从西溟幽海出来的妖怪，还记得如何回去吗？"

好像我只问过诗诗，而她也确实说自己再也找不到回去的路。

"连我都找不到的地方，你说有多可恨。"左右自嘲地笑。

我的心情突然就变差了："你跟我说这些，是为了增加我的绝望吗？"

"恰恰相反，我在给你希望。"左右拍了拍我的脑袋，"回到最初的问题，世间有能力制造妖怪的，只有西溟幽海。4E的底气来自哪里，操纵他们的终极力量究竟是什么，是我们要探究的答案。"他顿了顿，认真道，"所以你以为我只是为了拉你们入伙才说我也在找西溟幽海？所以你们真的不认为跟我们合作是正确的决定？"

我跟敖炽都没有说话。

片刻的沉默之后，我拽着敖炽往电梯走去："好饿，吃午饭吧。"

"啊？"敖炽以为我会给他们一个答案。

"吃饱了饭，脑子才清醒。"我掐了他一下。

"也是。走吧。"

等电梯的间隙，我回头对左右跟老白说："我的儿子跟女儿，还有与我朝夕相处的亲朋们，被自称4E将军的家伙绑架到西溟幽海了，因此，我做任何决定，都不可草率。"

说完，我头也不回地进了电梯。

◇ 尾 ◇

左右的客厅里，我站在那幅巨大的油画前。

现在我才知道，这幅画是有名字的，叫"飞星"。

左右一手创建的组织，也叫"飞星"。

飞星的成员里有老白、米良，还有数量不明的我连面都没见过的妖怪。

创立飞星的目的很简单明确，对付4E。

左右说，这些年他越发觉得世界变得不对劲，但仔细说又说不上来是哪里不对，直到确定了4E的所作所为，他才肯定自己的感觉是对的，那些阴暗角落里的家伙，正试图把世界带进地狱。而可怕的是，人类还没有意识到这一点，他们以为的天灾与意外，许多都是恶毒的故意为之。所以，身为世上最老的妖怪，他有义务做点儿什么。

我并不怀疑他的能力与号召力，但我向来不喜欢受制于任何组织，自由散漫惯了，所以对他提出的要我加入的要求很犹豫。而且，即便加入，又会是一个正确的选择吗？

原本我们的计划是偷偷寻找西溟幽海，从未想过要大张旗鼓地加入一个联盟，此事一旦被4E察觉，浆糊和未知他们还有机会平安归来吗？但是若拒绝他，我跟敖炽接下来又当何去何从呢？连虫帝都找不到的地方，我们又有多少成功的概率？还是就此屈服于对方，当个缩头乌龟，只为了一份私心，不再理外间死活？

心下各种矛盾纠缠，竟累得我喘不过气来。

敖炽什么都没说，轻轻拍着我的背。

"你怎么想？"我扭头看他。

他笑笑："你是知道我的，动与静之间必须做个选择的话，我一定选前者。因为我是敖炽啊。"

"如果代价很大呢？"我又问。

他还是笑："选另一个的话，如果代价也很大呢？"

我无言以对。

许久后，我靠在他怀里，红了眼圈："我不敢想如果永远失去了他们会怎么样。"

他搂紧我："失去跟不失去，概率对半，我不信我的孩子跟朋友会那么倒霉，连百分之五十的概率都轮不上。"

面前的油画变得模糊起来，只有那颗长了翅膀的星星特别清楚，甚至像是真的飞了起来。

"在大多数世人眼中，只有天上那些堂堂正正的星星应该被喜欢被赞美，对他们而言，我们妖怪几乎等同于流星，流星还是好听的称呼，以前不是被叫作扫把星吗？"左右不知何时出现在我们身后，坐在正对油画的沙发里，淡淡地说，"可即便生来就注定与众不同，注定要坠落，还是想尽可能地飞起来，亮起来。世界我们也有份，哪怕不为世界所喜爱，也不妨碍我们对付试图伤害它的人。"

我跟敖炽没有回头，没有说话。

"有时候不需要孤军作战的。"他又说了这么一句，"午饭好了，去吃吧。"

然后，我听到了离开的脚步声。

模糊的视线渐渐清晰起来，油画里的那颗星星好像更亮了。

我握紧了敖炽的手，忽然笑出来："来都来了，对吧？"

"对啊。"敖炽也笑了。

第四章

【稻草】

你是南风带来的稻草先生，可爱又亲切，我们有了会跳舞的稻草人，冷了靠着你，饿了靠着你，带着香甜的气味睡过去。

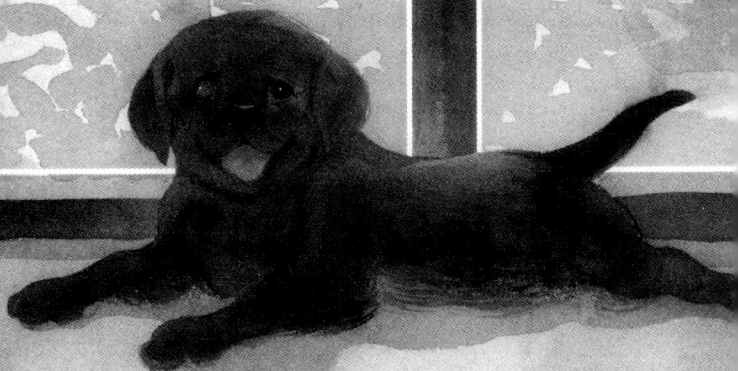

◉ 楔子 ◉

那曾是我唯一能好好活下去的原因。

◇ 壹 ◇

为庆祝"飞星"又增加两名猛将，左右家的厨房大概被我们吃空了。

不得不说老东西家厨子的水准很高，中餐西餐手到擒来，美味无比，居然还有一碟许久没有吃到过的桂花糕。我对这般香甜馥郁齿颊留香的味道的记忆还停留在数百年前，不知是在当时的帝都还是在别的城市，我跟敖炽在夏日傍晚的街市上走走停停，手里捧着永远都吃不够的各种食物，耳畔响起的是男女老幼的嬉笑怒骂，还有拨浪鼓欢快的摇摆声，一阵阵微热但不烦人的风，把甜美的桂花香送到世界的每个角落里。

那时，我们没有真正的敌人，也没有深刻的牵挂，只有没心没肺吃喝玩乐的自己。

说不怀念是假的。

我依依不舍地吃完最后一口桂花糕，说让左右把厨子请出来，我要好好感谢以及表扬他，可左右拒绝了，他说他家厨子脾气古怪，只跟食物打交道，不善与外人沟通，做好饭菜便会自行离开，绝不跟任何人有交集，若真要表扬一个厨子，吃完他的作品便是对他最高的褒奖。

这么说，也只好作罢。但是，说厨子便说厨子好了，左右这个老家伙非要画蛇添足就很讨厌了。

这顿饭的末尾，他摇晃着红酒杯，欲言又止地看了我许久，才同情地转向敖炽，问：

"她一直这么能吃，一定花了你不少钱吧？"

敖炽忙着啃他的酱汁排骨，头也不抬地说道："爷养得起。"

这回答给一百分，但我还是不甘示弱地冲左右道："关你啥事！吃你们家大米了？"

"可不就是在吃我家大米吗？"左右撇撇嘴，微笑着朝我举杯，"来，敬怎么吃都不胖的老板娘。"

我冲他翻了个白眼，自顾自地端起酒杯喝了一口，不屑跟他碰杯。

虽然老家伙态度不端正，说的却是实话，我最近虽然吃得多，身材也确实没有变化。但对于食量的增加，我偶尔也会多心一想，毕竟我虽然爱吃，但千百年来没有哪个时期的食量能跟最近相比，而且不论吃了多少下去，饱腹感都会很快消失，仿佛吃下去的食物根本没有经过消化，而是直接蒸发了一般。再想一想，似乎也不是什么大毛病，身体也没有因此出现什么异常，如果持续下去，最大的影响可能就是老家伙说的，能吃肯定费钱……

当然，饭桌上谈的，不仅仅是食物。

我擦干净嘴，问："所以你想让我们做什么？先声明，我们不是你的下属，是合作者。我们拒绝缴纳一切入会费用，并且万一你们后期倒霉了缺钱了也不要指望我们扶贫。"

左右的红酒差点儿喷出来，他哭笑不得地放下杯子："还真是跟传闻一模一样，十句话八句都不离钱的老板娘。"

"先说断，后不乱。"我一本正经，"我从来都是个坦白正直的生意人，不像那些偷偷摸摸在饭菜里下药的玩意儿。"

"真记仇呀。"他笑着摇摇头，"你担心的所有事情都不会出现，飞星不是为了谁的一己私利而存在的。并且我需要说明的是，飞星的成员在任何必要的时候都能得到合理的经济资助，不设上限。"

"啧啧啧,炫富呢。"敖炽把骨头吐出来,"是不是我现在要一辆超跑就能马上得到？"

"之后会有适当的交通工具提供给你们，放心。"左右微笑着承诺，"只是说到财富，天下没有几处能多过你东海龙宫，这我还是清楚的。"

敖炽打了个饱嗝："你要是拍马屁呢，我就收下了，要是指望能从我身上捞好处，就别想了。"

"都不是。不过闲话一两句。"左右颇有些同情地看着他，"对于你的遭遇，我多少也有耳闻，本是东海龙王的继承人，却连自己的老家都归不得。听说老龙王身体欠佳，想必你也很是忧心吧？"

在这个老家伙面前，实在是不必问"你怎么知道的"，他是虫帝，往好听了说，善集天下消息情报，往难听了说，老妖怪一辈子都活在八卦里……

但这事儿着实是敖炽的隐痛，我悄悄注意着他的表情，生怕他一个绷不住就哭出来，或者将手里的盘子砸到左右的脸上。

可敖炽只是微微愣了愣，然后撇撇嘴："你既然都耳闻了，还敢拉我入伙？不知道我现下是四海龙域之中挂了名的钦犯？窝藏包庇者同罪没听过？"

左右笑出声来："我这座小庙，倒不至于被抄家灭族。"

有多少实力，才能有多少调侃，纵然无藏青霜之流杀到他面前，怕也很难奈何虫人一族的帝君，这点我还是有把握的。如此看来，撇开西溟幽海不说，不论过程多么莫名其妙，若能站到他这边，倒也是目前我跟敖炽能找到的最佳停留处。

老家伙似乎看穿了我在想什么，又举起酒杯："飞星欢迎你们。"说罢也不管我们理不理他，自顾自将杯中酒一饮而尽。

"可你还是没有说清楚，你想我们做什么。"我靠在椅背上，扫视着桌上空空的碗盘，"如果只是坐在这儿跟你吃饭喝酒，我十分乐意。"

他笑了笑，拿出手机敲了几个字，很快，米良出现在餐桌旁，把手里的一个文件夹递到我们面前。

"看看吧。"左右努努嘴。

看就看呗，敖炽好奇地挪过来，跟我一起翻开文件夹——

不过是一摞整理得十分整齐的资料，有照片，有打印的图片，还有详细的文字记录。

可惜，每张纸上记录的都不是好事。

发生在不同城市的恐怖活动，死伤无数的场面触目惊心；泄漏的核电站把方圆百里化为地狱的样子；在深山老林里安居乐业几百年的部落为了争夺首领的位置自相残杀，血流成河；好几座早被认定为死火山的地方，又有了异动；不知原因但烧了整整一个月都无法扑灭的山火，好好的地方至此生灵涂炭；从来清澈平静的河水里出现了不知本相为何的"河怪"，不但吃掉河水里的鱼虾生物，连人类都不放过……

总之，每一页都让人心惊肉跳。

我知道世界很大，时时刻刻都在发生令人匪夷所思的事情，但是当如此多的天灾人祸集中在一个文件夹里，直观地摆在你面前，除了有一点儿呼吸困难外，你还会下意识地抗拒你看到的一切，跟自己说哪里有这么夸张。

可事实就是这么夸张。这里头记录的事有好几件曾出现在新闻里，而我当时也许是在吃饭或者是在跟浆糊和未知聊天，那些失去的生命只在我并不集中的注意力里一闪而过。所以，我从未像此刻一般，觉得世界已经如此危险了。

"这只是其中一小部分。"左右见我们翻得差不多了，适时补充道，"如果你们想看完，恐怕三天三夜都不够。"

我皱眉，合上文件夹："要我们去抓河怪，还是要我们去击毙恐怖分子？"

左右摇摇头："给你们看这些，只是想让你们也知道，这世界在不知不觉间变差了，可以说是越来越差。"

"宇宙中任何一个事物都会从诞生走向消亡，这些天灾人祸不是必经之路吗？何况这些惨事自古有之。"敖炽不认同他。

"生死规律本是天道，自然谁都不能例外。"左右看着我们，眼神骤然严肃起来，"但你们再仔细看看，这些年发生的祸事，究竟是天灾多，还是人祸多？"

稍一对比，好像……的确是人祸居多。

"你们飞星整天就关注这世界上出现了多少人祸？"敖炽反问，"那我怕你们忙不过来。无论是人类还是别的物种，只要有了生命的存在，世界就无法平静，他们一边爱护着一边伤害着，多年来都是如此。"

"如果杀人如麻的河怪最终被发现是一种特制的仿生机械，并且是被故意放到水域之中；如果那场山火实际上是人为纵火，并且纵火的人自称是火妖，但其实只是一个个悲惨的被改造过的燃点远低于正常值的人类；如果为了争夺首领之位自相残杀的人不过是受了有心人的挑唆；如果往人群中扔炸弹的人说自己是在替天行道消灭妖魔，并且证实他的神经确实出了问题，看谁都是丑陋魔鬼……如果是这样，你们依然认为这是世界的正常变迁吗？"

我跟敖炽微怔。

我盯着面前的文件夹："你们都查过了？"

左右点头："这些年类似事件发生得越来越频繁，旁人或许难以觉察到其中真正的异常，但我不一样。"他起身走到窗前，注视着窗外一片静谧的花园，"虫人皆自土地而生，乃地气所化之妖，眼前这广袤无边的大地与我们息息相关，所以一旦它有什么变化，我们总能先他人而觉察。这几年世界所遭受的苦难，与千万年来我所感受到的大不相同。"他侧目，从窗前的花瓶里拈出一朵露水未尽的玫瑰，嗅了嗅，"大概就是你闻惯了真正的鲜花的香气，突然闻到了人造香料，虽然表面上差不多，但终究不一样。"

我盯着他的背影，直言："你认为一切都是4E干的？"

他把玫瑰放回花瓶："除了他们，我暂时想不到谁还有这般实力跟恶意。"

"不是他们还能是谁？一天天改造这个破坏那个，活像这世界欠了他们一样！"敖炽用力挠了挠头，听到4E这个名字他就气不打一处来，只恨不能立刻将他们碎尸万段

稻草

挫骨扬灰。

我想了想，说："虽然 4E 没干一件好事，但我始终不明白他们为什么要无休止地破坏世界的稳定，把无辜的人拉扯进阴暗的旋涡，如果他们的最终目的只是要这个世界一无所有，那么他们自己又能得到什么？一个满目疮痍毫无生机的世界有什么意义？"

敖炽冷笑道："也许他们就是一群把毁灭当作终极快乐的变态，跟那些赚了无数钱却舍不得花，连内裤都打补丁，却说只要看到银行卡里的数字就高兴的人没两样，他们对'享受'的定义根本异于常人，对这种家伙，没道理可讲的。"

"不是这样的。"

左右跟我异口同声。

敖炽看了看我们，对我们的默契表示鄙视："那是怎样？"

"我们不是没跟 4E 交过手。"我认真道，"你难道不觉得他们除了实力，做事的规划性也非常强吗？跟那些不管不顾只想搞破坏的疯子完全不一样。"

"我也这么认为。他们最可怕的地方，在于明明隐于暗处，但又似乎并不太担心暴露踪迹。比起一个总是躲藏的敌人，能躲但又不怕你找来的敌人才更麻烦，因为你永远不知道杀上门去的后果是什么。"左右皱眉，"就目前所得到的所有信息来看，我也猜不透 4E 不断破坏世界的原因是什么，而且这几年他们的动作越来越大，越来越频繁。我们可以把河怪处理掉，也能把神志不清的犯人关起来，但这些都只是治标不治本的补救，如果不能从源头上截断他们的恶意，这个世界便真的没有多少好日子了。人类没有，我们妖怪也没有。"他顿了顿，"恐怕连神都没有。"

一室沉默，连米良都深深叹了口气。

而我明白，最可怕的不是我们还没能除掉 4E，而是世界上的人跟妖怪，或许还包括天上的神，他们都还没有意识到，无处不在的黑暗里已经有这么一股强韧执着的力量，开始誓不罢休地要毁掉我们生活了千万年的家。

敖炽哼了一声："说那么多，还不是你们没用，查了这么久都没查到核心资料。"

"4E 在暗处，我们飞星也不在明面上，甚至比起他们，我们可能更隐秘些。"左右一点儿都不生气，走回来坐下，"不论他们有多么小心多么强悍，万事万物总有弱点，也许现在得到的有用信息不算多，但细节决定成败，一件小事或可决定胜负也未可知。我们能做的，便是从已知的东西开始顺藤摸瓜，虽然不是很容易，但总有希望。"

"裂网吗？"我脱口而出，"就凭老白截获的那几百个名单？"

"之前不就说过了吗，我们现在很缺人手。"左右坦言，又屈起手指敲了敲那本厚厚的文件夹，"从裂网上订货的人，也许他们本性不坏，但他们的行为会给我们的文件夹增加新的厚度。这一点是你我都不想看到的。从另一个角度来说，4E 把更多本不相关的人变成了我们的敌人。你们玩游戏的也知道，总得先把小兵解决了，才有机会解决 Boss 不是吗？"

我思忖片刻，说："可你也该知道，这么做有可能是徒劳无功。"

左右看我的眼神有一丝变化，似乎并不相信我是会说出这么丧气的话的人。

可我话还没有说完。

"不过，比起出事了才知晓、才补救，老白这次好歹是占了一丁点儿先机。"我指了指文件夹，"虽然不知道我们的插手能让事态有怎样的改变，但我愿意为减少它的厚度做点儿什么，反正一时半刻也找不到西溟幽海的下落。既然都跟 4E 脱不了关系，帮帮你们也无妨。"

敖炽点头道："反正说好了，你们要随时提供最优渥的物质支持，衣食住行都不能差，交通工具最好是顶级超跑，衣服的话，你们这儿不是有条街专门做高级定制吗，我就勉强穿一穿了。还有，万一我在做事时出手重整坏了什么，你们负责赔偿。"

左右忍住笑，一本正经道："可据我所知，你最爱的服装是网购买一送一的爆款花衬衫，这样的风格，委实不需要用到高定。"

旁边的米良实在没忍住，"扑哧"笑出声来。

我扯住要去揍人的敖炽，说："他没说错啊，你讲不讲道理的？"

"我发现你最近的思想很危险啊！"敖炽愤愤地瞪着我，"刚刚跟他异口同声，现在又替他说话！你图他年纪大还是图他长得丑？"

"你年纪也不小了。"

"但我比他英俊！"

"你这么说人家，超跑不想要了？"

"我要！"

左右跟米良对视一眼，眼神里不知是对我们默认加入飞星的喜悦，还是对我们不分场合的胡闹而担忧。

几声咳嗽打断了我跟敖炽的吵闹，左右拿着红酒走到我们面前，郑重地给我们空了的杯子里重新倒上，然后给自己也倒了一杯。

"那么，就这么说定了。"他举起杯子，明亮的灯光在醇厚的红酒中流转，"欢迎加入，合作愉快。"

我跟敖炽互看一眼，举起酒杯："行。"

三个酒杯在半空中发出完美的碰撞声。

我不知道在这顿饭之后等待我的是什么，但我能肯定的是，又要忙碌起来了。

而敖炽肯定的是，接下来等在大门口的，应该是一辆拉风至极的超级跑车。

然而我们的预想还没有结束，左右的电话响了，他抱歉地冲我们笑笑，放下酒杯走到一旁。

我听到他对着电话那端说："好的，一会儿便让他们来见你……嗯，都说好了……"

挂了电话，他回头冲我们一笑："饭也吃完了，不如出去散个步，顺便见个人？"

我们一愣："谁？"

"见了便知道了，哈哈哈。"

◇ 贰 ◇

"我们回去把左右杀掉吧……呕……几百年前就不该救他……呕……"

"还是怪我们自己吃太多了……呕……"

我一边忍住胃部的不适，一边拍着敖炽的背，可怜的他已经抱着纸袋吐了十分钟不止，脸都吐白了。我也没比他好到哪里去，充其量比他少吐了几次，怀孕时都不曾这么难受过。

幸好没有人路过，不然堂堂的不停老板娘跟东海龙宫的少主人蹲在墙角你呕过来我呕过去的鬼样子实在不好交代，多让群众失望啊。

不过这里多半也不会有人经过，起码不会有多少活人经过。

因为我们身后一墙之隔的地方，是殓房。

这里是地下三层，往上属于一所名为"Luna"的私立医院。

地址是左右给的，要见的人也是他介绍的，但超级跑车是没有的，著名妖怪组织"飞星"口口声声承诺的全方位物质支持只是两张可以购买火车票、地铁票和巴士票的充值卡……米良还特别贴心地让我们随便使用无须节省，充值的事由他负责。

敖炽当时气得把充值卡扔到地上，说坐公交还不如靠他自己飞。米良把卡捡起来，耐心安慰说总是自己飞来飞去难保灵力外泄引起不必要的注意，飞星可是一个极其低调的组织，顺便还说这种充值卡在英国只供年龄在二十五岁以下的年轻人使用，也怪他当时没考虑那么多，脑子里只有敖炽年轻英俊的模样，便购买了这种卡。

千穿万穿，马屁不穿，米良这个家伙的狡猾程度不比他老大逊色多少，相当善于抓住人的弱点……区区几句话便消了敖炽的怒气，"看起来不到二十五岁"的他喜笑颜开地把充值卡揣进了兜里，当下便什么都不计较了。

但是，肤浅的快乐终是不能持久的，尤其是在坐了地铁又转巴士各种折腾才抵达目的地之后，连口水都没喝上，便被领到殓房这种地方，若还能笑得出来，不是傻是什么。

"还需要纸袋吗？"半开的殓房大门后探出一个男人的脑袋，华裔，黑发，长短刚及肩，还随随便便拿皮筋扎了个半丸子头，年轻，目测是真正的不到二十五岁，眉目俊秀，唇红齿白，脸孔更白，很缺阳光照射的那种略微病态的白，神态倒是轻松从容，问我们时的语气仿佛在问超市的大爷大妈"你们还需要一个袋子装菜吗"。

大约一个钟头前，我们在医院大堂里见到了他，那时他正蹲在地上给一个坐在轮椅里的小女孩表演徒手扭气球的绝技，看不出是猫还是狗的作品把小病人逗得十分开心，而他笑得比那孩子更像孩子。

他老早就发现了我们的存在，跟小朋友告别后才转身对我们道："你们比约好的时间晚了三分钟。"说罢又上下打量了我们一番，抬起胳膊勾勾手指，"跟我来。"眼神里一点儿初次见面的陌生感都没有，连招呼都不需要打一个，仿佛见到的是每天给他送外卖的人。

来之前左右只给了我们一个手机号、一个地址和一个名字。我们要见的人叫上官羚，性别男，职业医生。

医院里的人来来去去不少，他轻车熟路地在前头走，我们不声不响跟在他身后，时不时要避开匆匆经过的轮椅和担架车。身为寻常人类便是有这点儿弱势了，生老病死太频繁，医院总是比超市热闹。

"这小子让人不舒服。"敖炽嘀咕，"确定他跟左右是一伙儿的？"

"电话不是他接的吗？你看他夹在口袋上的牌牌上不也写着'Dr Antelope Shangguan'吗？"我肯定人是没找错的，但也同意敖炽对他的初步评价，不做作的温柔与不强硬的冷漠在这个年轻人身上汇集出一种独特的气场，就是那种你刚想回报他一个温暖的拥抱时，他却轻轻退后两步，微笑着跟你说不用了，让你有一点儿自作多情的尴尬，但又不会因此跟他决裂。

敖炽大概是想不到这么多的，他只留意到我说的名字："'antelope'……他还真叫自己羚羊啊？"

"也不算难听。"我盯着前面那个比敖炽矮了半个头的瘦削身影，裹在白色医生袍下的他背脊挺拔，走路生风，看起来虽不强壮，但也算精神奕奕。

我曾问过左右，"飞星"有多少成员，除了已知的老白，其他都是什么身份来历，毕竟我们现在也算一伙的，好歹也该知道站在同一阵营的都是些什么款式的家伙。

但左右拒绝回答，连有多少成员都不告诉我，说这是他的规矩，还说那都是一群跟

4E 死磕到底的家伙，但平日里大家甚少相聚，除了有极其重大的事件需要面谈，其余时间大家都在各自的位置上隐蔽地做自己应该做的事。待到时机成熟，我们自然有机会跟部分同僚认识。末了，他也十分坦白地说，飞星的完整成员名单只有他知道，有些成员可能直到生命终结都不曾见过几个同伴，那些各怀技能对抗 4E 的家伙，在现实生活里或许只是一个再普通不过的上班族，甚至流浪汉，可能也有身家不俗的富豪，或者在各自的专业领域里无比出色的大咖。他认为单线及小范围联系是最可靠安全的，毕竟一旦这份完整的名单泄露到不该知道的人手里，他们不但会失去暗中对付 4E 的资格，更有灭顶之灾。再说，人心难测，今日尚是同盟，明日是否提刀来见，不好讲。遵循这个规矩的话，即便敌人有机会下手，也只能损伤飞星的一部分，不至于全军覆没。

这样我能理解，但我还是对左右表达了遗憾，因为我想象中的所有成员欢聚一堂开春晚的热闹场景怕是永远不能够出现了。

看来即便活到左右这个岁数，最怕的依然是人心。

但左右比我想象中乐观，他说这场春晚迟早都能开的，只要世上再无 4E，月月年年美酒佳肴，全员狂欢又何妨。

可敖炽还是不相信他，说一个发充值卡的人哪里舍得月月年年搞聚会，说不定还要自己掏钱买吃喝呢，呸，糟老头子坏得很！

左右只笑不语。

所以就这样了吧，不知道就不知道，但我会期待全员聚会的那天，很期待。

那么，除了老白，上官羚是我们见到的第二个"同伴"。

穿过走廊，刚一拐弯，他突然停下，回头看了我们一眼，然后盯着我："老家伙说你的名字叫……叫……"他皱眉转了好几圈眼珠子也没叫出来，好不容易一拍脑袋，"叫婆婆对吧！"

"我叫裟椤……"最讨厌人家乱喊我名字了，但对他我还算客气，耐心地说，"sha！luo！"

"哦……"他恍然大悟的样子，又扭头对敖炽道："你是敖……敖……熬熬……"

敖炽不耐烦地打断他："大爷我不叫嗷嗷，记住我叫敖炽。"

"敖炽……嗯，敖炽。"他仿佛是记下了，又看我，"你是……'娑'椤！对吧？"

"等等，在这儿当医生不需要记性对吧？"我真想摇晃他的脑袋听听有没有风在歌唱，"请记住，我很舒展，一点儿都不'缩'，我叫裟椤裟椤裟椤！"

"裟椤，嗯，裟椤。"他挠了挠头，"怎么你们的名字都这么难记？"

"是你自己记性太差好吧！"敖炽鄙夷地说，"你们医院对医生的要求真低。"

上官羚耸耸肩："这跟我的专业技能并无关系，我只是单纯地不太记得住人名。名字嘛，不就是个代号，叫张三李四还是 abcd 没区别呀。"

"那你怎么不叫上官 ab？"敖炽翻了个大白眼。

"我倒是想，可是改名好麻烦的，算了。"他转过身继续前行，"走吧。"

刚刚对他的第一印象，因为这段小插曲而改变，感觉就像一个被认为还蛮厉害的人在优雅高冷的行走中突然踩到了香蕉皮……

说不定，是个有意思的家伙？

但是，我对他所有的期待都在他把我们领到殓房里为止。

我竟不知道，殓房里还能有一个殓房。

当那排寒气袭人的冰柜在他的操作下向两旁打开时，我跟敖炽不由自主地哆嗦了一下，从里头灌出来的冷气太冷了，并且夹杂着一股很难描述的气味，不仅是福尔马林，还有某种只可意会的、凶恶不祥的气息。

上官羚朝我们招招手："进来吧。这温度冻不死你们的，一会儿就习惯了。"

他语气里的调侃跟嘲笑居然很有效地驱散了我们此刻的不适，我暗自咬咬牙，走了进去。

实在不能理解哪个变态会在殓房里再建一个殓房，并且是以密室的形式。

里头的面积好像比外头还要大，设施基本一样，只是中间多了三张设备齐全的解剖台，上头盖着特殊材料制成的厚白布，下头有东西微微凸起。

"几个意思？"敖炽冷冷观望四周，仿佛马上就有怪物从那些阴暗的角落里蹿出来。

"不要慌，这是英国官方设立的秘密办事处。"上官羚往解剖台那边走，"准确地说，我这儿隶属伦敦分部，但凡这里的相关部门遇到不在正常范畴里的命案，都会把死者送到这儿来进一步查验。"

我看着他不以为然的脸："所以你是什么？"

"儿科医生啊。"他拿出手套戴上，"顺便兼职法医，赚点儿外快嘛。"

儿科医生……他要说他是个整容医生我还稍微能接受一点儿。

他指了指手下的白布，示意我们过去。

顶多就是尸体罢了，我们见得还少吗？

"我们又不是法医，你想给我们看什么？"我跟敖炽站在他对面，警惕又疑惑地注视着面前尚未揭晓的答案。

他没出声，娴熟地揭开了三个解剖台上的白布。

因为他的动作，寒气仿佛伴随着那股越发浓重的凶恶的气味汹涌而来。

可是，狗子死了也属于"不正常范畴里的命案"吗？

眼前的解剖台上躺着一具黑色拉布拉多犬的尸体，没有明显伤痕，相邻的解剖台上躺着的仍然是一只死去的拉布拉多，体型毛色几乎没有差别。

但第三张台子似乎不同，那是一个年轻女子，有一头漂亮的金发，即便脸上已经毫无血色，五官看起来仍是美好的，生前应当是一个人见人爱的美人。

可是，好好的一个人类女子，为何四肢却是犬类的爪子？

妖怪？可妖怪里有人头犬身的，也有人身犬头的，但从未有过只有四肢类犬的种类，反正在我的认知里是没有的，而且我也没有感觉到她身上有任何妖气残留。这情景看起来委实怪异！

上官羚抬手看了看手表，说："再过四十八小时，这名女受害人便会跟旁边那两张台子一般模样了。"

我一惊："你说这两只拉布拉多也是……"

他点点头："在他们刚刚遇害时，都是人。"他指了指第一张台子，"那个胡须伯伯，生前是一家超市的老板，五十五岁，十几年前从一个叫博纳尔的乡下地方搬迁到伦敦。"说罢，他又指向第二张，"那个眼镜哥哥，生前是一家上市公司的高管，三十二岁，年轻有为，长得不错，身材也好，据说今年年底又要高升。"他的目光落到那女子身上，又道，"漂亮妹妹在一间还不错的律所做秘书，二十五岁，去年跟男朋友订婚，正是花儿一般的年纪。如果还活着的话，大概明年就要当新娘了。"

我认真地听着他说的每一句话，生怕漏掉一个字，只是实在听不惯他取的那些代号。

"胡须伯伯的遇害时间是在两个月前，当时死因初步判断是溺水窒息，本来警方以为只是一桩失足落水案，谁知尸体还没等到他们的法医来解剖，就起了变化，在一周时间内，胡须伯伯从死去的人变成了死去的拉布拉多。然后他们就封锁消息，把胡须伯伯送到我这里来了。虽然体态产生了变化，但经过我的确认，胡须伯伯死于机械性窒息，然后才被投到水里；眼镜哥哥的遇害时间是一个月前，颅骨粉碎性骨折，死于高空坠落，自杀他杀尚不明确，但就他顺风顺水的表面生活来看，确实没有自杀的理由；漂亮妹妹是上周遇害，这位的死因比前两位稍微复杂一点儿。"上官羚示意我们走近一些。

说实话我跟敖炽虽然经历过生死无数，见过血战沙场的惨烈，领教过尸横遍野的残酷，但此刻让我们站在解剖台旁直面一条逝去的生命，心头仍有些不适。生死无小事，死亡面前，一条命还是很多条命，没有本质的区别。

走过去后，在上官羚的指引下，我们注意到受害者苍白的身体上竟有不少小孔。

"她被发现时，身上扎了十几支自制的细铁箭，失血性休克而死。"他抬手朝我们做了个拉弓的动作，"凶手大概把她当成箭靶了。"

我倒吸一口凉气，多大的仇怨才会如此丧心病狂？但换个角度，若凶手与之并无仇怨，那岂不是更加可怕？

"来，还有这个，你们最好也看看。"上官羚走回到一号解剖台前，"我在解剖这只'拉布拉多'时，发现了这个。"然后没有任何心理铺垫，他便打开了"它"并未缝合的胸腔。本该是心脏的位置没有心脏，只有一张被各种血管和神经乱七八糟牵扯着的人脸，虽然体积有限，但不妨碍观者看到一张狰狞而恐怖的脸，圆瞪的眼睛里的血丝都一清二楚，还有黏成一缕一缕的棕色大胡子。

这场面虽然异常诡异前所未见，却也说不上特别恶心，但也许是那股混杂着死亡的腐朽之气扑面而来，来得太凶猛，加上药水味在近距离发挥出来的威力，也可能是我跟敖炽之前吃得太饱影响了胃部的正常蠕动，反正我跟他就……吐了。

也是有点儿丢脸……

所以对左右的愤怒瞬间高涨也是可以理解的，请问有哪个神经病会让自己并非法医的伙伴在刚刚饱餐后去殓房里看尸体……还是死因如此离奇的尸体！

"还要纸袋吗？"上官羚举着一个纸袋冲我们摇晃，又问了一次，"不必跟我客气。"

我白了他一眼，揉了揉胃部，再深呼吸几下，勉强恢复了正常。

敖炽还是没扛住，起身抓过纸袋又呕了半天。

"看来嗷嗷的体质还是比较虚弱啊，建议平日里适当增加运动哦。"他走出来同情地拍了拍敖炽的肩膀。

敖炽一把打开他的手，愤愤道："你们全家才叫嗷嗷嗷，你要是记不住我叫敖炽，你管我叫一声大爷也行！"

"嗷嗷比较好记。"他认真地说，"那么，你们吐好了吗？"

什么叫吐好了……这能好吗？

"你还想让我们看什么？"我不太想进去了，天知道这种脑回路独特的家伙又要怎么刺激我们，我怕他的纸袋不够用。

"二号解剖台上那位啊。"他指了指门后，"你们都来了，自然要把所有细节同你们交代清楚。人命关天，不能有半点儿马虎。"

也是，人命关天，这四个字重千斤，硬是把我又拖了进去。

好不容易缓过来的敖炽一万个不情愿地跟进来，边走边嘀咕："人命关天、人命关天，我们也是一条命啊！"

上官羚听到，回头："偶尔的呕吐不会对你们的命有多大损害。暴饮暴食才真是有害健康。真爱惜你们这条命，就别跟不要钱似的拼命吃。"

"你完全可以不用说最后一句。"我走到二号台前，忍住又一阵的不适。

"这是来自同伴的关切，你不喜欢我也没办法。"他耸耸肩，一副"我是为你好"的神态，看了就来气。

然后跟之前一样，我们又在"眼镜哥哥"的胸腔内看到了人脸，人脸上还架着眼镜，面容之扭曲悲惨就不多叙述了，想来那就是他们本来的样子了。再过几天，三号漂亮妹妹也摆脱不了相同的命运。本是好端端的人类，丧命后不但不得安息，竟连个人样都留不下来。纵使谁都不提，能犯下如此罪行的真凶，大家心里有数。

"这件东西，你们也该看一看。"上官羚走到墙角的柜子前，取了一个密封袋出来。

幸好不是什么奇葩的东西，袋子里放着的，只是三根枯黄的草，再细细看去，应该是三根稻草。

"每个受害人被发现时，嘴里都叼着一根稻草。"他看了看袋子，撇嘴，"典型的连环杀手的手法。"

可是，为什么是稻草？

看了所有我们"应该"看到的细节之后，上官羚把稻草放回去，又重新盖好解剖台，总算带我们离开了这个冰凉的地方。

大门一关，生死两端，我回头，今天躺在门后的只三人，明天、后天、未来……活着的人若不尽力而为，只怕世间终将处处寒凉，生者无处容身，死者难得安息。

◇ 叁 ◇

上官羚的办公室装修得像个儿童乐园，连他的办公桌都是粉红色的，上头摆着小黄人笔筒之类的各种可爱的玩意儿。

在这样的环境里谈论一系列命案，或许会让人不那么愤怒。

三名受害者的完整资料就摆在我们面前，想到一个人的一生从此就是几张纸上的东西，尽管素不相识，也难免感慨，何况他们本来都还有很长的大好人生。

"这事至今查不出端倪。"上官羚转着他那支仙女棒造型的签字笔，"相关部门老早封锁了消息，只派了人员秘密调查，毕竟这种案子传出去的话，很可能造成民众恐慌。可是这种范畴的命案，单靠人类是很难破案的。"

"你的胡须伯伯两个月前就送来了，人类力量查不到端倪，非人类力量也查不到？"我疑惑地看着他，"除了你，我们夫妻俩应该不是第一个接触这桩命案的吧？"

"当然不是。"他回答，"人类力量无法处理的案子虽然都会送到我这里来，但不是每一桩都会被飞星插手，我们的组织只处理跟 4E 有关的案件。鉴于我对外身份的特殊性，我是组织里头最容易接触到非正常案件的成员，一旦有新案子，我会整理好详尽资料，第一时间交给老家伙，确定涉及 4E 后，他便会派遣适合的人跟进。在你们到来前，确实已经有人接手过，只是此人在调查过程中受了重伤，现在还躺在医院里，所以这桩'神秘的拉布拉多'系列命案的调查便暂时耽搁了下来。飞星成员数量本就有限，而这几年大家越发地忙碌，经常有人手不足的情况，这些老家伙应该都告诉过你们吧？"

"他的确说过人手不足，不然也不会死皮赖脸拉我们加入。"敖炽哼了一声，再次翻了翻面前的三份资料，"你倒是跟我说说，我们之前的那个倒霉鬼是怎么受的重伤，难不成这桩命案还挺凶险，幕后黑手强大到连你们这群身怀绝技的两栖动物都敢动？"

"两栖动物？"上官羚拿笔指着自己，"我看起来像一只青蛙？"

"他的意思是你们都是有明暗两重身份的人。"我解释道，又将他仔细打量一番，"你倒不像一只青蛙，就我跟你接触的这点儿时间来看，你身上没有任何妖气，似乎是个纯粹的人类。怎么，飞星也接纳人类成员？"

"海纳百川不好吗？"他反问，又将签字笔娴熟地转起来，"我倒是想做一只妖怪呢。"

"许多妖怪费尽心力都要把自己修炼成人，你却想做妖怪，真做成了，你怕是又要在意旁人异样的眼光与本能的排斥了。"我直言，"现在不是很好吗？"

"人类的寿命太短了。"他坦白道，"妖怪们动辄几百上千岁，甚至更久，我不想那么快死，也不想变得老态龙钟，所以不做妖怪做什么？"他顿了顿，又道，"人类觉得拥有超能力的同类很神奇很值得崇拜，叫他们超人或者这个侠那个侠的，羡慕他们能上天入地，能化腐朽为神奇，能一掌把敌人打到四分五裂，其实妖怪也可以啊，妖力与超能力有区别吗？唯一的区别是用这些能力为善还是为恶罢了，所以为什么要歧视妖怪？它们不就是一种存在的方式吗，跟人类、飞禽走兽、外星人一样啊。"

这段话其实说得挺好，完全可以抄下来安慰一些颓丧的小妖怪，但现在的重点不是追究他对妖怪的看法。

我接过敖炽的问题："你还没回答我们，之前的那个人出什么事了？作为同伴，你有义务把调查这件事可能会遭遇到的风险告知我们吧？"

"车祸，骨折。"他干脆地回答。

敖炽皱眉道："4E 的暗杀？"

"不是，这家伙忙着给老婆打电话，过街时没留神，被一个老爷爷驾驶的时速四十码的车给撞了。"他一本正经道，"也是运气不好。"

我跟敖炽听了想打人……

"你确定他是重伤?"我哭笑不得。

"本来只是左腿骨折,但这家伙住院时拖着伤腿躲在楼梯间抽烟,结果不小心从楼梯上滚了下去,现在就是重伤了。"他掰着指头算了算,"这么一来,估计半年都出不了院。"

我真佩服在描述这种场面的时候上官羚都可以面不改色不笑不吐槽,但我更佩服我们的"前任",这种蠢笨到我都不忍心骂的家伙,居然都可以加入飞星……左右还真是不挑食呢,缺人手缺成这样?

但我还是忍不住啊,抓住敖炽笑了出来:"我觉得这个人可能跟你有亲缘关系。"

"胡说八道!"敖炽当然不服,狠狠瞪我,"单说我这身板,就不是能被四十码的车撞骨折的级别,少拿那些笨蛋跟我比。"

"总之你们不用再打听这个人的事了,问了我也不会说。"上官羚对我们的对话毫无兴趣,"没有见过面的成员就是永远的秘密,这是飞星的规矩。"

"行了行了,我们知道这是左右立下的规矩。"敖炽不耐烦道,"反正现在的情况就是,烂摊子归我们了呗?"

"也不是很烂的。"上官羚从他的抽屉里取出一张纸来,推到我们面前。

我拿起一看,上头只有一个地址和一个叫"伊莎贝尔·赫本"的女人名字。

"你们知道老白截获了一份名单对吧?"他问我们。

我点头默认。

"那么也该知道老家伙派人实地监控了这份可能是裂网顾客的名单,并且按这些人的性格与日常生活轨迹做出了筛选,按危险程度做了评定。"

我继续点头。

"这个地址,属于其中一个浏览者。"

"一个女人?"我问。

"老白追到的这个地址,确实住的是一个六十来岁的老妇人,生活规律,每天定时散步、种花养草,睡觉起床都在固定时间,因此被评定为最轻度危险浏览者。"他又拿笔尖指了指那个地址,"也正是因为这个地址,飞星才接手了这个系列命案。"

"怎么讲?"敖炽皱眉道,又将这张纸来回看了好几次。

"两个月前,我循例把胡须伯伯的资料交给老家伙,几个钟头后他就通知我这件命案必然跟 4E 有关,因为死者的住址跟老白名单上的一个住址在同一栋公寓,死者在四楼,老太太住一楼。虽然这种情况也有小概率是纯属巧合,但老家伙说不可能有这样的巧合,于是派了人彻底调查。可是在那家伙出车祸住院前,依然没有从老太太那边查到任何可疑的蛛丝马迹，她的生活像钟表一样重复，除了每天出门去超市购物、逛逛街边的店子、跟修水管的工人或者快递员聊几句天，她几乎不跟任何人接触，就是一个极其普通的独居老人。"上官羚尽量简明扼要地讲述着，"漂亮妹妹的命案发生前不久，我们的调查就暂时搁置了，没有想到凶手下手这么频繁，一个月一个，所以我才催老家伙尽快派人来接手。"

"两个问题啊。"敖炽竖起两根手指，"第一，后面两个死者也住在那栋公寓里吗？第二，没人接手，那么你在干吗，你不也是飞星成员之一吗？"

上官羚也竖起两根手指，说："难就难在这里，后两个死者跟胡须伯伯没有任何关系，可以说这三个受害者没有共同点，根本就是三条永远不可能有交集的平行线。以及，我也很忙，我不是两栖动物，是三栖，要应付老家伙，要服务于人类的秘密部门，每天还要关照生病的小朋友，我能抽时间把死者解剖完毕，再把相关资料整理好就很不错了。你们面前那几份如此细致工整的资料，没有我的话，你们自己查可要花不少力气。术业有专攻，我可以处理内勤事务，跑腿抓凶手这种危险的事，我不做，也没时间。"

敖炽翻了个白眼，说："这么怕死，你干脆别出门，不然天上掉个花盆都能要你的命。"

"我巴不得天天不出门。"他毫不掩饰，"不管在家还是在医院，甚至在殓房里蹲着，都比在外头瞎跑舒服。"

"怪不得你这么白。"我摇摇头，"长期不晒太阳也会影响你长命百岁，你身为医生不知道这个吗？"

"反正我就是不爱去外头。"他坚定地说，然后起身，居然非常慎重地朝我们伸出手，"那么，剩下的事情就交给你们二位了，合作愉快。"

握手就握手呗，仪式感还是要有的。

只是上官羚的手真的好凉啊，但我并不排斥这个温度，当我的手指触碰到他手指的刹那，仿佛一道似有似无的电流击中了我们，可是并没有把我们的手弹开，反而让我更紧地握住了他的手，真是奇怪的感觉。

从医院出来时已是傍晚，本该是晚餐时间，奈何我跟敖炽谁都不想提吃饭的事儿，殓房里遭遇的呕吐事件恐怕要花上一整天才能完全恢复吧。

"我看左右是真的不靠谱。"站在华灯初上的街头，敖炽突然说，"就凭几个 IP 地址便想瓦解 4E，我看别说 4E，他连这些杀人凶手都抓不住，地址是老太太家就说明当时使用这个 IP 的人是她吗？只要能进她屋子的人，水管工、快递员……都有可能，甚至她的 IP 根本就是被别人盗用了，而且跟浏览裂网的人住在同一栋公寓就一定跟 4E 有关？左右他们这种广撒网的蠢办法实在是没有效率，加上下头的人还一个比一个奇葩，堂堂的虫帝是不是也老糊涂了？"

想通过一个网站来颠覆 4E，听起来是很异想天开，但最不可能的地方，万一就是最可能的呢？

虽然我承认敖炽的担忧不是多余的，但我也承认这个"稻草杀手"引起了我足够的好奇心以及好胜心，无论他是不是与 4E 有关，我觉得我们都应当把如此凶恶的人抓出来，在下一个无辜者遇害之前。

我挽住敖炽的胳膊，笑道："左右是不靠谱，可他现在的阵营里有我们了。来都来了，吐也吐了，你就不想把这笔账算到凶手头上？"

敖炽想了想，说："那倒是，爷几时遇上过这么尴尬的时段。等我抓到那个杀人狂，一定把他揍到吐为止，不吐不准走！不，直接塞到马桶里！"

"继缺氧之后的又一大尴尬，啧啧。"我脱口而出，摇头叹息。

"你又提！"

"提一下又不会长胖！"

"想不想吃肉酱面，特别黏腻特别恶心的那种？"

"你……呕……"

◇ 肆 ◇

第二天清晨，我跟敖炽坐在咖啡厅靠窗的位置，因为正是上班时间，对面那栋灰色公寓楼的门口不断有人出来，多数是脚步匆匆的青年人，也有几个步履缓慢的中老年人。

时钟走向九点一刻，裹着厚外套、略微佝偻着背的银发老妇慢吞吞地走出来，手里挽着一个环保袋。跟资料里显示的一样，这位名叫伊莎贝尔·赫本的老妇人每天都差不多在这个时候出门去超市。

我掐了一下时间，以她的速度，往返超市加上购物至少要一个钟头，足够了。

确定她彻底离开公寓范围后，敖炽将咖啡杯一放，说："走吧。"

上官羚提供的所有书面线索我们都看了，要么是所有调查过这件案子的人能力有限，要么是的确与老太太无关，我们看到的都是毫无价值的信息汇总。既然接手，我们好歹要亲自来看看。

在不被察觉的情况下进入人类的居所，对我们来说跟喝杯咖啡一样容易。

实在是很普通的居所，两室一厅，面积不大，装修略古旧，楼龄应该不小，地毯打理得干干净净，桌椅一尘不染，摆在窗边的好几盆花刚刚浇了水，叶尖还挂着水珠，厨房里的所有器皿都擦得透亮，整齐地摆在应该在的位置，的确是一个生活得一丝不苟的老太太。

　　尽管我们的脚步已经很轻，还是惊动了这里的另一个住客——一只小小的约克夏犬从书房里钻出来，站在房门口看着我们，黑色的眼睛明亮无比。

　　"你最好不要报警！"敖炽指着它，"不然把你剃成一个小秃子！"

　　狗狗一动不动地站在原地，不叫也不龇牙，只是看我们的眼神很不友善。

　　"行了，它不惹你你也别惹它！"我拍了他一下，"赶紧再看看有没有遗漏的细节。"

　　"知道了！我去翻一下抽屉。"

　　小狗见我们不再搭理它，倒也十分知趣地回到房间里，躺在它的窝里发呆。

　　"没什么特别的。"敖炽翻箱倒柜了一番后表示没有收获，揉着眼睛道，"就是个独居老太太。"

　　我皱眉，又在厨房里走了一圈，然后回到客厅里四下环顾，总觉得少了点儿什么。

　　"你杵在这儿发什么愣？走吧，跟那只羊提供的信息没差别。"敖炽点了点我的脑袋，"我估摸着老太太也该回了。"

　　"你不觉得这个家少了点儿什么？"我问他。

　　"少了啥？"

　　"照片。"

　　整个房间里一个相框一张照片都没有，就算是个独居老人，无儿无女无亲戚，可她还有狗啊。而且我在厨房储物柜里看见的狗粮是一个挺有名而且挺贵的牌子，可见老太太对狗狗很不错，从正常角度推测，绝大多数对宠物有真爱的饲主，多多少少都会有与宠物的合影，就算没有，宠物的单独照片也是一定有的。但这里什么都没有。

　　然而敖炽却说我想太多，也许这就是一个不爱拍照的古怪老太太。

　　也许是我多虑，但我还是觉得一张照片都不放的习惯很不像西方人。

　　"抽屉里有什么？"我问他。

　　"就是一些单据和别处寄来的账单、广告信件之类的。"敖炽笃定地说，"我都看了，没什么有价值的。"

　　"我再去看看。"我怕他粗枝大叶有疏漏，一定要自己再去翻一遍。

　　确实没什么可疑的，以垃圾广告信件居多，所有信封上都写着老太太的名字，我逐封翻下来，大多连拆都没拆开。

　　看着看着，眼睛突然有些发痒，我用力揉了揉，正要把信放回去时，却停住了，拿起其中一个信封又看了一遍。

"怎么了？"敖炽见我神色不对，"都是广告信，有啥可看的？"

"攀岩俱乐部的广告？"我把信封递到他面前，"这类实体的广告信大部分都是收件人在他们的机构留下过联络方式才会收到定向投放，跟群发的垃圾电子邮件不同。"

敖炽愣了愣，接过信封又看了一遍："你不说，旁人还真不容易留意到这个小细节。"

老太太还是个极限运动爱好者？

可从她的外表跟年龄来看，出现这种情况的可能性真的是不大。要说是个健身俱乐部或许还不会引起我的注意，毕竟老年人健身也不是什么新鲜事了，但是，攀岩？

我又看了一下邮戳上的时间，信是半年前寄来的。

"如果这不是一个硬核老太太的话，那就是有人冒用了她的身份地址乱留给这间俱乐部的。"敖炽推测道。

话音刚落，外头传来钥匙开门的声音。

我赶紧将信件放回原来的位置，只将那一封信塞进兜里，跟敖炽迅速隐匿了身形，从窗户溜之大吉。

◇ 伍 ◇

虽然这一趟没有什么突破性的收获，但是这封信委实奇怪。

我们拆开看了，里头只是一张推荐当季热门课程的广告单，但身为老妖怪的第六感隐约在说，也许这会是一道口子，如果能撕得开的话。

既然都是"名侦探"了，我们更需要效率，连午饭都顾不上吃，我们很快就出现在这间名为"众神"的攀岩俱乐部门口。

虽然我不是个运动爱好者，对这些领域也不太了解，但光看门面就知道这里很贵，不是低收入阶层会来的地方。

事实上这里并不是一个单一的攀岩俱乐部，里头还设有格斗、射击等分部，但攀岩是他们的强项，大堂里最显眼的地方摆满了各种攀岩比赛获得的奖杯，还有一整面墙上都挂着旗下学员们意气风发的照片。

装作顾客的我们，在休息区一边喝水一边翻看俱乐部的资料，对面坐的是一个西装革履十分绅士的男性销售人员，见缝插针地向我们推荐他们的各种课程。

"其实我们是熟人推荐来的，她以前也是你们这里的会员。"我合上资料，笑眯眯地说，"不知道这样会费能不能打折？"

"是吗？请问女士您的熟人叫什么名字，我查一下，如果确实是我们的老会员介绍来的，按规定是可以给予折扣的。"男销售赶紧拿出平板电脑做出要查询的样子。

"伊莎贝尔·赫本。"我报出这个名字，其实内心没有抱太大希望，毕竟连我自己都不相信一个住在普通小公寓里的老太太能是这里的会员。

男销售输入姓名查了好几遍，问："确定是这个名字？"

"是。"

他抱歉道："您说的这位女士并不在我们的会员名单里。"

就知道是这个结果了，也许只是有人借用老太太的地址在这里留过资料，那这趟就算白跑了？

"不过……"男销售突然道，"我们这里倒是有一位职员叫这个名字。"

"职员？"顿时又有了点儿希望，但也许只是同名同姓？

他又在平板电脑上搜索了片刻，然后确定道："是我们这里的清洁工之一。"说罢又将平板电脑朝向我们，指着屏幕上的一张证件照问，"请问是这位告诉你们她是这里的会员吗？"

我的视线移到那张普通的白底照片上，没错了，就是她，面无笑容，满头银发。

"确实是她！"敖炽脱口而出。

然后我跟他不由自主地揉了揉眼睛，平板电脑的屏幕光线瞬间刺了一下眼，眼睛里仿佛进了沙子似的不舒服，有点儿痛，有点儿痒。

"这位赫本女士已经在一年前辞职，本身也差不多到退休年龄了。"男销售认真地道，"不过她虽然已经不在这里工作，但如果冒充会员的话，也是不被允许的，她只是向你们推荐了这里，没有找借口收取一些费用？我们曾经遇到过有人冒充会员向他人出售打折卡这种事。"

"是吗？"我装糊涂，"她给我们看了你们俱乐部寄给她的信件，说会员才会收到这种信。不过她也只是推荐了你们，说你们这里的课程质量很好，并没有敛财的意思。"

"广告信我们会定期寄给所有在我们这里登记过资料的客人，无论他们是不是会员，我们自己的员工在辞职后也会被视为潜在客户发信给他们，这是我们这里的规矩。不过没有欺骗你们的钱财就好。"他这才放下心来，"而她说的也是没错的，如果你们考虑好了，不妨先购买一个体验课程。"

"这样吧，我们想再参观一下你们这里的设施，然后再决定要不要购买。"我指了指四周，"可以吗？"

"当然可以。"他起身，"请跟我来，我带你们逐一参观。"

从陈列着奖杯的玻璃柜前经过时，敖炽停下来仔细看了看，啧啧道："你们挺厉害嘛，什么奖项都不放过似的。"

"我们这里以攀岩训练起家，国内外大小赛事很少有败绩，其他的诸如射击与格斗类的课程也非常出名，授课教练都是业界高手。而且我们对会员也是有要求的，并不是给钱就能加入，主要以吸纳社会精英人士为主。"男销售颇有几分得意。

嗯嗯，说来说去还不就是"我们这里很高贵所以很贵哦"，反正刚刚看过的价目表上的数字，是"打死我也不会给那么多钱"的那种。

那面巨大的照片墙也很有意思，许多"社会精英"在各种人造或者天然岩壁上以各种姿态振臂高呼，还有手执气步枪或者弓箭的美女俊男们，在一箭穿心的靶子前比出胜利者的手势，更多的还是大家抱着各式各样奖杯春风得意的样子。

正要离开时，敖炽突然拽住我，指着照片墙右下方的一张照片小声道："不觉得这女的眼熟？"

我顺势看去，照片里年轻的姑娘手握一柄红色的弓箭，瞄准箭靶摆出一个特别帅气的姿势，怎么看怎么像那个躺在三号解剖台上的正在变化中的"漂亮妹妹"。再细看，她手里那把做工精良的弓上还清楚地刻着 J、L 两个字母，这跟漂亮妹妹本名的缩写吻合。

见我们俩还停在照片墙前，男销售又折回来。

"这个姑娘好美好帅气啊！"我故意指着那张照片道，"你们这里还可以学习弓箭？"

"是的，我们也有这个项目，合并到射击部里的。"男销售滔滔不绝地说，"这位学员是弓箭课程里的优秀学员，每次内部比赛她都能拿到冠军，本身也是一位特别优秀的女士。"

"一看就是特别优秀的姑娘。"我笑笑，"符合你们精英人士的条件。"

"是的，听说在一间有名的律所里工作。"男销售顺口道，马上又意识到自己随意透露会员资料不对，立即换了话题，"我们去攀岩现场看看吧，我们这里的场地跟条件可以说是全国第一。"

看起来他还不知道照片里的人已经去了另一个世界。

"好的，走吧。"我不想让他察觉出我们另有目的，跟着他往前走，又向敖炽使了个眼色。

敖炽立刻会意，落后几步，迅速拿手机将那张照片拍了下来。

然后就是我一边参观场地一边拍他们马屁，顺便各种拐弯抹角不露声色地打听起漂亮妹妹的情况，挤牙膏一样得到了如下信息——第一，漂亮妹妹是一年前加入的，她只对弓箭有兴趣；第二，她是会员里的佼佼者，为人和气长得又漂亮，很受大家喜欢，除了在俱乐部练习之外，她跟弓箭部的会员们还会定期聚会，在郊外的度假地举办内部比赛之类的。

听起来并不是特别有价值的信息。

当然，即便男销售说到口水都干了，我们也不会掏钱。借故离开前，我们又将照片墙浏览了一遍，确认上头没有眼镜哥哥也没有胡须伯伯。

但是，仅凭一个漂亮妹妹，也算不虚此行。

坐在摇摇晃晃的巴士上，我把敖炽拍下来的那张照片又翻出来放大仔细看，居然又发现了一个细节。我碰了碰敖炽，指着照片右下角："你看。"

敖炽瞪大眼睛，又把照片放大一倍："有个人在她背后，还把手半搂在她腰上？"

确实如此，这张照片似乎是被刻意裁剪过，在英姿飒爽的漂亮妹妹的侧腰上放着一双男人的手，虽然面对镜头的右手只露出了一半手背，但依稀可见食指末端文了一个不起眼的类似六芒星的图案。

看她脸上自然的笑容，不像是被人骚扰然后正好被拍下来。再说，哪个不怕死的敢大白天去轻薄一个手里握着弓箭的姑娘。

"是她的教练在纠正她的姿势，还是跟未婚夫在一起？可是看照片里的背景，并不是在俱乐部室内，倒像个树林里的空旷地。"我能想到的可以对她做出这般亲密动作的人，只能是这两个，后者可能性更大。

敖炽沉默了片刻："都不是。"

"嗯？"我看向他，不知他为何如此笃定。

"那个文身，我在眼镜哥哥身上看见过，右手背上。"他打开背包，从里头取出文件袋，抽出一张照片来。

虽然我无缘见到眼镜哥哥真正的遗体，但上官羚的资料里附上了眼镜哥哥在世时的好几张照片。敖炽给我看的这张，英俊精致的眼镜哥哥正端起一杯咖啡，面前摆放着电脑跟资料，成功人士气场爆表。在他右手食指末端，居然真的有一个跟照片里一模一样的文身。

是不是应该说踏破铁鞋无觅处，得来全不费工夫？

但也不对，工夫还是费了的，但关键在于我跟敖炽各自弥补了对方的遗漏，虽然我也反复看过照片，可真没留意到眼镜哥哥手指上的小文身。同理，如果我没有注意到那封广告信，也就不可能追查到这间俱乐部来。

也许这才叫真正的"天作之合"。

我们应该互相给对方点个赞。

整理思路，老白锁定的公寓里，住着一个看似与案子毫无关联的老太太，然而她跟受害者之一是邻居，跟受害者之三曾在相同的地方出现过，而受害者之二跟之三曾经出现在同一张照片里。

福尔摩斯说过，除去不可能的，剩下的即便再不可能，也是真相。

还有一点也很可疑。

我问敖炽："你今天是不是眼睛不舒服？"

"是啊，犯了好几次痒。"他说着又忍不住揉了揉眼睛，"我看你好像也是吧？"

"在老太太家里翻看你找出的信件时，在销售男给我看老太太的资料时，我眼睛都很不舒服。"我回忆道。

"我也是！"敖炽挠挠头，"按说咱们虽是夫妻同心，但也不至于眼睛同痒啊。"

"不可能是巧合。这些东西应该被动过手脚。"我推测道。

"确实不正常。"敖炽皱眉，"居然连我们都在不知不觉中受到影响……"

"看起来附着在上头的某种东西只会引起我们的不适，人类没有什么反应，看销售男就知道。"我渐渐攥紧了拳头，"能做到这个程度的，只能是他们。"

"可是有什么意义呢？不过就是眼睛稍微不舒服一下子，也没有中毒之类的迹象，我现在精神可好了，想到吃饭也不会吐了。"敖炽不解道。

"或许并不是用来攻击他人的。"我想了想，说，"是时候去找老太太聊聊了。"

敖炽举双手同意："谈人生我最在行了！"

外头早已下起了绵密的雨，车窗上一片模糊。

◇ 陆 ◇

午饭没吃，晚饭也不必了，把事情解决了，明天吃顿好的也不迟。

我跟敖炽最近肯定是命犯老太太，一个安泊不够，还要再来一个老太太……

站在公寓门口时，天早已黑尽，雨也越下越大。

抬头看那个窗口，没有任何灯光，在周围光线的衬托下，像个不和谐的黑洞。

"小心些。"敖炽走到我前头，"虽然只是些小兵，不知底细前也不能轻敌。"

"这不是我该对你说的吗？"

"咱们都这么熟了，还分你我？"

"行了行了，闭嘴吧。"

老太太的房门居然只是虚掩着，不知是记性不好忘了关门，还是特意给我们留了门。

"跟在我后头！"敖炽沉下脸警告一句，便轻轻推开了门。

我以为以他的风格，应该是一脚踹开大门，想来他也觉得事出诡异，不禁多了几分谨慎。

外头走廊里空无一人，房间里也安静得出奇，借着窗外的光线，我隐约看到卧室的床上躺着一个人，看身形，十之八九是老太太本人。

已经睡了？蹑手蹑脚走进去，凑近了方才确定躺在床上的确实是老太太，但奇怪的是，她睡得太安静了，安静到连呼吸都没有。

我下意识地伸手去探她的鼻息，没有，一点儿都没有。

我扭头对敖炽摇了摇头。

不等我把手收回来，一只冰凉苍老的手突然抓住我的手腕，床上的人呼啦一下坐起来，老太太的脸骤然凑到我面前，咧嘴一笑："你们找我吗？"

胆大如我也受不了这突然的惊吓，我不顾一切地甩开她的手，敖炽顺势将我往后一拉，同时一脚踹向对方的心口。

然而对方连躲避的意思都没有，硬生生接了这一脚。

敖炽的脚力本就生猛，又是在这种突发状况下的本能反应，力量更甚，我只听到空气里爆出"咔啦"一声碎响，仿佛有玻璃制品四分五裂，与此同时，坐在床上的老太太并没有被踢飞出去，而是碎成无数气泡，以飞溅的姿态朝我们涌来。

我下意识伸手挡在眼前，再睁眼时，几根稻草被风吹得在地上乱滚，哪里有什么公寓卧室，远处只有一栋白色木屋，屋前还停着一辆旧卡车，头上的天空乌云滚滚，低得压抑。

一时间不敢乱动，我这是被老太太的妖术拖到了奇怪的地方？

正在整理凌乱的思维时，一切又散了，我站在小小的阁楼里，面前有个六七岁大小的男孩，满脸雀斑，面无笑容，怀里搂着一只黑色的拉布拉多幼犬，缩在打开的儿童帐篷里。同时，尖锐的吵闹声从楼下隐约传来，男人跟女人闹得不可开交，夹杂着东西一件件被摔碎的声音，我听到了诸如"都是你生了这么一个怪物""没有你我能生下他？你这个废物"……言语里极尽埋怨与愤怒。

男孩轻轻抚摸着小狗的背，小声哼起了歌——

    你是南风带来的稻草先生，可爱又亲切，我们有了会跳舞的稻草人，冷了
靠着你，饿了靠着你，带着香甜的气味睡过去。

不知是童谣还是他胡乱编的，楼下无论吵成怎样，他只是一遍又一遍地重复这首歌。

楼下大概是打起来了，我听到了男人的吼叫跟女人歇斯底里的哭喊。

只有男孩这里最安静，连怀里的小狗也不吵不闹，只偶尔舔舔他的手，再摇摇尾巴。

我忽然留意到小狗脖子上亮晃晃的银色狗牌，上面写着"稻草"。

狗的名字叫稻草？

一阵刹车声突然在背后响起，我一惊，回头却见一条乡间小道的岔口上停下了一辆黄白相间的校车巴士，背着书包的男孩慢吞吞地下了车，衣服裤子上全是泥巴，额头上还有一块瘀青，他依然没有表情，头也不回地往前走。

车窗里有人吹起不友善的口哨，几个胖瘦不一的男孩趴在车窗上，阴阳怪气大声喊他，每喊一次都会在末尾加上一句"蠢猪"，有人还对他的背影做出很不礼貌的手势。

男孩越走越快，直到巴士开走也没有放慢速度。

直到那个小黑点从屋前飞快跑来时，他才慢下来，脸上也有了生动的表情。

还是那只黑色的叫"稻草"的狗，区别是比刚才长大了一圈，它跑到男孩面前，又跳又转圈，在男孩蹲下来抚摸它时拿脑袋用力蹭男孩的腿，还发出高兴的哼哼唧唧的声音。

"嘿，稻草先生，你又跑去泥坑里打滚了吗？这么脏。"男孩一边嗔怪一边拍打它身上的污物，却没有半分嫌弃，只在这一刻，他看起来才是一个符合他年纪的天真快乐的男孩。

耳边又响起小声的哼唱："你是南风带来的稻草先生，可爱又亲切……"

黯淡的光线下，又长大了几岁的男孩坐在阁楼的窗下，抱着一把旧吉他轻轻弹唱着，已经长成大狗的稻草趴在他脚边，睁着眼睛聆听，仿佛听得懂一样。

"威尔森先生今天称赞了我，说我的吉他进步很大。"他停下拨弄，摸了摸稻草的头，又露出羞涩的笑，"安妮也说我弹得很好听，还请我吃了一颗巧克力。"

稻草抬头舔了舔他的手，又趴回去。

男孩抬头往窗外看，难得晴朗的天空正好投进来一束金色的光，温柔浮现在他的脸上，他惬意地闭上眼睛，挂在嘴角的微笑跟今天的天气一样罕有。

"我想周末约安妮去镇上的游乐园，你觉得怎么样？"他低头问稻草。

稻草打了个哈欠。

"你觉得怎样嘛？"他揉搓着它的耳朵。

稻草被他烦到了似的，干脆坐起来，把一只前爪搭在他的手上。

他笑出来，一把搂住稻草的脖子："你也觉得我应该这么做对吧？"

几滴冰凉的雨忽然落到我头上，抬头，顶上只有漆黑的夜空。

还是那条乡间小路，穿得特别整齐的男孩拿着没有送出去的礼物，失望甚至有点儿落魄地走在回家的路上。

迎接他的，只有稻草先生，一如多年前那样，摇头摆尾，亲热到仿佛十年未见。

他疲倦地蹲下来，敷衍地摸了摸它的脑袋。

它像比谁都知道发生了什么一样，不断舔他的脸，拿爪子拍他的胳膊，然后又一溜烟跑了，再回来时，嘴里叼着它最爱的大骨头，轻轻放到他面前。

你看，我把我最喜欢的都给你了，你不要不高兴啦。是这么个意思吧。

稻草先生哈着气的样子，像是个咧嘴微笑的傻子。

男孩笑出来，说："我没事的。"

涌到我面前的片段越来越多，无非是男孩与稻草先生的日常。他的世界里，好像只有稻草先生这一个朋友。

可是这一段"岁月静好"，很快被一阵激烈的拍门声打断了。

男孩用力拍打着邻居的大门。

门开了，三十多岁的棕发男人面色冷冷地立在门后。

"哈里斯先生，请问您有看见我家的稻草先生吗？我家人说它因为追一只臭鼬跑到您的园子里了，我现在才回来，刚刚才知道，现在已经大半天了，它还没有回家，我到处都找不到，能去您那儿找找吗？"他急得有点儿语无伦次。

"我这儿没有狗，你去别处找吧。"男人面无表情地关了门。

他无奈折回，沿着稻草先生平日里习惯走的路线又找了一遍，可惜他居住的地方太空旷，田间野地里都没有稻草先生的踪迹，他喊到嗓子嘶哑，也没能把稻草先生喊出来。

面对忧心如焚的儿子，父母依然吵吵闹闹，为没有修好的电视机吵，为打翻了的果汁吵，稻草先生的失踪甚至还比不上一顿做坏了的饭菜。

男孩每天都出去找，可稻草先生仿佛人间蒸发了一样。

直到第三天傍晚，邻居哈里斯先生找来，说在他家的水塘里有一只淹死的狗。

他觉得心脏被什么东西狠狠钳住了。

他飞奔到现场，稻草先生在冰凉的水面上漂浮着。

"抱歉给您添麻烦了，不知道这狗怎么跑到这里来了。对不起对不起，我们这就把它带走。"总是吵架的父母在外人面前却有很好的脾气。

他们的道歉，是男孩当时能听到的关于这个世界最后的声音。

他抱着稻草先生的尸体，缓缓抬头："稻草先生从小就怕水，它不会接近水塘！"

哈里斯先生愣了愣，无所谓地耸耸肩："也许有例外，毕竟它只是一条狗。"

"你曾经跟人说过你讨厌狗和猫，讨厌这些毛茸茸的东西。"他冷冷地盯着对方。

"我的确不喜欢。"哈里斯先生坦白道，"但那又能代表什么？年轻人，劝你收起你的想象力，快带着你的狗回去吧。"

他布满血丝的眼睛死死看了哈里斯先生许久，直到他抱着稻草先生离开，再没多说一句话，也没有落一滴眼泪。

留给我的，只有一个在夜色里越走越远的背影。

我居然想追上去安慰他，可我只是个被动的观众，无法开口也无法移动。

眼见黑夜越来越低，低到要跟池水混为一体时，"砰"一声枪响，吓得我倒吸一口凉气。

杂乱的地下室里，他的脑袋被一杆猎枪指着，几秒前那颗刻意打偏的子弹，在他身后的墙壁里冒着丝丝薄烟。

即便是这种情形，他也还站着，连哆嗦一下都没有，手里紧紧捏着一个断开的项圈，项圈上挂着的狗牌银光闪闪。

"为什么稻草先生的项圈会在你的地下室里？"他无惧枪口，一字一句问得清清楚楚。

"为什么你会在我的家里？"哈里斯先生冷笑着，把枪口抵得更近了些，"年轻人，非法入侵的话，我可以拿你当靶子的。"

"为什么稻草先生的项圈会在你的地下室里？"他居然上前一步，把额头紧紧贴在了枪口上，大声重复，"为什么稻草先生的项圈会在你的地下室里？"

哈里斯先生大概没有想到这个平凡而瘦削的男孩会有如此不怕死的举动，他愣了愣。

长时间的沉默之后，哈里斯先生放下了枪，冷笑道："我说过我很讨厌那些长毛的小东西，那一身肮脏的毛发把空气都弄得很脏。对付它们，最好的办法就是用铁钩挂在它们的项圈上，再挂到墙上，不费吹灰之力，它们就……"他突然做了一个夸张的表情，"就砰的一下没有了！"

手里的皮项圈明显有过度拉扯导致的变形，一想到稻草先生最后的挣扎，男孩的身体便止不住地剧烈颤抖起来。

"呵呵，我跟你开玩笑的。快回家去吧，我就当今天没见过你。"哈里斯先生拍拍他的肩膀，"一条狗而已。"

"我会报警。"他咬牙说道。

"说你家的狗被我勒死了吗？"哈里斯先生笑了出来，"我可从没这么说过啊，是你的狗闯到我的池塘里，不小心被淹死了，这就是事实。你实在想不开，也可以去警局报案，看看警察会不会为了一只死狗浪费他们宝贵的时间。"

隔着空气我都能感到男孩心中的怒火。

我以为他会扑上去跟这个男人殊死一战，但是，没有。

他没有再讲一句话，捏着项圈离开了。

项圈跟稻草先生一道，埋进了他家的后院。

屋子里父母的争吵没有一天停止过，今天又为了什么？大概是为了要不要换一辆更省油的车。

那天天气不好不坏，风有点儿大，他还是抱着那把旧吉他，坐在插着用树枝绑成十字架的坟墓旁，边弹边唱："你是南风带来的稻草先生，可爱又亲切……"

风越来越大，把世界都吹模糊了。

弹着吉他的男孩长成了沉默寡言的男人，全身上下没有任何出众的地方，身材依然瘦削，背脊总是打不直。

我还是能听到他在哼那首歌，长长的走廊里，他推着一架装满清洁器具的推车，不慌不忙地往前走。

走廊末端闪亮的灯光下，"众神攀岩俱乐部"几个用马赛克镶成的字闪闪发亮。

我眼前一黑，魂魄终是归了位。

敖炽拍着我的脸："醒醒！快醒醒！"

我用力眨眨眼，发现自己还是在这间公寓里，敖炽抱着我坐在客厅的地上，老太太踪迹全无，只有那些肥皂泡一样的东西在卧室里飘荡，有一部分还跑出来在我们四周跟头顶晃悠，大概觉得我们并不是什么有趣的东西，便又逐个回到卧室，跟里头的同伙聚集在一起，越来越有规律地转着圈圈。

我警觉地看着这些"泡泡"，目前暂时看不出它们有什么恶意。

"你也看见了吗？"我问敖炽。

"稻草先生？"敖炽反问。

果然……

"我们都中招了。"我说。

"老太太变成肥皂泡这种事我头回见。"敖炽皱眉，"我看了时间，从我们进卧室到我清醒过来把你拖出卧室，才过去不到三十秒。这些鬼东西到底是什么？并没有妖气，总不能真是肥皂泡吧？"

话音未落，身后忽然响起一阵窸窸窣窣的声音，紧接着灯光大亮。

我们猛地回过头去，老旧的绒布椅子上坐着那只小小的约克夏犬，眼睛还是那么亮，平静地看着我们。

"抱歉，刚刚碰到你们的，是我的记忆。"

◇ 尾 ◇

我们很少有这样的机会，正襟危坐地跟一只约克夏犬对话。

准确地说，这只小狗的嘴巴并没有动，但我们可以清晰地听到它说的每个字，并且还是一个男人的声音。

"你们白天过来时，我就知道这次可能有麻烦了。"它转头看了看书房那边，"也是我们疏忽，没把那些没用的信件扔掉。不然你们不会这么快就找回来。我一直在关注他们对命案的调查，但经手过的人都对我不构成威胁，他们甚至连正确的方向都找不到。"

我跟敖炽面面相觑，要接受我们正被一只狗吐槽这个事实，需要一点儿时间。

但是我清楚地记得在刚才那段混乱的记忆里，曾经出现了一个叫"哈里斯先生"的家伙，那么问题来了，一号被害人胡须伯伯全名就是"迈克尔·哈里斯"……

"你是……稻草先生的主人？"我脱口而出。

它沉默片刻，哼起了歌："你是南风带来的稻草先生，可爱又亲切……"

敖炽目瞪口呆："你……怎么变成一只狗了？"

"因为我要启用我买回来的工具。"它看着那些在卧室里飘荡的泡泡，"不然这辈子都做不到我想做的事。"

"杀人吗？"我直言。

它沉默片刻，说："二十年来，我自杀过七次，没死成。刚刚你们多少也看到了，我不是一个讨人喜欢的人，从小到大都这样，没有好看的模样，不爱说话，不擅长时髦的东西，不知道如何跟人相处，也习惯了他人对我的漠视。我尝试过融入人群，与人聊天说笑，可始终格格不入，就像我父亲说的那样，我生来就是个异类，注定孤独到死。"它顿了顿，叹了口气，"可越是注定孤独，才会越渴望陪伴啊。"

我跟敖炽不说话，把倾诉的机会都让给它。

"活得左右逢源、受尽喜爱的人，大概永远都不能理解世界上为什么还有我这种家伙的存在。哈里斯先生也不能。"它明亮的眼睛忽然蒙上一层绝望的寒气，"二十年的时间其实很长了，而我终于有机会对哈里斯先生说——那曾是我唯一能好好活下去的原因。"

那曾是我唯一能好好活下去的原因……

我眼前又浮现出那个在阳光里弹着吉他的温柔男孩，但转眼便被那手握项圈、眼神里充满要与世界同归于尽的绝望的年轻人击个粉碎。

"有的人永远不知道，他眼中轻贱如泥的存在，可能是另一个人一生只能遇到一次的陪伴。"它微微垂下头，"唯一的救命稻草。"

"可是你杀人了。"敖炽冷冷道，"还是三条人命。无论多么值得怜悯的理由，都不能抵消你是个杀人犯的事实。"

我仿佛听到它笑了一下。

"为什么要对另两个人动手？"我要知道动机，"难道他们也参与到当年那件事里？还有你记忆里为什么会有那个俱乐部？我看见你打扮得像个清洁工人！"

它平静地说："因为在那里当清洁工的人，一直是我啊。"

什么？

正在这时，卧室里突然传出呼呼的怪响，飘浮的泡泡们瞬间挤压在一起高速旋转起来，眨眼之间，一个毫发无伤的老太太重新出现在我们眼前，冲我们阴森森地笑道："你那一脚踢得好狠啊！"

原来，泡泡们并不是某人的记忆那么简单，暗藏的恶意突然扑面而来。

第五章 【蛊魅】

世间但凡还有人甘愿捡起他人的错误刺向自己的人生，悲剧就不会退场，真凶与帮凶便永远纠缠成一体，同堕地狱。

◉ 楔子 ◉

我总是不愿看见有人往绝路上狂奔，但事实永远是，有人始终不回头。

◇ 壹 ◇

"质量不错啊。"敖炽冷眼看着老太太，"挨我一脚还能这么快站起来的人可不多。"

这点敖炽倒没有吹牛，他情急之下的一脚，谁受了都吃不消，不说四分五裂，一时半刻想爬起来是不可能的，可这位老太太不但毫发无损，看她轻松自若甚至面带嘲讽的微笑，似乎连一丝痛觉都没有，那一脚的力道仿佛只是替她掸了掸灰尘。

而且，我顶不喜欢她挂在嘴角的笑容——阴森与险恶都不屑掩饰，生生将房间里的温度拉低了许多。

我没有说话，只捋了捋头发，暗自拔下一根缠在指间。

"人类是极脆弱的，如果我是人类就惨了。"老太太慢吞吞地往前走，停在沙发前，坐下，从一旁的小几上拿过已经冰凉的红茶，咕噜咕噜灌了好几口，又回味无穷地咂咂嘴，好像喝下去的是什么琼浆玉液，"我出来几个月，你们是唯一搅乱我们生活的家伙，这实在不礼貌。"

我冷笑起来，说："在滥杀无辜这个层面上，你期待的礼貌是没有必要的。"

"无辜只是你们以为的。"她把最后一滴红茶舔进嘴里，起身，笑得眼角的皱纹都舒展开来，明朗单纯得跟方才判若两人，"我特别喜欢这个牌子的红茶，说不出的香醇美味。不介意的话，我想再去泡一杯。或者你们二位也尝尝？"

真是胆色过人呢，算账的都找上门来了，还能气定神闲冲茶喝，是厨房里有方法可供其逃走，还是她真不把我们放在眼里？我推测后者的可能性居多。她就跟她的"产地"一样，习惯躲在暗处，但也不怕暴露，坏人是当定了的，但居然也有一股兵来将挡水来土掩、定与你们周旋到底的气势。

如此，倒不宜轻视了。

"我不喜欢喝红茶，你自便。"

我做了个请的手势。

敖炽的视线锁死了她，直白地说："你最好死了想逃跑的心，被我看上的，没一个跑得出我的手掌心。"

"老太太你也看得上？"她居然还敢调侃，笑吟吟地往厨房走去，"老胳膊老腿的，跳楼撞墙都不行，逃什么逃呢。"

现在的感觉有点儿奇怪，明明我们抱着收拾残局的决心而来，可如今三言两语间，我们早就握紧的只等致命一击的拳头却莫名其妙使不上劲了。

按照事态本该有的走向，现在罪魁祸首应该在敖炽的龙火或者我的树枝里求饶，可我们此刻居然这么好脾气地让她去泡红茶喝……4E 制造出来的怪物，果然别有风味。

我听到厨房里发出锅碗瓢盆的动静，没多久便是水烧开时发出的呜呜声，又一阵塞塞窣窣之后，老太太端着个托盘走出来，上头摆着精致的茶壶茶杯和一碗狗粮。

她把托盘放到茶几上，又将狗粮端到约克夏面前，摸摸它的头："吃吧，今天好像都没怎么吃东西呢。"

气氛是有点儿尴尬的，在一个既是狗又是人的生物面前，好像做什么都显得奇怪。

老太太倒很自然，看它的眼神还有点儿慈祥。

可是它很漠然，看了看狗粮，连闻都懒得闻。

老太太叹气："没胃口？害怕了？"

它的眼神由淡漠到木然："就到此为止了吗？"

"那取决于你。"老太太微笑，"一切都听从于你的意愿。"

这番对话最大的意义，难道不是将我们俩当作不存在的人形幻影？

"你们……"敖炽脸一黑，正要发作，却被另一个声音打断。

"你们是所谓的怪物猎人吗？"约克夏抬头看着我们，"我在电影里见过，听说真的有这种工作。"

在这家伙心里，已经把自己视作怪物了吗？

"差不多吧。"我不置可否，对于一个只能靠电影跟"听说"来了解世界另一面的人，又是身处半个阶下囚的境地，实在不必再拿出我们的身份去增加他的不安了。

"我值多少钱？"它突然问，"你们做这一行的，没有赏金是不会出手的对不对？"

敖炽扑哧一声笑出来，横抱起双臂打量它："怎么，是到收买阶段了？不过我很好奇以你现在这副尊容，能拿什么来收买我们，狗粮十公斤吗？"

这会儿，老太太跟个没事人一样，悠闲地坐回沙发里喝她的红茶，根本不为自己或者那只"狗"的命运操心。

她那双眼睛，平静得跟历经世事看透命数的花甲老人一样，一切争斗与她无关，只管笑看风云，以至于有那么一刹那，我觉得方才那个恶意明显的老巫婆只是错觉。

"你觉得你值多少钱？"我反问它。

"不会值很多钱。"它很有自信的样子，"不论我是人，还是现在这个怪物，都不会是旁人眼中值钱的存在。"

"赏金不是我们的唯一目标，有时候，没钱拿我们也会出手。"我笑着笑着，突然就收敛了笑容，"当我们实在看谁不顺眼的时候。"

"哦。我想从来没有谁看我顺眼过。"它下意识地舔了舔自己的爪子，"我都看不顺眼我自己。你看，现在的我越来越像一只狗了。"

它用了甩身上的毛，继续道："我知道你们来者不善，今天不除掉我，怕是不会罢休的。我也不知道你们是不是爱财如命的那种人，就算是，我所有积蓄加起来都买不起我这条命。"

敖炽听得好气又好笑："那你何必问这么多废话？"

"万一你们不需要钱呢？"它直言，"万一我能用别的东西来交换让我活下去呢？"

我怎么听怎么不对，于是问它："在你还是人的时候，你说你自杀过七次，怎么，变成狗反而贪恋人间美好了？觉得还是活着更好了？"

"不，并非活着更好。"它坦白地摇摇头，"我活着，才能让不该活的人尽早离开。"

我皱眉："你对付哈里斯先生，我不奇怪。但另两个呢？"

终于绕回了最初也最关键的问题。

它沉默片刻，跳下来，走到老太太面前，抬头："把那个拿出来给他们看吧。"

老太太放下茶杯，看看它，再看看我们，微笑道："好的。"

如果说今晚的整件事有什么特别诡异的地方，不是我跟敖炽被卷入了一个人曾经的过往，也不是遇到一个气场随时切换的巫婆老太太，更不是遇到一只会说话的狗，而是在遇到了以上所有之后，我们还保持着旺盛的好奇心跟没有一脚踩死他们的风度。

我看着老太太起身去了书房，怀疑她会逃跑的念头已经一点儿都不剩了，这个家伙从头到尾根本就不想逃。

只有敖炽还保留着一丁点儿担忧，在我耳边小声道："也可能是它知道收买不了我们，让老太太去抱个炸弹出来。留点儿神。"

我没吱声，都懒得指出他的担忧根本多余。一个连"收买"这种事都想干的家伙，怎么会轻易跟人同归于尽？它以前不稀罕这条命，但杀人之后反而珍惜了，我要知道真正的原因。

◇ 贰 ◇

老太太从书房里拿出来的不是炸弹，也不是任何能伤害他人的武器，只是台普通得不能再普通的笔记本电脑。电脑很旧，键盘都被磨得脱漆了。

我们看着老太太熟练地输入开机密码，找到需要的文件夹，打开了一个视频文件，我注意到文件名是"冠军1"。

视频画质很清晰，就是有点儿吵，镜头背后充满兴奋的声音。

眼前是一座看似被废弃了的旧楼，灰暗的墙体上除了破碎的窗户与歪斜的管道之外，便是各种各样乱七八糟的涂鸦，随着镜头的上移，大概有十几层高，镜头内能见的四周十分空旷，仅有几座同样破败的建筑零零散散地立在阴云密布的天空下。

镜头微微摇晃，有人从旁边进入画面，五个人，三男两女，穿着专业的运动装，戴了保护头盔，有说有笑地交谈着。四个我都不认识，但剩下那个挺面熟。

不就是"精英人士"眼镜哥哥吗？这时候的他没有戴眼镜，眉眼显得更清晰英俊，比照片里的他多出了几分健壮，即便没有阳光，他也是人群里最闪亮的那个，你的第一眼一定是先给他。不得不承认，这位无论在事业还是外形上，都是百里挑一惹人艳羡的角色，如果他还活着，嫉妒他的人永远不会少。连我都很遗憾，如此优秀的人，却落到这般下场。

五人边说边往旧楼前走，依稀能听到他们说"这次一定拼尽全力""谁都不能中途放弃啊""说不定我会赢"之类的话，看那个架势，这帮人似乎是即将进行一场比赛，目标就是那栋旧楼。

果然，他们很快在楼下站定。

镜头从他们身上一路上扬，镜头外有人在喊："所有人已就位，楼上的准备好了没？"

随后便是对讲机发出的哔哔声，伴着另外一个声音："准备好了，完毕。"话音刚落，楼顶边缘便探出半个身子来，朝下头用力挥了挥手表示一切就绪。

我看见站在中间的眼镜哥哥朝左右看了看，玩笑般道："加油吧各位，拿出真本事看看，虽然我知道你们还是会输给我。"

旁边几位发出嘘声，可是并没有真正生气。

感觉是一个特别和谐的团队，一群年轻人聚集在一起，自发组织一场健康向上的体育比赛，隔着屏幕都能感受到那股蓬勃的朝气。

然后有人发号施令，比赛开始。

五个参赛者施展出看家本领，居然不借助任何绳索，向楼顶徒手攀爬，看得我不由得替他们捏了一把汗，生怕他们一脚踩空或者拽住的水管断成两截，十几层楼足够摔死任何一个人。

不过我的担心还是多余了，五个人跟蜘蛛侠附体一样，在摇摇欲坠的破楼房上游刃有余地移动，眼镜哥哥的身手最为利落，很快便将对手们远远地甩在身后，毫无悬念地拿下了冠军。

他翻身上楼顶时，镜头里传来热烈的掌声与欢呼，待所有人都顺利到达终点后，有人还在楼顶拉开了庆祝用的礼花，彩色的纸飘带喷到半空，欢乐的气氛达到了高潮。

很精彩的一段视频，对我这种不靠灵力连跑个八百米都大喘气的家伙来说，这些飞檐走壁的年轻人很值得我给他们点一百个赞，可是对一桩谋杀案来讲，这些画面有什么意义？

我按下疑惑，拿出耐心继续看下去。

镜头又摇晃起来，应该是负责拍摄的人拿着手机或者摄像机一路小跑起来，然后画面有瞬间的卡顿，应该是被剪掉了不重要的部分。再动起来时，环境已经不一样了，推测是所有参与这场比赛的人都到达了楼顶，有人在拍眼镜哥哥的肩膀，呼呼的风声夹杂着羡慕和赞扬，还有好几个之前没有露面的年轻人，手里拿着啤酒瓶，嘴里叼着烟，跟其余参赛者一起碰杯庆祝。

镜头里突然就不干净起来，因为所有人不但喝酒，还纷纷吞云吐雾，烟也十分可疑，非常细的一根，不像普通香烟，我怀疑那是某种违禁品。

有个红头发男人离开了镜头，很快又回来，只是一只手拖着一个黑色的箱子，另一只手牵着一只毛色脏乱、戴着嘴套的白色长毛犬。他把箱子放到眼镜哥哥面前，笑着做了个请的手势："来吧！冠军！"

里头是啥？冠军奖品？可为什么会有一只狗？

眼镜哥哥露出一个耐人寻味的笑容，然后打开了箱子，里头跑出来三只活蹦乱跳的小奶狗，看毛色，应该是那只大狗的孩子。肉嘟嘟的它们很开心地在所有人面前跑来跑去，十分可爱的样子。

然而接下来的一幕，便是我穷尽妖生也无法理解——眼镜哥哥抱起一只小奶狗，走到楼顶边缘，摸了摸它的脑袋，随后将它高高举起来，用力抛了出去……

这种猝不及防的反转让我失声叫了出来："别……"

可这又有什么用呢，镜头对面的人在同伴们一阵高过一阵的欢呼声中，把三个无辜的小生物送上了不归路，被牢牢拴住的大狗使劲挣扎，但挣不脱，也发不出任何声音，直到它的孩子都没有了，才轮到它自己。

我觉得一股热血直冲头顶，眼睛也受了连累，当镜头移动到俯瞰楼底的角度时，我只看到一片散乱而绝望的红色，其他什么都看不见，全世界都被我打上了马赛克。

但我还是忍住了，努力让自己继续安稳地坐在电脑前，连敖炽现在是什么反应什么表情都顾不上了。

只知道视频又换了地方，但那些发出各种声音的人应该还是同一批，我只看到那个在照片中英姿勃发的漂亮妹妹，稳稳举起了她手中的弓箭，而对面的箭靶上绑着一只猫……

抱歉，我实在看不下去了。

我起身冲进卫生间，顺手锁上门，趴在马桶上，以为自己是想吐，此刻的喉咙里又热又痒，须臾之间，竟"哇"的一声吐出一口血来。我赶紧按下冲水键，在敖炽把门敲烂冲进来之前把血冲了下去。

"你怎么了？开门！"门外，敖炽真快把门砸烂了。

"我没事。你别敲了！"我撑起身子，挪到洗手台前，打开水龙头用手接了点儿清水喝到嘴里，却一不小心将摆在洗手台边缘插着一支新鲜玫瑰的瓶子碰了下去，幸亏眼疾手快在它落地前及时接住，放回原位时，我抱歉地摸了摸那朵花，可是当我的手指碰到花瓣时，好好的一朵玫瑰突然就枯萎了。

我愣住了。

"你怎么还不出来？"敖炽在外头急得冒火。

我赶紧把那朵枯萎了的花扔进垃圾桶，快步走过去打开了门："我没事，可能上次在上官那儿遭的罪还没过去。"

"你被气成这个样子？"敖炽扶住我的肩膀。

说不上来是愤怒还是别的情绪，就那么一刹那，好像还有一种一闪而过的绝望，然后五脏六腑便不由自主地崩溃了。

我沉默不语，不知道如何准确描述我方才的感受。

"都这么大了，还没学会控制自己的情绪？"敖炽居然嗔怪起来，"本来最近身子就不好！"

我拍了拍心口，确认自己已经没有任何不适之后，瞪了他一眼："有你蝉联情绪失控

133 第五章

蛊魅

组冠军，我算个什么？"

他又摸摸我的手跟额头，确认没什么异常后才稍微放下心来："你吓死我了！"

不过想到我们俩现在都在这儿，客厅里只有那两个家伙时，我的心突然悬起来，赶紧回到客厅，直到看见狗跟老太太都还在原位，才放了心。

视频早已经播放完毕，笔记本电脑被重新合上，老太太冲我笑了笑："没打算跑，你大可不必这么急着出来。那些内容，正常人看了都不会舒服。"

约克夏保持着它的坐姿，说："可有的人看了却会很开心，很兴奋。"它顿了顿，"准确地说，我不知道还能不能把他们划归到人类的范畴。"

我调匀呼吸，走到它面前："为什么会有这种视频？"

"那是我在'众神'工作时，无意中进到的一个高级别的会员内部群里看到的视频。"它回答。

"无意？"我显然觉得这个词有问题，"我所见到的场景里，你只是一个清洁工，怎么能'无意'进到一个高级别的会员群里？"

"按我大学的专业，最差也是个程序员。跟人打交道我很差劲，但对着电脑就好很多了。"它的语气十分平静，"那天我只是在破解一个东西的时候，无意中进到这个群，看到了这段视频。原本我对别人每天都在聊什么毫无兴趣，我只想一个人安静地工作，领薪水，回家待着。但那天之后，这个群里每个人说过的每句话，我都要知道。"

"啧啧，还是个黑客呢？"敖炽皱眉，"那你都知道了什么，最好一点儿都不要对我们隐瞒。"

"那个平日里风度翩翩事业有成的男人，天生对小动物有恶意，以虐杀它们为乐，多年来死在他手里的动物不知有多少，并且他还发展出了一批跟他臭味相投的拥趸，包括那个表面靓丽可人的女子，我知道那女的有未婚夫，但私底下又跟他是情人关系。他们经常聚会，以各种奇葩的名义对无辜又无力反抗的生命做凶残的事。如你所见，他们用那种方式来'奖励'冠军，谁赢了，谁就能亲手结束四条性命。还有那样特殊的箭靶，不知道有过多少。"它越说越快，身子也有点儿微微发抖，"你们能理解这些行为吗？能吗？"

"人的性格千奇百怪，光与暗都是有的。"我也愤怒，但我不是它，"你明明有更好的办法可以用。如今的世界已经不是一个可以随意滥杀无辜的地方。"

"报警吗？还是放到网络上让网民们用口水淹死他们？"它在冷笑，"被抓了又如何，顶多关上一小段时间又自由了；放上网又如何，热度下去，谁还记得谁还在意？所以，何必再麻烦他人，我习惯了靠自己处理一切。"

如果它现在是一个人而不是一只狗，敖炽肯定揪住他的衣裳或者干脆赏他几记耳光让他清醒一点儿，但现在他只能指着它的狗鼻子怒斥："你杀他们的时候，跟他们杀动物时有什么区别？你以为你是神还是上帝？审判生死轮不到你！躲在阴暗里借用非人类的力量去对付同样无法反抗的人类，说到底你也是个卑鄙的杀人犯而已。"

它舔了舔爪子，淡淡地说："我愿意用我自己去当武器，不论在你们眼里我是怪物还是卑鄙的杀人犯，我都并不愤怒，也不冲动，我认为我所做的一切就是我活着的价值。"

即便它现在是一只狗，可我依然从它的眼睛里看出无法被逆转的执着，哪怕这种执着是大错特错。

虽然我已经是一只见过太多世面的老妖怪，但我认为最挫败的场景之一，依然是你见到有人往不归路上走，你拉他，他却只是平静地甩开你的手。明知把他推上岔路的并非他天生的恶意，却再无可能去纠正。世间但凡还有人甘愿捡起他人的错误刺向自己的人生，悲剧就不会退场，真凶与帮凶便永远纠缠成一体，同堕地狱。

但我知道就算把这些话跟它说一百遍，它也不会回来了。

"是什么让你最终下定决心？"我深吸了口气，"我的意思是裂网……"

"与哈里斯先生的重逢啊。"它的语气始终听不出任何起伏，"知道那群人的所作所为后，我困惑了很长一段时间。我想过要报警，甚至已经带着他们所有的犯罪证据出门往警局去，可走到一半我放弃了，我不是英雄，只是个几乎透明的小人物，做一份不起眼的工作，不擅跟人交流，必须要与人对话时，都不敢看人的眼睛。那一瞬间我突然觉得自己无法承担继续往前走可能会遇到的后果。所以我犹豫了，沉默了，只在看到那群人表面上依然光鲜无比的样子时，觉得自己很无能，跟我父亲对我的评价一样，怪物、废人。那感觉和当年我除了抱着稻草先生的尸体，什么都做不了的感觉一样。"

我跟敖炽不说话，把时间都让给它。

老太太最悠闲，喝茶听故事。

"想做些什么却始终没有做的我，在无数个相似的浑浑噩噩的某天，在公寓的大堂遇到了哈里斯先生。"它说。

"他跟从前不一样了，年龄的增加似乎给了他一些慈祥，我见到他时，他抱着他的小孙女，后头跟着他的儿子跟儿媳，他们拖着行李，一家人说说笑笑。他应该是不认识我了，只当我是他的新邻居，面对面擦肩而过时，还对我友善地点了点头。"它的眼神越发黯淡，"可在我眼里，他跟从前一样，没有丝毫的改变。不论时间过去多少年，我都能一眼认出他。不对，就算我瞎了，都能闻到他身上的味道。"它深不见底的黑眼睛里，突然被什么搅出了波澜，情绪也突然激动了起来，"这样的人，为什么不是孤独终老，为什么不是痛苦潦倒？如果他现在只是个街头乞丐，或许……我会放过他。"

好了……终于知道压垮它的最后一根稻草是什么了。

一直被怯懦压制的愤怒，在彻底失衡的灵魂里找到了突破口。

"找到裂网之前，你一定还试过别的法子吧？"我问它。

"我想过。"它坦白道，"但没有一个可以达到目的又不露痕迹。我很久前就收到过裂网的宣传邮件，但从没把他们当一回事，以为他们只是一群乱发广告骗钱的家伙。那晚我心情极差，还喝了一点儿酒，鬼使神差打开这个网站，甚至是带着一种嘲弄的心态在那里下了订单，我想买的是'如何不露痕迹地杀掉随意伤害其他生命的混蛋'。反正他们的标价很便宜，不过是一顿饭钱罢了。"

我跟敖炽的视线转到老太太身上，我指着她："于是，你就收到了她？"

"对。"它点头，"第二天她来敲门时，我以为是哪个敲错门的糊涂老太太，结果她对我笑笑，说她是我从裂网购买的产品。直到这个时候，我还以为这只是无聊的恶作剧，甚至可能是哪个娱乐节目拿来整人的手段。"

它扭头看了看老太太，继续讲了下去。

在它毫无情绪的讲述里，我眼前浮现出这样的场景：在一个阴雨的天气里，他久未来客的家门口站着一个笑眯眯的老太太，自称是他买来的。

起初他不信，不让她进门。

她也不生气，只说："你不请我进去的话，要怎么不露痕迹地对付你想对付的混蛋呢？"

他诧异，老太太顺势从他身边挤了进来，环顾房间："不错啊，收拾得挺干净，以后我也会替你好好收拾的。"

"你在胡说些什么？"他有点儿生气，"请你马上离开！"

她笑了笑，手指在空气里划了一道，随即便是哗啦一声响，离她数米远的窗台上，放得好好的一盆花莫名其妙地落下地，摔得四分五裂。

他愣住了。

她似乎还想证明一下自己的能力，又动了动手指，离得更远的厨房里传来更大的动静。他飞快地冲到厨房里，发现摆在橱柜里的一摞盘子毁了，眼前只有一地的碎瓷片。

他错愕地走回来，看着老太太："你干的？"

"所以你没买错东西啊。"老太太笑眯眯地说，"你看，我就在你面前，你都不确定是不是我干的。那么你'不露痕迹'的要求，我是可以办到的。"

他腿一软，坐在地上愣了很久，在相信跟不相信之间纠结。他一直无法说服自己的，是现实里真的有这样不可思议的力量存在。

"你真的可以帮我除掉那些混蛋？"他突然抬起头。

"不是我去，是你去。"老太太摸了摸他的头，"我只是你的工具而已。"

"我不明白。"他又没有凭空摔碎花盆的能力。

"首先咱们得达成共识，是不是只要能达到你的目的，你什么都可以放弃。"老太太蹲下来，直视他的眼睛，"包括你自己。"

他觉得她的视线突然特别冷，可是想一想，一个自杀过七次的一无所有的人，对"自己"又能有什么留恋？

"我有的，你看得上的，都能拿走。"说出这样的话，他都不需要下什么决心。

老太太满意地点点头："那么我开始工作前的最后一项准备是，你得告诉我原因。"

原因……

说给别人听，也许好多人都会嘲笑他小题大做，甚至精神不正常，所以他从不说给任何人听。可是这个老太太应该不会，为什么不会他说不上来，她一直面带笑容，神情里找不出丝毫敌意，宽容慈祥得像隔壁的奶奶，但是这样的温和从容，应该来得并不容易，或者，装得并不容易。

只有人才会嘲笑人，"工具"可能不会。

他仿佛得到了莫大的鼓励，藏在心头太深太久的东西终于找到了出口。

从稻草先生到那个烟雾缭绕的旧楼楼顶，从躲在阁楼的少年到躲在杂物间的清洁工，他仿佛一条直线的人生，第一次完整地摆在他人面前。

老太太跟他一样坐在地上，听得很仔细，时不时微笑，时不时皱眉，一点儿都不敷衍。

直到窗外的光线都暗了，几十年的人生经历才说完。

她起身，俯视着这个释放了所有倾诉欲望的男人，笑道："那就这么说定了。"

"嗯？"

他扬起头来，突然看不清老太太的脸了。

不等他再说什么，眼前突然冒出来好多泡泡，晶莹剔透地包围了他。

他这辈子都没玩过肥皂泡，觉得如此梦幻的东西压根儿不该出现在自己的身上，但他知道，不光孩子，许多大人也喜爱这种可以漫天飞舞的圆滚滚的物体，虽然他不太理解这些一触即破的欢乐有什么意义，但大多数被簇拥在其中的人都笑得特别开心。

没想到的是，他也有享受这种快乐的一天，虽然这一天来得突然且不正常。

一点儿都不觉得压抑，无数明晃晃的小东西像精灵一样聚集在四周，看起来很可爱很美好，总是沉重的身体居然有了轻飘飘的错觉，仿佛稍微一蹿就能飞起来似的，这种轻松是他出生至今从未体验过的。

泡泡越来越多，发出的光虽然亮，却很温柔，他越发迷糊起来，觉得自己进入了一种漂浮的状态，重量已经不属于他，只想惬意地把手臂张开，让此生从未感受过的愉悦与轻松像阳光一样洒下来。

真的很舒服，真想就此沉睡过去，再不醒来。

可是，有家伙不想他睡。远远地传来熟悉的声音，是狗狗欢快的叫声。

他慢慢睁开眼，眼前一个泡泡都没有了，只有儿时每天都要经过的那条乡村小路，他坐在路中间，像个无依无靠的傻子，天上居然有阳光，四周没有人，看哪里都看得特别清楚，再远都可以。

道路另一端站着的那个黑色的毛茸茸的影子，突然就让他湿了眼眶。

他飞快地爬起来，一边大叫着"稻草先生"，一边朝另一端奔去。

是它，是它，它一点儿都没变，还是老样子，拼命朝他摇着尾巴，挂在脖子上的狗牌在阳光下摇摇晃晃，闪着一尘不染的光。

就在他离它咫尺之遥时，它突然掉头就跑，边跑还边回头看他。

"稻草先生！你去哪儿？停下来！"他焦急地边跑边喊，脚下越跑越快。

它还是跑，但每跑出一段距离便会停下来回头看他，摇着尾巴。

"你不要害怕！没人再能伤害你！你看，我已经长大了，我不是那个虚弱的小孩子了！"他几乎是在嘶吼了，"不要再离开我了！我一直很想念你，非常想念你！"

它终于停下来，前面是一片冰冷的湖水。

"不要，你不会游泳！"他想冲上去抱住它，却只抱到了空气。

它跳进了湖水里，眨眼便没了踪迹。

他没有任何犹豫，跟着它跳下去，二十年前救不了的性命，今天无论如何都要把它带回来。

水下好凉啊，奇异的光深深浅浅地旋转着，稻草先生去了哪里，为何看不见它了？

不对，不是看不见它了，是自己看不见了。

他越往下沉越黑暗，当任何光线都无法抵达时，他觉得自己被一只看不见的巨手狠狠摁在了湖底，挣扎时，他发现黑暗里又有了一束光，照着的却是他来时的小路，一个男人躺在那里，仰望着天空。

那个人……不就是他自己吗？

可是他明明在水底啊。

一切舒适都消失了，只剩下窒息与无法用语言描述的疼痛，就像有把刀在身体里游走，目的是为了分离你的每寸皮肤、每块肌肉，直到骨骼，直到灵魂……

他突然哭了，在水里也能哭，似乎有什么特别重要的东西离开了。

湖水不再平静，巨大的漩涡说来就来，他无法呼吸，动弹不得，只能眼睁睁看着自己被卷入狂暴的中心，散去所有的意识。

"嘿，宝贝儿，该醒了哦。"有声音从远处慢慢飘过来，越来越清楚。

所有被叫停的身体机能突然被唤醒，他倒抽一口气，猛地张开了眼。

老太太温和的脸凑在离他很近的地方，手指轻轻抚摸着他的鼻子和额头。

他挣扎着起来，却发现不对劲，为何视野里自己的双手变成了一对毛茸茸的爪子？而且他以为的站立，根本就是四脚着地。

"我这是怎么了？"他大喊，出口的却只是一连串汪汪汪的狗叫声。

他吓到了，连滚带爬地跑到卧室的穿衣镜前，可镜子里根本没有人，只有一只狗，还是一只体型小小的约克夏犬。

他愣了片刻，随即疯了般冲出去。

为什么会这样？

你对我做了什么？

汪汪汪！

汪汪汪！

"嘘！"老太太轻松地抱起他，伸出手指轻轻摁住他的嘴巴，"现在不能这么说话，不能用嗓子，试着用你的大脑把想法直接传递出来，以后啊，你的脑子才是能说人话的嘴。"

他还是"汪汪汪"个不停，觉得实在难受，才试着用她说的方法，不说话，只用脑子去想去传递，让虚无的声音透过身体。

"我……怎么了……"

终于成功了，他听到了自己本来的声音。

"没有怎么啊。"老太太亲昵地摸着他的头，"作为你买来的工具，在我开始工作前，需要你亲自来启动我。"

"不懂……不懂！"他又惊又怒。

"你刚刚进卧室，没有看看你的床？"她抱着他站起来，嗔怪道，"真是个粗心的小家伙。"

站在卧室门口，他目瞪口呆。

床上躺着的，不是他又是谁？没有动静，连呼吸都很微弱，是睡着了吗？

她朝那个自己努努嘴："既然你同意，我就把他拿走了。"

"拿走？拿去哪里？"他说话比刚才熟练了一些。

"我的工作目的就是要让你感觉没白花钱。"她居然有点儿调皮地笑了笑，"既然你的

茧
魅

诉求是'不露痕迹'地除掉目标人物,我自然要帮你完成。有了他,我的工作才能真正开始。"

说罢,她把他放下来,转眼间他又看见了无数的泡泡在身边飞舞,但这次它们并不打算缠着他,而是直奔床上的那个他,瞬间便将他淹没在它们庞大的队伍里。

他心如擂鼓,眼见着泡泡将自己"吞没"得一干二净,须臾之间,床上再无半个人影,泡泡们在半空中扭成无法形容的形状,像蛇,又像旋涡,每一个都闪着诡异的光。

时间已经混乱了,他不知道自己在门口傻站了多久,只知道在某一刻,泡泡突然没了。

站在床前伸懒腰的,只有老太太了,可她却总往自己身边看,还发出啧啧的赞叹:"不错啊,没想到这么强壮呢。"仿佛那里站着一个看不见的人。

"来来,看看你的武器。"老太太朝他招手。

他哆哆嗦嗦地走过去,停在离她几步开外的地方,便不肯再前进。

"没事,你现在只是短暂的不适应,很快就会好的。我对你很有信心。"她指了指自己身边,"看见了没?"

他摇头,看见什么?她身旁明明空空如也。

她微微皱眉,想了想:"怕是时间还不够,要不你再等一会儿?"

等……他站在原地,不敢说话,也不敢动,心里的疑问几乎把心脏撑破。

床头的电子钟又走过半个钟头后,他的视线由疑惑变成了惊恐——老太太身边真的有人。

个子好高啊,最少一米九,每块肌肉都紧实饱满得像在发光,只用眼睛就能看出咄咄逼人的力量,这是多少人一辈子都练不成的身材啊,与其相比,曾经的自己孱弱得像一片落叶,谁都可以一脚踢走。可是……男人的身躯上怎么长了一个跟狼差不多的脑袋?

黑色的皮毛又短又硬,仿佛细密的钢针,细长的眼睛里透着隐隐的红光,长而尖的嘴里,雪白的利齿堪比一排利刃。

他从未见过这种怪物,硬要找个参照物,大约只能是古埃及神话里出现过的狼头人身的"死神"阿努比斯。

怪物沉默地站在老太太身边,连眼神都是定定的,忠实得像一尊看家护院的雕像。

按理说他应该恐惧,应该后退,可是看这个怪物越久,内心就越发平静,之前的害怕烟消云散,眼前看见的,倒越来越像个久别重逢的老朋友。他甚至往前走了两步,抬起头,从头到脚仔仔细细地打量对方。

"我认识他……"他终于开口。

"你当然认识他。"老太太过来把他抱起来,举到离对方的脸很近的地方,"仔细看看,他就是你啊。"

他就是你……

他就是你……

他居然真的像一只狗那样，耸动着鼻子，用力嗅了嗅对方。

熟悉的味道，有点儿像他常用的洗发水的香味，还有他经常吃的快餐店出售的火腿鸡蛋三明治的味道，甚至还有他留在枕头被子上的气息，都是他记忆里抹不掉的味道。

回想方才的情景，他突然明白了什么，说："那是我的……身体？"

"对啊。"老太太抚摸着他的脑袋，"作为工具，我的作用就是替你完成这关键的一步——转换。"

"把我的身体转换成一个怪物？"虽然他不再恐惧，但心情依旧复杂。

"说怪物太不负责了。"老太太点了点他的脑门，抬起头，看一件完美艺术品似的看着这个被她制造出来的"产品"，"这就是为你准备的武器啊，没有它，你怎么去达成你的目的？"

他被说得越来越糊涂："武器？难道你觉得我能把它当一把刀举起来吗？"

"当然。"她放下他，"不过不是用你的手，而是用你的意识，让它物尽其用。"

这时，窗外传来一阵嘻嘻哈哈的喧闹声。住在这附近的人应该都习惯了，有一波不太上进的年轻人经常深更半夜在公寓的后巷里抽烟喝酒笑闹，报警也没用，他们永远会在警察赶到前逃得无影无踪，风声过去了又如此，似乎是故意跟大家作对。居民们也很头痛，说是大罪过又谈不上，但真的非常坏心情。

老太太走到窗前，从半开的窗户往外看，果然又是这群人，就算是深夜，也能一眼看见他们五颜六色的头发。

"过来试试吧。"她朝他招招手，"只要你愿意，他们就会得到教训，是挨一巴掌还是被打断一条腿，还是连性命都保不住，都随你。"

他站在原地，没有过去的意思："我不知道要怎么做。"

她朝怪物努努嘴："让它去啊，它就是你，你所想的，都能在它身上实现。"

她指了指自己的头："只要用这里想一想就可以了。再方便不过。试试嘛。"

想一想就可以了……

虽然他以前也有点儿烦这群扰民的家伙，但从未想过要将他们怎样，顶多是关上窗户，心头暗暗抱怨几句，实在吵得烦人了，也不过是幻想冲出去抽他们几个耳光让他们闭嘴而已。

那么，现在靠"想想"就能实现曾经不能实现的想法吗？

他抬头看着仿佛被定格的怪物，鼻子里依然充斥着本属于他自己的熟悉的味道……想

茧魅

一想，那就想一想吧。

他面对着怪物，闭上眼睛，心里想的是这些人太吵了，你不是我吗，那么现在就去把他们赶走，顺便再给他们一人一个耳光，小惩大诫。

都完全没费什么力，真的就是这么一想，怪物便像被摁下了开机键一样，突然转身就走，居然直接打开窗户跳了出去，动作连贯敏捷，且没有发出任何声音。

他又被吓到了。

不是因为怪物的纵身一跳，而是在它"启动"的刹那，他眼睛里看见的便不是他所见的，所有视角都变成了怪物的，被推开的窗户、下坠时所见的迷乱景色，以及楼下那群年轻人沉浸在烟雾里的脸，好像自己的眼睛已经长到了怪物身上。

但是，他将这群人看得清清楚楚，可他们好像根本看不见他，仍旧自顾自地喧闹调笑。

他突然就有点儿生气了，真的是欠教训。

于是当时楼下的情景就变得特别有意思了。

那五六个男女在没有任何防备的情况下，各被打了一记重重的耳光，可笑的是他们能做的只有捂住脸，莫名其妙地东张西望，却根本看不出任何端倪，事实就是他们被空气给揍了，但又清清楚楚感觉到有一个厚实强壮的手掌狠狠甩到自己脸上。

"谁？谁在那儿？"

短暂的愕然后，他们又惊又怒地跳起来，其中有人还掏出了匕首在空气中乱刺一通。

突然，两个女人惊叫起来，因为她们眼见着自己的一个同伴像是被人一脚踢中了屁股，整个人无端地飞出老远，重重地撞在垃圾桶上。

然后便是瞬间的安静，以及彼此的面面相觑。

最后的结果当然是一群人作鸟兽散，撞鬼般逃命去了。

老太太趴在窗台上，看得津津有味。

他已经分不清赶走那群人的是怪物还是他自己，眼前所见的，只剩下空空的后巷，抬头，是趴在窗台上对他伸出大拇指的老太太。

好了，结束了，回去吧。

只一个念头，怪物三两下便沿着墙壁爬回来，跟它出去时一样，无声地落到地面，然后站直了身体，不再动弹。

他眨了眨眼，视角终于又正常了。

这太可怕了，但害怕之下，居然有难以言表的惊喜。

"第一次用它，多少还不太习惯，以后会越来越好的。"老太太走回来，站在他跟怪物之间，笑道，"所以我说这就是一种天赋，都不用怎么教你，你就掌握了其中的窍门。"

"我……我可以任意操纵它去任何人的身边，并且除了我自己，没人能看见它的存在？"他的声音因为激动而有一丝颤抖，"它的力量超乎我的想象。"

"不不，我也能看见它。"老太太笑得顽皮，"你提供了原材料，我负责转换制作，这才有了这个武器。但其他人确实看不见它。"

他愣了愣，说："原来……这就是你们卖给我的'不露痕迹'。"

"不露痕迹不仅仅是这部分。"她又把他抱到怀里，"从你成为这个样子开始，你在这世上所有的痕迹都会被替换。"

她又指了指自己："以后，所有的你，在他人眼中都会变成我。楼下的管理员、与你打过照面的邻居、你的亲人同事朋友……所有认识你的人，他们对你的认知与记忆都会自动调整，你的父母不会认为有你这个儿子，只会依稀记得家里曾住过一个老太太，可能是保姆，可能是远房亲戚，反正就是一个不被在意的过客。你的同事会坚定地认为每天跟他们一起进进出出的，是一个叫赫本的老太太，所有留着你姓名资料的文字记载，也都会在他人眼里自动改变内容，变成我的。你的照片，你看着还是你自己，但别人看见的都是我。以后，世上便再没有你，只有我。这才是完美的不露痕迹。"

他诧异至极，又低头看了看自己，问："你删除了我？"

"也要基于你交出来的身体才能完成，毕竟那个身体是你存在于世间的根本，我只要以这个'根本'为基础，便能完成许多事。"她如释重负道，"如今，你的武器不会被他人看见，你自己也永远不为他人所知，这样的一个存在，干什么都会很自由。"

他花了很长时间来消化她说的每句话。

再开口时，天空已见微光。

他抬起一只爪子，毛茸茸的真可爱，其实换一个模样生活下去，好像也没有预想的那么可怕和糟糕。本来就不想要自己了，不是吗？

"可是，为什么一定是一只约克夏呢？"他突然问了所有问题里最好笑的一个。

老太太哈哈一笑："因为我喜欢这种小型犬啊，超级可爱呢。所以就让它来装现在的你。"说着她又"啊"了一声，好像犯了什么错误，"我是不是应该在分割你之前问问你喜欢什么动物？听了你的过去，我以为你最喜欢的就是狗狗，所以便为你选了这个。万一你喜欢的是羊或者鱼呢？唉，现在也不能改了。"

"不用改了。现在就挺好的。"他终于可以彻底平静下来。

一个连自己都不要的人，根本不会去挑剔现在是住在狗的身体里，还是鱼的身体里。不过还是狗好一点儿，起码能到处走走，要是鱼，岂不是整天只能泡在缸里……

不过呢，她说得真是好轻松，就像在谈论如何把一瓶沙拉酱换到另一个瓶子里似的。

反正现在他相信裂网不是骗子了。

你根本想象不到它背后隐藏的是怎样逆天的力量。

所谓的"分割"，精神与肉体居然真的像切菜一样被一分为二，这种超出科学范畴的事情，应该只存在于幻想小说与电影里才对。可事实却是，一个老太太易如反掌地办到了。

舍弃自己的身躯，把意识或者说是灵魂放在一只狗的身体里，从此不得回头，值得吗？

值得！

尤其是在他以另一种方式跟"新邻居"哈里斯先生重逢时，更加值得。

他特意选了哈里斯先生的家人都不在家的一个夜晚。

他的武器比想象中更加强悍，当它像捏一只蚂蚁一样捏住哈里斯先生的脖子时，他看到哈里斯先生因为极度恐惧而扭曲的脸，以及挂在他身后墙上的全家人的合影，有那么一刹那，他稍稍松了一下手。

二十年过去了，还是要这么做吗？他问自己。

二十年里，你应该已经忘记了死在你地下室里的稻草先生，毕竟它只是一只狗而已，不喜欢就可以杀掉它，然后像什么都没有发生过一样，继续你美好的生活。

可自己呢，他在二十年前失去了稻草先生，然后用了二十年时间去抓一根可以救自己的稻草，但现实是他也过得挺像一只狗的，谁都可以将他放到"无须在意"的那一类里，谁都可以嫌弃他，放弃他。只有梦里会快乐，阁楼的春天仍在，暖色调里的少年抱着他的狗，说今天又遇到了那个喜欢的姑娘。

其实也没什么，就让他在无人在意的世界里独自走到终结不行吗？为何非要给他重逢过往的机会？

也就是这片刻的自我挣扎，待他重新回过神来时，哈里斯先生已经软软地倒在了地上。

拿走这条性命的，是它，也是他。

面对渐渐失去温度的躯体，他的心也渐渐冷却，这不就是他日思夜想的结果吗？每个人都要为自己的错误付出代价。

然后，他趁着夜深人静，将哈里斯先生带到公寓后不远处的一个人工湖边，抛进水中。

其实本不必这么做，但是他总忘不了稻草先生孤独地漂在水面上的样子。

回到家，准确地说是他的武器回到家之后，他看着它，看了很久，然后痛快地哭了一场。

老太太什么都没有说，没有安慰他的意思，只是在卧室门口看了他一眼，笑了笑，然后转身回去躺到床上，继续睡。

那天之后，限制他的"封印"终于被完全解开了。

他开始不慌不忙地布置自己的计划，什么时候让那个男人也从楼顶上飞下来，什么时候让那个女人也感受一番作为靶心的感觉，他不着急，一个月完成一件就可以。

老太太也如她所说，成功地"覆盖"了他，非常尽职尽责地承担起工具的责任，让所有人都以为，世上从来就只有个叫"伊莎贝尔·赫本"的老太太，而这个身份之下的曾经一事无成的年轻人，仿佛从未降生过，或者说，已经提前离开了他早就想离开的地方。

他越来越习惯现在的自己，习惯躲在一个无害的身体里，去摧毁世界。

◇ 叁 ◇

他描述得那么仔细，以至于我们像亲眼所见一般真实，一股寒气也更放肆地在我们的背脊上行走。

连敖炽的脸色都很不好看了。

裂网……应该说是 4E，他们究竟还隐藏了多少不为人知的秘密与实力。

看似寻常的老太太，能将自身化成一堆泡泡倒没什么奇怪，能将一个大活人神身分离，这才是让我惊讶的地方。那不是切菜啊，皮肉骨头说分开就分开，世间万物的神志与身体从来都是浑然一体、互相支撑的。有了神志，身体才不是行尸走肉，有了身体，神志才有安稳依傍，虽然两者被分割开来的事件也不是没有，但大多数都不会是一个容易的操作，连我都未必有抽离一个活人神志的能力，更遑论将其身体"转换"成一个另具怪力且任其操纵的武器，尤其后者，闻所未闻。

放弃自己就能达成目的，这便是 4E 的承诺？

现在不得不对这个看起来除了阴险、耍耍嘴皮子，还会把身体化成泡泡的老太太高看一眼了。也终于明白她不屑逃跑，甚至可以悠闲地坐下来喝茶，安心当个局外人的底气在哪里了。

我跟敖炽原本的计划是，如果确定了真凶，我们不必将其如何，只需制服后带回给左右就算交差，毕竟这回是帮飞星做事，是公务，非私怨。

但如今这个状况，只怕很难在没有伤亡的情况下将对手打包带回了。

原来，这间小小的公寓里，从没有被误会的杀机与恶意。

"怎么突然不说话了呢？"老太太放下喝光了的茶杯，笑看着我们，"如果它有没说清楚的地方，你们尽管问，问我也行，毕竟我全程在场。"

"为什么受害者们最后都变得跟稻草先生一样？"我问，"这个步骤其实完全没有必要。"

"每个武器的'来源'都不同，也就注定它们有不同的性格特征，这不在我的控制中。

而这一位会在受害者身上显现出的力量，追根溯源，还是因为稻草先生吧。"她回答，"可怜的稻草先生是一切的开头，以此结束大概更完整也更有仪式感。"

"狗屁仪式感……变态心理罢了。"敖炽冷哼一声。

"随你们怎么想吧。"她无所谓地撇撇嘴。

"从分割他到给他'武器'，你一个人办到的？"我又问。

"可以这么说。"她笑道，"但如果没有买家本人的配合，还是不能完成的。毕竟我们做事是有规矩的，不强迫，必须要买家心甘情愿同意我们提出的条件才会继续下去。我的工作范围主要就是为这种有不止一个目标要解决的买家服务，保证买家在达成所有计划之前，不被打扰，不被打断。"

我冷笑："那现在看来，你的工作似乎没有做到位呢。"

她并不生气，连一丝羞愧的感觉都没有，只看了看我跟敖炽，说："因为遇到了非一般的对手嘛，你们跟之前各路试图追查我们底细的人马完全不一样。不光在现实里能留意到旁人忽略的细节，对于现实外的力量，也十分敏感。"

"你是说那些被你篡改过的资料、信件、员工记录之类的对吧？"敖炽皱眉道，"那些东西因为被你们用非人类的力量改变过，在普通人看来没什么，但对于非普通人，就会引发各种不适。"

"的确如此，这是我们的瑕疵，暂时没有找到解决方法。"她无奈地耸耸肩，"理论上来说，灵力越高的对手，对这些瑕疵的反应就会越大。你们真的是一对质量很高的敌人。我从未想过，会有人在这么短的时间内就找上门来。"

"你都说我们质量很高了，就一丁点儿都不害怕吗？"敖炽稍微动了动手指，还握在她手里的茶杯便从中间断开，一半在她手里，一半落在了地毯上，弹了几下，还是裂开了。

她看了看留在手里的另一半茶杯，虽然勉强完整，但裂纹已经密成了蛛网状。

"哎呀，可惜了，我很喜欢这个杯子的，住在这里的时候，天天都用它喝茶。"她有点儿心疼，把碎片小心地捡起来，跟着把手里即将碎掉的一半扔进垃圾桶里，"你看，本事大的人总是这样，想破坏就破坏，完全不用看谁的脸色。"

"你们不也是一样，想破坏就破坏。"我反唇相讥，"连毫无反抗能力的人类都不放过。"

"正是因为有我们，它才可以反抗了。"老太太微笑。

口才不错，我应该给她鼓掌呢，还是直接把她打趴下？

敖炽不再理她，扭头瞟了约克夏一眼："刚刚你不是说愿意拿别的东西跟我们交换，只要能让你活下去？"

"对！"它的身子突然坐直了，好像突然看见了希望。

"除了钱，你还能拿什么来换？"我问它。

它沉默片刻，说："你们就没有想不露痕迹除掉的人吗？"

真是一笔好买卖啊，居然要用帮我们杀人来交换自己的性命。

如果说几个钟头前我还会因为他之前的经历而有所同情的话，此刻的我真恨不得一巴掌打掉他的牙，一错再错，不知悔改。人命在他眼中已经成了个什么玩意儿？

我按下这股怒气，淡淡一笑："这么客气啊。不过我更感兴趣的是，为什么你现在还这么想活下去。你看，哈里斯先生被你除掉了，眼镜哥哥跟漂亮妹妹也被你除掉了。这世上最让你愤怒的人都没了，为何还想活着，不是都自杀过七次了吗？"

它叹气，坦白道："他们三个是不在了，可是与他们相似的人，今天有，明天有，一直都会有。我不是贪恋生命，只是不想浪费现在的能力。"

敖炽仿佛听到了天大的笑话："请问你现在对自己的定位是什么，裁决生死的神，还是正义凛然为民除害的英雄？"

"都不是。"它摇头，"我只觉得我做的事是对的，我想继续，仅此而已。"

我的心彻底凉下来，如果他没有继续的能力，或许我还能暂时留下他的性命，但他偏偏有……

我深深吸了口气，蹲下来直视着这只有灵魂的"狗"。

"如果我告诉你，我们夫妻俩并没有想'不露痕迹'除掉的人呢？"

它看着我，不说话。

"就算有想除掉的祸害，我们也不会跟你一样，把自己变成个只会在暗处偷袭的怪物。我们对付谁，势必光明正大，师出有名。我们要的是战斗的胜利，而你要的只是诡计的得逞。所谓的不想浪费现在的能力，不过是你越发享受从前没有过的、看似可以随意主宰他人命运的满足罢了。"敖炽一针见血，说得铿锵有力，所有我想说的，他都知道。

房间里陷入了很长一段时间的沉寂。

老太太的表情没什么变化，依然坐在沙发里，一副事不关己的轻松模样。

而它在沉默良久后，终于开口道："你们真的不用我帮忙？"

真是个固执的家伙啊。

"不用。永远都不用。"我斩钉截铁地说，"你若真想帮我的忙，便收起你想继续杀人的心，老老实实跟我走，或许还有转机。"

我听到老太太叹了口气。

"我不会跟你走的。"它闭上了眼睛。

突然，背后涌来一股凶悍的力量。我本能地朝墙边一闪，空气中有东西擦着我的身体冲过去，摆在另一头的小餐桌整个被撞开，摆在上头的果盘与花瓶被摔个粉碎。

其实早就该知道了，这个房间里的成员，不止三个人一只狗，还有一个躲在空气里的"武器"。

也许我们只需要稍微留点儿余地，它都不会出现。

但我们的余地是有底线的，今天的家伙，踩过头了。

这就算是暗杀了吧，毕竟我跟敖炽都看不见它，这场对决，天生的不公平。

敖炽火速冲到我身边，一把将我护在身后。

多少年了啊，每当身处相似的情形，他都是相同的行为，把我护在身后几乎成了他的本能，搞得我越来越觉得自己没多大本事似的。

"不用顾着我，我应付得了。"我在他身后说。

"放聪明点儿，不对就跑。"他警觉地注视着餐桌的方向，突然朝前一跃，飞起一脚朝空中踢过去，瞬间便见对面的墙板被撞出一个大洞，放在下头的书报架也被什么重物给砸扁了。

趁此机会，我将一直缠在指间的发丝抛出，化成坚韧无比的软绳，照准对方落地的位置飞去，眨眼间便将那看不见的对手缠了个结结实实。

于是墙壁下的情景就很有趣了，我的绳子凭空绕了好多圈，可里头绑住的却是一团空气，我甚至不知道绑住的是目标的哪个部分，只确定它暂时失去了隐身的便利性，并扯着我的绳子乱挣一通，我得费很大的力气才能控制住绳子，因为一不留神就可能跟大街上那些遛大型犬的娇弱主人一样，被狗子拖得到处跑。

屋子里一半的东西都被砸坏了，老太太赶紧跑到大门那边，把没有锁死的房门锁死，又叽叽咕咕念了些什么，随后才跑到厨房里躲起来，只露出半个脑袋围观战局，边看边说："你们放心打，房门锁好了，我还下了隔音咒，外头的人不会来打扰的。我只是个工具，不参与你们任何一方。"

阴阳怪气的老东西，一会儿再来跟她算账！

敖炽瞅准机会，冲上去一脚踩住绳子，用力踏在地上，对方也被他的脚力重重地带到地上，地毯上被压出好大一个仿佛人形的凹印。

只听敖炽大喝一声，运起所有灵力汇聚于右手，力量之大，连手背上暴突的青筋都发出了刺眼的紫色的光。

我已经很久没见过他这么迫不及待地要一招制胜了。

只听"砰"的一声巨响，敖炽的拳头落在那团空气之上，我看着从他拳头下掼出的光芒如紫色火焰般穿透到地面，又如炸开的焰火似的，在空气中燃烧成凶猛至极的姿态。

没有几个人能抵挡这一拳的威力，东海孽龙爆发出的灵力，等于在对方的体内引爆几吨炸药。

太闪亮了，我的眼睛都要被晃瞎了。

待到光芒散尽，敖炽微喘着气收回拳头，一直乱动不止的绳子终于安静了。

解决了？

我正要上去，敖炽冲我摆手："先别过来。"

他伸手往绳圈里的空气里摸了摸，虽然绳圈看起来依然是绑着什么东西的形状，但看敖炽的样子，似乎并没有摸到什么。

突然，我手里的绳子骤然绷紧，另一端毫无征兆地跳到半空，眼见绳圈越来越大，绳子越来越细。里头的东西不知用了什么力量，竟然发出一团紫光，生生将我的绳子震断成无数截。

而那紫光实在太眼熟，分明跟敖炽使出的灵力是一模一样的颜色。

我突然意识到一件可怕的事，这个家伙不但没有被敖炽伤到，反而吸收利用了他的力量，破解了我的绳圈。

这到底是个什么怪物？

连我跟敖炽都不能伤它分毫？

事情突然变得比我们想象中更加糟糕，它似乎被我们激怒了。

我只能凭感觉闪避每次冲我而来的攻击，它虽然愤怒，但不盲目，在我跟敖炽之间，只挑我来攻击。有好几次，我清楚地感觉到那股犀利无比的杀气擦着我的耳朵过去，然后在我身后的东西便要无辜陪葬。敖炽来护我，却因为定位不准，白白挨了好几拳。亏得他是敖炽，换了别人，只怕老早就骨骼尽碎死不瞑目了。

我发现，它最大的优势在于隐身、巨大的力气，以及它打在我们身上的拳头会奏效，而我们就算打中它，也如隔靴搔痒，毫无作用，用灵力发大招的话，还会被它反弹，简直就是个无懈可击的对象，这太不合理了。

一定是我们哪里搞错了。

闪躲之中，除了它本身的攻击，落在地上的一切尖锐物体也齐齐飞起来，把我们当靶子一样扎。

我们侥幸避开，却听老太太尖叫一声："你疯啦！连我都杀！"

一把水果刀擦着她的眼睛飞过去，幸好她还算灵活，往后一仰险险避过，刀子"当"

的一声插进厨房大门的门框里，差不多整个刀刃都没了进去，绝对是下杀手的一招。

不夸张地说，有这种对手的存在，小小一间公寓已成杀机四伏的修罗场，我们被困在了死亡风暴的中心，再跟这个占尽优势的怪物硬拼下去，只怕讨不到便宜。

"你个没良心的！对付他们就罢了，连我都不放过！"老太太抱着头缩在厨房门后，冲着依旧闭着眼呆立在原地的约克夏大吼。

话音未落，倒在地上的大理石花瓶便腾的一下飞起来照准她的脑袋砸过去，幸好又被她闪过，气得她大骂："不做你生意了！快停下来！等我走了你爱干什么都随便！"

还以为她有多厉害，结果只是个毫无杀伤力的反包，不是会隔空摔花盆吗，不是会变成泡泡吗，你倒是变啊，我看就算变成泡泡，也没办法在随时爆发的飞刀阵里全身而退。

自作自受！呸！

敖炽与我靠背而立，只说一句："留不得了。"

我心里咯噔一下。

一开始我们只攻击了看不见的那个，不是脑子短路，不是不知道在这类"控制系"的攻击里，根源是在控制的那一方，只要除掉它，看不见的这个理论上也就失去了意义。

但是我知道不论自己也好，敖炽也罢，都还在心里给那只"狗"留了一条活路，哪怕这条活路我们明知希望不高但不到最后仍不想放弃"万一"的念头。

不等我说话，敖炽一脚将刺向我们的玻璃碴踢开，一跃而起，落地的同时，一掌劈在了趴在对面椅子上的约克夏的天灵盖上，我看见他的手掌不但闪着紫光，还包裹着熊熊的海蓝真火，这是双管齐下的杀招了。

这只"狗"若是寻常的生物，这一掌的力道足以让它全身的骨头碎成渣渣，若是以邪法具象化的灵魂，海蓝真火负责送它归西。

抱歉，无论你的过去多么值得同情，都不是你肆意杀戮的理由。

眼前的光线，刺眼到像太阳砸在地上炸裂开来。

"不行！不能弄死它！"有个声音惊叫，但来迟一步。

那只"狗"在敖炽的掌下四分五裂，没有血肉横飞，只是化成了一团泡泡，潦草地飘浮了几秒，便逐一破裂，无影无踪。

他的终结，一点儿仪式感都没有，真是讽刺。

我放下已经举酸了的胳膊，坐到地上，看着眼前的一片狼藉。

如果早点儿这样做，局面会不会好看一点儿？

敖炽单脚跪在地上，微微喘息。

我正要去他身边，却觉得左脚踝一凉，一只粗糙强壮的手死死抓住了我，然后便像挥舞一个玩偶似的，把我狠狠掼向侧边的墙壁上。

"砰"的一声巨响，砖头混着石灰落得到处都是，还有一个被撞得眼冒金星差点儿灵魂出窍的我。

它居然还在……

力气竟比之前还大了许多。

这一击太突然，敖炽扑过来时，我已经灰头土脸地滚落在地。

哪知都不等我自己爬起来，身体已经离了地。看不见的大手，这次掐住了我的脖子。

我能摸到它，每根手指都跟石头一样，不掐死我不会松手。

可我毕竟不是人类，不借助灵力想光凭力气徒手掐断我的脖子也没那么容易，但窒息的感觉还是很难受。

我硬掰掰不开，以灵力出掌乱打一气也没有作用。

敖炽哪里能忍，我何时被人这样欺负过，以他的性子，现在只怕是要现原形毁天灭地了，我虽然难受，但也怕他失去理智，毕竟我们现在不是身处荒野，这楼里上下左右全是人类，莫说什么法术攻击，单是塌楼这一项就足以死伤无数。

但幸好这次他没有。之前的交手我们都知道，这玩意儿力大无穷，刀枪不入，不找对瓦解角度，根本没可能打败它。

"坚持一下！"敖炽扔下这句话，扭头往厨房跑，一把扯住了老太太的领口把她整个人提了起来，"破解方法，说！"

"被分割出去的神志一旦消散，失去操纵的武器并不会随之停止，反而会变成更可怕的无意识的杀人机器。这时候的它，不光要执行它收到的最后一个命令，其他人只要被它遇上也没活路。所以你们不该杀掉狗狗啊！只有它才能让这个大家伙停下来！你们就是外行！"老太太憋红了脸，用力打着敖炽的手，"松开松开！"

敖炽用力一掼，才不管这老巫婆多大年岁，由得她重重跌在地上，哎哟连天。

"你做的鬼东西，你不说谁会知道其中窍门！"敖炽指着她的鼻子，"你故意的，故意不说，就是要我们死于非命！"

"我们本来就是敌对关系，我为什么要说？"她揉着自己的腰，"要不是那家伙失控到连我都杀，我刚才根本不会吱声！哪知道你们动作那么快，下手又那么狠！"

"你一定知道别的法子！再不说，我就把你的骨头一寸一寸捏断！"敖炽咬牙道。

"别这么对一个老人家。"她还是有点儿害怕的，"它是由实实在在的身体转换而成的武器，所以你们同样以实在的形态去跟它对抗，就跟往火里再加火一样，灭不了，你得是跟它相反的存在形态才能真正伤得了它。它是火，你就得是水，明白吗？"

敖炽立刻反应过来："得离开我的身体才能对付得了它？"

"不然呢！"老太太瞪了他一眼，又看了看四周，沮丧不已，"从没搞得这么尴尬过。"

虽然我被卡着脖子，但意识还在，也听见了敖炽跟她的对话，居然是因为"形态"不匹配，我们才找不到突破口。

这样就简单了。

我凝神闭目，心下毫不犹豫默念了几句可"神身分离"的咒语。

那还是子淼教我的。

记得他说过，世间万物，都以"神身"相合时为最完整最安全的形态。所谓"神"，不论你是称它为精神意识还是别的名字，都可以。唯一要记住的，便是不到万不得已时，切不可故意分离两者，无神之躯如行尸走肉，无躯之神飘零易散，伤身或可治疗，伤神万般难救。

我说，既如此危险，学来何用。

他说：一来，身体受缚难逃，亦无人救援时，神志暂离可搬救兵；二来，若有非寻常之敌，或需暂弃身躯方能降服。

不情不愿地，我还是学了，也是学了之后才知道，关于这方面的法术实在是五花八门各有深浅，仅将两者分离不过是其中皮毛，在鱼门国中救鲁正时用的敖炽教的探魂之术，也是这系列的法术之一，不过相比分离之术更高阶罢了。

总之，以上只证明了一件事，便是艺多不压身。

而神身分离最大的危险，不过是在没有身体保护的情况下遭遇攻击，神志一散，等同于比身体死亡更彻底的死亡。

但现在顾不得那么多了。

窒息的感觉突然消失，完全感觉不到任何压迫的轻松。

我轻飘飘地停在半空，看见另一个自己双目紧闭，手脚耷拉着紧贴在墙上，一个比敖炽还要高要大要壮的狼头人身的怪物死死掐住我的脖子。

好了，总算能看见它的真面目了，那么这也意味着我们的形态终于"匹配"了，而对方似乎还没有意识到自己身后已经多了一个"人"。

可是都不等我的拳头送出去，另一个家伙就冲过来，先把我推到一边，怒斥了一声："你出来干什么？快回去！"

紧跟着便一拳打在怪物的脑袋上，见它松了手，又是一脚踢在它的心口上，力道太大太猛，怪物差不多是以一个极其尴尬的姿势飞了出去。

敖炽站在我跟它之间，歪歪头，揉揉手，冷笑着对怪物说："现在是公平决斗了。"

我回头看，厨房外头横躺着敖炽的身体，老太太仍旧躲在厨房门后，小心翼翼地往这边看。

至于这边的战场已经无须多做描述了，在完全公平的情况下，纵然怪物比敖炽高大又如何，天下能与东海孽龙硬比拳脚的人，就算倒着数，也轮不到这个被人为制造出来的怪物。

我默默数着数，几拳打在了鼻子上，几拳打在了肚子上，又是几脚踹到了脸上，被当成沙包狠狠掼在墙上又是多少次，失去了作弊优势的怪物，在敖炽最简单的物理攻击下已经不堪一击，最后一招，敖炽高高跃起，屈起右腿，落地时直接以膝盖狠压在它的心口处，这简单粗暴的一下，看得我都心口一疼。

怪物从头到尾都没发出过任何声音，怕是这种模式下的它只能是个哑巴，如果它能说话，现在肯定会发出惨绝人寰的叫声。

最后的一击太重，敖炽膝盖压下去的刹那，看似强壮的怪物"砰"的一声化作了无数气泡，跟它的"搭档"一样的结局，在空气里凌乱飘散了一会儿后，终于一个接一个炸裂、消失，脆弱得让人不敢相信刚刚是它掐住了我的脖子。

我松了口气，但心下又不轻松，本想把凶手带回去交差了事，如今凶手连个泡泡都没剩下，天知道左右会怎样唠叨我们。

但是，这已经是我们能争取到的最好的结局了。

我的视线落在那把四分五裂的椅子上。

不久之前，那上头还坐了一个执迷不悟的灵魂，但凡他肯往后一步，也不至于尸骨无存，魂飞魄散。

不论心里的伤口多大多深，都不是一个怪物可以治愈的。

如此代价，真的不是一笔划算的买卖啊。

我总是不愿看见有人往绝路上狂奔，但事实永远是，有人始终不回头。

一声叹息，只能如此。

◇ 尾 ◇

"没事吧？"

敖炽过来，拉起我的手左看右看，又把我的脸转来转去。

"事都被你做完了，我当然没事。"我拿开他的手，细把他上下打量了一番，没什么损伤，可以放心了。

他突然又弹了一下我的脑门："你脑子清醒一点儿好不好，身体是可以随便离开的吗？这种小咖我三两下就收拾了，你好好待着不要动就行。"

我知道他每次都会这么说这么做，心里其实总感念着他对我毫无保留的庇护，但每次话一出口，又总会变成跟感谢无关的内容。

"你试试被个大怪物卡住脖子是什么滋味！我还怪自己出来晚了呢。你总是这样，单打独斗惯了是吧，万一有个闪失，不还得我来救你！"

"你……"他横眉怒目，却又在发脾气前的瞬间泄了气，"算了算了。快回去吧，都别裸奔了。"

也只有他会把我们现在的状况说成"裸奔"了，虽然不好听，但也算符合事实。

我走回我的身体前，默念了几句咒语便躺了回去，短暂的眩晕后，再清醒时我已经"完璧归赵"，就是觉得脖子还不太舒服，撞到墙上的地方也还在疼。

唉，纵然是千锤百炼的老妖怪，也永远摆脱不了疼痛这种东西。

说来也烦，子淼也好敖炽也罢，教过我那么多法术，唯独没有一个是可以让人不疼不痛的。

我揉着腰站起来，却冷不丁见到敖炽还跟个死人一样躺在那里，而另一个此刻在我眼中呈半透明状的他就站在旁边，表情十分奇怪。

"你还愣着干吗？外头比较凉快？"我走过去，蹲下来拍拍他的身体，"快回来啊！"

他怔了怔，心不在焉说了句"嗯"，又犹豫了片刻，方才一步迈向自己的身体。

可是，没成功。

我眼看着他在碰到自己身体的瞬间，仿佛撞到了看不见的墙，整个人被弹开了去。

我心头一惊。

"见鬼了。"敖炽从地上爬起来，咬牙骂道，"试了几次都这样。"

说实话，我宁愿看见怪物掐住他的脖子或者把他揍个半死，也不想看到他回不到自己的身体。这件事太严重，后果太可怕。

他不信邪，又试，被弹得更远。

可是我检查他的身体，并没有什么问题，除了他的右手手背上，有一个十分不起眼的小红点。

怎么回事？

"就别试了吧。"老太太从厨房里头探出脑袋来，"东海孽龙敖炽，只怕是回不去了。"

我跟敖炽如闻惊雷，猛地回过头。

"这狼头人身的怪物其实有个学名，叫'茧魅'。得有人愿意舍了身子才做得成。这种东西吧，其实面貌不一，通常跟它主人的心魔与自身能力有关，有这种狼头人身的，还有各种怪兽的，千奇百怪十分有趣，各自擅长的本事也不一样。这一只就是力气大点儿而已，不过也不错了。"

她一边掸着衣服上的尘土，一边走出来："茧魅虽然要听从神志的指挥，但并不依赖对方生存，一旦神志消亡，它确实也会恶变成不受控制且伤害值无法估算的杀人机器。我告诉你们的，除掉茧魅的法子是唯一有效的。"

她顿了顿，笑道："老实说，它从头到尾都没想真正杀死你们，你们也许没有留意到，它最初的攻击跟后来的攻击有点儿不一样吧。"

冷汗从我的额头上冒出来。

我起身挡在敖炽面前，生怕这老巫婆突然对他做出什么，而她的话也让我回想起当时的场面。刚开始时，它只是用拳脚硬打，后来便利用所有能用的东西来攻击，风格确实不一样，可当时那种情况，谁会注意到这种区别！

"在你们忙着对付茧魅时，我已经终结了那只狗的生命。你丈夫那一掌，不过是打在一具无用的尸体上。"她耸耸肩，"一直以来我跟它都相处得不错，要亲手结果了它，我也有点儿小小的不忍心。但是，不这么做，又怎么能让局势恶化到让你们相信眼前真的是一个杀红了眼，甚至连我都不放过的怪物？"

她指了指自己："虽说神志消亡后茧魅便不受控制，但这话只对了一半。因为从一开始，除了那孩子自己，我也能操纵茧魅，不然我怎么能跟它一样，能看见茧魅的存在呢？只是我一般不需要这么做，光他们自己就能够折腾了。"

敖炽下意识地想拨开我，手却从我的身体里穿过，他只好绕开我走出来："所以后头那些满天乱飞的刀跟玻璃碴子什么的，都是你干的！"

"是的。我需要合情合理地让你们相信现在情况紧急，甚至会不自觉地把我划到你们这一边，因为你们亲眼看见茧魅连我都不放过，敌人的敌人就成了朋友嘛。"她十分坦白。

"目的？"我攥紧拳头，如今敖炽可能碰不到她，但我还是可以。

"目的不就是你现在看见的，我不想要孽龙敖炽的神志回到他的身体。"她笑得特别开心满足，"没想到成功了。"

但很快，她的笑容又渐渐消失了，视线锁定在敖炽的脸上："本以为此生再难相遇，谁知却在万里之外重逢，从见到你们到我做出决定，这么短的时间内要临时布置好所有计划，还是非常考验我的。幸好，一切顺利。"

重逢？

我瞪着敖炽，敖炽瞪着我："你看我干啥，我不认识她！"

说罢，他又冲着她怒吼："你个老东西有病吧，我们今天之前从来没见过面！你是不是老眼昏花认错人了？"

等等，我们什么时候开始用纯粹的中文交流了？

之前老太太不是一口流利的英文吗？

"你跟从前相比，真是没有任何改变，还是那么暴躁独断，肆意妄为。"她的眼神越来越冷。

敖炽急得挠头："老阿姨，姐姐，我求你了，我真的不认识你啊！你要搞事情也把人认准了再下手啊！"

"东海孽龙这般高贵的存在，自然记不住尘埃般微小不起眼的人物。"她望着他的眼睛，那眼神一点儿都不像个年过花甲的老太太，"很多很多年前，玳洲城。你忘了，我都还记得。"

我是不是听错了，她说的哪里？玳洲城？那个对我而言充满回忆同时也是一段崭新命运开始的地方？

敖炽愣住，但还是想不起任何东西。

场面陷入僵局。

以为只是一个侦探附体抓凶手的小场面，怎么会在异国他乡遇到玳洲城的"故人"，还是个谁都不认识的故人？

天已经亮了，可是容纳着我们三个人的房间，仿佛还是漆黑一片……

第六章 【三尾】

有时候，愿望跟笑话可能没多大差别。

◉ 楔子 ◉

救命之恩，他不认，它却要记一辈子的。

◇ 壹 ◇

根本无须过多提醒，只要提起"玳洲城"三个字，那一天的狂风暴雨、洪流裹尸，便如昨日之事，满城哭号犹在耳畔，我甚至可以马上想起那头从我脚下漂过的死牛是什么颜色，还有被子淼救起的婆孙俩的模样。

当然，更不可能忘记的，是那只从断湖之中蹿出来的紫鳞怒目的"丑八怪"。它只是贪玩贪凉洗个澡罢了，却害得断湖堤毁水漫，连累无辜，且脾气还坏，被子淼剜下一块龙鳞都不肯认错。

敖炽最大的黑历史，提或不提，都牢牢钉在时间里。

"东海孽龙，无法无天。"老太太又仿佛刚认识敖炽，将他仔仔细细上下打量，嘴角露起意味深长的浅笑，"若不是我永远记得你的脸，今日一见，实在很难将这畏首畏尾婆婆妈妈、连区区一栋公寓里的人的性命都要顾忌的男人，跟当年的你相提并论。"

"既是故人，又何必遮遮掩掩？姓名来历总该交代一句。"

我越过敖炽站到她面前，不让她接近敖炽。

老太太笑了笑："敖夫人，你说是不是所有男人都这样，无论年轻时怎样的意气风发，成婚有子之后，都会锐气全无，泯然众人。"

只因讥诮多于尊重，敖夫人三个字听着颇不顺耳。

"那就要您请教请教自家夫婿了。"我忍住心头火，不能让对方在气势上占了便宜，"如果您有夫婿的话。"

她笑了出来："早听说孽龙的夫人不是简单的家庭妇女，不仅开店做生意是一把好手，伶牙俐齿讨个嘴上便宜也不在话下。"

"嘴上便宜讨得再多，也不及你卑鄙阴险戏精附体讨的好处大。"

我直视她苍老的面孔，实在好奇这张迷惑他人的皮囊之下到底藏了怎样的本相，更何况还是一位与玳洲城有渊源的"故人"。

她倒是一点儿也不生气，只冲我摆摆手："不对不对，这世间任何的好处，从来都以强弱来分多寡。"她手指一转，指向敖炽，"比如你夫君，生来便是东海龙王的继承人。这四海龙族虽非神裔，然自古便有不逊于神的地位与实力，四海之中又以东海为尊，你夫君当年虽因骄纵跋扈被斥为孽龙，却丝毫不损他贵冠四海龙域的身份。所以……"她顿了顿，笑得微妙，"玳洲城堤亡湖毁，生灵死伤无数，若换他人犯下如此大错，天界岂能善罢甘休，即便不上吞妖台神魂俱灭，也少不得被罚到脱掉几层皮。但他是敖炽，所以以上任何一种苦头都不会落到他身上。"

寥寥几句，敖炽愣住，我也愣住。

虽然玳洲城的往事从未被遗忘分毫，时至今日我们也会时不时提起，而我总想到的，是玳洲城当时的惨状，是子淼治水时的种种，是我于断湖之上初见敖炽时的惊惧。

所有思绪之中竟从无一分是拿来深思为何犯下如此大错。

虽说敖炽本性非恶，断湖之祸也是无心之过，但死伤无数确是事实，如老太太所言，这等过错不上吞妖台也定要被罚入休恶山中吃尽苦头才是，然而天界与龙族仿佛都不知晓一般，过去便过去了，敖炽从未被责难。

再回想当初，我尚是浮珑山巅"神树"之时，"我不杀伯仁，伯仁因我而死"的人也不算少，与子淼初见时，他见我不惜生灵肆意妄为，警告之中分明有过一句"拿你是迟早的事"，而我好端端地活下来，没有被任何人"拿走"，想来也是子淼替我隐瞒周旋，要我知错能改将功补过。

还有那多年不被提起的、曾给我们惹下大麻烦的敖烁，犹记得当年他在我面前亲口说过，在他还不是阿努比斯只是一缕游魂之时，曾在浮珑山上暗地里替我解决了不少要找我算账的存在。虽已真假难辨，但归根结底，我始终是从他人的庇护中得了益处。

这么多年，无论我们说得多么轻松，我与敖炽却从没有为各自的年少莽撞开脱过，当年之祸，错了便是错了，我们救过无数性命是事实，但那些因我们而死的人很多也是事实，或许是年月已过去太久，无人追究，所以连我们自己竟然也忽略了安然脱身的原因。

159 第六章

三尾

"你都知道些什么！"敖炽本能地伸手去抓老太太的衣领，却忘了自己此刻的窘境，拳头攥得再紧，也动不得她分毫。

她耸耸肩："我知道的不多，不过是听说玳洲城城毁人亡终究是惊动了天界，随后鲜少入天界的东海龙王秘密求见天帝，随行的还有当时的四方水君，再随后，风调雨顺，天地祥和。"

"编！继续编！"敖炽恨不得一巴掌扇到她嘴上，"那时我与老家伙关系恶劣得很，他恨不得绑了我亲手打死我。对他而言，东海龙族的荣耀与体面才是一等一重要的事，怎么可能为我低头去求天帝？再说，一龙做事一龙当，虽然并无伤人性命之心，但澡是我洗的，湖是我毁的，我虽然霸道顽劣，却也做了最坏的打算。天帝老头子派人来抓我，我肯定不会束手就擒，他们有本事降伏了我，之后无论怎样收拾，哪怕押我上吞妖台，我都认；但若打不过我，莫说收拾我，连他们天界自己的脸面也保不住。那时我等了好些日子，都不见有谁来找麻烦，可见天界那帮老东西本就不愿意因为一个玳洲城跟整个东海龙族结下梁子。"

这么说，也是有道理的。

如此久远的往事，从一个与我们敌对的陌生人口里说出来，本来一个字都不该相信，可是当她连子淼都搬出来时，我本来就不安稳的心不禁又往更低的地方沉了一截，脑中居然浮出了东海龙王与子淼同往天帝殿的身影，看到他们义无反顾地越过巨大的殿门，消失在缭绕的烟气之中……

有那么一瞬间，我竟信了这一段"插曲"，只是若真有此事，那龙王与子淼究竟对天帝说了什么，才保得敖炽平安？哀求？威胁？还是交易？

心实在静不下来，一团乱麻扯不开，这老太太的厉害之处原来并不只当影后骗得敖炽神身相离，还能以只言片语乱人心思……

突然间，我觉得与她的相遇不是偶然，不是我们运气差，而是缘分太深，注定相见。

这感觉，随着她投向我们的每一个从容不迫的眼神，变得越发强烈。

"你如此分析，不更证明了我说的话吗？"她笑看着敖炽，"若你不是龙王之后，若你背后不是整个四海龙族，若你不是足够强悍，这平安无事的好处又怎能落到你身上？"

敖炽冷笑："你还是不明白我说的话。"

她不解："我以为我已经很明白了。"

"你以为我在为这'好处'庆幸吗？你以为我不喜欢天界里那帮老家伙的原因，仅仅是我身为东海龙王继承人的优越感跟我心高气傲的坏脾气？"敖炽一脸看不起她的样子，"那你才真是小看我了。当年他们若真能为了玳洲城的百姓，不论中途遇到何种阻挠，哪怕是我爷爷的求情或是来自四海龙族的压力，都不为所动，无论如何也要拿我受罚以正天威，我反而要敬重他们几分了。我虽说会反抗，但没有负隅顽抗死不悔改的意思，不过是我这个家伙呀，从小到大要面子，你们天界说抓就抓了，我身为龙王后裔，连屁都不放一个，未免窝囊了。"说到这儿，他不禁从鼻子里嗤笑出声，"可是天界始终没对我动手，白白失了一个让我尊敬他们的机会。"

老太太听罢，轮到她微微一怔了。

知道敖炽的人，都说他骄横跋扈、狂妄自大。这看法倒也不算错，只是得离他很近的人才能看到，东海孽龙的狂妄，恐怕是他身上最难能可贵的品性，有了这般不沾邪祟的狂妄，他方能行事光明磊落，遇困百折不挠，于千百年岁月里与我不离不弃，笑傲江湖。

我垂眼一笑，对老太太道："你看见了，阴阳怪气、话里有话，在我们夫妇面前都是多余。今天既狭路相逢，我们打也打过了，你诡计也得逞了，天也亮了，倒不如心平气和坐下来喝杯茶，叙叙旧。如果你真是来自玳洲城的故人的话。"

"坐下来？我这个样子怎么坐！"敖炽愤怒地瞪了我一眼，又飘到他的身体前左看右看，越看越生气，转身指着老太太的脸，怒道，"说了一百次我压根儿就不认识你，你到底是哪里钻出来的老东西！"

老太太迎着他暴怒的视线，居然苦笑了一下："你还记不记得三尾呀，敖大哥？"

◇ 贰 ◇

"敖大哥！敖大哥！等等……等等……"

盛夏午后的阳光令玳洲城最繁华的大街上都没有多少行人，连往日里忙于招揽客人的各间店铺都半掩了门，偶见一两个恹恹的店小二倚在酒馆食肆门口，一边擦汗一边象征性地招呼几声。

这种天气里，人人都恨不得当一只匍匐不动的乌龟，只等到太阳落山才勉强动一动，现下恐怕只有那灰衫少年郎跑得像只虚弱的兔子，使劲追赶前头的某人。

高出他整整一头的男子突然站定，由他匆匆撞到自己的背脊，再狼狈地反弹到地上。

少年"哎呀"一声喊了出来，屁股摔疼了不说，手掌也被粗粝滚烫的地面划破了皮。

面前俯视他的年轻男子摇晃着折扇，紫色绸衫随着他的每一次动作微微摆动，只怕是衣料太好，带出的每条褶皱都自有一股行云流水之美。且这浓紫之色本身并不适合炎夏之时，寻常人穿了只怕多投一眼都扎眼睛，但偏在这人身上大不一样，光线炽热如此，居然都难以消减那一身的幽然清凉、自由自在。再说此人身形高健，背脊挺拔，姿容丰朗出众，真是任谁看了都忍不住要感慨一句"世间竟有此等神仙人物"。锦衣华服佳公子并不鲜见，但唯有他，并无"年少不知春衫薄"的风流倜傥，倒是拿一句"紫气东来，贵不可言"才更与之匹配。毫不夸张地讲，这样一个人站在你面前，哪里还有什么夏日骄阳，他就是此刻最明亮显眼的存在。

"敖……敖大哥……我……"少年坐在地上，都不敢随便爬起来，似犯了天大的错，理不直气不壮地望着眼前的人。

啪，折扇被重重收起，指着少年的脑袋，恼怒的声音劈头盖脸而来："你有病啊？都说了不要跟着我！你是狗皮膏药投胎的？"

"那个……我……"少年不知所措地嗫嗫着，连手都不知要往哪里放，慌乱地在身上乱摸一气。

男子嫌弃之色愈加明显，从鼻子里哼了一声，转身便走："再跟着，打死你。"

"不是……我只是想把这个给你！"少年的声音总算大起来，焦急之下也有力气爬起来了，"敖大哥留步啊！"

男子停住，不耐烦地回头。

脏兮兮的手上捏着一只比拇指大不了多少的小葫芦，葫芦腰上拴着红线，红线末端系着一枚铜钱，像个尾巴一样晃来晃去。

"我跟隔壁的老道求来的，保平安很厉害的。"少年小心翼翼道，"敖大哥是能武之人，少不得刀光剑影的日子，这护身符随身带着，也不占多少地方，总能有点儿用处。"

男子皱眉："你追我八条街，就为了给我这个？"

少年连连点头："不曾想到这么快又在玳洲城遇到敖大哥，实在惊喜。"

男子撇撇嘴，又看了那小葫芦两眼，想了想，接过来。

见他肯收，少年喜不自胜，连身上的疼痛都忘记了，又道："葫芦本是人间最吉祥之物，铜钱红线又可辟邪驱魔，老道还放了一道霹雳金光咒在里头，说贴身带着定能逢凶化吉，诸事顺意。"

男子将葫芦在指间转来转去，看得甚是仔细："找老道求的？也是花了钱的吧？"

少年点头，但又担心他误会老道是骗子，忙解释："也没有给多少，老道制护身符也是损耗了元气的，给些银钱让他买些吃食补补身子也应该。"

"你都不知能不能再见到我，就花钱买了这玩意儿？"男子的目光移到少年身上，映入眼帘的只有一身粗布衣裳，裹在那瘦削矮小的身子上更显寒酸。

少年不好意思地摸了摸后脑勺："我天天跟上苍祈求能让我再与敖大哥重逢，救命之恩不能不报，哪怕敖大哥什么都不缺，我的心意总要送到才可安心。"

"说了一万次了，我没想过救你们，那天只是我心情不好才出手教训那帮蠢材。"男子一脸的后悔莫及，"早知这么烦人，还不如让那帮人弄死你们。"

他说的是真心话。

早知会遇到这么一个膏药精，那江九娘做的瓦罐焖鱼再好吃，他也不会去光顾。

◇ 叁 ◇

江九娘是个自称年过半百的妇人，在玳洲城外的百花坡开了一间茶寮，紧邻风光秀丽的断湖，生意颇兴隆，尤到天清气朗之时，慕名而来的客人不计其数。不过来者却不是为了喝一杯茶，而是为了玳洲城独一份儿的"九娘瓦罐鱼"。

天晓得这江九娘是从哪里学来的厨艺，竟将一道看似寻常的菜做成了远近闻名的金字招牌，引得饕餮客们念念不忘，隔三岔五便要来一饱口福。

玳洲城中食肆无数，好几间顶级的大店都来邀请过江九娘，希望将她收入麾下，或者若她不愿屈居他人屋檐下，好歹能给出这道菜的烹饪法子，再贵他们也买。但江九娘一律拒绝，说自己不过一山野村妇，过惯了清静日子，实在不愿往那人多的地方去；菜谱也是不肯给的，说江九娘做的菜那就只有江九娘能做，任凭来人好话讲尽都不肯松口，还直言若再来打扰，她便熄灶收刀，从此只卖茶不做菜。见她强硬至此，再无人敢提，心说这般气势的妇人也是罕见，哪儿像个没见识的乡野村妇，瞧这整间茶寮里外就她一人打理，从无手忙脚乱之时，杯碗桌椅无不收拾得干干净净，算账收钱从无差错，实在是做生意的一把好手。

再看她本人，不但手脚麻利做事干脆，对自己的仪容也从不忽略，衣裳永远素净得体，头发挽得一丝不乱，薄施粉黛一番后，倒是个风韵仍在的娘子，哪里有半分老态。怨不得一些食客总是边吃喝边打量她，暗地里还说她肯定乱讲的年岁，哪里可能是个半百之人。有好事者曾当面问过她，她却笑言自己的确年过五旬，赞她年轻不过是大家给面子罢了，好了好了今天吃得可还满意，要不要再来一杯茶——每次都是这样，把他人的疑惑不动声色地化解掉。

一个为人处世面面俱到的女人实在很博好感，无怪生意越发兴隆了。

他第一次光顾江九娘的茶寮，大约是在一年前，那天跟今天差不多热，地面烫得都不能打赤脚。直到夕阳西下，他才披着一身余晖，摇着扇子懒洋洋坐到已无食客的茶寮里。

"客官来晚了，茶卖光了，鱼也吃完了，连小菜都没有了。"听到动静，正在里头刷碗的江九娘头也不回道，"想来挂在门口的'歇'字牌太小您没瞧见，明日再来光顾吧。"

他打个哈欠，眼皮都懒得抬一下："茶没了，热水总该烧一碗，鱼没了，你就不会再去捉吗？断湖里头多的是。"

刷碗的动作暂停了一下，然后就是她的笑声："那就抱歉了，我江九娘说几时歇息就几时歇息，想喝茶吃鱼，还请客官移步别处。"

"我偏不去别处，这顿晚饭就要在你这儿吃。"他一收折扇，往旁边的木凳上一敲，那凳子便遭了大劫，四分五裂倒在地上。

里头依然是刷碗的声音，连伸个脑袋出来看看的场面都没有。

他朝里头瞟一眼，冷哼之下，另一张木凳也"死无全尸"。

"我饿了，要吃饭。"他的折扇一下又一下地敲在桌子上，看似无聊，实则威胁。

半晌，见里头仍然没有动静，他皱眉："不做我生意，那就别做生意了！"

话音未落，手头的扇子转眼就要重重落下去，却不料被一张突然飞出来的湿漉漉的洗碗布打飞了。

他看看落在地上的扇子，还未来得及转头，一只手已准确地拧住了他的耳朵："撒泼都撒到我身上来了？"

这时的画面就很有意思了，挽着袖子的江九娘柳眉倒竖，一手拧住他的耳朵，一只脚霸气地踏在木凳的残躯上，活脱脱一个暴躁亲娘教训混蛋儿子的架势；再看他，霸道贵公子的气派半点儿不剩，只顾着拍她的手，跟个不服气的孩子一样大喊："我都多少岁了你还揪耳朵！怎么一点儿长进都没有！"

"都多少岁了，还学不会有求于人时的正确态度，你的长进呢，被饿死了？"江九娘反唇相讥，手下的力道更重了几分。

"哎呀，你个疯女人快撒手！我不要面子的吗？"他脸涨得通红，眼睛不忘四下探看，确定周围没人才稍微放下心来。

"哼，你也晓得要面子吗？"江九娘终于松开手，又狠狠戳了戳他的脑袋，"好不容易见上一面，喊我疯女人？"

他揉着被揪红的耳朵，愤然道："若不是我耳朵生得结实，眼瞧着就被你揪下来了！哪里有人下这种狠手的，你说你是不是疯女人！"

江九娘笑出来，搬个凳子坐到他身边："揪下来更好，明天便有了新菜，清炒龙耳。"

"呵呵，毒不死你我就不姓敖。"他脱口而出，狠狠瞪她一眼，"都说我饿了，你还不去给我做饭！"

"张口'疯女人'，闭口'你你你'……"江九娘忍不住又戳他的脑袋，"恭恭敬敬叫声表姑婆很难吗？"

他翻了个白眼，一副看不起她的样子："枉你在人界浪荡多年，竟不知人界女子最忌讳被人说老，只有你上赶着要当姑婆，生怕人家不知你年纪大吗？"

"你这死孩子！"江九娘恼得脱下绣鞋作势要打。

他赶紧逃到一旁，指着她举在半空的鞋子道："随意脱鞋更非淑女所为！且只有悍妇才拿鞋子抽人！再不放下，你那点儿仅有的姿色都被败光了！"

江九娘简直要被气笑了，她放下鞋子，边穿边说："就冲你今日对我的冒犯，你以后必然娶一个比我还悍妇、天天拿鞋子抽你的娘子。"

"那绝对不可能。"他撇撇嘴，"在我面前，没有哪个女人有机会当悍妇。"

"世事无绝对，走着瞧呗。"江九娘拍拍鞋面上的灰，抬头看他，"怎么寻到这里来的？"

他不以为然道："就……到处玩儿呗，东走西走，听说玳洲城风光不错，就顺路来看看。"

江九娘笑笑："费了不少心思吧，找了虫人吧？世间能知我下落的人不多。"

"找自家人哪里需要借用外人之力，你也太小看我敖炽了。"他断然否认，反正给钱的时候也没人看见，何况有他的威胁，胆小怕事只认钱的虫人哪里敢跟外人透露半分。

看着他不可一世的脸，江九娘愣了片刻，摇头轻笑："自家人……你忘记我已经被东海龙族除名了？"她的眼神忽地迷离起来，许久都不回忆的过往渐渐涌出，"剜龙鳞，分龙珠，昭告四海，此生永不得入龙域。"

一阵晚风适时而起，撩动她额前的碎发，她下意识地捋了几次，还是捋不整齐。

"就算你现在是个只会在人界刷碗的老女人，你也还是我姑婆。"他坐回她身边，看着天边最后一缕金光，"这些年月过得还好？"

"就是你见到的这个样子，平静安稳。人类没有那么好，也没那么坏，相处起来也是颇有趣的。"江九娘从并不愉快的回忆中迅速抽离出来，伸手摸了摸敖炽的头，"倒是该问你，这些年月过得还好？"

"好啊！哪里会不好！谁还能欺负我不成？"他又摆出惯有的自信，"也不看看我是什么身份！"

江九娘笑："可我听到的传言，是忤逆抗婚不顾东海龙族颜面的孽龙敖炽被东海龙王抓回去关入冰牢思过多年。"

敖炽的脸顿时一阵红一阵白，急忙分辩："可我还是凭自己的本事出来了！老家伙的缚龙锁锁不住我，冰牢也关不住我，四海龙域都困不住我！我想去哪儿就去哪儿！"

"哈哈，你就是这个样子最可爱，跟小时候挨了板子也死不认错的臭脸一模一样。"

江九娘又拧了拧他的脸，仿佛眼前坐着的还是当年那个不知天高地厚的小屁龙。

"够了啊，再拧下去我就把方圆十里的虫子都抓来放你头发上！"他斜着眼睛咧着嘴警告。

"好好，不拧了。"江九娘立刻松了手，神色也正经起来，"跑出来后，他们没再找你？"

"谁敢？"他直言，"反正东海孽龙这称谓在我被老家伙关进冰牢时就天下皆知了，我看现在龙域之内，只要搬出这名号，再不听话的小龙都会乖乖吃饭睡觉了。既然都是连冰牢都关不住的孽龙了，谁还敢来烦我。连老家伙都不管我了。"

"冰牢可是东海之中固若金汤的地方，如果没有别的'原因'，你觉得仅凭你的蛮力能冲破牢门吗？"江九娘看着他自以为是的脸，笑道，"他不会不管你的。"

他微微皱眉，沉默片刻，突然扯大了嗓门："都说八百次了，我饿了！你到底做不做饭？"

"好好，你的生意我还是要做的。"江九娘起身往里走，"鱼是没有了，素菜吃不吃？"

"做得跟你名震四方的什么瓦罐鱼一样的口感我就吃，我对食物要求很高的。"

"得了吧，从前只要是我做的饭，有哪一道你不是连汤汁都要舔干净的。"

"我几时舔过盘子！你是上了岁数记错了吧！"

"少废话，乖乖坐着等吃吧。"

气氛骤然轻松，连四周的温度都友善了不少，风里终于见了凉气，看似仇人相见的开头，却是闲话家常的结尾。在久别重逢这件事上，龙跟人的表现也没什么差别。

敖炽看着江九娘的背影，突然开口："你现在一个人？"

她停住，回头："不是还有个你吗，你不算人？"

"别不正经了。你知道我在说什么。"他盯着她故作轻松的脸，"你会跟东海龙族断绝关系，不也是为了个外头的男人抗婚不嫁吗？我一直好奇到底是什么人有这么大的吸引力，可以让龙王的表妹、尊贵又骄傲的龙族公主，宁可抛弃龙族身份也要去找他。"

她站在那里，又习惯性地捋了捋那几丝怎么也捋不好的碎头发。

"他死了。"她笑了笑，平静得像在说饭煮好了。

敖炽愣住。

他是很喜欢这位表姑婆的，记忆中只有她做的饭菜会被年幼挑食的他吃得干干净净，也只有她会跟个大孩子一样带着他躲在宫殿的大瓷缸里故意吓唬人。每当他因为淘气被龙王打了屁股，除了贝嬷嬷会心疼他，便是这表姑婆了，她总是想方设法拿出好吃好玩的逗他开心，偶尔还会带他偷偷到人界玩耍，两个人坐在可以俯瞰一座城池的高地上，边吃烤鸡边看夜景。

年幼的他不止一次问过："为何别的表姑婆表姑什么的都嫁人了，你还不嫁人呢？"

她总是戳他的脑袋，说因为她只想当自己，不想当别人。

那时的他肯定是不懂的，直到多年之后，他自己被硬塞过来一位东海三公主，红烛高烧拜天地时，他才突然懂了她当年的话。

记得那天他扬长而去时，背后传来的是龙王气急了的怒吼："孽障，我们哪一个不是这么过来的！冬耳哪里配不起你！"

抱歉，她不是配不起我，只是我不喜欢她罢了。他只在心里说，然后越走越快，一分钟都不想待在这个喜气洋洋的婚礼现场。

身为东海的龙，身为龙王的后裔，他的生命轨迹就应该跟所有身份相似的同族一样，按照既定的规矩走下去，要有怎样的品性，要有怎样的本事，要跟谁成婚生子，不可以有半分违逆。"自己"是不重要的，重要的是"别人"。别人期待你是一个堪当大任的龙王继承人，别人期待你足够稳重聪慧，别人期待你娶了东海三公主从此琴瑟和鸣，别人期待你的一生都不要让他们失望。

可是，在所有的期待里，为什么没有一个人问过他，敖炽啊，你想拥有怎样的未来？

除了表姑婆。他清楚记得在人界的某一天，喝得醉醺醺的她一边拿他当拐棍挂着，一边对他说："炽炽啊，你要活得像自己，调皮、霸道，又善良，还有那股让你永远都不会被打败的坚韧。"说完还打了个酒嗝，熏得他差点儿晕过去。

可是，她自己呢……到头来一切的努力与牺牲，只是换来一句"他死了"吗？

夕阳终于彻底落下去，灯火照亮在灶台前忙碌的她。洗菜切菜，下锅翻炒，一切都无比熟练，但总有那么几个瞬间，敖炽觉得她真的是老了，可能是在她用袖子擦汗时，可能是她在弯腰舀水时下意识拿手捶了两下腰时，也可能是她在油烟中短暂失神的样子，但最可能的，是想到每天她歇业关店时，是否都跟今天一样，一个人刷碗，一个人收拾，一个人走向归家的路。

可是，她曾经是东海龙族最尊贵的公主啊。

他觉得自己应该早些来看她。

若不是出了冬耳这档子事，只怕他不会想起这个与他经历相似的表姑婆，毕竟她离开东海太久了。

那天之后，他便成了这里的常客。

不得不承认，如今的江九娘至少在厨艺上没有退步，她做的瓦罐鱼的确当得起玭洲城第一美味。

他没有再追问有关那个男人的任何事情，只当她的侄孙跟客人，吃饱喝足就好，心

三尾

情好的时候他还会留下来帮她刷碗收拾，然后提着灯笼送她回家。路上，他们跟许多年前在东海时一样，嘻哈打闹，乱唱小曲儿，互相讲着并不好笑的笑话却笑成个傻子，把夜色里的寂寞都给吓跑了。

"不要跟任何人说你在玳洲城遇到了我，绝对不要。"这是她对他唯一的要求。

"我才懒得说呢。"他哼了一声。

知道她还活着，日子过得也还行，就够了。

反正他也不打算回东海，就继续四处玩耍呗，只是每隔些日子，他便要回玳洲城看看她陪陪她，当然借口永远是想吃瓦罐鱼了，并不是专程来看她这个表姑婆。

所以啊，被这个狗皮膏药缠上，江九娘也多多少少该负点儿责的。

◇ 肆 ◇

没记错的话，那是半年前的事了。

那天冷得很，下了小雪，茶寮没什么生意，零零散散几桌客人罢了，其中一桌全是外地人，准确地说，连本土人士都不算，个个金发蓝眼，高鼻深目，皆客商打扮。几匹毛色很差的马驮了行李拴在外头，焦躁地挪着步子，不时做出想挣脱缰绳的动作。

商人们自己带的肉食，让江九娘煮熟即可，连调味都不需要，端上来便一人撕一块大嚼起来，买的茶也一口不喝，只喝他们自带的烈酒，散出的酒气谈不上多香，但足够浓郁，隔着老远都能闻到。

其他桌的客人时不时往他们这边偷觑一眼，毕竟玳洲城远离皇都，比不得别的繁华城池，平日里少有这般模样的外邦商旅，也是稀奇。

那些人倒不理会别人的眼光，自顾自喝酒吃肉，时不时用众人听不懂的语言交谈几句。

敖炽坐在离他们最远的一桌，慢条斯理地挑着江九娘专门给他做的鱼，视线却投在茶寮外的马匹上。

江九娘又端了一碗热汤出来，筷子敲在他头上："吃个饭都东张西望的，要是在东海的饭桌上，又要被你爷爷打手心了。"

"你看不见？"他喝了一口汤，朝马匹那边努努嘴。

江九娘顺着他的嘴看过去："不就是几匹马？没养好，瘦巴巴的，毛色也不亮。"

敖炽扭头看她，又伸手在她眼前晃了晃："你眼睛没事吧？"

她打开他的手："自然是没事。"

他想了想，恍然大悟："哦对了，你现在只有一半龙珠，除了保你容颜不衰长命百岁之外，便再别的好处了。"

江九娘一愣，笑笑不说话。

东海龙族的规矩，凡被"除名"之龙，不论是被赶出去还是主动放弃龙族身份，都要当众自剃九片龙鳞，再由一把断龙刀将龙珠一分为二，一半留东海报生养之恩，一半留自身保性命不失。只得半颗龙珠的龙，踏出龙域便化人形，虽可青春不老寿命绵长，但再无任何法力，泯然众人矣，且不可再变回龙形，一旦重归龙形，必引天雷相击，狂雨为祸，不死不休。

这是龙族千万年来的规矩，也是警告。

旁人看来，并没有哪条龙会蠢到放弃龙的身份，比起不过数十载生命，百病皆可生的人类，抑或是生命虽长但始终被视为异类的妖怪，龙实在要胜出许多，连素来高高在上的天界诸神亦要给龙族几分面子，不敢随意凌驾其上。尤其东海龙族，身份贵重，兵强马壮，又与天界渊源颇深，东海龙王见了天帝，连下跪行礼都是不必的。简单地讲，东海龙族这个身份，生来便贴上了令无数人羡慕的标签，哪怕是东海地位最低的一条龙，也不是别族可以随意欺负的对象。所以，在敖炽的记忆里，被驱逐出去的同族不算少，个个痛哭流涕拼命哀求不要成为东海的弃儿，而主动且正式放弃这个身份，还走得面不改色毫不留恋的，只有他这个表姑婆。

不知道这么些年过去，她可有丝毫后悔？

如今的她只能看到几匹烦躁的马，却不曾见到在每匹马的身体里用力挣扎痛苦不堪的人形虚影，依稀还能看出有男有女，仿佛被困在瓶中的老鼠，无论如何都难得自由。

"死孩子，不用你提醒这些。"江九娘回过神来，打了他一下，"你到底看见啥了？"

敖炽咂咂嘴："不就是那些马身上的毛太乱太糟糕，你没看见上头有多少跳蚤吗？"

既然她选择离开，那就别再拉她回来了吧。

"我都是个老眼昏花的妇女了，你还让我隔这么远看跳蚤？"他脑袋又挨了一筷子打，江九娘收起被他吃空的碗盘，"剩下的菜都吃光，一点儿都不许剩下。"

"知道了知道了。"他不耐烦地应着，嘴里喝着汤，眼睛却始终盯着那群客商与他们的马匹。

他眼力自然是极好的，不但看出马匹有问题，还看到驮在马背上的某一袋行李下似有活物，蠕动了几下便没了动静，却不知是猫还是狗，或者是别的。

"一群妖人……"他喝下最后一口汤，不屑地嘀咕。

他跑来人界也不是一天两天，见过的人不算少，善良憨厚踏实生活，得了点儿小恩惠便感恩戴德的有不少，心高气傲自命不凡想以种种手段呼风唤雨甚至操控他人命运的，也有。只是他对别人的生活方式毫无兴趣，游荡人间只为好吃好玩，舒舒服服地呼吸东海龙域之外的空气。

可是，把好端端的人变成马来驱使，未免也太过分了些。

他正想着，那桌似乎有人注意到了他在看他们的马匹，顿时便警觉起来，其中一个大胡子将碗一放，指着敖炽，以生硬的腔调质问："你在看什么？"

敖炽瞟了他一眼，懒得理会。

大胡子觉得折了面子，一拍桌子站起来："我问你这小子在看什么！"

敖炽端起茶杯，毫不客气地回敬："我坐在我的位子上，自然是想看什么看什么。倒是你，吃饭就吃饭，盯着大爷我看什么，妒忌我比你长得好看？"

大胡子自然是气极了，想来也是个横行惯了的主，哪儿能被这年轻人压下一头，当即要过来教训他，却被两个同伴拉住，又对他嘀嘀咕咕说了些什么，这才气哼哼地坐了回去，把没吃完的肉当作敖炽，狠狠咬了一大口。

不多时，酒足饭饱的一群人留下饭钱起身离开，临走时，那大胡子还不忘朝敖炽狠狠地剜了一眼，并比画了一个抹脖子的动作。

他假装没看见，继续慢条斯理地挑盘子里的鱼肉。

一行人的马蹄声消失后，他咽下最后一块肉，扭头对还在灶前忙碌的江九娘道："老太婆，我吃完了，一点儿没剩。你自己忙，我出去玩玩。"

"你说什么？"江九娘没听清，探出头来问时，敖炽的位子已经空了，桌子上只留下一堆连残渣都没留下的碗盘。

"说不见就不见了。"她皱眉，缩回去继续炒菜，忽然又笑出来，"答应了就一定做到，小时候这样长大还这样……挺好，晚上给他加菜。"

一个人在玳洲城太久了，看到他来，其实真恨不得把手里能找到的最好的东西都给他。

她一边炒菜，一边抬头往茶寮外头望，断湖的水在冬天的阴霾里显得特别浑浊，但是无论天气多冷，断湖都不会结冰。

她望得入神，差点儿连菜都炒糊了，幸好抢救及时，她不禁暗骂了自己几句，却又忍不住往断湖再看几眼，也不知有何可看。

而此刻，在与玳洲城方向相反的山路上，四条汉子东倒西歪地瘫在地上，几把形状怪异又邪里邪气的白色骨刀分别插在他们的大腿和胳膊上，伤口倒是不见血，只有一股黑气缭绕而出。

那几人又惊又怒又痛苦，却连伤口都不敢碰，一个个难受得脸都变了形。

花大力气炼制的陨生刀，历来一刀殒命断无生机，寻常人莫说中刀，便是摸一摸也会手掌化灰无药可解，谁知落到这个人手里，却跟稚子手中的玩具一般，不但毫无杀伤力，且根本不听他们指挥，一个个随了他的心意，齐齐扎回到他们身上，真是该死。

"蛮夷邪术，不堪一击。"敖炽冷眼相视，一个黑漆小瓶被他上下抛玩。

"这位少侠，你我无冤无仇，何必大动干戈？"四人中年纪稍长的一个放低姿态，忍痛求饶，"今日若能给我们留条活路，我们随身所带的珠宝金器，必悉数奉上，只求将瓶中药赐还！"

方才他们中刀倒地时，便是此人迫不及待地从怀中掏出这黑漆瓶子，可惜还没来得及打开，便脱了他的手，直直飞到敖炽手中。

打开瓶盖，里头不过几粒暗红色的药丸，味道很是腥臭恶心。

看那刀伤就知道，邪物之伤还得邪药治，他们不敢拔刀，只怕是拔了会死得更快。

他一手捏着药瓶，一手捏着鼻子，想也不想便用力一甩，这"救命药"转眼飞出老远，落到密林之中无迹可寻。

见状，几人惨叫一声，竟比死了还难受。

"我不缺钱。"敖炽嫌弃地拍拍手，仿佛沾到了无比污秽的东西，"只想跟你们打一架，打赢之后，送你们上路。"

"你……你这小子……"大胡子的嘴唇黑成了炭，浑身颤抖不止，呼吸越发急促，扎在他胳膊上的刀也越来越黑。

"别骂我，省口气还能多活片刻。"敖炽白他一眼，转身走到那几匹马面前，围着它们转了几圈，站定，突然出手，一道世间绝难见的蓝金火焰自他掌中如龙而出，转眼便将几匹马罩在熊熊火焰之中。

不消片刻，马匹消失无踪，地上只匍匐了几个昏迷不醒的男女。

那几人看得呆住，怕是连伤口的痛都忘了。你以为你身怀绝技，可横行霸道，哪知吃顿饭罢了，便应验了山外山人外人……

敖炽探了探那些男女的鼻息，活的，如此便不用管了。

正要离开，那落到一旁的行李又蠕动起来。

他解开行李，发现里头还有个黑色的布囊，只有拳头大小，面上不知道用什么玩意儿画满了红红白白的奇怪符文，大约是感应到了援兵，那活物在里头动得越发厉害。

正要打开布囊，身后那奄奄一息的大胡子拼尽最后一丝力气道："不许动那个！那是我们的……我们的！"

敖炽头也不回道："别傻了，你们今天走过的每寸地方，吸的每口空气，都不是你们的。"

话音未落，他解开布囊，一团白色的小东西混在散乱的光斑里，从布囊中落出来。

东西在地上滚了几圈，光斑尽散，身形骤大，竟是一只纯白的幼鹿……不对，好像不是鹿，鹿怎么会拖着三条长长的猫尾巴呢？

再看这四不像的家伙，身形优美，一身毛发白如皓雪，通身找不到一丝杂色，眼神虽惊慌，但无半分浊气，明眸如星，又自带温柔，虽妖气难掩，但怎么看都像个投错了妖胎的仙物。

敖炽挠挠头，问它："你是什么玩意儿？"

这小妖看看他，又看看他身后已经悄无声息化成一堆黑炭的家伙，怯怯地站起来。

他回头，四块自作自受的"黑炭"在他眼中没激起任何波澜，他若无其事地转回头，又问这小妖："会说话吗？"

小妖点头。

"被抓了？"他打量它，太弱了，区区一个符袋就让它无计可施。

小妖眼神十分黯淡："他们是外邦来的术士。我本在玳洲城中与师父卖艺为生，谁知那晚回居处时，他们尾随而至，三两下便将我与师父捉了。"说到这儿，它惊慌起来，"我师父！我师父还在布囊里！"

"麻烦。"敖炽皱眉，在别的行李里翻了半天，终于翻到了几个一模一样的布囊，放出来的全是修为低下的小妖，老鼠、蝴蝶、小蛇，还有一只独眼老花猫。

得了自由的它们赶紧四散逃命而去，连眼前的救命恩人都顾不上多看一眼，气得敖炽骂它们不懂感恩，难怪修不成气候，活该被人抓了。

见老花猫还有气，小妖这才放下心来，连连跟敖炽说谢谢。

"这就是你师父？"敖炽看着那只半死不活的老猫，"真够寒碜的，找师父也不找个厉害的。"

小妖不敢辩驳，只说："师父待我很好，我们只想在玳洲城中安稳度日，能修成人形已是大大的造化，不敢奢求更多。"

敖炽懒得听它说话，走回到那四块黑炭身边，拿脚挨个踢了踢，不踢还好，勉强还有个人形，一脚下去，黑炭都成了灰，乱糟糟地摊了一地，只剩几套衣裤还完好。

他"咿"了一声，嫌弃地甩了甩脚。

谁知脚尖却踢到了一块藏于衣衫下的硬物，他用指尖拈开那衣裳，露出一个四四方方的黑漆盒子，跟他扔掉的瓶子材质一样。

好奇之下，他打开盒子，里头只是一堆雪白的粉末，隐隐还散着类似梅花的暗香。莫非也是他们的解药？

"那是……三尾粉。"小妖小声说，眼睛却跟着红起来，想掉泪又拼命忍着。

"三尾粉……三尾？"敖炽挠挠头，"哦，想起来了，可'易万物之形'的妖怪？"

小妖点点头，但立刻又道："也没有传说的那么厉害……能易万物之形的同族，我是没有见过的，只听说远古之时有那么一两位先辈曾化山为云，易地为河。到了今时，莫说'易万物'，我们连将自己换个模样的本事都勉强，同族的数量也越发稀少，能偷偷活着已是不易了。"

"你倒老实。"敖炽盯着那一盒粉末，远远嗅了嗅，"你说这是三尾粉？莫不是拿你们制的玩意儿？"

小妖垂下头："正是。自古以来，凡是知晓三尾存在的术士，无不想尽办法捕获我们，生投入火，炼上四十九日，所得三尾粉可有易形之效。"它扭头看看地上的男女，"那几人便是被他们以邪术催动三尾粉化成马匹，甚是可怜，若非恩公相救，及时去了他们身上的恶咒，到三尾效力消失之日，马匹必暴亡，这几人也无生路。"

敖炽看了看那死里逃生的几人："仇人？"

"不过是他们拐来的无辜人。"小妖如实道，"在他们眼中，花钱买匹马还不如用他们的'本事'随便抓个人来当牛做马来得划算。一盒三尾粉，用处太多，足够他们杀人无形，伤天害理。一盒三尾粉，无数三尾魂，可怜我同族们从不作恶，却死无全尸。"

闻言，敖炽将盒子盖好扔在地上，又厌恶地扇了扇鼻子："居然是你们的骨灰……我还闻了……今天是什么鬼日子？晦气！"说罢，起身就要走。

小妖见状，赶紧跑到他身前："恩公尊姓大名，救命之恩不可不报！"

敖炽从鼻子里笑出声来："我可没想要救你们的命，不过是那几个家伙坏了我心情。走吧，下次再被谁抓了，便是活该，弱肉强食也是天道。"

它"咚"的一声跪下，脑袋垂得几乎挨到地面："求问恩公尊姓大名！"

弱是弱了些，脾气却执拗得很，若得不到答案，怕是要跟着跪一路吧。

敖炽绕开它，扬长而去前扔下一句话："本想随便编个名字打发你，可想想本大爷又不是那些个藏头露尾之辈，不如了你个心愿。"

它抬头，眼里只有他挥着折扇大摇大摆而去的背影。

"姓敖名炽，炽热的炽，记住了。"

传回来的声音仿佛应了他的名字，把周遭的寒气都驱散了许多，连雪都不敢再下了。

它站起来，欣喜地在心头默念他的名字。

救命之恩，他不认，它却要记一辈子的。

◇ 伍 ◇

"咚！"

拴着铜钱的小葫芦被扔到地上，无奈地弹了好几下才骨碌碌地滚回到少年身边。

"我才不要这么傻里傻气的玩意儿。"敖炽抬头望天，厌烦地举起扇子挡住阳光，"莫再跟着我，赶紧滚回去做你的生意，多赚些钱，否则他日再有人诓你买这买那，你连上当的资格都没有了。"

真是的，今天就不该往那牡丹园里去，怪自己贪热闹，瞧那园子里头唱戏的耍猴的驯鸟的胸口碎大石的，满是江湖艺人各展所长，也不是多新奇的玩意儿，但一听到此起彼伏的掌声喝彩声，他便忍不住溜达过去瞧两眼，就想看看是不是真有这么厉害。

嘴里说着无聊透顶，手里却乐此不疲地将竹圈扔出去套那些不值钱的奖品，在他看来，得到一个粗制滥造的手镯的过程倒比龙宫之中任何一颗稀世明珠都有意思。

不过镯子什么的他是不要的，随手便扔给身边的一个姑娘，也不管人家要不要。

得了礼物的姑娘自然是惊喜的，且迅速红了脸。

说来也不是第一个姑娘为他脸红了，反正只要在街头走一圈，偷瞄他的女子总是接二连三，从不缺席。有一回甚至被个媒婆打扮的妇人扯住，连声问他"公子贵姓公子贵庚公子何方人士公子有否婚娶"……若非看她是个女子又上了年纪，他断不会只是从旁边的摊位上抓个梨子塞住她的嘴这么轻巧。

娶妻？是人界不好玩还是瓦罐鱼不好吃……他连姿色冠龙族的东海三公主都不要。天上地下独我一人，无牵无挂来去自如，不比什么都开心？

眼前这班花痴女子固然不入他眼，但不远处那里三层外三层围满了观众的小戏台倒是值得一看。

一台"仙女下凡会情郎"的皮影戏正在那五六尺长的白幕上演得热闹。

他挤进去观看片刻，顿时明白为何整个牡丹园里只有这处的喝彩声最高。

那跳跃翻腾于幕后的皮影，真真是栩栩如生，仿佛真是天上仙女缩小了身子，来人间为众人跳舞助兴。背后的胡琴也拉得很好，虽然只得这一种乐器，但也甚是欢快。

再看这小戏台两侧，都拿布挡了，还挂了纸牌曰"闲人免进"。

他饶有兴致地看到落幕，掌声之中，又见一老一少两人自后台而出，老头瞎了一只眼，只管对众人作揖致谢，身旁那清瘦少年则反捧着铜锣求打赏，观众也不吝啬，铜钱叮叮给亲爱的浆糊与未知：

　　小家伙们，世界上的童话与现实从来各占一半，不论人类还是天神，大家总有50%的几率遇到好的，或者不好的，有人会爱你们，有人会伤害你们，顺境逆境，难免起伏，所以你们一定会问我，那要怎么办，可是妈妈不能像解数学题一样，给你们一个万无一失的答案，只能说，你们是在十二块神石的陪伴下出生的孩子，希望与勇气，开朗与慷慨，诚实与善意，不但是藏在石头里的力量，也是上天赠与你们的武器。

　　作为你们的父母，我们不会给你们金山银山，也不给你们英俊的王子美丽的公主，如果你们想要，请自己去努力，我们只希望能在一家人共同生活的每一天里，送给你们一颗永不绝望的心。

有了这样一颗心，不论你们身在如何糟糕的沼泽，它都会把你们带回光明的路上。

加油吧，你们是经历了无数沧桑冷暖，身经百战而不死的老板娘的血脉，是骄傲地守护着这个世界，无畏无惧的东海敖炽的后裔，是最可爱也最坚韧的，龙与树的孩子。你们应该比任何人都懂得，要如何去爱这个世界，更要懂得真正的爱，不伤人，也不伤己。

最后，谢谢上天把你们送到我们的生命里！

—— 爱你们的爸妈/娑椤·敖炽 ♡

当当地落进来。

空气中有一丝丝似曾相识的味道。

敖炽看看那独眼老头，又望向正对众人点头哈腰的少年，忽然想起了什么，笑了笑，摸出一块小银锭子扔进他的铜锣里，转身离开。

这一老一少也是没长进，都在玎洲城里被抓过一次了，还敢留在这儿讨生活。不过人形化得还不错，几乎是没有破绽的。

他前脚刚出牡丹园，后脚便有人追上来，大喊：“敖大哥！”

算了，就打个招呼吧，来都来了。

他停步，回头，将追来的少年上下打量一番：“你不照应生意，追上来做什么？”

“真的是你啊敖大哥！”少年兴奋得要跳起来，“一眼就瞧见你了！”

“嗯，瞧见就行了，我走了。”敖炽实在没什么话想同他讲，眼见着太阳越来越大，只想找个凉快地方喝酒吃肉去。

少年急了，一把扯住他的袖子：“敖大哥留步，我有东西要送给你！你稍等片刻！”

然后他便匆匆跑回，再出来时，哪里还有敖炽的影子。

再然后，便发生追了敖炽八条街这件事，只为了给他一个可以保平安的小葫芦。

其实是花了不少钱的，老道说越贵越灵验，少年几乎是倾其所有买回来的，小心收在放皮影的箱子里，只求与恩人重逢时，能亲手交付自己的一片谢意。

可现在……谢意却成了他口中不加掩饰的愚蠢。

肯定是有些伤心的，少年起身将葫芦拾起来，往心口上擦了擦，但很快便将堵在心头的失落与尴尬压了下去，他告诉自己，敖大哥这种强悍到不用将任何人任何事放在眼里的人物，不将一个葫芦放在眼里也没什么奇怪的，倒是自己太莽撞了，一个葫芦怎么拿得出手？

“不要再跟着我了！”他冲少年挥了挥拳头，转身，加快脚步离开。

来往的路人中谁都没有留意到这个攥着葫芦、失望地站在街头的小个子少年。

他原地站了好一会儿，在烈日下艰难地消化着自己的情绪，除了真诚的感谢之外，他真的很佩服，甚至崇拜可以拥有这么强大力量的人。他没有跟任何人说过，包括他的老猫师父，如果有朝一日能成为敖大哥那样厉害的角色，此生便无遗憾了。但有时候，愿望跟笑话可能没多大差别，他擦了擦额头的汗珠，苦笑一下。

等等，送葫芦虽然很傻气，但如果求敖大哥教些厉害的本事，会不会更是痴人说梦？

太阳越发毒辣，却将胆量晒了出来。

不能就这样回去，若就此打住，再见又不知是何时了。

他突然有了力气，什么失落失望统统暂抛脑后，他朝着敖炽走的方向追过去。

在回到茶寮的路上，敖炽忍了又忍，才打消露出原形一口吞了这不听话的小妖怪的念头。

这小妖也算独一份儿了，从没有谁敢对他敖炽的严令禁止充耳不闻，可是一见他在自己身后战战兢兢偷偷摸摸的样子，讨厌之余又有点儿忍俊不禁，什么三尾，原来世上还真有膏药怪。

回到茶寮已是傍晚，迎面又是一块洗碗布飞过来，江九娘又腰叉斥责："才回来几天，又不打个招呼便跑了！"

"我几时来几时走，需要跟老太婆你打招呼吗？"敖炽接住洗碗布，扔在桌上，"饿了，快做饭！"

"做个鬼！那边一堆碗还没洗，留给你的，不洗干净休想在我这儿吃饭。"说罢，她脚尖一挑，一块小石头飞过来，正好打在敖炽的屁股上，疼得他跳起来大骂。

不等二人吵闹起来，一个人影飞快地蹿过来，捡起洗碗布便朝里跑，吓了江九娘一跳，追过去时，一个陌生少年已然蹲在一堆脏碗前头，挽起袖子卖力地洗起来。

一头雾水的她脱口而出："这位小哥哪里冒出来的？我可没多余的银子请人洗碗。"

少年回头，不好意思道："虽然不知您跟敖大哥什么关系，但……反正……嗯……以后该他做的所有活儿都由我来吧。"说罢又立刻埋头洗碗，十分仔细。

"啊？"江九娘一愣，旋即笑出声来，走回到敖炽身旁，"你上哪儿捡到这么好的跟班？"

"我方才差点儿吃了这不怕死的小妖怪。"敖炽懒洋洋地回答。

"是妖怪啊？"江九娘啧啧道，"能成人形应该修为不低了，怎的还一副懵懂小儿的傻样子？"

"你也觉得他傻兮兮的对吧？"敖炽翻个白眼，"一只三尾。半年前我在附近的山路上教训几个不要命的狂徒，顺便把它跟它的老猫师父从符袋里放了出来。本没当回事，谁想今日在牡丹园闲逛时又遇到这师徒俩，然后便被这小妖缠上了，又送护身符又跟踪的，烦死人。"

江九娘弹了一下他的脑门："知恩图报是好事，你还不领情。"

"我不用谁报答我，我没想过救谁。"敖炽不服，"但既然都跟到这儿来了，你就当免费得个帮手吧，以后什么脏活累活都交给他。"

"胡说八道。"她朝那边瞟了一眼，"三尾这种妖怪已经不是很多了，心术不正之人很喜欢抓它们炼成三尾粉，做易形之用，真是卿本无罪，怀璧其罪，也是可怜得很。"

"你对这妖怪挺了解？"敖炽好奇道。

"我年岁比你大得多，还比你好学很多。"她颇为自得，坐下来又说，"每只三尾出生时都如白鹿，有猫尾，无性别，从里到外干净得跟白纸一般，长成后不但有改变外物之形的能力，也可以随自身意愿，将自己化成任何模样。不过它们能力有高低，弱的三尾顶多把一个茶碗变成一朵花吧。但自化人形对它们来讲就稍微容易一些，毕竟这易人易己的能力，天生便胜过其他妖怪。我在人界多年，一只三尾都没遇到过，这缘分倒给你碰上了。"

"狗屁缘分，谁稀罕谁拿走。"敖炽不屑地说，本来还想说你就剩半颗龙珠，就算放一百只三尾在你面前你也没有辨认的能力，但终是咽了回去。

她笑起来："对他有恩的又不是我。"顿了顿，她伸手揽住敖炽的肩膀，看着前方，说，"你可能只是还不习惯有朋友。"

敖炽微微一怔，旋即一晃肩膀把她的手甩下去："不知道你在说什么。朋友是啥？好吃吗？能吃吗？怎么吃？"他的目光里忽然有了少见的深沉，"东海孽龙需要朋友吗？不需要。只要遇到的每个人都怕他，不敢惹他，那就够了。"

她望着敖炽的侧脸，良久才叹了口气："你这脾气啊，总会有人帮你改改的。"

"没有谁能改变我。"他朝三尾那头努努嘴，"倒是你，以后可能会被烦死。"

"怎么会，初次相见，我已经对这个小三尾很有好感了，多可爱的孩子。"她笑眯眯地说，"纯如白纸之辈，无论是人类还是妖怪，都特别珍贵。"

"纯？我看是蠢吧。"敖炽气鼓鼓地站起来，"就你人老废话多，既然不做饭，那我走了。"

"喂喂，你……"

不等她说完，敖炽"咻"的一下没了踪影，座位上只留下他忘记带走的折扇。

"唉，又是说不见就不见，这孩子的脾气，早晚吃亏。"她捡起折扇，面有忧色，但旋即又微微一笑，"以你的本事，若真是厌烦，焉能由得这小妖怪跟着你到这里。"

她起身走到三尾身后，他还在认真刷碗，都不知敖炽已经无影无踪了。她转头看看尚有光亮的天空，笑："想让我照管他就直说呗，多个帮手我何乐不为。"

听到她的动静，三尾回头，抱歉道："很快就洗好了，您再等等。"然后他咬咬嘴唇，下了很大决心才问，"那个……不知您是敖大哥的哪位亲眷？我瞧您方才对他十分不客气……"

她扑哧一笑，清了清嗓子："我是他姑婆。"

他大吃一惊："姑婆？可是您看起来并没有那个年纪啊！"

"你看起来也不过十五六岁，可你真是这个年纪吗？"她反问。

他一愣，旋即恍然大悟，又小心翼翼道："我修为太低，不知您跟敖大哥是……何方神圣？"

"你猜。"她故意逗他。

他认真想了好一会儿，说："都说千年狐妖不但道法高深，无论雌雄都姿容出色，莫非你们是狐狸？"

"哈哈哈。"她眼泪都差点儿笑出来，"亏得你敖大哥已经走了，否则被他听到你说他是狐狸精，今天非把你炖锅里不可。"

"啊？敖大哥走了？我还有事想跟他讲的。"

"跟我讲也行。"

"可是……"

"先把碗洗了。"

"是……"

◇ 陆 ◇

夏去秋来，冬雪春风，敖炽四方游走，方发觉人界有趣之地着实太多，山水城郭间，繁花似锦地有之，清幽淡雅地有之，就连各地河川湖泊也自有妙处，或暖或凉，有江河色如沉金，亦有湖水如抱碧玉，不论在哪里沐浴畅游，都甚是舒心。只是苦了那些常年安于水下的精怪们，家中无端来了一条惹不起的龙，搅得水上水下波涛汹涌，十分难受，只盼着他玩够洗好早些离去，还个清静。

至于玳洲城，离开的头几年，他一年里还是要回去两三次，自然也是看看那老太婆是否安好，茶寮有没有人来捣乱，不过每次现身都是挑三尾不在的时候，横竖是受不了这块狗皮膏药。

江九娘倒是对三尾赞不绝口，说这孩子又温柔、又善良、又勤快，一有时间就来茶寮帮忙，逢年过节时，还特意带来城里最好吃的糕点。还说他们的皮影戏之所以那么受欢迎，是因为三尾将纸人化作各种栩栩如生的角色，若观众看见白幕之后起舞的少女、挥刀的侠客，又或者腾跳的老虎兔子，都是一个个被缩小了的"活物"，只怕会惊讶到死，如果不是要照顾茶寮生意，她天天去牡丹园看皮影戏也是愿意的。

敖炽对她说的一切都嗤之以鼻，笑她没见识，更嘲讽她既然这么喜欢，不如收三尾当儿子。然而姜还是老的辣，她只回敬他"若收三尾当儿子，你敖炽岂不是要管他叫表叔"，气得敖炽当场走人。

反正每次都是这样，他总是在被迫的情况下，听她絮絮叨叨地说起三尾的事，还知道她教了他一些修炼的本事，不指望他有朝一日成为法力高深的大妖怪，起码再遇到心术不正的对手时，不至于被人轻而易举地端走。

每每听到这些，敖炽总是流露出不耐烦的样子，他真的不关心这个小妖怪，只要他好好帮老太婆干活，莫来烦他就好。

"有一回，三尾跟我讲，他想变成敖大哥那样厉害的人物。"最近的那次相见，江九娘对他说了这么一句话。

敖炽吃了一口鱼肉，只说："做梦呢。世上有谁能跟我一样厉害。"

"那孩子是真的很崇拜你。"她笑道，"他还说曾想过拜你为师，可又知道你肯定不会收这么弱的徒弟。"

"所以你就替我收了。"他瞪她一眼，"你这些时日的生意肯定冷清得很，不然也不会这么闲了。"

她撇撇嘴："如今的我也教不了他什么，无非是让他在修炼上少走弯路罢了。他天资不差，除了少些主见，也没有别的毛病了。"

"少些主见？"

"嗯。你不知道吧，三尾从前本是女子。"她掩口一笑，"他跟我讲，那时听说世间女子比男子活得容易，无须当牛做马，不用上阵杀敌，连风吹日晒都可免了，每日只需绣花缝补，相夫教子，他偶尔也往那人多的地方偷看一阵，所见女子确实婀娜多姿，不愁生计，于是便下了决心，化个女身。谁料真入人界讨生活时，才知晓自己从前的认知实在流于表面，身为女子，竟处处受制，连份正经的养家糊口的活都很难找到，明明是丈夫花天酒地，却怪妻子伺候不周，实在艰难。三尾便觉化身女子是个错误，甘愿自损灵力重归原形，再化男身。也难怪他看起来如此瘦弱，虽说三尾一族天生有易形之能，比起那些艰辛修炼多年才能勉强化个人形的妖怪强不少，但总这么变来变去没个定数的话，等同于刚走几步便又退回原地，长此以往，难得进步，想摆脱弱小，修成可护己护人不受辖制的大妖怪，更是难上加难。"

"头回听说换个人形还会折损修为。"他似是不信，"那你该知道世上还有一种叫无相的妖怪吧，它们可是想变成谁就变成谁，照你这么说，它们早该倒退到世上消失了。"

"从前在龙域时，我便让你多读书多读书。"她白他一眼，"你只知无相可随意变化，可知无相并非天生妖怪，世间任何一种妖怪只要下得了决心忍得住痛苦，投身那无相岩洞的滚滚岩浆之中，挨过七日还能不死者，方可成无相。无相的本事，恰恰来自它们无与伦比的坚定，以此而生的变化之能，与三尾们心念不定才得的变化，焉能相提并论？"

他无言反驳，只得半开玩笑道："那家伙既然如此墙头草，听人说女子好便化女子，说男子好便化男子，他既如此崇拜我，说不准将来还想化成龙呢。"

"他若有这一天，也不枉我对他一番教导。"她哼了一声，"倒是你，又是回来吃顿饭便走？"

"不然呢，天天看你这老太婆有何趣味？"他故意露出得意扬扬的笑，"人界之大，美女如云，一方山水一方人，不光美，还美得各有韵致，南方秀丽，北方雍容，还有那……"

"好了好了，吃完赶紧滚。"

"不是，我再给你讲讲呗，你看你天天守着这个破茶寮，来吃饭的不是大叔就是老头子，你也长长见识啊。要不你找个时间同我一起潇洒人间，也看看别处那些英俊但不及我英俊的青年人，你年纪虽大，但看起来也没那么老，就不想再找个伴儿？"

"吃鱼多话，必被卡死！"

"怎么可能……咳咳咳咳……"

转眼之间，一别又是两载有余。

今年玳洲城的夏天，似乎没有往年那般炎热，毒日头都被层层乌云遮着，可又总不见下雨，空气又湿又闷。直到午后，才终于起了风，天空愈加黑沉，稍不留神便要塌下来压垮城池似的。

敖炽摇着扇子行于山路之中，边走边看天，心想往来玳洲城也有这么些年月了，这般糟糕的天气实属头回见，虽说有风散了不少闷热，可满头顶的阴暗低沉也着实令人丧气，无端端便坏了心情。

偶有路人经过，也是个个走得飞快，生怕躲不过大雨，边走还边嘀咕"天也太黑了吧跟藏了妖怪似的，回头得去庙里拜拜求平安才好"。

敖炽听着好笑，普天之下有几个妖怪能翻云蔽日，能令天地变色风起云涌的，除了他敖炽还有哪个，要拜也该拜这个他们刚刚擦肩而过的英俊青年嘛。嗬，一群没见过世面的市井小民。

不过，风是越来越猛了，两旁的树林哗哗乱响，落叶四散，根基不深的花草纷纷折断，连地上小点儿的石头都满地打滚。

迎风而行的敖炽举袖挡挡口鼻，不然定是一嘴尘土，想着离江九娘的茶寮尚有一段距离，天气又这样，还是别老老实实走路了吧。

他正欲遁形，前方却传来一阵哭号，伴着乱七八糟吹吹打打的丧乐之声。

他站定，很快便见一行送葬的队伍披麻戴孝地从前头的拐弯处冒出来。

也是倒霉了，赶上这么个糟心天气办白事，一群孝子贤孙被狂风吹得东倒西歪，若是饭吃得不饱，怕要跟他们努力撒出去的纸钱一样飞上天。最麻烦的是抬棺的四个男子实在不精壮，走两步退三步，自己摇晃不说，连累那棺材也摇晃得越发厉害，终是敌不过狂风，四个人里头有两个跌坐在地，惊叫声中，棺材落地翻倒，可怜里头躺着的人跟着棺材盖一块儿被摔出来，又惹来一阵哭天抢地，并爆出一阵愤怒的埋怨。

"都说了今日不宜下葬，你们非要，现在可好！爹啊，儿子对不住您呐！"

"你懂个屁！你爹是横死，不赶在未时之前入土，你们后人就等着倒霉吧！"

"你才懂个屁！不看你是我二叔，今天早把你打死了！只有你这老糊涂会听狗屁风水先生的话！爹啊，摔疼您了吧！"

"你个忤逆子！我不是为了咱们一家子着想？你敢打死我？我先打死你！"

"你试试……哎哟！"

"老天爷哟，你们怎的打起来了，别打了别打了！"

场面突然就混乱起来，打架的，帮手的，劝架的，可笑的是居然没人去理会无辜躺在一旁的逝者。

敖炽站得远远的，看了片刻，觉得没甚意思，之前哭得悲痛欲绝，结果亲爹滚出来都不管，若死者真地下有知，怕当场就要气得跳起来呢。

他慢吞吞从这群人旁边走过，经过那棺材时无意瞟了一眼，却不承想看到了颇奇怪的一幕——

棺材盖旁穿着寿衣的"爹"实在不像个死去的人类，露在外头的脸跟手仿佛被吸干了似的，干瘪得像在最热的沙漠里挂了一百年，一滴水分都没留下，且皮肤呈现出一种异常的灰黑色。

说横死肯定是没错的，哪怕是个百岁老人寿终正寝，也不可能干枯成这样。

直到看见路过的敖炽，他们之中才有人尴尬地大喊："还打个什么！赶紧把老人家抬回去啊！也不怕人家看笑话！"好歹把这群人劝了下来，手忙脚乱过去抬人。

狂风一阵紧过一阵，一时间飞沙走石，就算拿袖子遮了鼻子，也掩不住从死者身上跑出来的妖气。

又是一个死在妖怪手里的倒霉鬼。

敖炽皱了皱眉，懒得再看，更懒得多问，游历世间的时日长了，因为各种缘故跟妖怪扯上关系的人便也见得多了。荒宅里苦读的书生少不得遇到捣蛋的狐狸精，落水的姑娘被鱼妖救了，滥杀生灵的歹人一不小心被大蛇怪吞了，等等等等，甚至还有冒天下之

181 第六章

三尾

大不韪的人类娶嫁妖怪，哪怕天雷轰顶也誓死不离的，也不乏称兄道弟却半路卖友求荣的……不过以上都不算太坏的缘分，最坏的便是无辜之人遇上心怀叵测又生性狠毒的妖物，断手断脚算走运，最怕到死都不知自己是怎么丢了性命的。

人分善恶，妖有好坏，世上无论哪个族群，在这一点上都无区别，一场相遇是缘分还是劫数，端的看各自的造化。

所以他从不太管别人的生死，偶尔出手救人，也总跟自己说才不是救这些人界的废物呢，不过是心情不好或者没吃饱饭或者闲得无聊罢了，反正能想一万条不是为了救人的理由。

一条龙，对人类能有什么感情，说不上喜欢或者讨厌，反正就那样吧。

在人界玩得久了，倒是能理解为何那么多妖怪热衷于修炼成人，这群生活在天地之间只有不到百年寿命的生物，的确有他们的吸引力，爱恨好恶，七情六欲，都由他们而起，作恶者有，平庸者有，虽为人但心性光明如神者有。命虽不长然生生不息，血肉之躯开疆拓土，能养家糊口，能建国立业，有时连"人定胜天"这样的话都敢讲，确也当得起万物之灵的名号。

所以仔细想想，可能他以后会真正喜欢上这个从没有天界和龙域那么"高贵强大"的世界吧。

但今天就算了，实在没法喜欢一群在死去的爹面前大打出手的家伙，天气这么坏，就更没兴趣问问他们老头子生前是否遇到了什么古怪事，反正人都没了，就怪自己活着的时候运气不好，遇人……遇妖不淑吧。

他扬长而去，转眼消失在狂风之中。

◇ 柒 ◇

回到茶寮，这场雨还没下下来。

江九娘差点儿把他的耳朵拧掉了，一边责怪他两年不回来，一边高高兴兴地给他做了满桌佳肴。两人跟从前一样你骂我我骂你，把久别重逢的喜悦都放在只有他们两个能消受的亲昵方式里。

于敖炽而言，玳洲城已经有了不一样的意义，他最亲的亲人在这里，虽然她是个唠叨又粗鲁的死老太婆，但只要吃上她煮的饭菜，便觉得人界也有了自己的归处，于是哪怕玩得再远再疯，哪怕自己总是孤身一个，也没有片刻漂泊流离的失落。

"老规矩，都吃完，一点儿不能剩。我去把茶碗洗了，最近生意太好了。"她刚起身，另外一桌客人便在喊她添茶加菜。

敖炽顺口问道："那家伙没来帮你？"

"三尾？"她笑道，"最近一年来得少了，他也忙呢。"

"他能忙个什么？不就在牡丹园演皮影？"

"人家快成亲了呀！"她喜气洋洋道，仿佛那个要成婚的人是她的儿子。

"成亲？"他不禁笑出声来，"哪个倒霉姑娘看上这弱不禁风的家伙了？该不是他的观众吧？"

"你就是嘴巴坏！"她打了他一下，"那姑娘我是见过的，叫栀子，栀子花那个栀子，清清秀秀的相貌，虽然不是大户人家出身，倒也知书达理，听说父亲是江湖郎中，前年过世了，便由她继承衣钵，医术不说多高明吧，头疼脑热的小病还是能治的。不过三尾说她确实是他的观众，常去牡丹园捧场，一来二去便熟识了，又越发地谈得来，便两情相悦了吧。"

"他带人来见你了？"敖炽一拍桌子，"怕是要你也出一份聘礼吧，好歹帮你洗了那么久的碗。"

"呸，他带不带人来见我又如何，但凡跟我说他要成亲，我会亏待了他？作为男方这边的长辈，出一份聘礼也应该。"她又想揪他的耳朵，"你以为人人都像你，一句好听的话都没有。"

"他又不是我什么人，有什么好听话可说。"敖炽低头喝汤，又道，"再说，聘礼也该是他那老猫师父备给他。"

江九娘叹气："他那师父去年便没了。"

"没了？"他愣了一下，"那老猫虽然年纪大又没练出什么本事，但再活个几百年应该不成问题的。"

"天晓得是不是命数尽了，三尾说他师父那晚出去喝酒回来，迷迷糊糊掉进了他家附近的井里，捞出来时已经是一只死猫了。那阵子他可伤心了，好久都不去牡丹园里表演，亏得栀子从旁安慰陪伴，才恢复过来。之后他便很少去牡丹园了，毕竟师父没了，找人合作表演也不是那么容易，索性收了卖艺的心，跟栀子一同悬壶济世去了。"她感慨道，"都道妖怪厉害，有百般本事，其实不也跟人一样分强弱，天生弱小修为又浅的，怕还不如人呐。"

敖炽想了想，不以为然道："他只通易形之能，又不识药理，悬什么壶济什么世，胡闹。"

"这我便没有细问了，本来这事之后他也很少再来茶寮，估计是替栀子打打下手吧，将来成亲之后妇唱夫随，也不赖。总归是成了家。"说着说着她又忍不住指责起来，"你以为都像你吗，天天在外头疯玩，什么时候你也带个姑娘回来给我瞧瞧！"

"想看姑娘还不容易！"他一脸坏笑，"春花、秋月、小翠、白莲……说吧，想我带哪个姑娘回来！"

"你就气我吧，哪天把我气死了，你就没有表姑婆了！"

"那些姑娘真的很仰慕我！"

"去去去！"

另一桌的客人又在催，江九娘赶忙应了，又狠狠瞪他一眼："这次回来可不许再跑了，回头我带你去见三尾，那孩子很是记挂你。"

他不置可否，埋头吃饭。

翌日傍晚，江九娘提早结束生意，果真拽着他往玳洲城中去了，沿途还逼着他买了好些吃的用的当作见面礼。

该下的暴雨还是没下，感觉任何时候的天空都是个憋了一肚子坏水不知几时才要作恶的妖怪，好在今日没起风，城中百姓来往还算顺利，就是闷热难耐，暮色已至都不解暑气。

走了半天，江九娘终于找到了地方。

一条狭窄的巷子，两边散着略见破旧的民居。

三尾的住处在巷子末尾，江九娘叩了几下门，很快便有人来开。

"江姑姑来了？啊？敖大哥！"三尾一下子跳出来，惊喜到两只手都不知往哪里放，眼睛还忍不住红了，"好几年不见你了，可还安好？"

敖炽见他还是老样子，跟个扭扭捏捏的姑娘似的，既然选了做男子，这么久都学不会男子汉该有的硬气，实在是不能高看他一眼，心头一烦，直接把礼物怼到他面前："拿去！"

"他哪里会不安好，玩得姓甚名谁都忘记了。"江九娘见他这态度，替他打圆场时还不忘偷偷在背后掐了他一把。

"那是那是，敖大哥是有大本事的人物，自然把自己照顾得妥妥帖帖。"三尾抱着一大堆礼物，费力地朝后退一步，"快请进屋坐坐。"

"好好。"江九娘笑应着，然后扯着不情不愿的敖炽进了门。

屋子里陈设简单，打扫得还算干净，墙壁上挂着一把老旧的胡琴，也抹得一尘不染，角落里摆放着一口大衣箱，上了锁。另一头的桌子上摆满了还来不及收起来的药草，空气里弥漫着各种奇怪的味道。

三尾倒了茶出来，见敖炽的目光在胡琴与衣箱之间来回打量，说："我不会拉琴，师父留下的琴只能做个念想。衣箱里是皮影戏的各种家什，想来以后也是用不到了。"

江九娘指着那些药草道："你在制药？栀子呢？怎的不见她，你们不是搬到一起住了吗？"

"栀子出诊去了。"他忙过去把药草收拾起来，"我正在学，味道不好闻吧，我马上收起来。"

角落柜子上堆放的红布红烛映入敖炽眼帘，他朝那边努努嘴："你们要成亲了？"

三尾红了脸，不好意思地笑道："日子定在下月初二。"

"那没几天了呀。"江九娘一拍手，高兴地说，"有什么需要帮忙的，尽管说。"

"没有没有！"他赶紧摆手，"我跟栀子都是不拘小节的人，成亲这事，拜个天地便是。只是……"他犹豫片刻，鼓起勇气道，"只是不知届时能不能请江姑姑跟敖大哥来参加婚礼，毕竟我跟栀子都无家人了，敖大哥救过我性命，江姑姑教过我本事，以父母亲人之礼待之，不知算不算冒犯。"

"当然冒犯啊！"敖炽脱口而出，"我跟你又不是亲戚。再说我叫她姑婆，你叫她姑姑，占我便宜呢？"

三尾顿时慌了手脚，赶忙解释："不是这样，江姑姑本就年轻，实在喊不出姑婆，我当时也没有想那么多，我……"

"咳，你别理他，他跟你打趣儿呢。"江九娘踢了敖炽一脚，笑道，"我们肯定到的。"

"真的？"三尾喜形于色。

正说着，有人自门外而入。

年纪轻轻的姑娘，十六七岁顶天了，黑发如云，不施脂粉，娇小的身躯裹在一身半新不旧的土色裙衫里，虽无太多姿色可言，但模样尚算乖巧精神，与那个弱弱的三尾站在一起，倒算般配。

"栀子，这便是我常跟你说起的敖大哥！"三尾赶紧拉了栀子来拜见。

一见敖炽，栀子不由得眼睛一亮，忙跪下行大礼："多谢敖大哥救命之恩！"

敖炽盯着跪伏在地的女子，嘴角牵出一抹旁人难以察觉的冷笑。

"你便是要嫁他的女子啊，可想好了？这家伙肩不能扛手不能提，遇到歹人也是打不过的。"敖炽十分不客气，令三尾跟江九娘都十分尴尬。

栀子倒是从容，抬头，坚定地说："我与阿尾情投意合，绝无二心，前路再艰难，我二人也当携手过难关。"

"好，有气魄。"敖炽难得地拍了拍手，"起来吧，别跪了，我又不是你们庙里的菩萨。"

三尾赶紧将栀子扶起来。栀子又对敖炽跟江九娘道："下月初二，我与阿尾成亲，不

三
尾

知两位可否来吃一杯喜酒？"

"来啊，肯定来。"敖炽干脆地回答。

江九娘万没想到自己的话居然被他抢了，更没想到这个自命不凡目空一切的侄孙会这么爽快地答应来喝一个他并不太看得上眼的妖怪的喜酒。

"那就这么说定了，初二见。"敖炽起身便走。

"敖大哥，吃了晚饭再走吧？"三尾赶紧挽留。

敖炽仿佛没听见，大步流星地走出了大门。

"行了，别理他，你们赶紧收拾收拾，吃饭休息，我们就先走了。"江九娘边走边说，"有事的话别不好意思，来茶寮找我便是。"

二人见留不住，只好恭恭敬敬将她送出门口。

"吃饭吧，今天我买了很新鲜的鱼。"三尾回头，牵起栀子的手，"袁公子的病如何了？"

栀子摇摇头，旋即又顽皮地点了点他的鼻头："心病还需心药医，这次又要劳烦相公你出马了。"

"好。"

两人携手回屋，不多时，厨房便飘出诱人的香气。

怎么看，都是一对平凡幸福的小夫妻。

◇ 尾 ◇

天早已黑尽，隐隐有闪电雷声。

街头行人稀少，能回家的都回去了。

江九娘时不时抬头看天，有些心事重重。

"你脸色不太好看。"敖炽看在眼里，"怎么，怕下雨没生意？"

江九娘回过神来，自信地说："就算下刀子，照样有人来光顾，谁让你姑婆厨艺精湛。"

"嗯。也就只剩下厨艺了……"他嘀咕一句。

"你说什么？"

"没什么。"敖炽转头看她，"你跟三尾说了我们的身份？"

"没有。来人界不就图个清静，怎可能随便透露身份。"江九娘如是道，"三尾只知我们跟他一样并非人类。以他的修为，根本看不穿我们的真身，虽然也旁敲侧击问过几次，但都得不到答案。只怕他真以为我们是有千年道行的老狐狸呢。"

"那就好。"敖炽满意地点点头。

江九娘狐疑地问："你素来不关心三尾的事，怎的今天很是不同？"

"天气热又老不下雨，我烦嘛。"他振振有词。

好吧，她知道再问也问不出什么，只当他确实是热昏头了吧。

他真的热昏头了吗？应该是没有的，起码刚才他清清楚楚看见有一只花猫一直跟在栀子身边，且那只猫还瞎了一只眼。

这杯喜酒，是喝定了。

头顶的雷声越发响亮，不知这场暴雨几时才到。

第七章 【断湖】

他手里永远都有决断生死的剑，而自己手里，只有一个随时下跪求饶的灵魂。

◉ 楔子 ◉

我讨厌的，是用对你最好的人，去干最坏的事。

◇ 壹 ◇

"来，这个拿上……这个也拿上……啊呀，还有这个！"江九娘在自家厨房里跑进跑出，手忙脚乱，每折返一次，手里便多一堆家什。

敖炽站在门口，脸色难看得要命，手臂上挂满了菜干、腌鱼、炸肉丸子以及干果蜜饯等。

"再等一下，还有个东西得拿！"江九娘一拍手，扭头又钻回去，很快拎了一口铁锅出来，瞅了几眼又觉得少点儿什么，又折回去，再出来时，铁锅上多了一张大红喜字。

把铁锅塞到敖炽手里，她又逐一清点一番，确认无误后才松了口气，喜笑颜开："行了，咱们出发吧。"

敖炽左右看了看："得是多有修养的人，才能忍住不把这些破玩意儿砸你脸上去。"

"又没规矩了不是？"她一巴掌拍到敖炽的屁股上，"生得如此高大健硕，好意思看高龄姑婆自己负重前行？"

"我可好意思了。"敖炽翻个大白眼，"你说你怎么这么婆婆妈妈，知道的是你给别人准备新婚贺礼，不知道的还以为你逃难呢！"

"你懂什么！成亲多重要的事啊，一定不能缺吃少穿，你瞧三尾小两口也不是多宽裕的样子，我作为长辈多给他们准备点儿东西怎么了！你在东海龙宫吃穿不愁惯了，哪里能体会民间疾苦，所谓贫贱夫妻百事哀……"

"好了好了，我帮你拿还不行吗？可以走了吧？"

"我看还是再拿一袋盐巴比较好。"

"老太婆你有完没完啊！连龙凤烛都给人准备好了，是怕人家穷到连蜡烛都买不起吗？再不出发天都黑了！"

吵吵闹闹中，两人总算是拎着大包小包出了门。

自上回离开三尾家到今日，玳洲城的天气都跟满腹怨气的幽灵一样，总是黑灰交织，乌云压城，但就是不下雨。前些时候的雷也是白打了。

城中百姓都在念叨今年夏天实在奇怪，老天爷像被堵着了似的，就差那么一口气，同时也有人担心这雨不下则罢，一旦真下下来了，只怕来势汹汹后果难料。

今天初二，是三尾跟栀子成亲的好日子。

既然天公不作美，那就靠人力多添喜气吧，江九娘是这么想的。

出门前她将所有贺礼都细心地扎上红绳贴上喜字，自己也特意换了一身水红底子带绣花的裙衫，脑袋上还别了一朵闪闪亮亮的珠花，并且破例化了个淡妆，整个人看起来十分娇媚温柔。

走在暑气未散的街头，敖炽斜睨了她好几次，终于忍不住道："都不知道是你成亲还是人家成亲，打扮得花枝招展的，也不怕抢了新娘子的风头。"

江九娘抬手拢了拢发髻，故意朝他一眨眼："姑婆就当你是夸我了。"

说明贬暗褒也不为过，毕竟一路上真有好几个人为江九娘侧目回头。要说他这位表姑婆，若肯仔仔细细拾掇一番，再收敛些泼辣脾气，为之动心的男子没有一万怕也有九千。他从小就听惯了龙域之中对姑婆的赞美，说她是四海龙域之中姿容最拔尖儿的公主，只可惜佳人若此，却终不能与心爱之人携手到老，只得流落人间，在锅碗瓢盆的生活中蹉跎岁月。

可惜吗？

他看着她悠然自若的神态，即便不见夕阳，傍晚的光线也比任何时候都更加温和柔润，落在她从容的眉眼之间，倒也与四周的人间烟火之景匹配起来。东海龙族的公主与玳洲城里一个普通妇人的距离，好像没有想象中那么远。

微热的晚风里，江九娘每一步都走得很开心，那份雀跃的心情是装不出来的。

"瞧你那得意的样子，跟自己儿子要成亲一样。"敖炽盯着自己手里那口锅，"处处都是老母亲的心思。"

闻言，江九娘放缓步子挨到他身旁，拿胳膊碰了他一下，啧啧道："刚刚说我成亲，现在又是我儿子成亲，你是不是打心眼儿里羡慕人家三尾成亲？别的不说，若是你成亲，姑婆起码送你两口锅！绝对不亏待你！不是姑婆说你，老大不小的一条龙了，还这么天南海北地胡乱玩耍，哪家姑娘能喜欢你这样坏脾气的浪子？"

"等等，你为啥总喜欢送锅呢？"敖炽甩了甩手里的铁锅，"又重又不值钱。"

她笑了："没锅怎么做饭，没饭吃怎么生活，一个家里最重要的便是有一口好锅。在炊烟袅袅里端出饭菜来，一家人亲亲热热围桌而坐，远忧近虑都化解在一顿饭里，这不是最好的日子吗？所以啊，锅很重要。"

说得就像没有锅就不吃饭似的，敖炽只在心里说，因为刚刚一刹那，他在她的眼睛里清晰地看到了幸福与一丝求而不得的失落。

能腾云驾雾、善水善火、拥有与神媲美的身份的龙，却连一个可以跟她同在灶台前忙碌的人都没有。

街市之中，熙熙攘攘，干了一整天活的人都卸下重担，带着大包小包的东西兴冲冲往家赶，空气里偶尔会弥漫起丝丝缕缕沁人心脾的味道。好些路过的姑娘们或在鬓边或在腰间插上一朵栀子花，巧笑倩兮，步步生香，若视线刚好落到敖炽脸上，无不立刻红了脸挪开，走出几步又忍不住回头。

一群孩童打打闹闹地跑过去，江九娘笑眯眯地看着孩子们从身边经过，还顺手摸了摸离她最近的小姑娘的脑袋，嘱咐道："慢点儿跑，别摔了。啧啧，这些小崽子。"

又走了一段路，敖炽忽然开口："也不必总这样。"

"嗯？"江九娘转头，不解道。

他看向她，眼里没有半分玩笑和戏谑："即便不当龙了，也能当个平凡的女子。实在不必为已经过去的事让自己孤独。"

她微微一怔，很快笑起来："我家炽炽真是长大了呢。"

"说了好多次不要再喊我炽炽，我宁可听你叫我死孩子。"敖炽不满道，"你既然这么喜欢孩子，有本事自己生一个呗。"

"自己生一个？"她的笑容有片刻的僵硬，旋即道，"有你这一个死孩子已经够我受了。说起来，三尾倒是很好。虽然与他相识之日不算长，但我也拿他当半个儿子看了，今日他婆亲，我自然是十分高兴的。那栀子丫头也很好，虽不是倾国倾城的样貌，可为人端庄稳重，看着便让人心头欢喜，说不出的亲切。"

敖炽撇撇嘴："知道你高兴，不然也不会把整个厨房都搬出来送他们了。"

"就算我送他整个厨房，那也是我的心意。"她哼了一声，"你呢，你送人家什么？"

敖炽一副无须你操心的样子："我自然也备了一份大礼。我敖炽向来没有白吃人家喜酒的规矩。"

"那就好。"她点点头，可还是不放心地警告，"总之，一会儿到了他们家，可不许摆出个臭脸来，也不许说不好听的话。你那张嘴，坏起来能气死一头牛！"

敖炽笑笑没说话。

"听见没有？"

"知道了。"

眼见着三尾的家越来越近，江九娘忍不住跑了几步，迫不及待要去敲门。

暮色之中，三尾家屋檐下挂着的一对红灯笼透出朦胧喜庆的光，整条巷子都因为这两团光线消减了白天的简陋寒酸，在隐隐的栀子花香的陪伴下，成为这个夏夜里最迷人的一部分。

贴了喜字的大门紧闭着，只从门缝里漏出一丝光亮——看样子，三尾两口子并没有大宴宾客的意思。

江九娘敲门。

敖炽站在她身后，目光冷得要命。

抬头，破旧的院墙上蹲着一只独眼老花猫。那老花猫看看他，又看看院子里头，便再没了动作，只定定地蹲在那儿，不知在等什么。

◇ 贰 ◇

不多时，门开了，一身喜服的三尾大约是应了人逢喜事精神爽这话，看着确实比平日里多了几分好气色。

他惊喜地说："江姑姑，敖大哥，你们果真来了！"

"不但人来了，礼也没少带。"敖炽上前一步，抬起琳琅满目的双手，"锅碗瓢盆一件不少，连城里售价最贵的豪华龙凤喜烛都给你们备上了。"

"两位太客气了，快请进！"一身新娘装扮的栀子后脚跟了出来，又对三尾嗔怪道，"瞧着敖大哥拿了这么多东西也不帮忙接一下！"

"是是是，是我失礼了。"三尾赶紧过来帮敖炽减轻负担。

敖炽也不客气，把手里的东西一股脑儿全塞给三尾："拿好了啊，你江姑姑可是把她整个家当都搬出来送你了，我看你们未来一年都不用买东西了。"

几乎被礼物埋住的三尾艰难地探出头来："江姑姑你真太客气了，赶紧进屋吧。"

院子里也算是精心布置过了，除了打扫得分外干净，该归置的杂物都归得整整齐齐，院子里的树上还特意挂上了彩纸糊成的各种形状的纸灯，方的圆的，兔子猴子小鸟，一副热闹非凡的样子。

拜天地用的台案也备好了，就放在院子正中，可惜天气太差，不然一轮明月正对新人更是花好月圆之景。月亮没有也就罢了，怨天，可整个院子里除了他们，别的宾客一个没有，纵然不肯大宴宾客，但好歹也是度日于市井，朋友总该有几个的，成亲的大日子人丁稀少成这样，着实有些败兴。

江九娘环顾四周，也觉得有些不妥，问："没有别人了？"

"没有了。我们只邀请了江姑姑跟敖大哥两位。"栀子笑吟吟地回答，"我与阿尾不过想做一对平凡的布衣夫妻，高朋满座绝不是我们的生活，纵然是婚礼，我们也打算一切从简，只要有天地为证，有我夫妻同心，加上还有您二位恩人参加婚礼，可称圆满。"

江九娘赞许地拉起栀子的手："好姑娘，能有这般心念，想来三尾是没有看错人。"

"江姑姑过奖了，我与阿尾能于千万人之中相识相爱，已是最大的福气。"栀子很不好意思，涂了胭脂的脸在柔和的光线里更见嫣红，"我出身寒微，无所依傍，亦无倾城之貌，除了略通医理之外别无长处，身上除了药味便是药味，十分不讨人喜欢，遇到阿尾前，从不敢奢望男女之情。许是上天垂怜，终究是把阿尾带到我面前，只怕我此生再也找不到如他这般对我悉心呵护千依百顺的人了。"

江九娘听得心疼，拍拍她的手道："不高兴的事儿都过去了，以后你们会过得很好。三尾这孩子脾气特别好，知道疼人，就是胆子小了点儿，遇事不是太能拿主意，你多费心照看。"

"我会的。多谢江姑姑这些日子对他的照顾，以后就交给我吧。"

"好，好！"

那头两个女人彼此的殷切嘱咐与承诺，敖炽像是没听见，他就真跟个来参加婚礼的闲人宾客一般，站在院子里东看西看。

到底是医者之家，院子里的晒架上摆满各色药草，浓郁的味道透过鼻子直钻人心，那一墙之隔的花草之香酒肉之味，竟没有一丝能突破进来。

放好东西出来的三尾见栀子跟江九娘谈得投机，心下也十分喜悦，竟也有一种媳妇得到长辈认可的释然。"家"跟"家人"这两个概念，在这一刻得到了最完美的体现。

三尾用江九娘送的龙凤烛换掉台案上他们原本备下的廉价货，又将烛台仔细摆正，端详了好一阵子，确认没问题后，便快步走到敖炽面前，抱歉道："今日一切从简，水酒菜肴都寒酸，知道敖大哥身份尊贵，希望你不要介意才是。"

敖炽朝他勾勾手指头："过来。"

他赶紧凑上去。

敖炽埋头，对他附耳道："你娘子知道你是妖怪吗？"

"我当敖大哥要问什么……"他松了口气，点点头，"从一开始便没有瞒她。师父出事之后，我不知所措，整日里浑浑噩噩度日，若非栀子在旁陪伴，只怕我这样弱小的家伙早已心力交瘁而死。她对我真心以待，我自然也不能隐瞒她分毫，既打算长久在一起，更要清楚明白，若她知道真相后选择离开，我不怪她，她若不弃，我今生便只爱她一人，再无二心。"

敖炽笑笑："她不怕？"

三尾摇头："栀子自小随父亲流浪行医，与闺阁小姐们自是不同，也算行走四方，见闻过不少奇人异事。对一个活生生的妖怪出现，她难免吃惊，但并不害怕，只说她最在意的不是妖怪与人类的身份，而是对方是否真正将她视为一生中最重要的存在，以她的悲喜为悲喜，以她的好恶为好恶。"

闻言，敖炽只"哦"了一声，然后拍拍他的肩膀，说："这么说，你这辈子是非她不可了？"

"非她不可。"三尾坚定地回答，随即又长长地吐了口气，坦白地说，"我没有江姑姑一个人也可过得自在逍遥的性子，更没有敖大哥你这般通天的本事与气魄，我就是个披着妖怪外皮的普通人类罢了，纵然有江姑姑悉心教授，奈何资质平庸成不了大气候，也不敢奢望成大气候，此生唯求与栀子琴瑟和鸣，平安度日。"

这应该是他的心里话了。

敖炽嘴角微扬："你还真是一点儿都没变，跟我第一次见到你时一样没本事没出息。"

也许是早习惯了敖炽说话的方式，三尾倒一点儿都不生气，反而笑着说："我没出息不打紧，只要世上有敖大哥这般人物在，一切便坏不到哪里去的。"

是吗？我在，一切便坏不到哪里去？

可你不知道的是，站在你面前的不光是东海的龙，还是东海的孽龙。

"废话太多了。"敖炽朝台案那头努努嘴，"还不打算拜天地？"

"要的要的。"三尾赶紧走过，边走边指着台案一侧的两张木椅说，"敖大哥您往这边坐，这是专门给你跟江姑姑安置的位置。"

看这架势，三尾是铁了心要将他俩放到再生父母的位置。

敖炽的视线在那两张椅子上停了好一会儿，没挪步子。

"敖大哥过来啊，椅子是我家最好的两把，虽也不值钱，但擦得很干净。"三尾又招呼他，顺便又拿自己的袖子往椅子上蹭了几下，生怕沾染灰尘怠慢贵客。

一旁栀子也十分懂事地扶了江九娘的手请她坐下。

敖炽走上去，赶在江九娘入座前半开坑笑道："这位置可是留给父母双亲的，你得想好了，你虽不是他们的父母，但这一坐下去，余生就逃不过这份责任了。"

三尾赶紧摆手："敖大哥言重了，能得你们二位为我们的亲事做个见证，已是我与栀子莫大的惊喜，今后我二人不论富贵贫贱是安是危，都是断不敢叨扰的。"

"是的是的，敖大哥千万不要有这样的担忧。今日这位置只为表达我夫妻二人对你们的大恩大德的感谢，绝无其他奢望。"栀子也赶紧解释，生怕他们误会。

江九娘笑道："你们莫听他胡说，不过是同你们开玩笑呢。我虽无福气得一对儿女，但既然吃了这杯喜酒，你们今后若有什么难处，只要我能帮手，大可以来找我。毕竟能有这段缘分，也不要浪费了才是。"说罢，她瞪了敖炽一眼，大大方方坐了下来。

敖炽笑出声来，打量着她："你现在真的是一个普普通通的妇女了，不但自己的日子忙得团团转，连别人的日子都要揽过来。"

"坐下吧，怎么今天废话特别多！"江九娘拍拍旁边的椅子，"再耽搁下去，当心误了新人的吉时！"

敖炽耸耸肩，终于肯落座。

"为人父母者，唯愿儿女余生平安喜乐，不入歧途。"敖炽微歪着脑袋，似笑非笑地看着三尾，"虽不是父母但坐了父母的位置，今日也必不亏待你。"

三尾感动得不知说什么才好，只能连连拱手道谢。

"那么你们几时才拜堂？"敖炽打了个哈欠，"错过了吉时，我旁边的老太婆又要唠叨不停了。"

三尾看了看栀子，栀子立刻道："这就开始吧，我们倒是不知吉时是几时，只要两位到场，任何时候都是吉时。"

"真会说话。"敖炽啧啧称赞，又碰了碰江九娘，"对吧？"

"这里每个人都比你会说话。"她把他的手打回去，"一会儿拜天地时，你可千万别张嘴！"

"好听的不见得是好话，难听的也未必是坏话。"

"你还多嘴，该把你的嘴缝起来！"

"我怕你没那么硬的针。"

"你想气死我？"

"气不死的。"

"……"

说话间，一对新人已收拾妥当从里屋走出来，三尾的头上端端正正戴了新郎官的帽子，衣裳也整理得一条多余的褶皱都没有，被他紧紧牵着手的栀子也盖上了红头巾，袅袅娜娜地跟着他走过来。

花好月圆是赶不上了，幸而此刻的温度应该是一天里最舒适的，微风有凉意，卷来的虽是药草味，但也别有一番不从俗的趣味。

两人小心翼翼地走到台案前，一对龙凤烛烧得正旺，案上的瓜果糕饼散着新鲜甜美的气息，他们站定，跪下，只听三尾用他此生最大、最理直气壮的声音喊道："一拜天地！"

江九娘看得高兴，不禁轻轻拍手："总算喜结连理，真好。"

敖炽又打了个哈欠。

"二拜高堂！"三尾刚喊出口，又觉得不妥，改口道，"二拜恩人！"

两人先对着江九娘规规矩矩磕了三个头，三尾又斟了两杯清茶，递给栀子一杯，再先后将茶奉到江九娘面前。

江九娘忙接了茶水，各饮一口后又从身上摸出一个精巧细致的玉镯子戴到栀子手腕上："这是江姑姑给你的贺礼，你平日里素面素服惯了，添个镯子倒也合适，好好收着，不要推辞。"

二人受宠若惊，连声道谢。

敖炽笑笑，一句话不讲。

拜过江九娘，二人又转向敖炽，也是磕头奉茶，十分隆重。

"我这儿可没有玉镯子送你们。"敖炽起身，伸手扶住三尾跟栀子的胳膊，笑道，"就祝你们余生平安吧。"

"敖大哥太客气了，有您这句祝福，胜过金玉万千。"三尾诚恳地说。

"行了，起来吧。"敖炽嘴角一扬。

二人刚起身，外面忽然传来一阵疯狂的敲门声，伴着一阵高过一阵的嘶吼："救命啊！救命啊！栀子大夫救命啊！"

声音实在太过急切凄厉，众人皆吃了一惊，栀子不得不将盖头掀开，柳眉紧锁："谁在外头？"

正拜堂呢，又是夜深之时，怎有人挑这时候来煞风景？

"我去看看。"三尾示意大家少安毋躁，自己一路小跑往院门而去。

幸好他跑慢了几步，本就算不得结实的院门竟在他眼前四分五裂地飞进来，差点儿砸到他的脸，随之冲进来一个彪形大汉，火急火燎地抓住他使劲地摇："栀子大夫呢？我娘子突然不行了！我娘子不行了！等她救命啊！"

三尾被他摇得头晕，费了好一番力气才认出来者是谁："马大叔，你莫急，有话慢慢说！"

"还慢！再慢就出人命了！"

被称作马大叔的男人焦躁地在屋内搜寻着，视线很快锁定了栀子，眼神骤然亮起来，立刻甩开三尾朝栀子这边冲过来，不由分说抓住她的胳膊便往外拖："快快，栀子大夫快随我救命去！"可怜这么个大老爷们儿，居然急得要哭出来。

除了敖炽十分淡定之外，连江九娘都急起来，一把拉住这位马大叔："这位先生又是何人？可知今日是栀子成亲的大日子，你这么闯进来实在失礼得很！"

"你知道个屁！我娘子都要没命了，还成哪门子亲！"马大叔气极，才顾不得什么礼数规矩，眼里几乎喷出火来，但凡谁敢再阻拦，只怕杀人的心都有了。

三尾见他要跟人拼命的样子，也有些胆怯，一时间又拿不出什么好法子来，左也不是右也不是，只结巴着说："这、这……马大叔你莫着急，我们……"

"莫再多说，我随马大叔走一趟便是。"栀子示意他不要再说下去，临危不乱的样子倒强过许多女子，说罢又对江九娘抱歉道："事出突然，江姑姑莫见怪，我去去就回。"

"不可！"江九娘皱眉，"这人来得突然，又值夜深之时，你一个人去我们怎能放心？"说完她扭头对敖炽道，"你跟三尾一道，陪栀子去诊病。"

敖炽一脸不高兴："关我何事？让三尾去不就够了。忙了一天我也很累呢。"

"去！"江九娘干脆一脚踢在他屁股上，又凑近了压低声音道，"三尾那点儿本事，若遇到个发疯的家伙，你当他是能救自己还是救别人！"

敖炽无奈："行行行，反正都这会儿了，闲着也是闲着，不如一起去吧。"

话音未落，眼见着栀子已经被马大叔拖出了门，后头跟着手忙脚乱的三尾。

江九娘一跺脚："咳，这算什么，大喜之日偏来这么一遭，俩孩子真不该那么随意，日子总还是要挑一挑的呀。快跟上，跟上！"

"你当天下间不能白头到老的夫妻都是成婚时没挑好日子的吗？"敖炽相当不屑她的说法。

"还多嘴！人都不见了！"江九娘急吼吼地追出去。

敖炽冲着她的背影摇摇头，又环顾一番，突然安静下来的院落里，只有那对龙凤烛还在燃烧，跳跃不止的火苗努力维持着最后一点儿热闹。

此刻的他再不见之前困倦无聊的神情，眼神突然与此刻的天空统一了颜色，阴晴不明，深不见底。

◇ 叁 ◇

马大叔家在城北，所在街面商铺林立，马家有三层小楼，一楼用作开铁铺，二三楼供其一家居住。此刻夜已深，四下难见灯火，只有不远处的小食摊上挂着的灯笼还亮着。

马大叔一路上都不肯松开栀子的手，仿佛一撒手他要救的人立刻会没命。栀子倒是镇定自若，只在马大叔一次又一次恳求她救自己娘子时，才会露出欲言又止的神态。

大约是出来得太匆忙，马大叔连大门都没上锁，一脚便踢开门，拽着栀子朝三楼去。一楼不见任何灯火，走得太快，马大叔好几次踢到散落在地上的铁器，也没听他喊一声疼，只是不断催促着栀子快点儿快点儿。

气喘吁吁落在后头的三尾，好几次被地上的杂物绊了脚，跌跌撞撞地跟着上了楼。

随后进来的江九娘借着窗外的一丝微光小心翼翼地从乱七八糟的地面上走过，边走边提醒身后的敖炽小心点别碰了头磕了脚。

走到三楼也不见半点儿灯光，黑黢黢的一条走廊，连房门在哪儿都看不清楚。

敖炽打了个响指，一团火光从他指尖跳出，虽只是小小一簇，照明足够。

火光之下，只见走廊最边上的房间房门大开，并隐隐有说话声传出。

"此人也是古怪，就算家中躺着的是病人，也不至于大晚上连个灯都不留吧，再说别的家人晚上都不走动了？这楼上楼下那么乱，太容易磕磕绊绊了。"江九娘边往前走边嘀咕，同时还不忘提醒敖炽，"进房前记得把你的火熄了，那马大叔一介凡人，本身又不镇定，见了这情景还不知要生出什么事端来。"

"知道了，你怎么越发啰唆了？"敖炽目不斜视地往前走。

"你就是不拘小节。"江九娘瞪他，又道，"他家就他跟他娘子？不像还有其他人的样子呢。唉，若真是如此，也难怪会急成那样，唯一的家人更是不能出事的。"

敖炽冷哼："说的就像家人多了就可以随便出事一样。你好好看路，别唠叨了。"

"你非要跟我抬杠是吗？"

"嘘！"

敖炽停在房间门口，做了个噤声的手势，同时熄灭了手上的火焰。

房内的人声渐渐清晰——

"马大叔，我开给你的药一定要按时服用，一次都不可遗漏。"

"我没有病吃什么药，你快去看看我娘子，她今天连水都喝不进去了，方才还跟中邪了一样浑身抽搐。"

"不是……马大叔……你就听栀子的话吧，一定要好好服药，之前不是答应得很好吗？"

"你懂什么！你又不是大夫！算我求你们了，赶紧去替我娘子诊治吧！再晚就来不及了！"

"唉，马大叔，你还是早些歇息吧……栀子愿意随你来这一趟，也是怕你情急之下出什么事。你清醒些好不好？"

"你们怎么就听不懂我的话呢？我娘子就躺在那里，就在帐子后头，命悬一线，你们怎么能见死不救呢？你们可知除了她，我在世上再无家人，亭儿已经没有了，再没了她，你们要我如何苟活于世？你们还算是悬壶济世的大夫吗，眼睁睁见人夫妻分离？"

"马大叔，帐子后头没有人了。我知道说这样的话你会非常难过，但事实总归是事实，令夫人三个月前已经病逝了。"

"你……你说什么？"

"三个月前，令夫人病逝。她已经不在了，只有你还以为她活着。"

房间里顿时安静下来，仿佛屋子里没有一个活物。

但这段死寂只持续了片刻，紧随而来的便是凄厉痛苦的号叫与斯打的声音，夹杂着东西翻倒摔碎的动静。

"不好，出事了。"江九娘赶忙冲进房中。

跟进去的敖炽做的第一件事是慢条斯理地找到一盏油灯，点起来放到桌上，在那之前根本没理会身旁那几个人在干什么。

直到整个房间亮起来，他才回头，面无表情地看着身后那场大戏——

三尾被马大叔掐着脖子，栀子正死命地去掰他的手，江九娘也急得变了脸色，拳脚不客气地招呼到马大叔的身上，可他仗着身强力壮，又爆发出失了心智的蛮力，根本不在意身上遭受的拳打脚踢，始终不肯松手。

"你还不来帮忙！人都要被掐死了！"江九娘冲敖炽大喊。

敖炽挠挠鼻子，懒懒走上前，却不动手救人，只是凑到那近乎癫狂的马大叔身边，对着他的耳朵淡淡说了一句："他们同你开玩笑呢，你娘子的病，能治。"

马大叔顿时一愣，手中的力道也跟着减了不少，他扭头瞪着敖炽："你说的是真的？"

敖炽拍拍他的胳膊："我自然不会骗你，你放了这倒霉蛋，栀子大夫自会替你娘子诊治，你再耽搁下去，只怕神仙都难救她了。"

"好，好！我放，我放！"

一双铁手好歹是离开了三尾的脖子，三尾喘着粗气一屁股坐在地上，咳嗽得眼泪都要掉出来。

"阿尾你没事吧？"栀子赶忙蹲下来轻轻拍他的脊背。

三尾摇摇头，连说话都没有力气。

江九娘赶紧挡在他们两人前头，生怕那汉子又发起狂来。

但马大叔此刻所有心思都在敖炽身上，他紧紧抓住敖炽的手："你快让栀子大夫救人啊！你说过的！"

敖炽轻松地拉下他的手："你放心，她立刻就去。"

马大叔顿时面露喜色，又跟个紧张的孩子一样搓着双手，无比期待地看着他们。

敖炽走到栀子跟三尾面前，说："还是去诊治诊治吧。"

闻言，栀子为难地抬起头："敖大哥，不是我不愿替他娘子诊治，实在是……"她朝马大叔看一眼，立刻压低了声音，"他娘子已经撒手人寰，我如何诊治？我体谅他丧妻之痛，更怕他悲伤过度失了心智，曾开了安神定心的药赠予他服用，本以为此事就此了结，谁知他今夜居然癫狂至此……本想送他回来好生安慰一番，却不料差点儿害了阿尾性命。敖大哥，恕我直言，马大叔如今的状况，已非我能力可医治，最好的法子，便是请敖大哥出手制服他，我们再为他寻访一位名医，或有起色。"

敖炽摇摇头，说："还是去看看吧，万一是你们弄错了，他娘子确实没有死呢？"

栀子一愣，笃定地说："不可能，他娘子确实病逝了。"

敖炽朝那罩着卧榻的白纱帐努努嘴："来都来了嘛，还是了他一个心愿，去看看吧。"

江九娘想了想，也说："去看看吧，听说像他这样失了心智的人，最好是顺着他的意思，哪怕是装也要装给他看看，先将他安抚下来再图后计吧。"

栀子犹豫片刻，见敖炽与江九娘都很坚持的样子，只得勉强道："也罢，我就假装他娘子还在。"说罢便起身要往卧榻那边去。

"小心些！"三尾抓住她的手费力地说。

她拍拍他的手："没事，大家都在呢。"

一句话提醒了三尾，这才想起跟敖炽连声道谢，心有余悸道："想不到又被敖大哥救了一回性命，这样更是不知要如何报答了。"

敖炽看都不看他，只专心盯着卧榻那边："你以后莫要再麻烦别人再三救你性命，便是对我最好的报答。"

三尾羞赧至极，红了脸不好再说什么。

那头，栀子已经走到卧榻前，强作镇定的脸在这一刻怎么都掩饰不住紧张，她深吸了几口气，缓缓伸出手撩开了纱帐。

卧榻之上，真有一个女人，年过三旬，眉目清秀，只是脸色惨白如纸，一动不动地躺在薄被之下。

此刻，栀子的脸色比那女子更难看几分，撩着纱帐的手微微颤抖着，不知用了多少定力才勉强让自己没有尖叫出来。

"不可能……绝对不可能……"她强迫自己注视女子的脸，用力咬了咬牙，伸手去探对方的鼻息。

片刻之后，她像被毒蛇咬到，猛地将手缩回来，喃喃道："疯了……果真是疯了……怎么能将遗体摆到这里？"但转眼又觉得不对，"不可能，三个月了，怎么可能保存得如此完好？"

短暂的质疑之后，她终是壮起胆子，伸手去摸对方的颈部，以确认是否真无脉息。

没有错，的确不是一个活人了。

不等她收回手来，却瞧见女子突然睁开了眼，她"啊"的一声惊叫出来，收手退开的同时却又发现女子并无动静，双目紧闭如初。

她用力眨了眨眼睛，心下狂跳不止，再没有胆量去掀开帐子一看究竟，便失魂落魄地跑回来，迎面与三尾撞了个满怀。

"怎么了，脸色如此难看？"三尾抱着她，不解地朝卧榻看了看，"床上不是空的吗？"

栀子的嘴唇微微哆嗦，好一阵才开口道："不是……不是空的，他家娘子就躺在那里。"

"怎么可能……"三尾一脸茫然，"难道马大叔思念亡妻过甚，竟然将她的遗体带回来了？那也不对啊，亡故三个月的人摆在这里，房内不可能没有气味。"说罢，他放开栀子，果断朝卧榻走去，"唰"的一下掀开了纱帐。

几乎同时，他惊恐地叫了一声，整个人不受控制地跌坐在床榻前，连攥着纱帐的手都忘了松开，生生将半匹纱帐给拽了下来。

露出来的一半床榻上，早该是长埋黄土之下的马夫人坐在床上，怀中抱着一个七八岁的小儿，恸哭不止。

床前不知何时又多了一个栀子，神情诡异地坐在床沿，看似安抚马夫人一般轻轻拍着她的背脊。

然而，她每拍一下，马夫人的身体便会出现奇怪的虚晃，竟是酒醉之人才会看到的重影之像，一个近乎透明的马夫人在实体的马夫人身上摇动，随着栀子拍打的频率越来越快，那重影也摇得更厉害，眼见着便要脱离出来，而马夫人却还浑然不觉，只顾抱着怀中小儿又哭又笑不能自已。

又过片刻，栀子骤然抬起的手掌仿若生出了强大的磁力，竟将那摇摇晃晃的重影"唰"

的一下"吸"了出来，化作一团肉丸子大小的彩光，听话地落入她微微张开的嘴里，此情此景也就是眨眼间的工夫，几乎同时，本来抽噎不止的马夫人突然停止了所有动作，抱着小儿的双手也颓然垂下，整个人无力地朝后仰去，被栀子一把接住，再托着她的身子轻轻放回枕上，此时的马夫人已失了神志，呼吸也微弱下来。

被马夫人抱住的小儿缓缓从床上爬下来，脚落地时身形骤变，床前哪里有什么小儿，只有一个皱着眉头的三尾。

栀子调匀呼吸，起身给马夫人盖好被子，又从身上取出个瓷瓶，倒了一颗药丸出来，撑开马夫人的嘴放了进去，做完这一步，她才松了口气，擦擦额头的细汗："好了。"

三尾忙上前扶住她，担忧地看着她并不太好的脸色："马夫人没事了？你受累了。"

"我尽力了，能不能活还看她自己的造化，若三天之内她醒过来，诸事大吉。"栀子冲他笑笑，"你去喊马大叔进来吧，我再同他交代一番。"

"好，我马上去，马大叔肯定等得急死了。"三尾飞快地跑出去。

栀子拍了拍心口，深吸了几口气，本来发白的面色忽然好转起来，连唇色都红润了许多。她回头，冲着床上的马夫人微微一笑，说了声："多谢。"

这一幕来得实在突然，瘫坐在地的三尾眼睁睁看着另一个自己飞快跑出了门外，与自己擦身而过时还撞到了自己，不由得惊得倒抽一口冷气，身后不远处的栀子也愣愣地盯着另一个自己的背影，眸子里露出此生最大的惊恐。

"这……这是……"江九娘虽不至于像他们二人那般失态，但也有几分吃惊，而吃惊的重点不在那床上躺的女人究竟是死是活，也不是为何会有两个栀子两个三尾，而是后来出现的栀子对那女人的所作所为。普通人或许看不出端倪，以为栀子是在行医救人，可她身为曾经的东海龙族，天资耀眼，术法过人，即便如今已泯然众生，也不至于看不出那场景分明是在杀人！

后头的栀子颤动着嘴唇，原本舒展的弯眉扭结在一起，眼珠胡乱转动："不……不对……不对……"她越想越怀疑，极度的惊吓演变成一种恼羞成怒，反而有了几分胆量，只见她快步走到床前，一把扣住另一个自己的肩膀，用力往自己这边扳过来，怒吼："你是什么玩意儿！"

四目相对，愤怒的栀子突然没了愤怒，骤然往后退了一步，那转过来的人穿着她的衣裳，却是那马夫人的容貌，她双眼泛红，面色发青，虚弱又悲戚地问："栀子大夫，你不是说要尽力救我性命吗？为何不救啊？"

"你……你滚开！滚开！"平日里所有的端庄和亲切瞬间被击碎，她歇斯底里地吼叫，并伸手试图将眼前人用力推开。

枯槁干瘦的手像失去生命的树枝一样，紧紧缠住她推过来的双手，那悲伤绝望的女人仍死死瞪着她的眼睛，反反复复地问：“你为何不救我？为何不救我？”

“滚开！”她拼命挣扎。

“你不救我……不救我……”女人竟哭出了血泪来，整个人迅速干瘪下去，跟敖炽在山路上偶遇的棺中老者如出一辙，“你还杀我……你夺走不属于你的东西……你怎能如此恶毒……我明明可以活下去！”

三尾见状，终是回过神来，慌忙爬起来去帮栀子，一面使劲去掰那双枯手，一面苦苦哀求：“马夫人，我求你高抬贵手，栀子不是能起死回生的神医，你的病我们已经尽力，实在是救不了，你心里有怨不肯安息我们也能体会，但栀子无辜，求你就此罢手，安心去你该去的地方吧！”

对方一个字都听不进去，抓住栀子的手越发用力，口中仍在反复念叨：“你杀我……你杀我……我明明可以活下去！明明可以活下去……”

“放开……”栀子被逼得步步后退，眼见着贴到大开的窗户前。

此事之后，三尾大概又要为自己的无能懊恼许久了，因为他连掰开一个女人的手的力气都没有，只能焦躁而笨拙地跟她纠缠在一起。

“敖大哥！江姑姑！救命啊！”他终是哭喊了起来。

江九娘皱眉，刚一挪步子，却被敖炽拽住，并冲她摇摇头：“自己的锅自己背。”

那头的情势已然更危急了，因为女人的手不知何时掐在了栀子的脖子上，眼里的仇恨多得要漫出来：“你夺走我的性命，今日便要你还回来！”

“不要啊马夫人！求你不要伤她！你要什么我都给你！”三尾抓住她的胳膊，只差跪下了。

女人转过脸，阴森森地笑：“我只要我的命，你给我？”

“我……我……”

三尾词穷，他能给什么？他什么都没有……一个混迹于人界的毫无本领的妖怪，让自己活下去都要靠他人援手，除了说这些无用的话，还能干什么？

就是这分神的刹那，女人的力气暴涨，竟生生将栀子从窗口推了出去，而至此都不肯松手的她也跟着掉了出去。

三尾猛然探出身子去拉，可惜连她们的衣裳都没碰到，他摇摇晃晃地趴在窗框上绝望大喊，可是喊有什么用呢，喊再大声他的手也不会变得更敏捷、更有力，就算被他拽住了又如何，他怕是连拉起栀子的力气都没有。

他听到身后有脚步声，沉稳而有力。真有大本领的人，连走路都比别人厉害似的。

"敖大哥，你怎么不帮我救栀子？"他不敢生气只敢委屈，抹着眼泪回头，"我们只求平静地活下去，没有更多的奢求。"

"死在她手里的人，也很想活下去。"敖炽神色冰冷，突然伸手一推。

三尾脸色大变，瞬间失了平衡，惨叫一声跌出了窗外。

"敖炽！"江九娘大喊。

◇ 肆 ◇

"你疯啦？怎能把三尾推……"江九娘话未说完，只觉头顶脸庞皆是一凉，似有瓢泼大雨兜头而下。

她猛一睁眼，只见一只茶杯正悬在半空，后头是敖炽懒洋洋的脸："半杯茶够不够？不够我把剩下的一半也泼了？"

江九娘愣了好一阵子才回过神来，发觉自己不知何时坐到了地上，身子紧靠着敖炽，而栀子与三尾则躺在地上，敖炽刚刚松开自己分别抓住他俩的双手。四周哪里又有什么暗淡的房间与躺着诡异女人的床榻，分明还是三尾家的院子，树上的纸灯还透着五颜六色的光，台案上的龙凤烛甚至已烧到了一半，空气里还是夏夜里的微凉与各种药草混合出的特别气味，如果嗅觉足够灵敏，还能从这气味里找到一缕很不一样的甜香，虽然甜，但又夹杂着一丁点儿海水般的咸味。

"这味道……"江九娘用力嗅了好几回，扭头看向敖炽，"是贝衔草？"

敖炽笑了笑，打个响指，半空中的茶杯稳稳落到旁边的地上，剩下的半杯茶一滴都没洒出来。

"严格地说，你已经不算东海的龙了，但曾作为东海一份子的记性还是在的。"他看看还卧倒在地不曾苏醒的栀子跟三尾，不以为然道，"的确是贝衔草。太久不用，我都差点儿忘了身上还带着一点儿这个玩意儿。"

江九娘皱眉，看他的眼神要杀人："你不是不屑用这些伎俩的吗？我记得你曾斩钉截铁地说我敖炽此生都不屑于用逃脱之术，打得过打不过都要打。"

"我没有拿它逃跑啊。"他耸耸肩，"虽然当年东海里专门教授我们逃脱之术的老师的确说过，以贝衔草化粉燃之，可乱人心神，松懈意志，再辅以幻惑之术，可令中招者在短时间内以你的意念为尊，陷入你设下的幻境中以假为真不得脱身，这样可趁机溜之大吉，但我真的一次都没用过。若非之前贝嬷嬷硬要把这东西塞到锦囊里逼我带在身上，这次还真是不好办。"

江九娘怒气不减："我知道贝衔草的用法，也知道要拿哪种幻惑之术与其匹配，我不知道的是你自己胡闹便罢了，居然连我都拖下水？方才的情景差点儿吓死我，我真以为你把三尾推下去摔死了！"说到这儿，她突然四下张望，视线最终落在那一对龙凤烛上，指着它们问，"你偷偷对它们动了手脚？"

"不然呢？"敖炽翻了个白眼，"这东西得烧起来才能发挥功效，我总不能在院子里生火做饭吧。"

"你……"她抬手要打他，却停在半空，"你早计划好了？"

敖炽笑而不语。

她放下手，看着那对差一点儿就结成夫妻的家伙："你根本就没打算让他们成亲？"

敖炽嘴角一扬，视线从三尾的脸上移到栀子脸上，像在打量一道并不好吃的菜，眼里是藏不住的嫌弃："带你一起玩耍，不过是想免去我事后再同你解释一次的麻烦。"

她皱眉，思考片刻，问："栀子并非人类？"

敖炽抬头夸张地嗅了嗅："只有没本事又怕死的小妖怪，才会用满院子的药草味来掩盖自己的妖气。这法子对同样没本事的敌人来说算有用，但在我面前，简直是小儿伎俩。"

江九娘沉默片刻，忽然有一点儿沮丧："我竟连这样的能力都没有了……"

"可你拥有了碾压玳洲城所有厨师的能力。"敖炽淡淡道。

她笑出来，给了他一拳："不用你安慰。"

"我可没那好心安慰你。"敖炽起身，俯视着还昏迷不醒的他们，"你方才见到的，就是事实。"

江九娘的脸色又沉了下来，仔细端详着栀子的脸："她……夺人类精魄供自己修炼？"

敖炽冷笑："说修炼都是高看了她，只能算觅食。虽不知她自何处而来，又因何机缘得到本不该她得到的好处，但我可以肯定的是，她根本没有资格化为人形，所以为了维持现状，她不得不用所有低等小妖怪最常用也最容易见效的法子，便是直接以他人精魄为食。"

她听得心头一阵疼痛："可他们不知这种法子也是最坏最容易适得其反的吗？"

她忍不住抬手打了栀子一下，像极了恨铁不成钢的老母亲："怎么蠢成这样？不过多花点儿年月罢了，非要害人性命走捷径，你有多少运气能保自己一世无恶报？"

敖炽动了动嘴，但终是什么都没说，由她用这种他觉得很傻的方式宣泄心头复杂的情绪，毕竟，曾经那么骄傲的一条龙，却打心眼里将两只原本连直视她的资格都没有的小妖怪视为儿女，这种缘分委实得来不易，但是，失去倒是容易得很。

夜风将烛光吹得摇曳不止，眼见着其中一支挣扎了几下，还是熄灭了。

她叹了无数口气之后，心里才仿佛好过一丁点儿，又疑惑地说："你与栀子不过一面之缘，怎么看出她背后的所作所为？"

敖炽转身，指了指台案之上。

她顺着那方向看去，熄了一支的龙凤烛、一口没动过的瓜果糕点、绣了喜字与鸳鸯的红艳艳的台布，除此之外台案上再无他物。

"你让我看什么？"她不解。

"一只猫。"敖炽回答。

"猫？"她睁大了眼睛来来回回扫视了好几遍，连根猫毛都没看见。

"知道你看不见，所以才替你指出来。"敖炽用少有的耐心道，"一只独眼的老花猫，蹲在龙凤烛之间。嗯，现在它跳下来了，走到你旁边了，很仔细地看着栀子，眼神跟你刚才很像。"

她只能靠想象在空气里填充这只猫的样子，但很快便恍然大悟："你说独眼老花猫？三尾的师父？"

敖炽蹲在那只她根本看不见的老猫面前，说："你还是小看了栀子，她不但对人类下手，连妖怪都没放过。老猫那天喝多了是事实，但它再醉也不至于把自己摔井里。"他抬手敲了敲栀子的脑袋，"这个家伙啊，最初多半也是将他们一老一少看作食物的。毕竟老猫年纪上虽是个老妖怪，但天资实在低，一把岁数也没修炼成有本事的大妖怪，基本不会对她构成威胁。至于三尾这个小的，就更好对付了。"

敖炽说的每个字都是一瓢冷水，泼得江九娘以为突然转了季节，她忽然苦笑出来："也是了，若能以妖怪的精魂为食，一妖可抵十人百人，尤其猎物还毫无心机又无防范。"

她突然又想到了什么，奇怪地问："这么说，她本打算这师徒二人都不放过？可为何……"

不等敖炽回答，她自己很快有了答案，但这个答案除了让她更失望之外，也没有别的用处了。

她转头看向三尾，说："她看中的，是他天生的变化之能。若我没有猜错，方才所见的马夫人，怀中所抱小儿，定是她心头最牵念、最放不下且很大可能与她再无缘相见之人。人类虽是血肉之躯，看似不如神仙妖怪，但凭她如今的能力，要生生夺去一个强壮的大活人的精魄也是相当困难，所以她才以大夫的身份游走人间，只为尽可能多地与病人接触，毕竟人类在生病时最虚弱，得手的概率也最高。但是，人类精魄最不稳固最容易被剥离出来的时机，是一个人情绪最极端之时，大悲大喜尤是。若一人正在病中，心头又有一个求而不得的念想，那么只要满足了对方，对方必大喜过望，情绪激动，此时下手，可谓万无一失。三尾的变化之能，恰恰能成为她'满足'他人的工具……"

"那小儿是马氏夫妇的独子，前年夏天去河边玩耍时不幸溺毙。马夫人思念太过，一病不起，马大叔又要照顾生意又要照顾病妻，日子相当惨淡。直到今年遇到了栀子，她说心病还需心药医，这心药，她或可一试，于是便如法炮制，跟她之前'医治'过的好些人一样，让三尾成了马夫人的'心药'。只是一面，马夫人便如你所见，只顾抱子痛哭，根本不知她抱住的，只是一道催命符。马夫人被强行剥离精魄，加上本就体虚，活不过七天。之后栀子只需佯作诚恳地自责一番，马大叔也难以责怪，她自可全身而退。"敖炽淡淡地说，"马夫人去世后，马大叔郁郁寡欢精神不济，神思越发混乱，严重时还会跑来找栀子去救他娘子。玳洲城里从此便少了个铁匠，多了个疯汉。"

江九娘越听越丧气，一屁股坐在地上："老猫跟你说的？"

"它活了那么多年，虽一无是处，但好歹还保留了猫妖们天生的本事。"敖炽看着她身旁的空气，"若没这本事，它便跟那些倒霉鬼一样，顶着正常的死因不正常地死去。当然，还得遇到英明神武的我，它才有机会在彻底消失前沉冤得雪。"

她想了想，说："你是说……猫怨？"

"不然你以为我看到的是什么？"敖炽白了她一眼，"对这些玩意儿的了解，你应该比我更多。"

"我已经不是以前的我了。"她自嘲地笑笑，"猫妖死时若心头有怨，死前呼出的最后一口气便化成猫形，与生前无二致，能留世三年，寻常人不得见，亲近者不得见，致其生怨者不得见。虽称猫怨，却并无害处，无非是死不瞑目，等一有缘人可诉苦求报仇罢了。我没记错吧？"

"我不是寻常人，跟它也不熟，更不是它怨恨的对象，所以活该我看见它，还得听它絮絮叨叨一堆废话。"敖炽一脸吃了大亏的样子，"所以我总是很烦这些没出息的小妖怪，总爱给人添麻烦。"

"你不主动去跟它打听，它能奈你何？"江九娘摸了摸三尾发凉的手，"口中总不屑这小妖怪的生死，刻意与其疏离，甚至鄙视他对你的崇拜，结果背后做最多事的那个还是你。"她摇头叹气，"你呀，这脾性从小到大都不曾变过。"

"别。还不是你上赶着要当别人的老母亲，我是不想坏了你的心意。"他立刻否认，"何况我说过要送他一份大礼，我从不食言。"

"大礼……一场永远成不了的亲事？"

"是不再被当成个傻子的余生。"他纠正。

江九娘放下三尾的手，说："是不是你的贝衔草下得太多，他竟到现在还不醒？"

"是他太差了，好歹是只妖怪，却连街头稍强壮些的普通人都不如。"他的目光掠过一动不动的三尾，投到同样没有动静的栀子身上，"甚至远不如他没过门的娘子。"

话音未落，两道白光突然自栀子手中飞出，在夜色中凝成两道又细又利的线，飞速刺向敖炽的眉心与胸口。再看她，人已经飘浮于半空，脸上再没有半分温和从容，全身都褪了颜色，只留一片雪白，包括头发与脸孔。类似花瓣的纹路从她的半张脸孔下浮现出来，诡异地爬满整个左脸，此时的她已然破了人形，雪发飞散，红瞳如血，一腔怨怒几乎要从这具妖身之中撞出来。

敖炽身形一晃，轻松避开对方的攻击，再现身时他已站在院中老树前，盯着两片狠狠扎进树干的栀子花瓣，啧啧道："把这般大的力气花在正经修炼上，说不准你早已成仙了呢，哪里至于在人间干这些偷偷摸摸的勾当。"

栀子并不回应，只将双手一扬，白光如暴雨而出，非取敖炽性命不可。

"住手！"江九娘眼见她已露狂性，不禁大喊，"你不是他的对手，就此打住，俯首认罪或可保住性命！"

栀子冷冷看她一眼，根本没有收手的意思。

这次敖炽连躲闪都不屑，不过吸口气，以手指在空中画了一道弧线，密集的白光居然在离他的身体不足半尺的地方齐齐调转了方向，朝栀子飞去。

根本是一场毫无悬念的战斗，在敖炽眼中，怕是连战斗都算不上，不过是大人在教训不知天高地厚的小儿。

眼见情形不对，栀子想运起法力制止都来不及，化作光线的花瓣本是她的武器，却反过来要伤她性命，并且能做到这一点的人根本不费吹灰之力，这才是比让她受伤更大的耻辱。

她躲闪不及，大半花瓣扎进身体，她惨叫一声，自半空跌落下来，白色的血从伤口流出，没有血腥味，反而散发出浓郁至极的花香，仿佛有人将一万朵栀子花抛在了这里。

江九娘送她的玉镯也惨遭不幸，碎成了一地碧绿的碴子。

敖炽慢慢朝她走去："连血都还是白的，可见你真是低等小妖。且到此刻都还不学好，连我都想杀。"他简直被她的愚蠢逗笑了，"我看你煞费心机吸食他人精魄，倒不如把那时间拿来炖些补脑的汤药，说不定这样反而是一条正路。"

傻子都感受到敖炽每走一步便多一分的杀气，当对方的额头上已经不可逆转地被他贴上"祸害"的标签时，他越是笑得轻巧，越是没有手下留情的可能。

栀子的心口因为疼痛与紧张剧烈起伏，眼见着敖炽步步逼近，她突然一把将三尾扯到怀中，五指尖甲直抵他的咽喉："你再进一步，我死，他也不能独活。"

此言此行，江九娘心头最后的一丝牵挂怜悯终跟那只玉镯一般，碎成了碴。

这个孩子，从来都没有喜欢过三尾啊。

江九娘完全平静下来，不再开口说话，只起身退到敖炽身边，铁了心把一切交给敖炽，再不插手。

"他活不活我不管，反正你得死。"敖炽停下脚步，嘴角浮出一抹邪笑，俯身从地上捡起一片落叶，随便那么一抛，而栀子连他的动作都没怎么看清，便觉右手一凉，突然没了知觉，急忙低头，方见右手已齐着手腕断开，顺着三尾的身子掉落于地，在喷洒而出的白色血液里化为一堆零碎的花瓣。

她又惊又痛，慌乱之中抛下三尾，转身一跃化成一团白光，直冲夜空逃命而去。

"还有力气跑，麻烦。"敖炽嘀咕一声，转眼也不见了身影。

一片狼藉的院子里，只剩江九娘扶住还未醒转的三尾，以及一只他们谁都看不见的老花猫。

◇ 伍 ◇

今夜的玳洲城一如既往的平静，难得没有雷声只有凉风，所有人都沉醉在一场舒服的梦中不可自拔，自然无人知晓在他们屋顶之上的天空，一场追逐正在上演。

厚密的云层之中，栀子白发散乱，衣裾翻飞，已然分不清围绕在她周身的白色光芒是她施展的法术还是她止不住的血。她时不时慌乱地回头，竭尽全力达到的速度模糊了她的视线，只恍惚看见一个巨大的紫色影子对自己紧追不舍。

整个玳洲城的百姓大约是错过了此生所能见到的最壮观的奇景——浑身散着白光的女子于夜空中御风而行，白发与衣袂飞散出诡异而美丽的形状，时而是一双翅膀，时而又是一朵盛放的白花，竟分不清她是地上的妖怪还是天上的仙女。只她一个已经不得了，哪知她身后还有一条紫鳞巨龙，厚云之中仍见龙目如炬，利爪似刀，紫色的鳞片随着每一个动作变化出不同的光泽，真是腾云驾雾，自带威仪，见者无不心生敬畏，说是天地造化中最厉害的神物也不为过。

大约是没了继续追逐的耐心，一个火球突然自龙口而出，前面的目标躲闪不及，虽只被火球边缘扫到，也足以令她失了平衡，连带着被烧着的裙角，自空中飞速坠落。

不知是上天怜悯还是命不该绝，她着陆之处偏偏是断湖。

没有溅起多么巨大的水花，仿若落下的只是一个轻于鸿毛的小玩意儿，一圈圈水纹自湖面荡漾开去，快散尽时才见落水之人从湖面下猛然钻出脑袋，大口喘着气。

视线平行之处，是一双男人的脚，立于水面如履平地。

她抬头，见敖炽面色淡然，横抱双臂，一身紫衫倒映于水面，从人到倒影，根本无须任何光线辅佐，都是能见到的最耀眼的目标。

"你……你竟是……龙？"不光嘴唇，她连睫毛都在颤动。

"你初见我时便双眼放光，是不是多少也觉察出我香甜可口，幻想着有朝一日也将我变成你的食物？"敖炽俯视她，语气轻松得像在与她闲话家常。

她皱眉，没有回答。

"幸好你没下手，不然真怕噎死你。"敖炽哈哈笑出声来。

她的手在水中笨拙地划动，混乱的水声一如她此刻的情绪，人为刀俎我为鱼肉的老话，到底是落到了自己身上。

"我很怕死去。"她突然开口，用力扬着头，似乎只要不低头，就不算狼狈到极点。

敖炽觉得好笑："用一种不怕死的倔强去解释自己是个怕死的人，这种矛盾我不是很理解。"

"你既身为龙，自然不能理解如我这般的小妖对于力量的渴望。你们生来便有漫长的生命、随心所欲的能力，还有万众尊崇的地位。"她索性壮起胆子将心头话一吐为快，"比如你，三尾说你不费吹灰之力便让伤他的人死无全尸，也说你闲云野鹤，终日游山玩水，似乎从不为自己的未来努力，但偏偏已拥有了一切，实在羡煞旁人。可是他跟我呢，我们光是活着就已经是一道难题。"

"从不为自己的未来努力，但偏偏已拥有了一切……"敖炽像是听到了今夜最有趣的一句话，"我还是第一次听到这么直白的称赞。"他顿了顿，笑容渐去，"那么你的意思就是你非常努力，可还是不能拥有一切对吧？"

"难道不是吗？"她觉得自己终于有了一次理直气壮反问的机会。

敖炽冷笑："你为一个根本就不该属于你的东西努力，自然怎么努力都不可能拥有一切。"

她的脸色变得更加难看："我不懂你的话。"

"世间非人之存在，可说不计其数。妖怪作为非人的一类，更是无处不在，小到一只蚂蚁，大到一座山川，无论活物死物，机缘之下皆有得灵性而成妖的可能。比如你，"他打量着她惨白的脸，"你原身十之八九只是一朵普普通通的栀子花吧？"

她咬咬牙："没错，那又如何？"

"你若真是循规蹈矩成了妖，且还是能有人形的妖，纵然再没本事，寿命长到几百上千年也是毫无问题的，三尾跟他师父都属这类没本事又活得长的。可你偏偏不具备这个本该理所当然存在的条件，却要靠吃人精魄来支撑自己的性命。如此说来，你从一朵花到一只妖的机缘，怕只是捡了个便宜，或者钻了个不为人知的空子，才导致你尴尬的现状。"敖炽往前走了两步，弯下腰让自己把她看得更清楚些，"你本该做你的栀子花，在一季盛放后凋谢落地，化身为泥，这才是属于你的未来。可你作弊了，你只是栀子花，永远不该是栀子大夫，更不该是世间任何一个蠢材的妻子。"

她愣了片刻，突然暴怒，双手用力砸向水面："凭什么我只能做一朵从开放到凋谢都只能在野地角落里的花？凭什么随便一个阿猫阿狗都能将我们从枝头摘下，高兴了就插在发间，不高兴了便连看都不看就扯下来扔在路边？凭什么我们要用自己的一生去点缀一个短短的夏季，去取悦那些仅仅只会说'啊呀好香啊'的蠢人？"水花飞溅中，她的脸因为愤怒变得更加扭曲，"世间四体不勤五谷不分的废物还少吗？顶着人类身份却不干人事的混蛋少吗？我虽非靠修炼成的人形，可扪心自问，我当人类比许多真正的人类更认真踏实，我很努力地研习医术，你只见我夺人性命，却没见过我赠医施药救人于危难。仅仅用一句'来路不正'便否定我的全部，你这条龙又能聪明到哪里去！"

来人界的时间也不算短了，被人长篇大论地反驳、末了还要骂他蠢的事件，好像是第一次发生。

敖炽居然一点儿都不生气，还能笑出来："可身为一朵栀子花，不就是应该被这样对待吗？难道要人们对你捏着鼻子说好臭好臭？你明明给他们的生活带去了别人给不了的愉悦，却非要将一件美好的事说得如此不堪。就这么点儿见识，你还有自信地反过来骂我蠢？"

她血红的双眸狠狠瞪着敖炽："我比任何人都努力。"

"努力是应该的，不是额外的优点。"敖炽不客气道，"得了便宜成了人形就罢了，老老实实走完捡来的岁月已是大赚，可你偏偏还想要更多，所以你不但蠢，还贪。"

一度隐藏无踪的杀气突然又回到他眼底："我很不喜欢你这样的，所以不会让你活着。"

再大的愤怒与不甘，在求生本能面前都会化为乌有。她不知道自己还剩下多少力气来支撑那颗不肯低下的头颅，或者再过片刻，她就没有头了。

她竭力镇定下来，但说出来的每个字都在发抖："你若取我性命，三尾会伤心，恐怕要恨你一辈子。"

敖炽大笑："我又不是他妈，他伤心不伤心关我何事？何况恨我的人多了，多一个和多十个没区别。"

"你……"她语塞，混乱的脑子还在拼命寻找能让他放过自己的理由，却又意识到再多理由都不能让一个铁了心要杀你的人改变心意，尤其这个人还不是人，是一条身份在万物之上的龙。

敖炽终于走到了她面前。

"你不要过来！"无计可施的她拼尽全力从水里跃出，眼见着才飞出不到十尺，便被一股无形之力拉回水中。

敖炽冲她摇了摇手指："你的活动范围是有限的，我这么晚还没睡觉也是很困了，实在不想再去抓你。"

"你……"

漂在湖面的她居然可笑地用手掬起水花去泼他，彻头彻尾的绝望击溃了她自以为是的强大，在扑面而来的死亡前露出最无助的本能。

"我已经过来了。"敖炽耸耸肩，她掬起的水没有一滴能挨到他的身体，"算是好奇吧，我想知道你究竟是捡了什么便宜才成了如今的模样。"

她愣了愣，心头突然闪过一丝侥幸。

"我说了，你不杀我行不行？"她仍昂起头，希望这最后的哀求不要那么不堪，"我保证今后只救人性命，至于自己的性命，能活到哪里算哪里。"

"不行。"敖炽撇撇嘴。

短短两个字，再无转圜余地。

她怒急攻心，索性生了孤注一掷的恶念，一头白发暴涨而出，转眼将敖炽大半个身子都包裹起来，趁此机会一跃而起，左手朝敖炽的眼睛狠狠抓去。

只要再多一寸，就一寸便能得手了，然而可惜，那一寸是她此生都不能达到的距离了。

她重重地落回湖面，白发被震碎成大大小小的碎片，雪花般撒在水面上，成为她残破不堪的身体的最佳陪衬。

敖炽不再多说，抬手一挥，便将她从水中"提"出来，送到自己面前。

"你这般微不足道的妖物，在我面前是没有秘密的。"他笑笑，突然伸手戳中了她的眉心。

一个小动作罢了，却将眼前一切完全抽离出去，断湖被切割成无数碎片，往四面八方飞去，露出一片陌生的野地，四周树木苍翠怪石嶙峋，一丛栀子花自两块石头间的缝隙里长出来，正是含苞欲放的时候，其中一朵占了先机，已然盛放于湿漉漉的绿叶之间。

但听"砰"的一声巨响，一个男人不知从何处飞出，整个人背对着撞向半人高的大石，冲击力大得连石头都承受不住拦腰而断，连带着旁边的栀子花丛也遭了殃，被掀起的气浪打得枝折叶落，花朵花苞散了一地。

男人似是没有力气再起身，一只胳膊无力地搁在断石上，鲜血顺着他的手臂到手指，再从指尖滴下，落在那朵开早了的栀子花上，白花眨眼变成半朵红花。

空中传来一声低吼，低沉的乌云被一层金光破开，一条金鳞雪角的大龙从天而降，颜色太过耀眼，似将躲起来不见人的阳光都收在了自己身上，身姿矫健又轻盈，纵然是杀气腾腾，也自有一番美态，莫名让人相信即便是吃人，这条龙的吃相也是最好看的。

不消片刻，金龙落地，却是个高挑婀娜的女子，雪发过腰，金衫薄如云织，熠熠有光，只看背影都恍如仙子。

她面对男子，步步向前，手中不知何时多出一把金焰为柄蓝水为刃的弯刀。

男子不躲不逃，甚至露出笑容，仿佛接近他的不是刀与死亡，只是个等待许久的人。

大风骤起，花飞叶落，世界忽然模糊混乱，女子的背影与男人的笑容纠缠成一场分不清真伪的迷梦，渐渐被淹没在从四面八方而来的幽暗湖水中……

敖炽睁眼，收回手指，被他牢牢制住的栀子双目失神，好一阵子才清醒过来。

"那个人的血，成了你意外的捷径。"敖炽恍然大悟，可额头却渗出细密的汗珠，似是知道了什么更不得了的事情，"你可知他是何人？"

"你……你竟可窥我记忆？"栀子又惊又怒。

"说，他是何人？"他又一抬手，栀子的脖子被无形之力死死扼住。

"我不……不知道！"栀子费力地挤出声音，"得了他的血……我便突然有了灵性……但很快便沉沉睡去，后来发生的事我全不知道……再清醒时，已不知过去多少年月……我仍身在原地，却已成人形，山中岁月我早已厌弃，遂入人世，兜兜转转间也识得些别的妖物，亦深知自己与他们不同，渐渐也摸索到可以让我以人类身份继续活下去的法子……"

"你果真是捡了天大的便宜。"敖炽冷笑，挥手解了对她脖子的束缚，却仍让她飘在半空中不可移动。

"便宜？"她咬咬牙，不甘地说，"我本好端端生在山野，是他们闯进来乱了我的命数，是他们将我变得不伦不类，你却只跟我算账？"

敖炽看着她愤怒的眼睛，说："马夫人不是他们杀的，我在山路上遇到的老头子也不是他们杀的，还有许多我不知道的倒霉鬼也不是他们杀的。栀子，你知道我为何这么不喜欢你吗？"

她横下心来，大吼："你敢说你没有伤过一条人命吗？世间人类的数量比我们多得多，为了活下去杀几个又如何？人类又杀不完！"

敖炽摇摇头："我讨厌的，是用对你最好的人，去干最坏的事。"

她怔住。

"算了，不说了。"

他环顾四周，断湖之上一片幽深静谧，不论白天黑夜，这片湖都比别处沉静，虽也能泛舟赏春光，却总少了点儿轻松悠然的意思，若盯着湖水久了，难免还有湖水之下无活物的错觉。这样的地方，做一只妖孽的墓地倒也合适。

"既不是你的人生，那就到此为止吧。"跳跃着金蓝火焰的长剑出现在敖炽手中，冰冷的温度与炽热的光线矛盾又完美地结合在一起，照亮了栀子惊恐的眼睛。

"不……不要……"她拼命扭过脸去，不去看就不会受到伤害似的。

"不！不要！"

湖面上忽然多了另一个声音，夹杂着匆忙的划水声。

敖炽回头，一只不知哪里冒出来的小舟，载着拼命划水的三尾跟江九娘，以它此生最快的速度朝这边冲来。

"来得还真是时候呢。"他冷哼一声。

"阿尾，阿尾，我在这里！在这里！"栀子狂喜地大喊，仿佛只要叫出那个名字，便给自己贴上了最后一张保命符，完全忘记了不久前把尖锐的指甲对准三尾喉咙的人也是她。

"栀子！"三尾焦急地回应，又大喊，"敖大哥手下留情！栀子纵然犯错，可她真的无心害人，若要赎罪要偿命，我替她行不行？"

在小舟行至距他们数米之外时，便再也动不了分毫，船身被看不见的结界彻底挡住去路。

"敖大哥，求你放过栀子！有话好好说！"三尾见状，扔掉船桨"扑通"一声跪下来，拼命磕头，江九娘拦阻都无用。

栀子的视线在三尾与敖炽之间紧张地来回移动，虽不知这样的胜算能有多少，但敖炽总不能当着三尾的面杀掉他最在意的、铁了心要一生一世的女人吧？

"再磕下去，船都散架了。"敖炽不耐烦地说。

闻言，三尾似乎听出了一丝希望，他赶紧抬头，仍是跪着不起，眼看着就要哭出来："敖大哥，只要你不杀栀子，我什么事都愿意做！"

"是吗？"敖炽居然露出很有兴趣的样子，出乎所有人的意料。

三尾猛点头："是的是的！什么都可以！刀山火海我都可以去！"

"你不是擅变化之能吗？"

"对对！我现在能将石头变成飞鸟，能将彩纸变成嫦娥……还有，只要我抓住人类的双手，便能看见他们最想见到的人，我可以把自己变成那个人，几乎是没有破绽的！虽然不能维持太久，但好几个时辰是没有问题的！"他急忙道，"敖大哥，我知道我的本事依然微不足道，但只要你能用得上，粉身碎骨也无二话！"

敖炽听罢，转看向江九娘："这些年你教给他的东西，也不算白费了。"

江九娘有些尴尬，没有一刻能比现在更后悔了，早知是如今局面，当初还不如教他煮饭做菜，何苦教他修炼之法。此时万千滋味纠结在一起，堵了她的嗓子，一句话都说不出来。

敖炽收回目光，看着栀子，又问三尾："你既能变物，又能变己，那么今日我要你将死人变活，你可办得到？"

三尾愣住，半晌才说出话来："这……这是不行的啊……死者已矣，便是神仙也难起死回生，我虽会变化，但也变不了生死之事啊。"

敖炽冷笑："你也知道这是神仙都难办的事啊。"

"敖大哥……你……"三尾仍不想放弃，"除了这个，别的我都能做！"

"可我只想要你为我做这一件事。"敖炽抬起手，长剑的光芒比方才更耀眼，"既做不到，便罢了。"

"敖……"

"啊！"

长剑在空中划出一道完美的直线，好像在夜色里撕出一条不能愈合的伤口，后面的栀子微张着嘴，全身凝固，身体的完整只保持了一刹间便四分五裂，在空中化成一团团雪白的看不出形状的碎块，彼此间牵连着的缕缕白丝在犀利的气流中铺成各种繁乱的图案。

而一滴黄豆般大小的赤红颗粒渐渐显现在不断消失的碎块与白丝之间，有如雪地之中一瓣红梅，个头虽小却十分显眼，随着栀子留在世间的最后部分，缓缓落进断湖之中。

一片白光闪过，在湖面上聚成一朵巨大的栀子花的模样，旋即沉入水下，渐渐消失，湖面上再无痕迹可寻，只留下一缕若有若无的栀子花香。

连一句完整的"敖大哥"都来不及讲出口，三尾便成了一尊连呼吸都忘记的石像，呆呆地看着微漾涟漪的湖面，江九娘拼命叫他他都听不见。

他此刻能看见能听见的，只栀子四分五裂的样子与她凄厉的喊叫，还有那个一直被他崇拜着的男人的脸，他的表情跟当年蔑视那几个术士时一模一样，连动手的果断决绝也从没改变。

这便是强弱之间的区别了，他手里永远都有决断生死的剑，而自己手里，只有一个随时下跪求饶的灵魂。

只听三尾一声怪叫，竟纵身跳下湖去，疯了般朝栀子消失的方向游过去，可惜水性不佳，没游出多远便沉入湖底。

"快将他捞起来呀！"江九娘急得大叫。

敖炽面无表情地踩着湖水往岸边去："他爱死不死，我回去睡了。"

"你……"江九娘无奈，只得自己下水。

"小心莫把自己淹死，我是没有闲工夫去埋你的。"敖炽边走边挥手道。

"滚！"江九娘气得不行，又不能抓住他打一顿，只得将头一埋，娴熟地钻入水下。

好像还真是有一点儿倦意了，明明没花什么力气便收拾妥当了。

走过一半，敖炽回头，那边的江九娘已经拽着死人般的三尾冒出了水面，正往船上爬。

说好的大礼，他送过了，至于收礼的人高兴不高兴、难过不难过，是谢他还是恨死他，都随便。

身后突然传来撕心裂肺的哭声，大概是那个笨蛋醒过来了吧。

他伸了个懒腰，加快步伐，没睡觉的人听到这样的哭声还是很烦的。

但很快他又停下来，不是因为船上的人，而是因为水下有异动，一阵类似地震的摇晃从断湖深处震荡而出，虽然只持续了片刻，也足以令接触者心神不宁，不光敖炽，连船上的江九娘都微微变了脸色，警惕地扫视着湖水之下，且下意识地拿起船桨，仿佛那是什么厉害的武器。

可是，片刻之后再不见有任何动静。

江九娘松开船桨，坐下来，神情复杂地看着昏死过去的三尾。

今夜，无人知晓断湖成了一只妖孽的葬身地，明天天亮之后，湖上仍会有舟船来往，笑语轻歌，岸边游人食客照例到她的店里来，吃吃喝喝热闹非凡，什么都不会改变。

希望如此吧，什么都不会改变。

◇ 尾 ◇

"这么热的天，你躺在这里装什么死？"断湖岸边，江九娘将一碗解暑的汤水塞给敖炽，他这几天难得哪里都没去，睡醒了便到断湖边上，将一把大油纸伞插在地里，自己舒舒服服地躺在伞下，将一把蒲扇扇得呼呼作响。

他起身接过碗，咕嘟咕嘟一饮而尽，看着一只小船从不远处的水面经过。

"还没醒？"他顺口问一句。

江九娘摇头："天晓得他是真没醒还是假没醒，反正就是不睁眼。管他呢，这么大个人了，自己没分寸的话，谁都帮不了。"她嗔怪着坐下来，又皱眉道，"你也是，就算要动手也大可不必当着他的面，这下好了，谁知他现在这模样是伤心过度还是被你吓的。"

敖炽不以为然："这点儿场面就受不了的废物，活着也是浪费粮食，随他去。"

"我不是他，他看不见的事我看得一清二楚。你就是见不得脏，忍不住要打扫。"江九娘笑笑，"许是在人界太久，我真的越发像一个婆婆妈妈的老家伙了。若是从前，恐怕我对栀子会比你对她还狠。"

"既说从前，你不但是东海龙族里最好看的公主，还是天资最高、杀伐决断从不手软的女战神。"敖炽突然道。

她的笑容凝固了片刻，旋即自嘲地摆摆手："都多少年的事了，你不说我都忘了。什么女战神，我怎么没听到有人这么喊过我。"

敖炽看着她假装自在的侧脸："你知道我这几天为何总在断湖边看着？"

"我怎么知道，准是找不到别的好玩去处呗。"她拍拍屁股起身，"好了好了不跟你废话，店里还有一堆客人呢。"

敖炽一把抓住她的手腕，抬头直视她的双眼："杀掉栀子前，我窥见了她本不该成妖却成了妖的原因。"

"啊？窥探他人记忆会消耗不少元气！你何必……"她瞪大眼睛。

"我见到一条金鳞雪角的龙，还有一个重伤的男人，可惜记不住模样。"他把她的手抓得更紧了，"表姑婆，你的龙身不就是金鳞雪角、东海独一份吗？"

她愣住。

一个势必要挖出答案，另一个偏要将答案埋进深处，两人的目光在空气中撞出无形而激烈的火花。

此时，一艘小船从断湖中心划过，船上的人正高谈阔论，饮酒作乐，无人发觉一串串不起眼的气泡时不时从水下冒出，更看不见幽暗的水底隐隐有红光掠过。

第八章 【命敌】

我的存在，便是龙域的尽头。

我的存在，便是要保护龙域。

◉ 楔子 ◉

乌云狂风之下，这孩子岿然不动，气势如虹，一个人便是一堵铜墙铁壁。有他在此，这天地间好像也没什么可担忧的了。

◇ 壹 ◇

隆隆雷声任性而来，扰了诸人游湖的雅兴，欢歌笑语渐息。有经验的船夫们见天色不对，忙接二连三靠岸而来，生怕时运不济被雷劈，断湖岸边顿时热闹起来。

扫兴下船的人里有常来光顾的客人，见了岸边被年轻男子拉住手的江九娘，又见那男子姿容出众，不似本地人士，遂好奇喊道："江家娘子还不回去？眼见着变天了，当心淋雨着凉呀！"

"再不放手，莫怪人家以为你光天化日之下轻薄妇人。"她狠瞪敖炽一眼，旋即扭头对那客人笑道，"光打雷不下雨也不是一两天了，不妨事，多谢刘老板关心，您快些回去才是。"

那人却不走，颇不放心地瞅着敖炽问："这位公子是你熟人？"

她笑容不减："是我侄孙，刚自家乡来探我。"

"原来是侄孙……"那人放了心，又多看敖炽几眼，眼中不禁放出光来，"公子可有婚配？若没有，在下有个侄女，诗画双绝聪慧过人，长得也是闭月羞花……"

"滚！"敖炽听得心烦，回头大吼一声，正巧对上空中那一声炸雷，吓得那人一哆嗦，硬是不敢再靠近一步。

好歹是客人，江九娘到底于心不忍，打了敖炽一下，抱歉地对那人道："刘老板莫介意，这孩子脾气不好，哪家姑娘落他手里都是糟蹋了，您的好意我心领了，快回吧。"

"没事没事，我就随口一说，年轻人火气大，哈哈。"那人只得讪笑着尴尬离去。

直到他走远，江九娘才沉下脸："那可是我的衣食父母，都被你骂走我今后喝西北风去？这臭脾气几时才能改一改？"

"我管他是谁的客人！"敖炽脸上不见一丝玩笑之色，抓住她的手一丁点儿都不肯松懈，"得不到我要的答案，你以后都别想做生意。"

"你……"江九娘又急又气，只恨他如今身强力壮了，再不能像幼时那般随便抓过来打屁股。

头顶上的雷声一阵大过一阵，但掀起的气势仍是比不过婆孙间你不退我不让的对峙，即便他们所有的交手只在眼神。

转眼间，断湖之上已无舟船，连岸边的人都急急散去。

江九娘看着那只铁箍般抓住自己的大手，心知不可能挣脱，但总这样也不是法子，遂口气软了几分："都是与你无关的陈年往事，你知道又如何，不知又如何？莫再闹小孩脾气了成不成？"

他却不依不饶："你离开龙域那么久，哪里都不去，偏在这断湖边安家落户，我不信你是图此地风景好。再好的风景，看上十年百年也该腻了，何况这断湖景色平庸，断不是你能坚持看它千百年的理由。"他顿了顿，目光越发犀利，"你究竟在看什么？"

她愣了愣："你以前从不关心这个问题。"

他看向暂时风平浪静的湖面："昨夜，断湖之下有异动，十分不妥。你也在湖上，虽然你如今的能力与人类相差无几，但你应该也觉察到了。"他将视线移回到她脸上，"不然你为何会下意识地拿起船桨，仿佛拿起一件武器。"

她微微张着嘴，半晌才摇头一笑："果真还是年轻好，隔那么远都能看见我的动静。"

"姑婆！"他第一次如此正式地喊她，"如今的你已经没有独自处理某些事情的能力，除了我，你还能靠谁！"

虽然语气那么差，可她字字句句都听得高兴，有家人的感觉突然就回来了。

她重新坐下来，摸摸他的脑袋："你成天只爱吃喝玩乐，我嘴上说你，心里却是希望你余生皆能如此的。琢磨哪里的山水出色、哪里的酒菜好吃、何处的姑娘漂亮，没心没肺地挥洒时光，再没有比这更快乐的事。若有朝一日能遇到一个让你心甘情愿不离不弃，也愿以同样情义待你的人，便是更大的福气了。你本应该这么走下去的，你的生活跟断湖无关，就只当是来探个亲，咱俩说说闲话便好，然后你仍去你想去的地方，开开心心的，不行吗？"

敖炽凝视着她的眼睛，神色缓和了许多，甚至能看出一丝感动。

"不行。"

再感动也不行，他是敖炽，他要的答案，纵然说出来是刀光剑影血海无边，他也要。

她皱眉，没料到眼前的家伙竟是这般软硬不吃，两人一时间又僵持住。

"你实在不肯讲，就不必讲了。"敖炽突然道，"我自己来。"

一团她看不见的微光凝聚在敖炽的指尖。

即便看不见，也不妨碍她骤然变了脸色，竟用尽全身力气，一把将他向自己靠近的手指狠狠打开，怒骂道："你疯啦！"

敖炽甩了甩被打疼的手指，冷冷道："这次我让你，下次你没机会了。"

"你敢！"她柳眉倒竖，从不曾发过这般大的脾气，"你竟将我与栀子那般的小妖相提并论！"

"你现在还不如她呢。"他再次抬起手。

"胡闹！"她一把抓住他的手，"我再不济也还有半颗龙珠在身，想窥我的记忆，你是不要命了吗？"

他不以为然地撇撇嘴："大不了就耗尽元气，运气再坏点儿，可能连累到龙珠受损、形神俱伤，再倒霉点儿，说不定就死了。"

"呸呸呸，什么死不死的！"她作势要打他的嘴，最终无奈地放下手，"你也松手吧。"

这次敖炽没有拒绝，放开了她的手，他知道自己的法子奏效了。

江九娘微微抬头，正视着笼在一片乌云之下的断湖，说："龙域可比断湖大太多太多了。"

"那是自然，我的浴池都比这儿大。"敖炽冷哼一声。

"龙也比人早来这世界太多太多年。"她目光有些迷离，"我曾听老龙们说，早在天与地都还没分开，千万里江山连个活物都不见，世界还没有个世界的样子时，龙就已经在一片混沌的海水中自由来去了，连神都比龙来得晚。"她笑笑，"所以任何对四海龙族的崇拜与尊敬都是可以笑纳的，你们有这个资格。"

敖炽皱眉："什么你们，你还有半颗龙珠，你还是龙！"

她笑："我只是个煮茶烹鱼的妇人，东海之中已没有我的身份。"

"你还是我表姑婆，这身份你这辈子都甩不掉。"敖炽偏要将刻意划清的界限擦掉。

"你呀，刚说你长大，马上就证明我错了。"她平静的眸子里映着敖炽气哼哼的脸，"真是不让人放心呐。"

"你隐瞒的事，才是最大的'不让人放心'！"他立刻反驳。

四周越发闷热，一层潮湿的气紧紧贴着皮肤，像个薄薄的袋子笼住自己，总也撕不开口子。她深吸一口气，说："如今世人都道四海龙族，却不知当年龙域之中并不止四海，还有一山。"

"山？"敖炽不解。

"东南西北无疾山，龙域之中本是五分天下。"她缓缓道，"除了四海龙王，那无疾山中也有龙王，虽也有个龙王的称谓，只是地位就差了许多。"

敖炽摇头："我从未听闻过龙域之中有无疾山这个地方。"

"你自然不知，在它最后存在的那段时间，你爷爷还是个少年，我还是个用几块糖膏就能哄得住的小丫头。"她的眸子被深远的回忆蒙上一层灰翳。

"无疾山中的龙并不纯粹，住在那里的龙，全部是龙族与异族结合的后代。彼时的龙域，虽不赞同与异族有染，但亦怀一份怜悯慈悲之心，愿意接纳只有一半龙族血统的他们。然而大家心知肚明，在连神都不放在眼里的四海龙族面前，无疾山中的半龙们没有身份地位可言，就连参加各种庆典宴会，他们都只能在最角落的位置。他们中的所有龙，一生都没有什么光鲜的时刻，平日里承担的多是为四海龙族打理日常起居或者整理文书之类的闲职。"她想了想，又道，"打个比方，出身东海龙族的你是万人之上的皇子嫡孙，而无疾山中的龙子龙孙们永远都是冷宫中人，一生不可与无疾山之外的同族通婚，能以下人之姿为你们鞠躬尽瘁，已是他们此生至大的幸运与荣耀。说来，那无疾山虽无高墙铁壁，不限他们自由往来，但是早早就被划下了永不可突破的界限。"

敖炽沉默片刻，说："听起来虽然无趣，却也不算太遭罪。这么一群无趣的家伙，做的也是无关痛痒的闲职，既然只是个聚会时站个不显眼位置的存在，为何在龙域之中被抹得一干二净？不光我不知道，我记忆中看到过的任何与龙域历史有关的记载之中也没有关于无疾山的只言片语。"

一道耀眼的闪电劈过，紧跟着轰隆一声雷响，湖面连带着地面都摇摆了几下似的。

"他们病了。"她的睫毛垂下来，试图遮掩眼中不想被人看见的无奈与疼痛，"无从知晓的病因。"

"病了？"敖炽实在不能理解她此刻的神情，"世上族类万千，天生体格强于龙族者寥寥，我对疾病的概念仅仅是幼时偶感风寒跟吃多了闹肚子，成年后的龙很少染病，即便遇上了，龙域之中的大夫自能妙手回春，加上四海之中多的是天赐神物奇花异草，你却跟我说因为一场病，一整个族群都被抹掉了？"

她苦笑道："我当年何尝不是与你有相同的看法，那时我虽年幼，却也知身为龙的强大。无疾山中的同族们患的病不是头疼脑热那么简单，染病者先是身体疲倦发热，渐渐消瘦，但食欲旺盛，最后眼眸变绿。"

"啊？莫非你们这群小气鬼是怕被他们吃垮了所以才……"

敖炽话没说完，脑袋已经被重重敲了一记，江九娘哭笑不得："你说话也过过脑子，龙域何等富饶，十座无疾山上的半龙加起来也难吃空。"

"那到底是如何，听起来也不是多么吓人的病症。"敖炽揉着脑袋嘀咕，"最烦你们这些老家伙小题大做。"

"我倒希望当年真是小题大做。"她下意识地咬紧牙关，似是回忆到最不愿回忆的部分，"最初大家都没有太当作一回事，毕竟无疾山中的同族们都只有一半龙血，体质差些是理所当然的，染病也就不新鲜了。大夫们也去瞧过，都当是伤风发热之类的小病处理，给了药让好好休息便是。谁知没过多久，龙域之中便出了命案，还不止一起，丧命的都是四海龙族之中受了外伤的，众人亲眼看见在西海龙宫中当差的半龙突然发了狂似的抓住被害者咬下去，死都不松口，众人甚至来不及出手解救，被害者便全身龙血尽失、皮肉枯萎，转眼便成了一具龙骨，龙珠亦成灰烬。行凶的半龙倒是没了之前病恹恹的样子，力气也比平日里大出许多倍，众人花了不少气力才降服住。这便是噩梦的开始了……"

江九娘攥紧拳头，脑海中每一个浮出来的遥远的画面，都是心惊胆战的打击。

"在四海龙族毫无防备的时候，类似的攻击接二连三地出现。那年月，龙域并不太平，与居心叵测、凶狠残暴的异族们的战斗从未停止，受伤者数不胜数，病重的半龙们便如饥饿猛兽一般，循着伤口与龙血的味道飞奔而来……总之，那短短数日是龙域真正的灾难日，四海龙王们果断下令，斩杀所有绿眸半龙，其余的无论有无病症，所有于四海龙域中供职的半龙悉数押返无疾山，不得出山一步，违者杀无赦。原本风和日丽内外平静的无疾山，终是成了一座真正的牢笼，重兵把守，日夜不休，连一只飞鸟都休想经过。"

江九娘已经刻意将当年的惨状描述得笼统而简单，但只言片语间，千万年前的死亡与血腥气仍有加速人呼吸的本事。

敖炽花了好一阵工夫才从想象中的画面里抽离出来，皱眉道："受伤的龙被有病的半龙吸干了？"

"算是吧。"江九娘点点头，"这场病来得突然又古怪，若非四海龙族兵强马壮，及时遏止了病情的蔓延，后果委实不堪设想。"

"找不到病因？"敖炽心头隐隐生出了怒气，"这么多年都找不到？"

她摇头。

敖炽追问："之后呢？无疾山那些没有发病的家伙们是如何处置的？"

江九娘沉默片刻，道："彼时的北海龙王建议全部剿灭。"

"是吗，那倒是符合北海龙族一贯的作风。"敖炽冷哼一声，"那会儿的北海龙王是无藏青霜的爷爷吧，若换作如今的无藏青霜，想必也是相同的'建议'呢。"

"可是其他三位龙王不同意。"她的神色稍稍缓和下来，"他们说无疾山中的虽是半龙，但也是龙族血脉、同根兄弟，且他们之中并非所有半龙都染上此病，一概处决未免不公。但北海龙王坚持己见，说留他们在龙域之中无疑是给整个龙族埋下巨大的隐患，他们今日只对受伤者下手，明日说不定便对任何人下手，此病古怪，宜斩草除根，否则后患无穷。"

敖炽冷笑："所以被抹掉了？"

"结果是三对一，三位龙王一致否决了北海龙王的建议，但选了一个折中的方法，便是将'剿灭'换成'驱逐'，将无疾山中所有半龙按老规矩剜鳞分珠，逐出龙域送往人界，永世不得返回。这样也算是他们能想到的仁至义尽的法子。被剜鳞分珠，不仅意味着他们从此失去龙的身份，也失去了再踏入龙域的资格，此番离开便是永诀。"她低头看了看自己，自嘲地耸耸肩，"你看我不就是如此吗，此刻若我与你并肩立于龙域与人界的入口，你能进，而我只会碰得头破血流。"

"那也是你活该，自己选的路，死了都要走下去。"敖炽白了她一眼，心头却没来由地松了口气，"所以他们就这样被抹掉了？"

江九娘的浅笑凝在嘴角，良久方道："我也希望如此。"

敖炽松了的那口气顿时又提起来："希望？"

空中又是一声炸雷，连带着狂风也一阵大过一阵，断湖水面不安地摇晃着。

"负责押送他们往人界的，是北海龙王的军队。"江九娘的眸子被不安的湖水淹没，"一出龙域，半龙们便被杀尽了，不分老少男女，一个不留。北海龙王的手下素来以快准狠闻名，半龙们根本没有反抗的时间与能力。那一天，血把整片野地都染成了赤色。想来，造出'尸横遍野'这个词的人，恐怕都没有见过何谓真正的尸横遍野。"她闭上眼，"那就是。"

狂风卷过一片尘土，不怕死地迷了敖炽的眼，他用力眨眼，用力揉眼，又用力地骂了一句"去你大爷的"。骂狂风还是骂尘土还是骂别的，谁知道呢！

"从此之后，无疾山从四海龙域之中彻底消失，北海龙王夷平了无疾山，连他们曾经留下的痕迹都不放过。"她望着眼前的断湖，笑了出来，"所以你明白了吧，强大的人最可怕的地方，在于只要他不喜欢，天地山海都可以抹掉。"

"呸！"敖炽怒道，"其他三个老家伙呢？死啦？不会说话了？"

"事已至此，又能如何，难道还能内讧一场，毕竟半龙们曾夺走龙族性命是事实，为他们跟自家亲兄弟翻脸？不会的。"她笑笑，"不过是跟北海那边更少往来罢了，该瞒住的仍然要瞒住，该抹掉的……就永远抹掉吧。四海龙族的默契还是在的。"

"那么多……说杀就杀了……"敖炽还是愤然，可拳头却少了几分力气，怎么都攥不紧了，旋即他突然觉得哪里不对，盯着江九娘的脸，"你说那时你还只是个黄毛小丫头，怎么会知道这么多？连尸横遍野血染大地的场面都仿佛亲眼见过似的？"

雷声平息，风声不止，听在耳中全是委屈的呜咽。

"我自然是亲眼见过的。"江九娘又笑着摸了摸敖炽的脑袋，从笑容到指尖，浸着说不出的苦。

◇ 贰 ◇

"服药了没有？"

"已遵医嘱服了三剂药，烧还是退不下去，人也迷迷瞪瞪的。"

"再服。这丫头的身子素来强健，不是娇花弱草之流，让大夫下药下猛些。"

"王，我看樾路公主是受了大惊吓，药能治病难治心呐，她还那么小……"

"我如她那般年纪时，已经提刀上阵与三头蛇妖拼死一搏，见过的血与尸体不计其数，身为东海龙族的王裔，她实在丢人现眼。"

"咳……这个……她毕竟是公主，比不得您呐。"

"战场之上何分男女，只有胜负，你们平日里宠溺她也该有个限度，公主偷溜出龙域你们居然都不知道，下次再有这般糟心事发生，我绝不轻饶你们！"

"是，今后我们一定严格照管公主。"

熟悉的声音在耳边时轻时重地萦绕，听得越久反而越陌生了。

这是在骂她吧，东海龙族的公主居然被区区一堆尸体吓晕了，一贯以强悍勇猛服众的父辈们肯定嫌弃死她了。可是，她又不能告诉他们，其实自己不是吓晕了，只是太难过，心里的某个部分被撕碎了一样。在那天前，她的生命里只有好吃的糖膏与嘻嘻哈哈的玩耍，还有龙王舅父不苟言笑的脸、最亲最好的表哥的照顾，以及小鱼的陪伴。

小鱼不是鱼，是无疾山中的半龙，与她差不多年岁，天生一双巧手，什么无用的东西到了他手里，都变得分外有趣。

比如他能将后院的落叶拼成好看的图画，把枯草编成各种动物的样子，连针线活都做得比龙宫中各位嬷嬷好。她淘气玩火，将自己的新衣裳烧出小洞，小鱼三两下便将破洞补成一朵桃花，衣裳不但比之前别致，更免了她又挨一顿唠叨。

反正，有小鱼在身边，许多问题都不成问题了。她读一半扔到一旁的书，玩一阵便没了兴趣的玩意儿，小鱼都给她收拾得整整齐齐，等到她想起来要用时永远不会找不到；甚至她课业不精被罚抄书时，他都能模仿她的笔迹帮她完成得天衣无缝；得了恩准可以去龙域外玩耍时，她多走几步便耍赖喊累，小鱼便毫无怨言地背她去她想去的任何地方。

严格说来，小鱼是她的贴身侍从，如果一切顺利正常，长大之后，小鱼便是专门护她周全的内庭将军，在她出嫁前都要以性命相护的人。

小鱼是没有父母的，听说老早就死在了人界，她也没有，当年为守住龙域平安，父亲母亲并肩沙场，生死不离，拼尽最后一滴血阻挡外敌。她对他们最后的记忆，是被送回龙域时的两具遗体。都说母亲是东海龙族里最好看的公主，金鳞灿烂，光彩照人，又是龙王亲妹，身份高贵，聪慧过人，总之大家把所有能想到的好听的词语都心甘情愿给了母亲，尽管优秀至此，最终的最终，母亲还是在熊熊火焰中化为灰烬。而从那之后，"东海龙族里最好看的公主"这份殊荣便只属于她了，除了龙角的颜色不同，她完全继承了母亲的模样，连小鱼有时候会看着她发呆，说自己从未见过这么好看的公主。

可光好看有什么用呢，不还是要在老师与嬷嬷们的监督下学这学那，针线要学，诗词歌赋要学，如何用最快最狠的招式除掉敌人也要学，学得不好还要挨龙王舅父的训斥，会被罚去飞整整三天三夜不许进食不许落脚。所以她是很羡慕小鱼的，没有谁会强迫他去学任何东西，他只要按照吩咐做好一切照顾她的工作，然后所有时间便都是他自己的了，拼树叶画还是编一只螃蟹，随他开心。

那日，她与小鱼坐在龙宫的庭院里，她一边吃最喜欢的糖膏，一边鼓着腮帮子看他娴熟地编手里的枯草，渐渐把它们变成飞鸟的样子。

她看着他认真的侧脸，突然说："小鱼，我们换一下吧，你来给龙王舅父当侄女，我来照顾你。"

"为什么？"他不解，"有一位龙王舅父是多么荣光的事。"

她不高兴地噘嘴："才不是呢。我不想学什么不得了的术法，不想看摞起来比我个子还高的书籍，不想一有错就被罚。"

"那是大家对你有期待啊。"他的手一直没有停，"一个只懂得编飞鸟编螃蟹的家伙，是没有资格保护龙域的。"

"我听他们说，龙王舅父他们又打了胜仗。"她又塞了一块糖膏在嘴里，一脸迷惑，"为什么总要打仗呢？我们在龙域生活，别人在别的地方生活，各过各的不好吗？"

"我也不知道。"小鱼想了想，目光落在她的糖膏上，"记得有一回，南海龙王的孙女跟你打起来了，就因为想吃你手里的糖膏，你有，她没有，她又想吃，所以便来抢，你又不能让她抢去，便打起来了。兴许那些凶恶的敌人也是一样吧，想把龙域抢走。"

她边嚼边说："龙域跟糖膏一样好吃吗？"

"可能吧。"他说，"总之我们要保护龙域就对了，不能让它被坏人吃掉。"

"嗯。"她点头，塞了一块糖膏到他嘴里，"我保护龙域，你保护我，嘻嘻。"

"我会的。到你出嫁之前，我都会在你身边保护你。"

"那我不干，你得一直在。"

"这是龙域的规矩啊，你出嫁后便有夫君照顾了，我的内庭将军之职也到此为止，然后我会成为一名真正的将军，驰骋沙场，上阵杀敌。"他脸上有向往之情，也有些许舍不得，"放心啦，那时再不会有人罚你抄书了，烧破了衣服也没人敢唠叨你，我不在你也会过得很好。"

她却赌气道："那我不嫁人了。"

"那怎么行！"

"那我嫁给你！"

"那我岂不是要帮你抄一辈子书？"

"啊呀，老师昨天罚我抄的书还差好多呢……"

"唉……我一会儿就去帮你。"

那天的糖膏最好吃，也不知道为什么。

也许因为这是此生中他们最后一次并肩坐在明丽的光线中，时光温柔又安全，她习惯性地把下巴搁在他的肩膀上，看他修长的手指上下翻飞，把废弃的东西变成宝物，并在这个过程中时不时抬起头，对她灿烂一笑。

小鱼被强行带出龙宫的那天，她打伤了三个侍卫，还咬了两个嬷嬷的手，但无论她爆发出多大的战斗力与怒气，还是阻止不了小鱼的离开。

她号啕大哭，死死抱住小鱼不撒手，而小鱼全程都没有对来押他走的侍卫们求情讨饶，甚至都没有问一句为什么，他只是抓紧时间跟她说她还没念完的书收在哪里，厨房新送来的糖膏收在哪个琉璃罐子里，她最喜欢的手链在首饰匣子的哪一格，以及帮她抄的书还剩多少没有完成，剩下的只能靠她自己了，以后可千万别在课堂上调皮捣蛋了。

只在那一刻，她才痛彻心扉地恨自己不曾好好学本领，一个只晓得吃糖膏的小废物根本无法左右自己的人生，也阻止不了任何坏事的发生，她能做的，就是在嬷嬷们无数双胳膊的钳制下拼命挣扎，然后看着小鱼的背影越来越远。

之后的几日，整个龙域的气氛都变得很紧张。

最疼她的嬷嬷架不住她的哀求，吞吞吐吐地跟她讲了外头发生的祸事，说所有半龙都被押送回无疾山，因为他们染上了危险的怪病，有危及整个龙域的可能，龙王们仁慈，决定只将他们驱逐往人界，永生不得返回龙域。

于是，她用上了从各位老师以及龙王舅父那里学来的所有本事，溜出龙宫，并成功尾随北海龙王的军队一路出了龙域，然后，便收获了她此生最大的惊吓与悲伤。

她年纪虽小，但也隐隐知道这次事故的严重，也知道龙王舅父做出的决定绝无更改的可能，她只是想同小鱼告个别，甚至还带上了一罐糖膏，有糖吃的路途起码不会太无聊。

可是，刚刚跑出龙域的她，看见的只是一场力量悬殊的屠戮，犀利的光影中，那些曾与他们朝夕相处的同族们接二连三地倒下，喷洒而出的血多到能染红整个世界。

小鱼也在里面啊，可哪一个是他？倒下的与即将倒下的突然都没了分别，手起刀落的狠绝与誓不罢休的杀气把每个人的脸都变得一模一样，哭喊、愤怒、绝望、死去……

她都不知道手里的罐子是什么时候摔在地上的，只看见蔓延而来的血水沾湿了她的鞋子，鞋面上的花还是小鱼绣上去的，然后她的魂魄便跟从罐子里撒出来的糖膏一样，乱七八糟四分五裂地跳开了去。

原来，所谓心疼，就是这么个鬼样子。

耳畔此起彼伏的声音终于渐渐消失，取而代之的是一只温暖的手，轻轻覆在她的额头上。

"他们都走了，不必再装睡。"

她慢慢睁开眼，眼眸安静地看着一个方向。

"我给你带了厨房新做的糖膏，听说加了特制的花蜜，起来尝尝？"床榻边的银发少年托着一个碟子，里头盛着一块晶莹剔透甜香扑鼻的方糕，故意扇着手掌把香味往她那里送。

她对美食没有任何的反应，只是眨了眨眼："表哥，他们真的病了？"

少年点点头，看着她那张找不出表情的脸："但是都过去了，一切都跟你无关。你乖乖吃药休息，以后切不可再任意妄为。私出龙域，罪名可大可小，父亲念你年幼无知才没有多加责罚。他的脾气你是知道的，可一不可再。"

"我也病了，为何不把我也杀掉？"她转过脸，认真地看着少年。

"樾路！"少年皱眉，"这样的气话不要再讲了。"

她不服气地闭上了嘴。

少年叹气，说："虽然在外族眼中，我们龙族已是世上数一数二的强悍存在，可是从远古到现在，我们也经历过一次又一次的生死对决，今日之兴盛，背后亦是无数次濒临

命敌

崩溃的凶险。你也该明白，龙域的安危是顶级要紧的事，容不得丝毫马虎。半龙们的病来得古怪又可怕，我们委实冒不得这个险。"他顿了顿，咬牙道，"纵有错杀，也是逼不得已，只当他们是为了整个龙域不得不做出牺牲吧。"

房间里安静得只有呼吸声，幸好还有糖膏的气味点缀着，不然气氛真是糟糕。

许久，她终于开口："明白了。"

说罢，她慢慢起身，接过他手里的糖膏，明明是不太吃得下的样子，却硬是一口一口往嘴里塞，边吃边掉眼泪。

那天之后，她的病好了，整个龙域也好了，跟平常一样安稳祥和，所有的意外都用最快的速度解决得干干净净，突发的怪病没有了，无疾山没有了，住在里头的所有成员也没有了，四海一山，从此只余四海。

而东海之中历来以调皮懒散闻名的樾路公主仿佛在一夜间长大懂事了，再不变着法子戏弄老师，上课时连瞌睡都不打了，不论文武都勤加学习，认真得像换了个人。

她原本天资就高，再用了心，很快便将别的龙子龙孙们比了下去，唯一能在课业术法上与她一分高下的，也就只剩她的表哥。大家心目中所期待的东海龙族最优秀的后裔，终于嵌上了他们俩的样子。不但老师们深表欣慰，连一贯严厉的东海龙王也心头暗喜，有后人出色若此，龙域之繁盛当可绵延无限。

那年她生辰，东海龙王为她大摆宴席，虽然她只是龙王的外甥女，而只得独子的龙王早将她视为掌上明珠，与亲女无异，不但喜爱，且分外器重，众人甚至猜测以后的东海会不会有一位女龙王。

生日宴上她不胜酒力，出来庭院中透气，花树之间却早已多了另一人。

"表哥？"她隐约觉得是他，奈何头重眼花，看不真切。

"喝多了，出来坐坐。"当年的银发少年长大了许多，眉目线条也越发清晰俊朗起来，他坐在矮树间的枝丫上，冲她拍了拍自己身旁的空位，"你也来吧，坐在这里十分舒服。"

"好。"她走过去，由着他将自己拽上去。

位置确实很好，整个庭院的景色尽收眼底，绿叶层叠，花草秀丽，完美的光线自上而下笼罩着每个角落，没有一个地方不是在体现龙域的美好。

她像小时候那样，把头靠在他的肩头，晃着脚，红扑扑的脸上挂着笑："能坐在这里一直荒废时光该多好呀。"

"这可不是东海最出色的公主该说的话。"他笑着看她，"都有传言说你要当东海的女龙王了。"

她扑哧一声笑出来："你把龙王宝座绑满糖膏送到我面前，我也不要。"

"为何？"他笑问，"东海龙王等同于龙域之中最尊贵的存在，你不要？"

"你当才好。"她咂咂嘴，"反正你跟舅父一样无趣，又不爱玩耍，也不爱吃糖膏，整天都难得有笑容。"

"我不是在笑吗？"他故意把嘴咧得更大。

"丑死啦！"她捂住眼睛嘻嘻笑。

"你这个丫头，说你长大了，又总跟个孩子没两样。"他摇摇头，无奈地揉了揉她的脑袋，"我知你从无当龙王的心思，只是偶尔也会不解，怎的一夜之间你便成了勤奋向上的好学生。"

她微微一怔，旋即冲他吐了吐舌头："因为再没有人帮我抄书了，我自己又不想抄，所以只好当个不惹老师生气的乖学生。"

"樾路……"

"你继续散酒气吧，我先回去了。"她跳下去，正要走又停下来，抬头对他说，"除了不想抄书，今后若有坏人想把龙域当糖膏一般吃掉，我希望我能打到他们吐出来为止。"她冲他挤挤眼睛，笑道，"表哥，若你当了龙王，我便做你的打手好了。"

他一愣，笑出声来："爱吃糖膏的打手，我会质疑她的战斗力。"

"哈哈哈。"

两个人都在笑。

其实他的质疑多余了，因为世上原来真的有爱吃糖膏但又能将敌人杀到人仰马翻的打手。

多年后，他毫无悬念地成了东海龙族的王，而东海最厉害的打手，不，应该说是众人口中东海的"战神"，是名字如雷贯耳的樾路公主，但凡有她领兵，所有企图损害龙域的妖魔鬼怪必成手下败将，丧命于她手中的敌人可以堆成一座高山。

时日一长，异族们对东海这条金鳞雪角的龙已经产生了来自骨子里的惧怕。而他们想不通的是，这位不论龙身还是人形都堪称绝色的公主，为何不跟她的姐妹一样选择嫁人生子，偏要不屑生死浴血疆场，不给他们活路。于是，"若见樾路，不近龙域"在很长一段时间里成了异族们口口相传的金玉良言，而龙域也获得了前所未有的绝对安宁，大家甚至相信这种安宁会成为永久，因为他们的公主委实无懈可击。

但遗憾的是，世间没有任何存在是真正的无懈可击。

◇ 叁 ◇

无人说得清那个族群是从哪里冒出来的，最初的最初甚至没有引起众人丝毫的注意。

关于这群新生的敌人，最早的迹象是一桩几十年前的命案。一个与东海龙王能勉强攀上些血缘的远亲膝下有一独子，宠溺至极，以致其子性情乖张跋扈，从小到大皆无改观，常私出龙域往人界惹是生非，而父母亲总是教训几句了事，这小子便越发胆大妄为，连人命都不放在眼里。

孰料某日有侍卫来报，说这厮竟在龙域附近的人界被抽筋剥皮，死无全尸，其父大怒，率手下杀到人界，一番追查后寻到了凶手。

出乎意料的是，凶手竟是个不满十岁的男童，乃武将之子，据说其母孕三年六月方诞下此儿，亦是宠爱有加。此子不但天资聪慧，识字习文过目不忘，舞刀弄枪也是一把好手，四邻皆视其为魔胎小霸王，避而远之，更说此儿再不管束，早晚闯下大祸。谁知一语成谶，这大祸对这凡人一家而言实在是太大，赤手空拳杀龙不说，还恨到剥皮抽筋，问他动手的缘故，他只说："龙能杀人，人杀不得龙？"

痛失爱子的老龙气个半死，誓要屠尽他全家为独子报仇，哪知这男童小小年纪，却说一人做事一人当，手上染龙血的是他不是他父母，大不了一命赔一命，竟气定神闲举剑自戕，一剑割肉还母，一剑剔骨还父，慨然赴死。这般年岁居然有此一举，着实惊了在场诸人，连那老龙一时间也说不出话来，终只能守了承诺不伤其家人分毫，率众悻悻而归。

老龙虽心有不甘，也知此事若宣扬出去，传到东海龙王耳中，儿子不但活不过来，还会被扣上罪有应得的帽子，连带他们做父母的也会受罚，只得咽了这口气，此事便告了结。

而人界知晓此事的家伙们却将这桩惨案添油加醋编成了故事，传来传去变成了东海龙王的亲儿子荒淫无度杀人如麻，竟被十岁英雄为民除害剥皮抽筋，这小英雄还闹得东海龙宫不得安生，等等，也亏得没有传到东海龙王耳里，否则这天大的冤枉真是要气死一贯严于治下的他。然而，若非几十年后爆发的一场终结龙域千万年安稳的侵略，这件看似不起眼的小事可能永不会被提起。

那一场对决，大约是龙域中现有成员记忆里最最惨烈的一场。

强敌率大军侵犯龙域，且敌军力量强大到竟将龙域与人界间的结界撕开一道缺口，直捣龙域，屠龙无数。往日只靠樾路一人便可杀到片甲不留的场面竟维持不住，要靠四海龙王亲领大军相搏，方才将敌军勉强阻挡于龙域边界。

抗敌大军之中，当年的老龙也在里头，交战中却发觉对方首领分外眼熟，活脱脱是当年杀掉自己儿子的凶手长大后的模样，不但眉眼气势如出一辙，连那双一发怒便转为碧色的眼眸都一模一样。可当年那男童分明是在自己眼前血肉模糊地断了气，他可是亲自验明之后才离开，绝无生还可能。

最可怕的是，他如今所率之兵士并非人类，也不似妖魔，一个个连实体都无，不过是一大片形如鬼魅的黑影，勉强算是脸的位置透着一对诡异冰冷的碧光，轮廓一阵似人一阵似龙，不论身躯遭了何种攻击，皆无大碍，唯对强光有所忌讳，白日里气焰便低了许多，若被击中，大概率烟消云散，而一旦入夜，势头便猛不可挡。它们手头虽无武器，一旦龙族兵将被其缠绕包裹，若不能及时挣脱，很快就变成一具干瘪的尸体，连体内的龙珠都无法幸免，随着身躯一道化成灰烬，故而那几日，龙域边界之上总是灰烬飞扬，触目惊心。

而更麻烦的是对方人数众多，灭掉一批又来一批，仿佛从无断绝之时。为保龙域，几位龙王更是犯险祭出各自龙珠，以元气催出胜过太阳的极致光芒，以保证黑夜之时的龙域仍如白昼，暂且缓下了对方汹涌的进攻，战局陷入了一方死守到底一方强攻不下的胶着状态。

但以龙珠造光的法子终不是长计，龙王们与各将领一时间也商议不出什么破敌的好法子，直到那老龙道出当年往事，众人细问之下，竟发觉那孩童诞生的村落，却是多年之前北海龙王屠尽半龙之地。

沧海桑田，时过境迁，高山已成平地，当初的野地也成湖泊，四周人烟稠密，再一联想当初"发病"的半龙亦是眼透碧光，虽不确定这一切是否真有关联，但各自心头已是十分不安。

而心头最动荡的，却是樾路。

往事历历，从未忘怀。

连从长计议的念头都懒得有，也不同任何一条龙商量，她单枪匹马冲出阵去，目的只有一个，在蜂拥而至的敌人把自己变成灰烬前，亲眼见到他们的首领。

那个身在大军之后，不拿剑不动刀，斯文得好像只是个旁观者的男人，明明是刚刚才知道的人物，心头为何会涌起那么强烈的纵是化成灰也要散在他面前的意愿？

在她拼命抵挡黑影们肆无忌惮的纠缠与攻击时，脑海中不断闪现的是绣在鞋面上的花，是一堆没有抄完的书……有那么一刹那，她觉得自己是去见一个好久不见的老朋友，而现实却是想置她于死地的杀机都是由他而起。

她听不见身后龙王们对她擅自行动的制止之声，听不见围攻而来的黑影们发出的野兽般的低鸣，眼中所见只有光与暗的混乱交叠，以及从手中弯刀上射出的金蓝光线。已经数不清有多少敌军在她面前四分五裂，她的身体早已超过了意识，杀，杀，杀，一定要杀到他面前，看清楚他的脸。

时间失去了意义，直到一双带着微微温度的大手紧紧钳住她的手腕，把她的海水般湛蓝的刀刃停在半空。

这便是始作俑者了？

二三十岁的年纪，在人类中算是非常年轻的一个，乱糟糟的黑发随意垂在背上，穿的也不过是寻常衣物，粗糙的黑色布衫只用一条同色的布绳拴住，扎紧的袖口下露出一双布满伤痕的手，身量倒是高大，跟龙王表哥不相上下，手中没有任何武器，且脸上始终挂着不知善恶的微笑。

"传闻中的樾路公主，果真名不虚传。"他直视她的脸，"能冲出重围杀到我面前，还能留住性命的，大约也只有你一个了，东海里那些家伙竟没一个比得上你。"

她咬牙，拼命将手腕朝下一压，刀刃离他的脖子又近一寸，但他的表情没有丝毫变化，可以说得上是英俊的脸庞上，每根线条都透着礼貌的杀意。

怎么这么愚蠢呢，这不是她以为的那个人，这怎么可能是她以为的那个人，当年的绝望与死亡根本没有反转的可能，她亲眼见到血流成河百里赤地。

这么多年过去，时间连给一个空想都不屑，只会在那以为早已深埋的记忆上捅几刀，叫醒它，也叫醒她。

"龙王何等尊贵，他们不来，是因为你只配跟我交手。"她拼尽力气笑出来，并且笑得自然，"你浑身上下都是人味儿，怎的就不能安生于人界，干点儿人该干的事！"

"此生唯得一事可做，"他笑，"屠龙。"

短短两字听得她背脊发寒，怒从心起，咬牙道："人界龙域各自安好，互不叨扰，千万年不变，你有何血海深仇一定要与龙族势不两立？"

他的视线移到她的刀上，赞叹："从未见过海水为刃的刀，难怪我的手下不好招架，你既到我面前，不妨再试试看能否连我一并杀了。"

是有多大的自信才能拿出这般的挑衅？虽征战无数，可她身体里的血液从未像此刻一般沸腾，莫名的失望与愤怒扭结成不胜宁死的决绝，如果对手是一头疯狂的野兽，那么她愿意拼上所有当一条比野兽更野兽的龙，这筹码中包括她的性命。

男人的身手比她想得更好，力气也超乎常人，不知是老天厚爱还是别的缘故，天生便拥有不需要任何武器都能凌驾于对手之上的能力。但这些都不是最可怕的，单论身手与力气，她与他半斤八两，真正可怕的，是一番缠斗中，她发觉只要他的眼眸转成碧色，他的双手便成了他最好的武器，她砍向他的刀刃被他徒手接住，片刻之间，好端端的刀刃便生出一片灰烬之色，并逐渐往刀柄处扩散。

"好刀啊，散了可惜。"他突然松开手，弯刀瞬间恢复如常。

"你……"她诧异之余也突然明白了什么，盯住他若无其事的脸，"你便是你的军队？"

龙域之外的千万敌军，除了他之外皆无实体，且交手之时亦发觉这些黑影不会说话没有思维，只如扯线傀儡一般听从命令，加上杀之不尽、永不断绝，足见龙族们从头到尾都没有找到真正的敌人，之前所做的一切都是徒劳无功……这个男人，才是千军万马的根源。

"是啊。"他大方承认，笑，"如此最是方便。你看你们不就乱作一团吗？"

他的眼神明白地告诉她，今天，战无不胜的樾路公主终于遇到可以终结她战神之名的对手。

她沉住气，再次举刀而上，纵是千军万马，她面前亦只有他一人，不战而败绝不是她。

也许力量上的悬殊让他有一种大人逗弄小孩子的乐趣，面对她的每次攻击，他的反击都未尽全力，直到天色渐明，战局又一次被龙族军队占了上风之后，他才收了戏弄的心，在两人的又一轮近身搏斗时看准她的一个破绽，又快又狠地掐住了她的脖子。

"抱歉呢，樾路公主，时间有限，在下不能再陪你玩耍了。"他笑容渐冷，本是一片墨色的眸子转眼透出碧光。

她只觉浑身麻痹难以动弹，唯有咽喉处一片火烫，毫无生命力的灰色像爬上她的弯刀一般爬上她的脖子，并以越来越快的速度往全身蔓延。脑中只有一个念头，便是当灰色爬满全身时，她便会跟那些龙族士兵们一样，化成天地间的一片灰烬。

他到底是个什么怪物？

不不，他比怪物更可怕，因为他没有任何横冲直撞的鲁莽蠢钝，淡然镇定得像个随意主宰他人生死的神。

身体跟灵魂难受得要分开似的，喘气是早就喘不过来了，唯一还能体验到的感受，就是心上一阵阵刺痛。不知为何，当他的手掐上来时，带来的不只是对她身体的摧毁，还有莫名的难过与委屈，仿佛自己被哪个亲近的人狠狠欺负了一样。

她微微张着嘴，说不出一个字来，一滴眼泪自眼角滑出来，顺着脸颊落到他的手上。

这时，他漠然的绿眸暗淡了几分，看她的眼神变得局促又复杂，掐住她的手骤然松开，眼看要吞噬她的灰色也立刻消失不见。

得了这分秒间的机会，她顾不得追寻原因，只求万不可浪费这唯一的机会，趁他愣神的刹那，她一脚踢中他的心口。

脱身之际，她抱着必死决心化身为龙，一口咬住他的身躯甩向半空。

松口之际，龙珠飞出，于半天之中化为一柄水火交缠的利剑，迅速而准确地刺穿了他的心口。鲜血四溅，而他亦被龙珠释出的强大力量撞飞老远，"砰"的一声将一块大石拦腰撞断后才停下来。

与此同时，围绕于龙域之外的黑影军队突然虚弱了不少，莫说进攻，就连维持形态的能力都没有了，有些干脆就消失不见了。

这头，她一路追来，从天而降，落地时又化作那高挑婀娜金衫雪发的女子，弯刀在手，步步逼近于他。

"你的龙珠……好强啊……"他浑身是血，一只手无力地垂在断石上，但还是笑出声来，"可是祭出龙珠直接攻击敌人，一旦不能一击毙命，你便没有回头路可走了。"

她停在离他一步之遥的地方，冷冷地说："每一次出征，我都没想过回头，也没想过会再看到翌日的阳光。"

他长长吐出一口气来："你去做龙王的话，或许龙域会比现在好很多。"

"做了龙王，便不能像我这般自由，想杀谁便杀谁。"她举起弯刀，刀尖指向他的眉心，"屠龙这件事，就跟我的龙珠一样，一旦你不能一击毙命，便没有回头路可走了。"

到此为止吧，她需要用他的尸体结束所有的杀戮，安抚生者的惊慌，告慰死者的灵魂。

弯刀落下的瞬间，他忽然开口道："我是见过你的。"

她一愣，刀尖本能地停在他的额头上。

"你知道吗，方才我见你第一面时，不由自主想跟你讲的第一句话是……"他从容说道，"你的书抄完了没有？"

她的手开始微微颤抖，刀尖划破了他的皮肤，露出些微的血丝。

"可我不知道为何我想说这句话。"他半眯起眼睛，"它没有经过我的同意便跳出来，我都觉得奇怪。"

她咬咬牙，暂且收回了弯刀，但仍对他保持警惕，皱眉问道："方才……你为何犹豫了？你明明有机会将我化成灰烬。"

他想了想，摇摇头："就是你掉眼泪的样子，我看了很不舒服，好像要死去的那个不是你而是我。我也不知为何如此，并且我很为此后悔，否则你我现在的处境正好相反。"

她攥紧拳头，说："你不可能知道抄书这件事，知道这件事的，只有小鱼。"

"小鱼？小鱼……"他的眼神空洞起来，仿佛陷入了冗长纷乱的记忆，想挖出些什么，又空手而返，"小鱼是你养的鱼吗，呵呵。"

她心头刚刚燃起的火苗，又熄了。

"有人跟我说，你幼年时曾徒手杀过一条龙，为免连累父母，你以命偿命，当场自尽。"她自己都觉得这句话十分可笑，但不说出来又不甘心。

他略抬起头，思索了好一阵子，居然笑得有点儿顽皮："好多年前的事了。不瞒你说，割自己的肉真是很疼，不建议他人模仿。"

这个答案根本不在她允许的范围，她的第一反应是自己受到了天大的戏弄。

"胡说八道！"她突然掐住了他的脖子，那皮肉之下血脉突突的跳动骗不了人，"普天之下哪儿有人类能四分五裂血肉无存后还能不死且长大成人的！你到底是何来历！"

他镇定地看着不镇定的她："我乃由死而生之人，自然与你常见的人类不同。"

"你……"她怒不可遏，"什么由死而生！我今日便叫你有死无生！"

"试试看吧。"他面不改色，"但我觉得光靠你的刀恐怕做不到，靠龙珠潦草的一击也做不到，或许，舍了龙珠倒能奏效。"

哪有这样的敌人，句句话都是我不怕死，并且还建议你用更厉害的方式来宰了他，帮你杀掉他自己反而成了一件让他开心的事……她完全摸不透他的心思了，或者，是已受重伤的他孤注一掷，故弄玄虚惹起她的好奇心，争取活下去的机会？可方才他若不松手，有死无生的那个是她才对。

一时间，她本就矛盾的心又多了一堆理不开的乱麻，该杀他，偏又没了那果断下手的气魄。

忽然，她不知动了哪份心思，化作龙身，一口将半死不活的他叼在嘴里，瞬间腾空而去。

◇ 肆 ◇

她从没想过自己还会到这个地方，只在那么多年前去过一次，却熟悉到仿佛昨天才来过，不论飞逝的时光将这块地方改变成什么模样，她永远忘不了它的方向。

曾经光秃秃的野地凹成了一片清亮的湖水，围在山林之间，远远的，有大小村落依傍于山脚，良田处处，炊烟可见，这世间繁华亦是一年胜过一年。

他被狠狠掼在湖岸边的乱石堆上，咳嗽了好几声，吐了几口血。

"此地可熟悉？"她问，自己却不想朝四周多看一眼。

他勉强坐起来，四下环顾："生于此地，焉能不熟？彼时母亲对我疼爱有加，父亲虽终日没个好脸色，但心里是不同的，那老龙要为子报仇时，父亲是想交出自己人头的，只是被我抢了先。"

"你还在胡说？"她皱眉，可语气已不那么肯定。

"世间许多人至今还以为龙的存在是胡说呢。"他笑，费力地抬起胳膊朝远处指了指，"当年我家就在那里，那会儿还没有这么多人。看，我就在那儿，那块空地那儿赤手空拳宰了那条龙，那时我都不知那是龙，以为是个出来到处捣乱的面貌丑陋的怪物，只觉得看着十分可憎，不杀不足以平怒气。"他放下手，平静地说，"也在那儿，我割肉还母，剔骨还父，一身血肉四分五裂，总算平息了老龙的怒气。"

"不不……这不可能……"她不相信他说的任何一个字，但又莫名期待他继续说下去。

"死亡对我而言，便是疼痛之后的骤然离开，对，就是整个身躯都分裂然后逐一离开的感觉，疼痛冷暖，光明黑暗都不存在了。"他仔细地回忆着，"但很快，失去的一切好像又逐渐回来了，有光亮照进来，耳畔也能听到断断续续的声音，其中有我母亲的哭泣和父亲的叹息。我不能动，只能等，天知道过了多久，我睁开眼睛，看到的却是一片漆黑，鼻子里灌满泥土的腥味，动手敲了几下，才明白自己是躺在棺材里。"说到这儿，他竟哈哈笑出声来，好像说到天大的笑话，"然后你知道吧，我差点儿把一个路过的人，以及父亲母亲都吓死。母亲见了我，又哭又笑，父亲半天说不出一句话来，许久才蹦出一句'孽障'。他经常这么叫我，可能是母亲怀胎三年半才生下我，且我刚出生时也不是胎儿，而是个肉球，父亲将它当怪物一剑劈开，我才出来，加上我又淘气爱惹祸，孽障这名号也不冤枉。"

她愣了许久才把他讲的往事捋清楚，越想越不可思议："这……这便是你说的……因死而生？"

"一部分吧。"他坦白道，又指了指自己的脑袋，"我总觉得这里装的不只我的回忆，还有许多别的，不是我的但又好像是我的东西时不时会冒出来，有时是莫名的怒气，有时是悲伤，还有零乱模糊的画面。"他的视线凝聚在她的脸上，手指也转向她，"但唯独你的模样是清楚的，要么在一堆乱七八糟的书里发脾气，要么坐在台阶上吃东西。"

她倒抽一口凉气，连退几步。

因死而生……因死……而生……

不不，这天地间千万年都难得发生的、成功率几乎为零的事，怎可能就活生生摆在眼前？

她抚住狂跳的心，问他："你从棺材里活过来之后，何时发觉自己的本事更胜从前？"

"好像是父母带我离开此地，举家迁移到千里之外的时候吧。我只要愿意，便能召唤出奇怪的玩意儿供我驱使，从一个到许多个，越是灾荒之年，死去的人越多时，它们的数量也会越多。我带着它们走遍天下寻找龙的踪迹，心中只有一个念头，便是屠尽天下恶龙，连我也不明白，为何我对龙的习性如此了解，甚至知道龙所在的龙域和从哪里可以接近。"他指了指自己，"这些东西，仿佛一早就刻在了我的魂魄里。我的出生，就只为了这一个目标。"他顿了顿，笑，"人们常说世间万物皆有命中天敌，大约我就是你们龙族命定的敌人。"

她说不出来此刻心中是个什么滋味，恍然大悟、悲伤愤怒，还有那么一点儿久别重逢又即将阴阳两隔的疼痛？

"你对我讲这么多，是笃定我伤得了你，却永远杀不了你吧。"她的目光试图穿透他的眼睛，想要看清楚他脑子里到底在想什么。

"我也杀不了你，起码这次不成。"如果没有从嘴角不断淌下的鲜血，他这个微笑是温柔且真诚的，"咱们扯平了。"

在那么一刹那，她有些恍惚，眼前不是湖水，也不是伤痕累累的敌人，而是一片飞叶飘花的季节，庭院的台阶上坐着两个小娃娃，一个说我会护你周全到你出嫁那天，一个说那我就不嫁了。

你还是在的……否则，为何独独不肯杀我？

"不如就此打住吧。"他说，又低头看看自己身上的伤口，"你不要再回龙域了，在人界寻个不起眼的地方生活吧，此生都不要再遇见我。"

好大的自信，好决绝的念头。

"看来你是不肯就此打住了。"她咬牙。

"说了这么多你依然不明白吗？"他闭上眼，"我的存在，便是龙域的尽头。"

她怔住，许久后才长长吐出一口气，说："我的存在，便是要保护龙域，不能让它被坏人吃掉。"

总之，保护龙域就对了，不能让它被坏人吃掉。

嗯，我保护龙域，你保护我。

他忽然睁开眼，眉头微锁。

"抱歉。"她收起手中弯刀，"你不是龙域的尽头。"

天地间再无其他风景，只有半空中那一条金鳞雪角的龙，冷冷俯视着挂着笑容的他……

远方的战局，很快起了变化。

龙域之外的所有敌军，被风吹散了似的，尽数化为烟尘，四下里连它们存在过的痕

命敌

迹都没留下。

赢了？

龙族的兵将们不敢相信胜利来得这么突然又容易，谁都不敢放下手中的武器。

翌日，她回归龙域，身上无伤，却甚是虚弱。

一袋白森森的骨灰倒在四海龙王们面前，她说："元凶在此。"

众人皆惊。

不分良善屠尽半龙，赤地百里，怨气成煞，又得万中无一之机缘，于人腹中孕育三年六月，成天生天煞，虽为人，却有异力，杀之不死，此生不做他，只报当年屠戮之仇、枉死之怨，不杀尽龙族誓不罢休。

她本想这么同他们讲，跟往日所有关于最终战果的汇报一样，简短而正式，但在出口之后还是改了内容，变成一个天才人类修炼成了极端又厉害的禁忌之术，驱使亡灵为其所用的故事，结果自然是皆大欢喜，对方在战无不胜的樾路公主手里变成了一把无用的骨灰，此后再无人敢往龙域造次。

只要结局是好的，就好。

大战后的龙域终于恢复如常，撕裂的结界重新修复，且加重了整整一倍的力量，战死的龙照例在龙宫金碧辉煌的祭台上刻下名字，新生的龙在父母怀中酣睡入梦，龙域该有的安稳秩序仍如从前一般，伤了的元气很快就能补回来。

樾路公主居功至伟，东海为她宴开三日，封赏无数。

她的端庄沉静一如往昔，微笑着接受所有的称赞与膜拜。

所有人都松了一口气，龙域还是那个龙域。

只是万万没想到，不久后的一桩喜事，却成了东海最大的悲剧。

战功赫赫的樾路公主在被东海龙王赐婚之后，居然坦承自己爱上了一个人类，非他不嫁。彼时龙族已有铁例，凡执意与异族通婚者，必剜龙鳞分龙珠，除去龙族身份，永世不返龙域。

众人震惊之余，只得软硬兼施，好言游说者多到要踏平她宫殿的门槛，四海龙王亦拿出龙族法典严令斥责。

都不奏效。

或许别的公主会屈服，但樾路不会。

眼见一场皆大欢喜急转直下，谁都留不住铁了心要离开的她。

昨日还是龙域的英雄，今天便成了连名字都要被划去的罪人。

龙域之中，再无樾路。

◇ 伍 ◇

呜呜呜，断湖之上的风声吹得越来越难听，像个快断气的人。

敖炽微微张着嘴，江九娘好笑地看着他，一巴掌把他的下巴抬回去："这蠢样子可不该出现在你的脸上。"

敖炽又愣了好一会儿，直到一声炸雷响起，才把他的魂叫回来。

"那真的是天生天煞？"他仍不相信，"这种东西我只在龙域的书里见过，一旦它入了人腹还顺利降生，他的本事会大到不在常理之中……就凭你一个，根本不可能让它彻底消失！"

她看着风波暗涌的湖面，笑笑："我没想过要他消失。我只是毁了他的肉身。"空中的乌云仿佛一股脑儿都涌进她的眼里，"半龙之祸，是我们四海龙族欠他们的债，他们之中许多人并没有发病，如果我们肯再多花一些时间，或许是能治好的。"她的头埋得更低了些，却笑出来，"换一个族群，东南西北任何一族遇到同样灾祸，都不会是这样。半龙们连尊重与爱护都只得到一半，甚至更少。"

敖炽沉默，又道："如今的无名间算是另一个无疾山吗？"他想了想，摇头，"不对，应该还不如无疾山，起码他们当年在宴席中还能有个位置，无名间里的孤儿连靠近宴席的机会都没有。呵呵，他们还是一点儿都没变呢。"

"改变总是很难的。"她摸摸他的头，"当年眼见小鱼被带走，我年幼力薄，带不回他。等我长大了，被尊为战神了，应该有能力改变许多事了，可我还是带不回他。这实在是一个让龙心灰意冷的发现，留在龙域，突然就没了意义。"

敖炽感受着她的手指从自己发间滑过时的无奈，突然道："你离开龙域，不会只是因为心灰意冷吧？你说你只毁了他的肉身，而他最初的样子根本是没有实体的，并且那才是他的'根本'！"

"你这孩子说得轻巧。"她叹气，"你以为他的肉身只是普通货色，想毁就能毁？"

敖炽想了想，脑中顿时冒出一个可怕的假设："难道你……"

"你爷爷对我很好的。"她笑。

"啊？"他一时转不过弯来，"你提那老家伙干吗？"

"你心里的猜测是对的。"她低头，轻轻拍拍自己的心口，"众人都道我那半颗龙珠是离开龙域时毁在断龙刀之下，其实你爷爷根本没让我动手，他说，'你多年来杀敌无数，结怨太广，没了龙珠可怎么活'，所以用了障眼法，而我只是剜掉了九片龙鳞，绝了重

命敌

返龙域的资格便脱身而去。"她顿了顿，"他乃天生天煞，肉身哪怕只剩半点儿血脉，也能循他的存在重聚再生，毁之不尽。我化了半颗龙珠，才彻底焚毁了他的肉身。他最大的杀伤力要依靠这具身体才能实现，毁了肉身相当于拔掉猛虎爪牙，无牙老虎再厉害也是有限的。"

"你……你果然干了这种大蠢事！"敖炽一拳砸到地上，咬牙切齿道，"那剩下的他呢？"

话音未落，他猛转视线，死盯着水面摇摆不定的断湖，问题的答案俨然都摆到了面前。

他脱口而出："你是不是把那家伙弄到断湖里头了？"

摇晃的湖水之间冒出几个不起眼的水泡，转眼无迹可寻。

"当年我有两个选择。"她淡淡道，"一是放弃另一半龙珠，他死得干净，我也陪葬；二是我们都留下命来，他坐牢，我守着。"

敖炽腾的一下起身，指着断湖："这儿就是你给他的牢房？"

"也没时间去挑别的风水宝地了。"她笑笑，"幸好你爷爷没有拿走我另一半龙珠，不但留了我性命，还有余地把他困于湖底。"

"余地？"敖炽愣了愣，将她从头到脚打量一遍，"等等，你虽容颜不衰，模样与我记忆中也差不太多，但真论起姿容，却全无当年惊艳四海之色，你……"

"还是变丑了一些是吧？"她摸摸自己的脸，"剩下的一半龙珠，我又分了一半做封印，让他长眠湖底。"

敖炽听罢，竟气得说不出话来，来回踱了好一阵子，才指着她的鼻子骂道："你当你的龙珠是碗盘里的肉丸子，这里咬一口，那里咬一口？你知不知道龙珠残缺成这样你猝死的机会随时都有！能活到这会儿是你狗屎运好！再说你这么做有何意义？守着一团生来就是对付龙族的鬼东西，他在湖里睡觉，你在岸上冒着生命危险虚度年华，有何意义？为何不对老家伙他们说实话，让他们来处理？你到底在期待些什么？"

"我……"她难得地会被他一连串的斥骂与责问弄得哑口无言，蒙了半晌才嗫嚅着嘴唇，"我杀敌无数……唯独对他难下手。"

"你以为你一刀下去，杀的是小鱼？"他蹲下来，使劲抓住她的肩膀，"醒醒吧，小鱼多少年前就死了！连尸体都没有了！那个东西本就由死去的半龙们而生，保留的不过是他们零星的记忆而已，没有任何意义！你的小鱼回不来的，无论如何都回不来的！"

肩膀被捏得生疼，她不挣扎，只说："我多少盼望着有朝一日，他会断了与龙族为敌的念头，如同当时放过我一样。我知道小鱼不会回来，死在我们手中的半龙们也不会回来，但是，他们又确实还在那里。龙族之中大概只有我会期待他们能以另一种方式存在，找回被断送的生活与幸福。"她笑着抬起头，"让你误会了，这里可能没有男女之爱，即便对小鱼。他是我最亲的人，因为他总在我身边，我才不会觉得自己是个孤儿，才能把那时的每一天都过得很快乐。抱歉骗了你们所有人，总得找个借口我才能走得比较合理。"

"你真是疯了！"他再用力些，她的肩膀就要碎了。

"我只是害怕。"她的笑容淡下去，"炽炽啊，当年那一幕，到现在仍会出现在我梦里，真实得好像我每天都在经历同样的事。那么多的自家人呐，接二连三倒在你面前，而举刀相屠的也是自家人。这种自我撕裂的感觉，说不出口，也不知道能跟谁说。"

敖炽沉默，缓缓松开了手，起身面向断湖："罢了，反正蠢事你都干下了。老家伙们若知道此事，尤其被无藏青霜知道，你的下场不会比湖里那个强。"

"炽炽……"她望着他的背影，一时间猜不透他的心思。

"你寸步不离守着这里这么多年，是不是也对你那一小半龙珠不自信，生怕哪天它没了效用？"他忽然问道。

"只是最近……总觉不安。"她坦白道。

"我已经在这儿了，你可以退下养老了。不被我允许出狱的犯人，这辈子都休想离开。"他头也不回道，"还有，不要再喊我炽炽。"

她顿时红了眼睛，却憋住情绪不让眼泪掉下来，笑问："那你四面八方的小红小翠怎么办，不是要做个行走江湖的浪子吗，天天对着一片湖水岂不是腻到吐？"

"那有什么法子，只能算我倒霉呗。"他哼了一声，"快回去做饭，我饿了。"

她起身，拍了拍身上的泥土，又朝他的背影看了一眼。

乌云狂风之下，这孩子岿然不动，气势如虹，一个人便是一道铜墙铁壁。有他在此，这天地间好像也没什么可担忧的了。

她笑着转身，东海孽龙，除了一张嘴太贱，哪里都不错。

直到她离开湖岸，敖炽才回头，脸色比之前严肃太多。他又朝断湖走近几步，扫视着每一寸湖水，她看守了那么多年的监牢，应该是真的不妥了……

◇ 陆 ◇

直到天黑，敖炽都没离开断湖半步。

天气都坏成这样了，今晚总该下雨了吧。

几个时辰前，江九娘匆匆跑来，说三尾不见了，哪里都找不到。

"不见就不见了。"他所有的注意力只在这片湖水。

"可那孩子·那副样子，我怕……"

"怕什么，怕他再遇到个吃人的女妖怪？"他冷笑，"只要他还是个又弱又蠢没长进的东西，你再怎么保护他，他还是会被吃掉。弱肉强食，他也不冤枉。"

"你……唉，我再去找找。"江九娘知道再说什么都无用，叹着气离开。

敖炽躺回地上，闭起眼睛，保持着似睡非睡的姿势。

又过去了几个时辰，他忽然睁开眼，对着空气大声道："怕被风吹走吗，都不敢出来见人了？"

这时，岸边的林子里才哆哆嗦嗦走出来一个人。

三尾苍白着一张脸，面无表情地挪过来。

敖炽瞟他一眼，说："如果你是来替你女人报仇雪恨的，我让你三拳，然后再宰了你。如果你是来殉情的，湖在那边，自便。"

说罢又懒洋洋地转过头，闭上眼。

"我要走了。"三尾停在离他不远的地方，颓废得像一缕游魂，"临走前，跟敖大哥道个别。"

他抬手挥了挥："不送。"

三尾笑了笑，正欲离开时又停住，说："敖大哥，若我今后又遇到一个栀子，你还会杀她吗？"

"会。"敖炽毫不犹豫，"还会连你一起宰了，眼光这么差的妖怪，留着也是浪费粮食。"

三尾愣了愣，嘴角扬起："不知我何时才能与你一样，杀伐果断，从不手软。"

敖炽不再回应，满脸都是不耐烦。

走出几步，三尾又回头："若我们并非身份低微一无是处的小妖怪，而是高高在上的神明，你会依然如此吗？"

敖炽皱眉。

"希望你永远是我认识的敖大哥。"

他并不打算等一个答案，回头默默离开，消失在树林之中。

敖炽坐起来，看着他消失的方向。这场告别来得太简短，他以为会发生的情景都没有发生，一贯在他意料之中的三尾，这次倒是意料之外。

那老猫不知何时出现在身旁，跟他看着同一个方向。

"还是怪你太没用，教不出一个好徒弟。"敖炽白它一眼，"到头来还要我替你擦屁股。"

老猫只顾舔爪子。

"如果你觉得我对他太狠了，你也憋着吧。"他又说，"今天的路我替他清理干净，以后，我可不管了。"

老猫伸个懒腰，然后便像人一般，伏在地上朝他作了一揖，旋即化成一缕白烟，再无踪迹。

他看着它消失的地方，自言自语："仇也报了，也该走了。"

说罢，他起身看着越发汹涌的湖水，又喃喃道："你们呢……几时才肯走？"

三尾走了，老猫走了，栀子死了，短短一日之间，离开的家伙还挺多。

他捋了捋乱糟糟的头发，从昨日到现在，发生在断湖的每个片段没来由地在脑中来回闪现，江九娘急匆匆摇着船桨的样子、三尾凄厉的哀求、栀子死去时的模样……

等等，栀子死去时的模样？

那颗赤红色的、水滴似的小玩意儿是……

敖炽突然脸色一变，看向断湖的视线如临大敌："坏了，算漏一茬……"

话音未落，他纵身一跃，直入断湖。

紫色的大龙以生平最快的速度于湖水下游弋，焦急地寻找某个目标。

断湖之深超出想象，敖炽睁大眼睛，在根本没有光线的湖水中四下观望，并仔细感应着水中细微而异常的波动。

天知道过了多久，他突觉脚下触到一片实地，想来已潜到断湖之底。

忽然，一团微弱的红光自他眼中一晃而过，他心下一惊，急转方向，朝那亮光处冲去。

不知游出多远，但见那光亮的面积渐大，最终聚成一个影影绰绰的人形。

就是这家伙了。

敖炽停住，面前却是个有人形无人样的东西，浑身上下游移着怪异的红光，红光所过之处隐隐可见一片血肉，活像个正在生肉长皮的怪物。一条状如锁链的金蓝光线环绕着它，那是唯一将它牵制于此处的力量。

怎么就忘记了这么重要的事……栀子之所以成了栀子，全因受了他的一滴血——

天生天煞，肉身哪怕只剩一滴血，亦能反复而生……

任时光相隔千万年，任你我本该天各一方老死不见，都敌不过所谓命运的一个小小拨弄，一滴血造就了栀子，而她辗转千万里的最终目的，不是修炼成人，不是跟三尾白头到老，只是为了死在断湖之上，把本不属于她的东西物归原主？

可笑，实在可笑。你永远嘲讽永远不信的命运，却在最恰当的时候狠狠捅你一刀。

谁能想到，一滴远道而来的血，足以颠倒未来。

趁它尚未彻底"长成"，或许还有扭转危机的可能。

宜速战速决，他更靠近了些，心下一横，凝神运气，张嘴便要吐出龙珠，心想以他的年轻力壮，或许根本不需化掉龙珠便能让狗屁天煞烟消云散，就算真要化掉龙珠……

顾不得那么多了，一旦他重聚肉身，再召唤出一群乌合之众，那才是真正的麻烦。

可是，龙珠还未动弹，他便觉一阵头晕，自尾巴开始竟爬出怪异的麻痹感，整个身躯突然就不听自己指挥，像被什么强大的吸力制住，呼啦一下便朝那怪东西"贴"了上去。两个身体骤然黏在一起，他想挣脱，奈何像吃了蒙汗药一样根本使不出力气，更糟糕的是，他分明感觉到自己的元气不断减少，漏水般漏到对方那里。

这玩意儿竟在吸食他的生命……

只是靠近了几步，便中了这么低级但有效的陷阱……此生最丢人不说，只怕还要丢命？

不能动也要动，他怒吼发力，却也只是将身体暂时挪开，还没游开，龙尾又被"黏"回去。

混蛋！他暗骂。

正僵持之中，地底又是一阵异常的震颤，且越发频繁剧烈，连带着四周湖水都摇晃起来，且水流的方向也骤然改变，不再环绕流动，而是呈喷涌之势，迅速往上空而去。

敖炽跟那个家伙纠缠在一起，卷在巨大的水流里胡乱翻滚，最后竟被甩出了湖面。

半空之中，敖炽得了机会，猛一挺身，摇头摆尾往高处疾速一蹿，那自带吸力的家伙顿时失去了可对他施加控制的距离，晃晃悠悠地往汹涌的湖面上坠去。

此刻，断湖堤毁，湖水四散而出，老天似也露出了坏心眼，偏在此时降下暴雨，断湖四周瞬成汪洋。

敖炽顾不得别的，调头便朝那家伙冲去，此刻龙珠已在口中，只要再靠近些，龙珠化火，定能让它死得干干净净，至于他自己会如何，哪儿来得及想，随便吧。

千钧一发之际，暴雨之中却突然蹿出一条金鳞大龙，雪角熠熠，亮过闪电。

敖炽大惊，眼见这半路杀出的帮手竟一口叼住那怪物，昂首直飞云端，而刚刚还只有几声闷雷的夜空，突现无数赤色闪电，跟随而来的雷声也与平日不同，真是震耳欲聋，直捣人心，而它们围剿的目标只有一个……

"姑婆！"敖炽大吼，紧跟而去。

然而赤电狂雷之下，他的视觉听觉都被封住了，待到恢复过来时，只见到一条浑身起火的龙自云层深处坠下，口中仍紧紧衔着那人形怪物，只是它已不再浑身泛红，而是一寸寸地成了黑灰，随着龙的下坠飞散开来。

一声巨响，水花飞溅。

敖炽急坠入水，以自己的身躯托起那奄奄一息的家伙："你真的疯啦！你怎能化回龙形！你找死吗？"

"不要管我……快去追他……快……"江九娘的声音从背上传来。

敖炽抬头，空中果然有团忽白忽绿的亮光，正往玳洲城城中方向而去。

"你撑住！"他放下她，飞身而起。

想不到这鬼东西速度还很快，他追了大半个玳洲城才追上，此刻城中已是洪水四起，到处是人们惊慌的呼喊与尖叫，好些人看见了夜空之下的他，纷纷大叫"有妖怪"。

他都顾不得了，只管追上去，在那团鬼东西试图加速的瞬间一口吐出龙珠，化成一张金蓝光线交织而成的网，果断地将它团在其中，紧紧收起，再化回龙珠，被他一口吞落下去。

就这么办吧，事态紧急，想不了那么多，既然小半颗龙珠就能封住这玩意儿那么多年，那么还有比他敖炽的龙珠跟身体更强的监牢吗？没有。

后果他不知道，大不了消化不良闹肚子？连个实体都没有的东西，说是什么天生天煞，没了肉身帮忙作祟，归根结底还不是一群死不干净的家伙们留下的一点儿怨念，有他看守，休想再闹事。

他在空中停了片刻，确定身体并没有任何异常之后，迅速返回断湖。

翻滚的巨浪中，他好不容易才找到被卡在几棵断树间人身龙尾满身焦痕的她。

"你……"他化回人形，抱起面目全非的她落到最近的山地上。

大雨滂沱，眼见着这山上也泥石滚滚，无数生灵掩埋其下，情形甚是危险。

但再危险，也阻挡不了他心头的熊熊怒火，哪怕怀中那个女人已经呼吸微弱，他还是要骂。

"开心了？费尽心思最后还是弄得这么难看！"

她吃力地抬起手，摸了摸他冰凉的脸："还好……你没事……我怕你一急之下……"

"怕我一急之下也跟你一样，化了龙珠去毁他本尊？"他气呼呼道，"我没蠢到拿我的龙珠去取他的性命，我还年轻，没活够！"

她微笑："你还是顾念着我啊……"

"鬼才顾念你！"他怒道，眼睛却红起来，"你先别死，我立刻带你回东海，老家伙一定能救你！"

"不要。"她抓住他的手，"我撑不到那个时候……而且，我回不去的。"

"什么回不去！就算除名了我也有法子带你过结界！"他突然跟个孩子一样执拗起来，可旋即又难受地骂道，"都说了我在呢！哪里用得着你出手！"

"要再毁他肉身，我剩下的龙珠办不到，不化龙身引天雷相助，成不了事……"她喘息片刻，又道，"一切因我而起，本不想牵扯任何人……可还是连累了你……你把他……"

"封到龙珠里吞了。"他赶紧道，"这算什么连累，不过打了个饱嗝而已。要说连累，若不是我执意要取栀子性命，令她身上那一滴血落进断湖，你也不会……"

"栀子？"她愣住。

"当年你拿龙珠伤他时，他的血落在地上一朵栀子花上。"

"原来如此……"她整个人又松懈下去。

"还是怪我，要是……"

"不怪你。"她伸出手指压住他的嘴，"因果纠缠，皆是注定……"她放下手，笑，"炽炽啊，其实我最想知道的，还是小鱼长大后的样子，如果足够英俊，说不定我真要嫁他的。"

他忍住难过，撇嘴道："看吧看吧，之前还说没有男女之情！现在承认了吧！"

"可我永远见不到他长大后的样子……"她的眼睛缓缓闭上，嘴角扬起最后一缕笑，"我才是东海的孽龙啊，到现在都不觉得自己做错过什么……炽炽，如果你之后有什么不妥，想怎么骂我都可以……我保证不会半夜来找你……"

他鼻子一酸，骂道："死老太婆！"

"此生没有多少日子为自己活过，你别学我……"

"我……"

轰隆一声雷响，敖炽呆在那里，怀中之人再无声息，失去龙珠又遭天雷相击的身躯终到油尽灯枯之时，如烧尽的干枝，寸寸成灰，散落在雨水中，消匿于天地之间。

敖炽仍保持着抱住她的姿势，愤怒悲伤都随风雨而去，只是心里空了一块地方，龙域、东海、龙王继承人……这么厉害的存在都填不上它，永远填不上。

◇ 尾 ◇

玳洲城的暴雨，持续了十日。

他什么都不想理，只想懒洋洋地躺着，就躺在断湖里好了，这里地方大。

身子偶尔会不舒服，真的会像吃坏了肚子一样疼痛，但一会儿就好，并且发作的次数一天比一天少，多半还是龙珠里多了点儿东西的缘故。

关于玳洲城断湖里有妖怪的传闻不胫而走，他自然是看不见那些人大惊小怪的模样，就算看到了也无所谓，妖怪就妖怪，反正都是东海的孽龙了。

活到现在，大概只在这里体会到何谓低落。

为什么低落？可能是姑婆没了，可能是再吃不到她做的饭菜，可能是风雨太大什么都看不清楚，包括自己的未来，还有些别的缘故……总之就是他不想被打扰，谁敢在这个时候来冒犯他，他绝不轻饶。而在玳洲城中遇到的人、发生的事，也无须跟任何人提起。玳洲城里只有过一个爽朗热心的江九娘，没有为东海龙族征战半生却连一个想爱的人都留不住的公主。

只是每次肚子痛过之后，他都会拍拍肚子，自言自语："我看守的犯人，没有我的允许，一辈子都休想离开！"

天知道他打算在断湖里留多久，也许到雨停那天，也许到有不怕死的人来找麻烦的那天。

可是，谁敢来找他的麻烦呢，他笑笑，翻个身，继续洗澡。

第九章 【止羽】

更让我害怕的是另一个出没于心中或许算是预感的东西——今天我所知道的，还不是最坏的。

◉ 楔子 ◉

在有些力量面前，恐怕连神都是微尘。

◇ 壹 ◇

"砰！"

一个泡泡又在我的眼前炸开，很轻微的一声响动。

茶杯还端在手里，保持着将要被我送到嘴边的样子，尚未消散的热度依旧紧贴着我的指尖，一抹晨光从窗口洒进来，裹挟着真实而清冷的气息，明明毫无力量，却偏将我"冻"在了原地。

记得是我说的……坐下来，喝杯茶，叙叙旧。

可这杯茶还没来得及喝，一场"旧"却叙了这么长……从千百年前的玳洲城走到这间公寓，竟然只需要一个泡泡。

一滴冷汗，从心里渗到额头，再慢慢落下来。

我的脸色不好看，敖炽的脸色更是千百倍的不好看。

堂堂东海龙族，竟落到连自己的过往都守不住，轻易在一只连正眼都不曾给过的"废物"手里，变成任人参观的猴子。

恼羞成怒怕已不足以形容敖炽此刻的心情，一个爱极了面子，受不得半点冤枉的家伙，宁可把"贪玩洗澡引发暴雨洪水害了玳洲城无数生灵"这个荒诞可笑又沉重的罪名扣在自己头上千百年，也要为他看重的人守住秘密，不但瞒住全世界，连我都被排除在外……如此这般的煞费苦心忍辱负重，却在阴沟里翻了船，于敖炽而言，愤怒早就不够了，此时充斥于心的，只有被他人毫不留情揭开的屈辱而已。

"原来……玳洲城死伤无数不是因为你洗澡啊……"一同"观光"的人恍然大悟，还轻声笑出来。

如果敖炽还是正常的敖炽，我担保眼前的小老太太活不过五分钟，然而没有了身体作为依托，不正常的敖炽反而冷静了许多。

他嘴角抱歉地扬起："不好意思，我撒了个谎。"嘴里说着不好意思，人却理直气壮的，根本没有求我谅解的意思，仿佛那就是他一生中做得最正确的一件事。

我也不愤怒，不生气，因为顾不上也来不及。我在眼前这只妖怪的摆弄下，毫无预兆地接受了一段与我无关又有关的往事，玳洲城那天的大雨，仿佛又拍在了我的脸上，浇得我狼狈不堪，无从躲闪。

命运太调皮，我一直以为我与敖炽命定的相遇，是因为东海孽龙的荒唐暴戾与子淼的尽忠职守，如今才知，这笔账还要记在眼前这貌不惊人的"废物"妖怪上，若无它与敖炽的因缘，便不会有栀子被斩杀于断湖之上，龙族的"天煞"无缘重现，江九娘也不会强现龙身引狂雷再毁其肉身，玳洲城也就不会成为倒霉的牺牲品，洪水滔天，生灵涂炭……而我，也就不会出现在断湖。

突然一下知道太多，我也会消化不良。

窗外的光线越来越亮，这座城市又迎来新的一天，外头渐渐喧闹起来，无人知晓一墙之后所存放的，是一场突然被暴露出来的、久远的恩怨。

"原来是你这个小废物啊。"晨光之中，敖炽身体的透明度比方才更甚，却也意外地让他整个人看起来温和了不少，连笑容都真诚起来，又将这老太太仔仔细细打量一番，"啧啧，长本事了，连我都能坑了，不错不错。"

"总是要成长的啊。"被"夸奖"的家伙微笑着，脸上的褶子非常坦然地舒展开来，一个在敖炽记忆中那般卑微的、胆小的、毫无杀伤力的存在，把敖炽视为偶像视为神，恨不得捧出一颗心来追随它，怕是连自己都不曾想过，在漫长的时间之后，它竟然得到了将偶像变作玩偶的机会，随机应变，从容不迫，充分享受到了所谓"反杀"的快乐与满足。

我瞟了一眼躺在冰凉地板上的敖炽的身体，此刻所有的镇定都是装的，我不但要承受一段从不知晓的过往，还要尽快盘算出一个让敖炽回到自己"壳"里的法子，这只已经"变异"的三尾虽然心机深沉缜密，使出来的妖术也与众不同，但瘦死的骆驼比马大，我相信若我横下心来跟它拼死一搏，它未必能活着离开这间屋子。

可是……杀了它有何意义？解铃还需系铃人，它"锁"了敖炽的躯壳不让他回去，我自问没有法子在短时间内解开这把锁，耽搁久了，敖炽的神识越发虚弱，若虚弱过了底线，就算拿回躯体也无法归位。目前的战况，我们处于绝对的劣势。

"能在这么短的时间从敖炽的身体里找出他的记忆，还能如此轻松地展示给第三人观赏，看样子你这些年是寻到了一个好老师呢。"我冷笑，"不知江九娘泉下有知的话，是后悔收留了你，还是埋怨自己没有教好你，枉费所有人一番苦心。"

"莫在它面前提我姑婆的名字。"敖炽面露厌弃之色，"它不配。"

"对了对了！就是这个神情！"它居然轻轻拍拍手，像得了什么意外的惊喜，"跟当年一模一样！"它放下手，面上的笑容也渐渐放下。它站起身，肆无忌惮地走到敖炽面前，踮起脚盯着他的脸："敖大哥，彼时你看我的神情，总是这般的嫌弃，这般的看不起。我的努力，我的付出，我心中要紧的人，在你眼中都是可以随意拂开的微尘。"

它……果然还在记恨着敖炽啊。

也确实该怪敖炽，从过去到现在，他没有为任何一件事改变过自己的脾气，脸上没有温和，嘴里没有好话，干出来的许多事都气死人、吓死人，东海闹个人仰马翻是常事，玎洲城的人命他一声不吭扛了，随你们骂他暴戾荒唐草菅人命，当初明明恨不得咬死子淼，却偏又承了他的嘱托护我周全，然后一边骂我没用，一边教我各种生存的技能，我铁了心要做的事，他替我磨刀擦剑，说"你打不过就退下，我来"，我想要去的地方，他从不缺席，纵然当年为了时间之轴甩下我二十年，他也要偷偷摸摸变出胖子瘦子在我身边。

可是，总得是要离他足够近的人，才能撕开这些事的表皮，清清楚楚看到里头属于敖炽的表达——他待人的好，从不挂在脸面上。

我离他最近，所以无论我骂他骂得多狠，踢他屁股踢得有多重，他亦是我此生最大的支持与靠山。

可三尾不是我，它只看得到敖炽对它的蔑视，只记得敖炽在它大婚之夜，当着它的面杀掉了它的新娘并且还不屑于给他一个解释，或者歉意。

不被理解的好意，到底是变成了危险的、难以解开的误会。

但再难解开，都要试试。

我居然有点遗憾自己没有在那个时候认识敖炽，若我在场，三尾或许不会……咳，想多了，那时候的我还在遥远的浮珑山上采野果子吧……

"对我而言，你不就是微尘么。"敖炽嘴角上扬，冷看它一眼，"本以为离了那妖女，你这废物的未来会好一些，不承想你居然如此不学好，什么人你不跟，偏要跟那狼心狗肺阴狠鬼祟的 4E 瞎混。"他摇头啧啧，"看看你现在的鬼样子……话说你还记得自己本来是个什么模样么？"

可惜我现在不能捂住他的嘴，如今情势，无论如何都不宜再激怒这个妖怪，唯有讲理讲情，或能解开它与敖炽之间的结，但敖炽这张嘴啊……

它退后一步，面上的肌肉有微微的抽搐，但仍保持着笑容，它伸开双手，低头看看自己，笑道："现在的我，可以有各种样子。不用像那些普通妖怪那般，苦巴巴地修炼多年才能勉强换来一个人形。"话音未落，它的身躯在我们面前起了变化，仿佛示威一般，我们在短短数十秒之间，看见了十来个性别长相完全不同的人。

吃惊是有的，能够拥有在分秒间迅速幻化出十几个人形的能力，非普通妖怪能办到，连我跟敖炽都做不到，4E 所擅长的"改造"以及"制作"妖怪的技能究竟厉害到什么程度，恐怕眼前的三尾就是证明之一。

敖炽皱起了眉，大约是被它搬出来的各种人形晃得眼花，我示意他不要骂人，且稍微忍耐片刻，真闹个鱼死网破，吃大亏的只能是我们。

幻化的人形终于停下来，此时站在我们面前的，只是个穿着白衬衫白裤子的少年，脸色也略显苍白，面貌轮廓倒是与敖炽记忆中的那个瘦弱平凡的妖怪一模一样。

少年抬起头，笑笑："你记得的我，是这般模样吧？"

"我哪儿记得你长什么鬼样子！"敖炽不耐烦道，"早知如今这么麻烦，当初还不如让那几个妖人把你带去炼丹化粉。"

少年似是被他的话戳中心事，眼中有光闪过，深吸了一口气，笑："所以我从头到尾都没有对你起杀心。"

可那张脸上，分明不是知恩图报的笑容。

"可你显然想偷走我的身体。"敖炽努努嘴，"虽然这个身体如此英俊完美，是个人都会垂涎，但偷窃是可耻的。偷东海龙族的身体，不但可耻，还会短命。"

这家伙的自恋根本不分场合……我白他一眼，走到他跟三尾中间，似笑非笑道："敖炽不是那个向你求助的软弱孩子，他不需要用自己的身体作为报复的代价。你虽然偷走他的身躯，却无法控制他的意愿，纵然你有所谓的'转换'身体为武器的能力，得不到敖炽本人的配合，你的目的怕是不能达成。"我顿了顿，目光随意地投向窗外，"若你想的是拿敖炽的身体去邀功，让你主子在他身上做点改造什么的，这是你的工作，我理解。但是，我不同意。"

三尾的眉头不自然地动了动，看我的眼神更冷了。

我回头看看身后的敖炽，又道："如今他虽然不能对你怎样，但起码我还四肢健全。

好歹故人相逢，当年他救你一命，也累你伤心难过，如今你坑了回来，让他堂堂东海孽龙丢了身子颜面扫地，横竖算是扯平了，不如彼此退一步，你消去他右手背上的红点，解了他'裸奔'的尴尬，我也担保他不动你一根毫毛，必让你平安离开，往年恩怨一笔勾销。你看，怎么都比两败俱伤强，对吧？"

"我什么时候颜面扫地了……"敖炽跳脚。

"闭嘴！"我狠瞪回去，"脸要紧命要紧？"

三尾沉默了片刻，忽然笑出来："还是夫人你说话好听。"它看着我，至少在这一刻，我觉得它是真诚的，"若当年你在场，我的未来或许会有所变化。"它俯身从地上拾起一片碎掉的镜片，举到自己面前，"你们问得很对，其实我早就不记得自己本来的面目了，从似鹿非鹿的原形开始，我的命运好像就注定很'模糊'。我变作人，觉得女子好就化作女子，觉得男子好时又化作男子，左右飘荡，没个坚定的根基。"镜子里的眼神微有些迷离，却不糊涂，也没有敌意，倒像是把最平静的一段心情了了自己，"其实我没有真正介意过被叫作废物，因为与你们相比，我本就一无是处。我虚弱、怯懦，习惯于躲躲藏藏地生活，就算有老猫当师父，也不过是在被歹人抓走时多个做伴的罢了。我总希望有那么一个依靠，让我在世间的日子容易一些，不至于谁都能拿我当砧板上的鱼。"它忽然笑出来，放下镜片看向敖炽，"我以为遇到你是我今生最好的运气，可是你太高太远，我连你的衣角都挨不上。江姑姑待我很好，可她到底不是我的亲人。我也知道栀子可能不是那么喜欢我，但她说愿意与我携手共老，绝不离弃，所以我信她，即便隐约察觉老猫的死与她有关，我也说服自己不要想，不要问。"

"你知道？"我皱眉，"老猫虽然没什么用，好歹是你相依为命多年的师父。"

敖炽咬牙："畜生！"只恨不能一巴掌打到它脸上。

"不追究，我还有她在身边。"它笑得不内疚，但有些苦味，"追究了，我不只没了师父，连她都没了。"它的视线在我跟敖炽脸上来回几番，"我身后没有强悍的家族撑腰，自己没有厉害的本事傍身，除了脾气温和又同样没什么出息的老猫与我为伴，我没有知己良朋，唯有栀子让我稍感安慰，觉得此生终于有了一个比较确定的可以由我自己掌握的幸福，哪怕这个幸福可能稍微要打些折扣。"

执迷不悟的家伙啊……

我叹气："你至今都认为是敖炽毁掉了你的'幸福'？你觉得栀子那样的女人真会对你不离不弃？"

敖炽冷哼一声。

它摇头轻笑："我难过的不是你夫君当着我的面杀掉栀子，那一刻，我看到的不是栀子的灰飞烟灭，而是强者对弱者毫不掩饰的碾压，对整个世界为所欲为的权力。所以真正让我难过的，归根结底是我自己对自己的厌恶与放弃。"它轻轻吸了口气，沉入过往的迷离眼神渐渐恢复过来，"真正把我从行尸走肉般无望岁月里拉出来的，是我现在的'家'，如果我没有成为这个'家'的一员，我做梦都想不到，原来我并非废物，我也有让旁人望尘莫及的本事，我也能靠自己好好活着，不需要替我料理祸事的亲人，也不需要与我山盟海誓的伴侣，三尾就是三尾，不需要任何依靠。"

闻言，敖炽倒是先我一步笑出来："你啊你，还真以为你进阶了，原来跟从前相比不但没有进步，反而更蠢了。"他笑容一收，"自相矛盾，口口声声说着不需任何依靠，难道你如今这一身邪门本事不是靠了4E才得来的？什么人你不好跟，偏要跟一个阴险邪祟的玩意儿混？你哪来的脸把这种丧尽天良的存在称为'家'！"

它显然是被激怒了，身体微微颤抖，声音也明显急促起来，但仍努力让自己不要那么失态："敖大哥，你践踏我也就罢了，对我的恩人还请口下留德。你看，你自诩英明神武，最后还不是被我玩弄于股掌，可见给我这一身本事的人，委实没有你说得那么糟糕。"说着，它仰头长长吐出一口气，竟无比舒心地笑出来，"能这样赢了东海孽龙，此生都值得了。"

我心下一紧，仿佛看到一团无形的蘑菇云，在它与敖炽之间"轰"的一声炸开……

敖炽哪里能忍，才不管自己是个什么状况，跳起来就往它脸上一拳砸去。

我心里关于"和谈"的最后一点希望终于跟肥皂泡一样彻底破掉了……嗯，彻底谈崩了。

它像看个大笑话一样，动也不动地看着愤怒的敖炽从它身体里穿过去，只淡淡道："我今日仍叫一声敖大哥，也愿意给敖夫人一个面子，咱们前尘往事就此勾销。此刻之后，我所做一切，无关私怨。"它朝我微鞠一躬，"公务在身，您多包涵。"

话音刚落，便见敖炽的身体被一个巨大的气泡包裹起来，轻飘飘离了地，与此同时，三尾也身在气泡之中，晨光落在两个大泡泡上，竟跟普通肥皂泡一样泛出七色彩光，那份与此刻气氛完全不匹配的可爱梦幻，怎么看都是一把藏在童话书下的毒匕首。也许这就是4E的风格了，纵是要人性命的事，也要做得好看且无辜。

我不知道三尾究竟从4E那里得到了多少本事，但我很清楚眼前看起来幼稚可笑的泡泡，却是能彻底吞噬敖炽的旋涡，更是一条将他从我生命里抢走的不归路。

"我偏不包涵！"

一语既出，两条枝条急扑而至，它们身上有我此刻能倾注的全部灵力，纵是铜墙铁壁也休想阻挡。

"噗噗"两声微响，突破两个泡泡似乎没费什么力气，一条紧紧缠住敖炽的身体，另一条死死绕在三尾的脖子上，两根枝条的另一端牢牢缠在我的双手上，准确地说，它们就是我的双手，并非我头发所化，这样的对手，我怕我的头发不够坚强，以手化枝更保险。

可我无论花多大力气，都无法将敖炽或者三尾从泡泡里拖出来。

我清楚感受到三尾脖子上冰凉的皮肤，并且发觉了一件更奇怪的事——它没有脉搏，没有心跳，连呼吸都很刻意而虚假。

"你收手，我收手。"我稍许松了些手，冷冷道，"我夫君若得无恙，我保证今后无论在何处相遇，我都不伤你性命，亦不让他人伤你！"

敖炽急了，在我身旁大吼道："你疯啦！你知道那个泡泡是什么玩意儿就敢拿自己的手往里头送？快松开！"

我哪顾得上理他，只管盯着三尾，加重语气道："能得我这个承诺的妖怪，世间没有几个，你还觉得不划算？"说罢，我手下用力，将它的脖子缠得更紧了。

它微微扬起头，脸上却看不到任何难受或恐惧，声音也很平静："我最怕的，只有废物一般的自己，还有那段任人宰割的往昔。敖夫人，你开的价码并不吸引我。我说过我公务在身，能得到这副身躯是意外，相比于其他人，相信这副身躯对我们的用处会更大，所以无论如何我都要带走。倒是我想好奇问一句，身为一只颇有年资的妖怪，你难道觉得我会扛着这身体走出大门坐电梯离开吗？你不会不知道我制造的通道与这个世界是两个空间，一旦通道关闭，你身在其中的部分会被生生切断，如今你放两只手在这里，与放在一把高悬的利斧下无异。倒是我劝你一声，收手吧，起码保得住自己。或者你要是觉得断两只手也没什么大不了，那就随意吧。"

"放开！"敖炽声如雷鸣，两手在我胳膊上乱抓一通，"你聋了吗？我让你放手！"

"我对你没有放手这一说，滚开！"我看也不看他，只对三尾笑道，"那你就试试看，看你有没有本事在我毁了你的通道之前关掉它！"

两只手，两根坚韧有力的枝条，透出越发明亮的绿光，每一寸，都是我孤注一掷的勇猛，以及绝不能再让任何混蛋带走我任何一个家人的心念。

今日若要开杀戒，也是不得不杀。

我右手骤然发力，若换了他人，此刻只怕早已身首分离，倒是这三尾还颇够强壮，虽然难受得变了脸，但呼吸还在——或者它压根儿就不需要呼吸？

它难受，我也不好受，虽然看起来我们俩连打架都算不上，不过是各自站在原地，但力量的博弈在暗处愈演愈烈。

此刻，三尾的"通道"仿佛一只急不可耐要逃走的野兽，但我的手只要还拽着野兽的脚，它就休想离开，休想关闭，而且我的手不光是要拽着它，还要剥开它的皮肉折断它的骨头，让它在一只生气的千年树妖手里碎成渣子。

我不管自己能承受到什么程度，我现在要做的，就是将我的灵力源源不断汇集到手上，哪怕三尾再厉害，它制造出来的这个小小通道，很快就会被我的力量"撑死"，如今的情形，不过就是简单地比谁更粗暴，我不信我一个老妖怪会输给这个小家伙。

我在发力，三尾也在，它再也装不出若无其事的样子，两只手抠住脖子上的枝条，拼命想给自己拉出一个空隙来。但不管自己多难受，仍是不肯撤了它的泡泡，不但不肯撤，还往上头加了力气，我已经能清晰感受到一个空间将要消失前所带来的强烈的挤压与刺痛感，可是我能忍，再痛也能忍，我不能给三尾任何机会遁走。

泡泡在渐渐缩小，我咬牙用力，枝条中绽出的绿光已经亮到了发白的程度，几道裂纹在两个泡泡上爬出来，越来越长。三尾见状，竟也孤注一掷，松开两手捏了奇怪的手诀，嘴里念了几句咒语，只见一道红光自它眉心而出，眨眼间两个透明的泡泡便成了两个赤红而浑浊的圆球，里头的情形再不得见。同时，我只觉两手一麻，一股强大的力量扯住了我，以不断我手不罢休的势头往前拖去，虽然我的身体没有半分移动，可我分明清楚感受到了一种可能叫五马分尸的痛楚……

圆球越小，我越是痛苦，双手好像已经没有了，眼前只有两团越发模糊的红光。

"放手啊你个蠢货！它疯了你也疯了吗！不就是一个身体！拿走就拿走！"敖炽此生没有如此混乱过吧，拉我的手抱我的腰，大喊大叫像个疯子，而最难受的也是他吧，眼见我在他面前身陷险境，曾护我周全千百次的他居然无计可施。

"不放！"我深吸一口气。我没死，不放手。

客观评估一下我此刻的体力，两个红球已变成不断吞噬我灵力的黑洞，换作从前的我，或还有能力与之一战，可如今……冷汗早已湿透衣裳，再僵持下去，只怕于我不利。

三尾不怕死，我也不怕断手断脚，可我怕的是断手断脚也不能把敖炽抢回来。

竟被一只小妖怪逼到如此田地……因缘际遇果真难测呢。

正心急如焚时，房门冷不丁被踢开，两个男人一前一后冲进来。

一个是……米良？！

另一个是谁？穿了一身厨师的白衣裳，面容平庸，年过半百，不是我们认识的人。

包裹着房间的结界在这两人面前形同虚设，但见米良与厨师一左一右将我夹在中间，两人虽无任何语言交流，却默契如同一人，连捏诀出招的时间与姿势都不差分毫，我只觉身旁骤然升起两团犀利霸道且在寒冷与炽热之间均衡交换的气流，我不敢开口同他们讲一个字，生怕自己稍一松劲就被三尾得逞，带着它的战利品从通道里消失得无影无踪。

须臾之间，却不知是我蛮力用狠了导致眼花，还是真有其事，总之我在最焦急迷乱的一刻，看见两道一赤金一银白的龙形光芒自我身侧呼啸奔出，虽无实体却霸气凶悍，以泰山压顶之势朝那一对赤球而去。

两者相撞之时，无声无息，却激起满室乱光，室内所有物品包括我，都被一股巨力狠狠抛起又摔下来，我只觉脑袋"嗡"的一声响，差点连自己的神识都飞出去，只得两只手还本能地紧抓着敖炽，只是落地那一刹，之前与我双手抵死对抗的力量突然消失，我眼中什么都看不清，只感手下一轻，便连思考都跳过，本能地往回一拽，然后……连五马分尸都不能让我哀号一声的坚强终于被击碎了——敖炽的身体准确地砸在我身上，压得我前天吃的饭都要吐出来，眼冒金星骨骼碎裂体无完肤这些词都能用上了，真好！

不过，那两条"龙"是藏着怎样的破坏力啊，我怀疑整栋楼甚至整个街区都被"抛"起来了，不知是伤筋动骨还是安然无恙……我费力抬起头，渐渐明晰的视线里，再没有那两个看起来就很烦的又红又脏兮兮的球体，房间除了比之前更乱之外，倒也没有别的异常，只是我的一只手还不肯回归原形，仍是紧紧缠在三尾脖子上，而它的情况也非常不妙，站是站不住了，一只手一条腿都不知去向，身体伤痕累累，不见血，只有从横七竖八的伤口里泄出来的淡淡红光，苟延残喘地闪动。

米良这时才开了口，俯身轻轻拍了拍我的手臂："松了它吧，都这样了。"

我犹豫片刻，同意了他的建议。

等两只手都恢复本来面目时，我才觉得它们真是吃大苦头了，因为麻木到我几乎感觉不到它们的存在，费了好大力气也只能微弱地动动手指头。

米良走过来抬起我的手按了按晃了晃，笑道："手没事，没知觉是因为你使的力气太猛了，休息一阵子就能恢复如常。"

我感激地看着他："我知道我手没断。只不过你就不能先帮我把敖炽搬下来吗？你难道不觉得先做这件事比检查我的手更要紧吗？没有灵魂的身体简直跟一头猪没区别……"

"不是……你明明可以说沉重而伟岸的石像或者有质感的钢铁，非要用猪……"全程身为局外人并丧失了存在感的敖炽平静地站在我身旁，倒是不气急败坏了，怀疑的目光在米良跟厨师之间来回移动。

"抱歉抱歉，是我疏忽了。"米良忍住笑，赶紧把敖炽的身体搬下来。

我终于顺利地喘上一口大气，可算回到了人间。

厨师好像完全不在意我们这边是什么情况，只岿然不动地站在三尾面前，手里不知何时多出了一把银白流光不似凡间物的匕首。

"4E 就只给了你这样一副身体？"厨师眼中尽是轻蔑，"还以为多了不得，到底还是不堪一击。"

"已经很好了。"三尾躺在地上笑，"若无外援，败下阵来的就不是我。"它吃力地转过脸看向厨师，"以多欺少，你们赢得不光彩。"

厨师冷笑着蹲下来，匕首上的寒凉之气几乎贴到了它的脸上："结果好，就好。"

"听说好的厨师刀法都了得，处理活物时一点痛苦都不会带给对方。"它面无惧色，眼前的刀尖仿佛还不如一个玩具，说出来的话里还带点戏谑。

"从头到尾，他没有害你。"厨师直视它的眼睛，"而你，穷尽千百年时间都未得长进。"

它愣了愣，旋即从鼻子里哼笑出来："若无长进，东海孽龙焉能狼狈至此。"

"会骗人，会弄出鬼祟的泡泡，会千变万化，在我这儿都不过小儿伎俩。"厨师摇摇头，看它的眼神也惋惜起来，"世间妖魅精灵不计其数，修人形不修人性者，皆孽障。你从未将自己活得明白，从不懂何谓真正的善待，所以才会是非不分，认贼作父。今日你自会得到的教训，至于东海的孽龙，自有东海来教训，轮不到他人。"

厨师不卑不亢，字字铿锵有力，明明是个貌不惊人的家伙，那神情姿态，却教人不得不心生敬畏，如视神明。

我飞快地猜测他的身份，但怎么也安不上一个合适的人物。

敖炽的脸色比三尾好不到哪里去，但整个人出奇地平静，连话都比平日里少了许多，只死死望着厨师，想从他说的每个字，脸上每个细微的表情里揪出答案一样。

"你是东海来的？"三尾突然问。

厨师不答，只晃了晃匕首："这把匕首很锋利，连龙鳞都剜得下来。本来我想拿它教训你，毕竟我对你的作为有点生气，可我现在改主意了。"他起身，笑笑，"既然你对 4E 如此孝顺，我倒想看看它们会不会如你所敬仰的那般，用他们的伟大来收留照顾站都站不起来的你。"

我顿时松了口大气，本来我都做好准备随时扑过去夺匕首，幸好他改了主意，若他真是气极了一刀捅下去，铃还没解系铃人就没了，敖炽怎么办？拿回他的身体只是缓兵之计而已……不但敖炽危险，我们好不容易得到的一个或许能找出 4E 底细与弱点的机会也就没了。好在厨师很厉害，也比我想象中更冷静，拥有决定生死的能力却并不滥用的人，莫名让人钦佩。不过他还说了什么？这把匕首连龙鳞都剜得下来？再回想方才他俩放大招时我看到的"龙"，莫非他真是敖炽东海的亲戚？可是……米良不是左右的手下吗，他是怎么做到跟厨师神同步，两个人用两条"龙"摧毁了三尾的一切？

"我对 4E 已经没用了，他们从不收留没用的成员。"三尾笑笑，似乎完全不在意被这样对待。它努力挪了挪身子，把脸转向能看见敖炽跟我的方向，眼神有些复杂，但并不激烈，看的仿佛只是一对长得还不错的路人，头回相见，彼此没有渊源没有恩怨，只有一丝不易察觉的小羡慕。它保持着相同的姿势与神色，就那样沉默平静地看了我们许久。

房间里因此迎来了最安静的时段，大概所有人都认为，面对这样一个破碎的妖怪，连对它说一句重话的必要都没有了。

相对于我遭遇过的其他对手，三尾真是一个完全不张牙舞爪的敌人，不论从前还是现在，它始终谨小慎微，有些小聪明，有些小期待，对未来充满不安却又偶尔相信自己有掌控一切的能力，平凡到如同寻常街市中一个初出茅庐的少年。然而就是这样一个看起来并不凶恶的家伙，拿一场临时起意的布局便将我跟敖炽推到了悬崖边，差点摔死。

可是，哪里又有那么多的临时起意……我想这么多年来它一定在脑海中演习过无数次类似的情景，设想过无数次东海的孽龙在它手中一败涂地的样子。

原来恨一个人，是真的可以恨到这种程度。

那它现在，为什么又不恨了呢？

我突然不安。

果然，我的情绪就这么略微起伏了半秒钟，事实就验证了我的不安是完全正确的预感——看似完全丧失行动能力的三尾，居然用一只手一只脚撑起了身体，以一种此生都不曾有过的速度与爆发力朝厨师扑过去。

"小心！"我大喊。

我的声音落后于三尾的行动，厨师本能地举起匕首，而扑上去的三尾精准且有力地抓住了厨师握着匕首的手腕，并没有攻击他，只是借机将匕首指向自己心口的角度变得更完美，然后顺势将厨师的手往前一拖，整个人决绝地往刀尖上倒去，一气呵成，绝无拖沓。

厨师皱起眉头，下意识地松开了手。

三尾捂着心口，紧紧抓住扎进身体的匕首，本就苍白的面色又多一层灰黑的死气，红白相间的光点凌乱地从它的指缝中不可遏制地散落而出。

它的身体连同它的性命，终于彻底坍塌。

它瘫坐于地，微微歪着头，似笑非笑地看着敖炽，气若游丝："若时间可倒回，我宁被炼为灰烬，也不想为你所救。此生浪费了，但最后我没输。"

敖炽一语不发，只冷冷地看着三尾带着笑容闭了眼，在它不断溃散的生命里彻底走完了自己的一生，连一丁点痕迹都没留下。

孰是孰非，已经没有了讨论的必要，我愕然于三尾的决绝，更遗憾它到死都不肯解锁，它自己的锁，敖炽的锁……为无数妖怪开过"锁"的我，也有力所不能及的时刻，可是，若能再多给我一些时间，让它在一个好天气的下午坐在不停跟我喝上几杯茶，也许……唉，狗屁的也许，结束了，三尾死了，死得一干二净，死得很满意。

◇贰◇

一些沮丧与一些失落像小丑一样在心里乱跳，我这才觉得自己筋疲力尽，像被抽去了骨头一样坐在地上，望着敖炽的身体喃喃："它觉得没输，是因为它笃定你回不来。"

敖炽还看着三尾消失的地方，好像根本没听见我说的话，也并不为自己的处境担心。

米良过来将敖炽的身体仔细查看一番，最后将视线聚在他手背的红点上，然后抓住他的手朝厨师摇了摇，说："这小妖看似一般，还是有些手段，起码是真把敖炽的身体给封住了。"

厨师从地上捡起匕首，化光而藏，然后走过来看了看敖炽的身体，问我："他神身分离多久了？"

"昨夜到现在。"我看着厨师的脸，同时迅速在心里盘算着有谁擅长解除这类封印。

厨师又看了看比之前更透明的敖炽，沉默不语。

我真怕他现在的表情，忙问："还能撑多久？实在不行的话，随便找个活物先让他住着？封印很难解开吗？"

"倒不是多么难，就是用的法子有些诡异，不是寻常封印，不对症下药的话，怕要花些时间。"米良开口道，又抬头看着厨师，"我来时见到路边有野猫，楼下还有人养了鹦鹉跟螃蟹，要不……"

野猫？鹦鹉？螃蟹？这是要把敖炽的神识装进去？虽然涉及生死大事，可只要一想到野猫跟鹦鹉甚至螃蟹的脑袋上长出敖炽的脸，再想到他那个连缺氧都不能面对的死要面子的性格，真要变了猫狗鹦鹉，余生怕是要生不如死了……

"倒是不用这么麻烦。"厨师淡淡道，随即深吸一口气，不多时便从口中吐出一枚银光耀眼的珠子来，二话不说便塞进了敖炽嘴里。

"你……"米良见状，脸色大变，可厨师却抬手示意他不必多言。

此刻，回过神来的敖炽见厨师有此一举，本就难看的脸简直跟见了鬼一样，冲到厨师身边，上下打量他，说话都不利索了："你……你这是做什么？你疯啦？"

厨师自是不搭理他，只将一只手覆在他的心口上，在他的操控下，一道银光在敖炽体内缓缓游走，每过一处，敖炽的身体就被染上一片银光，直到他整个人都被包裹起来时，我的眼睛已经无法直视这边。太亮啦，再多看一秒我怕是要瞎掉。

旁边的米良又是一声叹息。

虽然不敢直视，但我只觉得周身整个空间都被这片光带进了另一个世界，那里没有边界，没有声音，只有汹涌如海的力量。

时间在它面前变得没有意义，直到光线渐弱，我才慢慢试着睁开眼睛。

这时，珠子刚从敖炽口中退出，与初见时相比，显然失了不少光华，厨师张口，珠子回归原位，又见他盘腿闭目似在调匀呼吸，可面容气色却跟珠子一般失了光华，比来时憔悴了许多，整个脸上仿若涂了一层白灰。

米良赶忙又看了看敖炽的身体，喜道："成了！"

闻言，我慌忙抓过敖炽的手，那微小却危险的红点果然消失了。

"傻小子，还愣着做什么！"米良冲着呆站一旁的敖炽喊道，"赶紧回来呀！"

敖炽这才缓过来，结巴着应了一句："知……知道了！"

然后一切都变得异常简单，敖炽往自己的身体上一躺，不消片刻，一个完整无缺的敖炽终于睁开了眼睛。

一块大石终是落了地。

敖炽睁着眼在地上又躺了片刻，仿佛还不太相信自己已经回来了。

我用力拍了拍他的脸："怎样了？能不能听见我说话？"

"脸疼……"他总算有了表情，"身子好僵，快扶我一把！"

"你刚回来，身体僵硬是正常现象。"米良跟我一起将他扶起来，"以你的身板儿，顶多半个钟头就能恢复。"

敖炽无力地靠着我，勉强抬起头看着厨师："你……怎么是你？"

"你们认识？他真是东海的亲戚？"我脱口而出。

米良听了，摇摇头道："算啦，你都挂不住这人形了，别再瞒着孩子们了。"

厨师睁开眼，低头看看自己，微微皱眉，旋即站起身，像掸灰尘一样在身上来回掸了几下，厨师白灰般的脸便跟碎了的面具一样脱落下来，连着他的身躯扑腾出白白的烟雾，待到一切散开时，眼前哪还有面容平庸素不相识的厨师，如假包换的东海龙王，敖炽的爷爷，浆糊和未知的曾祖父，就活生生站在我们面前，除了一身厨师服不太符合他惯有的形象之外，看起来没有任何变化，就是脸色有点苍白，嘴唇少了些血色。

"一见那匕首，我就猜到是东海的人，但没想到是你。"大概是"惊喜"来得太快，敖炽不但没机会表达出自己的错愕，还平白添了几分怒气，"你多少岁了？你不想活了？你拿龙珠替我冲破封印？你们一个一个的约好了是吧，为了我，一个不要手一个不要命！

你们是太拿我当回事还是根本不拿我当回事？你们出事的话，我有好日子过？"

他说话都有点磕绊，内容好像也不是多么深刻高端，但我知道他真的生气了，大概最气的，还是他之前面对三尾时的无能为力，以及被迫以亲人的安危来保自身平安的窝囊——至少他觉得那是窝囊。

"现在大家都没事，你就别愤怒了。"我这话说得有点违心，说是没事，那只是我跟他没事，想当初敖炽龙珠有微损，就当了那么久的小肥龙，看似好笑实则严重，更遑论东海龙王是拿自己的龙珠硬去冲破一个暂时无解的封印，就算龙王年龄大本事高，可哪怕是我这个龙族之外的人，都知道龙珠的安危对于一条龙有多么重要。难怪米良说他都挂不住人形了……想来如果他不是东海龙王，只怕方才那一记狠招之后，连片龙鳞都剩不下了吧。亏得他底子厚，如此损伤也只是失了随意变化的能力，从这个角度看，或许也能算是"没事"吧……只能这么安慰自己了。

"他那个样子叫没事吗？"敖炽愤然抬起手指着他。

米良一笑："咦，你手这么快就能动了。"

敖炽一转头，狠瞪着他："还有你，你怎么会我们龙族的法术？"

"我……"米良尴尬地挠挠鼻子，笑笑，"这个……说来话长。"

"也别话长了，他虽然混账，但不是傻子。"龙王面无表情，"说我瞒着兔崽子，你自己又打算瞒到几时？"

"我不是还没暴露吗。"米良不满地看了他一眼，一脸怪他拖自己下水的不悦。

我的目光在两个老家伙之间跑来跑去，两人话虽没说得太明白，我却已经预感到今天的"惊喜"不止厨师变龙王这一个。回想起来，这个甘为虫帝副手，行事作风低调稳健的家伙，似乎没有他表现出来的那么敦厚老实，毕竟他从我们一到伦敦就假装大婶骗我们入局，整个过程自然而然全无破绽，而最可怕的是，当我们发现被骗之后，居然都没有将这个人跟左右一道贴上"老狐狸"的标签，依然下意识地觉得他只是尽忠职守，就算骗了我们也不该受到指责，对他还是走不出"老实忠厚"这样的设定。能让他人坚定于自己的认知相信他并不危险也足够老实，倒是一项不小的本事，大智若愚、大奸若忠等成语已经迫不及待地跳出来，我只等今天第二个"惊喜"砸过来了……

"不想暴露，我出招时你就别凑热闹。"龙王看都不想看他一眼。

"这不是情况紧急，我怕你一个人应付不来么！"米良忙申辩道，"毕竟你岁数比我大不是。"

"你就是什么事都爱插一脚，放在人类里也就跟那些爱管闲事的三姑六婆没区别。"龙王冷哼道，"自家的地盘常年不归，替别人打杂倒是勤快得很。"

"喂喂，够了啊，当着小辈的面呢！"米良一脸委屈，不满地嘀咕，"帮你还帮错了似的……这么多年了也不改改这臭脾气，总端个大佬的臭架子，见谁都要训两句。"

"你俩都闭嘴！"我跟敖炽被两人短暂的争执搞得有点头大，瞪着米良异口同声，"你究竟是谁？"

米良无奈，起身拍拍衣裳，又稍微理了一下头发，不过几个小动作，我们熟悉的米良的脸就没有了，取而代之的是一个我不认识的年轻男人，白白净净，细眉凤眼，一双金瞳熠熠生光，面目虽不到一眼看去就俊美耀眼的程度，但这个人吧，就算穿着毫无款式的寻常衣衫，都不见丝毫土气，且自带一种会传染他人的奇怪幻觉，便是这个人无论走到哪里，身上都仿佛沐了一层清亮的月光，温柔不露锋芒，貌似一副跟谁都不着急不生气的样子。尽管依然穿着米良的衣裳，可那个四平八稳处处周到，横看竖看都敦厚朴实的米良，怎么都不能再跟这个人产生丝毫联系，我认识的虫帝心腹，仿佛瞬间就从我的记忆里剔除了。

"圆月川？"敖炽几乎是吼出来的，然后整个人从无力状态一下子挣脱出来，直接从地上弹起，见鬼一样瞪着他，可能这就是惊喜来得又多又快的好处吧，有助于刺激神经兼活络筋骨……

我的反应倒是没他那么大，可脑子也卡顿了片刻……圆月川这个名字虽不是特别熟悉，但好像听敖炽提过几次，那不是……西海龙王吗？！

"没规矩，好歹是你叔父之一，直呼我名字算怎么回事。"米良……不对……圆月川嗔怪着白他一眼，"小时候哪次见了我不是乖乖喊一声川叔叔，真是越大越不懂事！"

敖炽才没那个心思跟他攀旧情忆当年，只认定自己受了天大的愚弄，咬牙切齿道："一个老家伙还不够，两个，你们买一送一呢！一个骗我身染怪疾久治不愈，一个就常年神出鬼没踪影难觅……你们哪来的脸说我不懂事？一把年纪还乱来的不是你们自己吗！"

"我们来救你啊，这叫乱来？"圆月川委屈死了，扭头对龙王道，"你都不管教你亲亲的大孙子吗？"

龙王转过身："能跑能跳了，就别在这儿蹲着了。"说罢便朝外头走去，谁都不想理睬的样子。

敖炽更气了，额头上的青筋都冒了出来，我赶紧拉住他，生怕他刚神身合一脑子不清楚，邪火上头冲出去跟老头子打一架。

"喂！"他没有冲上去，酝酿半天却只是大吼一声，"老家伙你还走得动吗？你……你要不要人背你走啊！公主抱也行！"

我松了口气，嘴里骂着老家伙太乱来死了都活该，心里却是爷爷你没事你真的没事吧呜呜呜——看来从身体到心灵，敖炽都恢复得非常彻底了。

龙王头也不回道："管好你自己，成天的丢人现眼！"

"真是亲生的……真像。"圆月川笑眯眯地转过头，"走吧大侄子，帝君还在家等你们报平安呢。"

敖炽皱眉，指着他道："回去再跟你这个老东西算账！"

走出房间，圆月川落后我们一步，转身默念几句咒语，一挥手，这间乱糟糟的公寓瞬间恢复原样，仿佛从未发生过任何冲突。

"我就喜欢干净整洁的地方。"他冲我们眨眨眼，"哪怕只是障眼法。"

敖炽"哼"了一声，拉着我下了楼。

没想到跟两位龙王在一起，还是没有专车服务，我们还得打个出租车回去……

龙王独自坐在副驾，又化成米良模样的圆月川与我们挤在后座，敖炽时不时往副驾偷看几眼，生怕老头子一个不舒服吐血晕过去，甚至突然连人形都维持不住化回龙身把人家车给挤爆了……

"没事，养得回来。"圆月川看透了敖炽的心思，安慰道，"回头多弄点补品就是了。"

"少惹我生气，比多少补品都有用。"龙王冷哼一声。

"彼此彼此！"敖炽白眼翻上天。

圆月川探出身子对我笑道："你夹在他们中间还能活下来，真是很顽强呢！"

"是啊，我才是最需要吃补品的那个。"我越过敖炽朝圆月川伸出手，"也算是头回见面了，不知道该怎么称呼，川叔？"

他赶紧握住我的手："我是敖炽的叔父，自然就是你的叔父。这些年难为你了呀侄儿媳妇！说来这才算咱们的头一回见面，等回去了叔一定给你补一份见面礼！"

"那怎么好意思！我喜欢金子……"

"是个爽快人，我喜欢，我倒是认识手艺不错的匠人，不知道你是喜欢金镯子、金链子还是别的。"

"我特别不挑剔，都行！"

我们聊得热闹，前头的龙王从后视镜里给了我们一个白眼。

挤在中间的敖炽则一把打开我们俩的手，对我愤愤道："你跟这老骗子一见如故？就他前前后后干出来的那些事，你再相信他说的一个字你就是猪！"

"欸！越来越过分了啊！老骗子都出来了！当年你可是跟麻花糖一样死赖在我身边要我给你讲故事，撵都撵不走！你要说你媳妇是猪，那你就连猪都不如，草履虫！"圆月川孩子似的撇撇嘴，又对我道，"侄儿媳妇你且放心，我应承的事，从不失信。"

"说的就像我们东海缺你那点金子似的。"龙王望着车窗外，玻璃上映着他不屑的脸孔，"我们全族的脸，活生生就在你们两个身上丢了大半，一个为老不尊，一个桀骜不驯，什么都记得住，唯独记不住自己的身份。"

"我哪有不尊！我对你们每个人都那么好！"圆月川无辜地说，"虽然你在我们四个里年纪最大，资历最高，但也不必把我跟你孙儿摆在一起教训吧？"

龙王又哼一声："你的账，早晚回去跟你一笔一笔算清楚。小的那个也一样！"

"我……唔唔……"

敖炽还要反驳，被我直接捏住嘴巴："你也够了，记吃不记打！刚刚才恢复，不知道少说几句养养神吗！"

他拉开我的手，不服气地嘀咕："就知道说我！除了两个老东西，你也该骂。"

"什么？"我眼睛一瞪，"你给我大声点再说一遍！"

"说就说！"敖炽气鼓鼓地盯着我的脸，"跟着我这么多年了，什么该做什么不该做，心里没数？怎么一着急就连智商都不在线了呢？"

"你……咳咳咳……"我被他几句教训气得一口气不顺，捂着心口猛咳起来。

他顿时变了脸色，口气立刻软下来，赶紧拍着我的背："行了行了，我错了，我又乱说话……你别气了，一会儿又气出什么毛病来。"

我狠狠掐了他一把，他"嗷"一声叫出来。

圆月川暗自一笑，摇头道："都说夫妻感情好的人不容易发脾气，我瞧着在你俩身上怎么就体现不出来呢，一个比一个炸。"

"你哪儿听来的狗屁理论，就你这样的老骗子，谁遇到都要火冒三丈。反正都要算账，回去以后我也好好跟你们算算！"敖炽的视线只要一接触到他就没有好脸色。

我心知到底是一家人，算账也不过是说说罢了，但两位大佬从天而降所带来的震惊与各种疑问，回去之后还是要说清楚的。

车子里总算恢复了平静，龙王闭目养神，后座上的我们都扭过头看着窗外。

越到午后天气越差，几滴细雨断断续续沾到车窗上，街上一如既往地繁华而有序，只是间或有几辆救护车消防车急匆匆地开往不同的方向，不知是哪些地方又倒霉了。

我凑近车窗，仰头看了看天空，阴云厚重如迷雾，将一切试图窥探底细的目光拒于千里之外……若迷雾只是迷雾就罢了，起码下面的人还能自由且安全地活着，就怕迷雾之后有怪兽，一朝突破而出，大开杀戒不留活口。

天气不好确实会影响心情吧，加上刚刚死里逃生的经历，我心里忍不住冒出奇怪的担忧。

越想越累，我回头靠在敖炽肩上，骂归骂打归打，只要感觉到他的温度跟呼吸，我就能比任何时候都平静。

他把脑袋靠过来，将我搂得更紧了些。

敖炽不说我也知道，嘴上的脾气越大，心头越是不安。

在座的所有人，除了根本不知道自己今天载到了三条龙一棵树的司机正在轻松地哼着歌，盘算着跑这一趟能赚多少车费，其他人都各怀心事，佯装平静。

◇叁◇

玫瑰花的香气混着壁炉里跳跃的火光，扩散着淡甜的温暖。

今天的餐桌迎来了就餐人数最多的一次。

左右与龙王分坐两端，"米良"似乎也没有了继续存在的必要，恢复本相的圆月川坐在敖炽旁边，没事人一样拿叉子检验牛排有没有煎到他喜欢的程度，剩下我跟敖炽老白上官羚各占一席。

实际情况是当我们一回来，看到上官羚抱着茶杯吃着饼干坐在壁炉前翻看时尚杂志时，当即条件反射地呕了出来，实在不能将他与之前我跟敖炽在殓房里吃的苦头分割开来，一见到他的脸，闻到他身上挥之不去的消毒水味道，那几个受害者的模样便在我们脑中晃来晃去。这个人呐，除了医院就不该出现在别的地方。他见了我们，大大方方地打招呼，以及毫无意外地又把我们的名字喊错，敖炽压下脾气，问左右为什么这个人会在这里，显然这座房子里并不需要一个毫无记性可言的儿科医生。左右却笑眯眯地说，见我们迟迟不归，怕万一出了事受了伤，有个医生在的话，总归安心一些。话听起来倒是在理，可我们要真受了伤，且不说这个上官羚有没有那么好的医术，单说他那个烂记性，不开错刀给错药就是我们命大了吧？！一句话，历劫归来最不想见到的人就是他了，尤其当他还反客为主地问我们凶手是不是特别厉害所以才花了那么多时间还搞得如此狼狈时，不说敖炽，连我都起了无名火，直言凶手已伏法，我们一个零件也没缺，你又不在现场，哪只眼睛看见我们狼狈！他却笑眯眯地说，从你们眼睛里看到的。

这话说的有点玄乎，可是……偏又说中了，此番确实阴沟里翻船，里子面子都折了，要说狼狈也算贴切。你心里知道就罢了，直说出来就很气人不是。

眼见我们脸色不好看，左右赶紧打圆场，让我们先去洗澡换衣服，休息够了再下来吃饭，天大的事，容后再说，说罢还意味深长地看了两位龙王一眼，又对"米良"笑着说了一句："以后再使唤你，怕是没那么名正言顺了。"圆月川耸耸肩，不置可否。龙王依然板着脸，给自己倒了一杯酒，独自坐到窗前去，根本不想融入眼前这些个人里头，只是一口酒还没喝到，杯子就被敖炽毫不客气地抢走了，还被敖炽狠狠瞪了一眼，爷孙俩全程没有一个字交流，龙王只默默起身又去取了个杯子，倒了一杯矿泉水坐回原位，只当敖炽是空气。敖炽"哼"了一声，转身拉起我回了房间。

好了，老的小的应该都生完气了吧，我暗暗一笑。

回房躺在放满热水的浴缸里时，我才有了闲暇注意身体上的疼痛，我举起双手，看着略微红肿的手臂，自言自语道："差点就把你们弄丢了……"若当时真断掉两只手，不知道凭我的修为，要花多少年才能令身体复原，或者以上只是我一厢情愿的自信，以我现在的身体状况，还谈什么复原，断手之后能不能扛住伤痛活下来都未可知。那股不知来处、时有时无的虚弱相当狡猾地藏在我的身体里，出没时间不定，带来的隐患不定，但可以确定的是，无论我如何休养，如何压制，它都在不断滋长，完全没有放过我、离开我的趋势。而这一点，恰恰不能对任何人提起，尤其是敖炽。

我深吸了口气，从浴缸里起身，目光落到洗手台上的细颈玻璃花瓶里，那里插着一枝盛开的红玫瑰。我盯着它看了许久，心头跳出来的却是三尾公寓里那朵玫瑰在我手中化为灰烬的样子。在过去，无数凶妖恶怪在我手里灰飞烟灭过，为这些大大小小的战斗，我吃过苦头受过伤，但从没有哪次像这回一样，让我心惊肉跳，如芒在背。

不过一朵玫瑰花而已……我的手指情不自禁地朝花瓶靠近，在半空中停顿了半晌，借着脑子短暂空白的机会，指尖终是触到了柔软的花瓣。我的心骤然提起，直到确定那朵玫瑰没有任何异常，才缓缓放下心来，然后又不太确定地戳了它好几下，确实没有问题，好端端的一根汗毛都没有受损。

我松了一口气，居然跟个考试蒙混过关的小学生一样窃喜，也许之前只是意外。

拿过毛巾一边擦着头发，一边伸手将镜子上的雾气抹掉，看着里头露出来的自己的脸孔，我跟自己说笑一笑，然后就笑起来。

虽然最近什么都不太顺利，但总归都能化险为夷，所以不必担忧，只要这条命还在，什么都能好起来。

我给自己打气。

现在，我干干净净清清爽爽地坐在餐桌前，还算丰盛的晚饭冒着香气，左右说今晚的饭菜全部由他亲自下厨精心烹制，虽然比不得东海龙王的好手艺，但大家给个面子，勉强吃吃看。

"来，为平安归来碰个杯吧。"左右举起红酒杯，看着我跟敖炽，"辛苦了。"

敖炽懒懒地靠在椅背上，连杯子都不碰："一开始说得有模有样，听起来好像对拿下什么狗屁裂网已经十拿九稳，结果却是你们对敌人一无所知，只会跟没头苍蝇一样乱撞。我是不知道你们所谓的与黑暗势力抗衡的不得了的组织到底都有些什么人，但我能确定的，你们人手不够的根本原因是你们老把自己人往坑里送。你们是觉得只要人死得够多，就肯定能踩着倒霉同僚的尸体找到对手的弱点，事实却是无论飞星与 4E 对抗了多少年，你们所做的一切连对方的一根头发都没伤到。我看这杯酒你们还是自己喝了吧，论辛苦，谁比得了你们的白辛苦呢。"

我的手放在桌前，举杯不是，不举杯也不是，敖炽若是一杯酒泼到左右若无其事的脸上我还觉得正常，虽然完全责怪他们有些没道理，但这一遭毕竟是因为他们的安排才吃了大亏伤了体面。我知道敖炽脾气还在，只是他冷着脸以正常语速表达不满的样子，比大喊大叫的他突然陌生了几分，且语气明明不重，但讲出口的每个字都压迫到你大气都不敢出。这样的他，我很少看见。

左右还是保持着笑容，只是举在半空中的手有些尴尬，其他人一言不发，除了上官羚继续专注于切牛排之外，大家好像都在花时间适应一个不骂人不打人的敖炽。

"不能这么讲……我们不也跟 4E 交手好几回了吗，你这么说，咱们也是白辛苦的笨蛋了？"我凑近他耳边压低声音道，"他们也不想我们出事，你这口气趁早散了吧。"

敖炽却不太买账，大概是洗了澡休息够了，可算是有力气继续发脾气了，对我的劝告充耳不闻，目光对左右与龙族的两位长辈穷追不舍："真不想我们出事，就不该拿我们当傻子一样骗，一会儿米良，一会儿茉莉，一会儿又是什么不肯见面的厨师，你们是觉得在我跟我老婆倒大霉的时候再集体跳出来会显得你们更高深更厉害？故弄玄虚把我们俩推出去，然后再来拯救我们，你们这么厉害怎么不自己去查疑犯？"

"前面那部分我不予置评，但后面那部分你还真冤枉我们了。"上官羚插嘴道，"4E搞出来的案子那么多，飞星的成员确实应接不暇，老大要忙的事太多，让他再分神去对付这些小案子也说不过去嘛。我知道你们这回不顺利不痛快，可也不必将事情说得好像是老大推你们去送死那么夸张吧。而且，吃饭的时候不宜动怒，影响消化。"

"关你屁事！吃你的牛排去！"敖炽抓起面前的叉子重重一拍，狠狠瞪住他，"一个只晓得躲在殓房里怕晒太阳怕跑腿记性比鱼还差的玩意儿，轮得到你来教训在外头奔波劳碌的人？一口一个老大……左右是你的老大，可不是我的老大！你再废话，我保证让你余生都不用吃东西了。"

"好凶……"上官羚耸耸肩，边吃牛排边嘀咕，"结果还不是在殓房吐得一塌糊涂……"

唉，何必要说这句话呢，活着不好吗……我叹了口气，下意识地闭上眼，实在不想看到接下来的那一幕。

盘子里的牛排安静地躺在原处，只是原本要吃掉它们的人应该是顾不上了，因为敖炽已经冲到背后，一手勾着他的脖子，一手拿着一块白面包往他嘴里塞，边塞边骂："连我名字都记不清楚的渣渣，这些破事倒是记得很清楚！食不言寝不语，这句话你也给我好好记下来！"

"呜呜呜！"上官羚一边挣扎一边很聪明地抓起桌上的一瓶胡椒粉往敖炽脸上撒去。

餐桌上原本冷到极点的气氛突然活跃起来，一个拼命塞面包，一个狠狠撒胡椒粉，眼泪鼻涕喷嚏嚏你来我往好不热闹，像极了两个不懂事的孩子在打一场糟糕的架。

更厉害的是，在场没有任何人有去劝架的意思。

老白一副惹不起的神情，只默默地把自己的椅子搬到离战场够远的地方。

龙王的神情反而比方才轻松了些，居然还吃了一口菜，又对左右摇摇头："火候还是差了。"

圆月川也吃了一口，笑笑："已经超水准发挥了。"

"甩掉我助手与厨子的身份，二位还真是一点都不可爱了。"左右的叉子在自己盘子里无奈地戳来戳去，"还是从前好啊。"

我也没兴趣劝架，不干出这些蠢事怎么好意思叫敖炽呢，而且比起那冷冷静静的样子，眼前这个鼻涕横流的傻子才让我安下心来。倒是对面三个老家伙更值得观赏，毕竟不是谁都有这个荣幸，能一次跟三位君王同桌吃饭，虽然他们每一个看起来都不老甚至还很貌美，可一想到他们的年龄加起来大概比这个世界还要大，我就觉得嘴里所有食物都变成了文物，沧桑到根本嚼不出任何滋味……当然也可能是左右的厨艺实在太一般，随便叫个外卖也比这强吧？！

"这孩子打小就是这脾气？"左右挥开飘过来的胡椒粉，掩着鼻子问龙王。

圆月川摇摇头："挨了多少打都改不过来。"

龙王将刀叉一放，不满道："还不都是你们给惯的！一闯祸就往你们那里跑，你不帮着教训，还帮他躲起来，还给他糖吃！哼，你一个，樾路一个，都是……"一提到那个久未提起的名字，龙王突然愣了愣，停了半晌才道，"总之他养成这般臭脾气，你们都功不可没。"

圆月川一笑："我倒觉得还是遗传更可怕。"

龙王又哼了一声。

左右笑着摇摇头，举起叉子往酒杯上敲了几下，清脆的回音里，他看着敖炽那边："你们暂停一下可好？等我把该讲的话讲完你们再继续，胡椒粉不够的话，厨房里还有辣椒酱。"

糟糕的战斗仍在继续，两个人已经从座位扭打到了地上，现场非常难看。

"我要说的话很重要，你不想听吗？"左右淡淡地说。

话音未落，敖炽的脑袋从桌沿边冒出来，胡椒粉还挂在眉毛上，他忍不住又打了个喷嚏，然后赶紧坐回座位，瞪着左右："说！"

然后，鼻青脸肿的上官羚苦着脸爬起来，揉着被打肿的嘴问我："你嫁给这种人真的不害怕吗？"

"我又不拿胡椒粉撒他，怕什么。"我同情地把一杯清水推到他面前，"喝口水平静一下，你老大有话说呢。"

他深吸一口气，狠狠剜了敖炽一眼，咕嘟咕嘟喝下半杯水。

左右坐直了身子，又清了清嗓子，拿出自己的手机划拉起来，半晌没有说话。

敖炽有些不耐烦："你手机死机了？重要的话找不到了？"

上官羚斜睨他一眼，但这回哪怕心里再不满，也不敢随便嘀咕了。

左右仍旧自顾自地翻了许久才放下手机，抬头看着众人："我打算离开一些日子，去一趟北极。"

众人皆是一怔。

"突然去北极做什么？"圆月川不解，"你不是素来不喜苦寒之地吗？"

"是不喜欢。"左右笑笑，眼中波澜不惊，"只是有一件怪事，我总搁在心里，不亲自去查看一番总是不舒坦。"

"得是多怪的一件事才能劳烦虫帝亲自前往？"老白忍不住问道。

左右想了想，说："今天上午，你们回来之前，我接到安泊的电话。"

"老太太的白眼狼又出纰漏了？"敖炽脱口而出，愤愤扯出几张纸巾擦脸。

其实我也这么想。老太太一生，大风大浪都挺过来了，却差点在自己悉心栽培的人手里丢了性命，这事刚告一段落，她这么快又联络左右……但愿不是一个更坏的消息。

"他是出不了纰漏的，反正不用多久就该去吃牢饭了，送去法办算是安泊对他最大的宽容。"左右否定了我们的猜测，"她此番告知的，是当初执意要跟他们红鱼做生意但被她拒绝的克罗托集团，还有，在她出事这段时间，红鱼最大的一艘货轮在白眼狼的授权下已经按照对方的要求去了北极，然而这一去便杳无音讯，她用了各种法子都无法找到这艘船，它仿佛从这个世界消失了。"

"克罗托集团？"我皱眉，一个只不过在安泊事件中短暂出现过的名字，但也正是因为它，才导致有人起了歹念，为了利益可以恩将仇报。

左右点点头，道："安泊说她回去后不光处理了家务事，同时又重新调查了这个来路不明，在坊间根本没什么名气的集团，只不过她的调查结果跟我之前查到的差不多，都是些触不到根源的信息。但是，她在一份几十年前的老记录里发现了一点关于这个集团的怪事。"他顿了顿，脸色严肃了几分，"根据那份记录，这个叫克罗托的集团在过去五十年间，每隔十年就要送一批货物往北极去，而且登记的货物内容全部都是空白，即便之前他们找到安泊要求合作时，安泊询问要运送什么货物，他们也拒绝透露，只一口咬定是对人类不会造成任何伤害绝对安全的物品，并且把运费提到高得离谱的程度，想来当年同意承运的公司没有一家能抗拒他们，也是因为这一点了，毕竟钱这个东西还是很好用的。只是没想到这回遇到安泊这个硬茬，说不接就不接。更怪的一点，每一批货都没有收货人，只有一个收货地点。"

众人面面相觑，这么古怪的托运人确实少见。

"每隔十年送一批不知道底细的货物去北极，先不说运什么给什么人，光这个目的地就够奇怪了。"老白疑惑道，"北极除了科考站这样的地方需要物资运输补给之外，我想不出还有哪里需要，而且科考站的补给有专人负责，轮不到他们，何况十年才去一次，横竖都不像补给，加上连收货人都没有，就更诡异了。"

我想了想，说："我奇怪的是他们被安泊拒绝后，明明可以找别的货运公司，反正只是运货而已，又不止红鱼一家做运输的，可为何他们偏偏那么执着，就算撺掇那白眼狼对安泊下杀手也要让红鱼接受这单生意？"

左右喝了一口酒，说："我也问了同样的问题，安泊说根据记录来看，克罗托每次的发货地都不同，但全是世界各地人丁兴旺的港口城市，并且他们敲定的货运公司都是当时当地规模最大的，根据船只型号来看，也是各公司吨位最大最坚固的货船，这个似乎是他们的硬性条件。如今，能从伦敦出发且满足条件的，只有红鱼。"

"找这么大的船是要运几百头霸王龙去北极吗？"敖炽把沾满胡椒粉的纸团扔到一旁，"一个动辄这么大阵仗的集团，你跟老太太居然都查不到它的底？"

"那是因为这个克罗托集团几十年间只在托运的时候才会冒出来，除此之外它们没有任何别的商业活动，以及连注册信息等都是假的。"左右耸耸肩，"幽灵一样的存在。"

"裂网……克罗托……还有别的不知数量的我们知道或者不知道的组织，不都是幽灵般的存在吗？"上官羚揉着肿痛的嘴角，"不过呢，4E 的手手脚脚们就该是这个模样嘛。"

是啊，裂网，克罗托，还有当年坑我们不浅的地城，以及甲乙……果然从组织到头目都是一个风格，永远躲在离你最近却最容易被忽略的地方，用最短时间完成从人到鬼的转变，一刀入要害，不给你任何防备的机会。对的，4E 一直就是这样。

一想到如今我们连它的"手手脚脚"都应付得无比吃力，自己的问题，别人的问题，好像都沉在一团见不到底的淤泥中，只见挣扎却不见进展，顿时一股无名火窜上来，我将手中的叉子重重一放，却是一个字都说不出口。

见我脸色不好看，圆月川忙道："倒也不必着急生气，纵是个死结，花心思花时间也是能解开的，自己先乱了阵脚才要命。"他把一道甜品推到我面前，笑道，"吃点甜的，心情会好些。"

说罢，他又转向左右，问："没有别的信息了？"

"有。"左右不慌不忙地道，"安泊说她联系上了几个在十年跟二十年前上过货船的员工，可惜的是连他们都不知道当年的货船上运送的究竟是什么，因为货物存放在最底层的货仓里，并且有克罗托的工作人员看守，不允许其他人靠近，从货物上船开始，全程由他们自己人打理。那几个员工的原话是，他们仿佛成了摆设，只是陪着对方的货物去北极旅行了一趟。"左右摇动着酒杯里的红酒，"而且那一回，几乎他们公司里所有能动用的员工都上了船，据说是克罗托的要求，上船的人越多越好，除了运费丰厚，他们还承诺只要上了船的员工，回来后每人还能得到一笔额外的奖金，而这笔奖金足足是他们三年的薪水，所以当时大家几乎是抢着上船。"

"钱壮人胆，果不其然。"龙王面无表情道，"有这等好事，怎么看都是拿人去填坑的勾当，半路扔海里也不是不可能。"

"你又阴暗了……"圆月川看了龙王一眼，"人家这不好好活着吗。"

"活着就代表一切平安吗？"龙王冷冷地说。

敖炽思考了片刻，说："如果这几个人说的都是真的，那这个克罗托运送的东西仿佛没有我们想的那么庞大。既然东西不大，为什么要用那么大的船？就算他们钱多喜欢地方宽敞吧，但明明不让人送货卸货又不准人靠近，偏偏又出高价弄那么多人上船陪着，这点太让人想不通了。"

"那几个人真没任何损伤？"其实我更偏向龙王的想法，这种天上掉馅饼的事，多半都是要连本带利收回来的，更何况背后的金主还是4E，拿钱诱惑那么多人上船，怎么看都像是要拿活人性命去做点事情的，不可能白白给了钱请他们免费北极游，再毫发无伤送回来吧。

左右摇摇头："几十年来涉及的人何止千百，是否个个安好目前很难去印证了，在这么短时间内能找到几个当事人已是不易，至少这几个人没有表现出异常，甚至还有点庆幸自己有份参与，毕竟这样的好事再没出现过。"

"安泊没有让他们讲出当年从出发到返回的全部细节吗？"老白问道，"就算不知道运送的是什么，起码送到目的地时，也该有人来接手啊，总不至于把东西一扔大家就回来了吧，毕竟那是北极啊。"

摇晃的酒杯在左右手里停了下来，他看着前方，视线却没有聚焦在任何一张脸孔上："这几个人对出发后的事情都记忆模糊，只记得船只在即将抵达目的地前驶入过一座巨大的冰洞，仿佛还看到一片雾气，雾气里有羽毛状的白光，之后就再无记忆，等重新清醒过来时，已经是在返航的路上了。之后他们如愿拿到了奖金，继续工作生活，毫无波澜，除了怎么想也想不起穿入冰洞之后的事。"

这才是真的奇怪了……明明有大把妖怪可以驱使的 4E，非要大费周章地用人类的船往北极运东西，那个冰洞多半也不是大自然的产物，只怕是设置在某个空间之外的结界通道。难道说他们想去的地方，只能靠人类才能突破，靠妖怪反而不行？

餐桌前顿时安静下来，每个人都在凭着那点蛛丝马迹在自己的认知范围内搜索答案。

"北极……冰洞……羽毛状的白光……"龙王暗自嘀咕了几句，忽然像是想起了什么，"那里好像是……"

"止羽。"圆月川总是舒展的眉头终于皱了一次，"北极雾海，止羽所在。"

止羽？

我像是听说过这个名字，传说中从极寒之地的冰里长出来的玩意儿。

"止羽是什么？"老白显然连听都没有听说过，"动物还是植物？"

上官羚笑笑："用脚趾头都能想到，那种地方哪会长出正常的动植物来。"

敖炽也转着眼珠思索了半天，结果跟我一样只存着一点模糊的印象："名字听过，好像是一种……一种能……"

"一种能让他人静止不动的妖怪。"左右平静地说，"生于雾海之冰，一枝一花，形若羽毛。"

圆月川看了看左右，没吱声，但眉间隐有忧色。

"哦，我想起来了！"敖炽一拍桌子，指了指圆月川，"当年你跟我讲过，说在人界极北之处有一片雾海，雾海之后有一大片浮冰，虽是浮冰但万年不动，一种叫止羽的妖怪从浮冰之中生出来，长得像一片羽毛，谁要是不小心碰了它，便如同被按下了暂停键，身体与意识都会被停止，身体底子好的几个钟头能恢复，底子弱的至少两三天，倒霉一点的……可能一辈子都被暂停了，对不对？"

被敖炽一问，圆月川的神色瞬间恢复如常，笑道："你总算还有些记性。没错，可能是这种妖怪诞生的时间不长，也可能是它们的生长之地太偏僻，加上它们一生喜静不喜动，不会像其他妖怪一样千方百计跑到人丁兴旺的繁华之地乱逛，所以你们对它不熟悉也正常。"

止羽……我也想起来了。当年还在浮珑山上时，子淼像讲故事一样同我说起世间妖怪的种种，既增加我的见闻，又打发无聊的时间，反正那时我最喜欢的就是听他说话，再无趣的事经他娓娓道来，也变得十分有吸引力。关于这个妖怪，我只记得子淼说不要去打扰它们就好，虽然它们的能力听起来有点吓人，但也不过是对自己的保护罢了，这种妖怪并不邪恶，你不犯它，它不犯你。

"4E 知道了顺利到达雾海的方法，以他们的风格，必然是又想到了什么改造或者制造妖怪的损招，千里迢迢去北极一定是为了拿止羽作为某个环节的原材料。"我推测道，一直以来，制造出各种诡异又邪恶的怪物，然后让世界变得比这些怪物更糟糕，这不就是 4E 最热衷的"工作"吗！

"应该不是去拿走它们的。"圆月川摇头。

"为什么？"敖炽不信，"他们费这么大力气总不至于每过十年就去浇个水吧？"

"拿不走啊！"圆月川无奈道，"只要它们保持原形待在那片生养它们的冰天雪地，任何东西只要一碰到它就会静止，注定了谁都不能带走它们。"他看了左右一眼，然后继续道，"除非它们自己愿意主动离开，才会收起这个撒手铜。好在它们大多生性慵懒孤僻，厌恶移动，不然以它们的能力，多出来几个闹一闹，这里静止几天，那里静止一个月，只怕人间天界都不得清静，所以多年来但凡知道这种妖怪的几乎都是避而远之，反正它们不出来，当它们不存在就是。"

那就更是奇怪中的奇怪了，既然止羽不可能被带走，甚至碰一下都不行，那他们每隔十年去一次又是为了什么？不可能真是去浇水吧……

"从没有一只止羽离开过老家？"我还是觉得不可思议，纵观大多数妖怪的一生，有哪个不是从修行化人形，然后到红尘俗世中历一番悲喜，繁华人间对妖怪而言是一种天生的吸引，太难抗拒。

"呃……"圆月川挠了挠鼻子，说，"反正不要碰到它们就是了，不然一准倒霉。"说罢又盯着左右，"你真去？"

"还有假的？"左右看也不看他，正色道，"既然一时间无法得知他们去找止羽的真实目的，那便只好由我亲自跑一趟了。何况我已经答应安泊帮她寻找那艘船的下落，她说船回不回来不要紧，她担心的是船上的人。"

"那里很危险的。"上官羚小心翼翼提醒他，又犹豫了片刻才道，"如果……不小心再碰到它们，很麻烦。我同你一起去吧，好歹有个照应。"

"不。"左右断然拒绝，"你记得你自己的工作就好。"

上官羚一愣，不再作声。

"这是我要同你们说的第一件事。"左右重新拿起手机，边划动边说，"第二件事，根据我得到的最新统计，最近一周之内，世界各地暴发的自然灾害比之前十年的都多，山洪地震此起彼伏，A国百年不遇的山火直到现在都没有扑灭，生灵涂炭死伤无数，还有至少七个国家撕破了停战协定，大动干戈。除了这些，各地犯罪率也直线上升，恶性案件与自杀事件层出不穷。如果你们需要的话，我可以把统计表格与相关资料发你们一份，但我想你们可能并不太想看到这些，毕竟那比我之前提供给你们的资料更惊心动魄。"

他的第二件事倒是说得简明扼要，甚至都没有掺杂过多的情绪，仿佛老早就知道这一切会发生。

可是我却做不到如此坦然，他刚刚说过的每一句话都引起我的不适，我知道这些不是夸大其词，虽然我此刻所能看见的世界依然安稳，同时也相信街头巷尾的每个人大概还在为今晚吃什么、下个月的薪水会不会涨、女朋友男朋友的生日快到了这样的事情焦虑或者期待，但身为一只活了那么久的妖怪，我也相信这个世界从暗到明的"崩坏"确实来得越快，也越来越厉害，那个一直没有被击败的敌人终于走上了变本加厉的一天，而更让我害怕的是另一个出没于心中或许算是预感的东西——今天我所知道的，还不是最坏的。

心里突然一阵说不出的痛，我假装没事人一样往嘴里塞了一块面包，这种时候可能只有吃东西能让我感到舒服一点。

我偷偷看了敖炽一眼，他的脸色也比我好不到哪里去。

左右环顾众人，微笑："说这些不是为了让你们感到紧张。世间万物自有造化，我们尽人事就行了。"他的目光定格在那幅画上，若有所思道，"在有些力量面前，恐怕连神都是微尘。"

在有些力量面前，恐怕连神都是微尘——从一个年岁比我大那么多的老妖怪口里说出这句话，真是莫名的苍凉又绝望。

又是长时间的沉默。

最后还是左右打破了沉默，他再次举起酒杯，笑道："未来再麻烦，饭还是要吃的。今日之后，大家各尽其责，4E厉害，在座各位也不是省油的灯。来，喝一杯。"

是啊，纵是天大的事，饭还是要吃的。

所有人都先后举起了酒杯，这个面子还是要给左右的，除了敖炽。

左右见他依然一副臭脸，自然知道他还在为什么耿耿于怀，只朝两位龙王努努嘴，对敖炽笑道："至于你们自家人的事，还是饭后找个地方关起门来说清楚的好。只是希望你们收敛一下脾气，莫要打起来，我这儿的家什不便宜，打坏了也心疼。"

敖炽翻了个白眼，见他一直举着酒杯，皱皱眉头，自顾自举起杯子一口饮尽。

"这就对了。来，干杯。"左右笑出来。

几只酒杯同时见了底。

然后所有人都心照不宣地不再讨论之前的任何话题，仿佛从我们一坐到餐桌上开始，聊的只是家长里短坊间八卦，在一股假装轻松的气氛里，吃完了这顿还算丰盛的晚餐。

"下次吃饭，还是我来做吧。"龙王把只剩下汤汁的空盘子推开，喝了一口水，眼睛里满满的嫌弃，"真是跟猪食一样。"

"你还不是吃完了。"左右撇撇嘴，"知道你们东海对饮食颇有造诣，你既然非要当厨师，我也不拦你。行，下次你来。"

"是吗？那下次咱们可又有口福了！"老白附和道。

"可我觉得老大的厨艺很好啊。"上官羚舔了舔嘴，打个饱嗝。

"没吃过好东西的孩子，怪可怜的。"敖炽同情地说，"下次把你拎到东海去吃一顿，才会明白你之前吃过的所有东西都不叫食物，只是饲料。"

"你们东海的龙说话都这么难听吗？"

"陈述事实罢了，不服憋着。"

"都平静一下！胡椒粉是拿来吃的！"

"……"

一餐饭的最后，终于有吃饭的感觉了。

下一次……下一次……希望下一次不要等太久。

看着只剩下汤汁的碗盘，我默默地说。

◇尾◇

厨房里，左右系着围裙在水池前慢吞吞地洗碗，心情还不错地哼着歌。

他说今天的饭他做，碗也他洗，这么多年没怎么做家务，今天都补上。

我要帮忙，他拒绝，说看我的样子就是不做家务的，洗碗未必有他洗得干净。

这倒是没错，不停里总是有帮工，哪里需要我亲自上阵。

"哗哗"的水声响个不停，我又有点想念他们了。

"我不在的时候，这里的事情就交给你们了。"他忽然说。

我笑笑："你在的时候，事情不也是交给我们吗，感觉你除了宅在家里之外，并没有做什么事情。"

"晚辈多做些事不是应该的吗。"他又拿过一个盘子刷起来。

我看着他仿若家庭主夫般的背影，问他："你独自去北极，真的只是因为你觉得那里太危险，只有自己能应付？"

"是很危险。"他刷盘子的速度慢下来，"除了寻找那艘船，我想进到雾海中，看看一个故人的家乡究竟是什么模样。"

我微怔："故人？"

他的手停下来，许久才说："还记得当年我的'天劫'吗？"

"当然，差点命丧鸡口的名场面怎么忘得了。"我脱口而出。

"所以我可真是讨厌鸡这种动物。"他笑出来，一点也不生气，"我曾经遇到过一只离开老家的止羽，也是因为它我才被封在一只蟋蟀里。"他居然越说越开心的样子，"哈哈，也是我太不小心了。"

"你的天劫居然是止羽带来的？"我吃了一惊，"到底是怎么回事？"

"都是陈年往事了，不值一提。"他回头冲我一笑，"你要再在我这儿耗时间，楼上那三条龙万一谈崩了，我这房子可能就没了。"

我脑子里顿时"嗡"的一声响，差点忘了这一茬。那三个家伙吃完饭就一声不吭上楼去了，我若不在中间调和，这座房子可能真会被拆掉。算了，还是那边比较紧急一点。

我正要离开，又转身对左右道："不管怎样，你自己小心。"

"裟椤。"他突然郑重地喊出我的名字。

我愣了愣。

他转过身，眉毛上沾着几块泡沫，看起来有些滑稽。

"你很喜欢这个世界的，对吧？"他温和地望着我。

"啊？"我又是一怔，这没头没脑的问题是怎么回事？

他哈哈一笑："没事了，快上去吧，可别让那三条龙真打起来了。"

说罢他又转回去继续哼歌洗碗。

我挠挠头，向外走去。

出门前我又回头看了他一眼："下次还是你做饭吧，也不是那么难吃。"

扔下这句话，我离开了厨房。

（未完待续）

裟椤双树

THE STORY OF FLEETING LIFE

※著

浮生物语

结局篇

伍

下

裟椤敖炽

长江出版传媒 ｜ 长江文艺出版社

Written by 裟椤双树
Illustrated by 鹿满

浮生物语

伍

下 裟椤教炽

天地四季，万物有情。
山高水长，浮生不停。

后记

我们的『浮生』纪念册

目录

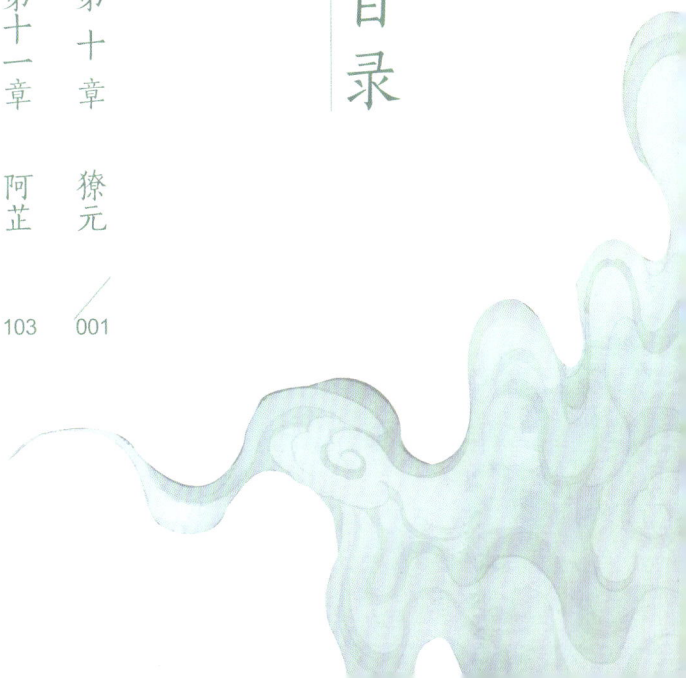

知音动漫图书·新阅坊出品

《漫客小说绘》书系

第十章 【獠元】

大门在前头，所有的等待在身后。
至于身边，福祸生死，你在我在。

◉ 楔子 ◉

　　我曾经做过的一切，都只为让这个世界好起来，望它四季平安，日夜安稳，神仙人类妖怪，哪怕是一只飞鸟，一朵野花，都有属于自己的好时光。

　　可是，让世界变坏，却这么容易。

◇壹◇

　　"要不，我先回避一下？"圆月川左看一眼，右看一眼，始终觉得自己坐在龙王跟敖炽中间有点危险。

　　"砰！"

　　爷孙俩同时一拍扶手，异口同声："你给我坐好！"

　　圆月川立刻坐好，朝两个霸王龙拱手求饶："那你们斯文点聊，莫伤及无辜。"

　　龙王狠狠白他一眼："你的账一会儿再算，大小也是西海龙王，丢脸丢到人界来了！"

　　从我进房到现在，龙王跟敖炽一句话都没说过，你冷眼看我，我冷眼看你，似乎都需要时间来给自己憋了一肚子的闷气找到最厉害的开场白。

　　但观众们的压力就很大了，比如我，比如被夹在两个活体炸药中间的圆月川，等待爆炸的煎熬远大于爆炸本身……

　　房间里安静到只有不整齐的呼吸声。

　　"你是怎么回事？"

　　龙王终于给了大家一个痛快，一声爆吼直击心灵，积累了不知多久的愤怒与焦躁终于可以大白于天下，无须再装无事发生。

发火是正常的，毕竟我所记得的大部分龙王跟敖炽同框的画面，都是差不多的气氛，老的不遗余力教训，小的死不服气，可是这次不对头——因为龙王吼的对象是我。

我被对方完全不是开玩笑的眼神镇住了片刻，傻愣愣地举起手指向自己，尽量用贴切的面部表情询问："您老确定您骂的是我？"

"难道你觉得我不该骂你吗！"他完全读懂了我的意思，咬牙举起拳头，却很快又放下去，只恨恨道，"若非看在你是浆糊、未知亲妈的份上，我恨不得亲自动手打你一顿！"

"喂，老头子你食物中毒了吗？你凭什么凶我老婆！"回过神来的敖炽肯定不能忍了啊，"腾"一下站起来挡在我面前，仿佛下一刻龙王的巴掌就要落我脸上似的。

"你还替她出头？真要家法伺候，你罪加一等！两个都跑不掉！"龙王抬眼狠瞪着他，随后又将同样几乎要烧起来的目光移到我身上，胆子小一些的可能直接就被他瞪死了吧……反正就算是我，都不敢出一口大气，不知自己哪里翻了船把老爷子气成这样，连一句"您老有话慢慢说"都不敢讲。

不怕死的只有敖炽，一句软话没有，只梗着脖子气呼呼道："你吃错药了吧！我哪儿招惹你了？家法伺候？可真吓人啊！吓死我了！我从小就被伺候惯了好吧！"

圆月川站也不是，坐也不是，只能赔着笑脸对爷孙俩好言道："才吃了晚饭，莫要生气，对肠胃不好，都是家人又不是仇人，何必呢！"

"不关你的事！"爷孙俩异口同声。

圆月川立刻举手投降，嘀咕："不关我的事就让我走啊……又要留我做和事佬，又不对我好一点，一老一少怎么跟复制粘贴的一样。"

"闭嘴！"两人又异口同声。

圆月川赶紧竖起食指压在自己的嘴唇上，然后抛给我一个同情的眼神。

"你！"龙王拨开挡住我的敖炽，指着我茫然的脸，愤怒里是藏不住的恨铁不成钢，"你身为浆糊跟未知的亲妈，怎的连自己的孩子都能弄丢！弄丢也就罢了，跟你那没轻重的孽障老公还把这么大的事瞒下来，你们是这些年在人界待傻了，还是自以为当了老板娘替一些小妖解决了一丁点不值一提的破事，就冒出了巨大的主角光环，以为自己了不得了，本事大了，什么都可以只靠自己解决，任何时候都不求人了？"龙王是真的很生气，语速飞快，越快越气，越气越快，"最可恨的，你们还当没事人一样满世界乱跑，有这个时间在老虫子这里替他跑腿，还不如多花些心思去找我那两个小娃娃！天下哪有你们这样当父母的！荒唐！气人！"

原来挨骂的原因是这个……我稍微松了口气，没有犯别的错就好。至于这件事，老人家骂得也没错，浆糊未知被绑走本就是因为我们大意，这一点没什么借口可找。可是，他是怎么知道的？这事并没有几个人知情。

"你看你们两个的鬼样子！在想我是怎么知道的是吧？"龙王盯着我跟敖炽一阵白一阵红的脸，重重"哼"了一声，指着窗外随便一个方向道，"我去你们的不停，刚一进去就觉得不对头，敖炽见了我一点反应都没有，而且居然还在窗边练毛笔字！从他穿尿布那时算起，我敢说天地之间没有一个人见过他有这爱好！以梦制幻这等伎俩在我面前简直不堪一击！好在那个穿得跟花母鸡一样的妖怪还不算太蠢，知晓我身份之后不敢有丝毫隐瞒，把你们如何联系他如何拜托他几时离开不停这些事统统说出来，我离开时他还塞了一张名片给我，说东海以后需要碗盘的话请一定一定要联系他……"他说得直皱眉头，"瞧瞧这是什么话！你看你们在外头都结识了些什么奇葩！"

我知道这个时候如果笑的话有点作死，所以拼命忍下来了，然后小心翼翼说道："可是……碗千岁并不知道浆糊和未知不见了。"

"他不知道就代表我不知道吗？东海龙王的智慧跟一个卖碗的傻妖怪能比吗？"龙王摆出一个想抽我嘴巴的姿势，但也只是摆了一下而已，"我问他不停里的人去了哪里，他说不清楚，只说你们告诉他两个小娃去东海探亲玩耍了。从小到大，两个小娃不是在你们身边就是在不停，你们撒这样的谎，不是把他们搞丢了是什么！用手指甲都能想到的事有多难！"

我跟敖炽对看一眼，彼此都看出那么一点心虚，敖炽的脾气再暴躁，唯独这件事是软肋，什么都能反驳都能顶嘴，这件事不行。

"那……那行吧……孩子确实在我们手里丢的。"敖炽知道自己理亏，却还是硬着头皮瞪龙王，"你也别光在那儿嘎嘎嘎地指着我们骂，什么叫'没轻重的孽障老公'？什么叫'冒出了巨大的主角光环'？你看你那张愤怒的老脸，每道褶子都在责怪我们'故意隐瞒不找你帮忙'是吧？"敖炽从理亏里迅速找到了不理亏的点，声音提高了八度，"好啊，您老倒是说说看，我是不是在孩子丢了的时候把自己脑子也丢了，才会想到去东海找你这个久病不愈，精神异常，成天只晓得打麻将的智障龙王！你骂我的每句话都先反弹给你自己吧！你说我瞒着你，难道不是你先装病瞒着我们吗！你怎么有脸冲我们发脾气！"

"我……"龙王一时语塞，但依旧放不下长辈的架子，憋了半天才提高声音道，"我病了那是事实啊！自以为是的小崽子，说我装病？我倒是希望被人暗算吞下一整只怪物的倒霉鬼是你们，然后你们再忍住灼心灼肺之痛装病给我看看！得亏你们爷爷底子好，此番才能战胜恶疾全身而退！比起始作俑者，你们这两个不懂体恤老人的小崽子更可恨！"

理不直气还特别壮大概就是老敖家的传统了吧……我耳膜被龙王气急败坏的输出震得快破掉。

但回想当初，那只被恶意藏在茶叶里、身上被无藏青霜打了死囚印记的赤鳝，实实在在破坏了他的身体，连浆糊都差点遭遇不测，虽然我无法确定这桩祸事对龙王的健康造成的影响究竟有多大，哪怕是他因为某些目的夸大了病情，敖炽一张嘴便说他装病，也难怪老爷子要骂人了。

"不是……您老消消气，敖炽那张嘴几时吐过好话，别人不知道，您还不知道他？"我捶了敖炽一拳头，眼神警告不许再顶撞他爷爷，又好声好气道，"我们没有半点不体恤长辈的意思，您看我当初因为这事被罚入鱼门国，横竖都算冤狱吧，还牵连敖炽吃了不少苦头，可他并无半句怨言。身为他的妻子，我太知道这家伙的心事，从进鱼门国到离开，他虽很少提及，可心里一直都惦记着您老的安危，不然那回他也不至于冒着风险潜回东海探望您。"我看了看这对比牛还倔的老龙小龙，两人的怒气都比方才降低了不少，可一看他们死要面子的表情，就知道谁都不想做先道歉的那个，我只能无奈地对龙王说道："都到这份上了，不妨把话说开，身为东海的龙，敖炽从跨进鱼门国那一刻开始，他的未来要面对什么苦难与危险，您老不比我还清楚吗？可是他不怕，一点都不，是不是真正的东海的龙他无所谓，能否继承东海龙王的王位也无所谓，他只想家人平安，而他的家人从来不止我跟浆糊和未知。"

龙王的脸色又比之前好看了一点，重重地"哼"了一声，虽然看敖炽的目光还是恨恨的，但我知道老爷子那口气多半已经顺了，只要敖炽不要继续嘴欠……

不过话说回来，老爷子也有不对的地方，我得一碗水端平，不能只是责怪敖炽吧。

"您老的身体一直是他挂在心尖上的事，可今天您居然好端端地出现在我们面前，而且显然一早就到了我们身边，可您偏不露声色，还伪装成厨师不与我们见面。说实话，这一路上我们不是第一回被自己人蒙在鼓里了。"我瞪了圆月川一眼，不止那个米良，他的茉莉阿姨我也记一辈子。哼，我脾气虽然也不好，但让我对两位龙王破口大骂还是不敢，可该表达的立场我也绝不含糊，"被人骗的感觉很不好。虽然我知道你们没有恶意，但你们这样做的目的我实在想不通，敖炽也一样的，所以他憋着一口气冒犯了长辈也是情理之中。要不都别昂着脑袋了，我们讲和吧，不要再为这些事置气了。"

"对嘛对嘛，侄儿媳妇说的在理。你们一老一少互相道个歉，咱们还是一家人不是。"圆月川赶紧跳出来打圆场，天知道他是真的害怕亲情破裂还是担心东海的两头倔牛打起来弄坏了左右的房子自己不好交代。

"不道歉就不是一家人了？！"爷孙俩又异口同声。

圆月川一愣，旋即作势轻轻打了一下自己的嘴，笑道："是是是，当然是一家人！这就对了嘛。"

爷孙俩互相给了个白眼，龙王犹豫了片刻，也不看敖炽，对着空气说："以后不要来跟我打麻将，你技术太臭了。"

"呵呵呵，那次明明是我赢你了。"敖炽也对着空气说。

"滚！你诈胡而已！"龙王顿时转回头，作势要打他。

"我就是赢你了。"敖炽笑得扬扬得意，旋即意识到什么，指着龙王道，"那时候你已经好了？！"

龙王见自己说漏了嘴，干脆一昂头："是啊！可那时我并不打算让别人知道我已痊愈，倒不是我刻意隐瞒，毕竟我自有安排。"

"你个死老头子！亏我那天回来的路上还小小地难过了一下！"敖炽又生气又委屈地跺脚，"连贝嬷嬷都被你拉作帮凶了对不对！你们合着伙演戏骗我！"

"人生本如戏。"龙王耸耸肩，又瞥了敖炽一眼，心下大概还是有点过意不去，突然不情不愿地冒出一句，"这事且算我不对吧，就……给你稍微道个歉好了。"

"你……"敖炽的所有脾气都被"道歉"两个字压回去了，这份哪怕不那么诚恳的歉意对东海龙王来说，已经是此生难得一见了，简直应该把这句话录下来循环播放一万次。

我松了一大口气，圆月川也是，左右的房子应该是保住了。

"虽然我不太想原谅你，但看在你年纪大的份上，就勉强接受你的道歉了。"敖炽撇撇嘴，然后用蚊子一样大的声音说，"弄丢了孩子是我大意，这个错我认。"

龙王举起手，但落下来的不是巴掌也不是拳头，只是拧住了他的耳朵，咬牙道："你啊，把我气死了有你什么好处，这世上你没有第二个爷爷了。"

"把我气死了你也没有多余的孙儿了。"敖炽也不躲，由得自己的耳朵吃亏。

龙王甩开他的耳朵，深吸了口气，坐回椅子上，盯着我："到底怎么丢的？"

我跟敖炽对视一眼，他朝我努努嘴。好吧，还是我来。

我坐到龙王面前，把整个事情尽量简单明了地讲了一遍，一件10分钟就能说完的事，却成了我跟敖炽此生遇到的最大难题，不细想还好，一想到就容易气血翻腾。

"甲乙……"龙王对这个名字不是很熟悉，在他的剧本里，这就是个连出场机会都没有的角色，他想了想，又问，"确定他就是4E的'将军'？"

我点点头，虽然这个问题的答案我到现在都不想确定。

"要说还是你们年纪轻，江湖经验实在不够。"龙王摇头叹气，"一个半道里杀出来的来路不明的家伙，你们居然对他毫无戒心，甚至视他为自己人。"他笑笑，"只有先成为自家人，才好下手啊。"

"他救过我的命。"敖炽皱眉。

"他不止一次帮过我们的忙。"我居然还在本能地为他辩解。

"又如何？他还是坑了你们。"龙王不以为然，"如果能凭自己的本事寻到那些石头，他会加入你们？如果你们在寻找十二块石头的时候有个三长两短，他又哪来的机会等到你们大功告成时顺走绡狐眼。"

我一惊："您老知道绡狐眼失踪了？"

"早在我还没有把十二块石头交还天帝之前，便隐隐觉得手里的绡狐眼好像不太对头。"龙王皱起眉头，"当时我亲自下龙墓，将十二块石头原位嵌回灵凰十二棺的凤眼之中，准备将这堆天界寄存于龙域之中的物什完整交回。石头里面虽然没内容了，但它们似乎还有灵性有记忆，记得自己曾经待过无数年的地方，所以我很容易便将其中十一块石头放回了凤凰眼中。唯独绡狐眼不行，无论我用多大的力气，换多少角度，它都无法与它原本的位置契合，放进去就会掉出来。我当下便起了疑心，可一想到这些石头是你们俩亲自寻回、亲手交付的，理应不会有什么问题，加上交货日期迫在眉睫，你们两个又赶上生孩子当爹妈忙得不可开交，没有必要被这样的事烦扰，我便压下了那小小的疑惑，只当是石头跟石头各有性子，也许绡狐眼不想再回老地方呢？总之就当此事没有发生，我按时将十二棺交还天界，獠元亲自来接，看他把东西带走，我也松了一口气。"

这段插曲我倒是从未听闻，但一想到绡狐眼，我忍不住说道："绡狐眼放不回原位是因为它根本是个赝品，没有神石的灵气。既然如此，那您老又是怎么交差的呢？"

"拿了点万能胶粘回去的。"龙王坦然道。

"噗！"

圆月川一口茶水喷出来。我跟敖炽目瞪口呆，以为自己听错了。

那是天帝珍之重之的东西啊，而你是东海龙族的王啊，万能胶……我简直佩服得要哭出来了。

龙王不屑地扫了我们一眼："值得你们这么惊讶？我们是龙族，当年肯让前任天帝把十二副棺材存在我们东海，已是给足了面子。棺材啊，又不是什么吉利的好东西，而且还占地方，能替他们保管至今还不收任何酬劳，弄丢了石头也千山万水给找回来了，一点小瑕疵就不要再计较了吧。"

敖炽朝他竖了个大拇指，揶揄道："我要重新评估一下对你的印象了，还以为你做什么事都严苛谨慎，没想到也是很机智的嘛。"

"你懂个屁！"龙王瞪他，"嵌不进去我能有什么法子？总不好让十二只凤凰里有一只独眼吧，那样交回去也不好看啊。何况那时我虽有怀疑，但根本没有想过石头已经被调包了，毕竟之前它们一直由你们保管。我虽然烦你们不懂事，但对你们的能力还是认可的，不至于连一块石头都守不住。"说到这里，他摇摇头，叹气，"谁知你们还真没守住。"

这一口黑锅我跟敖炽同样得背，绡狐眼确实是在我们眼皮子底下丢的，跟浆糊、未知一样，提不提起都是一口窝囊气。

才不管我们两个尴尬不尴尬，龙王自顾自又说下去："从交还石头到你们带孩子回东海探亲，天界那边都没有任何动静，我还当石头的事圆满解决了。只不过世事难料，虽没遇到外敌，倒是被自家人先坑了一把。"他应该是想到了那个不被任何人喜欢的名字，眉宇之间既有怒意也有无奈，将目光投向我，"居然有人利用你来伤我，再以此为正当理由，逼你入鱼门国，实则是看准了敖炽不会放你一个人坐牢，必会破鱼门国结界与你团聚，如此，敖炽半龙半妖的身份算是落了个铁证。"他露出一丝苦笑，旋即又朝圆月川投去意味深长的一瞥，"无藏青霜这个家伙啊，行事作风虽然狠辣决绝，倒是四海龙王之中最忠于职守的，不像某些生物，身为龙王却极少留在龙域，倒是很喜欢跑到人界花天酒地，跟各种妖怪称兄道弟。消磨时间浪费生命也就罢了，还因为跟人打赌打输了，把自己三千年时间都输出去，不得不屈居妖怪座下当个跑腿的，真真丢尽龙域的颜面。"

打赌打输了？

原来圆月川会成为米良，是因为他曾经跟左右打过赌，且赌注是他三千年甘居人下鞠躬尽瘁？

"你到底干什么好事了？"敖炽讶异地盯着圆月川，委实没有料到居然还有这样的内幕。

圆月川不好意思地挠挠头，嘻嘻一笑："愿赌服输嘛，总不好赖账的。再说我虽然兼职做了左右的属下，可这跟我到人界的目的也没有冲突嘛，就是换个样子演个戏，不耽搁我好吃好喝到处游历。看到恶妖邪灵之类的我也会出手降伏，这些年做的好事不少，所以说我丢龙域的颜面好像武断了些吧。"

"你们打什么赌了？"我好奇得很。

他笑笑，说："我赌他不可能喜欢那个女子。"

"女子？"我更好奇了。

"咳，都是多少年前的陈年往事了，不提也罢。"他自然地岔开话题，故意严肃道，"现在最重要的可不是谈这个吧？"

"你死心吧，这两个崽子就算你告诉他们明天天就要塌下来了，他们还是有法子不为所动，甚至都不耽误他们八卦任何他们感兴趣的人跟事。别人丢了孩子，那是食不下咽睡不安寝，简直生不如死，他们显然不是啊，比我胃口还好呢。"龙王喝了一口水，比之前淡定多了，"这样也好，虽然本质上都是没头苍蝇一样乱来，镇定总好过焦躁。"

没头苍蝇这样的形容也算精准了，我跟敖炽最近的一段时间不就是这么过来的吗。但凡知道哪里有一线希望，我们便往哪里去，得不到想要的结果虽然很难受，但不能垮掉，一个希望泡汤，我们还要找下一个，所以我们必须跟平常一样能吃能睡能开玩笑，如果连这些我们都放弃了，那还谈什么力量与希望。

"您老应该对两个小家伙有信心，有这样的曾祖父与亲爹，命应该很硬才是。"我笑看着他跟敖炽，"连左右都不知西滇幽海的入口在哪里，我们现在能做的，就只有尝试一切可能接近答案的方法。左右说他需要时间，我们等，但在等待的时候，我们也可以针对 4E 做些事情，毕竟那是甲乙控制的世界，万一能从那些跟 4E 有关系的人身上找到突破口呢。"

"不就是这样吗？"敖炽插嘴道，又白了龙王一眼，"说的就跟我们什么都没做一样。按说什么都没做的不该是某些病愈了还要装病的老年生物么？"他眉头一皱，"你到底为什么要装病？"

"敌人在暗处，我也最好在暗处吧。"龙王的手指在光滑的杯子上摩挲，"我病愈清醒的事，只有贝嬷嬷一人知道，彼时你们已经身在鱼门国，如此一来，我能为你们做的就非常有限了。但我说过我对你们的能力是认可的，就如你们相信浆糊未知命硬那般，我知道你们一定能平安离开鱼门国。而我要做的，是在不惊动任何人的情况下，把事情的原委查清楚。"

"那你查清楚了吗？"敖炽问他。

"阿珺那个丫头，原来根本不是龙女，而是赤鳝一族最后的幸存者。"龙王的手指停下来，眼神降温明显，"一本外族的鱼皮书，惹出如此祸事是我最初没有想到的。说来也要怪我当初过于冲动。"他面有愧色，"若非当初我存了私心，害怕赤鳝一族的预言之能对敖炽不利，便不会故意激起龙宫中的赤鳝妖变，然后以此为理由亲自率兵剿灭赤鳝一族，之后更要无藏青霜继续追查漏网之鱼，无论花去多少时间，务必不留活口。若无这一遭，无藏青霜也不会与阿珺相遇，也不会得到那本鱼皮书。"

敖炽愣住，显然从没有人跟他说起过这一段并不美好的过往。

"当年那些养在龙宫中的赤鳝突然妖变，是你搞的鬼？"圆月川显然也不是知情者，一脸诧异，将龙王从头到脚打量一遍，"栽赃嫁祸抄家灭族，不是你的作风。"

"做了就是做了，没有可抵赖的，我此生未做过如此决绝残忍之事，我心头也难受，但不后悔，赤鳝一族死得冤枉，也不冤枉。"龙王沉浸在遥远的记忆里，眸子深邃得像一潭触不到底的深水，如果他缄默，有些秘密便如水底石一般永不见天日，"那时我刚刚将你们两兄弟接回龙宫，编造了你们的身世，让所有人相信你们就是纯粹的东海的龙，是不容置疑的龙王后裔。就在我以为一切顺利时，那只被常年养在龙宫中，只做些预告天气等小事的赤鳝，在贝嬷嬷路过时无意看了她怀抱中的你一眼，当场便吓到失去理智，又惊又怕地指着你说……"龙王停住，实在不愿将那句话说出来。

敖炽攥了攥拳头："说我什么？"

龙王犹豫片刻，道："它说你是孽胎凶物，龙域之劫。"

真是可怕的八个字……

我下意识摁住敖炽的手，生怕他急怒攻心，做下不好收拾的事情。

意外的是，敖炽一点都不生气，不但松开了原本攥紧的拳头，居然还反常地微笑了一下："这样啊……"

我放了一半心，但另一半还是放不下，因为敖炽那个笑容，又把那种陌生到让我不安的感觉带到心里。

龙王似乎没有我这般敏感，只是点点头，说："本来这个家伙说什么疯话我都不会在意，区区一只赤鳝罢了，它们一族所谓的预言不过就是三两天的范围，说的也是些无关紧要的小事，可是……"他咬了咬牙，"那句'孽胎'实在是戳中了我的软肋。所以那一刹那，疯魔的不是赤鳝，而是我。我不能容忍任何可能威胁到你的安危与未来的东西，哪怕只是一句'疯话'。我已经失去了儿子，断不能让他的儿子再重蹈覆辙。幸而那天在场的只有贝嬷嬷跟我，没有第三者知道赤鳝说的话，于是我便对龙宫中的赤鳝都暗下了咒术，让它们身型暴长，乱伤无辜，然后便下了必杀令。因为我太害怕有一天又会有第二只赤鳝跳出来说同样的话。对于它们原本无害的能力，既然我不能确定会在什么时候出问题、出在谁的身上，那就一只都不能留。龙域之中，赤鳝虽然地位不高，但它们一族毕竟是以'言未来'而闻名，哪怕这种能力在多数时候并不厉害，可一旦由它们口中说出对敖炽不利的话来，足以在龙域掀起大风波，事关龙域安危，龙域众生宁可信其有者必占多数，届时局面将不可收拾。比起这样的后果，我宁可做一回暴君，将赤鳝赶尽杀绝。"

听到这里，敖炽的神色始终镇定又冰冷，好一阵子才微微扬起嘴角道："这么一看，东海孽龙这诨号我不算白受了，原来我还在褓褓之中时，便牵连一个族群陷入灭顶之灾。"

"这件事不算在你头上，算我的。"龙王强调，"你被叫孽龙都是后来凭自己本事赢回来的。你的成长史是龙域中多少人的噩梦，从你的贴身侍从到教你的老师再到我。"他调侃的微笑渐渐散去，仔细地望着敖炽，"你是孽龙，但不是孽胎，你血统完整与否我根本不在乎。"

我从不怀疑龙王对敖炽的爱，只是想不到这份爱严密沉重到可以牺牲无辜。我说不出此刻是怎样的心情，作为敖炽的妻子，我理应赞同龙王的手段，可是作为不停的老板娘，又莫名觉得害赤鳝一族枉死自己也有份，也愧疚，又无能为力。复杂的感情在心中揉作一团，实难纾解，只觉得身体里的疲劳又重了一分。

听到龙王这样的实话，敖炽愣了许久，旋即又笑出来："我是别人的噩梦，老头子你才是我的噩梦。你倒是说说，从小到大，我挨过你多少板子，饿过多少顿饭，被关过多少回禁闭，永远对我板着一张臭臭的老脸，我如今能长成如此健康阳光心胸宽大的美男子，实属命硬。"

最后那句话连我都没脸听下去，不怪两位长辈都露出吃到过期食品的表情。

短暂的轻松气氛很快被圆月川打断，他看着龙王叹口气："你为了保护这孩子，费了这般大的心力，连身败名裂的风险都敢冒，可最终还是没守住。"

"是啊，最终还是没守住。"龙王苦笑，"我做梦都没想到赤鳝一族居然有这么一本鱼皮书，更不知道它们之中居然真的有人能见到很远之后的未来，只是出于自身的胆小以及各种顾虑不敢说出来罢了。如此倒是该感谢无藏青霜，要不是当初他留下阿珺的性命，我也无从得知以上种种。"

"阿珺才是给你下毒的人？"敖炽突然反应过来。

"一个连本来面目都被迫放弃的孩子，余生只能在他人的胁迫与驱遣下度过了。"龙王回想着那个不起眼的小侍女，"我并不怪她，也不打算惩罚她。就算我还有那么一份——其实是有点不要脸的——对灭她全族这件事的补偿心吧。"

"那鱼皮书究竟是个什么玩意儿？"敖炽追问。

"保管在赤鳝族中的一本册子，那些能力强的赤鳝只要见到未来之事便会将之记录在册。赤鳝族的语言只有它们自己看得懂，无藏青霜留下阿珺，一半用处是让她翻译鱼皮书。阿珺说，她每译一页，无藏青霜就撕下烧掉，并且施法不许她保留对那一页内容的记忆。可她跟我说，她始终记得最后一页的内容，那一句话仿佛一个极度顽强的敌人，无论无藏青霜在她身上施展的法术多厉害，都无法阻止它脱身而出，那是她自己都无法解释的，可能是叫作宿命的力量。可是在无藏青霜面前，她必须装作忘记。她不敢跟任何人说这句话，觉得那几个字里随便一个笔画都能要她的命。"

其实我也不怨恨阿珺，一个只想活下去一无所有的姑娘而已，但我介意她永远忘不掉的那句话，非常介意。

"那句……"我紧紧抿了抿嘴唇，觉得即将说出来的那句话比诅咒还恶毒，"龙族亡于迦楼罗……真的是会成真的预言？"

房间里又是不约而同的沉默。

"也不是所有预言都会成真。"圆月川贴心地开了口，"你们看啊，如果赤鳞对预言真那么厉害，它们怎么没有预料到自己的灭族之祸？说明它们的能力还是有 BUG 的，不一定事事都正确的。"

"能医不自医，许多擅预言占卜之事者，反倒看不到自己的命运。"龙王并不领他的情，只严肃道，"既关乎龙族安危，怎么也不可掉以轻心了。"

此刻表现最轻松的人就是敖炽了，他歪着脑袋想了想，笑道："说不定是真的呢。之前就说我是孽胎，之后又有什么鱼皮书说龙族亡于迦楼罗，虽然我是不知道赤鳞这群东西长了个什么脑瓜，这么重要的预言它们居然引用人类神话里的典故，跟我这高贵的身份实在不匹配，还有那说三分藏三分一点不直爽的态度更是讨厌。但现在不管怎么看，我确实算是龙族里的迦楼罗了。神话里迦楼罗这只傻鸟与它的死对头那伽是同父异母的亲兄弟，咱们发散一下，我父为龙，我母为妖，与真正的龙对比，不就是同父异母么。"

我是真讨厌他把屎盆子主动往自己头上扣啊，他说出来的每个字都能挑动我最敏感的神经，可越是不痛快，越是憋屈，越要把一切表现得像个无所谓的玩笑，或许这样他心里会稍微好受些吧。

"那是你的猜测，我看未必如此。"圆月川一本正经道，"诸多所谓预言其实都是语焉不详，一百个人有一百种解释，你只死抠迦楼罗跟那伽同父异母，却没有想过，也许这句话只是想警告我们，有本事让龙族全军覆没的是被我们视为亲人、自己人的家伙，未必是你。当年那只说你是孽胎的赤鳞，也许只是碰巧感应到你血统里不属于龙族的那一部分，加上知道你是龙王的孙儿，且有很大可能是下一任的王，以它的角度来说，你若当了王，对历来重血统重等级的龙域而言可不就是劫数吗？你完全不必这么早就把自己往这个坑里送。"

要说圆月川真是个会说话的老家伙呢，这么一说，我那颗皱成一团的心好像突然得到了舒展的机会，他那样解释，倒也说得过去，凭什么迦楼罗就一定是敖炽！

从表情来看，龙王跟敖炽大概走进了跟我差不多的心态，圆月川这个看似不靠谱的龙王，居然三言两语就给了我们一个喘息的机会，我觉得我可以不计较他之前骗我们的事了。

龙王略一思忖，说："这么一想，无藏青霜倒是更像那只要毁掉龙族的傻鸟……趁我重病，背地里干的事一件比一件凶狠，居然还敢偷跑到人界设局要你的命。"

"你知道他来人界找我们？"我愕然，那一场恶仗我至今都不愿回想，不仅因为我跟敖炽差点丢了性命，更因为在那一天失去了我最重要的伙伴。

"装病不就是为了看看无藏青霜在自以为是的情况下能干出什么好事么。"他笑笑。

敖炽张大了嘴，好一会儿才指着自己说："我们差点死了……你居然只是'看看'就算了？"

"我知道的时候，你们这一战已经结束了。"龙王面不改色道，"即便我提早知道，也无须我出面。"

听罢，敖炽仍保持着方才的动作，指着自己又重复一次："我们差点死了！"

"有怒面龙王在，出不了大事。"龙王都不看他，只看着我，"你以为我送你怒面龙王只为了让你当项链戴着玩儿吗？那不只是东海龙族王权的象征，也不仅仅是赋予你生杀予夺的权力。你们可知怒面龙王是从何而来的？"

我下意识地摸向心口，这些日子它安静地靠在离我心脏最近的地方，没有主动用任何方式证明它的存在，而我也在焦头烂额的时间里几乎忘记了它的存在。

"他们这些年轻小辈哪能知道这个。"圆月川忍不住替我们表了态，顺便把身子坐直了些，严肃地看着我们，仿佛接下来要说的是一件特别庄严不容玩笑的事，"四海龙族历来以东海为尊，这怒面龙王是第一任东海龙王寂灭时，自其龙珠中化出的一块结晶，上头的怒脸很大可能就是老祖宗的面目，下头的莲花是老祖宗生时最爱的花卉，看似由能工巧匠雕成，实则天然生成，可说十分奇妙。于是东海后世子孙皆视之为先祖对东海龙族的祝福与庇佑，更将之作为东海王权的象征，由历任龙王亲自保管，代代相传至今，且每一任龙王继位时，都要将自己的一滴龙血滴于其上，再发下以性命守护东海生灵的重誓。经年累月，这块结晶便生了灵性，甚至有了自己的思维，曾有心怀不轨之徒试图盗走它，莫说碰到它分毫，手才伸出去就被切断了。闻声赶来的侍卫们回忆说，他们一冲进去就看见一只半人半龙的凶悍物化了红蓝两道光回到怒面龙王之中。由此可证，只有被它自己认可的东海成员，才能接近它，甚至佩戴它，而它也会在佩戴者有性命之危时出手相助。"说到这儿，他又看向龙王，"没说错吧？听说你刚刚接任龙王时，有刺客取你性命，是怒面龙王替你挡住了致命的一击。啧啧，东海有这样的神物，可羡慕死我了，我要是也有这么一块神物，走路都横着走！你说凭什么就你们东海的老祖宗留下这么好的东西，我们西海的老祖宗就走得一干二净，一点家产都不留，唉。"

听完这一段历史，突然觉得脖子上好像重了许多，我知道怒面龙王不是凡物，可万没想到它最初的来历会如此离奇。一想到挂在心口上的是敖炽的老祖宗……我脑中第一个念头是以后再碰它摸它时一定要先洗手二十遍！

"说得这么夸张……"敖炽一脸的不相信，"那我们经历的险境多了去了，也没见它回回显灵啊，你个老头子莫想骗我，你老实承认是你消息滞后来不及帮忙就算了，我又不会打你一顿，大可不必拿一块结晶体挽回颜面。"

龙王一巴掌拍到他脑袋上："我老脸早就被你丢尽了，还要什么颜面！你当怒面龙王是随便一个替你办事跑腿的小卒？只有当它认为你们有性命之虞时，才会出手。"

"所以断手断脚它都不管是吧，只要死不了它都不管是吧。"敖炽捂着脑袋嘀咕，"难怪之前在公寓里我们都那样了它也不理会，断手断脚比死能好到哪儿去，还老祖宗保佑……"

"行了，你别嘀咕了。"我瞪他一眼，"它确实救了我两次，光凭这一点，我们都该一辈子记得它的好。"

"这就是了。"龙王面露赞许之色，"我就知道将它交给你，比交给那个浑小子合适千百倍。"

我愣了愣，旋即笑问："怒面龙王不是有自己的思维么，您老如何确定它会接受我这个外族的妖怪。"

龙王淡淡道："我都能接受你，它为何不能。"

我一怔。

"你与敖炽相守不易，从人界到龙域，你们将来要面对的困难与危险断不会少。"他靠回椅子上，往杯子里添了点热水，"能做多少是多少，我守不了你们一辈子，希望它可以。"

就……忽然觉得眼睛有些酸，明明也没有说什么特别动人的话。

敖炽揉了揉鼻子，不说话。

"我装病不是为了坑你们，不过是想借着身在暗处的便利，找到一个可以护你们周全，又不至于让四海龙族同室操戈的法子。"龙王看着在杯子里荡漾的清水，"如今我们面对的不止内忧，还有外患。身为东海的王，我不能错一步。"

我沉默片刻，问他："对无藏青霜，你想怎么做？"提到这个我居然还想开个玩笑，说："现在可没有鱼门国来关他了，您老该知道鱼门国的'大门'已经被我们毁了吧。"

龙王摇摇头，看定我："我至今都不拿无藏青霜当敌人。"

"他利用你来杀掉我们，这样的家伙，你还要请他吃顿好的是吗？"方才的一点感动马上被一股火气赶走，敖炽气得想把他手里的杯子抢过来砸了，"如果不是他，我们的生活不会被破坏成这样！"

"无藏青霜性格很差，从未得到过真正的喜爱，龙域众生视他为惹不起的瘟神，总是离他远远的。可我说过，他反而是四海龙王之中最恪尽职守的一个。他的职责就是要清除一切对龙域有害的存在，鱼皮书上的话，他只要看到了、相信了，他所做的一切就师出有名。"龙王的视线一直留在水面上，也许这样才能稍微遮掩内心的无奈，"他不是针对你，谁应上那句话，他都会一视同仁。"他微微一吹气，平静的清水荡漾出不安的涟漪，"没有私怨的对手，才真正的棘手。"

敖炽张了张嘴，本还想反驳，却生气地发现好像没什么可反驳的。

我心下一沉，龙王说的字字在理，无藏青霜行事再狠绝毒辣，到底也不过是在保护他看重的地方。如果今时今日，有人注定要毁我家园灭我家人，我未必不是另一个无藏青霜。

唉。

对于这个"内忧"，谁都没有找到好办法，事实上从鱼门国出来之后，我们遇到的每一桩麻烦，几乎都没有找到好办法。

我想起曾经风轻云淡嬉笑怒骂的日子，我只是不停的老板娘，卖甜品、开旅店，满世界卖我的茶叶，我聪明，甚至睿智，世间难题总能被我化解在一杯先苦后甜的茶里，我轻松，也快乐，不但能与自己的坎坷和解，还能成为那些抱着各种烦恼而来的妖怪的指路明灯，多么好啊……如今看来，在我能记起的所有过往里，我从未真正地陷入过任何无能为力的、彻底的狼狈之中，连找人拼命都不知道要先找哪一个，甚至去哪里找都没有头绪。

无头苍蝇这种几乎是一种屈辱的比喻，我实至名归。

站在龙王的角度，他确实不能跟一个街头混混那般，看谁不顺眼就去打谁一顿。平静下来，稍微动点脑子就该知道，若东海龙王为了保护我们而与北海龙王真正撕破脸的话，最坏的后果便是两军对垒，龙域大乱，那时且不论那鱼皮书上的话是不是指敖炽，敖炽也坐定了龙域罪人的"宝座"。

确实，一步都错不得。

"倒也不必都苦着一张脸。"圆月川故意笑得特别灿烂，"三个臭皮匠还能抵个诸葛亮不是，北海龙王是挺麻烦，可另外三个龙王一点都不麻烦，好歹还有三对一的优势，事情没有你们想的那么糟糕。今天我们能坐在这里，把诸多事情说开了，咱们自己人之间没有嫌隙没有误会，那才是最要紧的。"说罢，他转头看向窗外，浓重的暮色掉进他金色的眸子里，硬生生压下了它们本来的光泽，"何况，咱们现在要首先处理的，不是'内忧'。"他转回头，望着龙王，似在等他开口。

看他的模样，我们之前说的所有都只是"开胃菜"，主菜还没上？！

◇贰◇

"轰隆！"

窗外一声雷响，狂风应声而入，飞起的窗帘把窗台上的几盆绿植狠狠扫下来。

圆月川忙起身过去，一边关窗户一边朝外头看了几眼，然后蹲下来把东倒西歪的植物捡起来查看，见它们断枝断根受伤不轻，惋惜道："哎呀，可怜的，也不知还养不养得回来。"

说来也怪，那炸裂般的雷声没有惊到我，这几盆小东西的四分五裂却让我心头咯噔一下，大约是拼命压抑住的脆弱小小地跑出来捣了一下乱，看着地上那一小片乱糟糟的泥巴跟散落其中的枝叶与根须，我居然有点兔死狐悲的伤感。

我如今的处境，并没有比那几盆站在狂风暴雨面前的小植物强多少，可能还要更麻烦一些，毕竟它们只需面对这一次打击，而我却不知窗外还有多少想汹涌扑来的恶意。

一道闪电落下来，隔着不够干净的玻璃也能看到它血红的颜色，这座城市所有亮起的灯火都被它的光亮压制下去，这不只是一场突来的坏天气，更像一场不怀好意的侵略的降临。

看起来不太对头。

我一下子站起来，走到窗前定定地望着外头，直到又一道闪电落下来，我才完全确定不是眼花，它就是深沉阴郁的血红色，跟我们平日看到的任何一道闪电的颜色都不一样，每落下一次，便在这世界留下一道不可愈合的伤口，即便你看不见，但你就是感受得到，它伤害的范围不止窗外的一切，还包括你自己。

几道闪电同时落下，撞进我眼里的光太亮太有杀气，加上紧随而来的一声炸雷，我只觉眼前只剩一片翻滚的血红，看不见别的，也听不到别的，原本好好的身体突然像被小刀割似的疼痛起来。我试着张嘴，却连一个音节都发不出来，麻痹的感觉从脚尖开始，毒蛇般爬向全身，所有的痛觉随之聚集到我的脑子里，嗡嗡作响，翻江倒海。

我不知道自己是怎么离开窗前的，反正当我从这种状态中勉强挣脱出来时，整个人瘫坐在地上，两手用力抱着脑袋，能看到扶住我的敖炽急坏了的脸，也看到他嘴巴在动，可声音却离我很远很远。而在尚未完全清晰起来的视线里，我隐约看到龙王与圆月川站在离我不远的地方，一银一金两道光从他们手中如水流淌而出，蔓延到整个房间。

他们带来的光，看起来可舒服多了。

"不要慌！不要紧张！深呼吸！"

敖炽的声音渐渐离得近了，越来越清晰，而我也努力照着他的要求，安抚自己突然出问题的身体。

不过是站在窗口看了几秒钟罢了，也没被雷劈中不是，怎么就把自己坑成这样了？

我尽量调匀呼吸，身体上的疼痛没有先前那么厉害了，但仍然不太愿意离开，而疼痛之中还裹挟着一股不合时宜的饥饿感，仿佛一个月没有吃东西一样空荡荡。

又是这种感觉，这次比之前任何一次都明显，都难受。

我有些慌，目光下意识地在房间里搜寻，直到看见储物柜上摆放的一盘水果跟几盒奶糖，我一把推开敖炽，飞快站起来朝柜子扑过去，都不管那些水果有没有洗过、在那里放了多久，抓起来就往嘴里塞，胡乱嚼两下就连皮带核吞落肚。一整盘水果眨眼吃光，我又急不可耐地打开糖盒，如果不是还有一点理智，我差点连糖纸都不想剥，甚至恨不得连盒子一起吞下去。可是，我虽然不停地吃，嘴里却感受不到任何味道，是甜是苦是浓是淡，在我舌尖都成了混沌的一团，我只想拼命填饱肚子，想尽快让那股饥饿的感觉消失。

看得目瞪口呆的敖炽总算回过神来，跑过来一把抓住我的手腕，阻止我继续往嘴里塞奶糖，三盒加起来总共三公斤的奶糖已经被消灭了大半。

"不要吃了！糖吃太多会死的！"敖炽瞪着我鼓鼓的腮帮子，"你控制一下自己！"

我知道我要控制自己，可是我控制不了身体里的饥饿，一边吞着糖一边含混不清地说："我很饿！吃饱了我才不会疼。"事实如此，我每吞下一口东西，身体里残留的疼痛就会减弱一分，我的本能对大脑下了指示——只有吃东西你才能好起来。

也许我的表情很难受，甚至带着一些哀求，敖炽皱了皱眉头，松开手，扭头冲出了房门。

三公斤的糖果，一个不剩。

我摸着肚子，好像没有那么空了，可是吃下去的东西依然一点存在感都没有，丝丝缕缕的疼痛仍在我身体里游走。我喘着气坐在地上，有些茫然地回忆刚刚究竟发生了什么。

两位龙王从刚才到现在一直专注于"传播光芒"，我虽然不知道他们在做什么，但看得出从他们手中流出的每一寸光芒都比想象中费力，尤其是老龙王，额头上已经渗出了汗珠，本就不大好看的脸色更见苍白，嘴唇几乎找不到血色。

一场波澜起伏的家庭会议加上他本人的毫不在意，几乎导致我忽略了一个事实——眼前这个看似年轻的家伙是刚刚才失去了一半龙珠的老年人。

在他们停止之前，我不敢打扰，连问一句都不敢，只能像个没用的傻子一样坐在那里，努力消化身体里的一切不适。

很快，敖炽冲了回来，手里抱着一大堆食物，身后是紧随而至的左右与老白，还有看热闹不嫌事大的上官羚。

"吃吧。"他把食物一股脑堆到我面前，又手忙脚乱地拿起面包跟鸡腿往我手里塞，"先吃着，厨房里还有。"

也许是三公斤的糖果起了一丁点作用，也可能是两位老人家施展的法术有益于我，总之先前那种迫不及待需要进食的欲望减弱了不少，虽然还是想吃，但起码我可以控制住自己了。

一个大披萨九个巧克力蛋糕八条面包跟十个炸鸡腿下肚之后，我终于缓缓地吐出一口气，一直不肯滚蛋的疼痛也随着这口气被送走了，如今留在我身体里的，只有轻微的疲倦。

除了敖炽跟左右表现得十分镇定，其他围观者无不震惊，老白吓得带着哭腔问我："老板娘你的胃……没有破吗？"上官羚眨眨眼，闭上张大的嘴，拿出医生的姿态道："你刚刚摄入的食物总量超过了你这个体重可以承受的极限，如果是普通人类的话，现在应该在去医院急救的路上了。"

我深呼吸几口，抬头对他们笑笑："我又不是人类，你们不要太小看我。"

"好了么？还饿吗？身上还有哪里疼？"敖炽才不管我吃了多少东西，扶住我左看右看，紧张得要命，"有没有伤口？刚才晕过去时一直喊疼！"

我冲他摇摇头："没事了。就是刚刚脑子好像不听使唤，除了疼痛跟饥饿，什么都感觉不到。吃了东西好多了。"说着我又疑惑道，"我刚才晕了？"

"好好地站在窗口，突然退回来一步，整个人就直挺挺地倒下来了！亏得我眼明手快接住你，不然后脑勺非得磕坏不可！"敖炽语速飞快，生怕自己说漏了任何细节，"明明晕过去了，又抱着脑袋喊疼，喊你你又没反应，这是活生生地要吓死我！我寻思你什么都没做啊，怎么就这样了！"

"我……"我皱起眉头，回忆意识消失前的最后一幕。确实如敖炽所言，我明明什么都没有做过，只是站在窗前看了一小会儿的闪电……对，就是那些血红得异常的闪电。

一直没有说话的左右看了看还在施法中的两位龙王，又走到窗前朝外头看了几眼。此刻，雷声已疏，狂风渐弱，也没有落雨，只是云层中仍不时亮起几道电光，不知是已近尾声，还是中场休息。

可笑的是，我一见左右往窗口走，第一反应是想冲过去拉开他，让他不要靠近那里。此时我才意识到，残留在我身体里的不只是疲惫，还有一丝不得不承认的恐惧，我在害怕正在窗外聚集的某种从未遇到过的强大力量。

见我半晌说不出话来，只盯着窗外发呆，敖炽叹了口气，将我横抱起来放到一旁的躺椅上："好了，我不问了，你也别急着说话，休息一下。"

　　在他把我放下来的瞬间，我发现他下意识地捏了捏拳头，眉宇间有一丝痛苦之意，只是很快被他压制下去了。

　　"你怎么了？"我不放心地拉住他的手。

　　"我没怎么啊。"他拍拍我的手，挤出个笑脸，"可能是你刚才吃太多有点超重，抱你有点压手。"

　　"滚！"我没有跟他开玩笑的心情，抓住他不撒手，直视他的眼睛，"你骗不了我。"

　　见我如此，他犹豫片刻，说了实话："你晕倒那刻，我也不好受，心上跟扎了一把小刀似的疼起来，但真不算严重，现在已经比刚才好多了，你别担心。"末了他还嬉皮笑脸一把，"可能是被你那一遭吓出了心绞痛吧。"

　　我狠狠瞪他一眼，又将他上下打量一番："真无大碍？"

　　"能抱得动你还不能证明无大碍吗？"他故意笑得特别轻松，可无意间投向两位龙王的目光里，是想藏都藏不住的担忧。

　　他一定知道他们在做什么，从头到尾却跟我一样，不敢打扰他们。

　　房间里的光线变得比之前更明亮更柔和，连温度都产生了微妙的变化，不是暖气带来的热量，而是一种真实的体温，身处这里的感觉，仿佛靠在一个健康温暖的真实的身体上，那种自血脉中散发出的令人安心的气息，就算不能立刻愈合你的伤口，也能给你"一定死不了"的坚定希望，更令你确定只要不离开这样的光与热，就不会失去那固若金汤又如沐春风的庇护。

　　当窗外的雷声又大起来时，龙王与圆月川终于睁开眼，深呼吸几下，双掌横合，一直流淌不息的光顿时灭去，然而那种特别的光线与温暖依然饱满地留在房间里。

　　圆月川的好脾气似乎跑光了，那双总是笑眯眯的金色眼眸从没有凛冽成这样，他扭头看着窗外，连声音都比之前低沉了许多，但每个字都缠着一触即发的怒火："他疯了吧？！怎么能把这一招放出来！"

　　龙王的脸色更难看，嘴角挂着冷笑："始终是上了年岁，脑子不清楚了。"他话音未落，身子不禁摇晃了几下，幸亏敖炽一个箭步上去扶住了他的胳膊。

　　"我没事，不用你扶。"他调匀呼吸，拉开敖炽的手，又看他一眼，板着脸问，"现在还有哪里痛吗？"

　　敖炽也板着脸回："哪里都不痛了。"

　　龙王略松了口气，点点头，走到椅子前坐下来，伸手去倒水，手却微微有些发抖。

敖炽顺势抢过杯子，利落地帮他倒上水，递给他："想喝水你吱声啊，我还活着呢！要不要喂你喝啊？"

"你但凡早几年有这样的孝心，我死也瞑目了。"龙王接过杯子，很口渴似的喝完了，然后回味无穷地道，"印象中你好像从来没主动帮我倒过一杯水。"

"倒过的，你老糊涂不记得了。"敖炽不承认，"还有，别动不动就死不瞑目的，你活到这个份儿上都还没有被我气死，可见还能活很久，想闭眼不见我，没那么容易。"

对着敖炽，龙王的嘴角难得挂上一个真正的笑容，虽然转瞬即逝，但也实属珍贵。

趁着大家都平安无事，且气氛稍微松缓的间隙，老白小心翼翼地问道："到底是怎么了啊？不就是打了一场雷吗，怎么你们一个个东倒西歪的？"

"不是在好端端地开家庭会议吗？"上官羚倚在墙上，横抱着手臂，如释重负，"起初我们还担心你们打起来把房子搞坏了，没想到你们把自己搞坏了……"

左右回过头，看了看这两个不明所以的旁观者，问他们："刚才你们没有任何不适？"

老白仔细想了想，说："就是雷声一炸的时候，心里有点刺刺的慌乱，这个算不适吧？我平时可一点都不害怕打雷的。"

上官羚耸耸肩："我最大的不适就是我正玩游戏呢，断网了，气死我了。"

"一个是经过改造不纯粹的妖怪，一个是人类，自然不会不适。"左右面无表情地看回窗外，自言自语道，"今夜怕有无数妖怪要倒大霉了。"说罢又看向龙王跟圆月川，笑笑，"这下子得花不少力气吧，我这老房子啊可从没想过有如此荣幸的一天，能得两位龙王的照应，享受一回百毒不侵神鬼难人的龙元盾。别的不讲，起码今夜我这房子连同里头住的所有生物都保住了，感激不尽。"

龙王冷笑："你我之间的账还没算呢，你沾我光这件事，得记上。"

左右连连点头："应该的，应该的。只是看样子，咱们没算的账还得往后搁置。"

我听得糊涂，敖炽也一头雾水，抢在我前头问他们："什么龙元盾？我怎么从没听过？这……到底发生了什么事？几道雷电而已，为何会对我们产生这么坏的影响？"

"龙元盾是只有四海龙王才有资格习得的秘术，必要时候，以消耗自己的寿元为前提，在需要保护的地方铸起一面无形巨盾，用以抵挡一切外力。龙元盾一起，无论想伤害你们的是何方神圣，是地狱恶灵，还是妖魔邪祟，哪怕是高高在上的天帝，都无法突破进来伤你们分毫。"圆月川如是道。

我的心跳慢了半拍……我知道他们方才在施展法术，可万没想到是这样"隆重"的秘术，得是怎样的危险才会让两位龙王毫不犹豫地祭出闻所未闻的龙元盾？！看几位大佬的表情，绝对不是夸大其词，而好笑的是，我们居然只是以为自己遇到了一点让人难受的怪事，却丝毫没有意识到经历的竟是一场生死攸关的打击……

敖炽自然也是一脸难以置信，喃喃道："龙元盾？从没有谁同我提起过这个……"他说着说着，突然抬起头，声音也大起来，"你们刚才是不是说……施展这个狗屁龙元盾的话，要消耗你们的寿元？"

"都说了是龙王才能学的秘术，你又不是龙王，自然不会知道。"圆月川拍了拍他的肩膀，摆出个轻松的神情，"寿元嘛，是要耗一点，可我跟你爷爷都还耗得起，少活百八十年算不得什么。"

"呸，你耗得起，我家老头子比你大了多少岁！"敖炽恨不得啐他一口，一把打开他的手，对着龙王咬牙道，"龙珠不在乎，寿元也不在乎，你到底在想什么？"

龙王平静地看着他："我在想，怎么让天帝的神兵营伤不到你们一根头发。"

果然……这才是今天的"主菜"吧。

流失的力气瞬间回归，我"噌"的一下从椅子上弹起来，声音比任何时候都洪亮："天界最强悍最冷血也最忠于天帝的神兵营？"

"难不成还能有分店？"龙王回答我，"天帝亲生的卫队，不出大事不露面。"

"你先不要这么激动，一会儿又不舒服怎么办！"敖炽首先想到的还是我，一把将我按回椅子，然后回过头，无比恼怒地说，"好好的怎么连神兵营都冒出来了？天帝那老家伙哪根筋不对了，打算对我们下手了？"

"这话说的……不是打算，是已经下手了。"圆月川替龙王开了口，无奈地看着我跟敖炽，"你爷爷就是收到了消息才匆匆到人界找你们，哪知你们又跑了，还故意切断了一切联系。你爷爷不能正大光明发寻人令，加上他平日里人缘算不得多好，能博得他信任又能帮到他的对象除了我，找不出几个了。说起来也活该他运气好，或者说你们两个小东西命大，自动自觉地投靠到我们这里来，这样你爷爷才没有多走冤枉路，你们过来没几天，他也到了。"

"你说话拣重点，我的人缘好不好几时轮到你来评价？"龙王眼皮都懒得掀一下，仿佛现在我们在讨论的只是不要紧的家长里短。

"当然是重点，你人缘那么差我还肯帮忙，不显得我心胸宽广嘛。"圆月川眯眼一笑，旋即又正经地对我们说道，"所以你们啊，不要再怀疑他对你们的在乎，也不要老惹他生气了，他大病初愈，又高龄，知道你们有危险，二话不说留了个化身在东海就跑了，以他的身份跟尊荣，几时这般忙乱狼狈过。"

"我从头到尾都很镇定，不忙乱，不狼狈。"龙王把杯子重重一放，"圆月川，这要是在东海，我老早治你一个出言不逊冒犯长辈的罪了，嘴都给你打肿！"

　　从开始到现在，他们两位倒是真的一点都不忙乱，不论说到哪一段令我们瞠目结舌的内容，不论是冒着巨大危险救敖炽还是以命相搏祭出龙元盾。也许这就是年纪足够大的好处？！可是，我跟敖炽都还没到拥有这种好处的年纪……

　　"两位长辈能不能先不要互相碾压了？"我再次从椅子上弹起来，实在坐不住，"既然都来了，为何不立刻相见，反而要背着我们装厨师？"

　　"对啊，你这不是莫名其妙多此一举？"敖炽也疑惑不已，不知道他葫芦里究竟卖的什么药。

　　龙王抬眼看看他，又看看我，说："以为放一只花母鸡在不停就能迷惑来客，以为少用灵力就不会暴露身份，以为跑到世界另一边就算隐藏了踪迹，你们两个活得不算短了，多少也学了些本事，一天天的忙着帮这个帮那个，早该知道'气味'对于非人类的重要性，既起了要暗中行事的心，什么都敢做，怎么就从不肯钻研如何彻底地隐藏自己的气味呢？"

　　"其实我们在人界待的时间已经很长，加上修为本就比普通小妖强一些，只要不频繁地动用灵力，真的不会留下多少气味。"虽然不知道他为何突然把这一点当作罪过来批评，我还是要解释一下的。

　　"掉以轻心！"龙王气得一跺脚。

　　见状，圆月川忍不住又插嘴道："这一点我站你们爷爷这边，你们还是太年轻了。不过也不能全怪你们，毕竟你们之前的生活哪里需要跟神兵营扯上关系。"他投给龙王同情的一瞥，"难为那位老人家，刚到此地就默不作声地替你们解决了一批循着你们的气味而来，已经将搜索圈缩到很小的神兵营成员。照他们的本事，但凡你们的援兵晚来两三天，咱们这座小房子可就真保不住了。要知道神兵营这帮家伙都是从天火岩里蹦出来的怪物，力大无穷不说，还生了一颗石心，个个都没有七情六欲，只听天帝差遣，要在短时间内不动声色地除掉他们，除了我们几个，别人还真办不到。可即便是我们，也得花力气不是，更重要的是，对神兵营出手，不就等同于对天帝出手？打狗看主人呐。"他朝龙王竖了个大拇指，"亏得他来了，神兵营一入人界，凡人自然看不到，就连修为不够的妖怪也看不到，甚至连我跟左右这个级别的，如果不是事先有警觉，都很难注意到他们的气息，可以说这帮家伙在隐藏自己这方面接近完美。加上他们的行动与无形鬼魅无异，迅如光电又悄无声息，一旦寻找到目标，就不要指望他们还是轻飘飘地对待你们了。说他们是天帝座下最大规模的杀伤性武器，倒也不过分，毕竟，如果不到要人性命的时候，也不需要神兵营出马。"

　　"在那个时候，他们就已经寻找到伦敦来了？"我听得心惊，原来我们在毫无防备的情况下，全凭着自己的一点狗屎运，跟天帝指向我们的杀机擦肩而过。

"你们以为离开了熟悉的土地去到世界另一头，就算走得很远了？就以为老家的对手们也离你们很远了，以为他们管不到你们了所以能忽略不计了？"龙王摇摇头，目光落在房间一角那个用作装饰的地球仪上，"虽然随着人界的发展壮大，世界的每个角落里随时都有新的神降生，大到一个国家，小到一个村落，都有因信仰与机缘而生的神明，有些真实存在，有些只在神话，但不论世间出现了多少神灵，世间最初诞生的神、力量最大的神，依然在你我都认识的那个天界。会让你们有脱离天界管辖的错觉的原因，只是因为天界之于其他地域，永远是大人看一群稚子的态度，有无来往不要紧，只要他们不做出踩踏底线的事，各守其域，各安其职，彼此即可相安无事。毕竟世界之大，岁月漫长，总要接受新事物的出现。"他的视线从地球仪上收回来，望着我们，"可有一点永远不会变——天帝要找谁的麻烦，那就是此人此生要面对的最大麻烦，无论身在何处。"

"不对不对，完全不对。"敖炽听得直摇头，"怎么就突然对我们出动神兵营了呢？如果是因为绡狐眼有假，起码也要先找到我们当面对质，听过我们的解释之后再下定夺吧。何况石头是我们辛苦找回来的，图的就是完完整整交回去，不给龙域找麻烦，我们又怎会蠢到给块假石头出去，这么简单的问题，但凡长个脑袋的都该明白，身为天帝反倒居然不明白？连我们的面都不见就要下杀手，天界的老东西都是用脚做决定的？"

敖炽说的也是我疑惑的，但凡讲点道理、有点智慧的做法，不该是听过我们的解释之后，大家一起想法子把真的绡狐眼拿回来吗，何况如今我们知道绡狐眼在谁手里，只不过暂时取不回来罢了。天帝他老人家再生气，再怪罪，好歹也要见过疑犯才能定罪吧，连照面都不打，一声不吭，说追杀就追杀了？！

"如果是正常的天帝，大概率做不出这种事。"龙王如是道。

"难道现在他不正常？"敖炽脱口而出。

"不太确定。"龙王摇了摇头，看了看一片漆黑的窗外，"潜入龙宫中通风报信，说天帝已对你们下了追杀令的，是一只纸剪的猴子。"

"纸剪的猴子？"我一愣，脑中顺势出现一个人的脸，"不会是獠元吧？"

龙王看我一眼："你猜得倒准。那纸猴子说话的声音跟獠元一模一样，只给我带来一句话——'孽龙树妖有难，帝欲杀之。'"

虽然我跟敖炽都不喜欢天界那样的地方，甚至敖炽还总摆出天王老子也不能奈何他的脾气，可是一旦真正成为它的敌人，心还是要跳快几拍的。比起我们的老对手 4E，虽然它相当阴暗狡诈不按常理出牌，给我们制造了各种危机，可是交手至今，却从未明目张胆要取我们性命。而天界就是天界，不出手则已，出手就是大招，不带任何预警。

所以，现在真的是腹背受敌，明里暗里都是杀机了？

"应该是特别匆忙的情况下使出的化身术。"龙王又道，"我竟不知你们跟獠元这样的家伙关系还不错，以他的身份做出这样的事，被天界任何一个不喜欢他的人知道，传到天帝那里，必有大祸。身为十二天神之一，又是天帝最看重的属下，泄露天机罪加一等。"

如果獠元没有遇到诗诗，如果我们跟他没有松县一聚，他做出这样的事我会非常意外，所以现在，我毫不诧异，不想我们出事的人，必定有他一个。

"看来不妙……"敖炽看着我，"如果那小子是在很紧急的情况下，只有机会通知一个人的话，没有让他的化身来找你跟我，而是去了东海，可见那时他已认定光靠我们自己是逃不过这一劫了。"他皱眉问龙王，"之后獠元还有消息传来吗？"

"纸猴子带到话之后便自焚成灰，我试过联系獠元，可他仿佛从天界消失了一样，任我使出各种法术都找不到他。我也想过亲入天界查探，可一想到天帝能对你毫无顾忌下杀手，说明他已经不怕得罪整个东海龙族，若我再硬闯天界，只怕于事无补，反另寻麻烦。贝嬷嬷在天界有几个好姐妹，虽只是在各神殿中行走的普通女仙，但好歹还能联系上，她们说自打前些时候的一场宴会上，天帝不小心打翻了自己的酒杯，然后脸色就特别难看，什么都没交代便提前离席，之后终日将自己关在天帝殿中，再不露面，其间唯一被允许进出的只有獠元大人。所有在天帝殿周围值守的仙官都被撤换掉，改由神兵营直接护卫，任何人都不得再靠近天帝殿。但后来好像天帝殿又闹出了别的动静，说是有人闯入殿中捣乱，但具体如何并没有说得很清楚。看起来，獠元似乎又没出什么大事。"龙王皱了皱眉头，"总之，亏得天界与人界有时差，我才赶得及在神兵营寻到你们之前帮你们暂时脱离危险。一开始没有跟你们相认，也是怕我们之间恩怨太多，你们突然见了我，情绪必然激动，气息亦会变得异常明显，又没有事先服下阁贝沙，被追踪到的可能性肯定大大增加。"

"阁贝沙？东海深处最大最稀有的阁贝炼制成的专门遮蔽妖气的灵药？"敖炽难以置信，"你扮成厨师难道就是为了在我们不知情时吃下你放了阁贝沙的饭菜？"

"不然呢？难道真是为了显示自己的厨艺吗？"闭嘴许久的圆月川开口道，"你爷爷做的每件事都是为了不失去你们，默默赌上一切与这世界最强悍的敌人对抗。"

大部分真相就是这样了，原以为找回一块石头就能解除的危机，现在看来是我们想得太美太简单了。

窗外的雷声又大了起来，让我心惊胆战的赤红闪电大概是中场休息完毕，开始了新一轮的侵扰，数量一次比一次多，一次比一次犀利闪亮，整个伦敦的夜空在血红与暗黑中切换，就算隔着墙、隔着用龙王寿元换来的龙元盾，我依然清晰地感觉到整座城市在发抖，再坚固的钢筋水泥都失去了作用，再不能保护那些不想被伤害的家伙们。

"从没见过这么狂暴又艳丽的雷电。"一屋子忧心忡忡的人里头，只有上官羚最轻松，居然还拿出手机对着窗外的情景拍了好几张照片，"不过实在诡异，难不成这也是你们说的神兵营搞出来的？"

"那是只有神兵营里的怪物们才能操纵的天诛咒，此咒一出，凡雷电所及之处，妖魔游灵必受天诛地灭之祸，无一能幸免。"左右面无表情地看着窗外，眸子也在赤红与暗黑之间切换着颜色，"我活了这么久，见识过三任天帝，不过使出四回天诛咒，还是在早年间妖魔邪物们大规模祸害人界的前提下。"他不禁叹气，喃喃道，"实在想不通是发了多么大的脾气，才会为了两个人对一整片无辜之地下这样的重手……"

我没有听说过天诛咒，即便不听左右说起它的厉害，光听名字就知道它不留生路。

可是……若左右没有夸大其词，这漫天的狂雷赤电就是生活在这座城市之下所有妖物的催命符？我见识过无数妖物在高人们的咒语下化灰、化水、化为虚无，但从未见识过有哪种咒语能强悍到对一整片区域的妖物进行无差别毁灭……天帝真的是疯了，为了要我们的性命，就算不能锁定我们的位置也无所谓，反正只要知道我们在这里就好，天诛咒一出，一整个城池的妖物都死绝了，我跟敖炽还能幸免吗……呵呵，好果断的决定。

"难怪刚才我会那么不舒服。"我轻轻抚着自己的胳膊，冷笑道，"连敖炽也受波及。想来这就是天诛咒的厉害之处，若没有两位龙王拿自己的寿元来护着我们，只怕此刻我跟敖炽能不能站着跟你们说话都是未知数了。"

敖炽咬牙切齿："疯了！老东西真是疯了！居然使出这么狠毒的招数！以你我的修为都难以应付，其他妖物只怕……"

"在劫难逃。"龙王接过话来，起身走到窗前，与左右比肩而立，"一夜天诛咒，足以清除这座城市中所有妖怪。天帝出手，一鸣惊人呐。"

"不幸之万幸，你们都在。"左右闭上眼，脑中大概已经出现了一大片不想看到的惨状。

听得目瞪口呆的老白缓过神来，难以置信地道："听你们这么讲，也实在太可怕了。天诛咒真有那么大的威力？能杀掉它所能影响范围的所有妖怪？"说着又用力拍了拍自己的心口，"方才我没有任何感觉，难道这要命的咒只对天生的妖怪有用？"

"你且放心，这咒语对你这样的人造产品无用，对人类、对龙族亦无用，只诛妖物。"圆月川没有心思再开玩笑，走到龙王身后，道，"看他们的架势，是已经失了耐性，铁了心要拿一城的无辜妖物陪葬，速战速决。如今我们虽祭出了龙元盾保住了两个孩子，可神兵营人多势众，天诛咒一日不停，我们就要一直撑住龙元盾。倒不是我惜命，总躲着不出去也不是法子，只守不攻，不妥。"

"混账！"敖炽暗骂一声，投向窗外的视线霎时凶恶起来。

不好……敖炽的暴脾气哪能甘心当缩头乌龟！

说时迟那时快，我比所有人的反应都快，一步冲上去死死抱住了敖炽的腰："现在出去讨不到便宜只能送死！"我的脸紧紧贴在敖炽背上，将他比任何时候跳得都狂乱的心跳声听得一清二楚。

意外地，他不挣扎，连一点力气都不使，只轻轻拍了拍我的手："松开吧，我真要出去你也拦不住。"

"拦不住无所谓，松手不可能，大不了你带着我一块儿出去，看看那天诛咒先劈死谁！"我不管，把手箍得更紧。

"你这个样子一点都不优雅了啊。"敖炽居然轻笑出来，"出了这个门，谁把谁劈死，不一定的。"

我不肯减去半分力气，他越是这样讲，我越害怕，如果他现在大喊大叫要冲出去拼命，我还踏实些，起码这样的他我很习惯也很笃定一定能拦得住。无论是骂他或者求他，只要我真的生气了、害怕了、难过了，他一定心软，不会放着我的感受不顾，但他现在明明心里揣着浓重的杀意，表面上却比我还镇静，这比放他冲出去更让我心慌。

"如果天诛咒真不能对你怎样，方才你应该跟老白、上官他们一样，毫无感觉才是。"左右转过身，正视敖炽，"连我这样老的妖怪，都不敢轻视天诛咒。你出去了又能如何？纵能凭一股蛮力阻止他们一时半刻，可结果一定是寡不敌众。能使出这般范围的天诛咒，说明外头的夜空之下，早已布满千万神兵营人马，不光他们，每次神兵营出动，天帝都会亲选一位天神为大将统领全程，并亲授天界第一神器恸世长刀，挡者皆可杀。能担此任者，必是以一敌万的高手，加上杀气最重、力量最强的神器相助，对付谁都容易，可对付他就大大的艰难了。"

左右的声音不大，却字字都敲得我头疼，神兵营、天诛咒，还有手握什么恸世长刀的大将……不知道天界还能为我跟敖炽这样的性命搬出什么让人惊喜的阵容……反正，不能放敖炽出去，绝对不能。

"你，再加上我们两位老人家，我们一道冲出去，以必死之心与神兵营一战，撑死跟他们打个平手。这还是最好的情况。"圆月川看了敖炽一眼，又回头往窗户前走近一步，指着夜空中某个深不可测的方向，"别忘了，神兵营背后还有一员大将，你说这命要怎么拼。"

龙王连头也不回，雕像一样凝固着，眼中只有那一阵凌厉过一阵的雷电。

"我不知道我能做什么，但只要能帮忙的，你们告诉我，我就去做。"老白认真地说。

这个来历坎坷的妖怪，跟眼前的危机并没有关系，但我知道他对我们的担忧是真的，愿意赴汤蹈火也是真的。可惜现在没有什么机会表达我的谢意，且放心里，若能平安无事，我一定要送老白一份大礼，比如一年免费招待券之类的吧，就这么决定了。

"虽然对你们的各种恩怨情仇一知半解，但有一点我得说清楚，你们躲起来也好，冲出去拼命也好，我都是帮不上忙的。"比起老白，上官羚也十分直截了当，还拿起手机晃了晃，"但我可以帮你们报警，如果你们需要的话。"

其实都是帮不上忙的家伙，可后面这个怎么就那么烦人呢，要不是我得顾着敖炽，真是想上去把手机塞他嘴里。

"你还打算出去吗？"龙王终于开了口，连眼睛都不眨一下，所有注意力只在窗外。

敖炽的脸上很少有不怒不喜的沉静，连我都突然猜不透他心里究竟作何打算，反正不松手就对了。

好一阵子，他才沉沉地说出一句："龙族何曾受过如此奇耻大辱。"

我看到他的拳头攥到青筋都冒出来，可脸上还是不见波澜。

心里顿时异常难过，他不吵不闹，不怒不喜，恰恰是他愤怒的极致，而我在这个时候，明明离他最近，却帮不了他。

"你一生中遇到的任何敌人，都无法跟天帝相比。"龙王又缓缓道，"留下性命，其他任何东西都可以再挣回来。"

"正是这个道理。"圆月川拍拍敖炽的肩膀，"何况，为无辜者免受伤害，无论做出什么事都不是奇耻大辱。你不要钻这样的牛角尖。"

敖炽咬咬牙，拳头渐渐松开来。

我的手臂已经麻木到不像自己身体的一部分，可我还是不敢放。

敖炽叹了口气，握住我的手："放开吧，我就在这儿。"

"骗我是狗！"我严肃道。

"换个动物不行？每次不是猪就是狗……"

"你管我用什么动物，我……"

话未说完，窗外突然传来一声凄厉尖锐的惨叫，一只半边翅膀已被烧焦的鸟妖绝望地朝窗口的方向撞过来，可尚未靠近便在雷电之下化作一道薄薄的烟尘，都没机会散开，就被狂风清理得一干二净。

我被吓得悬起的心还来不及放下，耳朵里紧随而至的是另外一堆尖叫，充斥着生命走到结尾又不愿结尾的绝望与无助——还是一群鸟妖，大概是之前那只鸟妖的亲戚，区别只是它们身体被烧焦的地方不一样，有的腿没了，有的身上被烧出无数个大洞，还有的似乎卡在人形与原形之间，毛茸茸的鸟身上是痛苦到扭曲的人脸，有的鸟妖背上还驮着不谙世事的雏鸟，最可怕的，是它们被烧伤的地方还在不断蔓延。在空中拼尽力气勉强飞行的它们，也许是感应到了龙元盾的力量，竟不约而同地往我们这边飞来，可接下来却只听到一阵杂乱的"砰砰"声，它们在离窗口不到十米的地方被弹开了，残留下的最后一丝力气也在此刻耗尽，我眼见着龙元盾外腾起一层薄薄的烟雾，那么多条性命，须臾之间就成了夜风里的一片空白。

我终于松开了敖炽，本能地冲到窗前，透过玻璃，透过那层无形却强悍的龙元盾，终于看到我最不想看到的一幕。

倒霉的不只是鸟妖，目之所及处，远近的房舍之间，纵横的大街小巷里，在极短的时间内混乱起来，一群没有尾巴的猫妖狗妖以无比怪异的姿势在屋檐上、墙角下狂奔，可没跑出多远就消失了，连一根毛都没留下。不知从哪里逃来的兔妖，人形还在，只是被吓得露出了兔耳朵，瑟瑟发抖地躲在对面街口的屋檐下，丈夫搂着妻子，妻子搂着四个孩子，超市购物袋还挂在丈夫的胳膊上。我眼看着不知所措的它们在看不见的火焰里变成又一片无法挽回的空白，只剩下装满胡萝卜跟水果的购物袋落在地上，散得到处都是。这时，一辆小车摇摇晃晃地朝这边冲过来，沿途撞到多少障碍都无所谓，它只想逃命，可结果还是一头撞在它永远撞不坏的"墙"上，整个车头都毁了，滋滋乱冒的白烟里，一只半人半树的妖怪吃力地从变形的车子里爬出来，瘫倒在地，能做的只是在生命结束前，把脑袋转到我们这个方向，就算是夜里，就算光线不好，我都清楚地看到他眼里最后的恐惧与求生欲。

这是离我们近的地方，再往远了看，整座城市几乎都陷入了相同的境地，无数不同颜色不同形状的，虽然不是人类但也是一条性命的家伙们，在雷电与夜色交织出的死亡之镰下，毫无选择地交出自己的性命，无论它们是什么妖怪，无论它们修炼了多久才能在这座城市里与人和平共处，甚至成为一个人，无论它们做过什么，善良还是凶恶，都不被在意。

如果人类能看见这一切，他们应该会比这些妖怪更恐惧，比起他们对妖怪的恐惧，一场离自己这么近的屠杀，更可怕。

我们有人保护，可外面的家伙没有，而我能做的，居然只是站在窗前，用其他妖怪的性命验证天帝的疯狂以及对我们的决绝。

坐在不停里的我，要花多少心思才能让一只妖怪拥有好好活下去的勇气；离开不停的我，又花去多少时间与艰辛，才能修复世界被损坏的部分……我曾经做过的一切，都只为让这个世界好起来，望它四季平安，日夜安稳，神仙人类妖怪，哪怕是一只飞鸟，一朵野花，都有属于自己的好时光。

可是，让世界变坏，却这么容易。

我的手不知何时贴在了冰凉的玻璃上，指甲几乎要抠进去，一窗之外，已成妖怪炼狱。

现在轮到敖炽紧张我了，他紧紧攥住我的手，硬将我拖离窗前，强迫我将脑袋埋在他的心口上，低声说："不要看了。"

我的身子开始止不住地发抖，敖炽一言不发，只用力抚着我的背脊，扭头问龙王："只能看着？不能放一些倒霉蛋进来吗？"

龙王没有回答。

"龙元盾一开就没有妖物能进来，除非撤掉。可一旦撤掉，我们实在没有能力再起第二个盾。抱歉。"圆月川"唰"的一下拉上窗帘，不留一丝缝隙，"不看会好一些。"

不看……也不会好一些。

在我且算漫长的一生中，目睹过许多妖怪的死亡，它们之中甚至有被我亲手结果的性命，我也愤怒过、难受过，但没有哪一次像今夜，面对所有被杀掉的家伙们，我觉得落在它们身上的每一道不可逆转的伤口，它们被迫以最惨烈的方式告别世界时的绝望，都一个不漏地落在了我身上。

令人厌恶的疲倦与饥饿感像是找到了新的缝隙，疯狂地涌回来。

我紧紧抓住敖炽的胳膊，冷汗如雨，颤抖到上下牙齿都磕出了声音。

房间里还有吃剩下的食物，我想扑过去，但身体里另一股力量又拼命扯住我，命令我不许吃，绝对不许吃。

我被自己疯狂地撕扯着，从心口到头颅，都要裂开般痛起来，耳朵里没有任何声音，视线里的一切也一个个离开了我，敖炽、龙王……房间里的每个人，最后连房间都没有了，只剩一片混乱交织的漆黑与血红往四面八方无限延伸……

恶毒的陷阱！

恶毒的陷阱！

恶毒的陷阱！

我只想得到这句话。

◇叁◇

一滴泪水从眼角爬到脸颊，缓缓的，凉凉的，还有点痒。

额头上被压了好重的冰袋，又冷又硬，好在身体还有温度，尤其两只手，热得快要出汗似的。

其实我已经醒了，却不想睁开眼睛，不是害怕再看见不想看的东西，而是无法释怀的羞愧。

不用睁眼也知道谁在身边。

可这次我没有跟从前一样，睁开眼骂骂咧咧地说不如干脆把我冻到冰箱里，我甚至不愿意把身体靠近他，只是将自己的双手从他手里用力挣脱出来，紧接着侧过身去，下意识地蜷缩起来。

蜷缩……浮珑山上的树妖、不停里的老板娘，站立坐卧，不管多狼狈的时刻都不曾允许自己使用这么难看、这么懦弱的姿势。

才过去多少天呐，从甲乙的坦白到伦敦窗外密集的死亡，才这么一点点时间，我累积了千百年的自信与坚韧居然被刺得千疮百孔，我羞愧于只能躲在盾牌后的自己，羞愧于这个越发虚弱的身体，连冲出去都办不到的我，拿什么脸面去当不停的老板娘，拿什么去给别人指点迷津，拿什么去做一个勇敢的母亲……突然变成一个废物的感觉，原来是这样。

"不是你的错。"敖炽的声音从背后传过来，以他的性子，此刻应该抓住我的肩膀把我硬扳过来，绝对不会允许我拿背对着他，可这次他没有，我只感觉到他也上了床，挨着我躺下来。

我一动不动，只将身子蜷得更紧。

"还是不舒服的话，就起来打我一顿吧。"他声音里有笑意，"你我初见时，你给我的那一巴掌，力道特别合适。"

这家伙在说些什么……我还是不回应他。

"你看，如果我们没有在断湖相遇，我现在会是谁的丈夫、谁的亲爹呢？"他又自顾自地说，"但想了一大圈，没有谁能得到这个殊荣。所以，如果不是你的话，我这辈子应该只是敖炽，不会是任何人的丈夫与父亲。"

我攥着被角，还是不说话。

"告诉你一个大秘密。"他又道，煞有介事的样子。

我差点就转过身去了。

"你知道的，我最烦子淼那个家伙了。死就死了吧，还总死不干净。"他跟平日里的闲聊一样，轻松得不得了，"可是啊，我一边讨厌他，一边感谢他，如果没有他，我要上哪里挨你那一巴掌呢。他要是还活着，我会请他吃饭的，我亲自下厨，做一桌好菜，再端端正正敬他一杯酒，谢谢他把你带给我。"

"酒里不下泻药？"我回过头，正好对上他浅笑的眼睛。

"就……看心情吧。"他撇撇嘴，"毕竟他是你的初恋，我特别烦这个。"

"他已经不在了，也永远不会再回来了。"我叹了口气。

"可我还活着啊。"敖炽点了点自己的鼻子，然后将我环在怀中，"你也活着，我爷爷叔叔也活着，浆糊和未知也活着，不停里的家伙们也活着。"

我鼻子一酸，赶紧将脑袋转回去，生怕他看到我突然红了的眼睛。

"世界只是有一点坏，修得好的。想想当年的小阿朱，未必我们还不如他了？"他将我搂紧了些，"你经常跟遇到的妖怪讲，行走江湖要能屈能伸，打得过就打，打不过就跑，跑不了就装死，活下来才有机会翻盘。怎么，自己说的话自己不认了？"

我咬紧牙，努力阻止眼泪掉出来，但是失败了。

"可外头的那些妖怪，打不过，跑不掉，装死也没有用。它们没有任何机会翻盘。"我眼前又晃动着那个失去主人的超市购物袋，胡萝卜跟苹果本应该好好地摆在明天的餐桌上，眼泪流到嘴里，咸咸苦苦的。

敖炽沉默片刻，说："这笔账，我替它们记下了。"

"你知道我最不爱给人添麻烦。所以万没想到有朝一日我居然会给这么多家伙带来这样的麻烦，尤其是它们还特别无辜。"我不再阻止眼泪，它们喜欢流多少就流多少吧。

"所以这笔账才必须由我们记下。"敖炽认真地说，"但欠它们一条命的不是我们，我们跟他们一样，是债主，不是欠债人。"

我想转过身，但又不敢动，甚至都不敢问一声外头情况如何了。

可我再细微的动静都瞒不过他，他说："你醒过来之前，外头又平静下来了。大概这个天诛咒的续航能力不够，得中场充电才能继续使用。"

难怪房间里如此安静，听不到任何从外头传来的声音。

我这才缓缓转过身来，犹犹豫豫地看向窗户的位置，遮得严严实实的窗帘像是被焊死在那里，把房间内外隔离成两个不许往来的世界。

"又停下来了……"我喃喃道。

敖炽拿手遮住我的眼睛："你现在只需要躺下来休息，其他的不要看了。自己的身体是个什么状况，没点数？"

我有数的。

愈发频繁的昏厥、疲倦，与异常的饥饿，还有那朵化成灰的玫瑰花，都是不知何时埋在我身体里的不定时炸弹。而我除了一次次地从它们带来的破坏力中挣扎出来，竟一点克制它们的办法都没有，蜂拥而至的敌人不给我喘息的机会，连自己的身体都跟自己作对……不能再想了，不然被子都要被我揉碎了。

"我也觉得现在是我们一生中最糟糕的时候。"敖炽放下手，习惯性地将下巴搁在我的头顶上，"既然已经最糟糕了，否极泰来，会有转机的。"

"转机？"我一怔，突然问，"你爷爷跟圆月川呢？还有左右他们在哪儿？"

"放心，没有一个人冲出去当英雄，都还在这座房子里。"他知道我在担心什么，"不到万不得已，他们不会把龙域的军队扯进来。龙族是有血有肉、实实在在的生物，龙族军队一旦为了战争而踏入人界，无论敌人是谁，两军交战对这个世界造成的损伤绝不会仅仅只波及妖物。我爷爷比谁都清楚这一点。"

我稍许放心点了，但也只是稍许："如果真到了万不得已的那一刻呢……你爷爷清楚龙族军队对人界的危险，他同样清楚你现在面临的危险。"

敖炽想了想，眼神冷下来："那就是这世界避不开的劫数。"

我心里一凉。

敖炽闭上眼："总之你记住，我会一直跟你在一起。福祸生死，你在我在。"

福祸生死，你在我在……

我们不是一直这样过来的吗？

我伸出手抱住他，刹那间的想法是……若时间停在这一刻，不，一直停下去就好了。

可笑啊，不停的老板娘居然希望停下来。

房间里只听得见我们两人的呼吸声，窗外一直没有动静。

大概只有敖炽会说出天诛咒"续航能力"不行这种会笑死人的话，能让无数妖怪瞬间变成灰烬，来自天界最顶端的力量，根本不需要任何中场休息。

等等……我突然从自己散乱的思维里找到了一点奇怪的线索。

既然不需要中场休息，他们为何要停下？

不对，这一轮根本算不上攻击，仅仅只是威胁。

操纵天诛咒的人或许根本不屑于寻找我们，他要的，是我们主动到他面前，跪下来把脑袋交给他。他不怕找不到我们，也不怕我们被多么厉害的人保护着，今夜死去的妖怪们只是第一批筹码，他赌的就是我们亲眼见到无辜者因我们而死的自责，赌的就是我不能为自己的平安而见死不救。

所谓中场休息，只是给我一个短暂的选择时间，出去还是不出去，看着更多的妖怪死去还是亲手把它们从死亡线上拉回来。

我不知道天帝派了谁来当这运筹帷幄的神兵营大将，我只知道他比谁都了解他的目标。

他要带到的信息，我都明白了。

他终是赌了一盘稳赢的棋。

我不是深山老林、街头巷尾里随处可见的小妖怪，我是浮珑山上的"神树"，是不停的老板娘，是东海孽龙的夫人，两个孩子的妈，"蜷缩"这种姿势委实不适合我。

一条心横下来时，空白到只剩悲伤的脑子就豁然开朗了。

我仰起脸，亲了亲敖炽的额头。

"心情好些了？"他故意摆出受宠若惊的表情，"要不你再打我一拳，我更放心些。"

我白了他一眼，坐起来，摸着肚子说："还是饿着，厨房里还有存货没有？我要吃面包跟大鸡腿，果酱要芒果口味的，全给我夹在面包里。"

敖炽发愁地盯着我："太甜了！真的会胖。"

"去拿！"我使劲推他，"是谁信誓旦旦说吃多少他都养得起！"

"好好，我养还不行么，养你这辈子、下辈子、下下辈子还不行吗。"他无奈地下了床，挠着头朝门口走去。

我的视线一刻都不想离开他，不管我看了这个男人多少年，目送过他多少次背影，迎接过他多少回笑脸，都不嫌多。

如果还能回来，我会坦白跟他讲，不管我如何嘲笑他的花衬衫，在我心里，他还是最好看的那一个。

从床边到房门的距离很近，我希望他走快点，又希望这段距离永无止境。

他站在门后，伸手去开门，却在手指碰到门把手前停住。

"记不记得我问过你，如果我死了，你怎么办。"他突然问，却连头也不回。

我愣了愣，说："如果有凶手，我拼尽全力也要他知道做错事就要被惩罚。如果你是笨死的，我就在你坟前哈哈大笑。但无论如何，我都会带着你那一份好好活下去。"

他笑出来，我看到他宽阔的背脊抖动了几下。

"反过来的话，我的答案也跟你一样。"他一直看着门，不看我，"所以你不想吃面包鸡腿，只是要离开我，对吧。"

原来我已经虚弱到连撒谎都那么容易被看穿了？亏我还以为刚才的表现十分自然，一点对他的留恋都没有暴露。

"预备用什么法子把我限制在这间屋子里？"他回过头来，一张脸平平静静的，"然后让我眼看着自己的老婆被外头的家伙们打成渣渣。"

我咬了咬嘴唇，下意识地摸了摸垂在胸前的长发："大不了不要这一头长发了。你别忘了，我几根头发就能锁住断湖的堤坝。舍去所有头发化成绳子，纵然不能困住你们太久，

獠元

这一夜总该是够了。"

敖炽转过身，居然仰头笑出来："那我老婆岂不是成了个光头？哈哈哈，光头老板娘。"

"如果我活着，头发还会长出来的，你没有嘲笑我的机会。"我也笑。

敖炽停住笑，走到我面前，看傻子一样看着我，还摸了摸我的脑袋："你一分钟都困不住我的，信不信？"

"我……"我本来想反驳，但突然明白在这种情形下，讨论法术的高低与我头发是否足够坚固都是没有意义的，它们都可以被估算、被量化，但敖炽不行，你永远无法估算他能爆发到哪个程度，但我还是不服气地伸出两根手指，"两个钟头，你信不信？"

他摇摇头，蹲下来，平视我的眼睛，把我的手拉下来紧紧握住："不要让我去拿面包鸡腿了，刚才你有多拼命地抱住我的腰，我现在就有多不愿意离开这个房间。己所不欲勿施于人，你何必把我推到这样的境地。"

不发脾气不暴躁的他，说出来的每个字都能轻易击中我。

"石头是我一手寻回来的，连你都是后来才加入的，我不躲，坦坦荡荡站出来，不信外头的人连一句辩白解释的机会都不给我。"我认真道，"你以为我一出去就跟人拼命吗？我不会。"

"如果外头的人就是一点机会都不给你呢？"敖炽皱眉，"如果天帝就是失心疯了，他所做的一切就是为了杀人泄愤呢？你就站出去被他们大卸八块？"

"我不出去，他们很快会继续屠杀。我们想好好活着，外头那些妖怪也想。我始终过不了这道坎，你明白的。"我笑笑，伸手摸着他略见疲惫但依然好看的脸庞，"若我的命只到今夜，你才更要保住自己，不然没有人替我洗刷冤屈了。"

敖炽沉默片刻，起身朝窗户那边看了看，窗帘之外依然寂静，有人在夜空深处展示最后的耐心。

他深呼吸了一下，拉起我的手："走。"

"去哪儿？"我不肯走。

"下楼去。"他朝我眨眨眼，"托个孤。"

"啊？"

然后就被他不由分说地拖出了房间。

大厅里，龙王跟圆圆月川正在商量着什么，左右端着一杯红酒站在飞星的画前入神，老白窝在角落里，抱着电脑敲个不停，上官羚躺在沙发上睡得特别香甜，记性不好也不是坏事，起码连自己身处何种境地都能忘得一干二净。

见敖炽拉着我的手突然出现，在场的众人都警觉起来。

"你们这是……"圆月川忙走到我面前,不放心地打量,"醒了就好好休息,要什么吃的让敖炽拿上去就是。"

"我不会给她拿吃的。"敖炽的视线越过圆月川,看向一声不吭的龙王,"我们两口子出去一下。"

气氛顿时凝固。

连我都被他吓了一跳。

最先跳起来的是老白:"你们出去做什么呢?你们实在有什么事要办,跟我讲,天诛咒对我没什么影响,我可以出去!"

"你办不成这事,玩你的电脑去。"敖炽白他一眼,"不过谢谢你的好意。"

"你们认真的?"左右转过身,红酒在酒杯里微微荡漾,"我们都在想对策。你们可以生气,可以低落,也可以躺在床上装死,但你们不该对我们这几个老家伙没有信心。天明之前,必有转机。"

"我们能等一夜,外头那些没用的小妖怪等不了。"敖炽看了看我,把我的手握得更紧,他环视在场的每个人,最后仍将视线锁定在龙王身上,"不可恃强凌弱,不可乱伤无辜,不可懦弱无为……这些都是你从小教我的。今夜我躲在这里,就是恃强凌弱,就是乱伤无辜,就是懦弱无为。"

"敖炽!"

圆月川正要开口,被龙王挥手打断:"让他说下去。"

"也没有什么可说的。"敖炽的神情缓和下来,"只是我们这一去,能不能全身而退,不知道。如果不能,你们也不用报仇,把时间精力都拿去找西溟幽海,把浆糊未知以及所有被绑走的人平安带回来。有你们养着护着,两个小孩的未来也不会多差。什么都可以教他们,就是不要教他们去憎恨任何人。"

所以,这真是托孤了?有意思的是,竟连遗言都这么简单轻松。

我怔怔地望着身边这心平气和的男人,有点不相信他是与我共度了漫长岁月的,动不动就发脾气,把"以牙还牙"四个字刻在脑门上的敖炽。可是,又怎么能不相信呢,这就是他呀,最桀骜不驯的龙又如何呢,还不是有一颗最善良温暖的心。

众人皆沉默。

圆月川欲言又止,以他对敖炽的了解,知道此时最好无声胜有声。

"你想好了?"龙王仍站在原地,整个人都笼罩在一团阴影里。

"请你们不要阻拦,不要插手,别让我们觉得自己真是个废物。"敖炽认真地说,又轻松地笑了笑,"都别垮着一张脸嘛,本来岁数就大了,垮着脸更容易生皱纹呢。"他又转过来摸摸我的头，玩笑般道："你要不要跟他们打个赌？"

"打赌？"我不解。

他挨个指着他们："东海龙王、西海龙王，加上一个独一无二的虫帝，旁边那两个小的不算啊。能跟他们三个打赌，可是旁人想都不敢想的超级大好事呢。"

"你想赌什么？"左右摇了摇酒杯，认真问他。

敖炽指了指自己，又指了指我："就赌我们能平安归来。如果我们赢了，那么以后我们的任何要求，你们都不许拒绝，不许倚老卖老，更不许以任何理由欺骗我们。如何？"

"可以。"圆月川立即点头，他看着我，"不是喜欢金子吗？那就别输，等你回来，我西海龙宫之中的任何金饰，你爱拿多少拿多少。"

我一下子笑出来："那到时候您可别心疼。"

左右将杯子里的酒一饮而尽，举着空杯子道："那就这样吧，我当这个坏人，我赌你们少不更事、冲动妄为，此去必无退路。但是你们若赢了我……你们就是我虫人一族的永久 VIP，今后想拿任何情报消息，都免费。"

"好大方啊。"敖炽翻了个大白眼，"我听说你在世界各地都有房产，万一 VIP 看上了，白送也没问题吧。"

左右笑笑："行。"

"你看，我们的资产眼看就要多到起飞了！"敖炽笑嘻嘻地搓手，仿佛这一走，等待我们的不是天诛咒，而是数钱数到手抽筋的美好未来。

只有龙王一直不作声。

敖炽走上前，昂头道："怎样？"

"我只做足够有把握的事，不喜欢打赌。"龙王淡淡地说道。

敖炽撇撇嘴："不乐意拉倒。还是个没趣的老家伙。"

"榄路的事，难为你了。"龙王突然说。

敖炽一愣："你全都知道了？我好像还没……"

"我们去公寓时，不巧也'看到'了你被扒出来的往事。那妖怪的泡泡有些意思，比你自己说出来清楚多了。"龙王叹了口气，"若非误入歧途，这样的妖怪留下来还是有用的。"

敖炽撇撇嘴："原来你们两个老家伙早就到了，光顾着看戏那么晚才出手，非得看我们多吃些苦头是吧。"

"你们就是苦头吃少了，才会如此乱来。"龙王瞪他一眼。

"不过你们是怎么找到公寓的？不是已经拿阁贝沙消除了我们的气息吗？"敖炽奇

怪地问。

一张曾经由"米良"交给我们的公交卡在圆月川手里晃了晃，他笑道："卡里有定位装置的。不一定总要用法术的，人类的科技已经很先进了呢。"

我跟敖炽不禁哑然，这些满脑子算计的老家伙们啊……

"行了，该知道的我都知道了。"敖炽轻松地揉揉鼻子，"就这样吧。"

"滚吧。"龙王嫌弃地看了看他，然后就背过身去，只留下一句话，"回来的话，陪我好好打几圈麻将。"

敖炽一笑："哦，好。"

心情好像突然轻松了。

比起我出其不意地离开，或者我跟敖炽一起出其不意地离开，还是现在这样更好，像一个真正有担当、讲道理的成年人那样，把自己的意愿平和地讲出来，不悲观也不自负，把一场可能的永别化解成一段寻常的告别，连眼睛都不要红一下。

"老板娘……"老白的眼睛却红了，跑过来拉住我的袖子，"你……你们……快去快回！"

"好啊。"我拍拍他的肩膀，笑道，"尽量。"

上官羚还在呼呼大睡。由他吧，睡眠好的人真幸福。

敖炽朝外头努努嘴："走？"

"走啊。"我挽住他的胳膊。

大门在前头，所有的等待在身后。

至于身边，福祸生死，你在我在。

◇肆◇

无须指引方向，也知道等我们的人在哪里。

只管往夜空深处去就是了，那股不和善的气息就埋在雷电经过的地方，不加任何遮掩。

我好像很久没有感受到在风和云里飞速穿梭的感觉了，只要飞得足够高，无论哪个城市的天空都一样，一旦脱离了不同肤色的人群、各式各样的建筑，世界就变得没有界限，仿佛从来就没有被分割过，而拥有它的人，从头到尾也只是那一个人，从未变更。生杀予夺，摆弄命运，对这个人或者说这股力量而言，永远易如反掌。

这个……不公平。

我短暂的胡思乱想被敖炽的急刹车终止了。

虽然算不出我们飞了多高，却能精确算出眼前排列了多少人马。

云端上的空间流动着很难定义颜色的光，一时白的，一时红的，一时又是蓝的，不刺眼也不嚣张，像弱化的极光，摇曳游动，又自带了几分神秘，刚刚够你看清眼前的一切。

这样的情景，对任何一个到不了这里的人来说，都是罕见的美景，一定要拍下来当纪念的那种。不过，不远处那一队身着赤色战甲，站在一起就像烧起一排烈焰的战士，如同走错了片场一样，生生把这静谧美好的场面破坏了。

那就是大名在外的神兵营了吧，不但战甲威武，每一个的脸上还戴着金色的面具，手握着一把不少于三米长的不知是何材质的血红色长戟，颜色跟流动的水一样，从长戟顶端流向尾部，循环往复，寒光逼人，多看两眼都要被刺伤似的，而他们露出来的双手，每寸皮肤都呈现出石头般的纹理与颜色。他们不止装束威风，连身材都要压人一头，目测全部两米以上，壮如铜墙铁壁，彼此之间没有任何差异，往你眼前一摆开，复制粘贴般整齐。

神兵营果然不同于寻常小卒子，还没靠近就是一股杀气。

可是……一、二、三……我数了好几遍，确认摆在我面前的神兵营大佬只有十个。

跟我预想的差很多啊，以刚才那种狂雷赤电的气势，以及真实不虚的杀伤力，我以为云上至少有千万级别的人马，反正天帝应该不缺人手。

十个？！

敖炽又数了一遍，没错，就这么多。

十个全副武装的面具壮汉默不作声地看着我们，跟石头一样一动不动，连把武器举起来对准我们的动作都没有，

"不劳各位再打雷闪电了，我们在这儿了。"我从敖炽背上下来，往他们面前走了两步，指了指云下，"小妖无辜，还请各位手下留情。"

敖炽从鼻孔里哼了一声，看向这些汉子们的目光里只有轻蔑。

我猜他现在在想万一打起来的话，他一口能吞几个。

实话是，连我自己都好像松了一口气，十个对手总好过千军万马。

"是不是觉得场面不够大？"

有男人的声音从十个家伙之后冒出来，排成一排的汉子们立刻朝两旁退开，恭恭敬敬地给那个从暗影里走出来的人让出路来。

这便是神兵营的大将了？！

他走过来时，一道光正好从他脸上缓缓游过。

我目瞪口呆。

连敖炽都"嗖"的一下恢复了人形，惊诧地指着对方："你……"

獠元微笑着站在那里，发型没有变，衣着没有变，跟我认识的他没有任何区别，唯一不一样的，是他背后多了一把斜背着的长刀，虽在鞘中，那刀鞘却跟冰一样透明，里头的黑色刀锋一览无余。可它看上去有点奇怪，并不像是真正的刀，而是一片凝聚成刀形的黑气，没有任何多余的装饰，甚至连个高调些的颜色都没有，可即便旁边那十柄气势汹汹的长戟绑在一起，也敌不过它浑然天成的气势，就如十个神兵营的汉子再高大健硕，最终也只能成为衬托他的背景一样。

我没有想到是他。

但也应该是他，毕竟他是战神，是天帝最得力的下属。

可最不应该的也是他，那个在松县的小店里吃着面条的男人，我至今都记得他眼中对天帝的厌弃，那不是装的，完全不是。他需要我们的帮助，所以他无论如何都不会做出真正伤害我们的事情。

可是今夜的屠杀又实实在在地发生了。

如果他只是被迫领命，就算无法联络我们让我们有个警惕，也不至于要用天诛咒滥杀无辜逼我们出现，我想不通。

"本来上头是要我多带些人马的。"他回头看了看他的"背景"们，笑道，"其实我连他们都不想带。但想到天诛咒只有这些家伙能施展出来，才勉强带了十个。我这个人清静惯了，不喜欢身边人太多。"

不像是被胁迫的样子。

我又打量他一番："你是獠元？"

他摸摸自己的脸："哪里不像吗？我又没有去整过容。"他笑着看我跟敖炽，比画了一个吃东西的动作，"好歹在松县的一张桌子上吃过饭，你们两个现在的表情是想证明我的身份有问题，还是你们的记性有问题？"

松县的事，除了我们跟獠元本人，不会有其他人知道。

真的是他。

但是，确认是他本人，比确认他是冒牌货糟糕多了。

"他们都听你的？"我指了指那十个从头到尾不说一句话的家伙。

"理论上是的。"獠元道，"谁带他们出来，他们听谁的。"

我越听越不对劲。

"刚才的天诛咒，你下的命令？"敖炽没有愤怒，只有满满的不解。

既然记得松县的一切，记得我们有在一张桌上吃过饭的交情，这个命令就不该由他来下！

"我觉得麻烦了。"獠元若无其事地解释，"先派下来寻找你们的那些家伙不太顶用，追到伦敦就不行了，屁大点个城市，不但始终找不到你们的踪迹，还把自己折进去了。"他朝敖炽竖了个大拇指，"要说厉害，还是你们龙族，不声不响就把神兵营的人干掉，还能把你们的气息藏得妥妥当当，着实给我添了一些麻烦。不过你放心啊，我对龙族没有私怨，神兵营那些家伙死就死了吧，主要是我确实不想再待在这里了，天气特别差，心情容易不好，所以才让他们下了天诛咒。"他反手指了指后头那十个，"他们找人不行，但天诛咒只有他们能使出来，好在特别听话，做事也十分卖力，十个家伙一齐动手，虽说不上多么强，但覆盖整个伦敦是够了。"他又抱歉地朝我们笑笑，"反正上头的命令就是要处死你们，我觉得不必一定要见到你们才能执行对吧，比起把两粒红豆从一大筐绿豆里费劲地挑出来扔掉，我选择把整筐豆子一起碾碎，省时省力，反正也不是多么值钱的东西。换作你们是我，也会选这个法子的，对吧。"他的表情好像真的只是在谈论不值钱的豆子，"不过，事情如果这么顺利，我现在都该在回天界的路上了。但是……龙元盾都出来了，我就比较难办了。"他苦恼地拍拍脑袋，"看龙元盾的坚固程度，背后怕是不止一位龙王吧。一个都够麻烦了，两个的话更麻烦，要是三个以上，我就要重新计算这场战局的胜负率。所以我也蛮忐忑，但上头交代的命令不能不执行，于是我让神兵营不要持续不断地施咒，没用，再多喊一万个神兵来，也未必能动龙元盾分毫，倒不如中途休息几次，让底下的小妖怪们有个喘息的机会。上吊也要喘口气嘛。"

一场屠杀被他说得跟拉家常一样轻松自然。我们不是红豆，刚刚那些死去的、差点死去的妖怪们，更不是绿豆。

我认识的獠元，纵然再不被人喜欢，也不该是这个样子。

可是，以他人性命为棋子，不也是战神最擅长的事吗？

那个在饭桌前吃完那么难吃的面，又那么坚定地站在天帝对面，那么渴望给诗诗一世安稳的獠元，只是在演戏吗？

不对，不是戏，我比任何人都确定。什么都可以演戏，唯独他给诗诗的眼神演不了。

当年的三月，是他大半生的痛苦，他就算不要自己的命，也会保住另一个三月。

他说小猴已经死了，可我知道小猴还有一口气。

我有幸见过最真实的獠元，而眼前的这一个也很真实，不过是另外一种真实——他很真实地要执行"上头"的命令，必须杀掉我和敖炽。

是哪里出了问题？

"还是你了解我们。"我也要拿出足够轻松的样子，"知道有龙元盾在，就立刻改变策略，变攻击为威胁，要我们主动出来送人头。不愧是战神獠元，手段光不光明无所谓，只要结果满意就好。"我嘴角的微笑淡下去，"可你有一句话说错了，如果是我们，红豆就是红豆，挑瞎了眼睛也会把它挑出来，为了省事而搭上一整筐绿豆，我们不做，太可惜，也太不讲道理。"

敖炽仍是不愿相信这个獠元不是别人假扮的，他咬牙道："既然这么煞费苦心要杀我们，当初为何要化个纸猴子去东海龙宫通风报信！你是被人下了咒还是灌了药？怎么变成这个鬼样子！"

这话倒是提醒了我，从送信之后就失去联络的他，突然成为神兵营的大将，前后判若两人，莫不是真被人动了手脚？以天帝那老家伙的本事，下个洗脑的咒术是不难的。

我好像看到了一点生机，拉住敖炽对他耳语一番。

他皱眉，问我："有用？"

"死马当活马医吧，再糟糕还能糟糕过现在？"我回答，"若能让獠元回来，起码今天咱们的命是留下了，下头那些妖怪们也保住了。"

敖炽犹豫片刻，豁出去了："行！"

话音未落，他化回原形，腾空而起，倾尽全身灵力，一口熊熊的海蓝真火直扑獠元，眨眼便将他整个包裹在巨大的金蓝火焰之中。

能把一个人的人性强压下去的咒，本就是邪物，以海蓝真火的净化之力，应该有用处。

我赌这一把。

十个跟班虽然不说话，但见了这场面，立刻整齐划一地举起手中的长戟，若我猜得不错，所谓天诛咒就化在他们那把颜色诡异的武器之中。

"都不许动。"

火焰里传出他的声音，冷静得出奇。

跟班们果然听话，立刻就放下了长戟，又跟木头人一样戳在原地。

"别烧了，没有人给我下咒。"獠元毫无变化地从海蓝真火里走出来，有点无可奈何地看着我们，"不必浪费灵力了。"

我猜错了？！

敖炽收了火焰，化回人形，微喘着气对我摇了摇头："他身上真没有邪咒。"

唯一能解释獠元"叛变"的原因，没有了。

难道，他真的是第二个甲乙？开头给我们的善意与帮助都是真的，结尾砍向我们的刀也是真的。

我居然想笑出来，都当我们是可以随便愚弄的傻子吗？！

"海蓝真火果然不是浪得虚名，换成个邪物被这么一烧，连灰都不剩吧。"他随意地掸了掸自己并没有怎样的衣裳，"纸猴子确实是我放去东海的，你们不提我都差点忘了。"

"为什么？"我真的找不到任何可以解释的理由了。

他想了想，撇撇嘴："可能因为那时候我想你们活着。但现在又不想了。"

好简单明了的解释。他人的生死仅仅决定于一个所谓的神是"想还是不想"。

"诗诗呢？"我尝试最后一次努力，他可以把我跟敖炽当成不值钱的豆子，诗诗也是吗？

"她啊……"他的神色有瞬间的茫然，但也只是茫然而已，并且很快恢复如常，"松县已经不存在了，从人到妖都没有了，另一队神兵营领了天帝的命令，在我出发前便迅速荡平了那里。至于她有没有怎样，我倒没打听过。"

荡平松县？！

差不多就是一道狂雷直接劈在我头上的感觉。

敖炽吼了出来："一座人界的小县城哪里又惹到你们了？"

"因为窝藏凶妖。"他完全一副事不关己的样子，"被天界看不顺眼的妖怪们差不多都躲在人界，为缉捕它们而连累一大片地方的事不少见。只不过上头好像特别憎恨这一只，张口就是荡平松县，不给任何活路。"他想了想，又道，"不过她应该不会出大事吧，毕竟她又死不了，顶多在神兵营的手下吃点皮肉之苦。所以你们问我她的事，我只能告诉你们这么多，因为松县的事不是我的任务，我懒得理会。"

他到底在说些什么啊！！

我冲上去一把揪住獠元的前襟，咬牙道："你要倒戈天帝，公事公办拿我们的人头，我没话讲，原本我们也没多大交情。可是你跟她呢？！不是不要她成为第二个三月吗！"

他有些嫌弃地拉开我的手："今天想吃的东西，明天未必有胃口。为什么你一定要拿我现在的心情去对比以前的心情呢？有什么意义？所以我说啊，爱恨喜恶这些情绪，很多时候就是一个累赘，让你活得很不轻松。"

我怔怔地看着他，这个人没有中什么邪咒，也没有被抹掉记忆，他记得他跟我们之间的一切，记得诗诗与他的种种，把充满各种感情的记忆轻易碾压成无关紧要的小事，再将自己抽离得干干净净。这般果断到残忍的事，我倒希望他是全靠演技。

可是，他并不是演戏的样子。

"老板娘，以前喝过你的茶，也跟你一桌吃过饭，比起别的妖怪，我对你的印象并不差。"他说得很诚恳，但一边说一边将背上的长刀抽了出来，看我的眼神没有任何恶意，"但我是天帝座下战神，既然他指派我为大将来到这里，我就必须完成任务。"他看看手里的武器，从刀柄到刀身连个实体都没有，只是一团在那个形状里汹涌翻滚的黑气，"这把恸世长刀常年供奉在天帝殿里，是天界第一的神兵利器。据说天帝年轻时就靠它，单枪匹马杀掉了盘踞四方的诸多凶妖恶兽，表现杰出，这才被他的父亲也就是前任天帝确认为继任者。不过后来没那么多恶物需要处理了，除了每次给神兵营大将当个御赐佩刀之外，这玩意儿就成了个摆设。算起来，起码大几千年没用过了。"

他稍微挥了一下刀。

我只觉得一阵阴风扫来，混着一股积存了许久的……该怎么形容这种味道？我拼命找形容词，但发现没有一个词可以匹配到这种无数亡魂纠缠在一起的味道，压抑、血腥、心有不甘，总之是世间一切负面的聚集。

能击中我的不只是它的"味道"，还有它藏在无形之中的有形，不过轻轻一挥罢了，我眼前仿佛扑来一只奇形怪状的黝黑怪物，哭喊着朝我伸出尖锐的爪子。

我下意识地朝旁边避了一步，右边的一缕头发只是过来得稍晚了一点，就被齐刷刷切断，来不及落地便化成了一缕黑气。

他只是……轻轻挥了一下而已。

我的背脊上冒了一层冷汗。

敖炽见势不妙，一把将我扯到身后，化回原形将我挡得严严实实。

"我也是头回用这把刀，用得不好，你们莫见笑。"獠元仍旧一脸真诚，"不过我下手比较快，应该不会有什么痛苦。只要我的任务完成，下头的妖怪们就不会再受牵连，你们放心。"

以为来者是他是我们的生机，却没想到他比任何一个都糟糕。

没有情绪的对手，跟机器没有区别，谁有本事去跟一台机器讲情理呢。

"还是那句话，我对你们没有任何私怨。"他横刀而立，"我只是完成我的工作。"

然后他就证明了，他确实是个下手很快的对手。

恸世长刀的刀锋随着他迅猛的动作，在空中划出一道强有力的弧线，即便我跟敖炽及时跳开了去，仍清晰感受到刀锋触地时激起的巨大震颤，把这片天都要震碎似的，紧随而至的阴风瞄准我们而来，我又看到了刚才那只怪物，它没有具体形状，黝黑混沌的一团，但无数似人手又似兽爪的肢体密密麻麻地从它身体里钻出来，每一只都凶狠到能捏碎你的骨头，撕裂你的灵魂。

我不知道敖炽是不是跟我看到了一样的情景，只知道一旦被这只怪物沾了身，断掉的就不只是头发了。

怪物杀到眼前的瞬间，敖炽一声怒吼，凝起一身灵力，化出一条比他自己还大出几倍的巨龙，鳞甲透明，紫光耀眼，昂首挺胸挡在我们前头，一口咬住扑来的黑怪物。

"砰"的一声，仿佛破了一个气球，黑怪物在巨龙口中四分五裂。

混乱中，我好像看到了獠元冷笑的脸，然后便是一片令人眼花缭乱的刀光，而我们要应付的对象从一只黑怪物变成了无数只，能将自身的刀气化作怪物已经很可怕，难以想象这把刀的刀锋真正落到我们身上时会是怎样的后果。

根本数不清扑过来的怪物有多少，整个世界仿佛都被它们占领了，我能看见的就是无数双要撕碎我们的爪子。这种本无实体，由气而生的怪物，刀剑无用，唯以同样无形的灵力硬碰方可见效。虽然我们俩的身体都不如从前那么好，但好歹年龄摆在那里，瘦死的骆驼比马大，拼一拼未必输它。

想要树妖孽龙的性命，倒也不会那么容易。

淡绿光华自我心口而出，落在掌上化作一片通体透亮的树叶，体积虽然小了点，可丝毫不妨碍我在深吸一口气后，将它化作无数细若牛毛的长针，按我指定的方向疾飞而出，毫不客气地刺穿了所有试图围剿我们的家伙的身体。

虽是生死对抗，但此刻的场景比寻常的打架斗殴好看多了，敖炽灵力所化的巨龙在敌人之中沉着地旋转飞腾，姿容矫健，连咬住怪物的脑袋以及拿龙爪撕碎它们的姿势都特别优美，搭配我那些莹莹绿绿如春雨飞落的长针，说是千年难得一见的奇景也不为过，如果我自己是观众，可能都要激动到尖叫。只可惜这么好的画面，很快就被四分五裂的黑怪物们破坏殆尽。

我们收回灵力，除了稍微有些喘之外，还好，还能打。

敖炽化回人形，朝獠元手中的武器努努嘴："比想象中好一点，刀气很独特，就是丑了一点。"

"你们也比我想象中好很多，恸世长刀的刀气足以取这世上大半妖魔的性命了。"獠元笑笑，"看来，刀还是要砍到对手身上才作数。"

"獠元，论谋算人心玩弄权术，我们夫妇俩自叹不如。"我冷眼看着他，"可是拿刀动枪这样的事，你并不擅长。公平对战，你或许能赢我，但你不是敖炽的对手。"我望着他身后那十个观战的神兵，问他："你对自己的'棋局'历来自信，能用一个棋子解决，绝不浪费两个，你从没想过自己也有估算错误的一天？天帝不该派你来。"

"是啊，我也这么想。"獠元的回答出乎意料，"这种拳头对拳头的事情就不该找我。处罚妖物本该是刑王的职责，可谁让寒荒也被妖物给坑了呢。"

他如此不经意地提起的名字，对我跟敖炽的冲击不亚于被一只黑怪物撞到了头。

她不是应该好好地待在医院里，在离乱的守护下等我们兑现承诺吗？！最重要的是，她的近况如果暴露于天界，等同于把她跟离乱推上绝路。

"刑王出事了？"我怕他别有用心，佯作不知。

"本是天界的家务事，不过说给你们听也无妨。"獠元无所谓的样子，"当年我为保诗诗，断了她的左手，伪造了一具尸体。寒荒一时想不开，做了些错事，导致诗诗这只手长到了她身上，结果害了自己，失了天神身份不说，自己也垂垂老去，命不久矣。她手下那条名为离乱的鞭子倒是忠心，说是龙域无名间中的龙所化，为保寒荒不被天界处罚，居然假扮刑王硬撑，最终被天帝知晓。我们在人界一处医院的附近找到了寒荒，断了左手的寒荒，痴痴傻傻地缩在一间废屋的角落里，身旁的离乱正在给她喂汤药，见了我们的人也不逃，果真是不离不弃的一条好鞭子！"

我尽量说服自己不要太激动，坏事接二连三地来报到，我应该习惯才是。从敖炽被无藏青霜追杀开始，绡狐眼被调包，甲乙露出真面目，至爱亲朋被困西溟幽海，我们夫妇外出寻找解决方法未果，到现在天帝莫名其妙发火要我们性命……桩桩件件几乎无缝衔接，本来已经足够我们"享受"了，但万没想到这个坏事链上还有离乱跟寒荒的份儿。

坦白说我现在已是如履薄冰，如果再有人出事，我真的怕自己一脚踏空，再无退路。

敖炽见我脸色那么差，轻轻拍了拍我的背，示意我不要过分担心，然后冷着脸问獠元："然后呢？以你们天界的作风，总不会替他们重新找一间医院吧？"

"真有幽默感。"獠元笑出来，"当然不会。寒荒失德，辱刑王之名，离乱知情不报，欺上瞒下，两人都是错上加错，推去吞妖台是唯一结局。不过处死天神跟处死妖怪不一样，不能说杀就杀。按天界规矩，寒荒这个级别的天神，定罪后一年方可执行。所以他们俩现在只能住在休恶山里。"

还活着……我高高悬起的心好歹放下了一点。

那一对也是苦人，何况我答应过离乱要把消失的寒荒找回来，如果他们带着遗憾离开世界，我的遗憾会更深更重。

"看你的样子，还在担心他们？"獠元又将我跟敖炽从头到脚打量一番，"现在要掉脑袋的可不是他们。"

"你不是还没摘掉吗？"我回想着他刚才的话，突然觉得有点不对劲，"你们找到寒荒时，她是老太太的模样？"

獠元摇摇头："虽然又虚弱又痴傻，但还是她的模样。"

"你们没有问是谁断了她的左手？"我追问。

"问了，寒荒那个样子自然是答不了，离乱说出事那天他只看见一团黑影冲进医院病房，速度奇快，力量巨大，撞上他时几乎把他的魂魄都撞散了，待他清醒过来时，寒

045第十章

獠元

荒左手已失，但整个人已不再是老妇模样，除了神志不清十分虚弱之外，她已然恢复了本来面目。更奇怪的是，那间医院里的人全部消失不见。他带着寒荒离开医院，就近找了一处废屋供她休养，以为一切会好起来，结果不久就遇到了我们。"

尽管脑子有些乱，但我还是隐约觉得这算不幸中之大幸了？离乱付出一切，费尽心思，不就是为了断除妖手？

可是，连神兵利器都断不了的妖手，谁能做到？

我疑惑地看向敖炽，他应该在思考同一个问题。

"你们在想谁是断掉寒荒左手的人？"獠元笑着摇摇头，"我要是你们，现在更应该担心的是自己的脑袋还能留多久。"他饶有兴致地看着我们，笑容一直在脸上，但跟善意无关，"是不是觉得我说我要杀你们，跟闹着玩儿似的？"

"冲你的红豆绿豆理论，我只知道你把别人的性命闹着玩儿。但如果你打算认真地砍我们，我奉陪到底。"敖炽朝他勾勾手指，"不如像个爷们儿一样，跟我光明正大地打一场，我不是不服输的人，就是瞧不惯背地里那些小动作。"

獠元从鼻子里哼笑出来，十分好笑地看着敖炽："那你可能要继续瞧不惯了。"说罢，他掐指一算，自言自语道，"超时了吧，也该差不多了……"

不管他在说什么，我跟敖炽都明白，接下来才是真正的较量。

"獠元交给我，那些傻大个你先应付着，绑起来就好，不要硬拼，我回头就来。"敖炽小声道。

我笑："真大方啊你，你一对一，我一对十。"

"打不过就跑！"敖炽也笑。

话音刚落，他目光骤然变得犀利，一跃而起，赤手空拳朝獠元冲去。

獠元都没有躲避的意思，也没有举刀相迎的架势，一脸微笑站在原地。

我心头突然冒出不祥的预感。

果然……拳头离他只有一步之遥时，敖炽的身子一晃，面色巨变，整个人竟跟失去了支撑一样从云上重重坠下。

我见势不妙，立即朝他坠下的方向追去，并化了一根枝条及时缠住他的腰身，用力向上一拉，将他抱在怀里。

"敖炽！"我焦急大喊，只觉怀中沉重无比，连自己都摇晃了几下才勉强稳住身子。

从我们所在的高度下坠了多少米，我无法判断，此刻四周只有暗黑的云层，耳畔是嚣叫的风声。

无论如何，敖炽都不该犯这种低级错误，以灵力保证自己可以在任何高度如履平地，对我们这种级别的家伙来说是最基本的技能，熟练的程度应当等同于呼吸，除非彻底切断意识让我们完全失去对灵力的操控。可是，前一秒敖炽不是还精神饱满地冲上去揍人吗？

"说话！你哪里不对劲了！"我的胳膊从他背后抱着，一时间看不到他的脸，"说话啊！"

几秒钟后他才有了缓过来的迹象，稍微转过脸来，沉沉说了一句：我心口好痛。

能见度不好，只隐约看到他模糊的侧脸，但已足够吓死我——敖炽他居然……在哭？！

我看到从他眼中落下来的泪水，不是一滴两滴，而是不断地流出来。

他受伤，他流血，他半死不活，我见过的所有关于他的最糟糕的场面里，都没有见过他的眼泪。甚至当初父母在他的眼前灰飞烟灭，他也只是强忍着红了眼睛而已。

"哭泣"这个行为对敖炽来说，是天大的羞耻。

敖大爷怎么能哭呢？娘们儿唧唧没用的东西才哭呢！他从来都这么想。

"我刚刚看见你跟浆糊未知死了……四分五裂的……"他咬着牙说道，"还有我父母跟爷爷，不对，是整个龙族都在黑暗的深渊里挣扎……"他依然泪流不止，"我的心像被一千把刀子扎穿了一样疼……老婆，我的灵力好像一点没有了。"

不止灵力，他连基本的力气都没有了，像个烂醉的人一样不断从我怀里往下滑。

"你瞎说什么！我活着呢！"我把他抱得更紧，瞬间感觉他的体温在迅速下降，"你撑住，我马上带你……"

我的鼓励还没来得及说完，身体里就像是有什么东西突然炸开了。

然后，我立刻明白敖炽刚刚说的话并不是瞎说。

就是这一瞬间，有什么东西从我身体里被炸开的缺口逃走了，我阻止不了它们，我的身体越发空洞，可脑中却拥挤出一堆混乱的场面，它们像扭曲的魔方一样旋转，一时是子淼浑身是血死不瞑目的样子，一时是敖炽叫着我的名字坠下万丈悬崖身首异处，一时又是浆糊跟未知抱在一起哭喊着"爸妈救我"最后却被深不见底的沼泽吞没，一时又是熊熊烈火将无数高楼与森林化为灰烬，到处都是烧焦的尸体……

这时，我的心跟敖炽说的那样，像被一千把，不是，是多到根本不能计数的刀子狠狠扎进来，那般前赴后继没有停歇的疼痛，是我迄今为止从未体验过的极致痛苦。我不是一个很爱哭的老板娘，但现在我的眼泪根本止不住，那种锥心刺骨彻头彻尾的悲恸，就好像刚刚那些惨烈的场景真的发生了一样，它根本不受我的意识与理智的控制，强迫我的身体接受那些并不真实的画面所带来的所有真实的疼痛。

047第十章

獠元

我跟敖炽并不想哭，可是我们的身体不肯。

耳畔的风声突然变得更快了——我无法再帮敖炽去安全的地方，我的灵力同样抛弃了我，连抱住他的手也越发没有了力气。

如果没有人来阻止，我只希望我们落地时不要砸到无辜吧……

还好，有人可能不愿意我们死得这么不体面。

恍惚之中，云层中有人影落下，紧跟着，一双强有力的胳膊架住了我，飞速朝另一个方向飞去。

◇伍◇

我跟敖炽被毫不客气地掼在一块潮湿冷硬的地上。

心上的疼痛没有减缓半分，我已经分不清脸上是泪还是疼出来的冷汗，当下想的竟是快找一把刀来，只要把心剜出来就不疼了，只要停止这种疼痛，我什么都愿意做。

多么可怕又危险的念头。

幸好，只是一刹那的投降。

我拼命抬起头，尽可能让视线清晰一些，身在何处我不管，我只要确定敖炽在哪里。

耳边的风声弱了许多，取而代之的是阵阵水声，氤氲的白气在交错飘荡，我的睫毛上都挂起了细密的水珠，透过迷蒙的光影，横在面前的似是一大片轮廓模糊的湖泊。

我忍痛转过身，才发现敖炽就蜷在离我不到两米远的地方，没有发出任何声音，身体却剧烈地抖动着。

十个神兵宛若石像一样，无声无息地守在一旁，獠元闲闲地扛着刀，似笑非笑地看着一塌糊涂的我们。

我强忍住疼痛，吃力地爬到敖炽身边，想伸手抱他，却发觉只爬过这一丁点距离就已经耗尽了全部力气，莫说抱他，我连支撑自己的力气都没有了，真的就如一摊烂泥般软倒在他面前，脸还重重磕在一块有棱角的石头上，破没破相不知道，反正不疼，身体里的剧痛足以压过其他一切痛觉。

我只能费劲地喊他："敖炽，醒醒！跟我说话！"

他一直背对着我，只发出含糊不清的声音："回来……不能死……好疼……"

我听得真难过。

越难过，越疼得厉害。

可我现在能做的，就是动弹不得地躺在一片乱石上，呼出去的气比吸进来的气多。

我们就在彼此触手可及的地方，但谁都无法替对方分担半分。

唯一庆幸的是敖炽比我还混乱，如果谁都无能为力，我宁可他迷迷糊糊什么都不知道，不要转身，不要回头，不要看到我现在的样子。

"我来时经过这片荒无人烟的野地湖泊，很是中意，在此休息了一夜，还钓了一阵子鱼。"獠元挑了一块大点的石头坐下来，悠悠闲闲地眺望湖水，"你们现在这样，不适合再挂在天上，还是脚踏实地的好，何况你们在人界那么多年，人类的习气沾染不少，入土为安之类的想法还是有的吧？"

我还能笑出来，只是气息微弱："你这个样子……三月还活着的话……可能会后悔。"

"她都死了那么多年了，咱们就不猜测她的心情了吧？"他耸耸肩，像在说一个跟他毫无关系的陌生人，他稍一用力，将恸世长刀插在地上，然后拍拍手，活动活动筋骨，笑言，"看起来只是一团气，拿起来还是怪累的。我就不是拿刀的料。"

"谦虚了……"我想继续笑，可太痛了，眉头绞在一起，牙齿咬得咯咯作响。

我不知道自己的意识还能清晰多久，甚至我的性命……还能留多久。

曾经不止一次陷入过巨大的危险，但唯有这一回，觉得自己被死神拉住了手。

獠元侧目看着身旁的刀，笑道："你们算很厉害了，换作他人，老早痛死了，哪能撑到现在。"他屈起手指往刀柄上弹了一下，居然调侃起来，"我一直觉得这把刀的名字很土气，什么恸世长刀……后来才发觉名字土是土一点，但恸世不就是痛死吗，哪有比这两个字更贴切的。"他的目光顺着刀锋落下来，"旁人只当这把刀天赋神力，砍人很厉害，却不知它并不擅长砍人。刀气化怪，对手必以灵力相抗，你们以为那些丑得要命的怪物不堪一击，实则它们的目的只是为了与你们的灵力合二为一，看似在你们手里四分五裂不见踪迹，其实是拿你们的灵力当作路径，毫无阻碍地进入你们的身体。简单地说，跟中毒差不多，你们一旦动用灵力，在这把刀面前就等同于砧板上的鱼肉了。它的刀气会把你内心最惧怕最不想发生的，一旦发生必有锥心刺骨之痛的场面都勾搭出来，不仅让你看着难受，还会把那种本不存在的疼痛真真实实地、千倍万倍地爆发在你们的身体里。"他说着说着，自己都倒吸了一口凉气，还夸张地交叠双臂抱住自己，"说实话啊，那种疼我可没试过，试过的都死了。刀下亡魂之中，一半是疼死的，另一半是疼到生不如死，只求一刀砍下来给个痛快。"

懂了，所谓恸世长刀，就是这么个痛死法……原来天界的神兵利器，也不个个都是光明磊落的。

"哦……这把刀跟你很配……"我已经不太看得清四周的东西了，连说出来的每个字都离自己越来越远，"你明知绡狐眼的失踪与我们无关……"

"不是石头的问题啊。纵是个平凡人类，也有不管不顾、只想出一口恶气的时候。"他也很无奈，"你们大概就是所谓的流年不利吧，如果一开始就不插手石头的事，就不会被天帝怨恨，落到今天的下场。"

不对……还是不对，天帝这种"不管不顾"的极致愤怒，不会是仅仅来自一块石头的失踪，如果他的重点还是石头，那么此刻他要做的绝对不是杀掉可能帮上忙的人，可是看看我跟敖炽此刻的境遇，即使拿回真正的绡狐眼也不能解决问题，甚至天帝已经因为这个不能解决的问题吃到了苦头，影响到了他的心性，不然他不会走到"泄愤"这一步……

我撑住最后一点意识，硬是抬起头看向獠元："天帝出事了？"

他面色微微一变，但很快又恢复正常，只笑笑："他离你太远了，你何必还为他操心。"

我的脸又重重磕回了地上，这次是真的没有力气再做出任何动作了。

"獠元……我不喜欢你……但我始终无法讨厌小猴。"我嘴角扬起，这是我能说出来的最后一句话。

他愣了愣，眉头想皱起来，最终还是克制住了，下意识地摸了摸自己的心口，深吸了一口气，似乎有短暂的不适。

"我好像说过，小猴已经死了。"獠元放下手，起身拔出长刀朝我走来，"我也不讨厌你们，但今天……就只能这样了。与其活活痛死，还是我来帮你们一把吧。看在你不讨厌我的份上。"

他停在我的面前，正要举刀，却又停住，低头往脚下一看。

敖炽的一只手紧紧抓住他的脚踝，明明嘴里连一句完整的话都说不出来了，却还是本能地要阻止他。

獠元摇摇头，蹲下来对敖炽道："就算我不动手，你们的结果也一样，只是时间长短的区别。你要是真不想她吃苦，就该放手。"

我听到敖炽口中微弱的"唔唔"的声音，可他的手怎么都不肯松开。

心头越是难过，疼痛就越剧烈，我的眼泪再次狂奔而出。我对死亡其实没有什么惧怕，时间对我们再宽容，终有一日我们也会离开这个世界。我想过有那么一天，他老了我也老了，有一天晚上睡着了，就永远不再醒过来；也可以是东海三公主拄着拐棍来找他叙旧情，我一气之下爆了血管……还可以是我们坐在麻将桌上胡了一把天大的好牌，然后就高兴死了……但无论如何，我都没有把自己生命的结束往"不得好死"这四个字上想。

"唉，你这样，我也很为难。"獠元站起来，俯视着敖炽。

我以为有什么转机，可是我只感觉到一阵疾风刮过，獠元突然高高举起长刀，刀尖直指敖炽的心口，果断落下。

"不要……"我拼尽全力从喉咙里喊出来的声音，连风声都盖不过。

千钧一发之际，不知哪里来的一阵飓风，轻而易举地将獠元整个卷起抛向半空，狠狠地往他跟班所在的方向扔过去，瞬间撞翻一片。

圆月川自空中落下，站在我跟敖炽面前，心痛不已地看了看我们，又回头对另一人抱怨道："让你早点出手管管，你不肯，看看孩子们被折磨成什么样子了！"

龙王从他身后走出来，冷着一张脸道："不是自己说的要我们不插手，不要让他们变成一个废物吗。"

"要是公平决斗，技不如人赔了性命也无话可说。"圆月川不屑道，"可你看看他们，哪里有一点光明正大的样子！孩子们要死在这样的暗算下，我绝不同意！"

"到底不是天界的人，只知恸世长刀厉害，却不知是这么个厉害法，疏忽了。"左右自虚空中现了身形，走到我跟敖炽身旁查看一番后，叹气道，"伤得好重。"说罢便举起双手，运了一口气，两掌分别覆盖在我跟敖炽的心口上。

"老虫子！"龙王见状有阻止之意，"我家的人自有我来救治！"

"省省吧，你如今的身体是个什么状况，你比我有数。这个人情，你东海龙族欠定了。"左右闭上眼，一股清透的白光自他掌下流出，缓缓渗进我们的身体。

令我们生不如死的疼痛奇迹般地减弱下去，被掏空了的身体好像又重新充实起来，连沉重的脑袋都轻松了。

我用力吸了口气，如溺水缺氧之人突然钻出了水面，失散的魂魄终于归位。

尽管身体里还有丝丝疼痛在游走，可比起之前的痛苦，委实轻松了太多。

左右收回手，呼了一口气，问道："好些了？"

我试着坐起来，摸着心口点点头："好多了。"

"我的灵力只能暂时压制你们体内的刀气，不让它们再胡作非为。"左右坦白道，"要彻底制服它们，还要另想法子。"

"已经足够我活过来了。多谢。"我已是感激不尽了，赶紧转身去看敖炽，他的脸色也比之前好了许多，不再有任何痛苦的迹象，只是眼睛半睁着，没有什么神采。

"敖炽！敖炽！"我不断喊他的名字，轻拍他的脸，可是没有得到任何回应。

"他的伤恐怕比你重一些，缓过来自然要久一些。"左右示意我不要太过紧张。

可是怎么能不紧张呢，哪怕他只是跟我说一句别拍了我脸疼，我的世界才能安稳下来。

那一头，獠元从东倒西歪的神兵中间站起来，拍了拍身上沾到的尘土，笑着对眼前的几位"老年人"微鞠一躬："难得同时见到三位君王，獠元甚是荣幸。"

龙王将他仔仔细细打量一番，跟我们之前一样，还是不太相信他真是獠元。

"报信是你，暗算是你……你变得倒是又快又狠。"龙王冷冷道，"擅用天诛咒祸害无辜在先，借刀杀人在后，步步为营，处处阴毒，天界大神几时变成这个模样了？"

獠元看看手里的刀，笑："刀不是我借的，是钦赐神器。獠元也是公事公办，还请龙王多担待。"

"圆月川方才说了，若你们之间公平决斗，光明磊落，我绝不插手。小辈们的命，且看他们自己的造化，做错事要认，该罚就罚不准躲闪，但被冤枉不能认，黑白是非定要辩个清楚。"龙王字字如铁，"可你跟你的'上头'，明明没有铁证指明他们是罪魁祸首，却根本不给他们辩解的机会，非但失了天界应有的格局，简直蛮不讲理，为杀而杀，实在令我龙族失望至极！"

"同意。"圆月川的语气虽没有那么强硬，却也毫不示弱，"龙族与天界向来交好，彼此礼让三分，若为了这样的误会损了千万年的情谊，划不来啊。"

湖水上空稍微露出了一点月光，让剑拔弩张的气氛缓和了一些，然而两位龙王不怒而威的气势，仍如铜墙铁壁般横在我们与獠元之间。

"晚辈也觉得划不来。"獠元一脸赞同的样子，"但天帝的命令，我无法拂逆。既然他说要敖炽夫妇的性命，我就要取了回去复命。说句大不敬的话，天帝纵是要您二位的性命，獠元也只能冒犯。"他顿了顿，认真地看着三位大人物，说，"今日之事，两位若就此离开不再插手，那从头到尾就还是敖炽夫妇与天帝的事，可一旦你们不肯与我方便，非要阻挠，事情恐怕就要变成整个天界与龙族的矛盾了，何必如此呢。"

好大的口气，好吓人的威胁，好个油盐不进、软硬不吃的家伙，跟他说话与鬼打墙没差别，说得再多，依然回到原点，最可怕的是他根本不认为自己是在做一件助纣为虐的错事。

"獠元，这里本没有我什么事。"左右仍蹲在地上看着敖炽，却开口道，"可你确定在我们三个面前，你能活着回去复命吗？"他以一个长辈的口吻，尽量平和地说下去，"我若是你，此刻要考虑的是要不要跟我们一同想个法子，尽可能不让天帝落下个昏君的污名。这才是天界大神应有的忠心与本事。"

獠元看看身边的十个神兵，挠挠头："早知就多带些人马了。"

左右皱眉。

"来时上头下了命令，任务过程中有任何人阻挠，无论神人妖魔、身份高低，杀无赦。"獠元抱歉地笑笑，旋即转身对十个跟班点点头，"没办法了，你们把最后一件事做了吧。"

三位君王同时出马居然都不能令他改变心意，他还想干什么？

神兵再厉害，此刻只得十个，恸世长刀再厉害，在这三位面前又能有多大作为？

须臾之间，那十个大块头突然将手中长戟往空中一抛，自己则顺势坐下。眼见十支长戟落下，即将扎进他们头顶的瞬间，十个神兵的身体突化红光，与落下的长戟合为一体，齐齐飞到獠元面前。

"去！"他果断挥手，十支长戟在空中拖出十道赤红光迹，分别落在四周，形成一个规整的圆形，正好将我们五个困在正中，落地之时，赤光如瀑布泻出，眨眼间在我们面前汹涌成一片环形的血红火海。

血海之外，獠元立刀而坐，一手捏诀，口中默念几句咒语之后，竟又化出三个獠元来，四个獠元分坐于东西南北四方，一层淡红光芒自他们身上氤氲而出，细看之下，却不是光，而是一层形如血丝的东西不断涌出，与血海连成一气。

我从不曾见过这样的术法，只觉得眼睛被一片深深浅浅的红色涨得发疼，刚刚才缓解下来的疼痛，隐约又有了抬头的趋势。

"这家伙疯了吗？"圆月川警惕地将我跟敖炽护在身后，难以置信地环顾四周，"是神绝咒？"

"不确定。"龙王看了看左右，"你最老，可见过这一招？"

左右皱眉，以脚尖挑起一块石头朝血海击去，谁知飞出去的石头仿佛被血海粘住了一般，停了片刻便调转方向朝左右身上撞来，亏得他躲闪及时，那石头速度极快，落地无形，却将地面砸出一个深不见底、只见血水如岩浆翻涌的大洞。区区一块小石头，不过血海里往返一遭，带回来的破坏力巨大到诡异。

左右的脸色顿时不太好看了："确是神绝咒。"

"那是什么？"我从没听过这种咒术，只感觉到铺天盖地的杀气。天杀的獠元，他到底带了多少阴谋诡计来！

"神兵皆生自血海沼泽内的天火石，必要时能以性命化为血海围困敌人。血海之内，一切反击都会像那块石头一样被反弹回来，就算没有击中我们，这里面的空间也会被这股回来的力量破坏掉，如果方才是我们三个以灵力出手，地上就不只有一个洞了。"龙王一如既往地镇定，"神兵化海，天神祭命，无不可绝之敌。"

我一愣："天神……祭命？"

"獠元不就是在拿他的命催动血海嘛。"圆月川朝血海边缘努努嘴，"你看那边，只要獠元不停下来，血海很快就会把整个地面吃掉，让我们所在的空间变成另一个血海沼泽，如果我们反抗，只会让地面消失得更快，扔一块石头就少一块地面。"

我看过去，血海边缘的地面果然已经消失了，变成一圈翻滚的血水，跟那个洞里的情景一模一样。

"不能反抗也只是让地面消失得慢一点罢了。"我皱眉道,"如果到最后整个地面都消失……"

"我们就会从这个缺口坠入飘荡于天界边缘的血海沼泽,永远失去意识,元气灵力都耗尽后,化成一块天火石,作为天界的战利品。"圆月川面不改色地道,"你瞧着这边上的血水好像就在脚下,但其实它并不在我们这个空间,一旦地面消失,这道通往血海沼泽的门就算打开了,进去的莫说妖魔鬼怪,就算是我跟你爷爷也难留性命。"

我心下一沉,这不是告诉我此题无解了吗?!

不还手,会死,还手,还是会死,而且还死得特别不痛快……透过四周纷乱的血光,我隐约看见那四个岿然不动、横下心来要将我们所有人置于死地的獠元,咬牙问道:"他是拿自己的命来开血海沼泽的入口?"

"这个咒太大太狠,连我都没有亲见过。"龙王如是道,"只在多年前听闻过有天神在剿灭邪魔时,以此咒慨然赴死,以己之命护三界周全,倒是很让人敬佩。但万没想到有朝一日,居然有天神堕落到要以此咒来泄私愤,可笑、可耻。"

好了,我知道这个咒的来历了,但接下来呢,我看着靠在我怀中、仍无意识的敖炽,心头的疼痛又重了几分,难道我们费尽心力活下来,就为了掉进另一个深渊吗?

"都没有亲见过这个咒……阴沟翻船啊。"左右看了看两位龙王,"一开始就把獠元除掉,也没有这后面的事了。"

圆月川摇头:"他有备而来,心机又深,何况还抱了必死之心,我们三个加起来也未必能一击即中。还有……"他皱眉,"真铁了心要杀他,也非难事。可他不仅是獠元,他是天界战神,是神兵营大将,背后是天帝与整个天界,我们杀他,就是摆明了跟天界决裂。天界龙族一旦干戈相见,后果不敢想啊。想来他是吃准了这一点,才敢如此没有底线。"

龙王略一思忖,道:"若此刻召龙族军队前来……"

"无用。"左右否决,"有血海困住我们,你的念力莫说传回东海,只怕两百米都够不着。"他四下看看,又道,"除非现在有援军在外,杀了獠元,终止神绝咒。不然我们还是坐下来说点高兴的事,带着快乐离开世界吧。"

这不是废话吗……连我都不知道自己身在何处,一片杳无人迹的野地湖泊,可以在世界上的任何一个角落。上哪里去找援军!

所以,无论如何都不让我们再活下去了吗?

当一棵树已经够无聊了,还让我当一块石头?

越想越难受，除了身体里的疼痛，还有从四周涌来的，一阵高过一阵的温度。

我们五人靠在一起，脚下的地面越来越少，眼见着就剩下不到五十平方米的落脚处。

敖炽仍然只有呼吸，没有意识。

无数次的困境里，他都有办法像真正的神那样出现在我面前，只要拉住他的手，危险就追不上我。

但这次，他不理我了。

这种慌张的，好像即将失去最重要的东西的不适，之前好像已经出现过几次了。

真的只是因为受伤太重，连左右的灵力都无法及时唤醒他吗？

还是……

我不敢再往下想了。

端详着他的脸，我一点都不敢松开抱住他的双手。

往昔种种，断湖上的初见，无望海中的冲突，浮珑山上相依为命的岁月，还有所有从不停开始的属于我们的崭新生活，从心头反复闪过。

原来，我大半生的记忆都是他啊。

如果有一天我真的失去了他，我能像给孩子们写的信里那样，哈哈笑着独自活下去吗？

一滴眼泪落在敖炽脸上，我伤心至极，不想掩饰。

圆月川将衣领拉开了些，满头大汗地对另外两人道："聊着天等死好像也不符合我们的身份，一颗半龙珠有没有机会击穿血海破咒，你们估算一下。如果成功，起码不至于全军覆没。"

"如果没有击穿，还是反弹回来，那我们五个连血海沼泽都不用去了，说不定还能帮獠元省下半条命。"龙王认真想了想，"但比起在那个鬼地方煎熬到死，反而还不如死在自己手里痛快？"

"两害相权取其轻，我觉得可以一试。"左右投了赞成票，"必要时，还有我加入。"

一颗半龙珠？那不就是龙王跟圆月川的命？如果连左右都加入……就当能成功，五个也只能活下来两个？！

他们在讨论的，是生死之间的抉择，可我听上去却跟在菜市场讨论买哪一种菜更适合晚餐一样随意？

大概是看到我愕然的眼神，左右擦了擦额头上的汗，笑道："死亡这件事，在我们这些老家伙眼里，老早就不恐惧了。我们只考虑死得是不是时候、值不值得。"

我想说的话全都便在喉咙里，被满满的内疚死死堵住了。

如果我们一直躲在龙元盾后面不出来，不会这么快走到獠元的屠刀下，他们三个也不会陷入此刻的绝境。可如果我们晚出来一步，一大波命在旦夕的无辜妖怪们又该如何？天界视它们的性命为草芥、为工具，我也理解龙王虫帝这样的人物因为背负着整个族群的安危而心存顾忌不能随意出手，但我跟敖炽做不到，妖怪的命怎么就不是命了？

所以，退是一刀，进也是一刀，巨大的矛盾令人窒息，身体里除了疼痛，还有一股无从发散的郁结之气在翻涌。

"啊！"

我突然仰头狠狠地喊了出来，这种仰天长啸的事情我这辈子都没做过，一不好看，二无用处，可现在好像只有这样才能不被憋死。

恐怕是声音太大，爆发力太强，三位长辈被这突然的一声发泄式的怒吼震得退开一步，左右跟圆月川还本能地捂上耳朵，龙王虽然没有这样的动作，却也略微变了脸色。

以如今这个动不动就出问题的身体，能吼出这般动静，我自己都十分意外。但必须承认的是，吼出来整个人都舒服多了，虽然对解决问题无用。

圆月川啧啧道："平日里我大侄子若是惹恼了你，你也这么吼他的吧？难怪对你百般体贴。"说着还大笑出来，"河东狮吼试举例！哈哈。"

不是都在计划牺牲自己了吗，居然还有心思调侃我。

"没有什么大不了的，哭着走最后一步，还不如笑着呢。"圆月川拍拍我的肩膀，眨眨眼。

好吧，难为他能在这般境地里谈笑风生安抚他人糟糕的情绪，这份情我领了。

终极结果没有来之前，我不绝望。

"就这么决定吧。"龙王一锤定音，目光落在我的心口上，"但愿怒面龙王老当益壮，起码能保住你的性命。"

怒面龙王？！

我一个激灵，立刻把坠子从衣领里拽出来，仿佛遗漏了天大的好消息，但这份惊喜顶多持续了两秒钟，就立刻低落下来

我手里的怒面龙王，就是一块带着体温的坠子，没有任何迹象表明它愿意帮助我。

"我麻烦他太多次了，龙王可能不想再帮我了。"我苦笑，刚刚獠元对我举起屠刀时，怒面龙王都不曾出现，可见是烦我了，要么就是睡着了……

"不会的。"龙王笃定地说，"怒面龙王是个灵物，他有他自己的判断，如果不是判定性命攸关，他不会出手。"

方才还不算性命攸关吗？怒面龙王真是对我的生命力太有信心了……

"也是，怒面龙王的年纪这么大，得把力量留在最关键的时候。我相信他心里是喜欢我的，不会不管我。"我把坠子放回原处，故意笑得很轻松。连活生生的龙王都难以解决的难题，住在一块坠子里的龙王又能如何呢。

龙王点点头，又朝圆月川道："就现在吧。"

圆月川深呼吸一口，笑道："好。"

我的心骤然缩紧。

这个决定太快了，一旦祭出龙珠，我们就永远失去两位龙王了……

如果我们侥幸活下来，敖炽又如何能接受？

但我知道我的阻止没有任何意义，这是目前可行的唯一方法。

可是……如果爷孙俩连最后一面都见不上，这不比变成石头更遗憾？

我低头看敖炽，焦急地大喊："敖炽，你再不醒过来，我就把你所有的花衬衫都拿去烧了！把所有的扫地机都拆了卖废品！然后跟你离婚！浆糊和未知一个都不给你！"

龙王听了，少见地笑出来："这傻孩子……"

说罢，他蹲下来，摸了摸敖炽的脑袋，又朝我比画了一下，说："我第一次见到他时，就这么一丁点大……感觉没过多久，就这么大了。"

"爷爷……"我鼻子酸得厉害，"对不起！"

龙王刮了一下我的鼻子："没有什么对不起的。"

说罢便站起身，与圆月川并肩站到我们前面，随即又回头对左右道："一会儿如果有什么，你尽量照应一下。"

左右点点头："我有分寸。"

不……能不能再等一等……我望着他们的背影，这句话就在喉咙里打转。

"敖炽，你倒是醒一醒啊！"我急到心痛，重重一巴掌扇在他脸上。

前头，两位龙王已在屏息敛气，转眼就要祭出龙珠做最后一搏。

"敖炽，敖……"

我扬起的手突然被紧紧抓住，手腕疼得要命。

怀里的敖炽，眼睛忽然有了光彩，还眨了眨。

我大喜，顾不得几乎被他掐断的手，激动到带着哭腔喊出来："你醒了？你真醒了？！"

他微微转过脸来看我，淡淡说了一句："你打得我的脸好疼啊。"

谢天谢地谢所有神佛所有一切，是他回来了！

我顾不得与他多说，赶紧对两位龙王大喊："敖炽醒了，你们等一等！"

千钧一发之际，龙王收了那一口气，转身回到我们面前，虽然明知活下去的希望渺茫，但看到敖炽恢复了意识，他还是如释重负。

"醒了就好。"他用力抠住敖炽的肩膀，似乎有许多话要交代，但最终只是一句，"此番若得不死，无论前路何其凶险，万不可冲动，保住性命再说其他。"

生离死别，大喜大悲，人生能遇到的最极端的场面都在此刻争先恐后实现了。

而我是要抱住敖炽大哭一场，还是带着矛盾的心情请龙王留下来，连我自己都混乱不堪，好像选哪一项都不对。

"我为何要死？"敖炽松开我的手，又奇怪地打量了龙王一眼，嘴角微微扬起，"我才活过来，怎能去死。"

说罢，他轻巧地站起来，一边环顾四周，一边伸了个大大的懒腰，自言自语道："好热啊这里。怎么，出不去了？"

"敖炽……"我怔怔地看他，总觉得从他甩开我的手自顾自站起来的瞬间，我心里某个不好的预感隐隐有了实现的可能。

"大侄子，你没事吧？"

圆月川伸手去摸他的额头，却被他一闪身避开，从眼神到动作，都不想跟圆月川有任何接触似的。

他走到仅存的地面的边缘，皱眉看着眼前步步紧逼的血海，试着伸出手去。

"不要乱来！"

左右立刻提醒，又将神绝咒的厉害简明扼要说给他听，总之就是要他一定冷静，千万不要对四周拳打脚踢。

敖炽居然听得很认真，全程没有说一句废话，只沿着地面不慌不忙地走了一圈，时不时皱眉思考一些什么。

我站在离他很远的地方，他根本没有理睬我的意思。

左右也看出他的异常，只小声对我说："怕是刚刚醒过来，神志还有些不清楚。不慌，且看他要怎样。"

我只能点点头，从他醒来到现在，他所表现出来的一切，都是拒人于千里之外的冷漠，这个拒绝的范围，连我都在其中。

"解决掉外头那个就好了吧。"他停下来，目光正好落在獠元本尊上，此刻的他依然闭目捏诀，连接他身体与血海之间的赤丝翻腾得比之前更厉害，变化的还有獠元的脸色，拿性命行神绝咒，他自己应该也舒服不到哪里去，此刻一张脸白得像涂了最白色号的粉底，毫无生气可言。

为什么要做这样的事啊！你不是应该站在我们这边，待时局安稳之后，像个普通男人那样跟诗诗共度余生的吗？为什么会变成这样啊！

对獠元，我是另一种心痛。

三月用命换回来的人，怎么能这么辜负她！

敖炽看着外头的獠元，笑了笑，然后闭上眼，双手交握，微微低头，做了个仿若祈祷的动作，然后就保持这个样子，不言不语不动。

众人面面相觑，不知道他在干什么。

我忍不住想叫他，却被圆月川拦住，示意我保持冷静。

"已经很糟糕了，还能糟糕到哪里去。随他。"龙王皱眉道。

左右不说话，只死死盯着敖炽。

很快，一阵异常的震动从四面八方传过来，得靠圆月川跟左右两个人扶住我才勉强站得稳，四周的血海也在抖动不止，看上去都晃出了重影，并且这股力量似乎不是从我们这边出来，而是自血海之外而来。

视线抖得厉害，加上血海的重影的影响，我们几乎看不到外头发生了什么，只觉得有东西铺天盖地而来，在已经很浓的夜色下造出了另一重更深不可测的漆黑。

"外头有变化。"圆月川稳住身子，"哎哟，晃得我头晕。"

"是外头。"龙王确定道，"只要不是里头在乱来，就不必担心。"

"你们家敖炽应该做不出低头祈祷这种事的吧？"左右担心的不只是这股来历不明的力量。

我也头晕，晕到连话都说不出来，但仍旧不能让敖炽离开我的视线，他一直在那里，没有挪动一步，就保持着那个看起来甚至有点可笑的祈祷之姿，连一点轻微的摇晃都没有，稳如泰山。

只是，那个我看过千万回的背影，头一次让我觉得不可靠近。陌生又危险。

红到发亮的血海很快就变了颜色，仿佛被稀释了一般越来越浅、越来越透明，而一直在缩减的地面，也渐渐在恢复原状。

神绝咒的效力在消失……

本该是天大的好事，简直要跳起来庆祝的那种，我们却在看清外头的情景之后，断绝了一切庆祝的心情——

那些是……生着龙形的黑影？数量根本不可计算，只能以密密麻麻来形容，它们没有颜色没有龙鳞没有一条龙应有的一切细节，只是一个影子，一个形状，还有一双勉强算是眼睛的、两团碧色的冷光。

空气里除了异常的震颤，还有一股无法形容的，像是在地下腐烂了多年然后被挖出来的棺木的气味。

獠元的三个分身已经被黑影围得严严实实，连个缝隙都没有，看上去就是一个巨大的黑茧，任里头的人如何挣扎也难以脱身。黑影没有什么特别的举动，不过是不松懈的缠绕与包裹罢了，而被困在其中的三个分身居然很快就化作了散乱的光点，从达到目的后散开来的黑影之中奄奄一息地飞出来，在奔向獠元本尊的路途中消失得一干二净。

此时，差点要我们全军覆没的血海彻底没了踪迹，地面也完整归来。

我们正惊诧时，一阵怒吼传来，试图以同样方法解决獠元本尊的黑影似乎遇到了麻烦，长刀挥过，獠元自黑茧中冲出，刀锋所过之处，黑影如烟散去。

现在还有力气挥刀，战神始终是战神。

我没有心情庆祝自己捡回了性命，也不想对此刻的獠元幸灾乐祸，我所有的注意力只在敖炽身上。这些古怪至极的龙形黑影，真是拜他所赐？！可是这算什么？跟他在一起这么多年，我深知就算用灵力拼法术，敖炽也不会沾染这种一看上去就阴森鬼祟的招数。

獠元的刀越挥越慢，一张脸几乎白成了一张纸，甚至有了一种渐渐透明的趋势。

但围攻他的黑影，似乎并不怕他手里那把差不多要了我半条命的刀，被劈散开的烟雾也无所谓，反正一个消失了，又会有两个扑上来，无穷无尽。

我抬头，原本那一丁点月色早无迹可寻，我们的头顶上，是一片排列整齐、遮天蔽日的"龙"，它们无声无息地聚集在夜空下，无数碧色的眼睛闪着惨淡的光，如果地狱里有星星，大概就是这个样子了吧。

龙王跟圆月川这时候的脸色，尤其是龙王，比知道自己会变成石头还难看。

獠元还在垂死挣扎，握刀的手已经在剧烈颤抖，应该坚持不了多久了。

我看看他，又回头看看敖炽，他还是一动不动在那里"祈祷"。

"敖炽，够了，住手！"我跑上去拉他。

谁知两个龙影即刻俯冲下来将我团团围住，我只觉得身体似乎被冰凉的蟒蛇缠住，虽然是没有实体的影子，却把真实的窒息毫不客气地传到我身上，随之而来的还有一种五脏六腑经脉血液即将被榨干的压迫感。

它们……置我于死地的目的非常明确。

但要杀我的真是它们吗？

我的视线里，只有一个无动于衷的背影。

龙王一掌劈来，龙影消散无形，圆月川一把抱住我跳到安全的地方。

"孽障，你疯了吗？！"龙王怒斥，一脚朝敖炽的背心踢了过去。

敖炽没有躲，硬生生接了这一脚，整个人都扑出去，重重摔在地上。

我缓过气来，见此情景，本能地要冲过去，却被圆月川抱住，冷冷地说："不要靠近他。"他顿了顿，神色甚是严肃，"他可能已经不是敖炽了。"

脑子里"嗡"的一声响，虽然我活下来了，但好像还是变成了石头。

他可能不是敖炽了？

不是敖炽了？

他明明是啊，我怀里抱着的一直是他啊！

在獠元举刀靠近我时，拼了最后一丝力气也要阻止他伤害我的，不是敖炽是谁？！

你现在突然跟我说他可能不是敖炽了？

他只是昏过去的时间长了一点罢了……

我不信，一个字都不信。

"很疼啊。"趴在地上的敖炽嘟囔了一句，转过身坐在地上，揉着后背，居然还有点开心的样子，"好久没有这种感觉了，真不错。"

模样是他，声音是他，可敖炽绝对不会在挨了一脚之后这么高兴。

所有人都压抑着自己的疑惑与诧异，不希望那个最坏的猜测成真。

他站起来，拍拍手上的泥土，活动了几下筋骨，然后把视线转向我："身上带镜子了没？"

"什么？"我迎着他的目光，却在里头找不到任何熟悉的痕迹。

"你们女的爱美，不是常带着镜子吗？"他指着自己的脸，"我想看看我现在的样子。"

"我……我没有镜子。"我缓缓回答。

你照个鬼的镜子！喝假酒还是吃错药了？！

如果他是敖炽，这才是我的意识与本能会说出来的话，可现在，连它们都不认可眼前的男人。

我的心跳得特别快，手足无措地看着他，不敢上去揍他，不敢骂他，一句多余的话都不敢说，好像只要做了这些，他就会像肥皂泡一样，"砰"的一声不见了。

"没有就算了吧。"他转过头去，仰起头用力地吸了一口气，露出无比舒适的表情，"还是地面上的空气鲜甜。"

"你不是敖炽。"龙王双眉紧锁，目光如刀，"你是谁？"

肥皂泡还是破了……连他的亲爷爷都如此笃定他不是敖炽……

我狂跳的心突然停下来，好像直接从胸腔里消失了。

他有些苦恼地挠挠头："他们曾经叫我无疾山的半龙，还叫过我哪吒，后来又有人说我是天生天煞，一堆名字我也不知道叫哪个才对，要不你们随便吧？嫌麻烦的话，可以继续叫我敖炽。"他冲我们笑道，"反正我在他身体里也住了那么多年，还要分彼此的话，未免显得生分了。"

我差点一口气没接上来。

一个名字就解决了我们所有的问题。

我看着龙王，龙王也看着我，已然心照不宣。

当年的断湖之乱，敖炽为帮橄路公主，以龙珠为牢，困住那失了实体的"天煞"，他以为自己只是做了一件比洗澡打喷嚏还容易的事情，却不知天煞并没有如他想象的那样，顶多害他拉个肚子那么便宜，而是在他的身体里埋下了一颗足够隐蔽、引爆时间足够长、破坏力足够大的炸弹……

看着我煞白的脸，他笑着朝我摆摆手："别多想，你们夫妇之间的隐私我看不到，不必尴尬。当年被他关到龙珠里之后，我大多数时间都在睡觉，偶尔醒过来，只能听到外头传来的只言片语，这个把我关起来的东海孽龙又在发脾气骂人了，又乱跑了，打架了，结婚了……这些我大概都知道，可是跟我没关系，我的日子还是在浑浑噩噩的睡眠里过去了。"

我攥紧了拳头："那你应该一直睡下去，不该醒过来。"

"如果敖炽对自己的性命稍微重视一点，我也不会醒。"他无辜的样子倒像个受害者了，"没记错的话，好几年前他为了一件小事损了龙珠，还连累自己的身体都回到幼年。有趣的是，他的龙珠受损，我的精神却越来越好了，脑子里能记起来的事也越来越多，昏睡的时间少了，思考的时间就多了，就觉得总这样下去也不对，被困在龙珠里，跟被困在湖水下，好像都不舒坦。"他又伸了个懒腰，笑着对我们说，"没有谁会喜欢坐牢的，对吧。"

我压下心头怒火，迅速回想着任何跟他的出现有关的场面。

敖炽头回伤了龙珠后，他虽然清醒了，但没有得到"越狱"的机会，之后我们被无藏青霜重伤，他也没有什么动静……难道是……三尾引他神身分离的时候？！

"不用猜了，他龙珠有损在前，之后又接连受重伤，给我准备的牢房早就摇摇欲坠了。"他一点都不拐弯抹角，痛痛快快给了答案，"但最终的一步，还是前两天他神识离体。一个没有神识保护的躯体，实在太容易被拿过来了。"他满意地打了个响指，"我出狱了。不过我决定暂时先蛰伏起来，毕竟他的神识回来了，还是被龙王一半龙珠的力量送回来的，我一个刚出狱的家伙，与这副身体的融合度还不是那么好，万一我们打起来，我可能会吃亏。事实证明，我的选择很正确。"他朝疲于应战的獠元看了看，同情地说，"这家伙手里的刀确实厉害，幸好我躲得远，加上我也没什么担忧跟恐惧，侵入的刀气不过是把我震得有点头晕，可敖炽的神识大概就给痛死了吧……反正我清醒过来时，这个身体里就只有我了。"

反正我清醒过来时，这个身体里就只有我了？

只有你了？

你算个什么东西！

我突然暴跳而起，圆月川差点抓不住我。

"敖炽你给我滚出来！你几时这么废物了连个身子都守不住！你说话！再不说话老娘撕烂你的嘴！"我嘶吼出来，不要什么见鬼的理智了，如果圆月川没有死命抱住我，我能随手捡块石头就冲上去跟他拼命，他可以拿走我的任何东西，我的金子我的珠宝我的房子，我的命都可以，但他不能动敖炽一根汗毛。

龙王退回来，用力拽住了我的胳膊，低声道："你不是他的对手，不要浪费体力了。"

圆月川小声问龙王："确定是他？当年那场大战时，我还小，只在后来听父亲说起过当时的战况。"

"是他，只有他能召唤出这些形如鬼魅的龙影，一旦被它们缠上，很快就会变成一具一触即散的干尸，当初无数龙族士兵就是这样化作灰烬了。如若不是樾路兵行险着，以一己之力压制于他，后果不堪设想。"龙王冷冷看着他，"所谓天生天煞，他降生的目的与生命的全部意义，就是屠尽龙族。"

圆月川一愣："那个预言……"

龙族亡于迦楼罗……还是应在敖炽身上了？

我的力气渐渐没了，喘着粗气，身体止不住地下坠，直接坐到了地上。

"无疾山的半龙虽然血统不纯，但也是龙族一员……只是当年，我们对他们确实过分了。"龙王叹了口气，"迦楼罗若指的是自家人，谁会想到这个'自家人'是早早就被铲除的无疾山的半龙，更想不到他们最后还要借敖炽的身体回到这个世界。鱼皮书倒也没有乱写。"他苦笑，"可是，与其说什么预言实现，倒不如说万事皆在因果中。迦楼罗不是半龙，也不是敖炽，是当年龙族对半龙们的决绝。"

"可是这份决绝跟敖炽没有半分关系！"我一拳砸在地上，心头烈火烹油似的煎熬，"我不管他天煞地煞，敖炽只有一个，我不许任何人用他的名字，用他的身体。"

他听到我咬牙切齿的声音，没有任何歉意地对我说："弱肉强食的道理，哪里都一样的。你多少该谢我一声，要不是还有个我……"他故意甩甩手动动脚，"这个身体就跟垃圾场的废物一样没用了。"

垃圾场？废物？

我跳起来一把甩开圆月川有所松懈的手，眼中除了他看不到别的，耳朵里只有我自己狂乱愤怒的心跳声。

这大概是我拳头最高光的时刻了，又狠又准地打在他的右脸上，骨头与骨头撞在一起的声音非常响亮。

他一个趔趄，跌倒在地。

我不给他坐起来的机会，一脚踢在他的心口上，然后整个人扑上去，拿膝盖将他压在地上，双手抓住他的衣领，冷冷道："寄生在他人身上的玩意儿才叫废物。你要么老实滚出去，要么我送你出去。"

他躺在那里笑出来："敖炽要是看见你这么殴打他，说不定都不想回来了。母老虎。"

"你……"我气极，举手就要抽他几个耳光，如果我的拳脚能把敖炽叫回来，我愿意被他喊一辈子母老虎，但那是敖炽，眼前这个笑容满面的玩意儿没有资格用这个称谓来调侃我。

抡起的手在半空中被他截住，扣住我手腕的大手没有丝毫温度，也完全不考虑这个力道会不会拧断我的手。

"你不是龙族，我可以不杀你。但从现在开始，你想活着的话，就离我远一些。"他脸上的笑容没有少，但在那张我再熟悉不过的面孔上有这样的笑，比任何狰狞的表情都让我心惊且难受。

"该离远些的是你！"我一只手不能动，还有另一只手，也许敖炽只是睡着了，或者被困在哪个角落里迷失了方向，我必须让他知道我就在外头，我要他醒过来，即便传递这个信息的方式只是一记耳光。

从来没有人敢打我的耳光！所以你得赔偿我一辈子。

敖炽这是你亲口说过的话！

你倒是回来追债啊！

"敖炽，你立刻滚回来！"

"啪"的一声脆响，他脸上立刻浮出五个指印。

笑容没有了，连眼神也凝住了。

我顾不得真的快被拧断的手腕，心头居然一阵惊喜，莫非一巴掌果真是灵药？

但惊喜才起了个头，我就知道这种一个吻或者一巴掌唤醒爱人的桥段，只有电视剧里会有。

他一掌击在我的心口上，没有留半分力气，我只觉得心口一凉，一股带着血腥气的味道就涌到了喉头，连同着整个身体都像掉进冰凉的池水里，不听使唤地离开了原地。

亏得左右站位很好，一伸手就能接住我，免了我的身体再遭一次罪。

"你连你老婆都打？"龙王脱口而出。

"我从未娶妻。"他站起身，拍掉衣裳上的污泥，"半龙们不过是染了怪病，却吃尽苦头，死不瞑目，点点滴滴犹在眼前。所以……"他看着我们，冷笑，"我不许自己再受到任何冒犯。"

我从未娶妻……

这句话比打在我心口那一掌还要狠。

虽然我知道说出这句话的人不是敖炽，但现在活生生站在我对面的人啊，我又怎么能做到把他跟朝夕相对的那一个人立刻割裂开来？

五脏俱裂的痛苦，就是现在了。

那个连我打个喷嚏拉个肚子都担心得不得了的人，说不见就不见了。

我已经弄丢了浆糊未知，现在连敖炽都丢了。

我又是一个人了……

耳朵里除了凄厉的风声，就只有左右跟两位龙王隐约的对话。

"没有法子吗？"

"除了像槭路当年那样以龙珠毁其肉身，再封其本体。"

"毁其肉身？那……敖炽怎么办？神识已经微弱到不知下落，再没了肉身，岂不……"

"当初天煞只得一人类躯体，能力就已经可以与龙族不分上下，如今他在敖炽身上，你还以为祭出龙珠就能奈何得了他吗？"

他们说的每个字我都听见了，我居然先松了一口气……站在妻子的角度，我还是自私的吧，首先想到的是他们可能没有办法毁掉敖炽的身体，可是站在龙族家眷的位置，这真是一个天大的坏消息。

眼前的"敖炽"，就是龙域的尽头啊……

我愣神的刹那，却听见獠元那头传来一声怒吼，长刀挥出鱼死网破的一击，困住他的龙影顿时四散而去。得了机会，强留下最后一口气、身体已呈半透明的獠元，血红的眼睛锁定敖炽，扬臂而起，竟将手中长刀朝敖炽狠狠掷来。飞速而来的长刀杀气腾腾，在空中化成巨大的怪物，不杀敖炽誓不罢休。

我大喊出来的居然是一句"小心！"

垂死一击，力量不可小觑。

我还是担心他，控制不了。

可是我的担心多余了。

065 第十章
獠元

他都没有躲开的意思，微笑着直视那把要取他性命的刀，然后只是张嘴稍微吹了一口气，那个在空中张牙舞爪的怪物便飞散得无影无踪，只剩那把刀，柔柔弱弱地栽下来，戳进离他一步之遥的泥地里。

把我跟敖炽折磨得死去活来的玩意儿，被天界视为第一神兵利器、刀下亡魂无数的恸世长刀，被他一口气就吹散了架。

所有人都呆了，包括獠元自己。

他不屑地看了看那把刀，然后朝獠元走过去。

獠元大口大口喘着粗气，身体摇摇晃晃，得很努力才能站稳。

一堆龙影又朝獠元围拢，獠元冷笑一声，攥紧了拳头。

可是，他一挥手，龙影便得了命令似的，从獠元身旁一闪而过，回到了空中。

他停在离獠元很近的地方，微歪着脑袋打量他："你刚才要用什么什么咒杀我，现在还要杀我？"

獠元昂起头，笑道："职责所在。"

他点点头："这倒是没错，咱们都有自己活着的目的与意义。"说着又稍稍皱起眉头，"但我说过，我讨厌再受到任何冒犯。"

说罢，他抬起手，指尖对着獠元的心口。

一个吹一口气就能打败恸世长刀的家伙，如果要亲手杀一个人，也许只是动动手指？！

不行……我还有很多问题没有弄清楚，獠元不能死在这里，不能死在敖炽的手里，哪怕只是敖炽的身体！

但是，我怎么连一句不要杀他都喊不出来了？！

是知道喊了也没用，还是被他刚才表现出来的足以压倒一切的力量吓到了？！

"住手！你不许动他！"

可还是有人喊出来了。

但不是我们几人中任何一个人的声音。

獠元身旁的空气里跌出来一个人，确实是跌出来的，大概是现身时太着急了。

一个身着素色长裙的女人，长发缭乱地遮住了脸，慌慌张张地撩开后，庐山真面目却把我又吓了一大跳。

那张脸不是怪物，不但不丑陋，反而是绝顶的姿容，连我都比不上的天仙之色。

但……那不是诗诗吗？

虽然发型衣着都变了，但那张能颠倒众生的脸还是一点变化都没有啊。

不对，还有个变化——她的左手回来了！

她怎么会从獠元身边"掉"出来？她一直以某种藏身法术躲在他身边？

"诗诗，怎么是你？！"我失声喊出来。

"是她……"圆月川也愣住了。

龙王看看我们："你们认识那女子？"

"算吧。"圆月川犹豫片刻，道，"一面之缘，曾经我在人界时，送过她一个特别的稻草人。"

圆月川就是当年与她在街头偶遇，还招呼她吃面的那个高人？！

可我现在根本顾不得深究圆月川与诗诗的渊源，我只想知道她现在跑出来是要做什么，如果她一直在身旁，就该看见刚刚发生了什么，该知道自己现在的处境有多危险。

敖炽……我还是没办法对着他的脸叫别的名字……他好奇地看着这个突然冒出来的女人，问："你是谁？"

"我……我是獠元的……獠元的熟人！"在獠元面前，她总是羞怯的，惴惴不安的，实在说不出"我是獠元的女人"这样大胆的话。

獠元侧目看她一眼，似乎对方的出现并没有激起他任何情绪的波动，只说："不是让你别出现在我面前吗？你跟到这里来想干什么？"

"我……"她嚅嗫了半天也答不上来，下了好大决心才一把拉住他的手，急红了眼睛，"我不出现的话，你可能就真的死掉了。我不想违逆你的意思，但现在我做不到。"

"熟人……"他看着这对男女，意味深长地笑笑。

"求你们留他性命！"她突然跪下来，泪眼盈盈地朝他哀求，"如果你们对他有任何憎恨，方才那些影子已经给了他教训，你们看他现在的样子，不比谁都清楚这对他意味着什么吗？莫说再做天界战神，他这身体只怕连普通人类都不如了。他不会再对你们有任何威胁了！放过他行不行？我带他离开，永远不再出现行不行？"

我顾不得疼痛未减的心口，挣扎着站起来跑到诗诗身旁，用力抓住她的胳膊："你这是做什么？你从哪里出来的？先起来再说。"

"你们放过他！他不是你们想的那样！"诗诗不肯起身，反过来抓住我的手，急得眼泪直流，"他丢了东西！他自己可能都不知道！"

"丢东西？"我下意识觉得这个答案或许能解释獠元分裂般的转变，急忙问道，"他丢了什么？"

诗诗哽咽着抬起手，指着獠元的心口："天帝……天帝把他的心换成了跟神兵们一样的……石头！"

"什么？"我惊诧地望着她，以为自己听错了，直接把她拽起来，"你再说一遍？"

诗诗看了看面不改色的獠元，一咬牙，说："你们离开后没几天，獠元回天界处理公务，可没多久他就回到松县，说这里待不得了，正要带我离开，一大队神兵营的人便杀到了，他们一句话不说，直接铲平了松县，从妖怪到人类，连一棵树一根草都没有放过，风卷残云般地摧毁。其中一队人马直奔我而来，獠元与他们大打出手，可是他单枪匹马哪里是一大群神兵的对手，我眼见着昏迷不醒的他被神兵们押走。侥幸逃脱后太担心他的安危，可是当时以我的能力又做不了什么。"她稍微喘喘气，终将一切和盘托出，"所以我去拿回了失去的左手，只有完整的我，才有可能闯进天界救他。我抓了一个仙官逼问獠元的下落，他说他什么都不知道，天帝早就不许他们接近天帝殿，如今殿内殿外都由神兵营护卫，獠元在哪里他更不知道。当时我直觉獠元就在天帝殿中，于是凭着一股对神兵营滥杀无辜的愤恨，解决了挡路的神兵潜入殿内。我寻到内堂时，好像听到了獠元的声音，当我循声找过去时，透过房间的纱帘，我看到了此生最可怕的一幕。"她的眼泪簌簌而下，心痛不已地看向獠元，"我看到獠元倒在地上，心口穿了一个大洞，身旁站的却是个灰袍裹身不露真容的男人，苍白的手上拿着一颗心脏大小的石头，放进了獠元的心口。然后他只是一挥手，獠元的伤口便消失了，眼睛也睁开了。我听到他喊了獠元的名字，问他现在还想要保护那些妖怪吗，还想与他作对吗？獠元起身，大梦初醒的样子，很快朝他跪下，说自己错了，身为战神不该与妖怪有任何瓜葛，还对自己从前的过失甚为后悔，希望天帝原谅他的过失。我听到那个人笑出来，然后看见他摊出一只手，一团火红的光在手心跳动，我知道那才是獠元的心呐，可是他突然一捏，那团光就熄了……一点痕迹都没有留下。"

她的嘴唇有些哆嗦，仿佛心口破了一个洞的人是她："他管那个剜心换石的凶手叫天帝……天界诸神之首的天帝啊！怎么是这个样子……我伤心，惊恐，不知该怎么办，但我还是冲了出去。獠元见了我，一点都不惊讶，还笑着说了一声'诗诗你居然跑到这里来了'，然后对那个人说'这个妖怪很难被杀死，但她钟情于我，我可以帮忙把她囚禁起来'。我僵在那儿，他对我的记忆没有缺失，但他失去了所有人性与感情，诗诗这个名字不再是牵挂，只是一个杀或不杀的目标。结果那个人说不必了，反正松县都毁了，他这个战神也受到了应有的惩罚，他没那么生气了，并且依然相信他是天界最强大忠诚的战神，要他按之前说好的那样，把那两个该杀的人杀掉就好。然后獠元就领命而去，全程都没有多看我一眼。"

不止我，所有人吃惊于这段内幕，连敖炽都听得津津有味，威胁着獠元性命的手也放下了，横抱着双臂耐心等诗诗继续说下去。

"我当时脑中一片空白，只有一个念头就是要杀掉这个伤害獠元的人，哪怕他是高高在上的天帝，诸神之中最厉害的一个，但我也是一只'失'，还是一只拿回了全部力量的'失'，谁都不能杀死我，我又有什么可怕的。于是我冲过去抓他，我恨他，相当恨他，只想让他在我这只妖怪手里消失。可是他身手很敏捷，我根本近不了他的身，追逐之中，我的手好不容易才触到了他的袍子，这个遮盖他面目的东西在我手下消失无踪，然而袍子下头……"她回忆着自己一生里最惊心动魄的场面，好像自己还在那个场景里没有挣脱，"袍子下头居然是一个怪物……那个男人，一半脸孔是正常人的样子，额间有个金印，眉目还十分端正，另一半脸上却覆着一层石头般的灰黑皮肤，连眼珠都是石头，无法动弹地嵌在眼眶里，不止脸孔，他那一半身体都呈现出石化的姿态，十分骇人。我虽未亲见过天帝，但从他人那里听到的描述，无一不是说他丰神俊朗威仪盖世。诸神之首，天界之帝，怎么可能是这样一个怪物？"她难以置信地摇头，"暴露了面目之后，他又慌又怒，竟直接对我下了杀手，他的攻击力比我强悍太多，我既近不了他的身无法让他消失，又避不开他的法术，其间吃了一击，疼痛难当，情急之下我冲出天帝殿，往四周乱跑乱喊'天帝变成妖怪了'……众人闻讯而来，天帝见情形不妙，或许也怕自己的样子暴露于人前，便放弃了追杀我，遁形不见了。之后我便趁乱逃出天界，躲在天门附近，想碰碰运气看能不能等到獠元。"

　　她抹了抹眼泪，看着全程像个局外人的獠元："结果真被我等到了，他带着一队神兵往人界而去，我悄悄跟上他们，发现他们往人界许多城市里派遣神兵，似在寻人，而他自己却十分轻松悠闲的样子，总是找风景秀丽、人烟稀少的地方休息等待。我一直远远跟在他身后，想去找他又不敢找他。那天，是他主动把我从一棵树上抓了下来，问我跟他那么久累不累。我说不累，我只是担心他。他却说担心就不必了，如果我心里还对他有情有爱的话，以后就永远不要出现在他面前，不然就算天帝没有拘禁我的意思，他也不会放过我，因为他相当讨厌阻碍他执行公务的家伙。"她的眼睛已经红得像一对桃子，只要看到獠元，眼神仍是怯怯的，"我知道他说的是实话。因为我在他眼睛里什么都看不到了，没有喜怒，没有矛盾，没有我认识的獠元。他的心丢了，胸腔里只有一块石头的人，只会留下剥离了所有感情的记忆。如今的我，对他来说只是路边的一棵树或者水里的一条鱼，随便什么都无所谓，是死是活也无所谓。"她垂下长长的睫毛，越说声音越小，"我知道我的余生里已经不可能再有獠元了，松县没了，我的小店没了，他跟我一起度过的每一个朝夕都成了废墟。那天，我落荒而逃。但我始终是个没用的妖怪，我的腿不听使唤，哪怕用藏身术也想要留在他身边，能看到他就行。最后他们应该是找到了目标，獠元带了十个神兵，一路往伦敦而来。"她抬头看向我，眼里是满满的抱歉，"他那样对你们，我好几次想冲出来，可是冲出来之后呢，我能做什么？帮他让你们消失，还是帮你们让他消失？看到你们被他伤得那么重，跟伤到我自己一样痛苦……对不起……对不起……我这么懦弱，我不知道要怎么办。"

我叹了口气，她不需要求原谅，换作是我，又能果断到哪里去？诗诗的獠元，我的敖炽，现在的敖炽不跟獠元一样了吗？如果他现在与人对战，你死我活的境地，我是看着别人杀掉他还是看他杀掉别人？不敢想。

"别这样，我不怪你，一点都不。其实还要谢谢你。"我拍拍诗诗的手，又看了獠元一眼，"起码你让我知道，我认识的獠元到最后都没有改变过。"

獠元一声冷笑。

我回头问龙王："他这样的情况……还有退路吗？"

"天帝施的法，只有天帝能解。可是……"他为难地看了看诗诗，"如果獠元的心已经被天帝毁掉……就没什么退路可言了。"

"对于不听话的下属，这一招比杀掉他更残忍。"左右摇摇头，"天帝以前不是这样的……"

圆月川略一思忖，道："好像……一切都是从他拿回那十二块石头后开始不对劲的。"

与我之前猜测的一样，天帝果然出事了。

连天帝都出事了？！

这个世界还想告诉我多少坏事？！

"不管怎样，求你们放过獠元吧，如果不是丢了本心，他断断做不出这样赶尽杀绝的事！"诗诗又一次跪下去，哽咽道，"他保护了我八百年，费尽心思，无怨无悔，我都知道的。哪怕他心里最要紧的那个人不是我，我的余生还是想跟他在一起，求你们成全。"

我从来就不想杀他啊……知道真相后更不会了。

"你起来，我不会杀他。"我扶住她，"可是他现在的样子……你又要怎么跟他共度余生呢？"

她站起来，感激不尽地抱住我，说："我会想办法先留住他的性命，如果成功……他不做天神，我不做妖怪，我会带他去个无人之地，像寻常人那样生活。"她直起身子，眼中终于有了一丝坚定，"石头自己没有温度，可是抱得久了，也会热起来的吧。无论如何，我想试试。"

或许，真的可以试试。

我扭头看向獠元，沉着脸道："你以命化身使出神绝咒，没成功还被毁了化身，如今这副残躯，如果你还能活下去，就算是撞大运了，即便留下性命，只怕以后连最初级的术法你都捡不回来了，想再拾神格重归天界更是痴人说梦。你虽然心是铁石，但脑子总没出毛病，要不要跟诗诗离开，你自己想明白。"

他笑出来："我再不济也是天界战神，要除我神格，必须按规矩由天界来执行，你们凭什么决定我的未来？还要我跟一只这么没用的女妖怪浪迹天涯？她对我有情是她的事，跟我有什么关系？"

石头就是石头吧，死心眼，不转弯，说话都能噎死人。

诗诗闻言，刚刚才止住的眼泪又掉了下来。

同为女妖怪，我对她此刻的心情感同身受，那么怯怯的一个家伙，得要拿出毕生的勇气才能做出焐热一块石头的决定吧，唉……怎么做才能不让她失望呢。

交谈正陷入僵局时，一直安安静静听故事的敖炽突然伸出手往獠元心口上一拍。

我发誓他真的只是拍了一下，獠元好好的心口就出了一个大洞，而敖炽的手上，居然多了一块形似心脏的灰黑色石头，散发着浑浊的气息。

所有人都被定格了。

"不！"

诗诗悲愤的尖叫把我们短暂停滞的意识喊了回来。

只怪我们的认知还不肯妥协，好像只要他站在那儿，不说不动安安静静的，他就还是敖炽，我依然本能地相信即便他一掌打在我身上，他还是不会伤我的性命，不会真正做出任何我不能接受的行为。

"孽障，你这是做什么！"

龙王反应过来，上前就是一掌，圆月川与左右从旁协助，试图帮忙把那颗石心夺下来。

三人将敖炽围在中间，可几人的手掌还没近他的身，便见他稍一发力，一股无形巨力自他身躯中迸出，不止将龙王他们弹出老远，连我跟诗诗都未能幸免，跟两只被拎住脖子的孱弱小猫一样被这股劲道甩了出去。

如果他不愿意，我们连靠近他的机会都没有。

落地无人接应，还是很疼的，本来就连受重创，此刻浑身骨头都像散了架似的。

他用了几分力？那么轻松随意的样子，三分？也许更少？

天煞的本体加上敖炽的身躯，两强相逢，如虎添翼，实力已经远远超过我能预测的范围……

"没事吧？"左右勉强爬起来，把摔蒙了的我扶起，又朝敖炽那头看了一眼，"好强劲的力量……"说着扭头看看摔得同样不轻的龙王跟圆月川，"老骨头还撑得住吧？"

圆月川揉着腰站起来，顺便还想扶一把身旁的龙王，被龙王打开了手，自己站了起来。

"这回真有麻烦了。"圆月川笑笑，"福兮祸所伏……敖炽以为自己当年做了一件轻松的好事，天煞以为自己栽了大跟头终生监禁，却万没想到结果是这样。"

龙王不作声，皱眉看了看东倒西歪的我们，不知心中在盘算什么。

那头，獠元捂着心口，双腿几乎就要跪下去，但他依然拼了命要站住。

我将摔得几乎晕过去的诗诗扶起来，心头又是一阵疼痛，什么上古凶妖，她从头到脚就是个寻常女子，跟一个突然闯入生命里的男人爱恨嗔痴了八百年，苦多甜少，眼见着可能有一点未来了，还没来到的希望却又立刻碎了一地。

"你们这些人真是有意思，我还站在这儿呢，你们就忙着决定他的生死了？"敖炽细细端详着手里的石心，表情跟见了稀奇玩意儿的孩童一样，还笑出来，"原来真有人拿石头当心脏啊，有趣有趣。"

獠元却像是完全不在意他在说什么、做什么，虚弱的目光只是越过他，往远处寻找着。

清醒过来的诗诗一见这场面，顿时跟疯了一样爬起来，不顾一切朝那边跌跌撞撞扑过去，哭喊着獠元的名字。

我拦不住她，也不想拦了，我怕我任何一个出于好意的行为，都会夺走她跟獠元最后的时间。

最后的时间……为何我会这么想？

是因为……敖炽对着一颗被他亲手剜出来的心，笑得那么自在。

"獠元，你怎么样了？！"

她跟所有小说里的苦情女主角一样，说着同样撕心裂肺的台词，泪流满面。可是，剧情却不是我们习惯的走向。

她连扑进他怀里的机会都没有，敖炽稍微一动手指，她就被阻隔在外，面前似立起一堵无边无际的高墙，墙后的一切，只准看不准碰。

"求你了，住手！把心还给他好不好？"她跪下来，语无伦次地磕头，"把他还给我，你要我做什么都可以！我不是那么没用的！求你了，只要把他还给我！"

敖炽回过头来，思忖片刻，说："是啊，连天帝的袍子都躲不过你的手……你确实没有看起来那么没用。"

她看到了希望，拼命指着自己："对的对的！我不但能让袍子消失，还能让你讨厌的人消失！我不叫诗诗，我叫'失'，消失的失！我是活了很多年的妖怪，我能做很多事的！"

"让我讨厌的人消失？听起来不错的样子。"他点点头，但旋即又笑出来，说，"可是，我自己就能让我讨厌的人消失。所以，你的好意心领了。"

她愣住。

"走……"獠元突然从牙缝里挤出一个字来。

她回过神来，猛地站起来："獠元，你在跟我说话？！你愿意跟我说话了？"

"走！"獠元咬紧牙关，眼神虽痛苦，却有了之前没有的活泛的颜色，心痛，留恋，焦急，好像终于被释放出来，击碎了所有的漠不关心。

诗诗用力摇头，哭喊着："我不走！我哪儿都不去！不是要我坐一辈子牢吗，不是说你就是我的牢狱吗？你一个战神，说话怎么就不算话了！"

敖炽居然做了个起鸡皮疙瘩的姿势："你们这些女子怎么老爱说些肉麻又无用的话呢。"他把身子转过来一些，让诗诗能更完整地看到那颗石心，说，"看到了没，石头。石头是不能做心脏的，石头也不会爱你的，石头只会做让人讨厌的事。醒醒吧姑娘。"

话音未落，他手下一用力，石心被他捏成了一缕细沙，从指缝间飞散而出，在夜空中模糊成一片不起眼的光点，然后熄灭得无影无踪。

我觉得我不需要呼吸了，因为每呼吸一次我的心就碎一块，在空中熄灭的光点，不只是一颗石头做的心，也是我最后的一点点侥幸。

我的敖炽，不是我的敖炽了……

此刻碎掉的，何止一颗石头心。

敖炽拍了拍手，挡住诗诗的墙也没有了。

诗诗疯了般扑过去，在獠元倒地前抱住了他。

"獠元……你别担心，不会有事的。我会把你的心找回来！"诗诗飞快地说，又拍着他的脸，"你不要睡过去！"

"石头真重啊……把我压得好辛苦。"獠元仰头看着她的脸，"这么脏的脸，还是比狐狸精都好看。"

诗诗又哭又笑，摇着头，一句话都说不出来。

"我布了一辈子棋局……最后一局棋差一着。"獠元嘴角扬起，"但我不觉得丢脸，尽力了。"他努力抬起手想摸她的脸，却连这点距离都走得异常艰难。

诗诗赶紧抓住他抬起的手，放到自己脸上："那你再尽力活下来行不行？"

他笑："你活着就是我活着了。"

"不行，我们都活下来不好吗？"她哽咽得几乎说不出话来，"你是战神，你是天界最厉害的神！你的命没有那么脆弱的！"

"诗诗啊……"他如困极了的人一样，就快睁不开眼睛，说话也迷糊起来，"三月是一只妖怪，她为了成全小猴的棋局，化作一阵风……只差一点，小猴就能回来了……诗诗，我真想让你看看小猴的样子……真想……"

被诗诗握住的手终于滑落下来。

他闭上眼睛，嘴角挂着浅浅的、又有那么一点遗憾的笑。

诗诗愣了愣，马上又抓起他的手往自己脸上贴："我跟你说，我早就看见小猴了，他一直在我面前，他很贪吃啊，我做的面那么难吃他都能一口吃光！你起来，我跟你再讲讲！"

她想拉他起来，手中却突然一空，一片明亮的带着各种美好颜色的光取代了獠元的身体，缓缓弥漫开来，将她围在其中，恋恋不舍地绕了几圈，然后便悠悠飞向天际，像碎掉的星光一样，越来越黯，越来越少，直到不留下一丝存在过的痕迹。

拂过的风比之前任何时候都温和，眼前的夜色好像被叠进了阳春三月和风丽日的样子，有人在春光里蹦跳笑闹，空气里还有烤鱼和面条的味道……

即便有左右的支撑，我还是瘫坐下来。

诗诗不哭不喊，双手仍保持着要去拉獠元起来的姿势，许久后才傻傻地在空气里抓来抓去，喃喃道："你……你就走了？"然后她突然转回头，很惊喜地说，"你们瞧见了没有？他只是被那块石头压住了，他还是他，就算心丢了，他还是他！"

嗯，我看见了，我看见獠元还是獠元，小猴也还活着……可是，他要活下去，就不能离开那块石头。

"他的命早就丢了大半，你们真以为还有法子能让他活下去？"敖炽好笑地看着我们，"我帮他提前结束痛苦罢了。大小是个天神，拿一颗脏兮兮的石头充作心脏，说出去多不体面。"

如果獠元之前对我们的赶尽杀绝无情无义，是因为他的心是一颗石头，而此刻的敖炽……他有心，却比没有心更糟糕，一个从头到脚都不肯承载任何善意与美好情感的东西。

面对那张表情丰富却没有任何感情的脸，我不知所措，求救般看向身后的左右跟龙王他们，可他们无计可施的样子，并不像能帮到我。

人生没有最糟糕，只有更糟糕？现在还不算最糟糕的时候吗？

我的眼泪在眼眶里打转，我最后的尊严是不要让它们掉出来，不要让对面那个人再看一次笑话。

"他没有不体面的时候，从来都没有。"诗诗突然站起来，一反之前怯懦卑微的样子，也不哭了，只静静地与敖炽对视，"我只是想跟他一起度过余生，安稳平静、与世无争地过下去，春天放风筝，夏天吃西瓜……我们不想杀谁，也不想被谁杀掉。可今天，你不但把他的性命拿走，还要拿这样的话轻蔑于他。"她脸上波澜不惊，语气也一点都不歇斯底里，"不管你是谁，我不会原谅你。"

话音刚落，只见诗诗明丽的双眼突然化成两个殷红的血洞，黑发暴涨而出，在她身后摇摆出一个妖异鬼魅的形状，她的手指也骤然变长两倍，指甲尖锐如刀，寒气缭绕。

不待我们反应过来，她已然朝敖炽冲过去，不是跑，她的脚没有沾地，速度快到令人咋舌。

一只完整的、充满恨意的上古凶妖，终于在诗诗身上复活过来……

如果敖炽被她的手碰到……又或者她被敖炽手下的龙影缠上……

我捂住了嘴，万一失声喊出来，是该喊敖炽小心还是诗诗小心？

诗诗速度极快，敖炽的躲闪更快，眼见着她的手离他不过分毫时，他身形一晃，眨眼间人已出现在离她颇远的空中，密集的龙影在他身后蠢蠢欲动，一大片冰凉犀利的碧色光点里，他横抱着手臂浮于夜色中，不慌不忙地俯瞰脚下，高傲得仿佛是另一个世界的神。

"既然非要杀我，我就不躲了。"他笑着打了个响指。

无数龙影顿时整齐划一地朝地上的诗诗扑过去，空气里呼啸着不祥的声音。

诗诗也不躲开，由着它们围上来，只将自己的手伸出去，对准它们每一只的身体狠狠抓过去。

"失"的力量，第一次在她身上完整地爆发出来。

只要被她抓到的龙影，立刻就消失无踪，中间没有任何缓冲的过程。

所有试图对付她的龙影都没逃脱这个结局，而她除了因为动手太快太频密而稍微有些喘气外，并没有任何应付不来的表现。

我惊叹于一只"失"的能力，再想到从古至今没有人能杀死她，我原本一边一半的担心突然就倾斜了……

"想不到这妮子这般厉害……"观战的左右看了看龙王，"看着他们打下去？"

"你觉得我们现在能阻止哪一方？"龙王神色严峻，"何况没有阻止的必要。"他咬咬牙，"若诗诗能赢，我乐见其成。"

圆月川皱眉："她赢了，消失的可不只是天煞……那就一点退路都没有了。"说着他又忧心忡忡地看了我一眼。

我看着那头的战况，深吸了一口气，站起来用力抹了抹眼睛："如果已经没有任何别的办法，就算是敖炽本人来决定，也是宁可舍了自己也不让那毫无人性的东西祸害无辜。我们现在不是去阻止，而是帮忙。诗诗是我们唯一的机会。"

如果是你，你一定会同意我这个决定的。

就算只有最后一点力气了，我也要拖着这副伤痕累累的身体，帮你做成这件事。

我纵身而起，朝半空中那个耻笑众生的"神"冲过去。

这一次，我不想再化出长而坚韧的枝条去束缚任何人，我将所有残存的可供驱使的灵力全部倾注在手中，化了一把锋利的长剑。其实我并不太擅长用刀剑，我不喜欢刀剑穿过皮肉骨骼的感觉，不顾一切取人性命的感觉一点都不好，但今天不一样，我必须拿起剑，收起所有柔软的念头。

他当然看见杀过来的我，毫不犹豫地一挥手，一片龙影便气势汹汹朝我而来。

现在开始，我是他的敌人了，再不具备任何其他的身份与意义。

心里越疼，握住剑的手就越有力。

一只又一只龙影在我剑下四分五裂，我不是要杀到他面前，我要做的，是帮被龙影纠缠到分身乏术的诗诗开一条路。

混乱之中，有人一掌劈开一只靠近我的龙影，回头，却是圆月川，龙王与左右不知几时加入了战局，在离诗诗不远的地方，尽力替她清除阻挠她靠近敖炽的家伙们。

我们都在努力，即便这份努力的尽头，是只属于我的，真正的失去。

有我们帮忙，龙影的数量再多，也无法再阻挡诗诗。

她瞅准一个时机，从消失的龙影间一穿而过，转眼便出现在敖炽身边。

此刻，天边已见一丝亮色。

敖炽一闪身，险险避过诗诗狠狠而来的双手，又皱眉看了看天色。

"我与你本无瓜葛，你也不是我非杀不可的人，若就此打住，我可以留你性命。"他在离诗诗几米开外的地方，冷冷地对诗诗说道，"你再闹下去，我可真的生气了。"

"你还我一个獠元，我便留你性命！"诗诗血红的眼睛里只有绝望与愤怒。

她绝不可能就此打住，接下来的几个回合，她差一点就能抓到敖炽。

所谓的天生天煞，虽然厉害，却在这时隐隐落了下风，连龙影的数量都越来越少，不像之前那样无论杀多少依然源源不断地出现。

莫非是……天快亮了的缘故？！

我们可能会赢？！

敖炽始终让自己跟诗诗保持五米以上的距离，面对诗诗跟我们所有人的攻击，他终于不再轻蔑地笑了，此刻他也不再闪躲直面朝他扑来的诗诗，只说了一句："我不能把獠元还你，只能送你去见他。"

我听到他的声音，心下一惊，立刻抬头朝诗诗那边看去。

敖炽就在她前面，而她背后是什么？

失去了使用者，孤独地插在泥地里的怵世长刀，居然听了另一个人的驱遣，从地上一飞冲天，对准了诗诗的后背疾速而去。

我连喊一声"诗诗小心"的时间都没有，刀尖已然刺进她的背脊，然后整把长刀穿过了她的身体……

咫尺之外的敖炽稍一侧身，顺势握住飞来的长刀，往下一挥，这玩意儿便乖乖停在他手中，俨然成了他的武器。

我虽受了惊吓，但诗诗不是无法被杀死的吗，想到这里，我稍微放了点心。

"还挺好使的。"敖炽看了看手里的刀，笑笑，"以后就跟着我好了。"

诗诗一动不动地浮在原处，双手下意识地捂住心口，但那么大一个伤口，怎么捂得住呢。

她愣愣地低下头，看了看自己的伤口，那些从伤口飘出来的丝丝缕缕斑斓光线是什么……

她嘴巴微微动了动，整个人便从空中跌落下来。

"诗诗！"我见势不妙，一跃而起抱住她，两个人双双落地，把地面砸出一个坑来。

我顾不得疼痛，立刻爬起来查看诗诗的状况。

此刻诗诗已经痛苦到说不出任何话来，面容也恢复正常，只能用双手紧紧抓住我的手。

我死死握住她的手："没事的，不要慌！你是诗诗，是不能被任何人消灭的妖怪，你忍一忍，很快就会复原的！"我记得在松县时亲眼看见她服下毒药化成灰烬，结果还是平安无事地回来了，比起能化人为灰烬的毒药，这把刀只不过在她身上留了个伤口而已，一定不会有事的。

诗诗勉强睁开眼，气若游丝："不……这次不一样……我的身体……要散了。"

我心里咯噔一下，怎么可能呢？！

敖炽仍然浮在半空，保持着高高在上的姿态，笑道："世上没有不能被消灭的东西，只看拿起刀剑的人是谁罢了。"

我皱眉。獠元说过，也许诗诗不是不能被消灭，只是还没有找到能消灭她的方法……难道，怵世长刀就是这个方法？还是……根本不关刀的事，只看是谁拿的刀？

诗诗的手越来越冰凉，自她伤口而出的奇怪光斑越来越多，它们聚集在我跟她之间，旋转聚集成一团说不出形状的东西，一时像团火，一时又像一阵风，不断变换，看得我有些头晕，可是又不想挪开视线，甚至想伸手去触碰。

"我没用……不能让他消失……"她抱歉地看着我，"獠元不会怪我吧？"

第十章

獠

元

"不会，他不会。"我用力摇头，"他那么喜欢你。"

"是吧……我能再见到他吗？"她的眼睛渐渐睁不开了，缓缓道，"人们说死了以后会去黄泉……我没有死过……真的会去那里吗……獠元是不是也在那儿？"

"他会等你的。"我挤出笑容。

"那就好……"她最后的视线落在我的脸上，嘴角浮出一个微笑，"跟你说个秘密，其实我第一次见到你时，就觉得你很亲切，好像很久以前我们就认识……"

我抱住她："你现在才说？要不你再多活些时候，我认你当妹妹怎样？不对……可能我才是妹妹？"

"你不要想着占我便宜……"她笑着闭上了眼睛，"这一生好长啊，幸好遇到了他。"

我握住的双手骤然化作一片灰烬，连同她的笑脸一起，被夜风带去了可以见到獠元的地方。

我不该那么难过的，我愿意相信这个世界有那么一种力量，纵然身体化作碎光灰烬，天上地下，山林湖海，还有每一个被你爱过也爱过你的人，他们已经牢牢记下了你们相爱的心念，一定会用另一种方式把你们带回来。

诗诗终于在我手里彻底消失。

可奇怪的是，那团不断变换形状的光却还停在我面前，此刻的它，比刚才更亮更夺目，在我看得入神的瞬间，突然飘了起来，一下子撞上我的额头。

冲击力不小，我身子一仰倒在地上。

一股微凉但并不难受的感觉从额头瞬间扩散到整个身体，仿佛有什么久违的东西回来了，一刹那的无比奇异的熟悉感，可我又完全不知道那到底是什么。

我什么都看不见听不见，也不能动，任由这种奇怪的感觉在身体里肆意流淌。

眼前渐渐亮起来，看见的却又是我在梦里看到过无数次的场景，缭乱飞过的星辰，蜿蜒无尽的轨道，然后就是刺眼的光芒，像一双展开的翅膀，落在一片苍茫的空无一物的土地上。

耳畔也隐隐响起了声音。

就是这里了？

是啊，好空荡啊。

陌生的对话飘过去，我看不见说话的人，也听不出是谁的声音。

"醒醒！"

脸颊一阵疼痛，左右拍着我的脸，把我扶起来。

我猛地睁开眼，又觉得一阵头晕。

"怎样了？"圆月川摸摸我的额头，"好烫。"

"我没事。"我拿开他的手，摇摇晃晃地站起来。

撞到我的，也许只是诗诗留在世上的最后一点挂念？我不知道，也无法解释。

我抬头看着敖炽所在的方向，他已经从半空中落下来，站在离我们不远的地方，手中的长刀依旧冒着惹人厌恶的黑气。

"满意了？"我忽然笑出来，不顾左右的阻拦，一步一步朝他走过去。

我很累，恨不得就这样倒下去再也不要起来，我很难过，短短一夜，我一直在失去，我还很愤怒，怒自己连个架都打不好……我需要做些事情来结束这种混乱。

他看着我走近，闲闲地把刀立在地上，等我过去。

"我还是不信你不在了。"我停在他面前，伸出手去，贴在他的心口上，强有力的心跳从他的身体里传到我手掌上，那是我在无数个夜里听过无数次的心跳。

他低头看着我的手："连我都感觉不到他的存在，你也放弃吧。"

放弃？

我什么时候都不会放开他的。

我突然狠狠揪住他的前襟，一把将他拽到离自己最近的地方，认真看着他的眼睛："你有什么资格来'感觉'他在不在？你只是一团连实体都没有的寄生虫，没有感情，没有是非，没有存在于这个世界的意义。你就算在敖炽的身体里，也比不上他一根头发。"

他的笑越来越冷："你说的话我越来越不爱听了。"

"裟椤，你给我回来！"龙王在身后急吼。

我松开他，转过身对他们坚决地摇摇头："别管我。这是我跟他的事。"

只要敖炽还在，我无论如何也要把他带回来，哪怕是用最凶险的办法。

"我只管说我的，你爱不爱听又如何。"我冷笑，长剑又现于手中，"我夫君的身体里如果住的是其他死皮赖脸的玩意儿，我有责任替他清理干净。跟你不一样，我们夫妻都不喜欢背后捅刀，既然事情到了这一步，我愿意跟你光明正大打一架。就算不能把敖炽带回来，我宁可面对的是一具尸体，也不想看到一个活蹦乱跳的你。"

他眉眼之间尽是不屑："你跟我打架？"他笑出来，"打架是假，夫君没了，你活不下去想陪他一块儿死才是……"

他话没说完，我的剑已经直刺他的心脏。

然而剑尖却停在离他身体不到一厘米的地方，任凭我再加上多少力气，都纹丝不动。

他用两根手指夹住剑身，颇无奈地道："我都还没说完你就动手，算作弊吧？"

"你何尝不是作弊！"我用力将剑往回一抽，他来不及松开，手指上被割出一道深深的伤口。

他"唑"了一声，一掌击在我的肩上。

我应声倒地，还滑出去老远，半边身子都麻痹了。

"畜生，你若敢伤她，我纵是赔上整个龙域的性命也要你死无葬身之地！"龙王怒道。

"不要过来！"

我对他们吼出来，咬牙爬起来，换了一只手举起剑，誓不罢休地朝他冲过去。

这次他没有对我出掌，而是一把钳住我的手腕，顺势一拉，将我牢牢地反制在他怀里，丝毫动弹不得，连剑也落地无形。

"你没听见吗，如果你有三长两短，龙王们可是要拿整个龙域来对付我呢。"他在我耳畔笑，熟悉又陌生的气息撩动着我耳边的发丝，"你自己看看你这糟糕的样子，站都站不稳了，还要杀我？看在你是敖炽夫人的份上，我无心要你性命，但你最好乖一点。我已经对你非常容忍了，不要再做任何可笑的事情了。"

"我从来都不乖。"我突然一口狠狠咬在他横在我面前的手臂上，剑拿不起来，我还有一口好牙呢。

他吃痛，一掌推开我，皱眉看着手臂上一排血流不止的牙印。

"你也没听见吗，我宁可见到一具尸体，也不想见到你。"我翻身坐起来，挑衅般看着他，"只要我活着，就永远有一把剑指着你的心口，什么时候刺进去都有可能。"

他与我对视片刻，摇摇头，一言不发地转身离去。

我正奇怪他的反应如此平静，他却在走开几步后又停下来，仰头叹了口气："留着也是麻烦。"

意料之中，意料之外……一阵疾风直扑我面门而来，疾风的中心是那把刚刚有了新主人的恸世长刀，一秒钟之前它还老老实实待在他手里，现在就成了要取我性命的凶器。

留着也是麻烦——他连真正的杀意都摆放得如此平淡。

獠元没有落在我身上的刀，总算由他来补上了。

区区刀气就能让我跟敖炽痛不欲生，如果刀锋实实在在切进我的身体，该是何等痛快呢？我居然有点好奇，还有点期待了。

连龙王虫帝都忌惮于他的实力，战神凶妖殒命于他手中，我会不知道自己有多少斤两？

激怒他是故意的。

我的吼叫、哭泣，包括巴掌，显然起不了什么作用。

虽然他一再让我失望，一再让我确定敖炽不在那里了，可我还是不想放手，我愿意拿自己的性命赌那一个微小的几率——我真正的命在旦夕，能不能把敖炽叫回来。

人一横心的时候，什么都顾不得了。

如果他还是不回来，我的心情大约跟诗诗没区别，此处不再相见，我们就换个地方，天堂地狱，碧落黄泉，总是要相聚的。

我扭过脸闭上眼，暗暗咬紧牙关。

有人冲过来抱住我闪到一旁，我的心狂跳不止，多希望睁开眼的那一瞬间，是敖炽愤怒的脸："你脑子进水了吗？看到刀过来了都不躲？"

可惜救我于刀尖下的，不是他。

龙王将我紧紧抱在怀中，以自己的背脊挡住一切追来的危险。

然而在他之后，站着的却是高大健硕、人身龙尾的家伙。

许久不曾出现的怒面龙王，铁塔般挡在我和龙王面前，双手紧紧握住长刀的刀柄，一大半刀身都没入了他的身体，从背后刺穿出来。

没有血，只有夹杂着一缕缕黑气的红蓝色光斑顺着刀尖流淌而出。

"伤到没有？"龙王煞白着一张脸问我，"聪明一世，这个时候就那么糊涂？拿自己的命去激怒他，如果失败你就是今天第三个没命的人！"

"我没事！怒面龙王他……"我急着要站起来，虽然我知道怒面龙王只是个有意识的灵物，可是在如今的敖炽面前，还有什么是他无法伤害的？！

"不要再接近他了！"龙王怒道，不许我站起来，"至少现在，我们没有任何办法找回敖炽了！你听我的，如果他今天非要大开杀戒，我们会挡住他，你不要想着动手，要逃！"

"我……"我的手指几乎掐进了龙王的胳膊里。我期待的险胜，只有险没有胜，就算我立刻死在那里，敖炽都不会出来了……奇迹对我吝啬起来。

身后，忽然传来怒面龙王的声音，浑厚威严，没有半分受了伤的虚弱："半龙之祸，是龙域之错。今日我以东海历代龙王之名，还你们一条命，希望你就此偃旗息鼓，放下杀心。"

他好奇地将怒面龙王上下打量一番："你就是传说中的东海怒面龙王？头回见到，果然很有气势。"他朝怒面龙王竖了个大拇指，接着却耸耸肩，说，"可你一条命怎么够呢？当年半龙可是全族被屠啊，没有那么深的绝望与怨恨，哪里能生出我这天生天煞呢。如今我虽然孤身一人，但主意是老早打定了的。"他转身指着身后的某一个方向，"我要龙域之中，无一生灵。"

说罢，他突然跃起，一把抓住长刀刀柄用力一拔，怒面龙王的身躯顿时暴出一个大洞，之前那些黑气缠绕的光此刻如洪水泻出，而怒面龙王并不认输，竟口吐烈火雷电冲过去，与他缠打在一起，一时间天地湖泊都被这场硬仗连累到如地震般摇晃不止。

可这一战结束得比意料中更快。

我看见摆脱束缚的他一刀横下，生生将怒面龙王劈成了两半。

我目瞪口呆，同时，我心口处发出"咔嚓"一声脆响——陪伴我多时的怒面龙王的坠子一分为二，无奈地落到地上。

"畜生……"龙王气到发抖。

东海龙族王权之象征，在他眼中没有半分价值，不……是整个龙域在他眼中皆是如此。

总共才见过三次面的怒面龙王，一句话都来不及留给我们，或者他根本也不会留下什么话，他只是一股无形的灵气，因东海龙族而生，也因东海龙族而死，从某个角度来看，他跟半龙们的天煞在本质上没有不同，都只为了一个目的而降生于世，不过是一个救，一个杀，黑白分明，正邪不可共存……

他从空中落下来，站在离我们不远的地方，刀锋上还隐隐闪着怒面龙王身上留下的稀疏碎光。

圆月川见状，一咬牙化回原形，将我们护在身后，金色的龙鳞在即将亮起的天色下，仿佛是落入人间的阳光，耀眼至极。

"我打架也不是太厉害，但我尽力，你们瞅准机会就跑。这小子已然杀上瘾了。"他回头低声嘱咐。

闻言，龙王将我往左右那里一推，转身也化回原形，银鳞如冰如雪，与圆月川并排而立，两条龙说不出的光彩夺目，气势磅礴。

"就你一个，不够他打的。"龙王沉声道。

圆月川侧目："别忘了你只有半颗龙珠，谁不够打还不知道呢。"

龙王呵呵一笑。

"一起？"敖炽歪着脑袋打量他们，说罢又抬头看了看天色，晨曦已十分明显，黑暗了一夜的湖水上洒下一片白亮天光，他放下刀，反而往后退了一步，笑道，"不急这一时。折腾一夜，我也腻了。何况，没有你们也没有我现在这副身子，就当我还你们个人情，今日到此为止。龙域再见吧。"

说罢，他纵身跃入空中，在湖面上消失无踪。

我不信这是他的"宽容大度"，但无论如何，我们暂时安全了。

圆月川化回人形，拍着心口道："幸好他踩了刹车，真打起来就麻烦了……可吓死我了。"

龙王回到地面，也看了看天色，冷笑："他不是还人情，只是怕输。他在黑夜里势不可挡，几乎没有弱点，可一旦天明日出，他就不再是无懈可击的'神'。当年龙域之战，我们只在白天才能彻底斩杀他的军队，甚至为了压制他的军队，在黑夜里祭出龙珠，造出与白日相媲美的光线，才没有被他连根拔起。"

"要不是之前诸多波折，我们怕是没机会等到天亮。以他这乖戾莫测的心性，今夜不会放过我们，一出来就遇到东西两海的龙王，他应该早就想把我们的脑袋砍下来祭旗了。而且，他现在依然忌惮天明，也许只是因为刚醒来不久力量尚不稳定，毕竟他现在已经拥有敖炽的身躯，稍做适应之后，我怕他连这个弱点都会消失。"圆月川苦笑，"无论如何，两位龙王要靠天亮才保住性命，今天可以作为我一生中最狼狈的纪念日了。"

"丢脸已经没关系了。"龙王看着他消失的方向，皱眉，"龙域才是接下来要担心的。"

"是得赶紧回去了。"圆月川点点头，又对左右道，"他口口声声说要龙域之中再无生灵，你们龙域之外的家伙也要警惕，这一仗打起来，殃及池鱼也难讲。"

"我知道。你们不必操心龙域之外的事，那是我的工作范围。"左右直言，"你们快走吧，小树妖就交给我，我会想办法替她疗伤。"

龙王看着我，捏了捏我的脸："你体内还有刀气未除，又接连被那小子所伤，你好好跟着左右，养好身子要紧。如今有难的怕不止龙域，天帝若变成那样的怪物，天界也不会安宁了，你们要随机应变，千万不要乱来。"说罢他又往手上一拂，一片亮晃晃的龙鳞躺在掌心，"你收着这个，以防万一。若事态紧急，只需烧了这龙鳞，我便知晓你身在何处，会即刻赶来。"

我接过来，怔怔地看着那片银光闪闪的龙鳞，默默点头。

"我的也拿着吧。"圆月川也给了我一片龙鳞，"往后这世界会乱成什么样，不好说，一切联络方式都可能会失效，唯有我们的龙鳞信号强劲，保证送达。"他居然还有心思调侃。

我又默默点头，看着手里两片龙鳞，鼻子突然酸起来："敖炽那个混蛋，从来没有给我龙鳞，他是不是对自己太自信，觉得他永远不会离开我？"

圆月川跟龙王对视一眼，哭笑不得地摸摸我的头："傻孩子，敖炽是半龙，半龙的鳞片没这功能呢。"他一说出半龙两个字，立刻觉得不对头，又解释道，"我的意思是敖炽他虽然不是纯粹的龙族血统，但……"

"没事，不用解释，我明白。"我打断他，又对他跟龙王说，"此去凶险难测，你们一定要平安！"

龙王点点头，又对左右严肃地说："这孩子就交给你了，我不管你用什么法子，哪怕是挖个地洞也要把她好好藏起来！不然，我收拾完那畜生再来收拾你个老虫子！"

"行了，快回去吧。"左右朝他们挥挥手。

"走吧。"圆月川说。

两位龙王化作两道光，消失在清晨的天空里。

我像个傻子一样看着天上。

曾经好像能呼风唤雨，帮无数妖怪解决各种大小问题，所向披靡无所畏惧的老板娘，变成了一个根本帮不上任何忙、一无所有的废人。

只有身上的疼痛在提醒我，你还活着，不得不继续活着。

湖水哗哗作响，风声窃窃私语，不知是被昨夜的场面吓到了，还是在嘲笑我此刻从里到外的落魄。

我……恨不得融化在这个崭新的清晨里。

◇陆◇

"怎么还在睡啊？鸡腿不吃了？我拿了一大盘上来！"

"我不想吃鸡腿。"

"那你要吃什么？"

"面条……让赵公子去煮。"

"赵公子修水管去了，要不我去煮吧，给你做个番茄煎蛋面？"

"加两个煎蛋多放番茄。"

"好，那我走了。"

"嗯。"

那我走了……

我走了……

你就煮个面而已，走哪儿去？

先别走，等一下！

"你站住！"

我猛睁开眼，手臂习惯性地往身边一放。

空的。

那个熟悉的温暖的身体不知去向。

我呆了许久才转过头去，枕头旁边只是另一个枕头，几根隐隐透着暗紫光芒的短头发还沾在上面。

好久以前他就跟我说过，要我给他买最贵的洗发水，还得是防脱发的那种，被我骂了一顿，说他脑袋上还茂盛得很，哪需要浪费这个钱，他还委屈了，说男人的头顶就是从几根头发的脱落开始失守的，他不怕死，怕秃……然后跟我絮絮叨叨了好久，我差点被他烦死，反正最后也没有满足他的奇葩要求。

这样的场面想起来，我现在还是会笑出来。

我的手指滑过去，小心地把几根头发拈起来。

早知道我就买给他了，买最贵最防脱发的那种，他喜欢的话，一次用十瓶都可以。

可是，我现在能买给谁呢……

笑着笑着，就哭了。

一哭，那股被强行压下来的疼痛，就又得到了肆虐的机会。

现在的我，里里外外都痛，内伤外伤，甚是热闹。

而且，我还是饿，只是被疼痛暂时遮蔽了，不知几时又会爆发出来，把我变成一个不可控制的贪吃鬼。

我瘫在床上，视线里只有一个华丽的天花板。

咚咚，有人轻轻敲门。

"进来。"我从喉咙里挤出声音，顺手抹掉眼角的泪水。

老白从房门后小心翼翼地探出头来，松了口气的样子："老板娘，你可算醒了。"

然后他才用背脊把房门彻底推开，原来手里还托着一大盘食物。

"你是被左右背回来的，人事不省，额头烫得跟火炭似的。"他走到床边把食物放好，"好在上官羚有办法，把你放到加满冰块的浴缸里，半宿才退了热。原来你也会发烧。"他心疼地摸了摸我的额头，"好在现在没事了。我来看了好几次，想着你昏昏沉沉时不是嚷着疼就是嚷着饿，所以就带着吃的来，想着你万一醒了，马上就能填肚子。"

我笑笑："没想到有一天我会被一颗巧克力照顾。多谢了。"

"你跟我客气什么。"他嗔怪着，把我扶起来，又把枕头立起来垫在我身后，"先吃点面包？里头加了很多芝士，芝士就是力量嘛，你多吃点，厨房里还有一筐。"

虚弱成这样，应该什么都吃不下去才符合常理，偏偏我就背道而驰，不说这个吃字还好，一说就不能忍了。

面包、牛肉、鸡腿、鲜奶蛋糕，一大托盘的东西转眼间下了肚。

但离吃饱还很遥远。

老白来回跑了好几趟，大概把厨房的余粮搬空了一半。

可再新鲜美味的食物到了我嘴里，也只是促成反复、机械的咀嚼，我分不出甜咸酸辣，嚼碎了咽下去只是一种本能。

我不是在吃东西，只是为了活命。

这感觉比疼痛好不到哪里去。

不指望能吃饱，只要饥饿感稍许减轻就已经很好了。

我喝光最后一口牛奶。

"我再去拿。"

老白正要出去，我叫住了他："够了，不用了。"

"哦，好。"他赶紧抽了一张纸巾过来，小心地替我擦去嘴边的残渣。

"我没残废。你把我想得太糟糕了。"我拿过纸巾自己擦，"左右跟上官羚呢？"

"都在楼下呢，说等你吃饱缓过来了，他们再来看你。"他指了指外头，"还是想你多休息一会儿。"

我看看窗外的天色，还是讨厌的灰扑扑的颜色，夹杂着一阵刚好经过的救护车的尖锐警报声。

"是傍晚了吗？"离黑夜越近，我越不安。

"差不多了，昨天早晨你回来之后，一直睡到现在。"老白给我掖了掖被子，"身上那么多伤，能这么快就醒过来已经很好了。"

"我睡了这么久？"我心里顿时就急起来，一掀被子就要下来。

"你这是做什么？"他拦住我，"你现在是重病号，卧床休息是正经！"

"天一黑就麻烦了！"我脱口而出。

"你冷静一点，龙域那边一切平静，没有任何开战的迹象。"他居然知道我焦虑的来源，把我摁回床上，"左右老早就联系了离龙域最近的虫人，要它们密切注意龙域的动静，一有异常马上通知我们。虫人们别的本事没有，盯梢挖消息是老本行，若龙域真有大事发生，它们不会错过的。既然到现在都还没有消息回来，说明敖炽……不是，是那个什么半龙天煞还没有对龙域下手。"

"他们都告诉你了？"我稍微镇定了一些。

"嗯。"他点点头，犹豫了片刻，还是轻轻握住我的手，"不要乱了方寸，事情虽然糟糕，但既然那么凶险都活下来了，可见上天是要留机会给你的。"

听到这样简单又真诚的话真好。

"老白，你不知道那个夜晚，我摔得有多惨。"我笑笑，"但是回来吃了点东西，似乎又好起来了。"我低下头，感受着从他手掌里传来的鼓励，"敖炽差点杀了我。我做什么都不能把他带回来。现在我又是一个人了，孩子、丈夫都莫名其妙地不见了。好笑吧？我可是不停的老板娘呢，却像一块肉似的躺在那儿，好像谁都能来切一刀。"

老白沉默片刻，笑道："亏得你是不停的老板娘，老天才给你更高难度的挑战。"他把我的手握得更紧些，"莫说得那么丧气，好像你真一事无成似的。且看看外头，生活在这城市里的无数妖物，托你们的福，都安全了。不是谁都有那份担当跟勇气，为了素不相识者的安危，在那种情况下选择走出去。"

"你这么说，我又好受得一点了。"我抬起头，尽量笑得像曾经的老板娘，"只是，若不是因为我们在这里，它们也不至于被连累。走出去是应该的，只是对不住已经丧命的那些。"

"如果獠元还是獠元，他不会这么做的。就怪命途多舛，造化弄人吧……唉。"老白叹气。

"不是造化也不是命运，是天帝那个老家伙出了毛病。"一想到这个从未谋面的最高的神，我就连装一张笑脸都装不出来，我抚了抚微疼的心口，对老白道，"把左右叫来吧，我有事与他商量。"

"刚醒呢，不再休息一下？"老白担心地看着我的脸，"脸色太差了。"

"不用，再休息也是这样。"我笑着摇摇头，"你刚刚才说上天是留了机会给我的，既然如此，我就更不能浪费剩下的每一分钟了。被人欺负成这样，不反击怎么行啊。"

他想了想，起身："好吧，我去跟他们说。"

房门掩上后，我笑容淡去，靠回枕头上，下意识地把被子拉上来想尽量藏住自己。

反击……又要怎么反击呢？

我又望着天花板，视线渐渐被割裂成三个模糊不清的部分……

人界有地城，有裂网，有一切被 4E 操纵的浮出水面或者还深藏不露的组织……素来不与外界过度交集的龙域，接下来恐怕要面对自龙族诞生以来最大的危机……如今连天界也不能独善其身，若天帝真如诗诗所言变成了一个诡异的怪物，那再无好日子可过的可不止天界，万一"天塌下来"不再是个比喻而成为现实，这个世界还有哪一处能幸免？！

左右的感觉是对的，这个世界不知从几时开始，从一道裂痕到千疮百孔，它悄无声息地变坏了，且速度比想象中还要快。

你赶走我，不让我知晓你的心意，可你同样也无法再洞悉我的心思了，你呀……

背后有人在说话，声音像快要结冰的河水，缓慢又有点不甘心。

我短暂的失神被打断。

"谁?"

我猛转过头去。

背后只有靠墙的床头,哪来的人,哪来的声音。

从那些乱七八糟的梦与次数越来越频繁的饥饿乃至昏迷开始,我对自己的身体也不是那么自信了。

我用力拍了拍脑袋,幻听吗?

又用力敲了敲墙壁,咚咚响而已。

回过身来,房门恰好被轻敲了几下。

左右走进来,上官羚跟在后头,抱着个手机看得正专注,老白站在门口,又指了指楼下:"你们聊着,我去做事。"

"老白,"左右叫住他,"天界那边的动静,也要特别注意。"

"知道了。"老白关上门离开。

左右坐到床边,端详我片刻:"身上还疼着吧?肚子也饿着?"

我点点头:"就那样吧,但能忍。"

"外伤倒不太打紧,主要是那股刀气作祟,靠我灵力压制,治标不治本。不从根本上解决,这疼痛时大时小,总得磨着你。"左右直言,"如今你能做的就是尽量控制心绪,不要总想些悲痛之事,这样会有所缓解。"

"我明白。不用太担心,疼是有点疼,但死不了。"我笑笑,又朝房门那头看看,"你现在才布置兵力去注意天界的动静,是不是晚了点?你们虫人要是早点八卦到天帝的异常,我们也不至于被闹个措手不及了。"

"你又不是不知道,虫人基本只在人界活动,离了脚下这片实实在在的土地,就不是我们擅长的范围了。虫人打探消息的本事再高,天界神殿或者龙域之中发生的隐秘之事,哪是那么容易知晓的。"左右无奈道,"即便现在,也只能是在最靠近目标的地方,'尽量注意'天界跟龙域的动静。"他摸摸我的头,"世上无万能之人呐,也许只有这个世界本身,才有真正呼风唤雨、为所欲为的本事吧。"

"我随口一说,你倒认真了。"我坐直身子,"有什么计划?总不能眼见着鱼皮书的预言变成事实吧。"我不敢想那个恐怖的场面,更不敢想象整个龙族的鲜血染在敖炽身上的样子。

"他才刚刚出来,就已经有这般力量……"左右皱眉,"除非有一个比他还厉害的人物出现,不但能轻易制服他,还能在不伤害敖炽身体的情况下灭掉天煞的本尊,让敖炽的神识回来,不然我真想不出还有什么别的法子。当然,前提是敖炽的神识还在。"他坦诚地说，"我知道这个话会让你很难过，但你还是要有个准备，万一……"

"我明白。"我打断他，"可我总觉得他还在，是我喊他的方式不对。"

"你都拿命去喊他了……"左右话说了一半，摆摆手，"算了不说这个了。龙王既然把你托付给我，你这糟糕的身体就是我现在要应付的头等大事。别的，我们且放一放。"

放一放？

我明白左右的苦心，也知道就算现在愁破了头，就凭我们现在这股力量，想做什么都会很吃力，但我还是忍不住说："这世界真的开始崩坏了。从天到地，从神到人，连龙域都……"

"飞机安全提示看过的吧？"专注于手机的上官羚突然开口，"缺氧的时候，也得先把自己的氧气面罩戴好了，才能去帮别人。天帝出了毛病，自然有天界的神会应付，龙域出了毛病，也自然有龙域的领袖们处理，就算是人界出了毛病，也不是一朝一夕能治好。与其抱着焦躁的情绪做无用之事，倒不如先忘了与自己无关的麻烦，把重点放在救自己上。自己都憋死了，对别人就真是一点用都没有了。"

我怔了怔，这个年纪轻轻的人类，教训起我这个老妖怪来，倒是字字在理。虽然他连说话的时候视线都不肯离开手机，也不知在看什么无聊的东西。

"是这么个道理啊。"左右看了看上官羚，赞许地笑笑，又对我道，"虽然我现在还不能完全确定，但有一个对付你体内刀气的法子，或可一试。"

"什么法子？"我问他。

还是应该积极一些的，上官羚对我说的话，明明是曾经我跟别的身陷困境的妖怪们说过的话啊，医不自医这个尴尬还是落到我身上了。

不能拯救世界的话，先拯救自己吧。

"随我去北极。"左右认真看着我。

"北极？"我一愣，脱口而出，"低温可以冻死刀气？"

"有那么简单的话，我早就把你塞冰箱了。"左右哭笑不得，"我跟上官羚研究了一下你的病情，他倒是提了一个不错的建议。既然止羽这种妖怪的天赋是'停止'，如果我们有法子将止羽炼制成剂量正确可供服用的药，或许有办法让你体内的刀气永远停下来，哪怕不能彻底剔除，只要它永远保持静止，至少能保你不再疼痛难当。先止疼，回头我们便有更多时间来寻找彻底消灭它的方法。原本应该放你在家里等我们回来，可是我怎么都不放心，索性让你跟我们一道启程，如果找到止羽后可以立刻炼成药，也能节省来回的时间，免生枝节。"

"也不能总是消耗老大的灵气来帮你止痛，万一你发作起来，真给痛死了，而你们家嗷嗷又活回来了，那才真是见了鬼的大麻烦了。"上官羚的手指在手机上划来划去，"希望你相信一个医生的判断，老老实实去一趟北极。"

"儿科医生？"我瞪着他。

"你也曾经是一个孩子。"上官羚看都不看我一眼。

行吧，今天才发现这个奇怪的人类，除了记性不好，嘴皮子也很欠，难怪敖炽会跟他打起来……不过他明明说的是不好听的话，可我听了，怎么心里的难过内疚与自我否定反而消减了许多呢？还莫名找回了一些希望。

的确不能死在敖炽前头，万一他回来了见不到我，那才是世纪大灾难吧？！

"好，我跟你去北极看看。"我深吸了一口气。去吧，就算前路未卜，任何可以让事态稍微好起来的可能，我都要去试试。

话音刚落，手腕却被上官羚出其不意地轻扣住。

"你这是做什么？"

"作为你临时的私人医生，给你把脉是我的日常。"他默数完毕后把我的手放开，"嗯，还算正常。"然后又开始玩手机，边刷边说，"我也不想摊上这种额外的麻烦，但老大的命令我得听。以后你的健康都由我来照顾，我让你喝水就喝水，让你吃饭就吃饭，明白？"

"你是人类的儿科医生，我是……妖怪，谢谢。"我觉得十分好笑。

"可你的脉搏频率跟人类没差别，也会发烧，还有软组织挫伤加脑震荡迹象，所以你是妖怪又如何？"他不以为然，"在人界蹲久了，被同化也不奇怪。反正你不要反驳我，我说什么就是什么。"

左右笑出来，拍拍我的肩："就听这小子的吧，毕竟他真是个医生，现下也没有谁比他更合适来照顾你了。此去北极本就山高水长，去止羽一族的老家还要经过一段险路，多加小心总是没错的。"

"好吧，我听他的就是。"我投降，"几时出发？"

左右想了想："明天。你今晚好好休息。"

"行。就这么决定。"

"那我们出去了，一会儿让老白再给你送吃的来。"

"嗯。"

房间里终于又回到了最初的安静。

我顺着枕头滑下去，没人陪着分散注意力，身上里里外外的疼痛又明显起来，饥饿感依然时轻时重地折磨着我，窗外又响起救护车刺耳的警报声，不多时又是警车或者抢险车的动静，今天的城市比往常"热闹"多了。

听着外头的动静，倦意渐渐袭来，我抱住被子，闭上了眼睛。

◇柒◇

我在空旷的街道上漫无目的地行走，到处都没有声音，没有颜色，连天上的月光都是灰色的，跟着我的只有我自己的影子。

"我们去哪里？"我问影子。

影子不说话，只跟我寸步不离。

废话，它当然不会说话，也肯定不会离开我。

正想着，斜在地上的它突然跳起来，在我身后发出"哧哧"的笑声。

我吓了一跳，指着它："你……你怎么站起来了？"

它笑得越来越大声，体型也越来越大，突然张牙舞爪地朝我扑过来，一张血盆大口朝我咬下来。

那是一阵真实的痛感，连牙齿嵌进来的感觉都无比清晰。

我怎么会在街上走呢？明明吃过晚饭后就躺在床上睡着了啊。

我一个激灵，直接从床上坐了起来，身上的被子掉在一旁，我记得我已经很久没有踢被子的习惯了。

眼睛有些刺痛，谁进来把房间的灯打开的？还把灯光调得这么亮？晃得我看东西都是一片摇晃的波浪状，仿佛整间房子都被沉到了深水里一般。

被人咬到的疼痛还在，但又不是在我的身上，且整个人还有一种被强行拖拽的感觉。

我定睛一看，为何我的影子没有在它应该在的地方，而是像一张面积足够大的纸一样被人抓住另一头，强行往我脚下拖过去，但又因为它依然与我的身体相连，对方拖得颇为用力。

我心知不妙，顺手抄起床头边的一个金属花瓶，迅速爬到床尾，大吼一声："谁在那儿？"

高高的床尾下，蹲着一个纤瘦的身影，穿着薄薄的蓝色外套，应该是个女的，两只白净的手正紧紧抓住我的影子，深深埋着头不知在干什么，只发出吃东西时才有的吧唧声。

又麻又痒的疼痛一阵重过一阵地传到我身上。

我心下一急，直接拿花瓶砸到对方头上，怒喝："给我滚起来！"

地上的人慢慢抬起头，冲我笑出来："好久不见了呀，老板娘。"

一个身体，两个脑袋，一男一女对着我笑到露出牙齿。

我退得太快，差点从床上摔下去，幸好及时稳住了身子。

"鲈……鲈儿？"

我在女人的脸上找到了答案，真是久违的"故人"。

"跟了您好久，总算能出来了。"男人的脸居然跟鲈儿也非常像，亲兄妹一样。

从鱼门国逃走、一直毫无音讯的"暗"，居然在伦敦冒出来，还是以这么肆无忌惮的方式？！

我诧异地看着这只真正意义上的"凶妖"，强迫自己镇定下来，指着它冷冷地说："你倒是自己送上门来了！"

两个脑袋"嘻嘻"笑出来，异口同声道："不如说是你送上我们的门更贴切。"

我突然明白了它的意思，冷笑道："在鱼门国时，你不是我对手，想吃我的影子也不可能得逞，是不是觉得现在可以随意下嘴了？"

"可不是嘛。"女头的眼睛都笑弯了，"说来也是缘分，你的影子是我们见过最有趣也最肥美的，一见到它，我们就有说不出的亲切感，并且确定那是我们之前从未遇到过的美味，离开鱼门国后，我们很是遗憾了一阵子。那会儿身子虚，也不敢贸然干些什么事，从龙域漂泊到人界，躲躲闪闪地休养生息。可谁想到，我们就是去探个亲罢了，那个没用的蠢妹子居然把我们又带到你们面前，时间还选得这么合适！"

我一惊："诗诗？你们去见过诗诗？"

"她是我们的妹子，那么多年不见，总还是想念的。"男头一本正经道，"谁知才找到她，就看见一大队石头似的大个子在她住的小县城里大开杀戒，而这个笨蛋一点反抗的本事都没有，瑟瑟发抖地躲在一个破房子里，要不是我们在，她怕是没法逃脱那队人对她的追捕。逃出来后，她一边哭一边跟我们讲了事情的原委，没想到天界的战神居然对我们妹子动了情。嘻嘻嘻。"

难怪……当时没细想诗诗说的话，以冲到松县的神兵营数量与本事，连獠元的抵抗都失败了，她这个一点都不凶的凶妖又是怎么平安逃离松县的？！原来有救兵……

不等我问下去，那男头就扬扬自得地说下去："我们见她断了左手，那样子真是越看越丢脸。她却一点不在意，还拼命求我们帮她一起去救那个獠元。她傻，我们又不傻，硬闯天界不是给自己找麻烦是什么，那獠元又跟我们没任何交情。不过看她哭得那么伤心，我们也只能尽力帮她一把，起码让她去把自己丢了的手找回来，想闯天界救人，好歹得是一只完整的'失'，才有机会不是。"

"她照你们说的做了？"我想到倒霉的寒荒跟离乱，没有等到我们的好消息，等到的却是那只手的主人，和接踵而至的变了心性的獠元。

"不然呢？"女头笑出来，"这丫头跟我们真是一点都不一样，完全不管自己有多少斤两，还真就往天界去了。我们可没去啊，多危险，我们就在天门附近等着，想着万一她能闹出什么乱子，让天界疏于防范，说不定我们还能吃上几个仙家呢。"

一如既往的卑鄙呢，不得不说它们这一对真是我最厌恶的吃货了。

"吃到了吗？"我忍住恶心，笑问它们。

"没有。"男头特别遗憾，"天界的防卫还是可以，没寻到机会。本来我们以为那笨蛋出不来了，没想到她全身而退，见了我们就说獠元出事了。我们见她疯疯癫癫的样子，本想把她带走，可她死活不肯，说要等獠元出来，她不放心。我们就随她了，反正也闲着，就陪她一起等呗，万一一会儿有什么落单的仙官仙女什么的，我们也不算白来嘛。"

"结果屁都没一个，出来的除了獠元就是那一队大个子，都是不好下手的对象。"女头忿忿道，"那傻丫头一见了他，赶紧就跟着跑了。我们本不想理她，可多少又有点好奇，就隐了身形跟着她一道去了。热闹嘛，看看也无妨的。"

看热闹？看亲妹妹的热闹？

我真想一脚踹到它们那张嘴上。

"这么说，从诗诗跟着獠元开始，你们全程都在。"我咬着牙笑道，"你们看着亲妹妹死在面前，只是看着。"

"不看能如何。"女头一翻白眼，"你夫君变得那么凶残暴虐，连龙王虫帝都不是他的对手，你也被揍得半死不活，我们出去能干啥？陪个葬？"

"可不是嘛，我们历来不是自负的蠢货，什么能吃，什么不能吃，我们都有清晰的判断。那一晚的场面，太精彩了，谁出去谁没命的节奏。其实那蠢丫头跳出去前，我们是拉过她的，拉不住呀，非得出去送死。"男头一脸无辜，"不过能跟自己喜欢的男人死在一块儿，也不坏嘛。"说着他又盯着我，笑得特别开心，"何况她还把我们带到你面前。你夫君我们动不了，龙王虫帝我们暂时也动不了，但你这个样子，简直就是送上门来的食物啊。我们真是走了大运！"

我站起来，轻蔑地俯视它们："准备吃我了？"

"已经在吃了。"男头扯起我的影子，一口咬下去。

女头还适时给他解释："他吃东西比较慢，细嚼慢咽的，您多担待。"

又是一阵麻痛，被一只凶悍的大蚂蚁咬到似的，虽比不上恸世长刀给我的彻骨之痛，但也很难受。

虎落平阳被犬欺这种戏码，我演不了。

我忍住痛楚，冲上去一脚朝男头狠踹上去，好歹是吃了东西的，且它们所寄生的是有血有肉的人类躯体，这一脚下去，不断掉颈椎也足够碎掉它的下巴。

可是，我虽然精准踢中了它的脸，却跟踢到一团棉花没差别。

他的五官被踢到凹进去，但很快又"弹"回来，毫发无伤地看着我笑："你几乎没有灵力了，这样的花拳绣腿还是不要拿出来了，真的没用。我们来之前对你的评估是……零反抗力。"

那就让你们看看评估结果有多离谱。

我可以死在任何一种情况下，但我的命绝对轮不到这只龌龊卑鄙的妖怪来终结。

拳脚无用，那么屋子里任何可以用作武器的东西都被我利用起来。

凳子、水果盘、各种摆件，疾风暴雨一样落在它的身上、脸上。

同时我也试图打开房门求救，这种时候不宜逞强。

可是扭动的房门纹丝不动，我的手一挨上去就如同陷入无形的流沙一样，使不上任何力气。

"嘻嘻，房间我们早就封啦，外头的人可听不到里头的动静，里头的人也别想出去。"女头笑眯眯地提醒我，"我要是你呀，现在就老老实实躺下来，这样还舒服一些，大不了我们吃快一些，你也走得快些。"

我气喘吁吁地站在门后，影子从我身上到它们手里，被拉成了长长的一条，形状特别可笑。我怒了，想伸手把影子硬拽回来，却发现自己根本接触不到自己的影子，只有在它这只妖怪手里，我的影子才是可实物化的存在。

灵力不济的我，居然真的没有了对付它的方法。

想笑，世界到处都是坑，就连躺在房间里睡觉，都有人要我的性命。

男头一口又一口，吃得慢条斯理，无比挑衅。

在我又一次冲过去时，还没靠近，就被它一脚踢中小腹，飞出去老远，好在是落在沙发上，尴尬的是沙发立刻翻过去了，我还是以很不美好的姿势倒在地上。

"都说了，别白费力气挣扎了，你现在才是蚂蚁，只能被我们踩死。"女头扬眉吐气得很，"可惜的是你夫君不在，要是他在……"她又突然捂住嘴扑哧一笑，"对不起对不起，差点忘了他变心了，连你都要杀。这场面可太精彩了！要是全世界的人和神都变成这么有趣的样子，六亲不认，互相残杀，我们可以选择的食物就更多了。"

我爬起来，站直身子，冷冷道："在你们眼里，这世界只是你们的食堂吗？"

"当然。"女头嘻嘻笑道，"在你眼里，这世界又是什么呢？"

我笑笑："是我的家。"

"哈哈哈,笑死了。你哪还有家呀?你夫君都不要你了。你明明那么难过、那么孤独,还要装下去吗?"女头幸灾乐祸,"我们喜欢的世界,就是现在……不不,应该是不久后!"她纠正道,"天界乱了,龙域乱了,人界也跟着遭殃,人心惶惶,尸横遍野,所有的欲望与黑暗的秘密都爆发出来。"她抬手指着我,"我们的盛世,就从吃掉你开始。"

我说过,我喜欢这世界原来的样子。

尸横遍野,人心惶惶……这些词都不能用在这个被我爱过的世界。

我的家,不是任何龌龊欲望的盛世。

谁想毁了它,我就跟谁拼命。

疼痛好像突然没有了,身体里燃烧起来的是一团火,并非被怒气所支撑,而是一个坚定到剧烈的意念。

我突然纵身跃起,落到它面前,只用一只手就掐住了它的脖子。

很好,这回不是棉花的感觉了,而是实实在在的一个脖子。

男头顿时难受得张开了嘴,我的影子也从他松开的手中滑落下来,迅速回到我身体里。

女头也像被从水里捞出来的鱼一样,张大嘴使劲呼吸。

两只手在我手臂上乱抓乱打,踢向我的脚没了刚才的力气。

我纹丝不动,只看着它们那两张脸:"这世界,不是你们说了算的。"

"你……你怎么……"

"放手……放开我们……你杀不死我们的……嘻嘻……杀不死的……"

我冷笑。

熔岩般火烫的金红裂纹从我手下蔓延出来,很快爬满它整个脖子,一缕缕白烟从它身体的各个部位飘出来。

我没有家了?

敖炽不要我了?

真敢说啊。

突然"啪啪啪"几声脆响,房间里的灯泡逐一爆开,四周水纹般的扭曲同时消失。

我略略歪起脑袋,看着手下的败将:"诗诗有你这样的兄长,委屈她了。"

"你……"

男头还能说出一个字,女头已经只能发出"嗞嗞"的声音了。

身后的房门被撞开,然后是左右惊诧的声音:"裟椤!"

他刚好赶上最后的场面。

本该躺在床上好好睡觉的我，高傲地站在一室狼藉中，镇定地掐住了一只两头怪物的脖子，然后冷冷地看它在手中化作一片烟尘。

抱歉，在我的规则里，世上没有不能被杀死的恶魔。

你也不例外。

我收回手，看着那团灰黑的烟尘在面前不甘心地旋转、坠落。

可是，烟尘之中是什么，怎么那么亮，那么眼熟？

五彩斑斓的光点聚集在一起，不断变换着形状。

从诗诗的遗体里也飘出来过一模一样的东西。

我正诧异时，那团光又跟之前一样，飞快撞进了我的额头。

跟之前完全相同的感觉。

我连退几步，被左右一把扶住，他顺势打个响指，归于黑暗的房间又亮起来。

吓呆了的老白从左右身后冒出头，环视着凌乱的房间，语无伦次："那是什么？你……你又是怎么了？"

一旁的上官羚倒是特别镇静，只看着"暗"消失的地方，若有所思地沉默。

"你如何了？"左右不安地打量我。

我揉了揉脑袋，定定神，从他怀里撑起身子，说："挺好的。"

真的挺好，一股恶气撒出去的痛快，把身体里所有郁结的地方都清理了一遍，久违的神清气爽。

左右将信将疑地看着一脸轻松的我："刚刚那个是……"

"上古凶妖之一的'暗'，本来一直被封在鱼门国的寒明洞里，也算托我们的福吧，得了机会逃出来。"我尽可能减少对它的描述，多说一个字都是嫌弃，"此妖虽是诗诗的兄长，却本性卑劣贪婪，对人有害无益，不该存在于世间。今天它来找我，算是找对了人。"

"知道了。"左右又将我仔仔细细看一遍，"确定没事？你不要硬撑。"

"它以为能吃了我，结果……你也看见了不是。"我笑着活动活动手脚，"完好无缺，一个零件都没少，就是刚刚被咬了几口，倒也不碍事。"

"不是……那不是上古凶妖吗？"老白还是难以置信的样子，"以你现在的状况，如何能单枪匹马要了它的性命？还是这只妖怪本来就只是名号厉害，其实是绣花枕头？"

我被他问住了。

他的疑惑本来也该是我的疑惑，按正常的走向，我的下场就是被它揍一顿后，眼睁睁看它吃掉我的影子，然后跟所有遇难者一样，干干净净地消失。一个几乎没有灵力的病号，是怎么做到一只手就掐到它全无反抗之力，瞬间扭转局势的？

我想了想，只能说："可能是被它气的吧……你们不知道这厮对我说了多么过分的话。"

老白摇摇头："生气也不至于有这么大的爆发力……太吓人了。"

"我又不会掐你脖子，你怕什么呢。"我敲了敲他的脑袋，"也可能是它刚刚到人界不久，实力还没有完全恢复，所以才让我得了反杀的机会。"

"你杀得可真轻松啊，比踩死蚂蚁还容易。"上官羚突然开了口，语气别有深意，"如果不是亲眼看你半死不活被带回来的样子，我都要怀疑你是装病了。"说罢他走上前，手背贴上我的额头，片刻后又道，"体温很正常了。好像活力也回来了。"

活力？！

这个词用得真准确，我正想要怎么准确表述我此刻的感觉，就是这个词——活力。

疼痛还是在的，可是并不太难受了，饥饿感也明显减少了许多，一种就算没吃饱也吃了个半饱的小满足。

所有的好转都是从"暗"在我手里化作飞灰时开始的。

连一直在低谷里反反复复的情绪，也回到了一个不说多么高，但起码正常的位置。没有解决的问题还是在那里，但我不烦躁，也不惧怕了，好像得到了特别有力的依靠，那种在迷茫痛苦的海水里找不到方向的无助感，不知不觉被擦掉了。

"看你的眼神，好像都清澈有力了不少。"上官羚收回手，"原来生气还有这种奇效，那以后只怕要多多让你生气才对。"

"行了，别乱开玩笑。没出事就是万幸了。"左右看我确实没事，又看看乱七八糟的房间，"换个房间休息吧，天亮之后就要出发了。"

"不用换，过不了几个钟头就该天亮了，床又没塌，能睡。"我摆手拒绝，直接坐回床上去，"小插曲而已，你们也快些休息吧。"

上官羚看我的眼神始终不太对，总觉得他在用眼睛解剖一个千年未遇的疑难杂症，然而他什么也没说，干脆地转身走出了房间。

老白还想问什么，被左右直接拎了出去，替我关上门，也收走他给的光："晚安。"

其实左右的眼神也很深邃，甚至有点沉重，大概是被刚刚那一幕惊到了，以他的身份又不太好表露出来，我以一种反常的"活力"，保住了性命，杀掉了敌人，这比一只凶妖处心积虑闯进我卧室更让他担心吧。

可是，我觉得这样很好。

躺在床上，盖好被子，在黑暗里凝视都快被看烂了的天花板。

心跳很久没有这么平缓过了。

我下意识地摸了摸自己的额头，回想着那两团从诗诗跟"暗"身上渗透出来的光，它们仿佛又从我身体里跑出来似的，亦真亦幻变幻莫测的样子，在眼前渐渐清晰，我看得入神，好像它们可以变成世界上任何一种物体，但最后它们还是变成了一棵树的模样，挺拔神气，根系发达，但再看下去又总觉得不对，好像被谁砍去了一半枝丫似的，怎么瞧都不完整。

我稍微用力眨眨眼，发光的树立刻消失了。

我长长吁了一口气，看来我不光有幻听，现在还有幻视了……虽然身体的状况有突然好转的迹象，但是真好起来，还是假好起来，我自己也拿不准。

不过，好歹是能睡个比较安稳的觉了吧？

明天还要去那个又远又冷的地方，现在一想，心态好像也有些变化，之前得想方设法鼓励自己，才勉强同意随左右去北极看看，而现在我居然期待起来，好像那个地方是我本来就该去的。

我闭上眼。

一夜无梦。

◇尾◇

即便我马上就要离开，这座城市也没有送我一个值得怀念的、好天气的早晨。

小雨、冷风、阴沉，窗外一点可供念想的东西都没有。

可完全不影响我的胃口。

左右亲自做了一桌丰盛的早餐，他自己却吃得很少，只是不停地往我盘子里添食物。

上官羚一边喝牛奶一边抱着手机刷一些无聊的视频，离开了医院的他，大概只能用这种方式打发时间，以及发泄他并不愿意跟我在一起但又必须在一起的不满。这样一个看起来颇有自己风格的怪人，明明应该是心高气傲，除了本职工作不理闲事，不肯被任何人摁头的那一款，但他偏偏唯左右的命令是从，让加入飞星就加入，让帮忙就帮忙，说不定他会成为一个医生都是听从了左右的建议。直觉告诉我，他们之间应该有一个我还不知道的故事。

最忙的还是老白，嘴里叼着一片面包，手指在笔记本的键盘上飞快敲着，牛奶都放凉了也顾不上喝一口。

我看着他明显的黑眼圈，问："你昨晚都没睡？"

他费劲地把面包咽下去："我这边不能停的。各方的信息要立刻整理出来，不然怎么跟你们汇报。"

上官羚瞟了他一眼："你已经整理一整晚了，我们都知道了。能不能稍微休息一下？"

"不行啊。我这边懈怠下来，信息更新不及时的话，对你们不利。"老白依然不肯停下来。

作为一个大部分时间都躺在床上的病人，我疑惑地问："你到底在整理什么信息？"

"这个世界的坏消息。"上官羚看也不看我，直言，"哪几个国家又打起来了，哪里又山洪爆发了，哪座死火山突然又不死了，连哪片庄稼被蝗虫吃了都要说一遍。"

"那可不是一片庄稼啊！"老白反驳，"是相邻的好几个国家的全部田地都遭殃了，且到现在还没有停下来。又不是路边的花草，没就没了，那是供多少人活命的粮食啊！而且奇怪的是，受灾之地之前从未发生过蝗灾，那些长着翅膀的强盗简直跟从空气里冒出来的一样。"他一口气说下去，"远的先不说，就说近的。虽然伦敦的妖怪们逃过一劫，但这个城市正在陷入新的困境。就这几天，各区恶性案件频发，好几间医院里还同时暴发了原因不明的传染病，疑似人为散播病毒，凶手还在追查中。郊区的一所化工厂也发生不明原因的爆炸，死伤无数，工厂老板吞枪自杀，警方在其办公室里找到遗书，说炸弹是他放的，活腻了，又不想一个人去死。还有一艘从伦敦港出发的货轮，还未行驶到外海就发生严重的泄漏事故，倾入海水的巨毒物质足以污染几十海里的海域，找到船长时，人已经疯了，船员们也跟中邪了一样对任何人都充满攻击性，有关当局现在头都愁大了。这还只是一小部分，并且不止伦敦这一个城市，近日世界各地的类似事件我已经全部整理好……"

"好了，老白，人界的这些麻烦我们都知道了。"左右打断他，用力拍了拍他的肩膀，"虫人数量虽多，传回来的消息免不了杂乱，幸好有你坐镇处理，多谢了。赶紧吃东西吧，累坏了身子可不行。"

老白终于停下来，因为说话太快而微微喘着气："越来越多了……真的。你们如果跟我一样，站在所有坏消息的汇总点，也会害怕的。"

"我说这几天外头怎么尽是各种警报声。"我放下手里的食物，冷笑道，"这样的乱子，颇有 4E 的风格。"我转头看着左右，"天界龙域刚刚遭了大麻烦，人界也不甘落后啊。"

左右沉默片刻，说："有个事还没跟你说。"

我坐直身子："希望不是更坏的消息。"

"也不算更坏，只是确定了。"左右往我杯子里又添满牛奶，"根据我收到的可靠消息，天帝失踪了。刑王被囚，战神下落不明，连天帝都不见了，现在的天界确实乱成了一锅粥。你也知道，天界的稳定与否，肯定会影响到人界，且不说 4E 干了多少好事，那些突发的与天时有关的灾祸，跟天界的混乱息息相关。天无好时，地必不利，夹在中间的人类妖物又能平安到哪里去。"

我叹了口气，端起牛奶却突然失去了喝掉的兴趣，只说："如果他们知道獠元已经不在了，只怕会更乱。几个巨头接连出事，剩下的那些过惯了安逸日子的家伙，肯定方寸大乱，加上如今的十二天神里有好些都是后头才继任上去的新丁，以他们的年资跟能力，要应付这样的局面实在有些为难。"

"跟之前比，你现在好像一点都不担心了。"上官羚看我一眼。

"虱子多了不痒，债多了不愁。"我笑笑，"我急到肠穿肚烂也于事无补。何况你不是跟我说得明明白白的吗，先救自己最重要。"

上官羚嘴角一扬："一夜之间，你隐约像是变了个人。"

"我还是我。"我还是把牛奶喝光了，擦擦嘴，打了个饱嗝，"真好啊，好久没打过饱嗝了。"

"那就出发吧。"左右站起身。

"好。"上官羚伸了个懒腰。

老白忧心忡忡地拉住我的手："去北极那样的地方，你多穿点衣服！我给你准备了最厚的羽绒服，防风防水的！你穿上再走。"

"嗯。我穿。"我拍拍他的头，我怕拒绝的话他马上就要哭出来。老白虽然叫老白了，起码在我面前，他还是个来到这世界没多久的孩子呀。

他赶紧跑上楼去，很快抱了一件厚得能压死人的羽绒服下来。

我听话地穿上这件几乎把我淹没的衣服，挣扎着从大毛领里露出脸来，对老白嘱咐道："我们走了之后，你老实待在你的大本营里，不要到处乱跑。你倒腾这些新兴玩意儿很在行，但毕竟还年轻，身份也特殊，真遇到凶险的敌人你应付不了，所以自己一定要小心。"

"她说得不错。你最好老实待在这里，我没有龙元盾那么厉害的玩意，但要对这座房子稍加保护，还是可以的。"左右也认真地嘱咐他，"我已经通知了飞星的全部成员，要他们尽量缓解各种灾祸带来的伤害，能做多少是多少。你也不要太焦虑，待在这里做一个尽职的技术支持就好。"说罢，他笑着拍拍他的肩膀，"我们都会好好的。"

"会的。"老白眼睛有点红，"你们一路平安，如果有什么变动，我会及时通知你们。"

左右点点头，对我和上官羚道："走吧。"

没有行李，没有眼泪鼻涕的送别，我们平平常常地走出了大门。

冷风细雨中，上官羚开着车往海边的方向疾驰而去。

我关上车窗，不是冷，而是讨厌那些不该出现在清冷干净空气里的丝丝缕缕的怪味道，好像烟尘与细菌、血腥与暴戾都有了具体的味道。

我喜欢的世界，不应该是这个气息。

第十一章【阿芷】

生命最要紧的地方，
不在长短，而在得到。

◉ 楔子 ◉

能走却不走，才叫留下。

◇壹◇

空无一人的海边，风雨在海浪的加持下，更肆无忌惮地扑向我们。

我不介意上官羚把车开到这么偏僻荒凉的地方，但我很介意那艘在左右的操纵下凭空出现在沙滩上的"船"。

"上船吧。"左右招呼我们。

"那个……这就只是个舢板吧？"我实在不好意思把那一艘简陋到可能会漏水的交通工具称之为船。

"就我们三个人，够坐了。"左右不以为意，跳进去对我伸出手，"来吧。"

"没事的，就算漏水翻船了，你这身衣服的浮力肯定比救生衣还大。"上官羚上去之前居然还能揶揄我一把。

"不是……我们去北极，坐这个？"我还是觉得下不去脚。

"不然呢？跟那些家伙一样，搞一艘巨型货轮杀过去？"左右反问，又朝我勾勾手指，"行了，跟我走的话，坐这个就足够了。"

我不情不愿地挪进去，嘀咕："就算我灵力不济，无法直接飞到北极，可你没受伤啊。"

"那又如何？"左右在船头坐下来，又指了指中间的位置，"你就坐那儿吧。"

我拢着羽绒服坐下来，左右环顾："不是应该'咻'的一下……我们就已经到了嘛。

人界的距离对身体健康的老妖怪而言，远或近都没有意义吧。"

"我是可以'咻'的一下到北极，但是你跟上官羚'咻'不了。"左右手掌一覆，小舢板顿时离了地，轻巧地落到水里，劈开迎面而来的海浪慢悠悠地朝前方而去，"一个伤痕累累的妖怪，一个人类，你们现在谁受得了极速移动带来的副作用？可能肠子都要吐出来吧。所以我才选择坐船，时间可能会稍微慢一点，但对你们比较保险。"

我竟然忘了这一茬，身体正常时我确实可以仗着灵力到处飞，无视距离，但现在如果借左右的力量瞬间到北极，我可能真的会有麻烦，肠子吐出来都算轻的……上官羚就更麻烦一点，寻常血肉之躯"咻"一下，恐怕还没到北极就四分五裂了。

老妖怪还是老妖怪，想得很周到，同时充分证明了身体健康就是一切这句话有多重要。

可是……我低头看着不断擦过船舷的海水，坐舢板到北极，我们的情况又能好到哪里去呢？

上官羚倒是一点都不担心的样子，反正左右说什么就是什么，他只管抱着手机看得津津有味。

"上官大夫，以你的专业知识跟常识，你真的完全不担心自己的安全吗？"我拍拍身下的船板，"这可不是钢筋铁骨的玩意儿。"

"你连上古凶妖都能徒手捏死，还怕这艘船？"他只顾盯着屏幕，然后发出一连串"啧啧啧"的声音，"还真有这种事，有意思。"

见他如此专注，我的好奇心顿起，伸长脖子看他的手机："都在海上了，你手机还有信号？"

"早就下载好了。"他瞟我一眼，体谅我脖子劳累，干脆把手机伸到我面前，"历史上最有趣的一百个实验系列，这个特别有趣，想看？"

"看啊，反正闲着。"我接过手机，顺手点开了他说的那个视频。

就是一个做成伪纪录片风格的玩意儿而已，他说的最有趣的是一个被蒙上眼睛的人，双臂被固定在坐椅的扶手上，旁边的人拿起一个苹果说"好的我现在放一个苹果在你的胳膊上，你告诉我你有什么感觉"。被测试者很快就说圆圆的、微凉的。接着他们又以相同的方式，分别将不同的物体放到他胳膊上，被测试者也不断说出自己的感觉，冰块太冷，羽毛有点痒等。在放置了足足几十种物品之后，测试者突然说："接下来我们要把一块烧红的烙铁放在你胳膊上，希望你配合说出感觉。"被测试者当场拒绝，说自己收钱时说好了只是普通的测试，然后就拼命挣扎起来。几个参与者一拥而上将他控制住，剩下那人却只是拿起一支普通的钢笔，将金属笔帽那一头摁到了被测试者的胳膊上，紧接着就听到一声惨叫，那人的胳膊上居然真的出现了发红发烫类似烙印的痕迹。实验结束，他们放开被测试者，拿开他的眼罩，告诉他那只是一支钢笔，并不是烙铁。

看完，我笑出来，把手机还给他："是挺有趣，做得跟真的一样。不过要是被测试的那个人是我，这一屋子的人怕是牙都被打掉了。"

他看着屏幕上的画面问我："你觉得这个实验是骗人的？"

"现在为了吸引眼球，什么视频都会有。"我笑道，"娱乐大于一切。"

"据说类似的实验在一百年前就有过了。"他认真地说，"当主观意识做出认定后，身体就会服从这个认定并出现匹配的反应。但至今好像也没有一个定论。"

我又笑："如果人类都具备这种能力，错误的认知带来错误的后果，这不是相当于另一个角度的心想事成了吗？仅仅用意念认知来影响甚至改变客观存在的能力，存在于人类身上的概率微乎其微。"

"可我还是相信这个现象是存在的。"上官羚抬起头，又笑着拍拍自己的心口，"从这里开发出来的力量非常大。"

我越听越觉得好笑："你可是医生，凡事应该以客观事实为首要参考吧，这种玄乎的实验，应该被你嗤之以鼻才对啊。"

"世界之大，无奇不有。"他又划到下一条视频，懒得再跟我这个不同道中人讨论了。

"建议你平时还是多看看更科学的东西吧。"

"坐小舢板去北极科学吗？"

"……"

左右听见我们的对话，无奈地笑笑，眼前坐的仿佛是两个为小事起争执的孩子，批评谁都不对。

"这个世界确实什么都会发生啊。"他看看我，又扭头看着远处，"我们之于这个世界，等同于灰尘之于大海，知道的太少，不知道的太多。"

我看着离我们越来越远的海岸，那条蜿蜒的灰黑的线把繁华的城市与我们彻底隔开，但我还是能从空气里嗅到那些我不喜欢的味道，不知我们回来后，这个容纳了我千百年的世界又会变成什么模样。

希望不是更糟了。

回到小舢板，这还真不是普通的舢板，在海面上越走越快，稳如泰山，没有带给我们丝毫不适，只是我们四周的景色越发模糊起来，成了被刻意拉长的不同颜色的线条，把我们安全地包围起来。

如果我对时间的感知没有出错，从出发到小舢板减速，再到周遭的景色渐渐恢复正常，最多不超过六个小时。

浩瀚的海面被灰蓝与雪白填满，两座巨大的冰川严丝合缝地靠在一起，默契地用自己身体的曲线在观者面前留下一个拱门般的缝隙，一缕缕淡淡的白气从这道天然的"拱门"后飘出来，像一个个对外界十分好奇的小孩子，探头探脑的样子。

　　温度比来时低多了，当我意识到这一点时，吐出来的气都快结冰了。

　　感谢老白，羽绒服救命，双手脖子全缩进去才保得住似的，不用照镜子我也知道自己现在的熊样……突然有点想念我留在不停的冬暖夏凉的旗袍了，如果乌衣还能像从前一样裁衣裳就好了，也许他能做一件穿起来不那么像一头熊的羽绒服。

　　我的视线模糊在海面上泛着的细碎光里，那些在我生命里出现过，跟我喝过茶吃过饭吵过架的妖怪们，不知道它们现在好不好。

　　"到了？"上官羚的声音把我惊醒过来，只穿了一件大衣的他好像远没有我那么怕冷，不但没有缩手缩脚，还兴致勃勃地举起手机拍起来。

　　"要去止羽的老家雾海，就得从这扇'门'穿过去。"左右指着前方，看似不太大的一扇门其实只是错觉，当我们靠近它时，才意识到这是一个宽阔到足够一艘重量级轮船通过的空间，而我们这个小舢板的体积对它而言，比牙签还可怜。

　　左右沉默片刻，深呼吸了一下，转过身去盘腿坐在船头："我们进去吧，你们坐稳，千万别掉下去了。"

　　"那里有什么急流暗礁吗？"上官羚把手机收到衣兜里并拉上拉链，两手扶住船舷，"那帮家伙可是开着超级大货轮冲过去的，但我们……"

　　我也尽量抓稳，笑问："怎么，你也害怕了？"

　　"我不想手机掉水里。"他一本正经。

　　"之前没看出来你是个手机狂人啊？"我想起第一次跟他见面时的情景。

　　"工作时候不刷手机，这是职业操守。"他看着眼前巨大的"门"，呼吸比之前急促了一点点，"要不是看在老大的面子上，我宁可回医院加班，也不跟你来这冰天雪地的鬼地方。"

　　"集中精神。"左右回头对我们做了个噤声的手势，"这儿不是闹着玩的。"

　　我们俩立刻识趣地闭了嘴，眼看着小舢板向前漂移，慢慢滑进了这个巨大到让人窒息的空间里。

　　急流暗礁什么的好像并没有，我们在开阔平静的海面上缓行，出口就在不远的地方，船底发出有节奏又轻缓的水声，伴着悠扬的回音，听起来还有些美好，像有人在哼唱着调子简单的歌曲，眼中所见的只有丝丝缕缕游动的薄雾，以及高不可攀的莹白冰壁，一片片形似羽毛的白光在冰壁下闪闪烁烁，透出剔透温柔的光。除了冷，这里似乎没有什么不妥的地方，水过舟行，时光骤停，越往里头走，内心越是安稳平静，我心想，凡人若要寻个好地方修行成仙什么的，这里再合适不过。前提是不怕冷。

但左右并没有我们那般放松，他像个有经验的老船长，执着地在最前头，非要从不可能的地方找出一些危险似的。

"还挺舒服的……时间好像都慢下来了。"上官羚仰起头，微闭着眼，"所有急着想完成的事都不那么着急了。"

我也同他差不多的感觉，离出口越近，越觉得慵懒，曾经把心里塞得满满的各种焦虑与迫不及待想去完成的事被拖得越来越缓慢，好像这世界上没什么事可值得着急了，甚至你告诉我敖炽跟浆糊未知就在出口外头，我也不会匆匆飞奔而去。

这个突如其来的设想把我吓到了。

我用力拍了拍自己的脸，努力从这种不正常的慵懒中缓过来，船底的水声好像跟之前不一样了，"哼唱"出来的曲子不再是那么简单的几个音符，而是更完整也更动听的乐声，我说不出像哪种乐器，只能用缥缈空灵来形容，越听越觉得时间缓慢，不如停下。

另一头的上官羚已经摇摇晃晃打起瞌睡来，几辈子没睡过觉一样地倦怠。

"我一言难尽忍不住伤心，衡量不出爱或不爱之间的距离！"

一声惊天动地跑调严重很难被认定为"唱歌"的大吼，突然从左右嘴里冲出来。

空气里仿佛有什么东西被惊扰了、打断了，反正我突然就来了精神，连上官羚也猛然睁开眼，身子一晃差点栽下船去。

我一把拉住他，发现自己已然出了一身冷汗。

"大声说话、唱歌，随便发出什么声音，反正一定要比这里任何声音都要大！"左右冲我们大声喊道。

我心下一惊，莫非不知不觉间，危险已经到了？！

"怎么了？"我也大吼。

"水里有妖气，一直安静听水声的话你们会渐渐被停止。"左右大声说，"我知道他们为何要用装满船员的大货轮来这里了，上百个活人的人气与动静，加上货轮发出的巨大声响，就是为了避免在行驶过程中被这股力量影响。"

我恍然大悟，4E真是什么都安排得明明白白啊。

"这是止羽设下的陷阱？"我大声问，"如果不知情，一直屏息静气朝出口去，我们会如何？"

"会被永远停在这个地方。"他望着眼前巨大的冰壁，眼神复杂。

这不是还没进入止羽的老家吗，就已经领教到这种"与世无争"的妖怪的厉害了？

我不知道所谓的"停下"是个什么状态，按照之前他们的描述，止羽有停止万物的本事，如果被它祸害了，那便是意识与身体的双重停止，那种感觉莫非跟植物人一样？还是连植物人都不如，无知无觉地成为一个静止的人形符号，不算活，也不能算死，因为连生命的流逝都被停止了。

这样的遭遇听起来好像都不算什么遭遇，毕竟感受不到任何东西、没有任何痛苦，但再细细去想，一场无休止的没有任何意义的存在，生命仿佛成了一个虚无的空洞，时间飞逝与你无关，爱恨喜恶都归零，你参与不了沧海桑田中的任何一件事，你比一株野草都不如，起码它还能在春天茂盛，冬天枯萎，这样的"静止"难道不是比死亡都可怕的事吗。

幸好……幸好这种妖怪喜静不喜动，幸好它们一直在这里，在世界的尽头。

"这种妖怪好厉害呀。"上官羚大声吼，看着左右道，"要不要加快速度冲出去？"

"你以为我不想快吗？"左右低头查看水流，"到了人家的地盘，就得照人家的规矩来了。这里头水流的速度是恒定的，你根本快不了。"

不说还好，越说越慢，不一会儿，我们的小舢板几乎是在缓慢挪动了，而出口，离我们好像还是那么远。

一道直达穹顶的巨大冰柱矗立在前方，将海水分了左右，淡淡的白气如蛇一样盘旋于柱身，我们的小船仿佛受到了什么奇怪的吸引，突然加速朝冰柱驶去，根本不听任何人的指挥，就在我们以为要船毁人亡的时候，小船突然停在离冰柱不到半米的地方。

亏得左右力气够大、站得够稳，这才拦住了差点被甩出去的我和上官羚。

"待客之道好糟糕啊。"我吁了一口气，定睛一看，眼前的冰柱上布满了密密麻麻的裂痕，看上去跟一个摔碎了又被粘回来的花瓶没差别。

上官羚看着这根冰柱，微微皱了皱眉头，他凑近看看，说："该不是被他们的大船一头撞过去了吧。如果不撞碎它，他们怎么过去。原来大船还有这优势。"

"照我们之前分析的，五十年前他们就往这里来过了，如果确实是从这里进入，那这根冰柱应该被撞碎好几回了。这么大一根柱子，除非它有自愈的能力，不然就是有人把它粘回去了。"我仰望这个巨大的障碍，"工程真不小啊。"

左右思忖片刻，摇摇头："先不讨论这个了。我们没法撞开它，绕开吧。"

"左还是右？"我突然觉得有点好笑，"这个问题好像天生是给你准备的。"

上官羚眨眨眼："对哦，真巧。"

左右白我们一眼，手指一动，小舢板立刻改了方向，往左边而去。

白茫茫的出口又等在我们的正前方。

109 第十一章

阿芷

眼前越来越亮，越来越宽，我暗暗捏了一把汗。

◇貳◇

除了各种用冰雪堆成的花与树，能看见的就是姿态各异、栩栩如生的冰雕人像，几乎都是小孩子，男女都有，有的在唱歌，有的托腮看天，有的举着风车哈哈大笑，给这块孤绝荒凉的地上带来一丁点虚假的热闹。但若仔细观察，这些雕像除了身形面目不同，衣着打扮也相当不一样，不是说款式，而是时间……虽然我没有系统的世界服装发展史之类的知识，但也看得出这些冰雕的孩子各有各的民族，各有各的时代。

在哪里看见这样的雕像，我都不会奇怪，但是……北极？

放眼看去，这片人像展示区非常大，远远的有一片冰栅栏，将其与一座雪白的古色古香的宅子分开来，虽然距离有些远，但不难猜到那宅子的一砖一瓦肯定也是冰块，修建得却丝毫不马虎，颇得唐宋民居之风，又加入了适当的变更，既有古雅之意，又得现代建筑之简洁清新，可说是一座怪异得蛮有美感的宅子。

我揉揉眼睛，这就是止羽的老家？

不是说在一大片浮冰上吗？怎么看起来是一片稳当广阔的冰原地形？还有船员们所描述过的各种曲折颠簸的过程，都没有。最重要的是，一枝一花，形如羽毛，我一根都没看见。

小舢板在岸边微微摇摆，我们三个谁都没下船。

左右皱眉环顾四周，一言不发。

"是这里了？"我疑惑道。

"不像。"上官羚摇头，赶紧掏出手机"咔咔"拍了好几张，"北极怎么会有这种奇怪的地方。"

左右一攥拳头，跳下船去。

我们赶紧跟上。

踩在地上的每一步都又冷又硬，却一点没有脚踏实地的感觉。

离得近了才发现，这里不但有刚才看见的雕像，还有好多雕刻细致的乌龟与各种叫不出名字的虫子趴在地上，所有一切好像只差一口气就能活过来似的。

谁下的功夫？

看到的细节越多，左右的脸色越凝重，有点期待看到什么又怕看见什么。

上官羚的脸色也不太对头，径直走到左右身旁问："老大，她在这里？这不可能吧？"

她?!

又出现了什么我不知道的人物?!

左右还是不说话,沿着脚下特意平整过的蜿蜒小路朝那座宅子走过去。

随着我们的靠近,一阵悠扬的音乐越来越清晰地从宅子深处传出来,有些老唱片的味道,轻柔绵甜的女声唱着一个姑娘对男子的思念,调子悦耳动听,透着淡淡的求而不得的遗憾。

好听是好听的,我在不停的时候,有时候也会播放这种内敛深情的歌曲。

但是,在这里……在北极……在可能是一群妖怪的老家听到这样的歌,就跟我踩在这块地上的感觉一样,横竖都不安心、不踏实。

左右停下脚步,眼神里有一丝不安,还有一点点隐忍的愤怒。

"老大……"上官羚有些担心,甚至是警惕地看向四周。

继续走,一直走到宅子面前。

一阵骨碌碌的声音引起我们的注意。

循声望去,大门左侧的围墙下,一个看身形不过四五岁大小的男孩子,裹着一身明黄的衣裳蹲在那里,背对着我们,专注地在地上玩耍着一对圆滚滚的冰弹子。

男孩的出现,仿佛是这里的异数,因为除了我们,只有他是活生生的。

左右走到孩子身旁,尽量放轻声音道:"小朋友,就你一个人在这里吗?"

男孩又弹了两下冰弹子,直到把他设置的靠在不远处的两个冰块击倒了,才回过头来:"还有姨姨跟菲菲在。"

白嫩乖巧的脸上,没有半分被不速之客打扰的惊讶或者不悦,冷静得一点都不像他这个年纪的孩子。

但是我不冷静了。

这张脸我认得啊,眉目口鼻,包括那处变不惊的小大人的神情,不就是那个死活都不肯离开鱼门国唐府地下室的……五子棋吗?!

他显然也看见了我,认出了我。

不浓烈但也明显的喜悦在眼里闪动,他站起身走到我身边:"浆糊未知妈妈,好久不见了。"

浆糊未知妈妈……我还是第一次听到这么长的称呼,从他嘴里说出来,好像天气都和暖了。

"五子棋……"我赶紧上去,蹲下来一把抱住他,"你怎么会在这里?"说完又不相信似的在他脸上、身上捏来捏去,确定他是活的,"你不是坚持要留在唐府地下室吗?"

"我早就出来啦。"五子棋的脸被我搓成了变形的小汤圆，努力回答道，"跟你们告别后，回到地下室没多长时间，那天我正下棋呐，突然就觉着像地震了，不但把我棋盘都抖翻了，把我脑子都震麻了。我清醒过来后，想什么都通透起来，连我叔的样子都想起来了，就是一个满脸大胡子的道士，他还说他曾经也是唐家的人，只不过后来就不是了，他交给我的东西，真就是一阵风……"

"一阵风？"我愣了愣，这孩子如此执着要找到的东西，怎么可能是这个？

"真的，我都记起来了！"五子棋认真地说，"我一直就跟在叔身旁，好多好多年呢，他练剑打坐打妖魔的时候，我都在。他却只准我观战，从不许我参与，平日里做得最多的事就是给他捶背倒茶，读书识字，要我磨炼心性，平和自然。可后来他生病了，老咳嗽，吃多少药都不好。有一天他偷偷把我带到唐府地下室，说要交给我一件东西，要我一定看守好。"他的小手比画着，"然后他就抓了一把风，'啪'的一下按到我额头上，说这件东西就是我，要我一定看守好自己，不要发脾气，永远不要离开这里。可能这是他给我下的什么奇怪的咒吧，没多久我脑子就有点糊涂了，想不起他的脸，也想不起过去的许多日子，就记得他给了我一件很重要的东西，我一定要看守好，可是是什么东西我又始终找不到，所以才一直留在那里。"

我想了想，说："你叔大概是迫不得已的缘故，无法再保护你，才把你带到那里，施咒让你自愿留下来，毕竟比起外头的世界，地下室里安全多了。"

"谁知道呢。"五子棋耸耸肩，"其实他只要跟我说一声外头危险，不要出去，我也不会出去的，我特别听他的话。而且我从来不发脾气的。"

我笑着摸摸他的头："可你还是出来了。"

"我并不是真想出来的。地震后我想，既然东西都找到了，我就不着急了。我出来只是暂时的，我想来找你们，跟浆糊未知说一声，免得他们也替我着急。而且我还想去找找叔，他让我不要把自己弄丢了，我看他才把自己弄丢了，这些年没有我给他捶背，他的日子一定不舒坦。"五子棋的懂事真是随时随地的，"可我一出来才发现一切好像不太一样了，我叔应该已经死了，我的弓找不到的人，只能是死人，真可惜。我又去找你们，可你们已经没有住在原来的宅子里了，一个我不认识的女的在里头，我问她你们去了哪里，她说你们已经离开鱼门国了，去哪里就不知道了，不是龙域就是人界吧。还说现在鱼门国的门开了，不再是一个被当作监牢的孤岛了，大家都可以自由出入。奇怪了，我以前也没觉得不自由啊。唉，找不到你们，本想着回地下室去，可心里又总有些躁动，始终想见到你们，所以我又用了自己的本事，循着我的弓给出的路线，一路到了人界。"

"你不辞辛劳跑出来，就是为了告诉我们你已经找到那件东西了？"我一想到他一个丁点大的孩子，光从鱼门国到龙域再到人界，就是一个很艰难的过程了，而他千辛万苦的目的居然只是这个。这么聪明善良又实诚的孩子，为何会被他叔叔禁足在地下室，还要对他说那样的话。难道仅仅是因为他手中那把神奇的皇蛾弓？

他点头："未知特别容易着急，而且我们事前说好了的，如果我找到了那件东西一定要告诉她，她才放心。"

我心头一阵难过，忍不住把额头抵在他的额头上："谢谢你五子棋，未知如果知道你来找她的话，一定会非常开心，浆糊也是。"说着，我直起身子，疑惑地问，"你既然知道我们的位置，为何会出现在这里？按理说你的弓应该把你带到我们在人界的家才对啊。"

"我的弓给我的位置就是在这里的。"五子棋笃定地说。

我一愣，回想起当初在嚣家时他帮我们找人的情景，忙问："你不是要想着被寻找的人的样子才可以吗？你来找我们时，想的是谁？"

"浆糊未知啊。"他揉揉鼻子，"我来不就是找他们嘛。"

我心跳顿时加速，用力握住他的手："你的意思是，浆糊未知在这里？"

老天，我怎么能把这个短短相处过的孩子给忘记了，他的弓连嚣大人的目牢都能破解，我竟然没有想到要来找他帮忙！是我潜意识里太小看他了，总觉得他只是个蜗居在地下有点小本事的娃娃罢了，大人的大事，他不会处理得了，也不愿将这小不点牵扯到任何麻烦跟危险里。但想不到阴差阳错，他居然主动来找……但是，目牢这种虽有些厉害但也不算顶级高明的法术，跟万妖之源西溟幽海的力量相比，委实差了太远，连虫帝都不知道的地方，他的弓真能有用？

"我的弓不说话，所以不说谎的。"五子棋非常坦白，"我坐在弓上飞了好久才到这里。"他回头指了指我们来时的方向，"喏，我就是从那边那个特别特别大的冰门里过来的，还遇到一根特别高大的冰柱，我绕过来后，在弓前引路的光就没有了，只有当它找到我要找的人时，它才会消失。所以浆糊未知一定在这里。"

我立刻站起身，左右环顾，急出了一身汗，他们真的在这里？

"我找遍了，却又始终找不着他们。"五子棋见我一脸恨不得掘地三尺的表情，他自己也很疑惑，"但我的弓指示他们在这里，那他们就一定在这里。"

左右跟上官羚被我跟这娃娃的不期而遇搞得一脸糊涂，听了半天也没弄清楚事情的来龙去脉。

"这孩子……什么来历？"左右问我，"怎么听着像是他寻到了浆糊未知的下落？他如何能得知西溟幽海的下落？"

阿芷

"他是我在鱼门国里遇到的孩子，非人非妖，特别聪明懂事。他手里有一把名曰皇蛾的弓，能用这把弓寻到失踪的人，绝无差错。他的事说来话长，得空再跟你们详说，反正你们知道这孩子有这样的本事就行了。"我心里突然就七上八下起来，希望就在眼前，但又看不见的焦躁跟生怕又是一场空欢喜的担忧交织在一起，再努力也平静不下来了。

"可以啊这小子。"上官羚摸摸他的脑袋，"从你老家到这里那么遥远，你一个人'飞'过来的？"

五子棋完全不怕生，很自然地对这个陌生人道："我的弓也坐不下两个人呀，可不就一个人飞来的嘛。"

左右跟上官羚都被他的诚实逗得笑出声来。

但我笑不出来，怎么可能人在这里却又找不着呢？

我又急忙问他："你不会是刚刚才来这里的吧？"

五子棋摇头："比你们早了好些天呢。"

"你说这里还有别人？"

"有啊，不就是阿芷姨姨跟菲菲吗。"五子棋朝宅子里一指，"这会儿阿芷姨姨应该正在屋子里做饭吧，菲菲身体不好，只能吃煮得很软很软的食物。"

"阿芷……姨姨？"左右一怔，旋即转过头去看着那扇虚掩的大门，略一犹豫后，上前用力拍了拍门，冰块做的门，发出来的声音奇奇怪怪的。

他似乎真的在生气？

身为虫人一族的帝君，加上经年累月沉淀下来的心性，左右是个与粗鲁完全不靠边的家伙，所以我很奇怪他居然是拍门而不是敲门，仿佛门后的人欠了他很多很多钱的样子……而且我相信，如果里头的人再不出来应门的话，这扇门很快就保不住了。

幸好，很快有脚步声出现了，慢吞吞地朝大门这边来。

"门又没有锁，小五你拍什么拍呢？"说话的声音也是慢吞吞的，大门好一阵子才被人从里头拉开，弱不禁风的女子裹在一件说不出是什么样式的白袍子里，随便拿了一根同色的布条拴在纤细的腰间，银白的头发编成一根长长的辫子垂在胸前，辫梢别了一朵冰雕的小小牡丹花，虽是白发，一张脸却是很年轻娇俏，甚至是甜美可爱。

抬头一见，发现站在面前的并非她以为的"小五"，而是黑着一张脸的左右时，她端在手里的冰碗顿时滑下来，摔得四分五裂，几块果肉一样的东西一下子糊在地上。

左右死死盯着她的脸，几乎是从牙缝里挤出话来："果然是你。"

我自然不认识这个住在冰天雪地里的小美女是谁，只看到左右因为她而失态的样子，还有上官羚也是，诧异的神情跟见了鬼一样。

"阿芷姨姨，今天的饭菜可能不够了呢。"五子棋拉着我的手走到女子面前，开心地说，"这是我同你讲的，我要找的两个好朋友的妈妈。好巧呢，她也到这里来了！"

"哦……是吧……真巧真巧。"女子从近乎石化的状态里回过神来，敷衍着朝五子棋笑笑，"没事的，姨姨会多准备一些食物。"

"好咧！"五子棋望着我说，"虽然我不吃东西，可姨姨的厨艺是很好的，我瞧着菲菲每次都吃得特别香。一会儿你们也试试嘛，看看有没有你们说的烤鸭啊卤鸡腿什么的好吃。"

这个单纯的傻孩子，现在哪里是讨论吃饭的时候啊。

"嗯嗯，好的。"我摸摸他的头，朝那女子笑笑，"这些日子劳你照顾五子……不是，劳你照顾小五了。不知这是什么地方？你又是何方神仙？"

"客气了。小五能到这里来，是跟我有缘，你们也是。"她的神情渐渐自然起来，朝我露出一个甜甜的笑容，"这里是雾海的大门，我是雾海的守门人。你喊我阿芷就好。"

我一愣，雾海大门？！

"进来之后，如果没有选择把那根拦路的大冰柱撞碎了出去，只要是绕行，无论选左还是选右，你们都会来到我这里。"她笑道，"那是止羽一族设下的'门锁'，开锁方式不对的话是见不到我跟其他同族的。"说着她又有些尴尬，"不过这道锁好像不是特别牢靠，总还是有人能打开，所以那根冰柱上才有那么多裂纹。"她叹气，笑道，"每碎一次，我就得花力气把它粘回去，这件事干得多了，也觉得好麻烦呢。可惜没法子，只要我还是止羽一族的守门人，就不得不做这件事。"

倒是一个爽快人，我都没问，她就交了这么多底，听她的语气，对有人硬闯进雾海且不止一次这件事不仅知道，还并不太在意的样子。她口口声声说自己是止羽一族的守门人，那么，她显然也是这种妖怪了？

一想到止羽擅长的事，我下意识地退开了半步，生怕挨到她。

"既然是这样，那这里显然不是雾海，只是阿芷姑娘的地盘了？！"我对那种藏在云淡风轻下的危险已经很有警惕性了，既然我们搞错了开锁的方法，后果显然不会是跟她吃顿饭再说声再见就能倒回去重来的。

"你家的门不也是你家的一部分嘛。"她俏皮地眨眨眼，又看了看左右，"既然都来了，就请进来坐坐，顺便吃顿饭吧。"

"是啊，进去坐吧，阿芷姨姨人很好的。"五子棋拉住我的手说道，天真如他，到现在都不知道自己已经进入了一个危险的地方。

庆幸自己来了北极，不但得知了浆糊和未知的消息，哪怕不确定，也强过毫无头绪，不过哪怕没有这样的消息，我还是庆幸自己来了，不然五子棋这个无辜的孩子要怎么办呢。冥冥之中，或许真有安排。

既然对方都如此爽快，我也不想浪费时间，对阿芷直言："盛情心领，饭就不吃了。既然这里不是我们要的地方，那就希望阿芷姑娘指一条……"

谁知我话还没说完，一旁全程沉默的左右突然上前一步，狠狠一巴掌扇在阿芷脸上。

扇得太重了，阿芷简直像一片无助的落叶一样飞了出去，然后才倒在地上。

上官羚脸色严峻，我惊得眼珠子差点掉下来，你说如果是敖炽跟龙王做出这种事，我是不太会吃惊的，但那是左右啊，且不说别的，就以他的身份，也不该对一个小丫头如此暴力吧？！但他真就打了，那声脆响啊，没打在我脸上我都觉得疼。

阿芷坐在地上，捂住右脸，嘴角流出一丝白色的液体。她连血都是白色的？！

"这么久不见，你脾气大了好多。"她居然还能笑出来，拿手背擦了擦嘴角，"要是你当年也这么凶，我是一定不会理你的。"

左右的心口明显地起伏，攥紧了拳头走上去。

这是还要揍她？

不管她那张皮囊下是人是妖，看到那样一个小姑娘缩在地上，我本能地想去拉住左右要他有话好好说，但上官羚反而把我拉住了，摇摇头："你由他去吧。这口气他憋了上千年。"

"什么意思？"我看着他，奇怪地问，"你知道他上千年前的事？"

不等上官羚回答，左右已然狠狠抓住阿芷的胳膊，将她从地上提了起来，冷冷地说："我倒要看看，这么久不见，你是不是依然死性不改。"说罢便拖着她朝屋子里走去。

上官羚看着那个愤怒的背影，叹气道："我跟了老大上千年了。"

我差点被自己的口水呛死。

"你不是人类吗？"我咳嗽着，将他又从头到脚打量一番，还是老样子，明明是人的味道。

"我应该是人类吧，只是我活得比较久。"上官羚不以为意地说，但只要一看到左右的背影，立刻又忧伤起来，"老大一世英名，却栽在她手里，差点丢了性命。"

我咳嗽得更厉害了，连五子棋都赶紧给我捶背，生怕我咳死过去。

"你……你给我说清楚……怎么回事？"我喘着气问。

"那会儿是特别乱的乱世，皇帝带着妃子跑路了，帝国的土地上到处都是狼烟与尸体。"上官羚的目光像沉入一场冗长的梦里，"我醒过来时，身上堆的全是烂肉与残肢，一捧又一捧泥土不断从半空中落下来。"

◇叁◇

他使劲扒拉着深坑的边缘，有气无力地喊："我还活着……你们埋我做什么！"

可脑袋上又挨了一铁锹，他重新落回到那堆散发着腐臭的尸体里，一个死不瞑目的人头正对着他。

"啊！"他吓坏了，哭喊起来，"为什么呀？为什么呀？我又不是尸体！"

"大哥说了，凡是李大胡子手下的人，一个不留。"坑外总算有人回他的话了，可泥土飞下来的速度一点没减慢。

"什么李大胡子李小胡子的，我又不认识！"他"呸呸"地往外吐着飞进嘴里的泥，声嘶力竭地分辩，"我快喘不过气来了！求你们住手！"

"你穿着他们的衣裳，难道还能是我们这边的人？幸亏咱们大哥有先见之明，早就做好准备等你们，不然让你们得逞，被血洗的可就是咱们了。"又有人说话，很得意。

他一头雾水，什么寨子什么大哥，关他什么事？他不过是走得累了，又遇到大雨，在路边破庙里遇到一队人马，跟人家讨了一碗热水喝，人家见他像个落汤鸡，还好心送了他一套衣裳。怎么就该被活埋了？

哦，对了，想起来了，他才换上衣裳，还来不及跟人道谢，破庙外头就闹起来了，一大群带着刀剑火器的大汉凶神恶煞冲进来，见人就杀，这边的人根本来不及反击，而他只是在逃命时被一个倒下来的胖子砸晕过去了，再醒来就在坑里了……

"咱们大哥心地宽广，杀归杀，杀完还管理，说虽然是手下败将，但不能让你们的尸体被野狗叼了去，得入土为安。你就安心去吧，下辈子莫再这么糊涂，跟人混也得找对人不是。"

又一大捧泥土砸下来，溅到他眼睛里，又痛又痒。

这就要死了？也太冤枉太容易了吧……

他欲哭无泪地看着已经埋到胸前的土，绝望的感觉一点都不好。

不行，起码还能说话，还是得喊救命。

他扯起嗓子拼命喊起来，就不能再来一个胖子把这两个丧心病狂的家伙砸晕过去吗？凭什么就只砸他呢！

坑边的人哈哈大笑，骂他胆小鬼。

土已经埋到他的脖子了，强烈的窒息感让他再也发不出任何声音，除了飞下来的泥土跟飞舞的铁锹，他眼里什么都没有了。

也是这个时候，两个埋土的家伙突然死了一般从坑边栽下来。

这次运气很好，没砸到他。

他诧异地抬起头，坑里掉了两个人，坑边却又多了两个人。

微风细雨中立着一位俊俏的少年郎，年纪轻轻却一头银发，配上一身飘逸的白衣，加上身形十分修长挺拔，倒像是天上下来的神仙，跟在他身后的人，年纪略长，一双金瞳十分少见，虽是寻常的布衣儒生打扮，风姿却没有被比下去。

"活着呢？"少年看着他，似笑非笑。

他说不出话来，费劲地点点头。

"那就好。"少年伸出一根手指，对着深坑划了一下。

他只觉得全身一轻，原本淹到脖子的泥土突然一分为二，他忙不迭地站起来，大口呼吸着空气。

"上来吧。"少年蹲下来，朝他伸出手。

他愣了愣，满是泥土的脏手在身侧犹豫地搓着。

这个人看起来太明亮太干净了，树林里的光线明明差得要命，却根本连累不到他，不，不止这片树林，这世界上任何暗淡无光的地方都无法为难他。

"舍不得上来？"少年见他迟迟不肯伸手，笑起来。

都是笑，刚才的笑声是要他的命，现在笑是要拉他出万丈深渊。

他赶紧抓住少年的手，被一把拽出了深坑。

"小伙子，世道正乱，以后独自出门可得小心些了，不是每次都有这般的运气。"书生递给他一方丝帕，"擦擦脸吧。"

他赶紧摆手："不不，不用了。我太脏了，莫要浪费这好好的丝帕了。"

书生笑了笑，也不勉强，收起丝帕对少年道："走吧。"

少年点点头，又问他："没有别的地方受伤了？"

"没有没有，其他都好。"他赶紧摇头，生怕再麻烦他们。

"哟，额头破了呀。"书生撩起他额前一缕碎发。

"不打紧的，不疼。"他说的也是真话，跟活下来相比，这些小疼痛简直不值一提。

"那些铁锹触过无数尸体，本身又锈迹斑斑，被它弄伤了也可能会死的。"少年伸手覆在他额头上，"人类可是特别脆弱的。"

额头一阵温热，像夏夜吹过的一阵风，很舒服。

他说……"人类"？这话强调得好奇怪呀。

少年拿开手，他额头上的伤再无踪迹。

他一摸，吓了一大跳："好了？就好了？"

"好啦，你的好心吓到这孩子了。"书生白了少年一眼，"再不走，天都黑了。"他又扭头朝身后的密林里喊了一声，"两位还是走快些吧。"

除了他们还有别人？

他朝那头看过去，果然又有两个人从一棵老树背后小心翼翼地走出来，一个年纪轻轻的道士，脸上带着未散的瘀伤，搀着一位年过五十的妇人，有些担心地朝他们这里张望。

"走吧。"少年转身。

书生又朝那两人招招手，无奈地笑道："不是说好了你们带路的吗，怎的越带越在后头了。没事了，这孩子并非土匪，伤不到你们。"

他又摸了摸自己的额头，这两位的年纪看起来并不比自己大多少，居然用"孩子"来称呼他？还有他的伤，怎么能被摸一下就没有了？

"请等一等！"他急忙喊出来，跑到二人面前。

"还有事？"少年停下脚步。

"你们是神仙吗？"他问了一个听起来就很傻气的问题。

少年跟书生都笑出来，书生朝他挤挤眼睛："你说是就是了。"

他脱口而出："我能不能跟着你们？"说着他又指着自己急急忙忙地说，"我什么都能做，砍柴挑水洗衣服做饭，你们虽然厉害，可也总需要一个打下手跑腿儿的吧？我可以，真的可以！不然我也不知如何才能报答你们的救命之恩了。"

"举手之劳，无须报答。"少年摇头。

"可是……"被拒绝的他急红了脸，又不知要如何说服对方，抓耳挠腮地像只猴子。

"咱们在这里怕是要待上一段时间，有个小厮鞍前马后地伺候着，也不坏呢。"书生又打量他一眼，笑问，"你报恩是真，想借我们的光不要再掉进土匪坑里也是真，对吧？"

他的脸越发红了，低头不敢看他们，老实回答："我刚才吓死了……现在我这颗心都跳得厉害，我什么都没做就要被活埋，这让我非常想不明白。我不想再被埋了。"

书生笑笑，又对少年道："荒山野岭的都能遇到他，不是别人偏是咱们，缘分也不浅。要不就随他的心思，暂且收他在身边吧。"见少年未置可否，又说："此地匪患甚多，你看他那个样子，保不齐真会再被埋一次。"

少年想了想，又看他一眼，问："你叫什么名字？"

名字？他一愣，挠头，脑子里一片空白，他从来就没名字吧，要不就是忘记了？反正他能回忆起来的最远的部分，也仅仅是不久前那场大雨，他疲倦地走在山野里，衣服湿透了，很冷。对了，破庙里那个送他衣裳的年轻人，很是和善的，他问了对方的名字，就是想着有一天要把身上的衣裳还给他，年轻人说自己叫上官羚，羚羊的羚，还开玩笑说父母大概很期待自己能长成一个跑得很快的人吧。可现在，他好像永远也不能把衣裳还回去了，有那样一个名字，还是没能跑出预设的恶意。

"我……我叫上官羚，羚羊的羚。"他有些心虚，不敢看少年的眼睛。

"你父母一定希望你长成一个跑很快的人。"少年笑笑，"走吧。"

"走？"他还没反应过来，是让他一个人走还是怎样？

"不是要跟着我们吗，还愣着做甚？"书生拍了拍他的肩膀，朝前头努努嘴，"别跟丢了。"

"啊……我知道了！"他一阵狂喜，赶紧跟上去。

远远看着的道士跟妇人也慢慢跟了上来，只是看他的目光还充满了不信任。

乱世之中，信任特别奢侈吧。

但别人信不信他没什么要紧，只要救他出来的人相信他那颗只想报答的心就够了。

他深一脚浅一脚地在凹凸不平的山路里前行，生怕落后他们太多让他们觉得自己没用。

而道士与妇人对他最初的忌惮，也在他帮忙在最难走的一段路上背着妇人走过去后，渐渐淡了下去，妇人还与他主动攀谈起来，得知他的遭遇后连连叹气，说果然世道混乱，处处妖孽，连人都不人不鬼。而他也从那两人口中隐约知道了即将去的地方，是一座早就荒废的宅子，那里有一只女妖怪，抓了妇人的独生子，说是选定了他做夫君，谁也别想带走。妇人吓坏了，找了不止一个道士来帮忙，奈何女妖怪本事不小，前去降妖的道士们至今一大半都没出来，也有出来的，不过是被扔出来的，整个人都跟石头一样僵硬着，没呼吸没心跳，身边这个年轻道士算是运气最好的，只是被打了一顿撵出来。她是一点法子都没有了，只能拿出所有积蓄悬赏一位能降妖伏魔救出她儿子的高人，年轻道士觉得自己没能帮上忙，很内疚，就一直留在她身边帮忙，也帮她识别那些冲着悬赏而来的骗子，而事实却是在这个饱受战火之苦的小城里，能找的人都找遍了，哪里再去寻一个高人呢。在妇人几乎绝望时，他们遇到了少年与书生，他俩看了她贴在街市上的悬赏告示，表示愿意帮她的忙，并且不要酬劳，实在要感谢的话，请吃一顿好饭即可。

于是，就有了今天的这一场相遇，他俩在妇人与道士的带领下往废宅走去，若不是他俩仗义相助，也没那机会把他从坑里救出来，所以说世间因缘真是玄妙得很。

他居然有一点点感谢那个女妖怪。

说到妖怪，一般人听了都吓得不行，怎的他听了却丝毫没有畏惧，仿佛一会儿要解决的只是个跟风热伤寒一样普通的问题似的。

那天雨停时，他们一行人终于到了传说中有女妖怪的宅子前。

并没有想象中那般阴森可怕，宅子虽然老旧，但四周树木挺拔野草碧绿，前前后后遍开牡丹花，倒是生机勃勃的样子。

道士却很紧张，一再提醒他俩小心，说之前有很厉害的前辈一去不回，那些回来的也特别惨，一动不动的，说死了吧，尸体却又十来天都没任何变化，连脸色都还过得去，天晓得是中了什么妖术。若不是他狗屎运好，赶上那女妖怪大发慈悲的瞬间，定然在劫难逃。

他俩大概看了看宅子，书生笑笑："不是什么厉害的妖怪。"

"但足够祸害他们了。"少年微微皱眉，"世道越乱，跟着起哄的妖怪就越多。"

"但这不就是你出来闲逛的目的吗？"书生撇撇嘴。

"不出来逛逛，如何得知最新的消息。"少年望着废宅虚掩的大门，"身为帝君，天天坐在王位上打瞌睡也不太像话。"他又瞟了书生一眼，"你不也常在人界闲逛，还总喜欢来打扰我。"

"我是把公务处理完了才出来放松放松嘛，你又不是不知道我那儿有多无聊。"书生碰了碰少年，笑道，"还是你这里有意思，每回跟你出来溜达一趟，遇到的人跟事回去足够我跟人讲一年故事，你不知道那些小辈们有多喜欢听我说故事。"

"好了好了，进去吧。"少年懒得与他废话，径直上前推开了大门。

道士被他们如此随便的态度吓了一大跳，赶紧上去拉住他们："两位这就进去了？"

"不然呢？放一挂炮仗再进去？"书生瞪他一眼，"你跟夫人就在外头候着，一会儿我们就把她家公子带出来。"

"不是，真的很危险！"道士还是很担忧，"虽是个丧气话，可我来之前也跟你们差不多，对自己特别自信，可最后……唉，反正你们若见了她，尽量不要激怒她才是，一切都要以保住性命为要！"

"我自有分寸。"少年头也不回地进了门。

书生示意他们莫再操心，也跟着进了门。

他站在门槛前，犹豫了片刻，任那道士如何劝说，还是越过门槛跟了进去。

"你不怕？"少年不回头也知道他在身后，没有赶他回去的意思。

书生转身对他做了个鬼脸："你连人都害怕，居然不怕妖怪？现在想出去还来得及。"

"身为侍从，跟在老大身边是应该的。"他认真地看着少年的背影，"只要老大不命令我离开，我什么时候都不会走。"

"老大？"书生哈哈一笑，对少年道，"你又多了个称呼。"

少年目不斜视，只说："一会儿你不要乱跑就是，我在这里，你自然不会有事。"

他心头一喜，果然是跟对了人，这样的话只有从他嘴里说出来，那种满满的安全感才特让人心安。

宅子不太大，一路上见得最多的还是颜色可人的牡丹花，每一朵花都安安静静地在自己的枝头上绚烂盛开。一个可疑人物都没有。

他小心地跟在他俩身后，不敢多说多问一个字，直到花园后最大那间房子的门被人打开，他才"啊"的一声叫出来，旋即又立刻捂住自己的嘴。

这便是女妖怪了？

瘦瘦小小的一个姑娘，弯眉大眼小嘴巴，黑发拿两条红得过分的绸带绑了两条辫子垂在身前，发梢俏皮地卷曲着，把中间那张小脸衬得更白里透红。

这应该是他迄今为止见过的最甜美可爱的一个姑娘了吧，虽然身上那件绣花衣裙不太合身，像是偷穿了大人的衣服一般，但她这样的小丫头，穿什么都不会难看的。

他瞧着她发呆，如果妖怪都长这样，那好多比她难看得多的人类岂不是要气死。

"你们也是来拿我的？"她不慌不忙地站在门后，不出来，不后退，略歪着脑袋，对这群不速之客的好奇大于敌意。

少年的眉眼在那一瞬间涌上了一股奇异的温柔与惊喜，但转瞬即逝，从希望到失望就这么短短的一步。

书生显然注意到他细微的表情变化，疑惑又不便挑明，只等着他下一步的行动。

"你不胡闹，我们便不拿你。"少年开了口。

小丫头想了想，笑出来："你们跟他们不一样，一点都不凶，长得也比他们好看得多。我不讨厌你们。"

语气天真得像个孩子。

少年往她身后看了看，问："我们能进去吗？"

小丫头又想了想，很干脆地把门全打开，自己也让到一旁："可以啊。"

"多谢了。"少年信步入内。

书生紧跟其后，进门时不忘对小丫头露出善意的微笑，生怕她有什么不高兴。

他却紧张得很，不是说进来的人下场都很惨吗，万一有什么……

跟在书生后头进了屋，他正胡思乱想着，却冷不丁被眼前的情景吓得叫了出来——一屋子都是人。

坐着的站着的，年轻的不年轻的，起码七八个，基本都是道士打扮，从身体到表情都僵硬着，有的怒目而视，有的惊恐失色，总之没有一个是平静的表情，他们跟雕像一般被整整齐齐地摆放在这间屋子里，再往里看，靠墙的那张椅子上，还坐了一个衣冠楚楚的年轻后生，十七八岁的样子，发髻上绑的一条大红绸带特别显眼，双目紧闭，一脸拒绝。

他想，这便是那妇人的儿子了吧?!

怎么能这么吓人，那么好看一个小姑娘，说话也乖巧客气的样子，怎么摆一屋子跟尸体没什么差别的"人"，她不害怕吗?!哦不对，妖怪怎么会害怕，它们的癖好也许就是拿人命当草芥?

他又惊又吓，紧挨在少年身边，脑子里一团浆糊。

少年径直走到那个后生面前，指了指他，回头问小丫头："红绸带是你系上的?"

小丫头笑嘻嘻地晃动着自己的辫子："是啊，我辫子上跟他头上的，是一条绸带撕开来的。好看吧?"

"好看呀。"书生接过话来，笑问，"不过为何要系上这个呢?"

"成亲不是都这样嘛。说要穿红色衣裳，盖红色的布，还要点红色的蜡烛，总之两个人身上都要有红色的东西才行。"小丫头噘起嘴，有点遗憾地说，"可我没找着，好不容易在这里寻到一条红绸，就我一半他一半了呗。"

少年笑出来："你为何要成亲?"

小丫头想了想，大眼睛闪着灵动的光："成亲以后，我就不是一个人啦，不愁没人陪我玩了。不成亲的话，想走就走了，我会很难过的。"

果然，她连什么是成亲都不知道，不知道听途说了些什么才以为这样就能有人陪伴……

少年朝那后生努努嘴："可他现在这样子，也不能陪你玩呀。"

"他以前都陪我玩的，带我去河里抓鱼，还拿野草编有趣的小兔小马给我。"她努力替他说话的样子，又好笑又可怜，"那天他又带我去河边玩，指着树上一只特别好看的鸟跟我说那种鸟的羽毛特别值钱，他好多次想抓都失败了。这有什么难的，我只要动动手指，这只鸟就不能动了呀。我也这么做了，帮他的忙嘛，可他却不去捉，明明伸手可得，他不但不去，反而跟看怪物一样看我，然后煞白着一张脸跑了。我可奇怪了，接连几天去他家找他，他都不肯见我。"

书生不禁莞尔："所以你就把他抓来这里跟你成亲了?"

"是啊。"她倒承认得爽快，"人类不是说成亲了就是一生一世不离开吗?"

他的紧张与戒心，被她天真到傻气的话击败了，这才是个真正的孩子吧，就算真是只妖怪，也只是妖怪里的小孩子。

少年看她的眼神里突然就多了一丝忍不住的宠爱，竟然伸手摸了摸她的脑袋："人类说的一生一世不离开，不是你以为的这样。"

"那是怎样？"她不反感他的动作，大眼睛眨了眨，"他现在不就不能离开了吗？"

"在河边捉小鸟那次，他就已经离开了。"少年看着她的眼睛，认真地说，"一生一世不离开的意思，是比如我们现在这样，明明可以走，却还是要留在你身边。"

她皱起眉头，仔细揣摩他的话，但还是不太明白。

"暂时不明白也没有关系。"少年的口吻始终温和，听来如沐春风，"不如先告诉我你叫什么名字？"

"我乃止羽一族，止羽就是我的名字。"她大大方方承认。

"果然是止羽……"书生小声嘀咕，"真是撞了大运才会在这里遇到一只止羽。"

少年却丝毫都不吃惊，笑着对她说："止羽是你家族的名字，难道你没有自己的名字？"

她想了想，指着那后生道："他也问过我名字，我说我叫止羽，他说那就叫你阿止吧，后来又说止字不好看，不如叫阿芷吧，说芷字是香草的意思，更像姑娘的名字。"

"阿芷……这个名字也还好。"少年点点头，"那么阿芷，不如我们商量一下，你把你'夫君'还给他的母亲，也把这些对你那么凶的人还回去，反正他们看起来都很讨厌，何必要留下他们呢。"

她又皱起眉，连带着鼻尖都皱起来："把他们都还回去，这里就没人了。"

"我们留下来陪你玩，如何？"少年回头看了看他们，"对吧？"

能说不对吗？！

书生咳嗽两声，摆出夸张的笑脸："肯定留下来啊，我们陪你玩一二三木头人，还能陪你捉迷藏什么的。"

他哪里还能说出反对的话来，反正他们说什么就是什么，他只能猛点头。

"好欸！"她突然高兴起来，好像占了天大的便宜，眼睛都笑弯了，"原来不成亲也没关系啊。"

"当然了。"书生也试着摸了摸她的脑袋，但很快就把手缩回来，对着少年说了一句，"跟着你，奇怪的经历永远会增加呢。"

少年笑而不语。

"可是这样怎么还回去？"书生看着一屋子"人"，"解铃还须系铃人。"

少年又对阿芷道："那你别把他们'停下来'了，还是让他们重新动起来，自己走出去如何？"

她有点犹豫："他们很凶的，让他们重新动起来，他们又会打我。"

"我们在这里，没有人能打你。"少年微笑。

她仰头看着他的脸："那……好吧。"

结果就是，七八个大难不死的道士跌跌撞撞地从宅子里跑出来，连头都不敢回，好奇的他都来不及问问他们被"停下来"是个什么感觉，但应该不是很好受。

只有那后生是被背出去的，因为他虚弱到完全站不起来，听书生说，那就是止羽一族可怕的地方了。被停止的一切，包括活人，如果一直没有解除法术，他们会保持着毫无变更的样子一直静止下去，没有知觉没有思维，时间的流逝与他们无关，但法术一旦解除，流逝的时间会立刻在他们身上找补回来，如果一个人被停止了十几天再回来，他的身体会立刻出现十几天不吃不喝的饥渴感以及应该出现的一切虚弱，底子差的可能直接就过去了，要是他们再来晚一些，过几个月甚至几年，这后生被解了法术后的模样怕就不太好看了，不是腐尸就是白骨……所以止羽的本事，就是可以让你活成与时间无关的样子，让你像个空洞的符号一样长生不老，但是，好像并不是什么好事，因为世间万物没有哪个可以活得与时间无关，躲过去的，终会被追上。

他听得心里发寒，心想那就更不能得罪这位小姑奶奶了，万一她不高兴，一根手指把自己停住，停个一百年的话，那解不解开法术都没有意义了嘛……不行，人还是得能跑能跳才好。幸好这后生走运，十几天不吃不喝还留了一条命简直是个奇迹，他亲眼见到她解开后生的法术时，原本好好的人立刻两颊凹陷面色如土，嘴唇干得能流出血来，整个身子都瘦削了一圈。他们给后生喂了些水后，才让他把这倒霉蛋背出去。

虽然后生的样子能吓死人，但他很高兴能为自己的恩人做这么一点小事，起码自己对救命之恩不算一点回报都没有了。

守在门外的妇人见了不成人形的儿子，自是号啕大哭，但幸好人还活着，她千恩万谢地朝他们磕头，嘴里起码说了十几遍多谢高人救命之恩。

那年轻道士也由衷钦佩，说方才见到那些前辈们跑出来，就知道这次没有找错人。

书生让他们赶紧带着后生回去，找个大夫仔细调养一番，大事没有，就是饿坏了。

临走前，道士还有些担心，问他们有没有除掉那只女妖怪，书生只让他放心陪妇人母子回去，并保证这里以后都不会再有这样的事发生了。

那道士才稍微放心了，陪着母子二人离开了。

书生松了一口气，对他笑道："把你捡回来还是有用的。"

他受宠若惊："以后还需要背什么人的话，都交给我，我有力气的。"

"不是这个，是多一个人陪那小妖怪玩耍，总比只有我们俩陪她好多了。"书生哈哈笑出来，拍拍他的肩膀。

他心里咯噔一下，怎么听起来比让他背一百个人出去还费劲呢？！

事实证明，他的预感没有错。

接下来的几天，他们都在废宅中度过。

四个家伙，几乎把孩童们喜欢玩的所有游戏都玩了一遍，阿芒开心得不行，短短几天，已然把他们视为自己最亲密的伙伴。她最喜欢的还是少年，拉着他的手在宅子里到处跑，告诉他自己最喜欢牡丹花，最讨厌下雨，还带着他去看她养在水缸里的小乌龟，说自己最喜欢乌龟，他奇怪地问为什么，她说她讨厌一切跑得很快的动物，天生的，止羽不喜欢动，她已经是个例外了。她还告诉他们，自己是偷偷从老家跑出来的，原本过些日子就该轮到她去"守门"了，可她觉得那片浩瀚的冰雪之地里，根本没有她想要的东西，只有无止境的枯燥与孤独，她很小的时候曾听去过老家以外的一个同族说起外头的世界，尽管对方描述得很简单，还说其实没什么特别的，但那些有关人界的丝丝缕缕，已经足够带给她莫大的向往了，只是多年来她一直不敢踏出那一步，她根本不想当什么守门人，所以她最终决定离开。出来之后，她顺着风往一个方向飘，累倒是不累，就是也不知道自己究竟会去哪里，反正不管往哪个方向都会到人界，反正只要离老家远远的就好。

"可你们止羽不该是你现在这个样子吧。"书生听了她的话，奇怪地问，"据我所知，止羽并不具备化成人形的能力，你们除了跟蒲公英一样随着风飘，飘哪儿算哪儿，就只能靠枝干在地上像虫子一样爬行，这跟你们懒得动的天性有关。所以你能出现在万里之遥的这里，实属算个巨大的奇迹了。"

她撇撇嘴，低头看看自己："我只知道我在风里飘了很久，一落地就是这副模样了，衣服还是我从旁边的一间房子里偷来穿上的。其实我们止羽一族未必没有化作人形的能力，只是我们绝大部分的同族根本不想离开老家，所以才懒得研究这个技能，至于我这个样子，说不定就是我们止羽只要脱离了老家的范围，一入人界就能自行化作人形呢。毕竟我出生之后，只有那一位同族去过人界，我都没想过这个问题。"

"自行化作人形？竟还有这等羡慕死大多数妖怪的好事。"书生啧啧，"你说你落地时怎么没化成一只蜜蜂或者一头小猪呢？偏巧就是人了。"

"啊啊！"她突然皱眉闭眼，还拿小拳头往书生身上打，"不要说蜜蜂！我最讨厌蜜蜂了！"

"为什么？"

"我最讨厌听到它们翅膀扇动时的声音了！"

"好吧，难怪你喜欢乌龟，慢吞吞的没有任何声音。"

"蜗牛也可以的。"

"那你怎么没变成一只蜗牛？"

"很容易被踩死的，而且蜗牛没有我现在的样子好看。"

"你就这么跑出来，你同族不生气？不来抓你回去？"

"他们没脾气啊，而且才懒得动呢，跑就跑了，大不了换个守门的。"

"守什么门呢？"

"就是我们老家的入口呗，我们不爱出去，可也不喜欢有人进来。反正听说要进我们的门是需要一些本事的，具体怎样我也不知道，我又没有守过，再说我出门比你们进门容易多了。"

"你不想回去了？"

"不想。"

"好吧。"

他从未听过这么神奇的事，也是第一回知道世上有这么神奇的妖怪，以为会很凶恶的家伙，只不过是个无人陪伴、害怕寂寞的小姑娘罢了。

而少年全程只是默默倾听，时不时投给她带着笑意的一眼，如果他没有看错的话，那种眼神，好像只有父母对孩子才会有的吧。

他心头有些疑惑，又不敢多问，不想被少年讨厌，觉得自己是个多嘴的人。

不知不觉间，他们在宅子里一待就是半个多月。

最开心的就是阿芷，要么缠着少年给她做秋千，然后让他们轮番推着她，听她从晃荡的秋千上洒下一串串清脆的笑声，要么就让少年教她写字画画，两个人把宅子里的墙壁祸害得花花绿绿，最喜欢的还是坐在少年身边，看他一边烧水沏茶，一边给她讲那些发生在人界的各种趣事。

书生全程都做了一个完美的陪伴者，在他们需要的时候陪着一起玩耍，不需要的时候默默退开。而他自己，似乎也并不愿意去打扰这两个人在一起的时光。

这一天的夜里，玩一二三木头人玩到疯的阿芷终于累了，枕着少年的腿蜷在地上就睡着了。

而少年仿佛被她施了妖术，居然几个时辰都一动不动，生怕惊扰了她似的。

书生跟他坐在房间外头的石阶上，这一夜的天气不错，星月疏朗，虫鸣花香。

"你真的不怎么爱说话呢。"书生给自己沏了一壶茶，也递给他一杯。

他赶紧双手接过来，说："我觉得你们会不喜欢多嘴的人。"

"你倒是老实。"书生笑出来，回头看看半掩着的房门，"这么多天了，你连我们姓

127 第十一章
阿芷

甚名谁都不问。"

"不要紧的。我跟从的是你们，不是你们的名字。"他忙说，"叫老大就够了。"

"我又不是你老大。"书生喝了一口茶。

"您是老大的好朋友。"他这些天一直管书生叫书生大哥，名字真的没那么重要。

"我本来也算是他的好朋友吧。"书生笑了笑，"不过好像从一千多年前开始，我就是他的下属了，随从、管家、打杂的，都算我一份。"他指着自己，"其实我现在的地位跟你一样。"

"不不，您怎么能跟我一样呢。"他吓了一跳，然而真正吓到他的不是书生跟自己的平起平坐，而是他说的"从一千多年前开始"……一千多年前？乌龟也活不了那么长啊！

书生朝他挤挤眼睛："你真以为我们是神仙？"

听他的语气……好像是否定了这个答案？

不是神仙还能活那么久的……除了妖怪还能有什么？

想到这儿，他端在手里的茶杯差点滑下来。

"害怕了？"书生一脸恶作剧的表情。

"不怕。"他稳住杯子，低下头，"我只怕那些随随便便就把人活埋起来的家伙。"

书生哈哈一笑，屈指往他脑袋上弹了一下："我们没有活埋人的坏习惯，你可以放一辈子的心。"

他揉着脑袋，笑出来，把杯子里的茶一口喝光，用力点点头。

"看在你这些天任劳任怨的份上，实话还是要给你一句的。"书生给他添了一杯茶，笑道，"我跟你老大的确都不是人类。至于别的，如果你留在你老大身边的时间足够长，就让他自己告诉你好了。"

"老大说不说都不要紧，不撵我走我就很开心了。"他老实地捧着手里的热茶，又回头朝房内看了看，犹豫了片刻，还是忍不住道，"这些天，我看老大对这个小妖怪的态度……"

"他看起来就不像是个会对陌生人这般宠溺的人，对吧，所以你很奇怪。"书生一语道破。

他点头："我知道其实我不该问，我只是……"他矛盾到说不下去，只得往口里灌了一大口茶。

"阿芷让他想起了自己的女儿吧。"书生淡淡地说。

他一口茶水喷了出来。

"别被他的外貌误导了，他岁数比你家老祖宗都大得多得多。"书生笑道，一口茶喝下去，笑容却渐渐淡了，"许久以前，他喜欢上一个人类的姑娘，大约真是命定之人吧。两人后来有了个女儿，我也是见过的，冰雪聪明，可爱至极。可我早就提醒过他，妖怪与人类结合，后果通常不会太好，尤其是后代，夭折的可能性极高。而他只是一边给孩子选衣裳，一边跟我说，此生便任性这一回吧。我从来没有在他眼里看到过这么多的期待跟欢喜。"书生沉默片刻，又笑起来，"我当初跟他打过一个赌，我赌他绝对不会对那个人类姑娘动心，以他素来的理智与漫长生命所带来的阅历，他一定可以控制住这场突如其来的心动，我对他非常有信心，我甚至说，如果我输了，就做他三千年的仆从，任其驱遣，绝无二话。"

他有些同情地看着书生，小声说："你输了……我懂了。"

书生轻轻打了一下自己的嘴，调侃道："怪我多嘴，一输就是三千年。"

"那……后来呢？"他鼓足勇气问道。

"孩子三岁的时候，她的母亲就病逝了。"书生说，"这孩子的身体也一直不好，无论他想方设法找来多少珍贵的药草，甚至用自己的灵力替她支撑，她还是在十三岁那年走了。"

短短几句话，听起来就难过。

"真的一点办法都没有吗？"他问，"妖怪不是有很多人类无法拥有的能力吗？"

"起死回生吗？"书生笑笑，"生死这件事，连神都难以干涉。逆天改命，谈何容易。"

他垂下头，小声道："难怪老大会对阿芷这么好……"

"事情已经过去很多很多年了。"书生的手指在茶杯上轻轻摩挲，"他再没提起，也从未表露出任何悲伤与怀念。我觉得这才是他应该有的样子，平静地站在所有沧海桑田的顶端，像个游刃有余的旁观者。"他的手指停下来，笑着摇摇头，"直到看见阿芷，我发现他那一瞬间的眼神，才知道他从未放下过那个无比短暂的身份。"

他想了想，问："阿芷跟老大的女儿很像很像吗？"

"我记得那孩子也是弯眉大眼睛，笑起来的脸蛋像朵白里透红的小桃花，发梢总是俏皮地卷曲着，一遇到不明白的事，就会微微歪起脑袋，可爱得很。"书生回忆着，又叹了口气，"大概她从来就没有离开过，只是深藏在你老大的心里，等着在某一天的某一个地方，在某一个人身上活过来吧。"他抬头看天，月色比刚才还好看，"这些话，我没有同旁人讲过。你算是赶上时候了。"

"我不会跟任何人讲的！"他立刻保证。

"你讲了也不会有人信的。"书生又弹了一下他的脑袋。

他摸着自己的头，沉默了片刻，说："老大很开心的样子。"

"瞎子都看得出来。"书生耸耸肩,"随他吧。"

"嗯,我去添点热水。"

他提着茶壶一溜烟跑了,越跑却越难过,得是多想念自己的女儿,才会不由自主在别人身上拼命寻找她的痕迹,再把蒙上厚灰但从未消失过的寄托抖落出来,放在这方小小的宅子里。

就算是一场梦,也该成全他。

他边跑边这么想。

◇肆◇

几天后,书生要走了,说的是暂别一段时间。

他跟阿芷都有些舍不得。

少年与书生站在门口话别,今天又下起了雨,滴滴答答地顺着屋檐落下来。

"不必急着回来。"少年笑道,"我知道你那边的事情也不少。"

"我处理完后立刻回来。"书生拍着心口保证,"说了三千年就是三千年,一天都不少你的,咱们可是言而有信之辈。"

"随你。"少年的目光往他身上扫了一遍,"不过我早想说了,既然是我的下属,光穿一身普通衣裳是不够的。"

"还不够低调?我已经挑了最朴素的款式了!一看就是随从打扮啊。"书生低头打量自己,"你不要太过分了,莫说衣裳,我连名字都改成米良这种毫无气势的,你还不满意?难不成要我在额头上写上奴仆二字?!"

少年瞪他一眼:"说了你多少次了,脸也换一换吧,既在人界行走,你那双金瞳未免太招摇。既然说好是仆从,你见过哪家的小厮比主人的模样还光鲜的?"

书生恍然大悟:"原来你是介意我的风采压过你啊……"

"肤浅。"少年摇摇头,"不止外表,言行也不对,你哪里像个对我毕恭毕敬的属下。你若是愿赌不服输的话,我……"

"行!"书生做了个你不要再说下去的姿势,"我能演,还能演得不错,下回见到我,保证你得到一个恨不得把你供起来的忠仆米良!不就三千年嘛,已经一千多年了,两千年很快的。"

"忠仆我是喜欢的。"少年一笑,"你自己心里有分寸就行。"

书生哼了一声,转过身去不再理会他。

“你几时回来？”阿芷依依不舍地问书生。

“一个月吧。”书生算了算。

“你不会不回来吧。”阿芷噘起嘴，“人少了，玩木头人就没意思了。”

“拉钩？”他伸出手去。

阿芷迟疑了一下，伸出小指勾住他的小指。

收回手，书生笑道：“我可真怕你硬把我留下来，幸好你没有。”

“你们不是说过了嘛，能走却不走，才叫留下，现在我懂了。”她仰起脸朝少年露出笑容，“是吧？”

少年轻轻揉了揉她的脑袋。

临走前，书生又将他拽到一旁，嘱咐道：“我不在时，你就算是一号仆从了，虽然他这个人好像也没什么特别需要照应的地方，你还是多多留心吧。”

他忙说：“您放心，老大的一切我都会照应好的。”

太好了，他大概真的能一直留下来了，要说这宅子里需要他做的杂事还挺多的，但是，事越多他越觉得安心，心头也欢快。

书生不在的日子，宅子里的每一天还是过得很丰富。

少了个人，没有之前那般热闹，阿芷也很少再玩那些吵闹的游戏，成天跟着少年读书写字，还有模有样地拿野草编织成丑得不行的小动物送他。

至于他这个一号仆从，只是站在不打扰到他们的地方，适时地给他们提一壶热茶什么的，每次只要看到少年脸上的温柔以及阿芷没心没肺的笑脸，他就会下意识地希望时间能走得慢一点，给这个宅子里的人多一些互相陪伴的快乐。

可几天后的傍晚，他却见到了一场意料之外的争执。

起因是少年劝阿芷回老家。

“我说过我不想回去。”阿芷很不开心地嘟着嘴。

少年耐心地说：“世间万物都有自己的天职，你身为止羽，又是被选中的守门人，难道就真的不顾自己的使命？”

他站在廊柱后，听到这样的话吃了一惊，还以为老大会像收留自己一样，把阿芷也留下来。老大不是像对待女儿一样对待她吗？又怎么舍得让她回到那个据说只有冰雪的老家。

阿芷咬着嘴唇，好半天才说：“止羽一族只有两百年的寿命。”

少年微微皱眉：“我知道。”

“你既然知道，为何不肯让我在人界过完短暂的一生？”她委屈起来，“别的妖怪，动不动就能活到成千上万年，偏我不行，就比人类强一点点。人类还能好吃好喝好玩地过完一生呢，我却要在那冰天雪地的无聊地方等死。"说着说着干脆一屁股坐到地上，吧嗒吧嗒掉起泪来。

少年既不安慰，也不劝解，只站在一旁等她哭个够。

他几次想上去把阿芷扶起来，可一看到少年严肃的脸，又不得不打消念头。

"生为止羽，理当安于雾海，不应出现在外面的世界。"少年见她哭得稍微小声点了才开口道，"游鱼在水，飞鸟在天，万事万物都应该在自己的位置上，否则这世界岂不乱了套。"

阿芷听了，突然就不哭了，她抬起头，眨巴着泪盈盈的大眼睛，看他的目光再无之前的信任与喜爱，她看了他好一阵子，自己爬了起来，直视着他："你不相信我对不对？你始终认为我是一只很坏的妖怪？你根本就不想我留在人界！"最后一句话，她是哭喊出来的。

"不是这样的。"少年伸手去摸她的头，希望她平静下来。

"不！你就是这样想的！"她声嘶力竭，用力打开他的手，连眼神都变得不可理喻，"你怕我把别人留下来，更怕我留下来！"

阿芷的眼神太可怕了，他的心骤然慌乱起来，本能地朝少年喊了一声："小心！"

她，毕竟还是一只止羽，还是一只愤怒中的止羽。

果然，她的眼眸里突然冒出一层月晕般的白光，而她的手也以极快的速度朝少年的心口拍了下去。

少年连躲都没有躲一下，可能是来不及？她爆发的速度太快了。

"阿芷你在做什么！"他冲出来，从侧面把阿芷撞开了，自己也重重跌倒在地。

被撞到石阶下的阿芷摔得不轻，半天才勉强坐起来，眸子里的白光没有了，还是那双哭到红肿的眼睛。

"老大，你怎样了？别吓我啊！"他手足无措地在静止不动的少年身上拍来拍去，"你倒是说句话啊？眨眨眼也行啊！"

阿芷抽噎着站起来，跛着脚往外头走去，边走边抹泪："我要去哪儿就去哪儿，你管不了我。"

"阿芷！"他大叫，"你不能这么走了啊！你想害死他吗？"

阿芷根本不理会他，反而越走越快。

然而，才走出十几步，便迎面撞到一个胸膛上。

她诧异地抬头，少年平静地看着她："脚都跛了，走这么快不痛吗？"

她愣住，回头，身后的房檐下只站着一个跟她同样目瞪口呆的家伙。

　　他使劲揉眼睛，怎么回事呢，都没看清怎么人就"咻"的一下出现在那头了？阿芷的妖法对他无效？

　　"你年纪太小了。"少年叹气，背过她蹲下来，"既然脾气发完了，就别硬撑了，人形也是需要好好爱护的。"

　　见状，他松了一口气，才发现腿都被吓软了，幸好没事。

　　阿芷瘪着嘴，委屈万分又不想理会眼前的人。

　　"我比任何人都希望你留下来，就留在我身边。"少年忽然这样说了一句。

　　阿芷愣住。

　　而他却心酸起来，这才是这个失去女儿的人的心里话呢，可是，能如愿吗？

　　天空又落下雨来，不像要给人好消息的样子。

　　天黑了，他却不敢休息，一直缩在房间外头，竖起耳朵注意里头的任何动静，生怕阿芷再发一次脾气，虽然对他的老大没什么用，但他还是不放心。

　　少年揉着阿芷红肿的脚踝，淡淡的光华自他掌下如细水流出，不多时便消去红肿。

　　阿芷依然噘着嘴，想跟他说话又强迫自己不要理他。

　　烛火跳跃，房间里的气氛还算平静。

　　他从窗缝里瞧到，稍微放了心，缩回脑袋靠着墙坐下，祈祷这两人千万别再出岔子。

　　过了好一阵子，房间里总算有了声音。

　　他屏息静气地听。

　　"我的本事对你没用对吧。"

　　"嗯。"

　　"我不想那样的。"

　　"我知道。"

　　"我必须要回去吗？"

　　"往后每一年，我都去雾海看你。"

　　屋子里又安静下来。

　　他等了许久，才又有了动静。

　　"你保证吗？"

　　"保证。"

　　"你没有讨厌我？"

　　"从来没有。"

"那些人冲进来都是要杀我的，你本来也是的吧，为何不动手，还对我这般好？"

"你只是调皮，又有点孤单，我没有杀你的理由。"

"你在我身上找到了另一个人。"

听到这儿，他愣了愣，原来阿芷并非看起来那么不懂事啊。

屋内又是一阵长时间的沉默。

"我女儿叫桃桃，她娘说起个寻常名字好养活，她头发天生微卷，扎成辫子的话，辫梢总是乱翘着，我看着就想笑出来。"

"原来我没有猜错呢。"

"阿芷，人类之中，有许多连走路都还没学会就死去了，他们没有领略过四季的风景，来不及结交朋友，甚至连像样的食物都没有尝过。所以，生命最要紧的地方，不在长短，而在得到。"

"我不是很明白。"

"以后你会明白的。"

"你真的会来雾海看我？"

"每年。"

"拉钩！"

在外偷听的人终于松了一口气，这下好了，谁都没有发脾气。

可是，阿芷要回去了？听说她的老家在极北之地，又远又冷，他是不是没机会再见到她了？虽然认识她的时间不长，可这样一个丫头，谁会不喜欢呢。

这一夜，他靠着墙睡着了，梦里下了雪，阿芷在雪地里欢叫奔跑，招呼他们快跟上。

三天后，阿芷要走了。

按吩咐，他跑去最近的集市里买了一堆好吃好玩的东西回来，扎成一个大包袱背到阿芷身上。

她又哭了，惹得他都红了眼睛。

"去吧。路上小心些。"少年习惯性地摸摸她的头，笑道，"一年很快的。而且家里的门不能总没人看守。"

她点点头，紧抿着嘴唇往大门走去。

走了一半，她又突然折回来，把包袱往地上一放，绕过他们跑到屋子里，很快又捧了一杯热茶出来。

"听说人类的规矩，儿女远行前要给父母奉茶。"她站在少年面前，依依不舍地举着杯子，"既然你觉得我像你女儿，那这杯茶就给你了。"她顿了顿，又补充一句，"你喝了以后还得给我一个红包，寓意我出门平安顺利。"

他"扑哧"一声笑出来，小丫头的规矩还挺多，都不知从哪里听来的。

少年笑着摇摇头，接过茶杯一饮而尽，然后从身上摸出一粒雪白莹润饱满浑圆、一看就价值不菲的珠子放到她手里，说："红包我没准备，拿这粒珍珠替代吧，一路平安。"

她惊喜不已："真好看！"

"喜欢的话，每年我都给你带一些来，不止白色的，还有紫色、粉色、蓝……"他说着说着突然停下来，脸色微微一变。

阿芷还在欣赏那颗珍珠，似乎并没有注意到他的不妥。

他的脸色越来越不好看，一只手下意识地按在自己的心口处。

"老大你这是怎么了？"他觉察出少年不对劲，赶紧上前扶住对方。

少年深吸一口气，对他附耳一句："跑！"说罢用力推了他一把。

他顿时乱了方寸，看看不远处的大门，又看看少年，往哪边走都不对似的。

"可惜了，这么好看的珍珠，以后我是拿不到了。"阿芷将珍珠小心地收起来，看了少年一眼，"抱歉。我最想要的不是珍珠，而是不再做止羽，不再被局限在两百年的岁月里。"

这是什么话？此刻的阿芷怎么像变了一个人一样？眉眼之间怎么那么冷？

"快跑！"少年不理会她，只对他吼出来。

他吓了一大跳，只得跌跌撞撞地往大门跑，老大说的话他不能不听。

他冲出大门，随便找了个方向跑过去。

此时，他清楚听到身后传来一声尖锐悠长的哨声。

哨声之后，废宅之外的林子里不知怎的就突然冒出七八个人来，将他团团围住。

等等……这些人怎么看着那么眼熟？

不就是当初被他们从阿芷手里救出来的道士们吗？领头的竟是陪着妇人来此地的年轻道士。

怎么会是他们？！

他惊出一身冷汗，随手捡起一块石头在手里胡乱挥舞："你们别过来！"

"是那个小子啊。"有人在冷笑。

"不管那么多，抓回去再说。"

没有人害怕他手里的石头，更没有人害怕他。

一群人围上来，他只觉得天一下子就黑了，脑袋跟肚子上好像都挨了一拳，脑子里嗡的一响，看东西都模糊了。

等到他重新清醒过来时，整个人已经被五花大绑扔在废宅的院子里，越过横在面前的一群人，他隐隐能看到阿芷跟他老大的身影。

"这回也等得太久了。"最年轻的道士脱掉道袍，露出里头的黑色衣衫，嫌弃道："这道袍穿得太不舒服了，痒得很，肯定有跳蚤。你们上哪儿偷回来的？又脏又臭。"

其中的大胡子扯起自己的道袍闻了闻："哪儿臭了？我从清水观里偷的呀，人家那儿的道士可爱干净了，是你自己没洗澡吧。"

"滚！下回我自己去找衣裳。"

这帮人，原来根本不是道士？！

他的心咚咚狂跳。

"原来你是有朋友的。"少年脸色煞白，却依然气定神闲地笑看着阿芷。

"我们合作有一段日子了。"阿芷倒也坦白，"我随便绑个人来，他们再替天行道来降服女妖怪，咱们一场戏，为的就是能吸引到你这样真正的高手来主持正义。还是有用的，起码在别的地方，我们用同样的戏码捉到了至少七个有真本事的家伙。"

少年笑笑："来的人以为自己是猎人，结果自己才是猎物，戏演得很好，完全没有破绽。只是，你们为何要捉这样的人呢？不是无冤无仇的吗？"

"捉来炼丹呗。"大胡子扬扬得意，"最快的修行方法，就是把别人的修为拿来自己用，可以省好多时间呢。本来你跟你那伙伴都跑不了的，亏他运气好，半路走了，不然到最后你们俩都得乖乖喝了这杯催命茶。要说想得周到，还得是这丫头，做事又狠又稳当。"

"你们是同一个门派的邪术师？"少年打量他们，冷笑。

"术师就是术师，以修为论高下，分什么正邪。"脱掉道袍的年轻人冷哼一声，又转向阿芷道，"没问题了吧？"

"有问题我也不会吹哨子通知你们呀。"阿芷懒懒地说，"你们自己不也早就知道，这一个跟之前我们捉到的任何一个都不一样嘛，他身上的灵力太强。只能智取，绝不能强求。不然我又何苦费这么多时间与他们周旋。幸好我有先见之明，没有一开始就拿我的法子制住他，而是找了个借口不动声色地试了试，果然我的术法对他无效。"

他听到这儿，居然没有愤怒，只有寒冷，从心底最深的地方弥漫出来的寒气。

可怜又可爱的阿芷姑娘，真心诚意的相处与陪伴，原来只是她亲手备好的陷阱。

这个小丫头，好深的心机。

"你把自己的血化在了茶里。"少年摇头一笑，"你就不怕我也是装的吗？"

"你若是装的，就不会让那小子赶紧跑了。"她朝他走近一步，无所畏惧地凝视他的眼睛，"你是真的拿我当女儿了。我太肯定这一点，所以才赢得毫无悬念。"她笑笑，"止羽的血没有任何味道，能安全藏匿在任何液体里，寻常人喝下去，至死无解。但你这样的高人不会，它只会静止你所有的灵力，把你从无所不能的位置拉到任人宰割的境地。之前最接近你本事的，是个老和尚，喝了我的血以后就比你惨，除了眼珠子能动哪里都不能动了。起码你还能站着跟我说话，可见你真的非常厉害。"

一股血气直冲脑门，他终于愤怒地吼出来："阿芷！你怎么可以这样对老大！他那么为你着想！他拿你当女儿一样爱护啊！"

"受不起。他最终也不过是要把我驱逐出人界罢了。"她抱歉地冲他笑了笑，眼神瞬间冷下来，"没有人会真正喜欢一个妖怪，接近我的人，要么想杀我，要么想利用我。不过我不介意，我们可以互相利用。"

"他们承诺了你什么？"少年淡淡地问。

"无止境的生命。"阿芷眼里有光，"两百年我一点都不稀罕，我要无限的时间。我不想跟我那些没用的同族一样，把短短的一辈子浪费在那块毫无生机的冰雪之地。我生来就跟他们不一样。"

那年轻人开口道："我们可不是骗她的，也不敢骗她。待我们师兄弟几人的修为到达顶峰，再辅以我派之秘术，替一只妖怪续命不是难事。我们互相帮忙罢了。"

少年看着阿芷，平静地问："只要能活下去，哪怕踩着无数人的尸体，也无所谓吗？"

她沉默片刻，说："我太喜欢这个世界了，舍不得离开。"

少年笑笑："阿芷啊，你都没弄明白什么才叫喜欢。"

她皱眉，不说话。

"哎呀，你们少在这儿废话了。人都到手了，还等什么呢？"有人急不可耐地跳出来，"赶紧把容器拿出来，装好了走人，回去炼出来还得三个月呢，一个个磨磨蹭蹭的。"

大胡子瞪他一眼，从怀里掏出一个小黑盒子，打开来，里头却是一只黑亮的小蟋蟀。

年轻人皱眉："你怎么又找这么难看的容器？蝴蝶不好吗？飞鸟不好吗？上次找毛毛虫，这次找蟋蟀，你就不能上点心？"

"反正都要进炉子的，烧出来有什么区别？你上心你怎么不去找？又不是所有活物都能赶巧在子时把咱们的炉中土吃下去，能碰上一只蟋蟀已经很不错了！"大胡子不高兴地嚷嚷。

"好了好了，赶紧的。"

他越听越紧张，什么炉子，什么烧出来……他们这是要把他的救命恩人抓去塞进炉子里烧了吗？这怎么行！

他不知哪来的力气，硬是挣脱了绳子，顺手抄起地上一块残砖，跳起来就往那年轻人头上狠砸过去，大喊："你们谁敢伤我老大，我跟谁拼命！"

结果当然是他吃亏。

没防住他这一击的年轻人虽然脑袋见了红，但比起他受到的还击实在轻了太多。

至少四个人把他摁在地上暴揍了一顿。

"你们的目标是我，他区区一个凡人，何必为难。"少年怒道，又转对阿芷道，"你且看在他陪你游戏，帮你一点点打磨秋千板的份上，放他一条生路如何？"

阿芷想了想，扭头对那伙人道："别打了。"

他捡回半条命，蜷在地上咳得快吐出血来。

"打他做什么？"阿芷对年轻人道，"既是无关之人，直接清理掉就好。"

少年一愣。

他也怔住。

时间被她一句话凝固了。

等到他稍微回过神来时，一把匕首已经果断地插进他的心口。

"上官羚！"

那是他听到的最后的声音。

心口倒没有想象中那么疼，就是凉得难受，空洞的感觉一点点蔓延开来，你无力阻止，只能任由自己慢慢沉进无边的黑暗中。

闭上眼睛前，他看到老大的头上亮起了一团红色的光，不，应该是一个诡异的旋转着的图案，邪恶地将他最重要的人笼罩起来，直到他的身体缩成一个小小的光点……

他缓缓地倒下去，一口气出去，再没进来的迹象。

相处的时间太短了点，但好在他没有食言，无论情形如何糟糕，他始终跟从于他，没有离开。

◇伍◇

我现在才发现上官羚对语言的驾驭能力比我想象中强很多。

一段情节不算简单的陈年往事，顺顺当当讲出来，都没花多少时间，句句精练，字字到位。

几个曾经困扰我的小问题终于有了答案，不过比起上官羚这个家伙的底细，那些答案都不算什么。

"那个时候被捅的一刀，显然没有对你造成什么影响。"我必须重新评估上官羚了，左右身边的人都是奇葩，好好的西海龙王居然因为一场赌局而把自己活活变成另一个人，而这个一开始就承认自己是人类、还义正词严说了一堆如何期盼活得更久、如何羡慕妖怪、如何为妖怪平反的话的健忘大医生，居然根本就不是人类，并且记性一点都不差。

上官羚耸耸肩："可是疼啊，真的疼。"

我往敞开的大门里看了看，从左右抓着那丫头冲进去之后，到现在都还比较平静，没有惨叫也没有任何打斗的声音。

如果上官羚所言属实，左右现在的心态大概是父亲教训不孝女？

换作我是他，一片真心被这样糟蹋了，我可能打得比他还狠？！

不过更意外的是我以为左右这样的家伙，老早就心如止水四大皆空了……没想到还是不能免俗，夫妻情、儿女情……自古情关最难过，老妖怪也没有通关的优势。唉。

这个时候，的确不该进去打扰他。

那就继续在门口吹风好了。

"疼是一定的，没疼死就是走大运了。"我干脆坐在台阶上，仰头看着上官羚，"你没说完。"

上官羚想了想，也坐下来，下意识地摸了摸自己的心口，说："我以为我必死无疑了。疼不是最难受的，我最难受的是眼看着那帮无耻之徒对老大下手，真真是虎落平阳被犬欺。"他无奈地摇摇头，"我根本不知道自己'死'了多久，再醒过来时，是被米良，也就是你们的西海龙王狠狠摇醒的。那会儿我才知道，原来我已经作为尸体被扔在那宅子里长达二十多天了。米良说一进来就看见我横在那里，除了心口的衣裳破了个洞之外，没见着任何伤口，连一点血迹都没有。"

"你那时才发现自己不但没有被捅死，还有自我愈合的能力？"我就差给他鼓掌了，"天赋异禀啊。"

"我也是那会儿才知道自己的异常之处，可我依然坚信自己是有血有肉的人类。"他坦白道，"起码在那个时候我是。米良以为我只是被打晕了，我也没有告诉他其实我被捅了一刀，只把阿芷那帮人是如何暗算老大的详详细细讲出来。我恳求他快去把老大救回来，再耽搁下去，后果不堪设想。"

"估计你们的米良大人回去之后肯定把所有虫人都动员起来满世界找你老大了。"我同情地说，"可天下之大，上哪儿去找一只小蟋蟀啊。"

"米良找到了那伙人，不过是一个以邪术起家的派别，历史倒不短，也不算完全的酒囊饭袋，其门徒确实擅长各种阴毒邪祟的术法，长年浪迹江湖，又趁着乱世为非作歹。我亲眼见到米良那么斯文的家伙，把那一伙人杀到一个不留，之前他们使出的法术都被他一一化解，看得我眼花缭乱，实在想不到他是这般厉害的人物。"他回忆着那段久远的往事，眼神有些复杂，"也在那时我才意识到，对这般强大到几乎没有弱点的人来说，如果他们的心能永远跟下杀手时那样决绝冷硬的话，他们就真的一丝弱点都没有了。善良这样的优点，却成了唯一可以击败他的捷径，阿芷深谙这一点。可惜我们找到那帮人时，阿芷已经离开了，起因是他们把封印了老大的蟋蟀弄丢了，然后彼此怪罪推诿，还大打出手，阿芷谁都没帮，冷眼观战，眼神里尽是不屑。结果第二天她就失踪了，走时偷走了他们祖传下来的一本记载了各种邪术的手札，还留了一张字条，说'不与废物为伍'，把那帮人气个半死。"他笑笑，"取了那帮人性命后，我们自然继续寻找老大的下落，我也渐渐知道了老大的真实身份，了解了虫人这种妖怪。而米良也一改前态，真就跟个尽心尽力的老管家一样，在老大失踪这段时间，管理着整个虫人一族。"

"影帝在民间嘛。他倒是守信用，对左右尽忠职守，却把我们当猴子一样骗。"我翻了个白眼，"好好的龙不当，偏要跟虫子为伍。"

他笑看我一眼，说："虽然早就听说过你的名号，但那天在医院里头回见你们时，真觉得外界对你们的评分虚高了，看个尸体就呕成那样。"

"原来早就知道我们，还故意叫错名字，用这个来表达你对我们的不屑吗？"我瞪着他，"难道不是该感谢我们救了你老大？"

"我不习惯跟人表达谢意，也不习惯跟除了老大之外的人走太近。"他如是道，"我以前不是这样。可自从见识了阿芷对老大做出那样的事情之后，我觉得暴露自己的真实情感是一件特别危险的事情，我宁可是现在的自己。"

原来，我对他的第一印象是对的。

他的话也让我明白了从一个被活埋的惊慌少年到现在这个疏离人群活得自我的男人，根本不需要上千年时间，只需要目睹一场开头美好结尾差劲的相遇。

见我盯着他半晌不说话，他又道："但如果你非要我说谢谢的话……"

"不必，你家米良大人当时就谢过我了。"我打断他，再一想到左右当时的狼狈，不禁笑道，"你老大当初口口声声说这是他的天劫，我看还是人祸吧。"

他撇撇嘴："没什么区别吧。在一只蟋蟀里待了大几百年，辛辛苦苦活下来，想想都很绝望。我听米良说过，你们寻到他时，他差点被一只鸡吃了。"说到这儿，他自己都"扑哧"一声笑出来。

"所以你老大终于成了最爱吃鸡的人。"我替那些被他吃掉的鸡默哀，看着上官羚脸上难得的笑容，又问他，"你怎么就成了个儿科医生？"

"时间漫长，总要拿点东西打发时间。"他的眼底倒映着雪色，分外清亮，"那就研究一下医术好了，而且对着真正的小孩子，总比对着大人要轻松。"

"你在弥补左右的遗憾吧。"我朝半空中吐了一口气，白白的，"人类与妖怪结合的后代，如果没能活下来，多半是因为天生不可治愈的怪病。每治好一个孩子，你心里或许会舒服一些。"

他笑笑："你不如去我们医院心理科兼职？"

"我出场费太贵，你们医院请不起。"我笑，"你是真的对左右很好。"

"你一定没有被人活埋过。"他伸出手，几片雪花落在掌心，"所以不会知道绝望中突然出来一道光时，是怎样的激动与感恩。"

我当然知道啊。不然你怎么会一直在他身边，对所有人骄傲，唯独对他有求必应。

不过，我故意道："我在很长一段时间里都被埋在土里啊。"

他没憋住，又笑出声来："不埋在土里，你一棵树还想长在人家头上吗？"

"那得多大一个头才能容下我啊……"

"……"

"上官羚。"我语气忽然不再调侃，"你到底是什么呢？"

他眨眼，望天，找了好久的答案，说："我觉得自己是人。"

我笑道："活了上千年的人？左右也这么认为吗？"

"没什么说服力对吧。老大不过是看破不说破罢了，由得我认定自己的身份。"他支起下巴，认真道，"你看啊，我不吃饭就会饿，穿少了也会冷，冷过头了还会打喷嚏流鼻涕，会扭到脚撞伤头，被利器割到也会流血。人类所有的毛病我基本都有。"

"哪个人类会被一刀捅在心口连个伤都不留的。"我瞪他一眼，突然想到之前他给我看的那个视频，说，"也许你也跟那个无聊实验里的人一样，因为被蒙上了眼睛，所以才以为那是烙铁而不是钢笔。"

他愣了一下，若有所思地沉默下来，好一会儿才对我说："这样吧，等我弄清楚了之后，保证满足你的好奇心。"

"你是什么都不会影响我坐在这里跟你说话。"我笑，"再说了，你还能是什么呀，不就是个被救过一回就认人家当一辈子老大的傻小子。"

"我智商两百。"

"骗鬼去吧。"

"……"

这里的温度似乎又下降了不少，但两个人坐在冰台阶上说说话，居然不觉得多冷。

不对，还是要感谢老白的羽绒服。

"我说……"他突然转过头来，看病人一样看着我。

"怎么？"我奇怪他探究中又带着疑惑的眼神，"我头上长树了？"

"你不觉得自己不一样了吗？"他凝视着我的眼睛，还特意凑近了些，"老大他们刚把你带回来时，那个半死不活的样子就不说了，太惨了。好不容易清醒过来吧，不是发呆就是哭，还馋。一副伤春悲秋世界末日的样子，我简直怀疑你下一步就是找根绳子吊死自己。总之就是，你没有继续站起来的力气了。我就是这么觉得的。"

他凑近，我立刻后仰："有那么糟糕？"

"当然，由内到外的垮塌。"他的用词一点情面都不留，"可现在的你，好像所有的悲伤都可以消化了，所有不能接受的事都能坦然接受了。你看，你知道你的孩子就在附近，都没有像疯了一样不顾一切，居然是跟我坐在这里，谈另外一个人的过去现在。"他故意嗅了嗅鼻子，"完全不一样的气味。"

我怔住。

不是他才有这种感觉，我自己也有。

一切都是从我解决掉"暗"那一刻开始的。

难道真是被气出了正能量吗……自己想想都觉得好笑又不可能。

但是这种心态与情绪的急转，却实实在在地发生了。

当五子棋告诉我浆糊未知在这里时，如果是之前的我，才不会管左右跟阿芷的恩怨，就算把五子棋扛走，把这里底朝天翻过来，也要立刻去找到两个孩子。

可我只是兴奋了一下，着急了一下，就比较平静了，说平静也不是很准确，那是一种来历不明的自信，因为你相信你做得到，所以不再慌张。

"我自己都觉得奇怪。"我学着他的样子嗅了嗅自己，"没有畏惧没有焦虑的味道……"

"连你家嗷嗷都不担心了？"他直言。

之前真的不宜在我面前提到那个"敖"字，同音字都让我难过，但现在……

"他不会有事。"我脱口而出，"他一定会回来。"

他坐直身子："但愿你的自信不是盲目的。"

"有我们五子棋在，想盲目都很难。"我看着全程挨着我坐得规规矩矩的五子棋，这孩子乖得要命，全程不插一句嘴生怕打扰我跟上官羚的谈话，我怜爱地摸了摸他的脑袋，说，"一会儿等那位大伯跟你阿芷姨姨把账算清楚后，就一起去找浆糊和未知吧。"

"好！"五子棋痛快地答应下来，又时不时往门后看看，"那位看起来很年轻的伯伯，是欠了姨姨的钱吗？"

我笑笑："怕是你那位姨姨欠了他很多钱。"

"啊……难怪伯伯那么生气……可是伯伯不会再打她了吧？把钱还了就没事了吧？"五子棋真诚地为阿芷担心着。

上官羚好笑地看着他，又问我："你到底从哪儿捡到的这个活宝？"

我瞪他一眼，没理他，只对五子棋道："伯伯跟姨姨都是大人了，他们会解决好自己的问题的，你不要担心。"

"哦。"五子棋点点头。

可我一想到阿芷的过往，心头到底是有些不放心，又问他："你来到这里之后，有没有告诉阿芷姨姨你是来干什么的？"

"有啊。"五子棋立刻道，"我说了我是来找朋友的，阿芷姨姨知道了还帮我四处查看呢，实在找不到，她说这里地方也不小，西边还有一座被法术隐去的大雪山，每三年才会出现一次，说不定他们在那里，所以让我先安心住下来。我还想呢，难怪他们在这里却又找不着，原来是在一座看不见的山里。"

我跟上官羚对视一眼，很快从彼此眼里找到了统一的答案——以阿芷之前的表现来看，这里九成九没有什么看不见的三年才出现一次的一座山。

她是缺人说话逗乐子了，才想要把五子棋留下来？

还是有别的念头？！

越想越不对劲。

我问上官羚："不是说止羽只有两百年寿命吗？！"

上官羚一皱眉："难道她真的找到了'不做止羽'的方法？"

不做止羽？

无论妖怪人类，要突破自己天生的极限，都是难如登天的事。能做到的，要么付出极致的努力与痛苦，要么就是……走歪门邪道的捷径。

我站起身，朝门里张望："半天都没动静，该不会你老大又被她暗算了吧？"

"乌鸦嘴！"骂归骂，他还是被我说得有些紧张了，也站了起来，"要不是用了见不得人的诡计，她那点妖术根本对付不了老大。"

"还是去打扰他们一下吧。"我搓着手，打算进门去，"这么多年时间，连你都从一个被活埋的胆小鬼变成了一个迷之自信的医生，你凭什么觉得阿芷还是从前那个只能用诡计才能对付你老大的小妖怪？"

闻言，他一攥拳头，抢在我前头进了门。

可是，我们俩刚刚进门，这门就没有了。

震碎的冰块裹着我们三个，干干脆脆地沿着原路飞出去，我将五子棋护在怀里，上官羚的胳膊在我面前挥舞，挡开了好几块将要撞我脸上的冰碴子，然后三个人毫无缓冲地落在门外的开阔地上。

"我是谁我在哪儿发生什么事"这句话太适合现在了。

再次感谢老白的羽绒服，够厚，所以我摔得不算太惨，五子棋在我怀里也安然无恙，至于上官羚，刀都捅不死他，无须担心。

最惨的还是这座宅子，怎么就毫无征兆地炸裂开了呢？

从外头的围墙大门，到里头的房间，一瞬间四分五裂，还裂得特别细致，连一块完整的冰砖都没有，整座宅子仿佛被扔进绞肉机里，离尸骨无存只差一步时又喷洒出来，在我们面前变成一座巨大且不受控制的冰雪喷泉。

我掀开羽绒服把五子棋遮挡起来，生怕不断掉落到我们身上的冰碴子打痛了他，身旁的上官羚则把双臂伸直并拢，以一个特别好笑的姿势挡在我的头顶上。

我本来想感谢他的好意然后告诉他不必如此，这点杂物打不坏我，但当我的视线穿过前方那片密集又苍白的下落物时，便顾不上表达谢意了，只恨不得把眼睛擦亮一点，看清楚那几个从这汹涌而出的混乱里蹦到半空中的家伙。

那人是左右没错了，只是我真的不习惯他拿六只手在那里挥舞的样子。

认识他那么些年，只在初见时观赏过他的原形。

两个闪烁不止的白色光团飘浮在他身体两侧，一大一小，分别被他的一双手控制着，光团里隐隐可见人影。

他的对面是白发乱舞的阿芷，手指怪异地勾在一起放在胸前，似是保持着一个防御或者攻击的姿势。

"老大……"上官羚大概惊到了，也不管我的脑袋了，本能地朝前头跑了几步，却又不敢太靠近那两人。

这时，又有奇怪的东西落在我头上，轻飘飘的。

我低头一看，却是一张发黄的纸，纸上一角还贴着照片，并且落下的还不止这一张，空中纷纷扬扬了一片，应该是被这场突如其来的"爆炸"带出来的。我快速瞄了一眼离我最近的那张纸，感觉像是病历之类的东西。

但比起这些废纸，我更操心半空中的家伙。

所以，真是谈崩了？！

"你好记仇呀！这座宅子我花了好些心思才建起来的，就这么被毁了，好可惜。"阿芷依旧笑得无害又灿烂，只是看她微微喘气，脸色不是太好看的样子，显然不只是又挨了一巴掌那么简单。

左右冷冷道："根本就不该存在的东西，被清理掉是应该的。我唯一遗憾的，是没有更早地做这件事。"

"我也想过会不会有一天，你会再找到我。不过一想到你被关在一只可以随便踩死的小虫子里，就觉得这一天大概没可能了。"她望着左右，眼里全是遗憾，"没想到你真的命大，更没想到你竟然是虫人一族的首领，难怪灵力过人。若当年那群酒囊饭袋没让你逃脱的话，吃了你，修为不可限量。"

我听得一清二楚，这么可爱的丫头，说的是人话？！怎么每个字都贴满了死不悔改的标签？！

左右面无表情地看着她："你真的就那么憎恨自己是一只止羽吗？"

"是的。"她昂起头，干脆地回答，"说起来是妖怪，比废物还废物，从生到死就只在这片狭窄的冰天雪地里，从未想过要从这世上得到更多的欢愉与满足，没有个性没有脾气，两百年的生命一事无成。"她反问他，"我为何要做这样的妖怪？"

"你想做怎样的妖怪，与我无关。"左右看看身旁那两个光团，"可你拿他们当垫脚石就不行。"

她无辜地瞪大眼睛："没有我，他们死得更快。"

怎么越听越离谱了？

看着她毫不在意的脸，左右苦笑："我最大的错误，是心甘情愿输给了自己的软弱，在那一刹那，鬼迷心窍地用你来弥补一个永远不可能弥补的遗憾。你很像我的女儿，但你永远不是她。"

她嘴角扬起，没有说话。

"你以为我死了，我也以为你早就不在人世。我来过这里几次，但每次都在外头的拱门前止步，说好给你带的珍珠，我都带了，放进了流向拱门的海水里。"左右平静地说，"我没有恨过你。"

说罢，他四只手一挥动，两个光团竟朝我们这边快速飞来，落地无形，只出来两个人，一个裹着灰黑袍子的大男人，一个金发蓝衣两三岁左右的小姑娘，皆是一动不动躺在雪地上。

"菲菲！"五子棋从我的衣裳下钻出来，飞快地跑到那小姑娘面前，着急地轻拍着她，"醒醒啊！不能这么睡过去，会冻出毛病的！"

上官羚赶紧上去查看，小姑娘没有呼吸没有反应，连眼睫毛都不动一下。

同一时间我也急忙去看那个大人，跟小姑娘差不多的状态，我见他将袍子裹得那么紧，把整个脸都盖住了，心想总不会憋死了吧。

但既然左右把这两个家伙扔给我们保护，说明他们应该还活着，大概率只是中了阿芷的妖术。

那他自己呢？该不会是要……

身后突然有异常的动静。

我猛回过头去，刚刚才说完我并不恨你的左右，六只手简直是以光速在出掌，我只看到无数道犀利如刀的白光从他手中不断飞出，每一击都奔着阿芷的要害处而去，毫不留情。而阿芷确实不再是千百年前那个只能以诡计取胜的小妖怪，居然躲都不躲，一直放在胸前的双手变了个姿势，便见那些要取她性命的白光突然停在了半空，而她轻易地从包围圈中抽身而出，落在相对安全的地方，瞬间又换了个手势，紧接着张嘴吐出一口灰雾，瞬间扩散成一个巨大的沙漏形状，往左右身上狠狠撞过去。

沙漏代表着时间……如果左右被撞上的话，还可以跟当年一样靠自己的灵力就能逃过被"停止"的危险吗？

好在左右及时避开，那个看起来仅仅只算个图案的沙漏擦着他的身体飞出去，落在地上，只听一声巨响，雪地被这个无形但有力的图案砸出了一个巨大的深坑，周边裂痕四起，连带着整个地面都疯狂震动起来，那些栩栩如生的冰雕人像也遭了殃，被由内而外的力道震得四分五裂，残骸向四面八方飞出。然而这不亚于炸弹爆炸的现场，却在所有破坏力都呈现出来的那一秒钟，静止了。

而我吃惊的不只是这个难得一见的大场面，而是在那些停在半空的冰雕碎块之中，竟混着一大片白森森的、很像碎骨的物质，其中一块分明是人类头骨的一部分……如果不是这股深入地下的异力，我们应该没什么机会看到深埋在一座座美好雕像下的秘密。

上官羚看着那些碎掉的骨头，只冷冷说了一句："她果然比之前厉害多了。"

这不是废话吗，我都看见了。

半空中两人仍在激战之中，而我跟上官羚除了要观战、要保护左右交给我们的人，还要随时提防被他们误伤，尤其是阿芷的招数，又怪又狠，若被那"沙漏"击中，我都不敢想象自己变成一堆零件还要被静止在半空供人参观的鬼样子。

只是可惜了这块看起来干干净净的地方，如果没有过去和现在的恩怨，在如此简单宁静的冰雪大地上吃个火锅聊个天，多惬意。

但，肯定没有这个机会了。

片刻之间，此地已满目疮痍，不可修复的那种。

我抬头看去，半空中已是光影缭乱，连哪个是阿芷哪个是左右都分不出来了。

"你老大……不会输吧？"胜负本该是毫无悬念的，可我居然有点担心左右了。

上官羚没说话，一直皱着眉头，紧张地注视着战局。

"我去劝他们不要打架了好不好？"连五子棋都看得揪心了，"伯伯跟姨姨为什么要打成这样啊，欠钱还钱就好了嘛。"

我赶紧警告他："你跟在我身边就好，看到那些被静止的一切了吗，如果你过去，你也会跟它们一样！"

"可是，万一姨姨出事了，就没有人能治好菲菲了啊！"五子棋担忧得很。

治好菲菲？这又是哪一出？

我正疑惑时，半空中突然掉下来两个物件儿，落在离我们不远的地上。

一条胳膊一条腿？！

我赶紧捂上五子棋的眼睛。

幸好……不是左右的，我稍微松了口气。

很快，一个残缺的人影从半空中跌落下来，摔得重，怎么都不可能再爬起来。

左右缓缓落下地，除了呼吸稍微急促些，完好无缺。

胜负已分。

上官羚仍没有放松警惕，紧盯着失了一臂一腿的阿芷，多年前她留给他的阴影，应该从未消散过。

"我不怕的。"五子棋拉下我的手，非要看。

离了体的手脚冒出一阵青烟，从头到尾渐渐化作一团灰黑的絮状物，无力地匍匐在地面，如将死之人一样挣扎一番后，消失无踪。

阿芷费力地坐起来，原本好看的脸在巨大的痛苦中微微抽搐，但她依然要对左右笑，好像只要还笑得出来，自己就没有输给他。

"多给我一千年的话，断手断脚的那个就是你了。"她不但笑，看他的目光里还有一丝挑衅。

左右走到离她一步开外的地方，蹲下来，直视她的脸："你想活得足够久，被你吃掉的人类就不想吗？"

吃人？！

我跟上官羚俱是一惊。

但转念一想，有什么可吃惊的呢，想突破自己的天花板活下来，以她的风格，勤修苦练走正道的概率近乎为零。

"我选的，不是重病就是打算自尽的人，反正都活不下去了，长埋黄土化成烂肉白骨，还不如早点把命送给我来得划算。换个角度看，我都他们活下来了。"她仰着脸，理直气壮，

147第十一章

阿芷

"你要知道，我从那些废物那儿拿来的手札上，教人续命的法子可没这么温柔，如果我全听它的，今天也不至于被你占了便宜。我没有你们想得那么坏，即便要活下去，也要挑一个我心里能过得去的方法。"

多么大义凛然的诡辩啊。大概整个止羽一族都想不到，作为一种几乎没有天敌，低调到无为，全世界可能再找不出第二种比它们还热爱"静止"的妖怪，后代里居然出了这么一个从内心到行动，都异常"勤奋"的异类。可即便知道了又如何呢？以它们的天性，连跳起来打她一巴掌的意愿都没有吧。

可是有一点我想不通，疑惑地打量着阿芷："就算你以这种歪门邪道给自己续命，以你两百年寿命的底子，还是不可能活到现在。你攫取的人命，一开始或许还很有效，可长此以往，必然会如同服药产生抗药性一样，人命对增加你寿命的作用会越来越少，到最后你吃再多人也没有用处了。"

这还是当年子淼告诉我的，还说如果这样以他人性命来利己的妖怪被抓到的话，一律以极刑论处。犹记得他当年反复告诫我的，永远是"生命贵重"。

所以，这样的阿芷，实在是很难被原谅了。

听到我说的话后，阿芷微微歪起脑袋，好奇地看我："你也是妖怪？"

"是。"我爽快地说，"而且我也常请人喝茶，不过我从不在茶里放不应该放的东西。"

阿芷笑起来，视线落在上官羚脸上："一定是你说出去的吧。要不是你老大非跟我过不去，我一定要找时间审你，你一个凡人，如何被捅到要害还不死，不死也就罢了，居然千秋万岁地活到现在。怎么你们个个都活得这么容易，偏我要煞费苦心，真不公平啊。"

上官羚沉默片刻，反问："那么在你多活出来的年月里，你又做了什么，得到了什么？不离不弃的爱人，还是两肋插刀的朋友？"他顿了顿，"有人真心诚意地对你的存在表示过庆幸吗？"

她微微一怔，但很快又恢复到挑衅的神色："我自己活自己的，别人留不留在我身边，喜欢不喜欢我，关我什么事。"

"这就是你喜欢这个世界的理由吗？"上官羚淡淡一笑，"所以老大说得没错，你都没弄明白什么才叫喜欢。喜欢产生于感情，感情来自人性。你都没有人性，谈何喜欢。"

话有点重，但我赞同。

我见过那么多妖怪，听过那么多故事，阿芷这样全方位多角度都找不出一点理由可为她开脱的，罕见。但如果非要找个理由的话，也许止羽天生的"静止"，把本该有机会发芽茁壮成长的人性与感情也永远静止在她的灵魂深处了，能跑能跳满脑子想活下去的欲望，并不意味着她已经逃脱了天生的缺陷，这是她自己一直没有察觉的悲哀，也是无辜者的灾难。

对上官羚的话，她只是不屑地一笑，然后沉默。

"你一定还做了别的事。"我从地上又捡起几张纸，跟我之前捡到的那张一样，上面贴的照片都是小孩子，不同年龄、不同肤色，落在纸上的笔迹也五花八门，"这些是什么？"

"病历啊。"她朝我旁边的小姑娘努努嘴，"她得了一种怪病，血液里不能被杀死的病毒一直在蚕食她的生命。"

"你又不是医生，为何留着这些东西？"我更奇怪了，"五子棋说你在给这孩子治病？"

"我是不懂医术，但只要花一些时间，我的灵力足够让她康复过来，不用一年时间，她就会变成一个健康活泼的小姑娘。"她笑道，"之前好些个孩子，都是这样被我救活的。"

之前的孩子？！

我彻底糊涂了，刚刚不还在说吃人的事吗……这么说，她不止一次把重病的孩子困在这里，却不是吃他们，而是给他们治病？

到底是怎么回事？

左右看到我投来的大惑不解的目光，淡淡地说："她用这些孩子'反哺'。"明明语气很平静，可我分明看见他紧握的拳头上冒出了青筋。

"反哺？"我知道乌鸦有反哺之说，但跟她这个妖怪有什么关系？她又不是乌鸦……

"比起直接拿一条人命延续自己的性命，把一个需要得到照顾才能长大的孩子费心养育起来，让孩子对自己产生真实的依赖与喜爱后，再拿他们作为自己延续生命的牺牲品，得到的效用会更令人满意。"左右的视线移到那些依然停留在半空的碎骨头上，"这就是她为何能活到现在的原因。老乌鸦把小乌鸦喂养长大，一旦老乌鸦年岁大了无法觅食了，小乌鸦就会去找食物回来喂养老母亲。而她却把这种反哺行为变了样子，养大小乌鸦，然后在自己需要的时候，让它们以自己的生命作为回报。"他顿了顿，看着地上散落的纸片，"她带走那些身患重病的孩子，精心照顾不说，还以自己的灵力帮他们治疗疾病，直到康复，她对这些孩子掏心掏肺地好，至少表面是那样，耐心积累着孩子们视她为亲人的真诚情感，然后在她变得虚弱时，再用他们来拯救自己。这种'反哺'之法，世间没有多少人知道，即便知道的，也未必做得到。"

我突然从里到外感到一阵彻骨的寒意。

如果这就是阿芷的"反哺"，我可以理解左右攥紧的拳头，跟他势必要杀掉她的心。

怎么可以有残忍到这种地步的行为？！

怎么能把向你交托出全部信任与感情的人⋯⋯当作一粒药丸那样吃下去？！

所以那些冰雕是什么？是所有被她拿来"反哺"的孩子的遗像？而那些碎骨就是⋯⋯

我不敢再想下去了，身为两个孩子的母亲，光是想到这里心就已经疼得不行了。

我拼命按下想冲上去狂揍她一顿的心，正要开口质问，却被身旁一个稚嫩的声音抢了先。

"阿芷姨姨，伯伯说的是真的吗？"五子棋看看她，又看看躺在地上的菲菲，"你给菲菲治病，给她做各种好吃的，就是为了吃掉她吗？你对我那么好，陪我玩，安慰我一定会找到我的朋友，我那么喜欢你，你以后也会吃掉我吗？"

他问得特别认真，我听得心疼。

左右的神情更冷了，上官羚也不知该说什么好，只能摸摸他的头以示安慰。

阿芷沉默片刻，对五子棋笑道："我也没有白吃你们啊。我对你们的照顾，对你们的喜欢，也是真的。"

五子棋低下头，喃喃道："不是⋯⋯你不喜欢我。留下我，就是为了吃掉我。"

感觉他都要哭出来了。

真是作孽！

我现在倒是庆幸我们没有掌握进入雾海的正确方法了，既然老天把我们送到她面前，那⋯⋯该做什么就做什么吧。

"谁教你的？"左右突然问，"显然不会是你口中那帮废物。"

阿芷笑道："我答应了那个人永远不透露他的身份。不过可以告诉你们，他很年轻，很有本事，达成了我一直想实现的梦想。就算重来一次，我依然选择跟他做相同的交易。"

"交易？"我皱眉，"你拿什么跟他交易？"

"这可是让我能永远活下去的方法，如此宝贵，哪能白送给我呢。"她笑出声来，"那个人也有他想达成的目的，而他的目的只有我能替他完成。我们谁也不欠谁了。"

左右叹气："你是不打算说了。"

"这点信用还是要有的吧。"她笑。

"你不是讲信用，仅仅是怕他而已吧。"我冷笑，"你敢出卖的，要么是对你毫无防备的小孩子，要么就是对你真心相待的人。欺善怕恶的性子，再多活几万年也改不了。"

"随你怎么说吧。"她仰头打量我们，"求生是世间万物的本能，我只是用自己的法子尽力活下去而已。你们非要觉得我是恶人，随你们便吧。不过我还是要告诉你们一件事⋯⋯"她指了指那昏迷不醒的一大一小，"如果我死了，菲菲已有起色的病肯定会迅速恶化，每天只要静止她两个小时，她体内捣乱的病毒就会越来越弱，我认为半年后就能让她痊愈，不过现在可能来不及了。当然，希望你们能顺利接手，把她救回来。至于那个男人，他闯进来时已然病入膏肓，能不能救回来我都没把握，我见他太痛苦，才将他静止下来。所以如果不解开法术我就死了的话，他们一辈子都那样了。"

"解开他们。"上官羚冷冷地说，"我才是医生，你不是。"

她昂起头环视我们，胸有成竹地笑起来："那现在，我是不是有讨价还价的资格了？"

"还是拿他们来换你的命吗？"我跟自己说千万要冷静不要冲上去打她。

"我也没别的可换了。"她笑得有些惨然，"人你们带走，而我保证余生绝不再踏出此地一步，自生自灭，听天由命。"她低头看看自己，"我站都站不稳了，还能走到哪里去？比起被你们五马分尸，我宁可寿终正寝。"

寿终正寝……呵呵，说得可真轻巧。

我看着左右，阿芷与他渊源最深，他来决定。

上官羚也在默默等待他的决定。

左右思忖良久，说："你说到做到。"

"有你守在外头，我还出得来吗？"她的眼睛还是跟之前一样明亮，看不到污渍与心机。

左右不说话，只退开一步，给她让出一条路来。

她拖着残躯爬到菲菲跟黑袍男子身边，先伸出手往菲菲心口上拍了拍，又用手指画了个复杂的图案，然后又对男子做出同样的动作。片刻后，菲菲咳嗽了几声，很快睁开了眼睛，一见面前是她，这小丫头立刻欢欢喜喜地扑到她怀里，紧紧搂着她的脖子。

她笑着拍了拍菲菲的脊背，又对他们说："菲菲很可怜的，不但身染怪病，还是个聋哑儿，所以才被父母抛弃在医院里。"

"你依然觉得你做了一件好事？！"我依然告诫自己平静，不能爆粗口。

"如果你在全世界大大小小的医院里走一圈，再仔细翻看那些堆积如山的病历，说不定你会改变对我的看法。"她抱着菲菲，神态像极了一个母亲。

"不会的。"我摇头，"你比抛弃她的人更卑鄙。你一直在出卖、在践踏的，正是这个世界最值得被喜欢被留恋的东西。"

她呵呵笑出来。

这时，男人的心口也渐渐起伏，喉咙里发出含混不清的声音，手脚也能动起来了。

"先生，你感觉好些了没？"阿芷看着慢慢从地上坐起来的男人，只见他一手捂着脑袋，还不太清醒的样子。她又扭头对我们道："一码归一码，这位可不是我带来的，是他自己找来的。我纯粹是见他太难受了才帮他一把。"

这个不用她说我们也知道，没有谁会蠢到去"养育"一个大人。

可一想到那些雕像，一想到她只拿孩子下手，我就恨不得撕毁协议，立刻送她"寿终正寝"。

上官羚走到左右身旁，有些担忧地说："老大，就这么放过她？"

"我不会给她再走出雾海的机会。"左右如是道。

犯下这样不可饶恕的罪，他完全可以早早将她四分五裂，却只是断她一臂一腿，到最后也不愿亲手结果了她。

无论如何，他终究还是顾念着自己心里那块其实从没有离开过的"软弱"吧。

我心头叹气，连堂堂的虫帝都被羁绊于此，何况芸芸众生。

这时，醒来的男人长长地吁了一口气，仿佛将淤积在心头的所有闷气都吐出来似的。

"雾海止羽……止羽……身在何处……在何处……"他自言自语，却语无伦次。

阿芷听了，凑过去很是关切地对男人说："先生，你要的止羽，已经被咱们面前这三位全部带走了，你得找他们要才行啊。"

她在对他说什么？！

都不等我反问，那男人突然就站起来，动作太大扯到了衣袍，一不小心露出了不想示人的脸孔。

我吓了一跳，这也能叫脸？

一大半都是石头吧，灰黑粗糙，凹凸不平，仿佛扣了个凶恶丑陋的面具，只有小半张脸还算正常，被盖住大半的眉心，勉强露出一个赤金色的已看不到全貌的印记。

此刻他已经不在意自己的脸有没有暴露了，只挪动着稍显笨重的身体朝我们走来，伸出来的手也与石头无异："止羽……交给我！"

"抱歉，我们可没有什么止羽。"我边说边朝阿芷那边看了一眼，这个从头到尾不学好的女妖怪，我就知道她不会甘心寿终正寝的，只是万没想到她居然可以在一败涂地的情形下，还能从一个不惹人怀疑的环节里找到反击的机会。

现在我相信她是左右的天劫了……说不定，也是我们的。

面对这个底细不明的男人，我跟上官羚虽然诧异，却都没有左右那般大惊失色。

他一步挡到我跟上官羚面前，低声说："你们离他远一些，他极其危险。"

"你认识他？"我被他说得紧张起来。

"从没见过这号人物啊。"上官羚嘀咕着。

"他是……"左右咬咬牙，放低声音道，"天帝。"

我差点一口老血吐出来。

真是天大的"福气"，不过是来一趟北极，还是打着给我治病的名义，结果该遇到的没遇到，不该遇到的倒是一个都没少。

在我迄今为止的全部记忆里，天帝只是个存在于传说中的完全没有见面机会的人物，我也从未想过有朝一日要亲见这位身在天界最顶端的神，他在高处被万人景仰，我在地上安稳过着小日子，两条平行线罢了。总之无论让我的想象力扩散到怎样刁钻的程度，都想不到我会以这种方式与天帝面对面相见。哪怕我在听到诗诗现场回忆着出了问题的天帝时，都无法将她那些并不美好的描述跟天帝叠加在一起，我心目中，这样的人物哪怕真变成了怪物，也断然不会失了自己天生的威仪。

可现在……天帝怎么能是这个蠢样子呢？！

上官羚也吃惊："天帝就是这个样子？他怎么会在这里？"

左右想了想，说："或许跟我们一样，来找止羽治病的。"

想到獠元的遭遇，加上诗诗的描述，以及天帝最初的反常与后来的失踪……这位最不得了的神可能是真的遇到大坑，而且还没稳住，翻了车……问题是，谁有本事把他害成这不人不鬼不妖的样子？

"交出来！"天帝步步紧逼，伸出的手仿佛是在管我们讨一条命，而不是别的。

"我们从未见过止羽。"左右边退边冷静地说，"陛下，你知道你身在何处，在做什么吗？"

"交出来！"天帝似乎只会说这三个字，还能正常转动的那只眼睛布满鲜红的血丝，痛苦与愤怒几乎要从仅剩的面部溢出来。

上官羚小声说："老大，他好像根本听不懂你在说什么，也不像还有理智的样子，千万小心些。"

左右皱眉，心一横，上前直接拦住了天帝，紧紧抓住他的胳膊："陛下，你看清楚了，我乃虫帝左右，我们此刻并非身在雾海，而仅仅是雾海的大门，你被那丫头骗了！止羽根本不在此处。"

天帝停下步子，那只眼睛定定地看着他："我要止羽……必须要拿到止羽！"

"你到底是怎么了？怎么会变成这副模样？"左右焦急地问。

"止羽……止羽……"天帝跟一个丢了钱包又怎么都找不到的人一样，上下左右乱看起来，看着看着，突然又转回头，死死瞪着左右，"你不肯给我？"

"不是，我……"

"你不肯给我！"天帝突然暴吼出声，狠狠一掌击在左右心口上。

这一掌倒是很有天帝的风范，不但左右飞了出去，连离他几步远的我们也一同被震出了老远，那一击没有落在我身上，我都觉得有一块巨石砸中了我的身体，何况硬挨了一掌的左右。

他倒地的瞬间，一大口血吐出来，连撑起身子的力气都被化掉了。

原来虫人的血是蓝色的……

我看得呆住，这一掌是下得有多重？！天帝随随便便的一掌，就能把虫帝打到吐血……那如果天帝越来越生气，接下来的每一招都不再随便的话，我们谁能拦住他？！

"不肯给我不肯给我不肯给我！"他真的越来越生气了，像个复读机一样说个不停，双手齐齐出掌，虽已化了石头，掌心还是飞出一团刺眼的金光，在空气中拉长成一道犀利的光，直奔左右而去。

而随着光线逼来的气流，将我跟五子棋狠狠压在地上，莫说去帮忙，我们自己连动一动都难，身上仿佛背了一座无形的山。

"不要！"我大叫，"左右你快闪开啊！"

"啾！"

那是有什么柔软的东西被穿透的声音。

上官羚不知几时出现在左右前头，竟用自己的身体硬挡住了这一击。

我眼见着那道长而尖利的光线穿透了上官羚的胸口，他身子微微一抖，双腿一软跪了下去，连脑袋也渐渐无力地垂下。

"上官羚……"左右见状，咬牙爬过去扶住上官羚。

背上的压力消失了，我嘱咐五子棋赶快跑，离那个石头人越远越好。

可他偏不跑，说他不怕，非要跟在我身旁。

我无奈，只好带着他飞快爬起来往左右他们那边跑去，心里念叨着万事如意平安喜乐你上官羚刀枪不入长生不老这次也不会有事！

离他们几步之遥时，我们却再跑不过去了，一股狂风扑面而来，生生把我吹退了好几步，我得拉着五子棋趴下才没被吹得更远。

他又来了？！

果然，透过被狂风卷起来的残冰碎雪，我看见天帝就站在他俩面前，两只大手带着狂风与利光，对准他们毫不留情地劈下来，幸好左右拼死抵御，单腿跪在地上，举起双手散出一片蓝色的圆光，暂时将天帝的攻击抵在半空，不让其落下来伤到已经倒地不起的上官羚。

双方进入了暂时的僵持，但看左右的情况并不太妙，这一挡应该是他的全力了，他的手臂很快就剧烈抖动起来，每撑一秒都是豁出了命地在坚持。

我急出一身冷汗，拼了命要从狂风的制约下站起来，可是这阵狂风的力道实在超乎想象，根本不给我冲过去帮忙的机会。

"左右！上官羚！"我大吼，"反抗啊！"

都这样了，抵御不如反抗，就算打不过，也不能站好了被人欺负！天帝也不行！

抵抗的光终是碎了。

天帝要人性命的双手狠狠砸下来，左右咬牙，出掌相迎。

千钧一发之际，一个人影从地上一跃而起，像只灵巧的猫，在天帝与左右生死一搏的瞬间，一脚踢向天帝的心口，居然让这位占据绝对优势的神摇摇晃晃地退后了好几步，最后失了平衡倒在地上。

我以为自己太担心他们所以看花眼了，把眼睛擦了又擦，给出这大逆不道但无比漂亮一脚的，确实是上官羚。

但是，好像又不是他？

上官羚脑袋上好像从没有长出过这样的兽角，红亮剔透，似鹿角又比鹿角锋利，一片深红的脉络般的纹路从他的眉心扩散到整个额头，连眸子也变了颜色，仿佛注入了无比醇厚的陈年红酒，颜色迷醉到多看一眼就会不省人事似的。

他笔直地站在那里，并不将天帝放在眼中的样子。

"上官羚……"左右诧异地看着他，"你……"

他回头，笑笑："抱歉啊老大，这才是我。原来我真不是人类，连我自己都忘了。"

上官羚……真的是一头羚羊吗！

我看得目瞪口呆，一只羚羊怪居然能一脚把天帝踢开？！

连五子棋都在惊叹："叔叔长角了！原来长出角就能变得这么厉害啊！"

那边，天帝已经爬起来，摸了摸自己的心口，喃喃道："不把止羽给我，你们就该死。"

上官羚冷笑："有病吃药，乱打乱杀哪里像个天帝的样子！"

都是人狠话不多的，一人一句说完，眼前又是一片缭乱了，上官羚速度极快，在天帝的连续攻击里游刃有余地闪躲、还击，而天帝居然有渐落下风的趋势，不久之后，好像连自己的招数都不记得了一般，除了硬接住上官羚的攻击，似乎别无他法，也就是靠着自身的底子好才没有被立刻打死。

峰回路转……实在没想到一个上官羚居然成了天帝的克星。

我趁乱跑过去，扶起重伤的左右避到离战圈远一些的地方，他现在的样子，如果再被误伤一把，老骨头真就要散了。

"没事吧？"我看着左右身上的斑斑血迹，问了一句废话。

"撑得住。"他一直盯着那头的战况，又自言自语道，"血角如刀，眼如陈酒，有纹似脉覆额，人形，姿容秀……善使人忘。"

"你嘀咕什么呢？"我赶紧检查他的脑袋，幸好没受伤。

"竟然是它……"他像没听到我的话，只顾死盯着上官羚的一举一动。

我见他神色非常不妥，追问："你知道了什么？你看出上官羚的品种了？羚羊怪吗？我从没见过这种模样的……"

"不是羚羊怪，是'忘'。"他打断我，"上古三大凶兽之一的'忘'，'暗'的弟弟，'失'的哥哥。"

我头顶又是一声炸雷。

上官羚是"忘"？是诗诗口中那个喜欢捉弄人的亲哥哥之一？！

今天是不是什么国际惊喜日？不对，国际惊吓日才对……一个天帝不够，还要再开个大奖，一分钱不要，上古凶兽带回家？！

这……怎么可能啊！上官羚这个家伙怎么能是"忘"呢！

左右皱眉道："到底是什么原因，让他把自己装成人类那么多年……"

"现在不是担心这个的时候吧？"我看着仍在缠斗中的两人，最该担心的难道不是他能不能制服发了疯的天帝吗？虽然现在看起来好像有胜利的可能，但对方毕竟是天帝，哪怕变异了，发疯了，他还是天帝。

"如果他想赢，一定会赢。"左右笃定地说。

"为什么你这么有……"

我话没说完，突然觉得身后有不妥，用力拽起左右闪到一旁，说时迟那时快，一个眼熟的沙漏图案擦着我们的身子撞进地里，又激起一片静止在半空的碎冰。

太险了，心都差点跳出来。

扭头一看，双手双脚都齐全的阿芷很遗憾地看着我们，说了声："好可惜啊，没打中。"

虽然这个女妖怪是最该被收拾的一个，但方才情势太紧急，没人顾得上她，反而给了她喘息的机会……不过她的手脚不是断了吗，她怎么可能在这么短的时间内复原？以左右的本事，也许对付天帝很吃力，但对付她肯定是足够的，加上他心头带气，怎么可能跟闹着玩一样，给她惩罚又这么快不作数。

左右自己也疑惑了片刻，但他很快看向四周，问："菲菲呢？"

菲菲？菲菲不是一直被她抱着吗？在大家认定她大势已去只能俯首认罪时，见菲菲对她如此喜欢，再顾念着此别之后，她们再无相见之日，也就没有强制把菲菲带走，就算是给她们最后一点相聚的时间。

可是，我看遍周遭，也没有发现菲菲的踪迹。

五子棋也急了，到处乱看，眼尖的他突然指着某个方向，一手拉扯着我的衣服，急得说不出话来。

我顺势看过去，一件蓝色的小衣裳落在一堆废墟之间。

左右也看到了，脸色再难看不过。

"菲菲呢？"我怒视她，心下已有了最坏的预感。

她活动着自己的手脚，笑道："我养菲菲的时间还不够，反哺是不可能了。但让她帮忙恢复我的人形，还是可以的。放心，我一直抱着她呢，她最喜欢被我抱着，没有任何痛苦地消失在我怀里。"

我脑子里"嗡"的一声响，许久没再出现的饥饿感骤然于腹中横冲直撞起来，知错不改，变本加厉……这样的妖怪怎么能继续活着呢？！

我不是生气，而是极度地失望。

五子棋呆呆地拉住我的手，小手特别凉。

"浆糊未知妈妈，阿芷姨姨是不是把菲菲杀掉了？"他仰头看我，眼睛里闪着一点期望我说不是的可怜巴巴的光。

我咬咬牙，蹲下来摸着他的脑袋，尽量平静地说："菲菲以后都不会再遇到任何危险了，她会去一个更好的地方。"

五子棋垂着脑袋，小声说："滥杀无辜者，该死。"

"你说什么？"我一愣。

五子棋突然甩开我的手，跑到废墟那头捡起菲菲留下的衣裳。

我以为这孩子只是太难过了，要把这衣裳捡回来做个留念，谁知他却将衣裳往半空中一抛，再落回手上时，衣裳居然化成一柄蓝色光箭，同一时间，那把我见识过厉害的皇蛾弓也出现在他手中，开弓引箭，箭尖正对阿芷，飞速而出，整个过程一气呵成，没有半分犹豫。

阿芷见状，急忙避开，却见那支箭在半空中调转头来，仍是朝她奔来，不论她如何闪避，这支箭就像长了眼睛一样，随着她的移动不断变换方向，死活都要取她性命。

我隐约记起唐夫人曾说过她家对这把皇蛾弓的描述只留下了一句话：弓甚凶险，无不能灭者。

我之前没有见识过皇蛾弓出箭的样子，五子棋只拿弓光寻人，我从未见过这孩子像今天这般愤怒。

见此箭非同一般，她很快知道躲避无用，索性站定了身子，送出她最擅长的沙漏，将这支箭停在离自己不到两尺的地方。

可是她的妖术对这支箭好像不太奏效，她脸上已经露出了非常吃力的表情，然而那支箭在沙漏的制约下抖动得越来越厉害，眼看着就要挣脱出来。

五子棋握着皇蛾弓站在原地，什么都没有做，看起来比阿芷轻松太多，只是他脸上再看不见小孩子的天真无邪，眼里唯一关注的，只有阿芷的生死。

"这孩子……竟有这样的本事。"连左右都诧异不已。

今天的第二个大奖……我也着实没想到。

再看天帝那头，现在好像只有挨打的份儿了，连挥拳踢脚都变得无比迟钝。

他如此迅速地落了下风，难道是因为对手是一只"善使人忘"的大妖怪？上官羚速度奇快不说，也许还能用自己的本事让他边打边忘，结果连如何运用自己的灵力发招都忘记了，再打下去，我们的天帝可能连自己来干什么都不知道了吧？

我终于可以松口气了，虽然暴打天帝好像也是死罪一条……但只要上官羚不把天帝打死就行，保命第一，以后的事以后再说。

这边的阿芷就更好解决了，只是不知道左右现在的心里，还有没有那块软弱的地方，在一而再再而三地对这个女妖怪失望之后。

面对那支即将突破出来的箭，阿芷拼尽最后的力气控制住它，同时转过头对五子棋道："小五，你听姨姨说，我从没有想过要伤害菲菲，也没有想过要伤害你，我对你一直很好不是吗？只是我刚才太痛苦了……少了一只手一只脚，你不知道有多痛。你能不能收回你的箭，给姨姨一个道歉的机会？"

不等我出声，五子棋已经果断地摇头："你只是装作很好的样子。要我留在这里等那座山出现也是谎话吧，你觉得我是孩子，骗就骗了，吃就吃了。很讨厌，很讨厌！"

"不是，你先停下来好不好……"

"箭出皇蛾弓，不死不休，我停不了。"

"好孩子，你听我说……"

"我不听！"

五子棋一声怒吼，空中的箭仿佛得了助力，猛然挣脱了束缚，朝阿芷的心口飞去。

谁料阿芷一弯腰，还是险险避开，随后只见她突然调转方向，往我们这边冲来。

我立刻闪得远远的，不想被她连累，而她好像也不想再躲下去，停在离左右颇近的地方，使出仅剩的力气召唤出她的沙漏，将那支箭最后一次阻止在不远处。

左右冷冷地看着她，没有帮忙的意思。

她回过头，费力地冲他挤出一个笑容："对不起，一直在辜负你。现在终于可以一次还清了。有件事还是想告诉你，他们拿来装蟋蟀的铁盒是我偷走的，打开它放到树林里的人也是我，虽然现在说这个没什么意义了，但起码希望你对我的愤怒能稍微少一点。总是生气，人会老得特别快。"

左右一愣。

就在这瞬间，沙漏消失，利箭飞来，以为一切就在此刻终结。

然而，不是。

连遗言都交代完毕的阿芷没有选择闭目等死，而是在利箭杀到前，以意料之外的速度闪到了左右背后，并用力将他往前一推……

这个畜生……故意说这样的话让左右分神，原来是想拿他当最后的挡箭牌！

可是一切发生得太快，我又在离左右颇远的地方，眼见着那支对目标"不死不休"的箭，在来不及停下或者转头的情况下，按照它原本的轨迹，笔直地朝左右心口而去。

我惊呼出声，明知来不及了，还是往左右那边扑过去，可恨动作太大，一下失了平衡摔倒在地。

其实我不应该有这么绝望的心情，那只是一支衣服化成的箭而已，就算射中了左右，以他的底子应该也不会有什么大事才对。可为何我就是这么担心呢，还一开始就莫名认为这支箭能够杀死在场的任何一个人……

但，不论这支箭厉害与否、会不会伤到左右，上官羚还是像个意料之外的幽灵，明明一秒前还在另一头的他，却从左右身旁闪出，用力撞开对方的同时，那支箭也刚好穿过了他的背脊，而事情的发展根本没有如阿芷想象的那样，只要找到一个挡箭牌就能让自己活下来，穿过上官羚的身体之后，这支箭拖着蓝色的光迹，依然狠狠扎进了她的心口，圆满地结束了自己的追逐。

阿芷呆住，低头看着那支深深扎进自己身体的利箭，惊讶、愤怒、不甘心，所有情绪趁着最后的机会在她一直很好看的眼睛里轮番出现。

她缓缓抬头，看着我们，说出的最后一句话是："想活下来有什么错……"

这次，真的是遗言了。

只见一道白光从她的伤口进出，旋即如刀刃般在她全身游走切割，瞬间令她的身体遍布裂纹，"砰"的一声响后，她终于彻彻底底裂成一大片白色的羽状光芒，被刚好路过的一阵风吹开来，纷纷扬扬落了地，与满目冰雪融为一体。

想活下来没有错，但想龌龊地活下来，就是错。

我看了看阿芷消失的地方，叹口气，赶紧朝左右那边跑去。

"怎样了？"

我同时问他们两个，尤其是上官羚。

好在上官羚不但站得好好的，还一脸担心地打量着左右："老大你没事吧？"

"没事。"左右摇头，反问他，"你如何了？"

"我？"他低头看看自己的胸口，又把身子转过去，背对我们，"你们帮我看看背后的伤口大不大？"

查看结果，没有伤口……前胸后背都安全的样子。

明明看到那支箭穿过了他的身体。

这时，有人在我背后轻轻拉我的衣服。

回头，五子棋难过又沮丧地站在那里。

现在看来，这个孩子才是最需要被安慰的那个……

我转过身蹲下来，摸了摸他的脑袋："如果觉得难过，就哭出来。"

此时不适合提起任何与弓箭有关的字眼，一个天真善良又好脾气的孩子，让他亲手拿走一条性命，比让这支箭扎到他自己身上还疼吧，哪怕这条命劣迹斑斑，人人得而诛之。

把如此决绝厉害的本事放在这个孩子身上，对他而言似乎本就不太公平，但转念一想，或许正因为是他，才能使这份力量保存在一个最安全的位置。

上天的配置，永远有它的道理。

"我很久不用箭了。"五子棋垂着小脑袋，忍住没有哭，"以前谁欺负我，我就放箭，然后就没人敢惹我，也没人敢靠近我了，我总是一个人在荒山里，哪里都不去，活得像一株会走动的植物。后来，有个姐姐跟我说，其实帮忙找人比随意杀人有意思得多，她带着我去了好些地方，帮好些有需要的人找到了他们想找的人，他们一点不怕我，还很喜欢我，给我做新衣裳，把好吃的大把大把往我怀里塞，夸我真是个厉害的小神仙。那时我才知道，原来生活可以是另一个样子。我在村子里住下来，姐姐说明年再来看我。可我等了许多年，她也没有再回来。我用我的法子找她，可我的弓唯独寻不到她的下落，我不相信她死了，所以我离开村子去找她，结果在路上遇到了要吃我的妖怪，我不得不杀掉妖怪保命，然而我动手的过程刚好被叔看见了，他很惊讶，说他追踪这只恶妖好久了，然后他就一定要我跟在他身边，不可以乱跑，还说愿意帮我一起找人，我觉得叔没有恶意，加上我也不知道上哪里去找这个姐姐，就一直跟在叔的身边了。之后的事我同你讲过了，反正跟着叔之后，我读书识字修身养性，越来越少发脾气，也再没有用过箭。"他一口气说下来，脑袋却垂得更低了，"现在我知道了，无论是姐姐还是叔，他们都不喜欢我用箭。叔把我放到地下，也是打心眼里觉得我是个'凶物'，怕他不在之后，没人管束我，所以宁可我永久不见天日。"

这孩子……居然还藏了这么一段不为人知的往事。

我听得心头一阵难受，我不认识他说的姐姐，也没见过他的叔，无从分析揣测他们当年亲近他的真实目的，但，起码确定了这孩子的心结在哪里——无论他的叔曾经对他有多好，他们在一起共度的时光有多惬意轻松，他对五子棋的评价却还是一句"弓甚凶险"。

比起被惧怕被疏远，五子棋这样的孩子还是更渴望他人的爱与喜欢，"不用箭"成了他评判自己是善是恶的唯一条件。他一直坚守的东西却在刚才被他亲手打破，他的难过与挫败，理所当然。

要如何安慰他才好呢？

"谢谢你救了我们，五子棋小朋友。"

上官羚的声音从我们头顶飘下来，抢在我前头。

五子棋抬起头看他，瘪着嘴，就快哭出来的样子："我用了箭，我又杀人了。你们不怕我吗？"

"我们为什么要怕一个救人的小神仙？"上官羚将手放在他单薄的肩膀上，笑道，"你不但救了我们，更救下了许多个可能跟菲菲一样结局的孩子。"

"我是……救人的小神仙？"五子棋愣了愣，旋即"哇"的一声哭出来，"可是我杀掉了阿芷姨姨……"

我把他抱在怀里，说："杀掉阿芷姨姨的不是你，是她自己。你要记住，有些时候，我们不得不终结一个生命来拯救更多的无辜者，虽然做出这样的决定是一个让人特别难过的事，但这就是我们必须要面对的责任。上天既给了你帮助别人的能力，又给了你终结性命的本事，就是希望你明白拯救他人的方式不是只有一种。而今天，你做出了很正确的选择。"

"真的吗？"他伏在我肩膀上抽噎，"你们真的不觉得我很坏吗？"

"如果你把鼻涕蹭在我肩膀上，我才会觉得你非常坏！"我一本正经道。

五子棋赶紧抬起头，使劲拿手擦鼻涕。

我跟上官羚都笑了出来。

左右也微笑了一下，摸摸五子棋的头："不要难过了，这里每个人都很喜欢你。"

五子棋用力点点头，破涕为笑，这孩子连哄好都很容易，真乖。

不过哄孩子归哄孩子，好像还有个非常重要的人被忽略了……

我赶紧朝天帝那边看过去，那个大人物还站在原地，时不时转个圈，茫然左顾右盼的样子。

161 第十一章

阿芷

说是松了口气，但我这颗心立刻又吊起来，上官羚该不会真把天帝给打出毛病来了吧？

"他这是……"我指着那一头，"你是不是下手太重了？"

上官羚白我一眼："你刚才怎么不对他说这句话？"

"我意思是他好歹是天帝啊，万一你伤了他……"说到这儿，我突然盯着他，"先别说他了，你现在这个样子……是不是要给我们一个交代？"

"可以啊。"上官羚爽快回答道，"上古凶妖之一，'忘'就是我。"

虽然左右已经认出他来了，可一定要从他本人口里再说出来一次，我才能彻底说服自己相信这件事。

上古三大凶妖……终于都被我遇到了。

我下意识地退开一步，犹豫片刻，还是开口道："如果你真的是'忘'，也是上官羚，那么就该知道……你的哥哥跟妹妹都不在了。"

最坏的结果是他立刻找我报仇，毕竟诗诗是死在敖炽手里，而我还当着他的面捏死了"暗"……之前我们之间所有的和平相处，是我跟上官羚，而不是跟"忘"，如果他真的兄妹情深，我的处境可能就相当尴尬了……

"我知道啊。"他又白我一眼，"你离我那么远做什么？怕我揍你？"

"你不想吗？"我原地不动，"虽然我现在没什么灵力，但如果我生起气来，情况可能会不太一样……"

"我很少打人的，因为没人打得过我，他们通常打着打着就连自己是谁、为什么要打架都忘记了，只赢不输的日子很枯燥。"他朝我招招手，"过来吧，说好了我暂时是你的医生，医生不会打病人的。"

我又看看反胜为败遭了大罪的天帝，还是不太愿意过去，怕他反悔，把我也变成那个样子。

他叹气，不再勉强我，只说："上次跟人打架，还是太多太多年以前，我跟'暗'的决斗。"

我跟左右皆吃了一惊，他跟自己的哥哥决斗？！

"原本我们兄妹三人一直生活在西溟幽海之中，日子过得倒也平静，可自从进来了一个底细不明的黑衣人，找到我跟兄长说了一些诸如外头世界如何奇妙的话，想来也不是多么不得了的内容，可我跟兄长听后却无端地生出要离开老家去外头看看的强烈念头，并且也这么做了。妹妹虽不是很愿意离开，但因为我们执意要走，她也只得跟从，毕竟我们三兄妹从小到大都没有分开过。可去了人界之后，我发现与老家不同的不仅仅是人与景色，还有我们。我们的脾气跟在老家时渐渐不一样了，并且在不知不觉中走向一个十分恶劣的方向，开始凭着自己的天赋在人界祸害无辜。"上官羚，或者说是"忘"，他调动了自己所有的回忆，既是说给我们听，也是说给他自己听，"我们甚至嫌弃起一贯宠爱的妹妹，觉得她是个累赘，然后毫不犹豫地抛下了她离开。一开始，我跟兄长非常满足于这种为祸四方的日子，有时候还要比比谁祸害的人更多。那一回，我又一次假扮成出人头地未遂，还落难受伤的可怜后生，被一对好心的母子带回家中休养，按照我的游戏规则，下一步就是在他们毫无防备的时候吃掉他们的记忆，让他们母子成为陌路人。我在他家白吃白喝了好些天，享受到了足够的善意，确定这是一对关系特别好的母子，我通常都找那些原本关系特别亲密的人下手，从至亲至爱到陌路的感觉，让我觉得特别有成就感。记得那天特别冷，儿子第二天就要去远方做事，母亲拿出了一双很厚实的新鞋子给他，母慈子孝的场面特别感人，我正要动手时，那母亲却又拿了一双一模一样的新鞋子出来给我。她说见我的鞋子已经很旧了，天气又这么冷，得有一双厚实的鞋子才好，所以熬夜多做了一双，针线粗糙了些，希望我不要介意。然后还给我穿上，边穿边唠叨说要是你娘看见自家孩子大冷天连双好鞋都没有，该多难过，你这么大个人了，一个人在外头更要照顾好自己，能不能出人头地不要紧，最重要是平平安安。"他笑笑，指着自己的头，"她说的话，现在还一字不差地在我脑子里。当时也不知道心里是一种什么滋味，总之，我放弃了我的计划，离开了他们的家，除了那双鞋子，没有拿走他们任何东西。也是那天之后，我对攫取他人的记忆突然没了兴趣，每天都懒懒的，一做梦就梦见当初我们三个在西溟幽海时的情景，那段日子其实挺快乐的。于是有一天，我终于跟兄长说，不如回去。可兄长不愿意，还将我责备一顿，说这才是我们可以为所欲为的世界。说来也奇怪，跟他在一起时，我因那对母子而生的恻隐之心又渐渐没了，又开始无所谓地胡作非为。可我终究还是跟之前不同了，之后，每当我看见那些因我们而陷入悲惨命运中的人类时，那股自责与怜悯之意偶尔又会回来，没有规律，反反复复。每当有这种感觉时，我就非常痛苦，恨不得立刻回到西溟幽海。但兄长似乎从没有同样的困惑，他越发变本加厉地去祸害人类，近乎疯狂。"

"所以你对他动手了？"我以为他们两兄弟本该同流合污，却不知还有这样的内情。

"可惜我们好像对彼此的天赋免疫。"他笑笑，"那一场架我打得特别辛苦，好在我事先做了功课，把决战之地选在了鱼门国的寒明洞中。"

"鱼门国？"我吃了一惊，"那不是寻常之地，龙域之中的监牢，你们怎么自由出入？"

"不就是个被一只小天衣守着的地方嘛，我们出入有什么难的。"他笑笑，"我们可是比女娲还要老的妖怪。"

当年我与敖炽千辛万苦才能离开的地方，在他这个家伙眼中原来只是个进出无压力的"小地方"……活得够久的话，确实有优势。

"可是，为什么是这里？"我又问。

"因为鱼门国离人界足够远，寒明洞中的冰柱足够冷，而我也花了足够的时间，将从各地搜集而来的封印之力全部化进冰柱之中，让它成为世上最坚固的封印之一，也成为我替兄长准备的陷阱。"他平静地说，"而我也成功了。那天，我在冰柱前发了一整天的呆，看着倒映在冰柱上的自己的脸，突然无比厌恶起来。我想，如果我不是'忘'，而只是一个人，又会是怎样的境遇。"他拍了拍自己的脸，笑道，"所以我有了个大胆的想法，如果一只'忘'，把自己忘了，会如何呢？"

"你对自己下手了？"我脱口而出。

"是啊，也不是多难的事。"他轻轻一挥手，"然后我就成了上官羚，可惜运气不好，刚做了人就被抓去活埋。"

"原来如此……"左右恍然大悟，"难怪你身上一点妖气都没有，除了挨刀不死、长生不老之外，跟人类没有任何区别，连我都识穿不了你的本尊。"

我又想起他之前给我看的视频，笑笑："你果然就是那个蒙上了眼睛的家伙，'以为'自己是人，原来是最厉害最真实的伪装。"

他也笑出来："难怪我对那条视频有特别的感觉，翻来覆去看了好多次。"

"还好有你。"我突然话锋一转，走到他面前，"你跟诗诗一样，都是一点都不凶的凶妖。"

"其实，我兄长也未必是。"他苦笑，"我曾想过为何我们三兄妹会变成这样，我们在老家时明明不是这个样子。可直到最后都没有答案，只能以橘生南北的原因来归结吧，也许我们这样的妖怪，留在西溟幽海才能一切正常，一旦离开，外界的一山一水、一花一木对我们而言都是毒药，把我们变成另一种可怕模样的毒药。"他沉默片刻，又道，"我试过把那个怂恿我们出来的人找出来，可惜我怎么都想不起对方的样子，他在我脑子里只是个模糊的轮廓，实在无从下手。"他转过头，笑看着五子棋，"若是早些遇到你，是不是就能如愿以偿了？"

五子棋老实地说："记不起样子也是不行的，我的弓光必须要有目标人物的样子才能奏效。"

"是吗，那就真是可惜了。"他习惯性地伸出手想摸摸五子棋的脑袋，可是那只手却突然从半路拐回来，捂在他自己的心口上。

"上官羚？"左右顿觉不妥，一把扶住他，视线落在他的心口上时，左右的脸色立刻变得比上官羚更难看。

一团白光在上官羚手掌下跳动，几根相同颜色的光纹蔓延出来，很快就增加到无数条，生生地要割裂他的身体，与阿芷中箭时的情景一模一样。

凛冽的光线刺痛了我的眼睛，遏制了我的呼吸……

怎么会这样？虽然一箭穿心，可他不是连个伤口都没留下吗？不是还好端端地站在这儿跟我们说了半天的话了吗？

上官羚咬紧牙关，一只手紧紧扣住左右的胳膊，挤出个笑脸，玩笑般道："我刚刚想试试能不能忘记我中箭这件事，看来是不行……"他的身体不受控制地颤动着，似在用最后的力气让那道犀利的光行动得慢一点。

左右立刻将他摁坐到地上，自己也坐到他对面，以双掌覆在他的额头上，说："别说话，省点力气。"

如果我是健康正常的自己，也不会吝啬于自己的灵力，但我现在不正常，没有灵力却有徒手捏死一只妖怪的能力，这股来历不明且不受我控制的力量，令我根本不敢碰他，怕弄巧成拙，只能祈祷左右还有能力阻止这一切。

五子棋刚刚才平静下来的情绪又崩溃了，使劲抓住我的手哭问："怎么办怎么办？叔叔要被我的箭害死了吗？"

"不是你的错啊，你自己也看见了，是阿芷姨姨想杀掉左右伯伯，叔叔为了救左右伯伯才误伤了自己。"我赶紧安慰他，"没事的，左右伯伯会把叔叔救回来的。"

"可是……可是……"五子棋嚅嗫着，声音越来越小，"被我的箭射中的活物，从没有谁活下来。"

我很怕从他的口里听到这句话，但我也知道那绝不是夸大其词，可我还是想搏一点点奇迹，一点点就好，请看在上官羚不是普通活物的份上，让他活下来。

这些天，在我面前死去的人已经太多了，能不能暂停一下，就一下。

"放心，你只要祈祷叔叔能活过来，上天一定会让他留下。"我只能这样对五子棋说。

他难过地点点头，立刻闭上眼睛双手合十，嘴里默默念叨起来。

左右的脸色比上官羚好看不到哪儿去，天帝不留情面的一掌，落在谁身上都吃不消，何况还要孤注一掷地拿仅有的力量强行挽救那危在旦夕的人……没有人能了解我现在的焦急，想帮忙又不敢乱来，生怕一个错误就害死两条命。

"老大……不要浪费灵力了。"上官羚握住左右的手腕，强行让他的手离开自己的额头，虚弱地笑笑，"我祸害诸多无辜，按理说早该赔命给他们了。可我居然还做了那么久的人，这一笔我赚了。"

左右咬牙不语。

此刻，我们谁都明白，无论如何不甘心、如何拼命，给出的力量也只是泥牛入海。

"其实吧，无论西溟幽海还是人界，四季风景，吃喝玩乐，我都不太热衷，可以有，可以没有，那些日子里，我的明天永远是今天的复制，所以活得长还是短，无所谓的。甚至连为祸人界的那段时日，我也没有得到过似兄长那般的喜悦。唯有作为人类的这些年，我才有了起伏的情感，有愤怒悲伤，有欢喜期待。我可以是老大的下属，处理各种稀奇古怪的事情，可以跟相识的伙伴们围坐一桌，喝酒吃饭听他们带来的故事，也可以是儿科医生，在孩子们的哭闹欢笑里帮他们找回健康，从救人这件事里感受杀人时从没有过的满足与踏实。于是，我的每一天，都有了不同的内容。"他说得很慢，声音也越来越轻，但表情始终轻松得很，"阿芷永远都没机会明白，那些交织在每一寸土地上，触不到看不见的情感，所有的爱与被爱，温暖与陪伴，才是这世界会喜欢的真正理由。"

左右的眼睛有些红了，松开攥紧的拳头，握住他的手，笑道："要不你再试试活久一些？医院的活儿你不做了？孩子们还在等你呢。再说你要是走了，米良以后就又少了个可以聊天吹牛的对象了。你知道的，长期在我身边的人，并不太多……"他说着说着，自己也说不下去了，拼命把眼泪逼了回去。

如果以后谁再用"上古凶妖"这样的称呼来形容他，我坚决不同意，他跟诗诗一样，一点都不凶，他们仅仅是活得久一些、本事大一些，然后在某一段时间里，跟这个世界相处得不太熟练罢了。

"叔叔……对不起……对不起……"五子棋哇哇大哭起来，他对死亡的敏感，不低于任何一个人。

"傻瓜，都说跟你没关系了。"如果他还有气力，一定会拍拍这个小傻瓜的脑袋，但他现在只能对他露出不作假的笑容，"只要你的箭对准的是伤害无辜的坏人，就永远不必为自己的行为后悔难过，懂了吗？"

五子棋抽噎着点头。

他皱了皱眉头，捂住心口的手更用力了，他看着我，笑道："头回见着你时，就觉得好像很久前就见过。抱歉，我照顾不了你这个病人了。"他又朝天帝那头望了一眼，"他现在暂时没什么能力再伤害你们，但我不确定我死了以后，施在他身上的力量还能维持多久，如果你们不想五子棋再用一次箭的话，就尽快走远些。"

我点点头，对他笑笑："诗诗也说与我似曾相识，也许从前我真的在哪里见过你们，如果真是这样，那还得谢谢你们，既没让我消失，也没让我忘掉把自己的金子藏在哪里。"

他笑出来："不能被忘记的，你一定不会忘。"他顿了顿，又说，"等敖炽回来，你同他说，胡椒粉撒到鼻孔里真的很难受……"

"好，我一定跟他……"

然而，我还没有说完的话，被终于挣脱了压制、奔涌而出的光线永远地打断了。

左右喊他的名字的声音，五子棋叫着叔叔的哭声，还有一条生命终于走到尽头时发出的碎裂声，所有声音都在簌簌的风里被吹到没有归路的远方。

"忘"也好，上官羚也好，世间有关他的痕迹，从此只在永不被遗忘的记忆里。

我愣愣地看着他消失的地方，一团眼熟的彩光在变换着形状，从一个果子到一朵花，又从一片叶子到一棵树，我的眼睛被各种奇妙的颜色与变化彻底占据，不但挪不开视线，整个人还试图向它靠近，心中的念头越来越清晰，那一团光，仿佛是我丢了很久终于要拿回来的东西。

拿回来？！

为什么我会用"拿回来"这个词？

分神的刹那，这团光跟之前一样，突然朝我撞过来。

天地大海，山川河流，一瞬间变形收缩成一幅不断滑动变化的长卷，从我眼前飞速而过，无数奇怪的生物哭哭笑笑地跑过来跑过去，时而风和日丽，时而狂风暴雨，混乱的世界在崩塌与重建中不断交替，一切迫不及待要展现给我看的画面，最终化成了一棵巨大的树，巍然立于天地之间，光彩四溢，生机勃勃，有庇佑万物之势……

◇陆◇

我再醒来时，眼前已不是那一片狼藉的冰雪世界，地上的废墟、停止在半空中的碎片都杳无踪迹。头上是一片淡蓝微白的天光，四周满是一片片巨大而平整的浮冰，海水停在浮冰间的缝隙中，没有流动的迹象，放眼看去，像是无数嵌在冰里的深蓝宝石，景色美好得近乎不真实。

但是，在不远处的海面上停着的那艘巨大的、与此处的静谧梦幻格格不入的钢铁货轮，又把这梦一般美好的景致拉回了现实，看上去实在有点煞风景。

"感觉怎样了？"左右的声音从脑后传过来，把我尚没有完全清醒的意识与四下乱跑的视线都叫了回来。

我定定神，确定自己正靠在左右怀里，五子棋坐在我身旁，紧张兮兮地看着我，直到我的眼神不那么涣散时，他才放下心来，抓住我的手问："浆糊未知妈妈，你晕了好久，我好怕你醒不过来！"

"我已经醒了。"我从左右的怀里直起身子，同时示意他不必再照应我，我很好，不用任何人做我的依靠。

左右愣了愣。

"你比从前好看些了。"我笑看他一眼，又转回头去对五子棋道，"好久不见了，小皇蛾。"

一大一小两张脸都露出无比诧异的神情。

五子棋傻傻看着我："小皇蛾……好像很久没有人这样叫过我了。"

"可我以前就是这么叫你的啊。"我揉揉他的脑袋，"你不是五子棋，也不是一个拥有皇蛾弓的小孩。你就是皇蛾弓，只是你天生神器，自有灵性，生来便以孩童形象示人，隐于凡尘，不惹人注目。知道你存在的人，都以为你只是件器物，纵是见识过你本事的那个唐家先祖，也就是你叔，他顶多以为你是个机缘巧合下被皇蛾弓占了身子的小孩，既被皇蛾弓影响，又能反过来操纵皇蛾弓，不然他也不会让你跟着他修身养性，始终是怕你心性不定，乱用这份'神力'。"

五子棋愣住，一下子接受不了我说的话，结巴道："我……我自己都不知道……我一直就是这个样子啊。"

"你当然不知道，从来只当自己是个来历不明，还会从手里变出一把弓来的异类，不但如此，你还能把万物化为利箭，为弓所用。一旦被你选中为攻击的目标，箭出皇蛾弓，不死不休。"我收回手，像看个成年人一样认真看着他，"斗转星移，沧海桑田，最终的最终我们还是要相遇。"说着，我又笑了，捏了捏他的脸蛋，"记住啊，从现在开始，你要一直跟在我身边，等到把事情做完后才能走。"

"浆糊未知妈妈……你说的我好像听不懂。"他越听越糊涂，拿求救的目光投向左右。

"裟椤，你是哪里不舒服？"左右的脸上写满担忧与疑惑，顺势抓住我的手，好像一松开我就会变成另一个人似的。

我笑笑，拉下他的手站起来，伸了个大大的懒腰："裟椤……还是这个名字听起来好听。"

左右看我的眼神更不安了。我看向不远处的一块浮冰，天帝的状态似乎没有什么起色，呆呆地坐在那里，身上多了一圈光束，应该是左右给他绑上的。

"他……"我指着那边。

"虽然上官留下的法术还有效果，但不知能撑到几时，所以我尽力约束一下。"左右如是道，"你都不问问自己昏迷后发生了什么事？"

"阿芷看守的所谓雾海大门，无非就是一块与雾海重叠的结界空间，若没有得到正确的打开方式，就会掉落进去，虽与雾海一墙之隔，却难以脱身。止羽这样的妖怪，能玩出这样的把戏已经很不错了，毕竟它们那么懒。"我笑着摇摇头，"既然阿芷接手了看门人的工作，这个空间自然由她一手掌控，天长日久，灵力相系，这个空间便会成为看门人的一部分，她在，门在，她死了，门当然就坏了，门一坏，我们当然就该在真正的雾海之内了。"我回头看了左右一眼，"所以我不需要提问。"

五子棋瞪大了眼睛："浆糊未知妈妈你好厉害呀，昏过去了都知道发生了什么……"

"我什么都知道。"我朝他挤挤眼睛。

左右的眉头却越锁越深，看我的眼神也越发复杂起来。

我径直朝天帝那边走去，左右见状，赶紧上前拦住我："他状态不稳，不可接近，万一……"

"天帝不能总是这副模样啊。我去瞧瞧，看究竟是出了什么问题。"我绕开他，又回头一笑，"现在就交给我来处理吧，不会有万一了。"

左右一怔，站在原地，再无阻拦之意。

我走到天帝面前，从头到脚打量他一番。任谁都不敢想象，堂堂天帝，最高最高位置的那个人，居然也有如此落魄的一天，姿容俊秀玉树临风这样标配的形容词哪里还敢放在他身上，如今眼前只是一个连妖怪都不如的怪物。

"你不该是这样的啊。"我蹲下来，安慰孩子一样抚摸他的脑袋，而他几乎丧失了攻击性，对我的动作毫无反应，只是转动着那只即将变成石头的眼睛，茫然地左顾右盼。

片刻之后，我收回手，叹了口气："你们终究还是没有听我的话。"

说罢，我手指一拂，绑住天帝的光立时熄灭，得了自由的他，也没有走动的意思，迟钝地抬头低头，不知在等什么、找什么。

我又朝他走近一步，站在他的正对面，伸出一只手掌，从他的头顶到脸庞再到心口，轻轻抚了一遍，然后收回手来，再摊开时，十一块颜色姿态各异的石头已然飘浮在我的掌上，流光溢彩，灿烂夺目。我对着它们吹了口气，一道隐约缠在石头之间的黑气飘了出来，很快散在半空中。

我又将手掌一合，石头们骤然被压作一团彩光，最后化成一块透明如镜、形似人类心脏的光团，但不够完美，因为它的左上角缺了一块。

我有些惋惜地看着手里这块"心脏"，喃喃道："这样也好……"

说罢，我将手一握，光团消失在掌中。

这时，天帝身上所有被石头覆盖的部分如退潮般消散，不多时便将那些丢掉的形容词都给捡了回来，一个好端端的天帝，总算又回到众人面前。

只是这一刻，他的身体仿佛比刚才还要僵硬迟钝，慢镜头一样抬起双手，翻过来，看了半天，才又慢慢摸上自己的脸，大气都不敢出一口，根本不敢相信自己已经恢复了本来面目。不敢出大气的不止他，左右跟五子棋也好不到哪里去，他们不知何时站到了我旁边，左右讶异到不知该说什么，五子棋擦了好几次眼睛，才扭头问他："左右伯伯，怪物变好了吗？"

怪物……要是天帝听到，该多伤心啊。

我笑，幸好他现在沉浸在自己的惊喜里，旁人的话根本进不到心里。

我们耐心地等待，直到他彻底相信现在的自己不是做了一场梦。

他终于深深地吸了一口气，又缓缓吐出来，神情也安定下来。

他的视线落在我的脸上，不确定地问："是你救了本君？我依稀看到你站在我面前……然后……"

"种于天界佑生河东畔的那棵神树，同根两生，一枯一荣，现在应该还长得不错吧。"我打断他，笑道，"那棵树被种下时，你父亲尚是少年。"我细细端详他的面容，"你与你父亲的模样，还是颇为相似的。"

"你……你如何得知？"他惊得说话都不利落了，"你到底是何人？"

"不是千方百计要杀掉我吗，都没弄清楚我的样子，就急着下手了？"我的视线仍留在他好看到过分的脸上，收起玩笑的语气，正色道，"齐聚十二神石，以神血沁润服下，持咒四十九日后可重聚明镜心，能知万物之弱，得扶持之方，亦得灭除之法。"

他的身子晃了晃，也许是刚刚恢复过来还不太稳当，也可能是他已经把身为天帝的尊严发挥到最大，才让他只是晃了晃而不是一屁股跌坐在地上。

大概在他眼里，我才是真正的怪物。

"或许是你身居高位太久，无人敢忤逆，无人敢加害，你根本想不到还真的有人敢算计你。"我指了指他的心口，"聚齐十二颗石头吞下去，方能得到你想要的'明镜心'，但若十二缺一，正即成负，它们的力量不但不会帮你，还会狠狠反噬，先将你心性变恶，再让你身体渐渐成石，最后变成一个人人得而诛之的怪物。纵然不死，你的身份，你的地位，你凌驾万物之上的尊荣，都成碎片，永不复得。你没料到绡狐眼是假的，是你天大的失误。"

"你……你……"他额头上渗出了汗珠，身体也开始止不住地颤抖，过往那段惨不忍睹的回忆一定在他脑子里横冲直撞，一时间根本再说不出话来。

"当你发觉事情不对时，一定想过把石头拿出来，可你根本没有能力把真正的神石拿出来，你可以取出来的，只能是假的那一颗绡狐眼。于是你愤怒了，加上本性渐失，你很快就从寻找绡狐眼变成了单纯而疯狂的泄愤，与神石有过接触的人，逐一成为你的目标，而我与敖炽就成了你最欲杀之而后快的人，你觉得一定是我们骗了你。而我没有想到的，是你连獠元都不放过，甚至用他来对付我们。"我的语气非常冷静，"如果你已经完全清醒过来，我很愿意听听你的说法。"

站在这个比我高出一个头的男人面前，哪怕他已经恢复到天帝应有的样子，我的气势却没有被他压下半分，我甚至觉察得到，他怕我。

他攥紧了拳头，竭力让自己站稳一些，不要再丢脸地发抖。

"我只记得有人往天帝殿中送了一封密函，说獠元私藏神石，且在人界收留凶妖，居心叵测。"他不得不回忆，"那时，我的身体已经出现了异状，不敢让任何人知道，不敢出天帝殿一步。此密函令我暴怒至极，连最信任的下属都在算计我，于是我命神兵营往人界剿灭凶妖，屠尽松县，再抓来獠元问罪，本想杀了他，可一想到他与你们仿佛颇有交情，而你们三个都曾与神石有过接触，在不受控制的暴怒之下，我索性换了他的心，让他去找你们。"他讲得非常困难，那段不光彩的经历，每个字都烫嘴，"那时我的意识已经很混乱了，我不相信任何人，仿佛满世界都是要谋害我的敌人，情绪里只有愤怒与恐惧，而我又不能让天界众生知道我现在的样子，我自己也清楚如果再不阻止那股逐渐侵蚀我的力量，我就会失去一切。"

"所以你想到了止羽。"我望着眼前的茫茫浮冰，"你把它们当作最后的希望。"

"是。我知道一个如何不被它们的妖法静止，又能取它们做药的法子。"他咬咬牙，似乎又陷入了另一轮挫败，"我离开天界来到此处，身子已经越发地差，意识时而模糊时而清醒，不然也不至于一时大意落入那小丫头手里。再后来，我只知她在我耳畔说什么止羽被谁带走了，我急了，冲出去了，好像跟谁打起来，之后就很模糊了……"他看着我的眼睛，"再清醒过来时，就看见了你。"

说罢，他重重叹了一口气，又摸了摸自己的脸，自嘲般笑出来："穷尽一生想象，都想不到我身为天帝，统领天界成千上万年，最后居然落得如此境地，这丢掉的颜面，委实不知从何捡起。"

他沉默片刻，走到我面前，突然对我躬身一拜："无论你身份如何，这是我应该谢你的。那段自己已经不是自己的日子，你们看着我只觉憎恨，我自己也非常痛苦，可无力挣脱，那些石头的力量比我想象的大了太多。我以为我乃天帝，驾驭它们不过等闲事，却没想到我才是被驾驭的那个。可笑至极。"

经历过这样的大起大落，死里逃生，我觉得他的谢意是真诚的，我也受得起。

"起来吧。"我戳了戳他的肩膀，"这件事告诉我们，以后可千万不要再乱吃东西。"

他直起身子，一个高高在上惯了的老家伙，竟也有臊红了脸的时候。

"只是我实在不明白……你当真是敖炽的夫人——那只树妖？"他如何相信一只小小的树妖能将他都应付不了的神石轻易收入囊中。

我笑笑，靠近他，对他附耳几句。

听罢，他目瞪口呆，身体仿佛又被石化了一次。

五子棋挣脱左右的手，朝我跑过来，一把抱住我，不太确定地看了看天帝，问我："浆糊未知妈妈，怪物伯伯真的没事了吗？他不杀人了吗？"

我把他轻轻松松地抱起来，点了一下他的鼻子："他真的没事了，你看他现在已经不是怪物伯伯，是好看的伯伯了。"

"那我们可以去找浆糊未知了吗？"他开心又着急。

"当然。"我笑笑，又回头朝那艘孤独停在海上的巨轮看去，"这艘船还在这里，看来有人是不想回去了吗？"

左右皱眉道："船上几百个人都在昏迷之中，虽然呼吸心跳都很弱，但都还活着。"

"你去看过了？"我问。

"你昏迷时。"他点头，"应该是冲破冰柱时受到了影响，加上雾海里的妖气，寻常人类受不住也属正常。"

"雾海的妖气？"我吸了吸鼻子，"如果这里真是止羽的老家，那么现在这一点点少到可以忽略的妖气，是不是不太正常？！"

左右面色一变。

"算了，这次来不就是寻止羽为我治病吗。"我又玩笑般道，"来都来了，不管怎样总得去看看的。它们就住在浮冰深处吧？但愿不要太远了。"说罢，我随便一挥胳膊，那艘巨轮转眼无迹可寻，海面上连一片涟漪都没出现。我抱着五子棋往前走去，头也不回道："就别待在这儿挨饿了，哪儿来的回哪儿去吧。"

连天帝都无奈的神石，我稍微动一下手就能拿出来，一艘巨轮，我也只是挥一下手就送走了。

现在的我，好像已经不需要止羽来给我治病了，哈哈。

"裟椤！"左右在后头叫我。

我回头："不跟我去吗？"

他只是看着我，不摇头不点头，纠结的眼神恨不得穿透我的身体。

这个家伙，如果我再不表示点什么，他是不是也要跟五子棋一样哭出来了？！

我对他笑道："每次醒过来一看到你，我就觉得世界仿佛没有什么变化。多谢了，虫虫。"

"虫虫……"左右喃喃地重复着这个幼稚的名字。

然后，他"扑通"一声冲我跪下了，连额头都贴到了冰面上。

旁边的天帝不知受到了什么感染，居然也如出一辙，单膝跪地，心悦诚服地朝我低下了曾经傲视天下的脑袋。

五子棋太奇怪了，问我："怎么两个伯伯都跟我们跪下啦？"

"可能站久了太累？"我笑道，"走，我们去找人。"

"好！"

◇尾◇

越往前，光线越暗淡，天空由蓝而灰，不断褪色。

原来雾海的尽头，只是一片巨大的冰原，以及一大片枯死的止羽。

白色的冰面几乎被层层叠叠的灰黑填满，这里本该是块生机勃勃的世外桃源，有无数羽毛般轻快漂亮的白色"植物"在此生生不息，摇曳生姿，而现在，满目所见只有匍匐在地的干瘪尸体，用支离破碎的模样诠释了地狱的另一种形态。

好在这里没有风，不然它们恐怕连最后的痕迹都留不住。

空气里，残留着一丝丝焦味，也可能是一种药味，带着死亡气息的低落味道。

"这里……好像没有活着的东西……"五子棋左右环顾，有些失望。

一路上除了我们自己，的确没有看到任何活着的东西。

跟上来的天帝与左右，诧异地看着眼前这一片死寂。

"怎么会这样……所有止羽都……"天帝惊诧之余，还有一点后怕。

费尽心机来到这里，结果指望能救命的"药"一个都没剩下。

左右喃喃道："止羽虽然只得两百年寿命，但它们几乎没有天敌，又天生不易染病，生命力稳定且顽强，怎么可能会灭绝……"

"几乎没有天敌……不代表没有天敌。"我放下五子棋，环顾四周，遗憾地说道，"我对这种大多数都很守规矩的妖怪没有恶感，身怀天赋却从不以此作恶，一生守在自己家中，安静出生，安静离开，必要的时候，还能用它们解人病痛，就算什么都不做，只看看它们漂亮的模样，也是一件乐事。这样的妖怪，不该是这般下场，可惜了。"我顿了顿，"当然，除了那位阿芷姑娘。我好像记得她说是与某人做了交易，才换来这'反哺'续命的法子？！"

"您的意思是，止羽的灭绝与阿芷有关？"左右对我的态度产生了明显的变化，每个字里都是小心翼翼的恭敬。

"自己总还是了解自己的。"我笑笑，又对五子棋道，"要不你再试试看，如果浆糊未知确实在这里。"

五子棋想了想，点头："我再试试！"

说罢，他翻起手掌，取弓在手，果断拉开弓弦，一道明亮如星的光顺势而出，笔直地飞出很长一段距离，最后竟停在这片近乎坟地的区域的另一端。

远远看去，那里似是雾海的尽头，一片略微起伏的、并不太凸出的坡地。

五子棋收起皇蛾弓，惊喜道："他们真的在这里！"

"好，那我们过去吧。"

我牵起他的手，朝那个最黑暗的方向走去。

脚下被我们踩到的止羽尸体，随着我们走出的每一步，腾起一片灰烬，用它们一生中的最后一个动作，飞舞着为我们铺开一条沉郁的、吉凶未卜的路。

五子棋看着四周，小声问我："浆糊未知在这里不会害怕吗？"

"不会的。"我笑道，"他们是我的孩子。"

五子棋自己琢磨了半天，恍然大悟："原来有一个很厉害的妈妈，孩子就会很厉害。"说罢又抬头看我，指着自己，"那我的妈妈应该也很厉害？"

"当然。"我刮了一下他的鼻子，"天与地都是你的妈妈，还能有比这个更厉害的吗？"

"哦……天与地是我的妈妈……那我岂不是时时刻刻都能看见她了？"他天真地抬头低头，"我还以为所有的妈妈都跟你一样，有鼻子有眼睛呐。这么一看，我跟我妈妈长得一点都不像。"

我哈哈笑起来，跟这孩子说话真开心啊。

"你要是愿意的话，我可以认你做个干儿子，这样的话，浆糊未知就多了一个很厉害的哥哥了。"我笑问他，"你愿意不愿意呀？"

"我也可以做你的儿子吗？"他一下子高兴起来，"当然愿意呀！"

"那就这么说定了，等见到他们以后，就告诉他们这个好消息。"我捏了捏他的脸蛋。

"可是，这样就可以了吗？以前跟着叔的时候，也见过旁人认儿子，摆了好多吃的，还要烧香烧纸什么的，特别热闹。"五子棋认真地说。

"以后我们也摆很多吃的就是了。但现在不是没吃的吗？"我想了想，伸出小手指，"要不这样吧，咱们就拉钩代替了？"

"好！"他赶紧勾住我的指头，生怕我反悔似的。

"按理说，我要送你一个礼物，而你也要跪下给我敬一杯茶，才算彻底定了这母子关系。"我摸了摸自己身上，眼珠一转，假装拿了一个东西出来，挂在他的脖子上。

"这是……"他不解地看我。

"你先假装我给你挂了一个超级大的宝宝锁吧，纯金的那种哈，等我回去了就给你补上。"我嘿嘿一笑。

"哦，好的，好好看的锁！"孩子反应倒是快，接戏接得很自然，还特意摸了摸自己心口上的空气，又问，"可这里也没有茶啊，我要怎么敬茶给你？"

我想了想："要不这样吧，你只要答应替我做一件力所能及的事，就算是你敬我的茶了。"

"好啊！"五子棋不假思索地答应下来，"什么事呢？"

"那就这么说定了。"我眨眨眼，"我晚点再告诉你什么事。"

"行。"

又多了个这么懂事的儿子，感觉可真好，想到浆糊未知以后能有这样一个哥哥在身边，我好像更放心了。

一路说着话，脚下的距离仿佛就短了许多。

不知不觉间，我们已身在弓光所落的坡地前。

"那里好像有人？"五子棋指着坡地最高的地方。

一个形似男子的身影，懒懒地坐在那里，背后是一大片暗黑的天空，时不时有几道类似极光的东西勉强亮起来，在他身上落下一层幽暗又不真实的光彩。

我们沿着坡地慢慢往高处走，那个孤独的身影也离我们越来越近。

直到我们站在离他不到三米远的地方，他都没有回头，甚至没有任何一个被打扰到的动作，只是盘腿坐在那里，从这个雾海最高的地方俯瞰下头那一大片死亡的景象。

"他不是浆糊也不是未知啊……"五子棋小声说，颇有些失望，左右环顾，却再无他人。

"嘘，不着急。"我轻轻摁了摁他的嘴唇，然后转身对那个一直没有转过来的背影说道，"你不想走，也不必让一整船的人在此地陪你，你没事，他们可危险。不过算了，我替你送走了。只是船没了，你想想回去可就麻烦了。"

"不着急。该办的事都办好了，歇一歇。"他换了一个更舒适的姿势，像极了一个坐在高处赏风景的游客，"这里比外头清静多了，多留一阵也是好的。"

"也是。"我笑笑，走到离他一步之遥的地方，"现在的外头，可能比你来之前更吵闹了，天界人界，乱作一团，恐怕连龙域都未得幸免。"

"那你还好吗？我知道你根本不会老老实实待在不停，不论我如何威胁。"他仍不回头，只伸手拍了拍身旁的空地，"既然在这里遇上了，要不要坐下来一起看看风景？止羽活着的时候很好看，想不到死了更好看。你跟这孩子走过来时，脚下仿佛开了一条黑色的花路，它们的灰烬飞起来的样子，真是一个意料之外的美景。"

我走过去，挨着他坐下来。

的确是个观赏风景的好地方，可惜的是，我眼中并没有好风景，白白浪费了这个俯瞰全局的好位置。

"如果你要办的事就是让止羽灭绝，那我觉得你确实做得很不错，很彻底。"我目不斜视，"阿芷说她跟一个年轻人做了交易，她能给你的，大概只有如何彻底让止羽消失的方法吧？"我顿了顿，转过头看着他的侧脸，"对吧，甲乙？"

心心念念要找的人，就这么自然而然地出现在面前，曾经因他而生的困惑、愤怒、悲伤，忽如止羽的灰烬一样飘飞起来，变得毫无重量。

我的心平气和也来得自然而然，不打他，不骂他，就像个久未见面的朋友那样，坐下来随便聊一聊。

"我第一次来雾海时，想的是如何带一只止羽回去仔细研究，结果走错了路，跟你们一样入了阿芷的地盘。"他扶了扶永远架在鼻梁上的墨镜，"巧的是，那时的她就快死了，缩在冰屋的角落里，一半人形一半止羽的样子又丑又怪。这个笨妖怪，以为光靠邪术就能活下来。我暂时把她救了回来，她惊讶于我的能力，问我有没有一种药能让她永不死亡。我跟她讲，药就没有，但方法有一个，不过要拿一个答案来换。她毫不犹豫地答应了。我说哪怕这个答案会让除你之外的所有止羽都从世界上消失，你依然愿意吗？"他嘴角微扬，"这个姑娘远比我想象得决绝果断，也比我想象得更痛恨自己的身份，她的原话是，如果那些废物的消失就能让她永远活下来，为什么不愿意呢？"

"如果止羽们知道自己在同族的眼里只是废物的话，我想它们也不会跳起来把阿芷暴打一顿吧，懒得动。"我望着下面那些残留下来的灰烬，"阿芷真是它们之中的异数。"

"可惜那本《妖灵长生方》太过粗浅，对止羽这种不世出的妖怪根本没有记载，我做了许多功课都找不到可将它们彻底剿灭的方法。"他有些遗憾，旋即却又庆幸道，"直到遇见阿芷，我才明白所谓天劫，原来也可以是自己人。"

"天劫……"我的笑容短短地凝固了一下，但很快恢复如常，"阿芷把止羽一族最大的弱点告诉你了。"

甲乙轻笑："说出来连我都不信，原来止羽最怕的是蜂鸟的翅膀，阿芷说它们连看都不能看到这种东西，甚至只要一听到那种翅膀飞速扇动的声音，就会头晕目眩。对它们来说，除了蜂鸟的翅膀，世间一切行动迅速的生物都是它们的死穴，它们不愿离开雾海，除了天性不喜动，还因为雾海之中除了它们就没有别的生物，不然，光是远远看那些动如闪电的家伙一眼都是折磨。她还说，幸好她想法子得了个人形，才将这种弱点遮蔽了不少，但一看到蜜蜂飞鸟兔子之类的东西还是会不太舒服。"

"然后你就教她……反哺。"一提到这两个字，我的心便隐隐作痛，暗暗吸了一口气才把这感觉强压下去，然后指着阿芷曾经所在的地方，"那里……埋在那里的所有孩子的尸骨，有你一半功劳。"

他沉默片刻，没有任何情绪地说："我是给了她一把刀，可用还是不用，是她的选择。"

"她对长生不死有那么重的执念，怎么可能不用。"我平静的心总算被挑起了一丝怒气。

"所以这世界根本没有你想得那么好！不是同族之间就一定有血缘之情，不是受人恩惠就一定以恩报恩，为了活下去也可以毫无底线地卑鄙残忍。"他也突然激动起来，迅速接过话，就算被墨镜遮住了眼睛，我也能察觉到他骤然起伏的情绪。

"所以这就是你的 4E 可以生意兴隆的原因了？"我赶走那一丝怒气，看着远处那片空空的海水，"每十年就往这里来一次的克罗托集团，带来的应该不是给止羽们的礼物吧。"

"我花了将近三十年的时间，收集了世间速度最快的一百种动物的血，加上无数对蜂鸟的翅膀，终于制成了一种对止羽来说是致命之毒的药剂。阿芷说过，止羽们每过十年便有一天休眠期，那一天里它们没有意识也没有任何反抗力，正是最好的机会。可是即便药剂起了作用，被消灭掉的也只是已经成形的止羽，冰原之下还有它们的种子，药剂对没有破土的种子无效，得再等十年，新一批的止羽才会发芽。"他回忆着自己漫长的努力，像一个有经验的老农向外行人介绍种植方法一样淡定，"所以之后每十年的同一天，我都要亲自来一趟，带来的药剂浓度也一次比一次高。我以为三十年足够了，结果足足花了五十年才把它们彻底铲除。"他长长地吐出一口气，微笑道，"所以你该知道我现在的心情有多轻松愉快，跟一个天天熬夜终于把作业写完了的孩子一样，终于可以放下心了。"

我当然能感受到他发自肺腑的愉悦，一块大石落了地，余下的时间终于可以拿来只看风景。

"你是有多恨止羽？"我突然问他，"它们应该是世上最不易与人结怨的妖怪了。"

他笑笑，却不回答，只看着我的眼睛说："我以为你一见到我会先打我一顿，你镇定得让我特别不安。"

"你知道我不擅长打架。"我看着自己倒映在他墨镜镜片上的脸，"天帝也是你特别憎恨的人吧？"

他依然只笑不说话。可嘴角的笑容里，分明藏着一份大仇得报的痛快。

"灭止羽，毁天帝……都是你早早列好的，想做的事。"我叹气，"对吧？"

他嘴角的弧度渐渐消失，终于开口道："倒不如说是他自己毁自己。妄想以十二神石得到'明镜心'，将万物生死彻底掌握在手中，我偏不能让他如愿。他这样自私又胆小，且只执着于权位尊荣的家伙，不配坐在天界之巅，他甚至连世间诸多凡人妖怪都不如！"

他真的很生气。

在我的记忆里，情绪对甲乙来说从来不是个必需品，他总是不太喜悦，不太生气，也不太难过的样子。

今天的他，跟从前判若两人。

"本君似乎没有得罪过你……你我连面都不曾见过，你却对本君仇恨至此？"

天帝的声音在我们背后响起。

甲乙的呼吸暂停了片刻，我明显从他身上感受到一股不加压制的、极度的憎恶。

我回头，天帝在前，左右在后，两个人都皱着眉头，往日的高高在上、不可触碰，都在这块天地之外的雾海里掉落于脚下，看起来无非就是两个心事重重的寻常男子。

一触碰到我的视线，他二人便本能地微低下头，觉得与我直视都是冒犯似的。

"你们不必跟来的，此处没什么好风景。"我笑笑。

"始终不放心。"左右看着我身旁的人，警惕得很。

"他……就是始作俑者？"天帝的目光只在锁定甲乙时，还有那么一丝居高临下。

我听到甲乙发出一声特别冷的冷笑："始作俑者？！"

但很快他就变了脸色，仿佛沉睡于美梦中的人被最毒的毒蛇咬了一口，所有的舒适悠然与镇定自若都在刹那间粉碎。

他猛回过头，在看到身后的天帝时，足足愣了几秒钟，才迅速地站起来面对天帝，即便隔着墨镜也能察觉到犀利的目光，他在尽力化解自己那过分的诧异，生怕影响了判断力，在仔细确认过眼前的的确是真人而不是幻影之后，他的愤怒突然软化成一股无可遏制的颓然，连紧握的拳头都松开了，整个人竟无力地后退了一步。

"你不该是这样的……"他似是意识到一个天大的且自己完全不能接受的事实，脸上的每寸肌肉都在表达一种彻底的失望与不解。

"他应该是一块失去理智与智慧，能动，且能伤害一切的石头。"我站起来，笑看着甲乙，"你给他预设的结局，本该是这个样子对吧。"

天帝比他更不解，直视着他，等一个为此制造了无数危险的理由。

甲乙摇摇头，喃喃道："不可能……不可能的……没有人能救他……没有人能解开十一块石头的诅咒……"

"集齐十二块石头虽不能召唤神龙，但能得到一颗被称为'明镜心'的神奇玩意儿，放了它在身体里，天下万物的弱点便可一眼洞穿，于是救还是杀，就变得很容易。当年的十二天神为恶物所惑失了本性，归根结底也是被洞穿了自身弱点所致，之后出现的各具作用的十二神石，无非是依其弱点反其道而行之，以对应的神石之力克制净化。不夸张地讲，拥有这样一颗能洞悉万物弱点的'心'，便等同于拥有了一件真正的、战无不胜的武器。"我平静地看着甲乙，"可一旦在十二神石不完整的情况下强行召唤，行此法术之人必遭反噬，形同中了世间最恶毒的诅咒，不生不死，无智无情，终成一块另类的石头，害人害己。"

"果真是你……"天帝咬牙看着甲乙，可那愤怒到底是化在一声叹息里，面对一个他都不认识，所有仇恨来得莫名其妙的对手，他连发脾气都找不到合适的位置。

甲乙好像根本不理会我们在说什么，只管沉浸在他自己的诡异与失望里。

许久后他才转头看着我，脸上竟是我从未见过的悲伤："是你……"

"是我啊。"看着他此刻的模样，我心里蓦地有些疼痛，伸手摸了摸他的头，"一直都是我啊。"

"不……不该是这样……"他立刻后退一步，不让我的手与他再有接触，也就是这一步的后退，两道眼泪竟沿着墨镜的边缘落出来，顺着那张轮廓分明的脸孔不断下滑，而墨镜后的那双眼睛应该一直没有离开过我的脸，它们悲痛而慌乱，只想攥住一根救命稻草，又意识到无论抓住什么，都不能将自己从一场绝对的失败中拯救出来。

我稳了稳神，上前一步，不论他对我有多抗拒，我依然想靠近他，想拉住他的手，甚至把他抱在怀里，像母亲安慰孩子那样拍拍他的背，让他在毫无负担的情况下放过自己，也放过所有不该牺牲的人。

内心最深处，我竟从未拿他当过敌人。

无从解释的宽容。

"我还是想知道你是谁。"我站定，没有贸然地再碰触这个已在崩溃边缘的人，"不要听他人摆布，我要你自己来告诉我。"

他的呼吸越来越粗重，双手握成拳头都不能阻止剧烈的颤抖，他低下头，依然喃喃自语："不能是这样……绝对不能。"

话音未落，他突然抬头，猛地朝天帝冲过去。

不等天帝有所行动，甲乙已在离他几步之外的地方被迫停下，双脚离了地，整个人被看不见的力量绑了起来，丝毫不能动弹。

我放下手，走到甲乙面前，让他重新落回地面，笑笑："你也不该是这样，我记忆中的你，冷静又睿智，干不出这等泼妇般的勾当。"

他的眼泪流得比之前还快，缓缓道："他若平安无事，你就不能全身而退。"

天帝一惊，左右亦如此，镇定的那个只有我，虽然我隐约猜到了一些什么。

"你这话是何意？"总得不到答案的天帝也沉不住气了，"再不从实招来，莫怪本君手下无情！"他说着便要动手。

我横臂挡住他，示意他不要在我面前轻举妄动。

天帝一咬牙，心头虽忿忿然，却也只得放下手。

我走到甲乙面前，终是将他拥在怀里，并把脑袋贴在他的心口上，认真听他的每一次心跳，且仔细感受着他身上散发出来的一切气息。

无法反抗的甲乙对我的行为无计可施，甚至可能是被我吓到了，全程一句话都讲不出来，只能僵硬着身体，被动接受着我突如其来的亲密。

他的心跳很乱，一阵快过一阵，身上的气息也很奇特，熟悉又陌生……

抱着他的时间越长，我的心就越难过。

这个孩子啊……

我发泄般地用力捶了几下他的背，方才松开手，又揉了揉发红的眼睛，调整好情绪才抬起头来，看了他许久，说："你不该在这里。"

他的喉结滚动了两下，想说些什么，最终还是选择了沉默。

"把他们送回来吧。"我望着他的眼睛，再深再厚的镜片也阻挡不了我的视线，"西溟幽海的大门，就在我眼前不是吗。"

他的嘴唇微微颤动，咬紧了牙仍不说话。

我吸了口气，伸出手去，缓缓摘下了他的墨镜。

怎么能有这么好看的眼睛……碧蓝幽紫缠绕成一种比例正好的颜色，比世上任何一种晶莹剔透的宝石都美，它们静静躺在甲乙的眸子里，微微荡漾，光华流转，所有被它们吸引继而掉落进去的目光，情愿一辈子陷在里头，也不想离开。

这样的眼睛，连掉出来的眼泪都特别晶莹，特别容易让你感同身受。

而我是真正地难过起来，红了眼睛酸了鼻子，见到这双眼睛后的一刹那，我甚至要捂住自己的嘴巴才能忍住不哭出声来。

费了好大力气才让自己稍微平复下来，可一串眼泪还是不争气地落下来。

我一拳打在他的肩膀上，哽咽着说："怎么这么傻啊你！多遭罪啊！"

他拼命想转过头去不看我，奈何动不了，只能选择闭上眼睛。

他的眼泪，我的眼泪，都是可以扎到彼此心尖上的刀。

"到此为止吧，不要再做任何多余的事了。"我擦去眼泪，摸了摸他倔强无比的头，"那里不是他们该留下的地方。"

言毕，我拿开手。

他的身子摇晃了两下，对于突然回归的自由有些不太习惯，缓了片刻才算站稳了。

天帝与左右见状，稍许松懈的神经又紧张起来，防备着随时可能卷土重来的甲乙。

五子棋完全不懂我们在说什么做什么，大气也不敢出一口地站在离我不远的地方。

空气在我们之间前所未有地凝固了。

甲乙突然抬起头，用那双从未暴露在外的眼睛长久地凝视着我，遗憾、后悔、疑问，所有细微而深刻的情绪都在这一刻涌动。

我什么都没说，只朝他缓缓点了点头。

他深吸一口气，抬头笑了笑，苦涩，无奈。

片刻之后，他坐下来，闭上眼睛，双手交叠着放在胸前，几秒钟后，与他眼眸颜色相同的光华自他的身体里层层亮起，让他看起来像一尊只存在于画中的遗世孤立的神像。

突然，他睁开眼睛。

在场所有人只觉得眼前一闪，仿若有人突然对着你的眼睛打开一盏大功率射灯，一瞬间整个世界除了充斥着各种颜色的光之外，再无他物。

待到我们的视线恢复如常，世界重新回来时，眼中所见立刻比之前热闹多了——

湖蓝色头发的老东西，怀里紧紧抱着两个小东西，难以置信地东张西望，小小的纸人紧张兮兮地骑在一条肥肥胖胖的金色鲸鱼上，两条竖起耳朵乱听的信龙站在一个姑娘的肩膀上，一只白色海螺在姑娘心口上晃来晃去。

九厥、浆糊、未知、纸片儿、阿灯、信龙、青童……不停里丢失的所有人，终于被一道光带回来了。

看起来如此轻松，可我却找了你们那么久。

我没有哭，没有尖叫，没有去想任何一个我为这结果所吃的苦头，只是微笑着看着他们每一个。

很快，两声撕心裂肺的"妈"终于打破了雾海所有的宁静。

两个不顾一切跑过来的小家伙冲进我的怀里，把我撞了个趔趄，拼了老命才稳住身子，把他们紧紧搂住。

这一刻，我在梦里见了好多次。

"妈，我们这是去了哪儿呀？怎么走都走不出来，我都吓死了，生怕以后都见不着你跟我爸了。"未知委委屈屈地搂着我，"我们好好地在家待着，不知哪儿亮起一道光，把我眼睛都闪花了，等我揉了揉眼睛重新看清楚时，就在一片有树有山有水的陌生地方了，九厥干爹打电话给你也打不通。可急死我们了！"

浆糊永远没有他妹妹那么聒噪，他只紧紧偎着我，说了一句："妈别担心，我们都没事，我知道你们一定会把我们找回去的。"

我亲了亲他俩的脸蛋，点点头："我跟你爸也是这么想的，你们是我们的孩子，无论掉到怎样的困境里都不会出事的。"

说罢，我又看了甲乙一眼，说了一声："谢谢你的配合。"

他又恢复了之前独自看风景的轻松姿态，也不站起来，就懒懒地坐在那里，无悲无喜地看着我们母子团聚。

"咦？甲乙叔叔？"未知发现了他的存在，惊喜地说，"你也来啦？哎呀，你不戴墨镜啦？"说着她就跑过去，开心地拉住甲乙的手，"原来你的眼睛这么好看，那为啥还要戴墨镜遮起来呢？"

浆糊走过去冲她翻了个白眼："你怎么见了谁都这么多话？不怕别人嫌你烦吗？"他把未知从甲乙身旁拉开，然后认真地对甲乙说，"甲乙叔叔，看见你真好。你一定是跟我妈一起来救我们的对吧？谢谢你一直在帮我们。"

甲乙的神情有一点点尴尬，本想伸手摸摸浆糊的头，却在中途收了回去，只对他苦笑一下："救你们的人不是我，只有你妈妈。"

他说的是事实。可他越这样讲，我便越难过，一颗心被揉皱到无法舒展。

浆糊皱起眉头："我不信！甲乙叔叔你就是不想让我们觉得欠了你人情吧？"

"好了，就不要打扰甲乙叔叔了，他刚刚走了很远的路，需要休息。"我上去把浆糊带到一旁，"你就顾着甲乙叔叔，不管你的小哥哥了？"

"小哥哥？"

浆糊一时没反应过来，而另一边早已经叽叽喳喳闹开了——

"五子棋，你怎么也到这里了？一定是我妈带你来接我们的对不对？"

"我一直也在找你们呀，可算找到了，看你们没事我就更开心了！"

"我们能有什么事呀，谁能欺负得了我呀！你这些日子还好吗？怎么就突然来找我们了呢，我太意外太高兴了！"

未知抓住五子棋的手开心地直蹦，五子棋也高兴坏了，时不时配合着未知一起蹦两下，场面好笑得很。

很快，浆糊也兴奋地加入了原地蹦的队伍。

三个看起来年龄相仿的孩子真心诚意的快乐总算让雾海的气氛稍微活跃起来。

我走上去，轻轻摁住浆糊未知的肩膀，笑道："再告诉你们一个好消息。"

"什么好消息？"两个小家伙异口同声地回头看我。

我朝五子棋努努嘴："我已经收五子棋当干儿子了，也就是说，他以后就是你们俩的哥哥。"

"啊？！"浆糊未知吃惊地对视一眼，又异口同声，"我们多了个哥哥？"

很快，未知的眼睛就笑成了一弯月牙，跑上去拉住五子棋道："这回你可走不了啦，既然当了我们的哥哥，以后就要跟我们一家住一起才像话，可别回你那个黑黢黢的地下室了。"

"这下好了，咱们以后可以一起吃包子下五子棋了，不停以后就更热闹了。"浆糊显然也觉得这是一个好消息，诚恳地对五子棋道，"很高兴有你这样一个哥哥。"说着，又怀疑地看他一眼，"话说……你确定你年纪比我大吗？"

我笑着拧了一下浆糊的脸蛋："你放心，五子棋的年纪绝对大过你们俩，叫哥哥没错的。"

"哦。"未知开心得不得了，"五子棋哥哥！"

浆糊也心服口服地喊了一声五子棋哥哥。

从朋友到家人的速度虽然稍微快了一些，但这三个小家伙的适应能力显然比我预期得更好。

也许这便叫作投缘吧。

我蹲下来，把他们三个揽到一起，先对浆糊未知认真地说道："浆糊未知，你们听好了，妈妈不随便认谁当儿子，但五子棋确实是一个好孩子，也足够有资格做你们的哥哥，希望你们以后拿他当亲生哥哥一般相待，陪伴他体谅他，无论发生什么都不可以质疑他心中对你们的喜爱与珍惜。"

浆糊未知听了，似懂非懂地点头，浆糊拍着心口道："既然是我们的哥哥了，那我们自然不拿他当外人，就算之前他不是你的干儿子，我们也相处得很好呢。"

未知也急忙说："妈你放心啦，只要他不乱跑，我一定会一直在他身边陪他吃陪他玩的，是一直哦！"

"你们……"五子棋听得眼睛红红的，从无家人相伴的孩子忽然得到了此生最珍贵的馈赠，幸福到有点怀疑这是一场美梦。

"好，那你们一定要记得今天说的话，说好是一家人，那就是永永远远的一家人，无论发生什么，家人都不可以被放弃、被伤害。"我认真看着他俩的眼睛。

"嗯！一定！"两个小家伙用力点头。

我又转向五子棋，笑道："这两个不懂事的孩子就交给你看顾了，以后他们要是不听话，你这个当哥哥的要第一时间教训他们。但如果他们被欺负了……"

"我不会让人欺负他们的。"五子棋抢着说，"也不会让他们欺负别人的。我会一直跟他们在一起，也是一直哦。"

我心头一热，把他们三个紧紧搂在一起，挨个亲了他们的额头，说："好，真好……"

多一个儿子真好。

如果以后我不在了，他们至少能少一分仇恨，多一个亲人。

我站起身，还没回头，一个白乎乎的小东西就扑到我怀里，哇哇大哭："老板娘，可算见着你了！我真怕等不到这一天！"

这个纸片儿啊，永远这么爱哭。

我轻轻拍着它的背，笑道："这里可没有吹风机，你再哭下去就麻烦了。"

"呜呜呜，不管了，我高兴，我就要哭。"纸片儿干脆坐到我肩膀上，边抹泪边哭，"我想回不停，我想念那里的一切，我的鸡毛掸子，我的抹布，呜呜呜。"

"好好，很快就能回去了。"我哭笑不得地看它一眼，"你随便哭吧，别太大声就行，吵得我耳朵嗡嗡的。"

它立刻改成小声的嘤嘤哭泣，反正就是舍不得离开我的肩膀。

"老板娘，我没有忘记任何一件事。这些日子我很认真地照顾大家，浆糊未知累了就枕在我的腿上睡觉，我一晚上都不会动，尽量让他们睡得舒服一些。反正我是一只僵尸嘛，腿不会麻的。"青童走到我面前，笑眯眯地看着我，"虽然我到不停的时间最短，但我还是想努力做一个优秀的帮工。"

信龙兄弟听见了，也替她做证："我们睡着了，她还去找来巨大的叶子给我俩当被子，虽然有点多此一举，但还是蛮会照顾人的。"

阿灯也摇头晃脑的，似在附和又似在表达看到我的喜悦。

"好，你们都好着，我这颗心就放下了。"我挨个摸了摸信龙兄弟跟阿灯的脑袋，然后用力抱了抱青童，衷心说道，"谢谢你让不停缺失的一部分又回来了。"

她也许不明白，但我知道，如果赵公子还在的话，他也一定是默默照顾众人的那一个。

"终于轮到我来打个招呼了？"

熟悉的声音带着几分惯有的不正经，从我身后飘出来。

回过头，九厥横抱着双臂，笑着上下打量我："还以为再见面时你一定憔悴到瘦十斤以上，现在看来，好像还胖了？"

"出来就想挨揍是不是？"我冲他挥了挥拳头，"你连那群小的都不如，说点好话会脱发是不是？"

他哈哈一笑，上来一把抱住我："看见你也好好的，我这颗心也放下了。"

九厥永远是这样吧，无论遭遇了多大的磨难，总是不放在心头的样子，也不想让别人放在心头。

也只有在这个老朋友面前，我会下意识忘记自己的一切身份，只是那个坏脾气的小树妖。

再没有比见到他更高兴的事了，我用力搂了搂他，一个动作足以抵千言万语的挂念。

他松开我，故意左右看看："你家那条龙不在？难怪没人冲过来把我从你身边踹飞。"

"他在别处。"我敷衍一句，又问，"没事吧？"

"你家那群小东西都没事，我能有事？"九厥笑着摇摇头，"一个奇怪的空间而已，山水风景倒是秀丽，就是大到没有边际，除了我们之外也没看到别的活物。我找了许久也找不到突破的方法，只能随遇而安。好在虽然被困多日，但并无饥渴感，加上我们人不算少，你那两只小魔怪又特别能闹腾，一群人聊天说笑倒也不太难熬。所以你真可以放心，我们没遭什么罪，就是偶尔担忧一下几时才能出去。"

"我知道了。"我终于彻底放下心来，又朝甲乙那头看了一眼，他依然一动不动地坐在那里，虽然目睹了我们一群人重逢的全过程，却不表露出任何情绪，仿佛完全沉浸在一个与我们无关的世界里，只是那双美到不正常的眼睛里终究是透出了一抹经历了深刻失望之后的倦意。

这时，重点一直放在我身上的九厥，终于在人群之外发现了一张熟悉的面孔，顿时脸色大变，赶紧朝那头快走了几步，然后在那人面前"扑通"一声跪下来，低头拱手道："属下不知天帝在此，还请天帝恕怠慢之罪。"

"起来吧，事出非常，不必拘泥于小节。"天帝抬了抬手，又打量他一番，不是很确定地问，"你是……"

我就说九厥这家伙在天界很不思进取吧，不是酿酒就是在人界吃喝玩乐，要不就是在各位女仙之间攒人缘，混了那么多年，却连天帝都不太认识他……

"属下乃天界酿酒仙官九厥。"九厥赶紧自报家门，难得见他如此正经八百的样子，真是托了他最大领导的福。

"哦，是你啊。"也不知天帝是不是真记起了他，只点了点头说，"每次宴席上的酒倒是很合我口味，你辛苦了。"

他忙回：“天帝谬赞，那是属下应尽的职责。”

“行了，起来吧。”天帝看看他，又看看我，“他与您也是旧相识？”

“算是吧。”我笑笑。

九厥一听就觉得不对劲，站起来小声问我：“这算怎么回事？我好像听到天帝用‘您’来称呼你？”

“他刚刚还向我行跪拜之礼呢。”我也小声回他。

“他疯……”九厥脱口而出，又马上把声音压得更低，“你不会是给他吃了什么不干净的东西了吧？他可是天界之帝王，触怒了他，咱们现场这帮人里没有一个够他打的！”

“放心，我没给他吃不干净的东西。”我忍住笑，拍拍他的肩膀，“他跪我是应该的。”

九厥的表情顿时比看到天帝还诧异：“你说什么？？是你吃了不干净的东西了？”

“我说他跪我是应该的。”我又朝左右努努嘴，“看见那个人了没？”

九厥顺势看过去，辨认了片刻，说：“似乎是虫人的首领？我没见过他几回，不太确定。”

“就是虫帝左右啊。”我帮他确认，“他也要跪我。”

九厥被自己的口水呛得咳嗽不止。

我赶紧拍他的背脊，故意调侃道：“看在你我的情谊上，今天就免你的跪了。”

“你……”他好不容易说出话来，一把捏住我的胳膊把我拖到一旁，“你到底在玩什么？我才刚刚出狱，心情还很不平静，你这么一来我心里就更没谱了！”

“就别不平静了。”我笑着拉下他的手，放在自己手心里用力握了握，认真说道，“无论我是谁，你都是你，是那个长了一脑袋蓝毛又总爱跟我贫嘴的九厥，也是无数次救我于危难，与我不离不弃的好朋友。”

他越听越迷惑，干脆伸手来摸我的额头：“你到底是怎么了？说的话怎么比困住我们的那个地方还要无边无际？”

“困住你们的‘那个地方’，是有名字的。”我任由他摸我的额头，“万妖之源——西溟幽海。不过你们应当是被单独‘隔离’在一个绝对安全的地方了，不然不会一个活物都看不见。”

他的手僵在那里，半天才放下来。

“我……是错过了多少环节？”他缓缓道，最后将视线落在甲乙身上，“这小子一直怪怪的，他真不是随你来救我们的？要不我送你十坛最贵的酒，你赶紧给我说清楚！”

“说来话长，特别长的那种。等我办好最后一件事，再慢慢讲给你们听如何。”我笑着拍拍他的胳膊，环顾四周，说，“雾海之行到此为止吧。”说罢又看向天帝与左右，“你们暂且也别回去，都随我走一遭吧。"

两人一愣，立刻拱手道："是。"

九厥又被吓了一大跳。

我走到甲乙面前，伸出手去："走吧，咱们难得能在一起，能多说说话也是好的。"

他眉头一皱，没有动。

"你也需要一个答案的。"我保持着我的邀请。

他犹豫片刻，终于握住我的手，站了起来。

"你……要去龙域？"他忽然问道。

我笑笑："你一贯聪明。"

说罢我又对那群小家伙们喊了一声："这里又冷又暗，也没什么可玩的了，我们走吧。"

"好！"

离开之前，我又回头看了一眼这片死亡之地，待我们离开之后，这里将会永永远远沉入彻底的死寂之中，没有人会抵达，也无人再离开，留下来的也许只有一群从此之后只存在于传说中的妖怪们的魂灵，以及一个期待永生却失败的遗憾。

我拿错了进入雾海的钥匙，却开对了另一扇只有我能进去的大门。

现在，我要去把那个对我而言最重要的人，带回来。

我回来了，他不能不在。

第十二章 【裟椤】

我是一只树妖，生于漫天飞雪的十二月，浮珑山巅。

◉ 楔子 ◉

我住了那么多年的城市，从来没有改变过它的样子，我也不希望它改变，它应该一直这样。

◇壹◇

现在，我想去哪里都容易得很。

上天入地，人界异域，无一处可将我拒之于外。

从天到地到海水，龙域已经齐齐失去了一贯的晴朗明净，一眼望去，竟比死气沉沉的雾海还要令人窒息。

我站在离海岸不远的沙地上，抬头看无数黑色龙影于空中涌动，妥妥的遮天蔽日之势，向前看，由整个海岸延伸至大半海面的情况更糟糕，不计其数的龙影变换着形状，一会儿是龙，一会儿又是狰狞的人形，与数量不相上下的龙族军队混战成一片末世之景，失败的龙影接连化作黑烟，与死去化成灰的龙族缠绕在一起，在那片浩瀚暗蓝的海水之上，将灰飞烟灭这个词表现到了极致。

风声、吼声、临死前绝望的喊声，在生与死的一线间此起彼伏，震耳欲聋。

我在进攻的龙影之后，看见了那个再熟悉不过的身影。

他独自站在自己的大军之后，手中握着那把曾让我吃尽苦头的恸世长刀，既是一场战争的发动者，又轻松自若地像个旁观者。

他觉得自己稳操胜券，只要再花一点点时间，鱼皮书上的"预言"便能成为无法挽回的现实。

有敖炽的身体作为最强支援，他的自信是理所当然的。现在是白天，果然连唯一能制约他的因素也失去了作用，它们不再像从前那般忌惮任何光明，在他的驱遣之下，对龙族发起根本不计后果的疯狂进攻。我想，即便现在拿一百个龙王祭出一百颗龙珠，也无法令它们退却半步。

混战之中，我看见了东海龙王的身影，身体已经大不如前的他依然不肯丢掉身为龙王的职责与尊严，突破了一次又一次的围攻，无数龙影在他手中四分五裂，倒是老当益壮得很。圆月川也在那里，斯文惯了的他居然手执两把雪亮的斧头，身手利落，带领一众龙族军队与敌人奋力厮杀，坚决不能让自家的防线再被迫后退。离他不远的地方，一位气度不凡，身着青蓝战袍，手握利剑的高大男子也在拼死抗敌，十之八九是我还来不及结识的南海龙王，而身在战局最前沿最危险之地的，竟然是我的"老朋友"——无藏青霜，他真是一个做任何事都很认真的家伙，不论是想杀掉我跟敖炽，还是杀掉威胁龙域安全的一切敌人，他都尽力而为，绝不偷懒，明明已经是消耗过度的样子，但他对自己跟对敌人一样狠，再撑不住也要撑住，只要还能呼吸，这场仗就要继续打下去。看起来，死在他手中的敌人应该最多。这一刻，我原谅他当初对我们的决绝，也明白了为何东海龙王从未将他视为敌人，因为这位从不讨人喜欢的北海龙王所做的一切，的确只是为了保护自己看重的东西而已。

这是一场肉眼可见的惨烈苦战，至于胜负，哪怕四海龙王率领全部军队拼到最后一兵一卒，结局依然不会改变，鱼皮书上的预言依然会实现，龙族注定会输——如果我不在的话。

身旁的小家伙们显然被这样巨大的场面吓到了，连叽叽喳喳惯了的未知都好久说不出话来，直到看见了自己的父亲，她才惊喜地扯着我的袖子，指着那边道："妈，那不是爸爸吗？他怎么一个人站在那么危险的地方啊？"浆糊也不解道："对啊，怎么他还拿着那么大一把刀啊？他平时不玩刀只玩扫地机的呀……"

说着，两个小家伙就要往他那边跑，被我一把拉住，说："现在他还暂时不是你们的爸爸，所以等会儿再过去跟他打招呼。"

浆糊未知更加不解，未知又朝那头看了一眼："怎么就不是爸爸了呢？我就算只看个后脑勺也能认出他来。"

我笑出来，摸摸她的后脑勺道："好了，知道我们家小未知的眼力了，但现在你们真的不可以过去，等妈妈把你爸爸带回来，你们再好好去亲他抱他。"

"哦，好吧。"两个小东西听话地点点头，跟五子棋一道乖乖站在我身后。

天帝环顾四周，皱眉道："这便是你方才对我讲的，那利用敖炽的身体兴风作浪的半龙天煞？"

左右点头："正是他。"说着又看我一眼，"若您没有回来，龙族的结局便是全军覆没，无可挽回。"

"是啊。"我撇撇嘴，"他们是不是应该请我吃顿好的以示感谢？"

现在还能开得出玩笑的，也只有我了。

这时，九厥皱着眉头走上来，将我拉到一旁小声问："怎么会到这么严重的地步？来的路上我听见左右跟天帝说的那些都是真的？敖炽已经不是敖炽了？"

"他很快会是的。"我跟他保证，又朝几个小孩子努努嘴，"一会儿你看好几个小崽子，别让他们接近我们就是，我跟敖炽很快就回来。"

九厥的眉头皱得更深了，跺脚道："你这话说一半的，要急死我呀！"

"先做事，再聊天。别急。"我朝他一吐舌头，又回头对所有人道，"我过去跟我夫君说说话，很快回来，你们几个就在此处不要走动，一会儿我扛个敖炽回来给你们。"

"真不需要我们帮手？"大战就在眼前，左右还是有些不放心。

"不需要。"

我果断转身向前走去，穿过我设下的将我们所有人保护起来的小结界时，空气里荡出一阵轻微的波动，只要他们在结界范围之内，龙域就算变成废墟也影响不到他们丝毫，结界之外的人也永远发现不了他们的存在。虽然我觉得多此一举，但既然带着小孩子了，小心些总是没错的。

"妈，你快点回来啊！"未知在后头大喊。

"你小心些！"九厥的声音不比未知小，"别死撑！"

我笑笑，没有回头，心里知道九厥肯定到现在都在担心我应该是吃错药了，说话做事都大大超出他的习惯，连我带着他们从雾海轻轻松松穿进龙域这件事，都让他诧异到问了我好多次是怎么做到的。

怎么做到的？我只能告诉他，我想做到，就可以做到。

看他当时的眼神，大概还是觉得我吃错药了。

放心吧，我不需要死撑，之后发生的任何一件事，都不会再超过我的能力范围。

以后，你们都不需要再为我担心。

现在，我可以心无旁骛地朝那个朝思暮想的人走过去，只要我还在，谁都不能以你的模样去做任何你不想做的事情。

熟悉的身影离我越来越近，我的脚步始终保持着毫不犹豫的速度，直到那个闪亮的刀尖毫不客气地指向我的心脏时，我才停下。

他都不想回头，任由他的武器浮在半空，嚣张地对着朝他靠近的"敌人"。

"你比我们想象中还要果断迅速，这么快就已经逼得四海龙王亲自上阵。"我微笑道，"你觉得你再花多少时间可以杀尽龙族呢？"

他冷笑一声，回头看我一眼，眉宇之间却闪过一丝小小的意外："你也比我想象中更坚强，受了那么多伤还能找来，气色好像还比之前好了。"

"我也觉得我挺能挨打的，不过那会儿吧，疼也是真疼，站不起来也真是站不起来。"我吁了一口气，低头看看自己，"托您的不杀之恩，现在我哪儿都不疼了。"

他笑笑，转回头去："你追来这里，无非只是让龙族的覆灭多个观众罢了。我不打你也不骂你，高兴的话，你就留在我身边看看吧。"

长刀乖顺地落回地上，懒得再针对我。

我走到他身旁，说："半龙之殇，龙族脱不了责任，你的怨气不过分。"

他微微皱眉，不说话。

"龙族已在你手中遭了大罪，不如就此打住，龙族全军覆没，你半龙也活不过来半个。"我看着眼前依然激烈的战况，认真道，"让敖炽回来。若你还愿意享受这世间繁华，我可以帮你另寻一个身体，做一个普通人类。"

他转过头来，看傻子一样看我一眼："要不是这张脸一模一样，我简直要怀疑当时被我打到站不起来的人不是你了。怎么，捡回一条命让你的自信也捡回来了？"

对他无礼的态度，我一点都不恼，只说："做一个脚踏实地、吃喝玩乐的人，应该比站在暗无天日的战场里不断杀戮有意思得多。你真不考虑？"

他笑出声来，看我的眼神充满嘲讽："不考虑。我倒是觉得看着龙族一个一个死在我手里，比当一个无用人类有意思多了。"他冷下脸来，"我存在的唯一意义，就是完成这一件事。"

"好吧。"我叹了口气，"既然你执意如此，我也只好尊重你的想法。"我抬起头，凝视他的眼睛，淡淡一笑，伸出手去抚摸他的脸庞，"那么，也请你尊重我的决定。"

他一愣。

天地大海，战斗厮杀，都在一瞬间消失。

眼前只得一片纯白，像刚刚下过一场大雪，厚厚地覆盖了整个世界，不给其他颜色任何机会。

踩在上头特别舒服，比棉花还要软，不但软，每走一步还带着微妙的浮力。

我朝着一个方向往前走，脚下的路仿佛没有尽头，但我一点都不烦躁，只要走下去，就一定能找到我要找的人。

时间在这里变得毫无意义，无法计算我走了多久，但终于有那么一刻，我看见不远处有一个在不断挣扎的小黑点，一片雪白里，它的动静特别明显。

走近，却是一个巨大的雪坑，积聚在其中的雪有如沼泽般深厚，一个人的脑袋在里头浮浮沉沉，拼了命要钻出来，却又总是被拉下去，然后再冒出来，再沉下去，明明离坑边不过咫尺距离，就是不能如愿离开，十分辛苦。

我蹲在雪坑边，好笑地对着坑里的人喊："运动了这么久，你身材会不会比之前好一些了？"

坑里的家伙顿时像被雷劈一般来了精神，立刻抬起头，见来者是我，一双眼睛简直是电光闪烁般地惊喜："还以为我幻听了！真的是你？真的是你？"

"敖炽，你连你老婆都会认错吗？"我白他一眼。

"真是你……"他眼睛瞬间红了，差一点就掉下泪来，但旋即就激动地说，"你怎么会在这里？你是受伤了还是怎么了？我听到你跟我说话，我还看见那个王八蛋打你了，我气死了！可我就是出不来！"

"他强你弱，你当然出不来。"我朝他伸出手，"不还得我亲自来拉你一把嘛。"

他费力地从坑里举起一只手，正要抓住我的手，却又犹豫了："你确定你能拉动我？要是你也跌进来，我会骂死你的！"

"我吃了饭来的。"我哼了一声，一把抓住他的手，轻轻松松往后一拖，根本没花多大的力气便将他整个人拽了出来。

我坐在地上，再看那诡异的雪坑，从他离开后便消失无踪，地面一片平整。

他趴在地上稳了稳神，立刻跳起来，像神经病一样在我脸上一阵乱揉乱摸："没事吧你？你不应该出现在这里的！"

"我不出现在这里，你就得在坑里当一辈子爬不出来的癞蛤蟆。"我由着他把我的脸揉到变形，又赏他一个白眼。

他停下来，还是难以置信地看着我，从肆无忌惮突然又变得小心翼翼，不太敢碰我的样子："身上还疼吗？我知道你伤得很重。你会来这里，是不是……"

"伤太重快死了所以神识跑出来救你？"我直说出他的疑问，然后给了他一拳，"我要是虚弱成那样，怎么可能进入你这个重重防备的身体，你是不是被坑傻了？"

闻言，他又仔细端详我一番，点点头："也是，看你气色比任何时候都好。"他稍微松了一口气，不等我说话便突然把我抱进怀里，什么都不再说，只是用尽全部力气来抱我。

"我知道你一直在。"我笑，也以我全部的力气来回应他，好像彼此只要少用一分力气，就立刻要天各一方似的。

"抱歉，我差点害死你。"他咬紧牙，悔恨自责潮水般蔓延而出。

我从他怀里直起身子，认真看着他的眼睛："是你救了我才是。"

他皱眉："别安慰我了。被我伤成那个样子，你能活下来是你命大！"

"你真的救了我。"我的手掌轻轻覆在他的脸庞上，笑道，"没有你，我就不是我了。"

他愣了愣，抓住我的手，真诚地问："你没有什么脑震荡后遗症吧？"

"滚！你才后遗症呢！"我抽出手拧住他的耳朵，"这么难才见着面，还是不会说一句好话吗！"

"哎呀哎呀我错了，我夫人永远冰雪聪明健康强壮百病不生！"他赶紧捂着耳朵求饶，但立刻又紧张起来，问我，"外头如何了？我越挣扎越没力气，外头发生的事也越来越看不清楚，只知道他杀到龙域，召唤出无数龙影要毁掉整个龙族！"

我松开他的耳朵，摇摇头："他没有这个机会了。"

"你……"他看我不像是说大话开玩笑的样子，诧异道，"那可是他活着的唯一意义，他怎么可能轻易放弃？"

我起身，也把敖炽拉起来，笑道："我逼他放弃呗。"

"你？"他又将我从头到脚打量一番，顺便再用力揉了揉我的脸，"没错啊，是我老婆啊……"

我打开他的手："该走了！这地方这么无聊，你还想在这儿蹲多久？"

他挠头，又把我抱在怀里："还是没有什么真实感。只有你在我怀里的时候，我才相信你是真的。"

我无奈，由着他再抱一会儿吧。

其实，如果可以的话，我愿意就这样跟他在这个只有我们俩的地方，抱一辈子也挺好。

但现在，时间可能不太够了。

脚下开始震颤，四周的雪色也越来越模糊。

我闭上眼，紧紧搂住这个失而复得的家伙。

再睁开眼时，四周厮杀之声又起，战场如故，而我怀中仍是敖炽，只是那双望着我的略显疲惫的眼睛里，再无冰冷的杀气，只有无尽的关切与牵挂。

但是，一团忽白忽绿的光却还在他额间隐隐跳跃，垂死挣扎。

我松开敖炽，腾出一只手来，像抓一只讨厌的蚊子一样从他额前拂过，而他就像被一盆凉水从头浇过一样，整个人哆嗦了一下，之后便再无异样，连眼神都比之前清亮了。

他转了转眼珠，又吸吸鼻子动动嘴，然后才试着活动了一下手脚，又在地上蹦了好几下，这才相信他终于是他了，明明很激动，但一看周围的环境，又不得不压制住自己恨不得一千米往返跑的喜悦，只用力揽住我的肩膀，向我露出一个熟悉又霸气的笑脸："爷回来了。"

"就……恭喜你了呗。"我仰头望着他，笑问，"力气都回来了吧？身上也不疼了吧？"

被我一提醒，他才反应过来，在自己心口肚子上乱摸一把，惊讶道："真是一点都不疼了！"他又握了握拳头，无比自信地说，"一拳打一百个都没有问题。"

"那就好。"我点点头，"不过已经没有一百个让你打了。"

"胡说，何止一百个！"他扭头看向不得半点平静的战场，神色骤然严肃。

我把他的脑袋扳过来，伸出我一直紧握成拳的右手，放到他面前，白绿交替的光线从我指缝中不时漏出。

他顿时反应过来："你刚刚从我额头前抓走的就是……"

"不就是霸占你身体还打你老婆的家伙吗。"我撇撇嘴，又叹口气，"原本我还是想放它一条生路，可它自己不愿意。"我看向那些仍在战场上拼命的家伙们，脸色渐渐冷下来，自言自语道，"既然都说好了，那就请你永远退场。"

说罢，我摊开手掌，一小团形如将熄之火的白绿光芒，在我手心中奄奄一息。

谁能想到，所谓半龙之怨，天生天煞，连一个实体都没有的玩意儿，居然能兴风作浪到如此程度，连整个龙族都差点搭进去。

可惜的是，既然落到我手中，它除了是一团一吹就会熄灭的微弱光芒之外，再没有任何别的身份。

不属于你的身体，早晚要还出来，不属于你的世界，也早晚要离开。

"这就是我吞下去的家伙？"敖炽自己都不敢相信，居然被这么个貌不惊人的家伙打趴在地，心头怒火顿起，咬牙切齿道，"把我坑得这么惨，我……"

不待他说完下文，我右手一捏，真的像捏死一只小虫子那般，让这个从头到尾都不肯放过他人也不放过自己的"天煞"永远消失在我的手掌里，只留下一点点白白绿绿的光斑从指间洒落出去，顺着风飘向一塌糊涂的海面上，最后熄灭在由它而生的龙影之间。

与此同时，龙族兵士们挥出去的刀枪剑戟都扑了一个空——

差一步就能赢过他们的龙影仿佛从没有存在过一样，整个战场上再没有它们的踪迹，四周也恢复了明亮，没有什么东西还能遮挡住天空。

突如其来的意外，令龙族们面面相觑，一时间不知发生了什么，举在半空中的武器收也不是，不收也不是，大家不敢相信自己的胜利，只以为这是敌人的另一个诡计。

"我说过没有一百个给你打的。"我拍拍手，笑着对敖炽道。

敖炽微张着嘴，看看突然没有了敌人的战场，又看看我，比起龙族意外的胜利，我的所作所为似乎更让他惊讶。

"你……就这么捏死它了？"他的视线从我的手挪到我的脸上，"闯进我的身体释放我的神识，像赶蚊子一样将天煞从我体内抓出去，还有我迅速恢复到正常的身体……你不可能有这么大的本事……"

我耸耸肩："如果我有呢。"

"如果你有，就不会仅仅只是浮珑山上的一棵树，不会要等到子淼出手才能得一个人形，更不会被我困在无望海无法逃脱，更不需要由我来教授你各种法术保护自己。"他捉住我的手腕，狠狠盯着我的脸，眼中既有疑惑，又充满不愿相信自己疑惑的矛盾，"真奇怪啊，你明明是我的老婆，可我为什么还是想问你是谁？"

我笑看着他，笃定地说："我是浮珑山上的树妖，是你如假包换的老婆，还是浆糊未知的亲妈。你不必担心抱错了人。"

"你确定？！"他想了又想，半信半疑地，"可你要怎么解释你超出自己极限的行为？我不在的时候，你究竟发生了什么？"

"九厥跟你有一样的问题。"我朝他身后努努嘴，"可能他们也一样。"

敖炽顺势一回头，从幸存的龙族军队中，风风火火冲出来两个老家伙，连手里的武器都顾不得收起来，迫不及待要过来看清楚我们的样子。

敖炽刚转过身去，龙王已经落在一步开外的地方，死死地盯住他的脸。

紧跟其后的圆月川也相当诧异地看着我们，手里的两把斧头还舍不得放下，不敢确定眼前之人是敌是友。

"我知道之前我很混账，如果你们现在想揍我一顿，大不了我不还手。"敖炽被他们恨不得嵌进自己身体的目光瞪得很不自在，立刻作投降状，"机会我只给一次，不打就作废，你们自己看着办。"

圆月川看向龙王，小声道："我远远地看过来，便觉得不对劲，凑近看，那一脸欠揍的表情，确实像是这小子回来了。"

龙王还是一言不发，仍旧不肯从敖炽脸上挪开目光，神情复杂得很。

"什么叫一脸欠揍的表情？"敖炽刚想发作，大概是又想到了之前差点令众人丧命的场面，气焰立刻就低下来，"好好，我欠揍。你们拿我的脑袋当球来拍都行。我知道你们因为我吃了苦头，差点丢了性命……"他突然单膝跪地，低头对两位龙王认真地说，"虽然不是我的本意，但事情毕竟由我而起，当年若不是我莽撞，给了天煞可乘之机，就没有这场龙族之大祸。鱼皮书所言也不算全错，我的确是那个'迦楼罗'。对不起。"

龙王皱眉，视线挪到我脸上，满眼疑问。

我会意，点了点头，肯定地笑了笑："是他。"

龙王长长地吐出一口气，望了好一阵的天才把内心的激动平复下来，再高兴再兴奋都不能失态。

然后，一个巴掌高高举起，最后却轻轻落在敖炽的头顶上，揉了揉："从来没有什么迦楼罗，如果有，也是当年对半龙赶尽杀绝的我们。起来吧。"

敖炽抬起头，被责骂惯了的他好像并不太习惯这样的通情达理，还是跪着，不太相信地说："你真是老家伙？要不你还是骂我一顿吧，不然我总觉得你不怀好意……"

啪，他的脑袋如愿以偿地挨了一巴掌。

"哎呀你怎么打那么重！"

"给我滚起来！"

好了，血统验证完毕，所有人都应该相信面前站着的是敖炽，不是别人。

圆月川赶紧放下斧头，把敖炽拉起来，上下打量："你这孩子还是这么没轻重！你可知道我们有多担心你回不来！既怕你出事，更怕你眼睁睁看着自己的手毁掉整个龙族。我活到这把年纪，从没有陷入这样矛盾的焦虑。"

敖炽也不再胡说八道，认真看着圆月川："我知道。我也一直很努力地回来，只是那家伙把我压制得太厉害，我无法脱身。对不起，让你们担心了。"

敖炽总表现得对他的身份毫不在意，他随时可以不当东海龙王的继承人，不稀罕住在龙域，甚至做不做龙都无所谓，对自己的亲人也总是不客气，老家伙老家伙地乱喊一气，可如果他心中真没有龙域的安危，没有亲人的位置，堂堂的孽龙敖炽岂能下跪道歉，且连说两次对不起。

他呀，从不愿意把某些重视说出口。

"回来就好，回来就好。"圆月川用力拍了拍他的胳膊，旋即又看向仍在海中待命的大队人马，尽管他们中的大部分还没有从突然的胜出中回过神来。

"你也没事吧？"龙王总算关心到我身上，仔细端详着我，"左右那家伙好像还有点本事？我瞧着你气色比之前好多了……"他再看几眼，"不对，不是好多了，简直是判若两人。"

我笑着摸了摸自己的脸："我今天可是纯素颜呢，气色真那么好吗？"

"不只是气色好。"龙王凝视我的眼睛，"你仿佛在发光。"

我笑出来："那可能确实要感谢左右的照顾吧。"

龙王扭头看看自己的军队，突然没了敌人的战场，除了庆幸与惊喜，还有疑惑。

"是你做的？"他转回头问我，"你一个人……就把敖炽带回来了？"

"找我自己的夫君，自然我一个人就够了。"我笑道。

"真是她一个人干的。"敖炽插嘴证明，"我的神识本来一直陷在深处无法脱逃，她突然就冒出来了。不但让我本尊归位，还……"他自己都不相信自己见到的事实了，"还像抓蚊子一样把那家伙抓出来，捏死了。不然你们哪能捡到这么大的便宜，一眨眼敌人就全体消失了。"

圆月川与龙王对视一眼，再难以置信也不得不信，他们比谁都清楚，只有天煞被彻底消灭，才会发生这样的事。

可是，促成这件事的人居然是我，一个不久前还被那家伙伤到遍体鳞伤无力还击的可怜妇女。比起天煞被灭，我的"崛起"才更让他们惊讶。

"你……"圆月川围着我转了几个圈，"左右给你吃什么了？"

我笑着朝远处一指："不如你自己去问他。"

抱歉啊，现在还不是告诉你答案的时候，一个那么长的故事，总要挑个我喜欢的地方坐下来慢慢讲。

正在这时，另外两个家伙急匆匆地赶了过来。

无藏青霜面色铁青，看我跟敖炽不亚于看任何一个敌人。

"轻松点吧，别再把孩子们吓到了。"圆月川拿胳膊肘碰了碰无藏青霜，"天煞已被侄儿媳妇灭掉，敖炽也回来了，龙域无事，我们可以安心收兵了。"

"怎么可能?！"无藏青霜这种重度疑心病患者哪肯轻易相信，指着我道，"她有多少斤两我是领教过的，你们如何让我相信她的本事比我们四个加上千军万马还大？"

"总得相信自己的眼睛吧。"我无奈地看着这个永远不讨人喜欢的家伙，"不管怎样，龙域与半龙之间的恩怨，到此为止，以后再无干戈。"我上前挽住敖炽的胳膊，对无藏青霜认真地说，"世上再无迦楼罗，希望你就算不对我们有半分亲友之情，起码以后也不要再拿我们当敌人了。"

无藏青霜愣了愣，看着龙王与圆月川。

"你一直都弄错了。"龙王并没有责怪的意思，只叹口气，"我也错得离谱。半龙之祸，是上天理所应当给我们的教训。孩子们很冤枉，本不该他们承受的苦难，他们也一路咬牙扛下来了。"他认真看着无藏青霜，"我们才是应该反省的那一个。"

无藏青霜皱眉，本能地想出言反驳，但他一看到龙域此刻的景象，又看了看我跟敖炽，话到嘴边又咽了回去，只冷哼了一声。

"虽然我还是很不喜欢你，但看你为了龙域拼死奋战的份上，你曾经对我们两口子做过的一切，我这里就不记仇了。"敖炽很诚恳地向他伸出手去，"你当然也可以继续烦我，我无所谓的。但是你最好明白，龙域于我而言，是我唯一的老家，是我无论如何也不想伤害的地方。"

无藏青霜沉默不语，也没打算跟他握手言和，甚至都不拿正眼看他，脸上永远是那股顽固的高傲。

"别这样，孩子话都说到这份儿上了。"圆月川上来一把将他们两人的手硬拉到一起，笑道，"以后就别互相看不顺眼了吧，能做叔侄也是天大的缘分呢。"

无藏青霜把手抽回来，还嫌弃地在衣裳上蹭了几下："这样的缘分宁可不要。"

一忍再忍的敖炽到底是被他的小动作气到跳脚，吆吆几声："说得就跟我稀罕似的！反正我今天已经给足了你面子，以后你再找我麻烦，我烧你的房子拔你的牙！"

"你试试看谁拔谁的牙！"无藏青霜冷笑。

一声叹息飘过，带来一个陌生好听的男声："为老不尊，为少不敬。你们两个适可而止吧，莫再丢龙域的体面了。"

我循声看去，无藏青霜身后走出一个一身青蓝色的美男子，没有龙王咄咄逼人的霸气，也没有圆月川的不正经，更不像无藏青霜那般死气沉沉不近人情，收起武器的他，像极了一位满腹诗书礼仪的博学才子，满满的书卷气中又经历过漫长岁月的沉着老练，带着那种一开口就让人无条件信服的气度，怎么看都是个非常踏实的人物。

"上回你来去匆匆，无缘得见，今日相逢，倒确定了我敖炽大侄子没有找错夫人，你与他一样，都是异数。无贬低之意，是赞赏。"他走到我跟敖炽面前，略抬起头问敖炽，"怎么，在我面前也要没规矩吗？"

敖炽无奈，乖乖喊了一声："南海龙王叔父，您老还健在呢。"

"你爷爷都健在，我为何不健在。"南海龙王瞪他一眼，"你我叔侄难得一见，你还是这副吊儿郎当的样子，可见还是少时读的圣贤书太少！"

敖炽都懒得理他，只扭头跟我讲："我小时候第一讨厌去北海，第二就是讨厌去南海了，每次去他那儿，好吃好玩的没有，就知道搬一堆我看不懂的书让我念，我在东海已经够多书要念了，那老书呆子还不放过我！你说烦人不烦人！"

我掩口而笑，又对南海龙王道："真是难为您当时的一片苦心了，他但凡有点悟性知道您是为他好，也不至于现在还经常写错别字。他是没救了，但我家的浆糊未知还有抢救的价值，龙王叔父不嫌弃的话，以后请多加管教，不必客气。多读书总是好的。"

"这话倒还中听。"南海龙王笑道，"得妻若你，是这小子天大的福气。"

天大的福气……

我一怔，旋即笑了笑："不是冤家，难成夫妻。福气还是劫数，看他怎么想了。"

"还真不好说呢。"敖炽哈哈一笑，指着我对南海龙王道，"你知道当初我们怎么认识的？她骂我丑八怪，我打了她一巴掌，她回我一巴掌，简直就是针锋相对的开场，你说咱们谁是谁的福气？"

针锋相对……形容得很贴切啊。

我笑着挽紧了他的胳膊，不好意思地对南海龙王道："您老见笑了，我们俩一直都这样，您别见怪。"

"不见怪。"南海龙王摇头一笑："幸好是你。"

短短几句话，我与南海龙王一见如故，自带好人缘，大概是我天生的本事了。

没有了"迦楼罗"的阴影，连无藏青霜这样的人物都变得那么可恶了，尽管龙域也付出了沉重的代价，庆幸的是一切仍可挽回，这片宁静美丽之地，会回到它最好的样子。

"妈！爸！"

奶声奶气又震耳欲聋的尖叫声从远处一路杀过来。

才刚回头，浆糊未知就猛扑进我跟敖炽怀里，同时见到父母的兴奋让他们的力气也加了倍，生生将我们俩撞个趔趄，而我们干脆就顺势倒在绵软的沙子上，由着两个小家伙像高兴坏了的猴子一样在我们身上又笑又叫乱拱一通，一家四口在沙滩上自自然然地嬉闹成一团，愉快地享受这来之不易的、真正的一家团聚。

最高兴的还是敖炽，两个娃的脸差点被他亲肿了，边亲边语无伦次地问我："怎么就回来了？他们是真的吧？没骗我吧？"

"你自己的孩子还能有假的？"我白他一眼，"他们自然是妥妥当当地回来了，我办事，你放心。"

他吧唧一口亲在我脸上，红了眼睛，很多话想说却又不知道该怎么说出口，最后憋出一句："回去我给你买最好看的衣服，去吃最贵的饭馆！"

"吃饭可以，买衣服免了。"我赶紧道，"我才不要沦落到跟你一样的衣品。"

"我要最好看的衣服，爸你给我买！我还要今年新出的各种玩具！"未知倒是一点都不客气，搂着敖炽的脖子道，"爸你不知道把我们困住的地方有多无聊，只有玩具才能安抚我心里的阴影！"

"得了吧你，一坨泥巴你都能玩半天，你哪来的阴影！"浆糊瞪了妹妹一眼，"你就是想骗玩具！"

"我对玩具没兴趣，我要吃很贵的饭馆！"

"饭桶！"

裟椤

"你哪次吃得比我少？"

我紧挨着敖炽，笑看两个小东西互不相让的样子，离开很久的、完整的幸福感，终于在这一刻归来。

时间如果能停在这一刻，我愿意拿一切去交换。

可是，时间是不能停的。

我的目光越过面前的吵吵闹闹，落到跟来的那群人身上。

那又是一场意外的相逢。

九厥跑过来，见我们一家子完好无损，忍不住谢天谢地喜极而泣，还有什么比所有人都平安更值得高兴的呢。

五子棋见自己的弟弟妹妹那么高兴，他虽然没有加入他们一同笑闹，但也笑得特别灿烂，越发像一个稳重的小哥哥了。

另一边，四海龙王见了天帝，自然诧异，双方互相客气问候，王者与王者之间的寒暄比我们理智多了。

只是，人再多，甲乙也永远是人群中最孤立的那一个。

他默默站在所有人的后头，只看着我们一家四口相聚的样子。

我也看着他，发现他的眼睛又红了起来，无尽的悲伤又露出来了。

我竟有些不忍心看他的眼睛了。

低下头，抿了抿嘴唇，沉思片刻后，我站起身，走到这一大群人中间。

"这么多熟人聚在一起，实属难得，不如就由我做东，邀请大家去我的小店一坐，喝杯茶，歇一歇。"我笑着对众人道，"我知道你们心里都在等一个答案。"

众人顿时安静下来，面面相觑，不知要如何应对我这突然的邀约。

"怎么，怕我收你们天价的茶钱不成？"我一挑眉，"我虽是不爱吃亏的人，但给你们的这杯茶，免费。"说着又瞟了无藏青霜一眼，"某些心眼比针鼻儿小的老年人也不必担心，茶就是茶，不会有别的东西。"我伸了个懒腰，笑道，"去还是不去？"

一阵微风吹过，再无战场的龙域里，缺失的温度渐渐回来了。

离开前，我应该再仔仔细细观赏一次眼前的风景，没有厮杀与绝望的龙域，才是这个世界上最美好的一部分。

久违的明丽光线落下来，照亮了我平和淡然、还有一点点释然的脸。

<h2 style="text-align:center">◇贰◇</h2>

忘川还是它一如既往的样子，已在全世界蔓延的溃烂好像还没有感染到这座小城市，我熟悉的街道上，人与物都没有变化，大大小小的商店里依然人来人往，卤味铺里飘出来的香味还是惹人垂涎，小广场上跳舞的大妈们手里的纱巾鲜艳如故。

我的眼光还是可以的，走过无数城市都不肯停下脚步，却唯独愿意在这里留下最重要的岁月。城市也跟人一样，有各自的面貌与性格，我就是喜欢这里的与世无争、处变不惊，以及让人内心安乐踏实的烟火气。

如果给我更多更长的时间，我依然不会离开这座城市，我的家要一直在这里。

碗千岁被我突然的回归吓了一大跳，我却笑着上前给了他一个大大的拥抱："这些日子辛苦你替我看家了，多谢。"

算是老天体恤了吧，每次归来，家里都有熟悉的面孔在等我，无论离开多久，这个家都从未荒废，真好。

本以为跟在我后头涌入的那一大帮人会更让他受到惊吓，谁知这厮看见他们居然比看见我高兴多了，也不管认识还是不认识，马上给每个人发了一张自己的名片，忙不迭地推销起自己的碗盘生意来。

无藏青霜捏着碗千岁的名片，冷冷地看着我道："连跟在你身边的人，都没有一个正常的。"

"这点我倒是认同的。"龙王摇摇头，"他上次已经给过我名片了，他对卖碗到底是有多大的执念？"

圆月川把名片翻来覆去看了一遍，若有所思道："拿名片可以打八折……一次买一百个碗以上还有折上折……倒是划算……可我买那么多碗来干吗？"他嘀咕着转向左右，"你家缺碗吗？要给你买吗？"

左右哭笑不得："我又不拿碗当饭吃，买那么多来做什么？"

天帝皱着眉头："气氛有点奇怪啊……"

"不奇怪不奇怪，这位先生看起来如此玉树临风，一看就是家大业大的贵人，家里人口一定多吧？"碗千岁拉着天帝喋喋不休起来，"话说民以食为天，一家人最要紧的就是一日三餐，想要吃得开心吃得满意，装饭的器皿一定不能差，这就不得不说我的碗了，那可是用最上等最难得的天山瓷土烧成的，每块土都吸足了日月精华，再放进窑中烧制，没有一丝瑕疵。不是我吹牛，但凡用我的碗盛饭，再粗糙的食物都堪比天界佳肴。"

裟椤

幸好他不认识天帝，不然他可能需要一个碗把自己扣起来不要见人才对。

九厥听得尴尬到死，赶紧把碗千岁拽到一旁："适可而止啊，你那破碗卖给隔壁张大娘李大婶就好了，生意就别乱做了。"说罢，他低声道，"你面前这个玉树临风的'贵人'，就是吃惯了天界佳肴的……天帝。"

我听到碗千岁打了个嗝，然后就一发不可收拾，怎么都停不下来了。

这样的场面，我是憋不住笑的，真要感谢碗千岁用这种方式让我们这一场人员众多的归来一点都不沉重。

最高兴的还是那群小孩子，浆糊未知才不管大人们在谈什么，早就拉着五子棋满屋子参观去了，连阿灯也一头钻到厨房里，大概是去看看有没有土豆条可以吃，重归人形的信龙兄弟也顾不得理会我们，熟门熟路地跑去院子里，摸着久别重逢的花花草草喜极而泣，打着滚儿说终于回来了，又可以在熟悉的地方练太极了。

只有纸片儿跟青童有点正经样子，起码纸片儿晓得抱起鸡毛掸子把家里能坐的地方都打扫了一遍，虽然它不是很清楚跟我回来的这群人的身份，但也隐约知道他们都不会是碗千岁这种随时会被人打出去的货色。青童连休息都不用，直接进厨房烧水沏茶，生怕怠慢了客人。

全场最安静的那个，除了永远站在角落里不跟任何人交流的甲乙，居然就属敖炽了。

从龙域到不停，在大难不死的庆幸与激动中平复下来的他，一路上话都不多，不是紧紧搂着两个小东西，就是若有所思欲言又止地盯着我，好像我身上在演一出他完全看不懂的戏。

"要不是我亲手把你带回来的，看你现在这个样子，我真要怀疑你是不是又被别人拿走了身体。"我伸手在他眼前晃了晃，"一路上都拿这么复杂的眼神打量我，你不累？"

他握住我的手，皱眉道："还是……不太真实的感觉。"他环顾四周，明明什么都没有变，他却还是不太相信这是他住了那么久的家，"这真的是我们的不停？真不是那只花母鸡给我们准备的一场美梦？"

我弹了他脑门一下："想得美！没瞧见碗千岁忙着做生意吗，他哪有闲工夫给你造个梦！你现在看到的摸到的一切，都是真的，包括我。"

"也是。"他用力甩了甩脑袋，又拍拍自己的脸，"怎么这么没有自信了……"

我好笑地看着他脸上丰富的表情，在那么一刹那，恨不得自己的眼睛变成照相机，把他嬉笑怒骂的样子永远记录在自己的心里，在一起那么多年，也许只在今天，才深刻觉得他的一言一行，好看的、难看的、聪明的或者傻气的所有样子，都是千金不换的珍贵财产。

一个都不想忘记。

"你可是不停的男主人，咱们家里几时有过这么多人，你不招呼着，自己还在一旁发起呆来。"我推了他一把，"待客之道总得有吧，快去。"

"这帮家伙算什么客人。"敖炽一翻白眼，不情不愿地过去，冲所有人没好气地喊了一声，"来都来了，就别老站着了，自己找能坐的地方坐呗，头回来又没带见面礼的，下次补上吧。"说着，又去柜子里把不知道多久前买回来的还来不及吃的瓜子花生什么的拿出来，往茶几上一放，自己先大大咧咧地坐到沙发上，边嗑边说，"也没别的可以招待你们，随便吃点。"如果说他心里还有芥蒂，那也一定是针对天帝跟无藏青霜的，从口口声声要自己性命的敌人，一夕之间变成同处一室，甚至可以坐下来一起喝茶嗑瓜子的客人，也难怪他总跟我强调所谓的"不真实"感，换成别人，只怕比他更难接受这么曲折且迅速的转变。但是，能坐下来一起喝茶嗑瓜子，怎么都比兵戎相见、你死我活强得多啊，此刻的情景，已经是我能期待的最好的一幕了。

"坐吧，难得不停里能有你们这般身份特殊的客人，也算蓬荜生辉了。"我拍了一下故意坐得吊儿郎当，是个人见了都想打他一顿的敖炽，"你不能好好坐着？幸好南海龙王留下来处理龙域的后续事宜没有跟来，不然以他规矩礼数排第一的性子，一定把你扒起来扔外头去顶砖头思过！"

敖炽哼了一声，朝天帝他们那边瞟了一眼："我偏不在他们面前讲规矩讲礼数！对那些曾经想要我们性命的家伙，我现在能请他们吃瓜子就是我顶了天的气度了。"

天帝闻言，倒也流露出几分自责与悔意，居然无视自己的身份地位，朝敖炽微一躬身，拱手道："之前种种，皆是我失职，是我的鬼迷心窍祸害了无辜的你们，我诚心向你道歉。"

天帝的道歉……实在出乎所有人的意料。

似乎一进了我这间小店，所谓身份就失去了高低，不停的屋檐之下，只有是非对错，没有尊卑。

一颗瓜子还没来得及嗑出来，敖炽的嘴巴胡乱地动了几下，大概是连着壳一起吞下去了，然后稍微坐直了身子，眼睛瞟着天花板道："行了，知道了。坦白说我现在心里还是气呼呼的，但既然都道歉了，我也就勉强收下，但是，等我心情好了再看原谅不原谅吧。"

"你这孩子……"龙王不禁替他的"不知好歹"捏了把汗，忙对天帝道："您千万别跟这孩子计较，他向来说话没轻重。"

"不。"天帝大度地摇摇头，"他没轻重不是错，我身为天帝也没轻重，那才是大错。"

"你们谁错谁没错我倒一点都不关心，反正我没错。"无藏青霜照样冷眉冷眼，"我

袈
裟

对事不对人，换成别人威胁龙域安危，我也是一样的态度。而且我从不吃瓜子。"

敖炽"呸"的一声吐出两片瓜子壳，给无藏青霜的白眼要翻出房顶去了。

"都坐吧。"我朝几位大人物笑笑，"难得今天天气不错，大家也安然无恙，坐下来喝茶好过吵架呢。"

众人这才一一落座，青童也正好把水跟茶杯端上来，然后小声问我："用哪种茶叶？"

我笑看了众人一眼，说："自然是浮生。得让从没光顾过的客人尝尝我们这里的特色。"

"明白。"青童立刻回去取了一罐茶叶放到我面前。

我很久没有在这么放松的心情下给人沏一杯浮生了。

温度适宜的水缓缓注入茶杯，碧绿的茶叶轻旋出好看的姿态，把世间最美好最通透的一抹颜色呈现在水中，淡淡的茶香随之而出，以自己最朴素真诚的方式欢迎新到的客人。

沏茶时，我偷看了一眼这群坐在我面前，但脸上多少还有些不习惯的君王们，有点好笑地想，有这几位顶级的门神在场，估计现在没有任何一个邪魔外道敢在我的不停里闹事了，这要是放到从前，得是一件多有面子多不得了的事啊，简直是想都不敢想的殊荣。

袅袅热气中，我举起自己那一杯浮生，敬了敬他们："请吧，我好久没有给人沏过茶了，但愿手艺没有退步，几位多担待。"说罢，又朝窗口那边道，"你不喝？我这儿有你一份。"

甲乙坐在他不停时最爱坐的位置，离客厅沙发最远的窗边，连视线都不愿意往人多的地方摆，宁可投给外头的花草树木。

我看着他毫无表情的侧脸，觉得他从头到尾都还是我的甲乙，什么 4E，什么将军，那只是他给自己编织的一场噩梦罢了。

"真不喝吗？"我又问。

他还是跟没听见一样，用刻意的漠然在我们之间划下一道界限。

"还让他喝茶？"敖炽像是突然反应过来，咬牙切齿恨不得把茶杯往甲乙脑袋上砸过去，"最坏的就是他！你还这么客气！"

"他还是个孩子。"我把给甲乙的茶端过去放在窗台上，也不管他喝不喝。

"孩子？楼上那几个才是孩子！"敖炽气得不行，"孩子才不会一直跟我们作对，更不可能拿整个世界还有无数无辜者当试验品！"他越说越气，刚想起身就被我摁回沙发。

"所有要打的仗都结束了。"我回到他身边坐下，认真地说，"这里是不停，是我们的家，不是战场，能坐下来同我们喝一杯茶的，也不是敌人。至少从现在开始，不是了。"

"你……"敖炽急了，"天帝跟无藏青霜这两个老家伙我尚且可以不计较，但那个叛徒我怎么都不能原谅！一切祸事的开端不都是由他而起的吗！"

"我说了，他只是个孩子。孩子想问题通常很简单，而且不计后果。"我拍拍敖炽的手，又把茶端到他面前，"喝口茶，平静一下。也许你知道真相之后，就不会像现在这么生气了。"

众人听得云里雾里，左右终于问我："在雾海时就想问你这个小哥究竟是什么来头，你说的真相，打算什么时候才揭晓？"

那头，对于自己突然成为众人关注的焦点，甲乙也没有多少反应，不喝茶不说话，只往窗户上呵了一口气，把不太干净的那一块擦得更干净透亮。

这样的一个人，是永远不可能主动告诉你"真相"的，他在等我，或许这个真相，只有我才有能力揭晓。

"先喝茶吧，凉了味道就会差一些。"我自己先喝了一口，那熟悉的苦味从舌尖滑到舌根，沉淀静止了许久，才像睡醒了一般回甜起来。

好在这些人都是见过大场面沉得住气的大佬们，心头疑问再多，再迫不及待等我一个答案，仍旧做不出任何抓耳挠腮的行为。听了我的话，他们也不好多讲什么，逐一端起茶杯，喝了一口。

人也好，妖也好，神仙君王也好，都在与这杯茶的初遇之时败下阵来，再优雅再沉着的他们，都忍不住皱了眉头，五官跟着嘴里那股奇特的苦味走了模样，难受得像个第一次吃到苦药的小婴儿。

"好苦……"天帝盯着这杯温热的茶水，"本君从未试过这般苦楚的滋味。"

龙王也是一脸苦相："上次在龙宫你请我喝过，可惜没尝出味道就出事了，如今喝下去，你这杯浮生实在是胜过世间一切苦药。"

圆月川猛点头，难以置信地问我："你引以为傲的茶就是这样的？"

无藏青霜大概是犹豫了很久才勉强把茶水吞下去，要是忍不住吐出来未免太丢人，如果不是每个人都露出程度不同的难受之情，他一定以为是我故意在茶水里放了奇怪的东西来报复他。

"名不虚传……名不虚传……"左右咂咂嘴，再没有勇气喝第二口，"太苦了。"

"活得越久，经历越多的人，喝我的浮生可能会越苦。"我闲闲地又喝一口，笑道，"曾经，有好些个心头有事的妖怪，坐在这里同我喝过茶，他们喝下第一口茶的表情，跟你们现在如出一辙。"我抿了抿嘴唇，一丝绵长的甜味越来越清晰，"我这浮生茶，产自一个叫作八苦园的茶园，把它种植出来的家伙，前半生坎坷孤独，受尽人间极致的苦楚，好在他现在过得很不错，先苦后甜，也算是一种幸福。所以我总跟喝浮生的人讲，再坚持一下吧，可能苦就变甜了。"

果然，我才说完，他们的眉头便舒展了不少，难以忍受的苦楚大概已经有了回甜的迹象，左右跟圆月川甚至又喝了一口，不禁惊讶地说："甜了？""好像是甜起来了，好奇妙的滋味。"

天帝也喝了一口，情不自禁地点点头："现在的口感好多了。"又对还在犹豫要不要喝第二口的龙王跟无藏青霜道："二位龙王再试试？这杯茶倒是少见了。"

"二位试试吧，不会吃亏的。"一直乖乖坐在一旁不插话的九厥也给他们加油，"这杯茶绝对只在我们老板娘这里才能喝得到。"

两人只好再勉强喝下一口，顿时整张脸都轻松了。

敖炽撇撇嘴，嘀咕："幸好没吐出来，不然真真可惜我们家的茶叶了。"

我笑看着他们："看，我就说只需要坚持一点时间，苦就变甜了。"

"有意思。"左右又端起茶杯闻了闻，"清香不张扬，苦中又带甜，倒是谈天说地讲心事时最好的陪伴。"他看向我，"我老早听说过，你的不停曾是诸多妖怪们念念不忘的地方，我看单凭这一杯茶，确实也足够他们驻足流连了，别处只怕喝不到这样的滋味。"

"喝我的茶也不是白喝的。"我看着手中这一杯清澈嫩绿的茶水，自己的脸清晰地倒映其中，"如果没有足够的金子或者别的贵重物品，我就只能吃点亏，且听听他们跟我讲那些关于自己的或悲或喜的故事，能替我打发无聊时间，也算是给我的报酬吧。"我回想着那些曾经坐在我对面的不同面孔，想着那些沉在记忆中的各种各样的故事，竟也有片刻的恍惚如梦的感觉，真的是好久好久好久，没有这样轻轻松松地坐在这里跟一群有故事的人喝茶了。

"大部分都是亏本，有几个是真给了报酬的，都是我们倒贴，喊！"依然气鼓鼓的敖炽连我都不给面子，叽叽咕咕个没完，当然是又被我踢了一脚才不服气地闭了嘴。

"可他们喝到的，从来不止一杯茶啊。"圆月川举着茶杯细细端详，越发喜欢的神情，"先苦后甜这样的希望，是治愈所有苦难的良方。他们喝下去的，是一个可以重新开始的未来。"

"还是西海龙王或者说米良大人最会说话了。"我笑着朝他举杯，以茶代酒表达我的赞赏，又喝下一口茶后，我认真地看着他们每一个人，"我在这里听过无数别人的故事，却从未向人讲过我自己的故事。"

他们手中的动作顿时都停下来，心头埋藏已久的巨大疑问应该又在蠢蠢欲动了。

敖炽一口茶慌慌张张吞下去，抓住我的手压低声音道："你要讲什么故事？子淼又要诈尸？那段往事咱们自己知道就行了，就别说给那几个老头子听了吧？！"

我不客气地捂住他的嘴："你不是讲故事的那个人，现在开始给我闭嘴。"

他拉下我的手："真没必要说给他们听啊，那是属于我们的难忘又美好的过去啊，关他们什么事！"

我深吸一口气，把他的手放回他的膝盖上，拍一拍："你放心，我讲的过去，只怕没有你的出场。"

"啊？！"敖炽眼睛一瞪，"你的过去怎么可能没有我出场？没有我出场你哪来的过去！"

"要不你找块抹布把他的嘴堵起来吧，封口胶也可以。"龙王淡淡道，"不然他安静不下来的。"

"亲情又不要了吗？！"敖炽怒道，哼了一声，往沙发上一靠，"大不了我不说了，都让你们说，说个够，说个一百集连续剧出来。"

"倒没有一百集那么长。"我真是喜欢看他像个小孩子发脾气的模样，好久没看到了，甚是想念，忍不住摸摸他的头，"但你心里那个'不真实感'，难道不想要一个解释吗？"我又看向其他人，"你们也觉得这杯茶喝起来还不错吧，就像西海龙王说的那样，它会是一个故事的最好陪伴。所以我才觉得带你们回来不停是最好的选择。"

"你打算告诉我们，你突然变得不一样的原因了吗？"龙王放下茶杯，凝视我微笑的脸，"你与之前完全不同的能力，包括你的心情与态度，我想破脑袋都想不通，你怎么可能在那么短的时间之内，变成一个我那么熟悉的陌生人。"

那么熟悉的陌生人……这个形容大概是在场所有人的心声了吧，敖炽的"不真实感"，不也是因此而起吗。

我回头看了看甲乙，他还是那副置身事外事不关己的样子，时不时擦一下其实已经很干净的玻璃。窗外天气仍好，阳光很明媚，院子里的一花一草都很有生命力，即便我不在不停，它们也活得很不错。

我转回头，看着龙王，笑问："您老还记得当初我去龙域探亲，你我在那个叫若木云台的山顶上聊天时，跟我说过的话吗？"

龙王一愣，一时间不太回忆得起来。

"你说，传说中我们这个世界是从一棵树上长出来的，那棵树很高，是整个宇宙的顶点，如果站在树顶，就能洞悉宇宙的一切秘密，而后人将这棵树称为若木。"我笑着提醒他，"所以你们才管自己的山顶叫作若木云台，表示此处乃龙域最高最神圣之地。"

龙王又想了想，点头："好像是同你这么讲过，你当时还倒掉了我的酒。"他皱起眉头，"不过这只是个毫无根据的传说罢了，世上哪来这样的树，无非是前人们按自己的幻想杜撰出来的一个神奇存在而已。你无端说起这一桩是为何？"

我笑着指了指窗外："你们瞧我院子里那棵树，也没怎么特别照顾过，这么多年了还是长势喜人，可见扎好了根的树，是一种非常顽强的存在。不然你们说为什么人类总是用'家庭树'这种方式来表达自己的血脉渊源，而不是用家庭花、家庭草、家庭水果呢，哈哈。"

"你到底想说什么？如果你找我们来这里只是说这样的废话，那我可懒得陪你。"无藏青霜自然没有龙王那么好的态度，他大概觉得我在浪费他的时间。

我也不恼，顺便以眼神制止敖炽想跟他开战的势头，继续好脾气地说："我就是觉得，树是一种很了不得的生命，地面上见到的也许只有那十几米，甚至更矮小，但你永远不知道一棵平平无奇的树，在地下究竟有多么庞大而纵深的根系。"

"所以呢？"圆月川好奇道，"我不着急，有瓜子吃有茶喝，你大可慢慢说。"

我清清嗓子，坐姿也更端正了一些，视线从他们每个人脸上逐一扫过，笑道："如果，这个世界真是从一棵树上长出来的呢。"

窗边传来几声轻微的咳嗽声，那是甲乙发出的唯一动静。

空气之中，都是疑惑与等待。

◇叁◇

坦白说，即便是我自己的经历，也会因为在他处存放太久而变得不像是属于我的一部分，一场真实而遥远的大梦，初醒来时难免会让人迷茫到喘不过气来，而我也花了不少时间，才慢慢找回了它应有的位置。

要从哪里说起呢？

从最模糊的开头吗？

那些曾经出现在我纷乱梦中的零碎片段，黑暗但斑斓的浩瀚空间，以及仿若星星划过一般的绮丽光迹。

那是我一切记忆的开端，我的来处却始终一片模糊，我只知道我在那片根本不可能有边际的空间里飘浮了许久，直到一片温柔明亮的光吸引了我，并且给了我一个想靠近的方向。

我像一只轻盈但力气又很大的小鸟，毫不费力地穿过层层气流，最终落到一块比来时我所经过的任何一个地方都要温暖的土地上，脚下无比扎实的厚重与稳固瞬间牵引住我习惯漂泊又从无目的地的心。

这就是我想永远留下来的地方了，跟我那些数量不明印象模糊的同类们一样，我们总要从漫长而慵懒，甚至有点无聊的旅程里，有意或无意地找到属于自己的世界，永不离去。

那一天，我舒服地躺在光秃秃的泥土里，无论从哪个角度看出去，这都是个毫无好风景可言的地方，一望无际的荒凉与混沌，孤独的山与浑浊的水混乱摆在一起，唯一能欣赏的，只有偶尔会从一团灰蒙中露出一点点蓝色的天空。

除了我，这里没有任何生命的迹象。

但这有什么关系呢，我来到这里的目的，不就是为了让一个世界活起来吗。

"就是这里了？"

"是啊，好空荡啊。"

"我觉得还不错。"

"我也这么想。"

走过那么长的路，我习惯了自己跟自己说话来排遣寂寞。

有耐心的我，跟没有耐心的我。

好脾气的我，跟坏脾气的我。

喜欢光线的我，跟热爱黑暗的我。

那么，就这样决定了，这里就是我的世界。

于是，我尽可能让自己更深地埋入地下，在那片坚硬到窒息的空间里游刃有余地施展着我的本事。

时间对我毫无意义，因为我的生命漫长而无止境，但对这个即将改变模样的世界，时间便十分珍贵了。

因为我在这里，荒芜渐渐淡去，生命的光彩只要不断壮大扩散，属于这里的繁华便露出了端倪。

天空不再只有那一点点吝啬的蓝，它一天比一天明亮清晰，各处的山也变出了各种奇异秀丽的形状，连高度都胜过从前，山上也不再只有冰冷坚硬的石头，各种各样的翠绿植物从最初的点缀扩散到无处不在。难怪我最喜欢这种颜色，因为只有它才是最适合的分界线，把死气沉沉的过去永远划到了过去。连乱七八糟的水洼也摆脱了潦草到丑陋的曾经，在不断的变化中产生出各种风格迥异的姿态，从此有了江河湖海的区别，碧水如镜，青山如黛，这才好看嘛。也许我自己很讨厌生命里只有一种温度，所以四季才渐渐有了自己的模样，风雷雨雪也有了正确的归宿，在自己的位置上尽职尽责，也因为它们的努力，才让这个世界繁华得更迅速。

光秃秃的地面越来越少，数不清的植物与各种有意思的小东西，都从这个活过来的世界里跳出来。

陆地上有了会蹦跳飞行的动物，丑的，不丑的，眼花缭乱，水里也有了鱼，以及别的怪模怪样的不喜欢在地上生活的家伙，它们不断繁衍、改变、死亡，在阳光雨露或者狂风暴雨下摸出了能更久地活下去的窍门，在对它们而言无比漫长的岁月里，一代又一代地壮大、进步。

世界，终于变得有点像我喜欢的样子了。

而那时的我，也跟初到时不太一样了，茁壮了许多，地下的我，根系庞大复杂，延伸到这个世界的每个角落，用我的天赋与慷慨带来更多鲜活的存在，一点一点把这片荒凉了无数个世纪的空洞之地变成值得永久停留的世界。

至于地上的我，可能还比不上山顶上那棵张牙舞爪的树那般显眼，长期低调地站在这片土地的中心，旁边陪我的，还有一片平静的湖水，每次天气好的时候，落到湖水里的光线就会把它变成一块剔透的蓝宝石，怎么看都不会腻。

"真好看啊，你看，果然没有选错地方。"

"去哪里都是一样的，我们在哪里就是哪里的幸运。"

"不见得，即便有我们支撑，也要这片土地本来就有潜力才行啊，不然哪来这四时风景，满目繁华。"

"那是你的推测罢了。没有我们，这里什么都不是。"

"你真是扫兴啊。"

"我只是比你看得更透彻。"

地面上的我，一半枝繁叶茂，生机勃勃，一半只见枯枝，片叶不生，用后来人的形容，正是"同根两生，一枯一荣"。

我早知自己会是这个模样，正如白昼之于黑夜，阳光之于阴霾，生存之于死亡，无论在这个世界还是更高更远的空间，宽阔狭窄，悲喜善恶，枯萎繁荣，所有的对立又在统一之中，万物皆有两面，左右摇摆，循环往复，且看最终要停在哪一端。

我也逃不掉这个定律。

这样也好，起码我还能自己跟自己说上话，即便扫兴，也是另一种乐趣。

我的世界越来越丰富，天地之间每天都在产生新鲜的玩意儿。

鱼长出了翅膀，还会发出鸟儿一样好听的声音，在天上飞好久都不肯落下；山林之间也多了不少庞然大物，巨齿利爪，为了果腹常常把附近的小东西们撵得惊慌失措，场面很是热闹；一到天暖花开之时，漫山遍野的花丛里便会冒出无数绒球一样的小飞虫，在花蕊之中嗡嗡地吵，但一不小心就会在离开时撞进编织在树丫之间的黏网，那是另一种有许多脚的黑色大虫子织下的。觅食是大家都很在意的事。

我的身边也常有这些会飞会跑的家伙们经过，可惜它们都不会说话也不懂交流，顶多在我身上蹭蹭痒，又或者趴在我身下小憩一阵，甚至有些讨人嫌的，还往我身上撒尿……有那么几回，幸亏我出手快，才救了它们一条命——我的另一半觉得对我们尿尿是不可原谅的冒犯，不杀不足以泄愤。

但我觉得哪至于……不就是一泡调皮的尿嘛。

我们拥有可以轻松杀掉这世上任何一条生命的能力，所以动不动就杀掉它们，这能力不就显得特别不珍贵了吗。

对这样的想法，另一个我显然是嗤之以鼻的。

我也懒得计较，但就是不许在我面前杀掉任何一个永远没有资格做我们对手的生命。

再往后，为了避免吵架，我连跟自己聊天的时间都减少了，实在想排遣一下无聊，就跟长年待在我身边的一只长了六只脚的白色虫子说话。我记得我从土下刚刚冒出头时，这只虫子便随着我的出现而出现了，一开始只有丁点大，现在已经快跟一只小兽差不多大了，除了在四周散散步，其余时间它都留在离我最近的地方，要么听我跟它讲话聊天，要么就蜷起脚睡觉。它不怎么吃东西，顶多去湖水边喝点水，偶尔也捞个小鱼尝一尝，精神好的时候，还会帮我驱赶一些不知好歹的家伙，比如乱拉屎的鸟，还有喜欢到处折断树枝搬回去筑巢的怪东西们，虽然并不需要它帮忙，但有这样一个还算通灵性的帮手在身边，日子会更有趣的。

为了把它跟其他长了六只脚的虫子们区分开来，我还给它起了个名字：虫虫。

然后我又被自己嘲笑了一通，说这也叫名字。

怎么就不叫名字了？！虫虫不是很亲切很好听吗！它自己也很喜欢的样子嘛。

那时，从离我最近的地方长出来的家伙们跟远处那些始终有些不同，它们也许模样很相似，但就是比远处那些更聪明更通灵性，我曾亲眼见过湖里的一条鱼跳到岸上，眨眼便将自己变成一朵晶莹剔透的花，在吸引一只飞虫落下来后，一口吞掉对方，再扬扬得意地变回鱼的样子回到水中；也见过两只长着灰色长毛、拖着长尾巴的小兽捡了一片落叶吹一口气，然后乘上这片叶子，轻飘飘地飞向高空；还见过一只特别高大的白毛怪，手里捏着一根不知从哪里捡来的短树枝，对着奔跑中的猎物一指，对方便动弹不得，只能由着白毛怪过来把自己扛走。类似的场面真是千奇百怪，无所不有。

我想，也许离我越近的生命，越与众不同？！

总之，各有千秋的生命越来越多，我给了这个世界"开始"的机会，然后，就由着它按照自己的意愿走下去，我也好奇它最终会变成一个什么样的存在。

真正的转折，应该出现在这个世界从孩子变成成年人的那段时间，一群由巨兽演变而来的可以直立行走的三头生物渐渐成了这片土地的主宰，它们天生强悍，力大无穷，很少生病，连蛇毒都对它们无用，脑子也很好用，不但学会了说话交流，还创造了自己的文字，我眼看着他们的数量越来越多，直到占据了整个世界。

随着他们的不断强大与进步，无数山林被他们夷为平地，只为修建起一座又一座可供他们居住的城池，那些用金属混合木材修筑而成的庞大建筑，成了这个世界上最醒目的标志。他们没有翅膀，却制造出各种可以在天空自由飞翔的工具，他们没有鱼类的本事，但只要背着一台机械下水，就能像鱼一样在水里任意游走，想留多久都可以。他们还制造出各种匪夷所思的武器，彼此间从打打闹闹发展到干戈四起，经常出现几十座城市被同时摧毁，尸体堆叠成山的场面，并且这样的状况愈演愈烈，他们的文明越发达，彼此间就越看不顺眼，各国的首领们每天想的就是如何最快吞并更多的领土，俘虏更多的奴隶，因此连累到的除了他们自己，还有诸多无辜生灵，需要被利用的各种资源被无限制地掠夺，他们根本不在意会为此毁掉多少被无数生命赖以生存的家，为了杀戮而制造出来的武器机械所产生的毒水肆意流进大部分江海，被污染的区域从此寸草不生，天地之间终日充斥着呛人的烟尘与浓雾，世界到底被他们毁到了满目疮痍不可挽救的程度。

我身边，大概是唯一能保持岁月静好的世外桃源了，幸存下来的家伙们根本不敢离开这片还清澈干净的天地，然而那些以为自己已经站在世界最高处的三头生物们，也没有打算放过我这片自留地，他们不知从哪里听来的传说，说世界中心有一棵神奇的树，只要砍掉它就能得到它体内足以颠覆世界的力量。

于是，我莫名其妙成了被攻击的目标。

他们在我设下的结界之外想尽办法攻打进来，对于那群执着到疯狂的家伙们，我也很无奈，说什么都不会有用，毕竟他们是为了一场胜仗，可以连自己的父母妻儿都牺牲掉的狂人。

也是从那会儿开始，我身体一天比一天虚弱，从不需要进食的我居然感到了难以遏制的饥饿，看着那些在离我不远处疯狂想要冲进来的家伙，我就更饿了。

原本可以好好持续下去的世界，终于被这群新生的主宰者们掐断了。

那个傍晚，我的虚弱终于到达了顶点，连虫虫都仿佛感觉到了不祥的征兆，飞快地跑到土里藏了起来。

"无可救药了啊。"

"会出现这样的东西，实在是浪费了我们的付出。"

"唉……"

"睡一会儿吧。"

我深深吸了一口气，心里很难过，虽然不是我的错，但看见自己选定的，在这般长的岁月中不断付出的世界里，最后出现的居然是这样一群让我无比失望的家伙。心真累啊，是得睡一会儿，睡一会儿……

然而，当我醒来时，眼前的一切都跟之前彻底不一样了。

钢铁城堡一座都不见了，厮杀叫嚣的三头生物们也不见了踪迹，世界上所有跟他们的存在有关的痕迹消失得一干二净，我眼前的土地，又回到了我最初见到它时的样子，荒凉寂寞，山空水浊，除了虫虫之外，我身边再没有别的生命。

那时候我的心情，跟眼前的景色是一样的，空茫混乱，没有头绪，尽管此刻的我再没有任何饥饿疲惫的感觉，身体里的力量几乎又到达了顶峰，然而还是隐隐有一丝不知是心痛还是别的什么的难受卡在那里。

"真好，又恢复过来了。"

我的另一部分却很舒心，很高兴，说话的声音也透着难得的精神与兴奋。

"这个世界已经没有了，很开心吗？"

"如果它继续下去，难受的只有我们自己，所以为什么不开心？现在的感觉不好吗？再说，这不就是我们生存的规则吗？"

我已经说不上来这感觉到底是好还是不好。

但是，规则……没错，从一开始就知道我与所有同类的生存规则。

我们拥有让一个世界开始的能力，然后以自己源源不断的生命力作为世界的"养料"，希望它能健康成长，变成一个讨人喜欢的样子。可是，当这个世界开始走入一个不好的朝向，比如自然的衰老，比如被刻意破坏，无论是"主宰者"们实际的摧毁，还是那些无法被控制的恶念，所有伤害都会通过这片遍布着我的根系、我的生命的土地，反馈到我自己身上，所以我会虚弱，会饥饿。而当我的虚弱达到极限时，我的规则就会开始启动，一场"沉睡"，远不止沉睡这么简单，它等同于对现有世界执行死刑，不但当初我给予这世界的所有生命力都会在这场"沉睡"中被我抽离出来，这么多年来诞生于世间所有活物的生命也会加诸其中，全部回到我自己的身体里。而规则一旦开始，无人可以阻止，全为本能。从此，我安然无恙，世界从头再来。

这样的规则，听起来却是又给了这世界一次新的机会。可是，机会里又有一点残忍。因为，世界无力反抗我的规则，破坏世界的人跟没有破坏世界的人都是一样的下场，曾经我是他们的养分，而现在，他们必须用自己的生命来回报我。

这样的规则，多年之后我给了它一个准确的名字——反哺。

很贴切对不对，我用自己的力量养大一个孩子，然后种种原因导致我越来越虚弱，为了活下去，我不但要把给出去的拿回来，连这个孩子都不能放过，我给了他开始，最后，又让他来给我一个开始。

所以，我是多么希望这个世界出现的所有生命都可以像我爱它们那样，爱护这片被我悉心照顾的土地，不要让它那么快地老掉、坏掉，其实如果善待它，它的生命未见得会比我短暂。

"你想得太美了，那些家伙怎么可能会像你想得这么简单。"饱含轻蔑的打击又来了，"连我们都有明暗，分枯荣，你怎么能要求那些生命跟你一样天真善良。所以，还是老老实实接受这个规则，反正我们也不算吃亏，就是末尾的时候稍微难受一下，很快就能重新再来。我们的生命是唯一至高无上、永无止境的存在。"

说得也不是不对，"反哺"对我们而言，没有任何损害，反而是最佳的保护。

可是，看到眼前的一片空白，回忆起当初处处繁华的样子，我依然觉得仿佛是失去了一件很重要的东西，也不知道在我"沉睡"时，世界变成了怎样的炼狱，所有消失的生命在最后的那一刻，发出过怎样绝望的惨叫。

幸好，还有虫虫留下了，虽然它好像害怕得发抖。

"为何你还安然无恙呢？"我既庆幸，又好奇。

想了许久，只有一个答案，便是虫虫并非因为我的到来才出现，它本就是由这片土地的地气凝聚而成的一个无形之灵，加上沾染了我破土而出的力量，才有了具体的形态，以一只虫子的模样跟随在我左右。

也是，我再厉害，也是需要扎根在土里才能发挥力量，这么重要的物质，难怪会与众不同。

不管怎样，能有一个活下来，也算不幸之万幸了。

这也代表着从今以后，无论我反哺多少次，虫虫都会好好的吧。

这样我的自责会不会少一点？！

当然了，我的自责永远会被另一半耻笑。

空荡荡的世界，又一次从一无所有开始，由少而多，磕磕碰碰地走向另一场繁华。

我开始明白，所有生命并不能在这世上得到绝对的公平，无论从智慧还是力量，以及数量，彼此间的差异总会随着时间的推移而越来越明显，跟上一回相同，甚至连出现的时间都差不多，占据世界最多位置的"主宰者"们又出现了，这一回，拔得头筹的是曾经生活在深海之中的某种大鱼，他们一代代的发展进化，居然生出了翅膀跟手脚，不但能在水中生活，在陆地上也可以为所欲为，比起曾经的三头生物，它们除了模样更丑更怪之外，智商与力量都高出了许多，陆地与海洋中都是他们建起的高大城池，他们拥有更先进的文明，从文字到科技，都令人咋舌，繁衍的速度也超乎寻常地快，对这个世界极尽索取之能事，却从不明白拿走多少便要还回去多少，世界才能好下去。渐渐地，世界可被其利用的资源越来越少，粮食、饮水都成了巨大的问题，谁都想不到一个发达到如此程度的文明，最终却因为这般原始的问题而败下阵来，为了生存，他们不但攻城略地、自相残杀，还妄图把自己的版图扩散到世界之外，结果不但没有成功，还招来更大的横祸，总之是把自己的命运损坏到跟这世界一样糟糕。

而这一次，我的饥饿来得比预想中还要早。

然后，第三次、第四次、第五次……每一次的开始我都对世界的"主宰者"们寄予厚望，可他们却只是以不同的方式给我相同的结果。

在世界又一次回到最初的模样时，我的身体虽然精力充沛，但我的情绪依然有些颓丧，又一次……未来漫长的岁月里，我是不是要一直这样反复地做同一件事，让自己的生命用这样的方式无止境地延续下去，那个我希望出现的，可以依靠自己的力量好好存在下去的世界，是不是永远都不会出现了。

当然，每一次都很开心的还是我，那个只会觉得自己比我更厉害，对这个世界影响更大的我。

可是，有一件事，只有我知道，只有我这个枝繁叶茂、喜明不喜暗的我才知道。

拿多年后流行的话来讲，大概就是出厂设置的问题了，从我诞生那一刻起，这个秘密就存在于我的意识中，谁都无法窥见，包括那个枯枝败叶的我。

可我从未想过要动用这个特权，毕竟我还是对自己一手选择的世界充满了期待，我想看到它与我一起平安度过无尽岁月的每个场面，我给了它开始，同时也把自己变成其中的一份子，我很愿意做一棵貌不惊人的树，与这个世界彼此扶持，天荒地老。

第六次，我真的希望是最后一次。

这回有点小小的意外，最终出现的主宰者居然是那么弱小的一种生物，没有巨大的力量，没有翅膀没有利爪，随便一场疾病就能取走他们的性命，可是他们居然从茹毛饮血开始，一点一点摸索出生存之道，打不过野兽就想出各种陷阱机关，没有文字就结绳记事，在对我来讲其实只是很短的一段时间里，他们学会了生火，制造各种器皿，种植各种可以食用的植物，不顾自身危险试遍所有有治病可能的药草，用自己的头脑与双手一点一滴地进步，硬是在对他们极度不友好的环境里存活下来，直到站到世界最显眼的地方，成为万物之灵长。

人，终于成就了这个世界的又一次繁荣。

比起之前的那些家伙，人的模样好像正常多了，非常符合我的喜好，一点不奇怪，也不张扬，男男女女都有属于自己的脸孔与身形，美丽的、平庸的，各有特色。唯一的缺点，大概就是他们大都很胆小吧。

每一次，我身边都会生出一些与"远处"的同类不太一样的家伙，这一回也不例外。

这一次，同样是鸟，远处的鸟就只是鸟，我身边的鸟不但会说话，还能喷出火来，同样豺狼虎豹，远处的它们就只会嗷嗷叫，不是捕食就是睡觉，而我身边的猛兽，可以直飞云端，驭风施雨，有的还能从别人的影子里看出其心中秘密，甚至还有把他人的记忆当作食物的家伙。连植物都与众不同，远处的花只能拿来看看，我身边的花，有些居然能预知灾祸。离我不远的一座山里，还有一个岩洞，虽是岩浆滚滚，却另有奇效，但凡敢跳下去，历经七天七夜还能留下性命的，无论你是鸟是兽，从此都可具备幻化成人类模样的本事。

比起前五次，这一次我的身边最有趣了。

可是，对胆小的人类来说，我以为的有趣却是他们最大的恐惧。

我身边这些家伙大多精力旺盛，能跑能跳的，免不了要到四面八方去玩耍，结果每次都把远处的人类吓得心惊胆战，它们异常的能力是普通人类无法接受的存在，人类还给了它们一个统称——妖怪。

就算是出于对人类的偏爱吧，我将身边这个"妖怪"的世界与人类生活的世界彻底分开，封闭了它的出入口，算是保护了彼此。毕竟有些没实力的小妖怪，同样免不了被人类欺负，留在这里才是最安全的选择。可转念一想，妖怪们好像并没有做错什么，这世界本就有它们一份，我硬将它们关在这里也不太公道，所以我立下规矩，此地只能进出一次，要走要留随意，但休想走来走去。从此，人界与异界这两个概念之间的分界线逐渐清晰，普通的血肉之躯与身怀异能的家伙们尽可能各安一边。但也只是"尽可能"而已，界线能限制区域，却限制不了各有想法的心。

一部分妖怪留了下来，另一部分还是觉得远处的世界诱惑更大，终是决定离开，永久加入人类的世界。人界之中从此不再只有人类与普通生物的存在，这些从我身边离开的妖怪们在他们中间扎下根来，以自己的方式繁衍生息，与人类产生的各种缘分深刻到难分难解，各有悲喜。人与妖怪，成了既不相融又不得不纠缠在一起的两种存在。不知是哪个跑出去的妖怪，大概从人类那里识到了几个字，把自己的来处称作"西溟幽海"，还说那就是"万妖之源"，我听到的时候只觉得好笑，不过是几个完全不相干的字拼凑在一起罢了，怎么就跟我身边最亲切的那片土地扯上了关系，也罢，倒是不难听，就随便他们乱传下去吧。

哦对了，这一次，我自己也凑了热闹，前几回我嫌那些主宰者实在又丑又恶，都很少出去看他们，这回不一样，我不但很喜欢走出去看看这些渺小但努力的人类，干脆还把自己的身体整个变成了跟他们差不多的模样，以一个女子的形态走出了西溟幽海，以一颗人类的心去接近他们，了解他们，并且加入他们最日常的生活里。

我实在太好奇这样的主宰者们，会带来一个怎样的未来。

现在想来，还是很怀念那段时光啊。

虽然那阵子大家的生活并不太好，连寿命都因为各种条件的不成熟导致特别的短，但他们从最差的地方开始，一点一滴改变自己生活的样子，让我莫名地安心，对我这个陌生人也十分和善，仅有的一点食物会让给我吃，还教我怎么辨别有毒的植物，希望我肚子饿的时候不至于因为乱吃被毒死。

不过，即便在那个时候，也有一部分人类多少让我不太喜欢。

准确地说，他们不认为自己是人类，他们管自己叫作"神"，即便他们最初也是诞生在这片实实在在的土地上，大约是因为运气好，吸收的养分多了一些，便有了天赋异禀的一面，飞天遁地，呼风唤雨，连寿命与智慧都比其他同类高出许多，简单地说，他们既拥有妖怪的异能，又拥有人类的心性与模样，集两者之优势而成的另一种异类，在人类还在地面上辛苦应对一切危险艰苦的时候，神已经生活在高不可攀的天界，在那看似虚无缥缈的云层上建立了自己的体系，带着一种天生的优越感，俯瞰众生。

但令我稍微开心的是，诸位天神也不都是高高在上不理人界疾苦的存在，他们之中有不少人利用自己的神力，庇佑苍生，赏善罚恶，帮助人类获得更安全幸福的生活。而人类对神的恩惠心怀感恩，不仅仅尊重，更将他们视为崇拜的对象。

那一段时间，大概是整个世界最和谐平衡的时刻了，世间不见战火杀戮，处处都是走向兴盛的苗头，人类创造出的文明是我见过最美妙的一种，我喜欢他们认真钻研各种技术的模样，喜欢他们用各种不同形状的乐器吹奏出的动听曲子，也喜欢看他们在丰收那晚的篝火前挽手歌舞，每张脸都洋溢着纯粹的欢乐，天地之间风调雨顺，无灾无祸，一切一切都是我期待的景象。

虫虫应该也非常喜欢现在这个世界，学着我的样子把自己变成一个人类，六只脚的白色虫子成了个高挑俊美的白发少年，他的离开是我鼓励的，虽然他陪在我身边的时间最长，但我早已从他的眼睛里看见了对人界的向往。

那一天，我们从人界一场欢乐的聚会上尽兴而归，找了一块河边的空地坐下休息。

隔着淙淙的河水，依然还能听到从对面传来的乐声与笑闹，无数火把的光倒映在河水上，如星河璀璨，美不胜收。

"虫虫，你很喜欢这里吧。"

"嗯。人类很有趣。"

"那就别回去了，留在这里吧。"

"您不要我了？"

"你本来就不是我的啊。你因地气而生，说起来是比我还早存在于这世上呢。"

"可如果没有您，我顶多就是一缕无形的气，比您早还是比您晚，又有什么意义呢？让这个世界彻底活过来的，是您啊。"

"比起其他妖怪，你的力量应该是更与众不同，世界既然已经活过来，人类也初成气候，你又那么喜欢人界，不如投身其中，用你自己喜欢的方式去生活，也用你的本事去让这个世界变得更好一些。这比留在我身边当一只陪我说话的小虫子有意思得多，你觉得呢？"

"可是……"

"别可是了，你看你刚才跟人类一起跳舞的样子，高兴得跟个傻子似的。你在我身边可没有这样的机会。"

"我……"

"别我了，就这么决定了。你是很厉害的妖怪，如果你想的话，可以创造出一个属于自己的族群，你的身份注定了你是最了解这片土地的家伙，能够协助我观察并且守住这个世界的，非你莫属。"

"您的意思是……要我随时注意这个世界的好坏变化？"

水声之中，忽然有我一声叹息。

"一想到这么好的一个世界，也有重蹈覆辙的可能，我就非常不舒服。"我看着一脸不解的虫虫，笑道，"我真的很喜欢人类，他们的诞生让我看到了真正的希望，我甚至想过会不会由他们来实现我的梦想。"

"梦想？"虫虫知道梦想是什么意思，但对我也有这样一个东西还不能完全理解，在他心目中，我根本不需要有梦想，因为没有我做不到的事情。

"人类不要走上奇怪的道路，不要让这个世界像从前那样坏掉。"我的视线从他的脸上回到对岸，那里欢乐依旧，"我不想再'反哺'了。"

虫虫仔细想着我的话，说："那……万一还是坏了呢？您虽然让这个世界活过来，可是之后诞生的所有生命，虽然享受着您提供的'养分'，却都是循着自己的意愿自由地活下去的，他们有的很好，有的不那么好，所以很难保证世界永远不会走到最坏的那一天啊。"

我沉默片刻，靠在身后的大树上，仰头看着明朗的星空，说："虫虫啊，你说如果我从不反哺，之前那些被我清零收回的世界，如果再给它多一些时间，它会不会又有机会好起来呢？"

虫虫想了很久，谨慎地说："可您反哺还是不反哺……实际上并不依赖于您愿意不愿意吧？那是您的本能。这世界每一处坏掉的地方，都等同于您身上的一个伤口，当伤口积累恶化到极限时，您自然而然就会……那样的。"

"是啊，那是我的本能。愿意不愿意都会发生的本能。"我笑笑，"除非我主动放开它。"

"啊？"

"没什么，差不多该回去了，今天玩得真开心呢。"

没记错的话，这就是我跟虫虫在这个阶段的最后一次对话了，回去没多久，它便离开了西溟幽海。

那天，我躺在湖水边发呆，久久不曾跟我讲话的家伙，突然冒了出来。

"你的想法很危险。"

我都懒得动一下，说："你觉得危险而已。"

"我是你，你是我，我们只是相反的两面而已，你怎么可以有'放手'的念头？"

"我们永远地反哺，永远地亲手开始一个世界又亲手葬送它，永远无止境地重复这样的行为，永远活下去……"我淡淡地问，"你不觉得这样的'永远'对我们来说是一件很可怕的事吗？"

"永远就是我们的天赋，是我们优越于万物的必要条件，也是我们的生存方式。我们来到这里就是为了让自己的生命永无止境地延续下去，世界会变成什么样，不关我们的事，何况能够借我们的力量活一回，已经是这片土地莫大的荣幸，而且是我们一次又一次给了糟糕的它重来的机会，没有我们的保护，它死了就是死了，你连这么简单的道理都不明白吗？"

我懒懒地翻了个身："对每一次被我们判死刑的生命而言，不存在重来的机会，即便重来，也与消失的他们无关，他们死了就是死了。"

"那又如何？不是他们自己的选择吗？他们就是不肯对这个世界好一些，你有什么办法？再说凭什么要求他们每一个都善待世界？有你就有我，世间永远不会只存在你那一面，这便是生命的本来面目。"

"对啊，万物本性分好坏善恶，不也是因我们而起吗，你看，我自己差点都忘了。"我笑了笑，起身走到湖水前，俯身看着倒映在水中的我自己，"可我还是觉得这样的生存方式没有继续的必要了。我们究竟是在保护这个世界，还是一次又一次把它推入绝境，是我这些天一直在想的事。五次，五个世界的生命，在我们手里消失，如果继续下去，十个、一百个世界，只要我们还会反哺，它们都不会有区别，我们也不会有区别，不过是踩在无数尸骨上延续无尽的生命。"我蹲下来，手指从水面划过，"我们可以决定他们什么时候开始，但不应该决定他们什么时候结束，孩子长大了，什么前途什么命，该是他自己来决定了，他活得不好便掐死他，这算什么呢？"

"呵呵，你偏爱人类。"

"是我偏爱自己。"我笑看着荡漾开的水面，自己的脸在里头碎开又拼凑回来，"每一次的反哺，我并不好受。无止境的生命如果不能每天都很愉悦，拿来又有何用。"

"那只是你，我很愉悦，每一天都是。"

我摇摇头，问："你有没有想过，为何从我们诞生那一刻开始，那个秘密就只有我知道，而你即便跟我同一个身体，都无缘得知？且就算我说出口来，你听到耳中的只是混乱的嗡嗡声，写下来，你看见的也只是一片空白。"

对方答不出来，只有长时间的沉默。

我感受到身体里的那份紧张局促与难以抑制的恐惧，属于我也不属于我。

"其实我也没有答案。或许把我们带到世上的人，更偏爱我吧。"我笑笑，"我们并不是永恒的存在，只要我们想，随时可以停止。"

"你休想！虽然我不知道那是什么，但我感觉到那东西已经快出现了，就在这个世界。你……"

"我觉得你最好还是不要跟我待在一起了，不然我的想法难免惹你生气。"

"你想做什么？"

"抱歉。"

那一天，世界上所有生命都感受到了一阵剧烈的震颤，地面上无故多出了许多巨大的裂纹，晴好的天空也变了颜色，连云朵都差点要掉下来似的。

撕裂自己并不太容易。

我终于看到了我的另一面，一团云一般稀薄的黑影。

"你居然把我赶出来？"它愤怒了，在我面前变换出狰狞的形状，"我也是你啊！你怎么能蠢到连自己都不要了？"

我不觉得疼痛，只觉得身子仿佛空了一半，有些飘忽，起不来，只想好好躺上几天。

"我能不要你，你却不能不要我，要是我，我也会生气的。"我笑出来，"我虽然蠢，但的确是被偏爱的那一个。"

"你以为这样我就不能干涉你了？"

"我只是不想再与你共享我的所有心思。"

它冷笑："你赶走我，不让我知晓你的心意，可你同样无法再洞悉我的心思了。"

"不需要的，我只要知道该去找谁就可以了。"我伸了个懒腰，"除了这些'偏爱'，你我原本的力量也并不均等，我始终强过你一头，如今你被赶出去，更加做不了什么，倒不如放松心情，四处走走看看，也许有一天你会觉得我的选择并不是那么糟。"

"你当真要这样？"

"当真的。"我闭上眼睛，"这世界在我们手中已经够久了。"

没有回应。

再睁开眼时，它已经不见了。

我慢慢从地上坐起来，眼前的世界稍微有些摇晃。

偏爱……其实那不算偏爱吧，不过是把一个终极的选择权留给了我而已，也许创造我的人觉得由我来做这个决定，正确率会更高一些，又或者……这个人也并不认为以这种方式获得永无止境的生命是一件愉快的事情，不然，大可不必让我有这个选择的机会。

所谓"偏爱"，所谓那个最初的"出厂设置"，便是我生来就比另一个我多一项本事——我的身体里有一颗可以看穿世间万物弱点的"心"，它比镜子还清楚，有它在，我可以轻松地对付我想对付的任何目标。用尽各种方法都不可战胜的巨兽，其实只要一块寒潭最底下的冰块就能要它的命；一个看起来连刀都砍不伤他的强壮人类，只要一丁点花粉就会永远倒下去……总之无论是妖怪、人类还是鸟兽，无论表现得多么强悍，都有致命的弱点，只是这个弱点可能一辈子都不会被人发现罢了。而我的这颗"心"，不仅仅对别人有用，对自己也有同等效力。

简单说吧，我生来就知道什么东西是我的致命弱点，能够杀死我这般本可以说是没有弱点的强大存在的，只有两件东西。

只要找到这两件东西，这个世界就可以永远脱离我的掌控。

找到这两件东西一点都不难，只是需要等待，毕竟他们出现的时间会比我晚许多。

我不止一次在虚空中见到过他们的模样，也常常会想象有朝一日我出现在他们面前时的种种场景。

这便是另一个我费尽心机都想知道的秘密，如果被它知道这两件东西，恐怕我就会永远失去放手的机会了。

好在它不会知道，永远不会。

我站起身，看着身边这片平静的土地，心中有几分释然，再等一些时候吧，等到东西出现的时候，我便可以将这个世界交还给你们了。

一阵风吹过，簌簌作响，大概只有它听到了我心里的声音，并且表示了赞同。

现在开始，我是彻底的一个人了，得珍惜这段绝对自由的时光。

几十年，也可能是几百年之后，我终于等到了第一件东西。

一个孩子，长相很可爱，但他其实不是孩子，而只是一把弓的"灵"，明明很有本事，却常常被欺负，一受了气就拿起弓，任何东西在他手中都能化作利箭，被他锁定为目标的，箭会一直追杀对方，不死不休，危险得很。但我知道他并不邪恶，只是有点孤独而已，我将他带到人类的村落，希望那些友善的人能让他享受到朴实的快乐与温暖，他很喜欢我，管我叫姐姐。本来说好了要常去看他，可是，我最终还是违背了约定。

因为，天界出了麻烦。

十二天神们被一股神秘力量蛊惑，身上的弱点被无限放大，终是失了本性，然后接二连三干出了为祸苍生的恶行。

我知道是它的杰作。

它虽然缺少我的本事，但它根本不需要看穿对方的弱点，只要用它阴暗的力量去腐蚀对方就足以造成严重的后果，初代天神因为诞生的时间不算长，所以没有想象中那么强悍，意志稍弱一些的话，自然难以抵抗它的攻击。

而它比我想象中更精于算计，知道自己被赶出来后，没有我的身体支撑，力量更是大不如前，它的目的如果是想尽快破坏这个世界，以触动我反哺的本能，利用世界的又一次覆灭来成全自己的生命，那么以它现在的能力来说，实在太难完成，所以它不会蠢到对世间万物直接下手，而是将有限的力量全部放到天神们的身上，借他们的手来大肆破坏，事半功倍。

虽然它想得很周全，但这样的伎俩，我还应付得了。

我找来世间十二块石头，对应十二天神被放大且恶化的弱点，将无法自拔的他们一一收入石中，然而他们毕竟是被它的力量所影响的神，我担心仅靠十二块石头的力量并不足以降服并净化他们，所以我将我的那颗"明镜心"一分为十二，化进石头之中以生克制，这样可保周全。

反正，我已经不需要它了。

我将十二颗石头交给天帝的继任者，要他寻个最寒凉隐蔽的地方收藏起来。还告诉他，让石头们安静地待着就好，待到里头的前天神们恢复了正常，石头自会将他们释放出来，到时候你再将石头聚集在一起，以我教给你的咒语召唤出那颗"明镜心"，如果那时我还在，这颗心自会显现我的位置，你送它回来便是，但如果我已经不在了，便将它赠予你，希望你好生保管，善加利用。

这个即将登上帝位的年轻人，是天人两界唯一知道我身份的家伙，对我无比崇敬。

而我对他的要求是，永远对我的身份保持缄默，同时我也非常真诚地嘱托他，待到我离开后，他就是这个世界最大的支撑，希望他像爱护自己的生命一样去爱护这个世界，让它尽可能地美好下去。我记得那天他哭了，跪下来向我保证一定会做一个称职的神。

我信了。

临别时，他求我一定要送他一件可供瞻仰的物件，纵是不能告诉他人，他也会永远铭记我为这个世界所做的一切。

好吧，虽然我觉得没有什么必要，但我还是送了他一根树枝，看着他亲手将其种在了天界佑生河畔。

树枝落地成树，仍是同根两生，半枯半荣。

他让我给这棵树起个名字，我说我不太会取名字，你非让我取，我也只能叫它树树……

他略显尴尬，说自己曾见过一种也是半枯半荣的树，被称为裟椤，既然您不愿暴露身份，就以此为名吧。

随便吧，一个名字而已，叫什么都可以。

自天界回来后，我以为自己可以休息一阵了，解决这场危机，着实消耗了我不少精力，现在居然有点怀念曾经在西溟幽海发呆的悠闲日子。

只是我万没想到，我盼望的"休息"居然以另一种意想不到的方式降临到我身上。

我被偷袭了。

西溟幽海里有三个最奇特、本事也最大的妖怪，兄妹三个，两个哥哥一个以影为食，还能从影子里窥见秘密，一个以他人记忆为食，而妹妹一旦起了憎恨之心，一只手就能让讨厌的人消失。但它们本事虽大，却向来安分守己，尤其弟弟妹妹，性情十分温和。

然而，在我最疲倦正昏睡之时，我居然成了它们的目标。

我至今还记得它们红得异常的眼睛，以及它们不顾一切的攻击，还有从它们身体里飘浮出来的污浊黑气。

早该料到是它又来了。

我短暂的虚弱，成了它千载难逢的机会。

喜欢吃人记忆的弟弟终于在混战中咬住了我的手臂。

它比我想象中的本事还要大，这一次的世界，不止身为主宰者的人类与众不同，连西溟幽海生出来的妖怪们都比之前的五次厉害得多。

倒也不该怪它们，毕竟促成它们诞生的力量，是我自己给出去的。

只是被它利用了，我就很生气了。

可是生气也没有什么用，我眼见着这只妖怪嘴巴一动，脑袋向后一甩，不但我的身体被甩出去，同时被甩出的，还有一团不断变换形状的斑斓彩光，只有细微的一丝从里头延伸出来，连接着我的脑袋。

"比起破坏这个世界，我更愿意你不是你。"

你……不是你？！

这是我听到的最后一句话。

我最后看见的场景，却是那团彩光被狰狞的黑影撕扯成了三块，落进那三只傀儡般的妖怪身上。

最后的那一丝牵连，终于跟我彻底脱离开来。

我的世界，一片空白。

我确实不再是我了。

当这个身体清醒过来，重新拥有了认识这个世界的能力时，我对自己崭新而笃定的认知是——

我是一只树妖，生于漫天飞雪的十二月，浮珑山巅。

◇肆◇

房间里安静得出奇。

一颗瓜子从敖炽的嘴巴里掉出来，落到桌子上，又跌到地上。

天帝与左右是最不诧异的两个，他们的沉默，仅仅来自听完这段完整故事的沉重心情。

龙王们呆若木鸡，只有无藏青霜还有能力吐出一句"怎么可能……"

九厥恨不得把手里的茶水浇到脑袋上让自己清醒一下，但他还是尽力让自己不要那么疯狂，死死地盯着我："每个字都是真的？"

缩在小板凳上的碗千岁连大气都不敢出一口，已经送到嘴里的花生连嚼都不敢嚼，硬是囫囵吞了下去。

最应该疯狂的敖炽，却只是俯身默默地把掉在地上的瓜子捡起来，在手里笨拙地剥起来，却接连两次都把瓜子掉回地上，又捡起来，边剥边笑："我老婆居然这么厉害……这个世界都是她的……万一我跟她离婚了，世界是不是一人一半儿呀？算夫妻共有财产吧？哈哈哈。"

"咚！"

敖炽脑袋上挨了重重一下，龙王一脸严肃道："浑小子，胡说八道也不看看场合！"

"放肆也不看看对象！"一贯散漫的圆月川都变得拘谨起来，狠狠瞪他一眼。

所有人都有那么些失态，只有甲乙稳得像块石头，放在窗台上的茶早已没了热气。

其实，根本不需要我的肯定，他们也明白我说的每个字都是真实的。

如果我不是我，现在这一屋子的人不会有机会好端端地坐在这里喝茶了。

被我轻易化解的任何一个麻烦，对他们都是灭顶之灾。

一只寻常的树妖再厉害，也厉害不到这个程度。

我是让这个世界活过来的源头，只要我回来，我便是这世上最强大的存在，没有人会是我的对手。

除了我自己。

"我寻了您好多年……"左右艰难地开了口，"您的气息突然从世间消失得一干二净。我里里外外地找，上天入地，都没有结果。西溟幽海的位置也随着您的消失而改变，连我都寻而不得。我不知道发生了什么，但我一直记得您那时对我说的话，要我时刻观察这个世界的变化，我的族群越来越壮大，千万年来虫人们遍布地面，干的是买卖消息的事，却也因此没有一刻放松过对这个世界的关注，好在大部分时候都不坏，只是最近一百年来，世界以一种异常快的速度损坏着……"他看着我，眼眶有些红，"我不相信您真的消失了，您是比神还厉害的存在，您说过您喜欢这个世界，所以我总觉得有一天您一定会回来。"

"难为你找我那么久。"我抱歉地冲他笑笑，"是我大意了，万没想到自己对自己的偷袭居然成功了。被抢走记忆的我，很容易被赐予另一重身份，它虽然不及我的本事大，但这件事是能做得到的。我与上官羚且算同病相怜吧，都像那个视频里的倒霉家伙一样，被蒙住眼睛拿钢笔当烙铁。他认定自己是普通人，我认定自己是一只寻常树妖，我们都在自己认定的身份里，活出了完全对应身份的未来。"我深吸了一口气，笑道，"现在想来，恍若梦一场。"

说罢，我回头对听得目瞪口呆的青童说了一声："再去烧一壶热水来吧，大家的茶都凉了。"

"好……好……我马上去！"青童慌慌张张地跑进厨房。

"怎么能算梦呢……"敖炽仍然笑着剥瓜子，目光却不往我这里来，更像是自言自语，"我们遇见，吵架打架，你不吃不喝寻死，我逼你活下来……那么难那么难我们才在一起……结婚生子……你是真的，浆糊未知是真的，我们一家四口在一起的每一天都是真的。"他突然抬起头，一拳砸在茶几上，用了多年的无比厚实的它四分五裂，茶杯盘子瓜子跟着粉身碎骨，他在一片狼藉中猛地站起来，吼我，"你怎么能说这样的经历只是一场梦！你是不是饿傻了？！"

房顶都差点被他的爆发力掀翻了。

"啊，我去厨房帮忙！"碗千岁赶紧一溜烟跑了，生怕敖炽的怒火误伤自己。

龙王与圆月川赶紧抓住敖炽的胳膊，防止他再做出任何疯狂的举动来，同时跟我说："别同他计较，他才是傻了的那一个。"

我笑着摇摇头："你们不必那么拘谨，我虽然回来了，可并不代表老板娘就消失了，我是我，老板娘也是我。"我真诚地对龙王道，"我仍是您老的孙媳妇，是敖炽的妻子，是浆糊未知的妈妈。敖炽吼我，应该的，我一点不生气，这件事放在谁的身上，都很难平静，倒是你们突然放低自己，反而让我不舒服了。"

"他们不是怕你一个不高兴就把龙族清零了吗。"无藏青霜还算坐得很稳，看来最初的诧异已经消化了不少，瞟了我一眼，"可我还是那句话，无论你我实力相差有多大，只要你对我龙族不利，我不要这条命也要与你斗到底。"

我笑："放心，你的命会好好留下来的。你知道我不是龙族的敌人。"

无藏青霜冷哼一声，不再说话。

稍微平静下来的敖炽从两位龙王手里挣脱出来，上前用力抓住我的手："别的我不理，我只认那个骂我丑八怪的家伙是我老婆，只认她！"

"你没认错啊，我一直在你面前。"我抽出手弹了一下他的脑门儿，嗔怪道，"我此生就嫁过你一个，你想认别人当老婆都不行。从前现在……"我本来还想说"以后"，却卡在这里。

以后，有以后？

"从前现在怎样？"敖炽不依不饶。

"从前现在……包括以后，你都不可能有认错老婆的机会。"我笑道，"我们会一直一直在一起。"

"真的？"敖炽不太相信，"你如今……我意思是你出息了，也愿意跟我一直一直在一起？"

"东海孽龙几时变得这么自卑了？"我哈哈一笑，"你要是这副模样，我可就不要你了。"我顿了顿，握住他的手，认真道，"此生与你相遇，结成夫妻，无怨无悔。"

他一愣，松了口气："这我就放心了。"

"我不会不要你的，再说世上有哪个姑娘能忍受你的种种恶习。"我朝他做个鬼脸，"不只有我这样海纳百川的胸怀才能接纳你嘛。"

"好好好，今天你说什么我都不反驳。"

"你这样我不太习惯……"

"当着那么多人面呢，你五行缺骂是怎么的？"

"……"

其实，我知道他装得很辛苦……就好像真的什么都没有发生，过了今天我们仍然会跟从前的任何一次重逢一样，开开心心地迎来每一个明天。

我那么明白地说，我曾经在等两件可以让我对这个世界"放手"的东西。

彻底地放手……

而我还没有告诉他们，除了那把弓，我要等的第二件东西早就出现了。

这时，一直在楼上玩耍的三个小家伙听到刚刚敖炽搞出来的动静，"噔噔噔"地跑下来，看着客厅里的一片狼藉，未知惊讶地问："你们打架啦？"

"傻丫头，当然没有啦。"龙王一看到这个小丫头，立刻一脸宠溺，上去把她抱起来，朝敖炽努努嘴，"你爸剥瓜子的力气太大了，把茶几弄坏了。"

"啊？"未知瞪大眼睛，"我还以为我爸只有在切西瓜的时候会把桌子砍坏呢，他怎么这么不小心呀，茶几坏了又要花钱买！"

"你爸买不起吗！"敖炽气急败坏道，"好的不学就学你妈斤斤计较！"

未知朝他吐舌头。

所有的坏心情都被小丫头赶走了。光是看到她表情丰富的脸，我的心就柔软得一塌糊涂。

"不用买新的吧。"浆糊一本正经地检查了一下现场，四下看看，视线锁定甲乙，喊道，"甲乙叔叔，你会修的对吧？以前家里有东西坏了，你都能修好的，对吧？你最能干最聪明了！"

甲乙才是大梦初醒的样子，也许只有浆糊有这样的面子，可以得到他的回应。

他转过头看着浆糊，挤出一个难得的笑："你也能修得好的，你也很能干，很聪明。"

"我？"浆糊撇撇嘴，"我可不会修茶几。"

"你以后会的。"甲乙说。

"回头我来试试吧。"五子棋拍拍浆糊的肩膀，"我以前无聊时学过一些木工活儿的。"

"真的啊？"浆糊顿时来了精神，两个孩子热火朝天地聊开了。

"浆糊，你跟未知带五子棋去院子里逛逛吧，去家附近的超市夹娃娃或者吃东西也行。"我拿出一点钱塞给浆糊，"也让五子棋熟悉一下地形。"

"好！"

两个小东西立刻拉起五子棋跑得无影无踪，像三只快乐的小猪。

我感叹地看着他们的背影，说："要是你们永远不长大该多好。"说罢，我又转向甲乙，笑道，"你说是不是，我的……长大的浆糊。"

敖炽差点摔在地上。

抱歉啊亲爱的，我知道现在再扔个炸弹给你，你可能会受不了，但真相已经在面前，我必须让它走出来。

"你再说一遍？"敖炽盯着我的嘴，却生怕我给出他不愿意听到的答案，"你叫那个混球什么？"

我不回答他，只看着甲乙："要不，你亲自来跟你爸说？"

敖炽的血管可能都要爆了……连龙王都一屁股坐在沙发上，惊诧的目光在甲乙与敖炽之间来回转。

甲乙却不想过来，仿佛是粘在窗边的椅子上了一样，连看都不愿意往这边看一眼。

是不屑还是不敢，是大事未成的遗憾，还是埋藏已久的愧疚，不知他此刻的心境复杂到了怎样的程度。

"你知道我不是这里的？"他没头没脑地问了一句。

"在雾海时我就明白了。"我走到他身后，一只手轻轻放在他勉强挺直的背上，"你初来到我身边时，我对你便总有些异样的感觉。你总刻意表达出对我们的疏离，却又偷偷地亲近，看起来并不在意我们的安危，却又在最危险的时候尽力保护。所以即便你在最后做出那样的事情来，我内心仍旧抗拒承认你是我的敌人。之前我一直弄不明白对你的感觉为何会那般微妙，现在明白了，无论你切入我生活的方式多么荒谬，血脉亲情都不会断，哪怕它被你刻意弱化成一条弱不禁风的丝，你也无法令它从我们之间消失。"我顿了顿，轻轻抚着他的背脊，"不要再伪装了，你已经够累了，看到你这样，我比谁都难过。"

他咬紧嘴唇，背脊微微颤抖着。要不要把已经被揭开的面具彻底脱下，他在做最后的挣扎。

"他怎么能是浆糊？！"缓过气来的敖炽直接从沙发上跳过来，落地时差点摔一跤，惊诧到凶恶的眼神几乎要把甲乙吞下去。

"也不只是浆糊。"我停在甲乙背上的手突然加重了力气，要从他身体里抓出什么似的，用力朝外一拽。

嗞！

一声微弱的呻吟从我手下冒出来。

众目睽睽之下，一团比鸡蛋略大一圈的黑影从甲乙的身体里被我抓了出来，然后像一团即将融化的冰激凌一样，在我的手中无奈地扭动。

甲乙脸色骤然煞白，身子一软，整个人仰倒下来，幸好敖炽一步上前挡住他，才让他继续安全地坐在椅子上。

免了他脑袋撞地的危险，敖炽立刻嫌弃地缩回手，自己骂了自己一句："有病啊……救他干吗？！"一边骂，一边又情不自禁地注意着甲乙那头的情况，生怕他再失了神智摔下来。

"我没事了……"甲乙深吸了几口气，脸色稍微恢复了一些，眼睛不敢看敖炽，低着头沉默了半晌，才小声吐出一句，"爸，对不起。"

敖炽怪叫一声，无处安放的双手在头上乱揉一通，恨不得把自己的头发都揪下来似的。

"我哪有这么大的儿子！"他像个神经病一样原地转圈，"你那个讨人厌的鬼样子哪里长得像英俊非凡的我了？！"

"我……像我妈。"

"不！"敖炽简直要哭出来了，吼道，"你哪里像……"话没说完，他投到甲乙脸上的目光停了下来，瞅了甲乙许久，才哭丧个脸道，"好像还真有点像……"

满室惊诧。

除我们之外最合不上嘴的便是九厥，他只能做到比敖炽稍微镇定一点，看着我，小心翼翼地伸出手，指了指甲乙，又指了指自己："我是……他干爹？"

我点头，用最笃定的眼神给他信心。

九厥整个人都垮到沙发里，捂着额头望着天花板，喃喃道："血糖突然有点低，容我缓缓。"

龙王也不太妥当的样子，竭力稳住自己一贯的威严，挺直背坐在圆月川跟无藏青霜中间，说："给你们一个机会，一人给我一拳，如果痛，那就是梦。"

碗千岁从厨房门后探出脑袋来，冲龙王喊了一声："不是梦，我什么都没做！您老就别白挨打了！"说完又赶紧缩回去，还把准备出来的青童拉住，劝她别在这个时候拎开水出去，小心造成事故。青童觉得有理，两人便一起鬼头鬼脑地蹲在门后观察外面的情况。

这样的相认，跟我预料中一样鸡飞狗跳。

我盯着手里那团玩意儿，叹气："这些年你也不好过吧，都瘦成这么一团了。"

"你……你……"它发出的声音无比虚弱，勉强听得清楚，"你怎么能醒过来呢！怎么能醒过来呢！"

我像拎一只鹌鹑一样把它拎到自己眼前："如果你不是我，我真恨不得把你碎尸万段，挫骨扬灰。可惜你是我，我还在，你就在，无解。"

裟椤

它味味地笑起来："果然被偏爱的都有恃无恐……遭受了这个世界带来的同样损伤，你还能好端端地站在这儿，而我只能以这面目苟延残喘。"

我冷笑一声，手一松，它吧唧一下落在地上，跟个摊坏了的煎蛋一样，一点体面都保不住。

"你还真是一点力气都没有了。"我蹲下来同情地看着它，"如果没有我家浆糊的身体做你的保护伞，你现在的情况只怕要糟糕痛苦百倍。"

它尝试着从地上爬起来，但只是徒劳，没办法，只能继续做一个黑乎乎的煎蛋，趴在原地笑出来："就差一点点！一点点啊！哪怕再多给我一个月的时间，你就输了。不，不是输，是我们又赢了才对。"它笑着笑着就哭喊起来，"我是在救你啊！我在救我自己啊！你为什么要这么糊涂呢？！为什么明知结局那么坏还要坚持走下去！"

"原因我不是很早前就告诉过你了吗。"我叹气，"我们看似一次又一次给这个世界重来的机会，可真相却是，我们一次机会都没给过它。我们所谓的付出，不过是独特又自私的生存方式罢了，若我们真的那般伟大，给出去的东西又怎会不顾一切抢回来，世界会变坏会生病，但那并不该是我们随意切断它的理由。无论你认可与否，我们的本能才是对这个世界最大的灾难。"

"你疯了！"

我笑笑："能比你还疯？居然偷袭自己，不但把我的记忆分到三只妖怪身上，还彻底篡改我的认知，把我扔到浮珑山上当一只傻乎乎的树妖。"我想了想，"你会选那兄妹三人作为'容器'，是认定了它们三个是吸收了我最多力量的西溟幽海的第一批妖怪，生命力极度完美，除了我自己，没有人可以杀掉它们，而只要我还是'树妖'，就算与它们狭路相逢，也不能杀掉它们拿回我的记忆。所以，世上再没有比它们更好的选择了。而它们本来好好地待在西溟幽海之中，后来却被人诱惑出走人界，也是你干的对吧，你越来越心急，希望这世界坏得更快一些，所以干脆放它们出去帮忙，以它们的破坏力，怎么也能让你希望的那一天来得更快一些。"说到这里，我摇摇头，"可你算漏了一点，能杀掉那三只妖怪的，并不止我一个。"

"呵呵，是啊，千算万算没算到这个。"它笑得遗憾又有些凄凉，"可你真的以为这个世界的崩坏，从头到尾只是我的作用吗？你觉得仅仅靠我在天界人界中做的那些事，就能让这个世界变成今天这副模样？"它沉默片刻，"你太低估人心了。或许我能让一个人越来越坏，但那也是'越来越'而已，那些家伙本来就善恶不定，我只要稍微做点什么，他们就忍不住暴露出最难看的一面了。你不是没有见过他们败坏起来是多么可怕，前五次有哪次不是如此？"

"所以你才一手创出4E，就是为了对尽可能多的人'稍微做点什么'，你引诱不够坚定的人走向堕落，制造以及改造出无数根本不该存在的妖怪，再利用他们去伤害更多的无辜者，伤害整个世界……"我皱了皱眉头，"你这么做，会让我一步一步走到'反哺'之日，可你自己也会越来越虚弱，加上你无法回到我的身体，所以受到的损害会比我更大。如此辛劳痛苦，即便得逞，第七个世界如你所愿地开始，你以为你还有机会像这次一样偷袭我吗？我的想法不会改变，无论第七个还是第八个世界，最终我都会做我应该做的事。所以你做这一切根本没有意义！"

"你也算不清楚账了吗？"它笑我，"我说过的啊，虽然我不知道我们命中的'克星'是哪两个，但我知道它们已经出现了，所以我做的一切并非没有意义，只要我成功，唯一能让我们离开的条件自会随着这个世界的清零而消失，此后，就算你还有这样的想法，也无人能帮你实现了。"

我微微一怔，旋即故意做出松了一口气的样子："可你终是一步之差，满盘皆输。"

它试了好几次想从地上爬起来，可始终只能丑陋地蠕动几下。

我瞧着它这模样，心里不太舒服，讨厌归讨厌，地上那一块怎么说也是我自己，虽然它真的很难看。

"我很想赢的。"甲乙……不，浆糊，慢慢走过来，蹲下身把地上那一块捡起来，捧在手里。

他这句话，我听得又生气，又心酸。

"它不值得你把它捡起来。"我说。

"没有它，我现在仍旧孤身一人，在你们留下的世界里，看别人的万家灯火，相亲相爱。"他抬起头，眼眶有些发红，骤然陷入悲哀的视线忽然落到天帝身上，脸上由悲而怒，一手指着他，咬牙道，"就是你！是你害死我至亲！令我余生孤苦漂泊，再不知快乐为何物！"

"大胆！"龙王虽然听得一头雾水，但也赶紧制止他，"你这孩子怎可对天帝如此无礼！"

天帝虽然莫名其妙，但好歹不能丢了气度，朝龙王摆摆手："龙王勿怒，且听他说吧，我自己都好奇他对我的指责从何而来。"他看看我跟敖炽，又问他："虽不知其中原委，但既然说你是那二位的儿子，那你至亲此刻不好端端站在面前，何来我害死他们一说？"

"我回来了，你才没得着机会！"他冷冷道。

敖炽在变成秃头之前，从牙缝里挤出字来："你到底是怎么来的？"

他低下头，沉默片刻，说："我不是这里的。我是从此刻算起的五十年后的浆糊。"

不停的围墙加房顶又差点被众人的惊诧掀翻。

虽然我已经大概猜到了，可从他嘴里确定地说出来，我的心还是跳快了一拍。

他抬头，再次看向天帝："你父亲亲口答应了我妈，要永远保守她身份的秘密，要稳妥收藏十二神石，直到净化完成再物归原主。他做到了吗？"

天帝的脸色微微一变，没有回答。

"上一次的现在，我虽然年幼，可我亲眼看见这个人带领他神兵营的爪牙们冲到了不停，那时，他手托着一个很像人心的光团，看你的眼神又惊喜又阴毒。"浆糊看着我，即便是回忆，他也因为巨大的愤怒而微微颤抖，"然后我眼睁睁看着他的人把你跟我爸带走了，九厥干爹跟他们拼命，打不过，也被抓走了。第二天，曾祖父匆匆而来把我跟未知带回了龙域，我问他爸爸妈妈去了哪里，他不告诉我，只让我跟未知好好留在龙宫。可我偷听到他跟别人说话，说天帝要杀掉我妈，要调动东海龙宫全部兵力杀上天界救人。我跟未知又生气又害怕，我妈那么好，怎么会有人要杀掉她？我知道曾祖父不会带我们去天界，所以我们偷偷藏在一辆龙族的战车里跟着他们去了天界。"他越说情绪越低落，"那一天，我见到了我生命里最大的一场恶战。天界之外，不止曾祖父的军队，还有好多我认识跟不认识的妖怪，它们说，如果不把老板娘还回来，它们就把天界变成炼狱。然后，就打起来了，三天都没分出胜负，但我们这边大概是因为太不要命，居然隐隐有了赢的趋势。可没想到的是，他们耍赖！"他忽然又朝天帝投去恨恨的一瞥，"他让天界下了一场形状像羽毛的'雪'，我听到有人说'不好，是妖怪止羽！'，然后局势突然逆转，无论是他的手下还是我们这边的人，一个接一个地无法动弹，包括我跟未知在内，都被静止了一般失去意识，而我看到的最后一个场面，是他以一个胜利者不可一世的姿态，朝我们走过来。"

他越说，天帝脸上越茫然，面对其他人投来的目光，他甚至无奈地表现出"我没做，跟我没关系"的无辜。

"当我再次感受到时间的流动，从一片空茫中恢复意识时，我已经在地面上，在我走过无数次的，通往不停的巷子里。"他继续说下去，神情黯然，"我看着站在我面前的那个高高在上的人物，第一次感受到了恐惧与绝望。未知躺在我身边，睡着了一样，怎么喊都不醒。四周没有一个人，连街灯都是熄的。他就那样似笑非笑地看着我们。我问他我爸妈在哪里，我曾祖父在哪里，未知怎么会这样！他说未知太调皮了，没有伤害她的意思，她却朝他乱喷火，太危险，所以还是让她一直睡下去比较好。"

他的语速很平缓，每个字都说得清清楚楚，然而越听下去，我的心跳就越快。

"我又问他我爸妈跟曾祖父呢，还有我九厥干爹！他却说，以后你自己照顾好自己。"他停顿了许久，才继续道，"听到他说这样的话，我虽然不是很明白，可突然就觉得心头好难过，好像有刀子把我的心切碎了一样，我跳起来抓住他乱踢乱打，他不躲闪也不阻止，只对我说，你也不必恨我，你还能看见这个活色生香的世界，是要感谢我的。说罢，他就不见了。"他又朝天帝投去仇恨的目光，"没有谁比我更恨他了！"

天帝的表情更无辜了，他尴尬地朝众人一摊手："虽然听起来很无情，但我真没有这么做过。"

"曾经的你是这么做的！"浆糊长长吐出一口气，压抑许久的苦楚今天必须释放出来，"我背着未知回到不停，曾经热闹的家，冷冷清清，没有一个人出来迎接我，我想起来了，包括纸片儿在内的所有人都去了天界，都没有回来。"他揉了揉眼睛，想着要怎么用几句话说尽几十年的悲痛，"一天，一年，十年，你们彻底消失在这个世界上，连东海龙宫也一片凋敝，我感受不到任何你们还活着的气息。未知比较幸福，起码她一直在睡觉，也许在她的梦里还能一家团聚。我无数次希望我的感觉是错的，你们都还活着，只是被天帝关在谁也找不到的地方，等我长大了，等我足够强壮了，我一定把你们都带回来！可是，我不断努力，不断寻找结果，得到的却只是从天界流传出的对天帝的称颂，他们说这个世界是从一棵邪恶的妖树上长出来的，一旦妖树寿命将近，就会将全世界的生命吸食殆尽，供其重生，是天帝找到了这棵妖树彻底摧毁了它，包括它的同党与拥趸，也一个都没放过。"他眼里泛起泪水，"我不相信，我一个字都不相信，我妈不是邪恶的妖树，她是比我还爱这个世界的人，我爸不是她的同党，是她最爱最珍视的丈夫，九厥干爹他们也不是她的拥趸，是她永远的朋友。"他狠狠擦去差点掉出来的眼泪，"可是我能做什么呢？没有人会在意一个来历不明的小子，能帮我的人都不在了，剩下的那一些，已经彻底拜倒在天帝脚下，他真的站在了这个世界的最高点，无人能够威胁他，从此高枕无忧。而我呢，每一天，除了在不停里给几十年都没有长大的未知洗脸梳头，活得几乎是一个废物。每到热闹的节日，我看着街头那些在父母怀中欢笑的孩子，就会认真把自己的过去回想一遍，生怕忘记了任何一个细节。我跟未知也曾经是有爹妈疼，会笑得这么开心的孩子呀。"

他终是说不下去了，转过身去把脸朝向窗外，不想让我们看到他现在的模样。

我走上去把他紧紧抱在怀里，眼泪夺眶而出："抱歉，让你吃了那么多苦……抱歉。"

他终于伸出手，像小时候那样搂住我，把脸埋在我的肩膀上，哽咽道："妈，我做梦都想这样再抱你一次。"

我的眼泪根本止不住，喉咙哽到发疼，只能用力点头。

这时，另一双更有力的手把我跟他都拢了起来。

敖炽吸着鼻涕的声音在我们耳畔响起来：“虽然我还是没完全弄明白，但是你说的这些，每个字听起来都跟捶在我心口似的，疼得要命，你这小子本来就不讨人喜欢，现在我更烦你了！你真是我家浆糊？！”

浆糊被他逗笑了，说：“爸，你跟我记忆里的样子一模一样，一点不差。”

“臭小子！”敖炽忍不住拍了一下他的脑袋，“回来也不说一声！”

一家三口，居然哭作一团，才不管周围的人现在是什么表情。

哭够了，他才直起身子，表情又难过又高兴，揉着被拍疼的脑袋说：“我要是说了，就办不成事了。”

“它究竟做了什么？”我擦掉眼泪，看着他一直捏在手里的家伙，“按你所说，如果那时我已经不在了，那么也不可能有它的存在，五十年后就不可能有人教你动用西溟幽海的力量。”

“说出来你们可能觉得匪夷所思。”浆糊犹豫片刻，说，“那天，我收到了一个叫什么PKD三界宅急送快递送来的五十多年前的快递，收件人是我，寄件人写的是‘至亲’。”

“五十多年前的快递？”我一愣。

“是一封很长的信。”他说，“信里很详细地说明了你的身份来历，还说等我收到这封信时，你肯定已经不在了，但是不必难过，还有补救的机会。”说罢他有点心虚地偷偷瞄我一眼，像个做错事生怕大人怪罪的孩子，“然后就……”

“好了，不用说了，我知道了。”我一把将那家伙从他手里抓过来，恨不得把它扔到开水里，“这封信只有你能写，也只有你能教他怎么利用整个西溟幽海的力量重置时间，你是在害他啊！”

“你不要来骂我，跟坐在那头的天帝一样，我也很委屈呢，严格说来，这封信并不是现在这个我写的。”它理直气壮，“就算是我教的，那也不是害他，是救他！你都听到他说的了，他过得那么难过，还有什么能比让他继续孤独痛苦地活下去更可怕的事？如果他没有真正的决心，也不可能承受得了西溟幽海的力量。”

“说得真好听啊，分明是你觉察出我们可能时日无多，你不甘心如此消亡，才利用浆糊来完成你的诡计！你知道他是我的儿子，只有他的身体能与西溟幽海的力量共鸣。可是把整个西溟幽海压缩成纯粹的能量放进他的身体里，他要经历多痛苦的过程！稍有不慎就会被这股力量吞噬，而你居然仅仅提供一张‘说明书’就让他去做这件事！”我咬牙道，“我真恨不得掐死你！”

“呵呵，你信不过我的专业？”它若无其事地道，“虽说你是被偏爱的那个，无论从力量还是那颗‘明镜心’来看，都比我强很多，可现在看来，创造我们的人还是公平的，起码没有让你知道如何才能发挥西溟幽海的附加作用，作为我们最初落地生根的地方，那片离我们最近的土地上所生成的能量空间，只要找到匹配的对应体，就能对抗宇宙中最不得了的时间，更重要的是可以将西溟幽海对妖怪的控制与创造力转移到对应的身体里。可惜我之前并不觉得这是一个对我多有用处的技能，毕竟只有被你独霸的身体才是唯一能与之对应的存在，作为被你赶出来的我，力量有限，哪怕在你当树妖的阶段，都无法抢回身体。"它居然庆幸起来，"幸好你结婚了，还生了孩子，其中一个还特别像你，所以……虽然我真不知道另一个时间的我当时究竟是个什么状况，但即便是换作现在这个我，在无法确定自己能不能凭一己之力改变你愚蠢的想法让我们都活下来的前提下，同样会选择留一封信给长大的他，买个保险。"说着说着，它又叹气，"明明我做得这么好了……却还是差一步。"

"说明你才是蠢的那个。"我用力捏了它一下，它哟的一声叫。

敖炽眨了眨眼，指了指浆糊又指了指我："你们说了半天，意思就是不但有两个浆糊，还有两个我们，两个不同时间的世界？"他盯着浆糊，想了想，问，"在你本来的那个世界里，我跟你妈都不在了，被那个世界的天帝坑死了……而颓废又悲伤的你收到了一封五十多年前的信，教你用西溟幽海的力量对抗时间回到了现在，我没理解错吧？"

"没有错。"我看着他，"现在其实也有两个西溟幽海：一个在原地，一个在我们儿子的身体里，他的眼睛就是出入口。"

"啊?!"敖炽又用力挠头了，然后猛凑到浆糊面前，死死瞪着他的眼睛，"这么大一块地……里头还有那么多妖怪……就都放自己身上了？眼睛还看得见吗？"

浆糊笑道："不影响视力的，戴墨镜只是不想引起别人的注意。"

我忽然想到什么，又问他："那封信里应该还嘱托了你别的事吧？"

浆糊犹豫片刻，说："信的末尾嘱托我，如果成功回到现在，一定要去找它，只有跟它合作，才能完成我们都想完成的事。还按不同年份留了不同的地址给我，要我回去后带着这封信去相应的地方找它。"

它插嘴道："可见我是真周到，把我往前一千年的各个常驻地址都留给他了，可能他还是太年轻，不够强壮，所以只回到了一百年前。他找到我时，我还不太相信，可是一看那封信，就什么都明白了。你知道的，你当树妖的这些时候，我也没闲着，天天想着法子在破坏世界，无奈我能力确实有限，即便把三只凶妖都放出来了，推进的速度还是很慢，同时随着世界的坏掉我的身体一天不如一天，结果我居然自己送了自己一份大礼，那天看到他时，我身上所有的不适好像都没了，像反哺之后醒来时那样精神抖擞，天要亡我，我偏要活，自己的命只能自己拼。"

"真是义正词严啊，我差点就被你感动了。"我冷笑，"然后你们就强强联手，渐渐搞出了一个庞大的组织，你不但拿浆糊的身体来保护自己，还撺掇他利用得到的西溟幽海之力去改造甚至制造各种妖怪，把世界搞得一塌糊涂。"

"你误会了。"它说，"不是我撺掇的，你儿子，也算我儿子吧……咱们的儿子真的非常聪明，4E 最初的概念可是他提出的，他严密地分析计算这个世界上诸多的信息，针对不同的漏洞制造相应的妖怪，让它们在世界各地默默地发挥作用，给这个世界累积各种伤害，有他在，效率确实提高了很多。我跟他还认真地推测了天帝是怎么知道你就是那个唯一能威胁他的权力乃至生命的'神树'，毕竟那时你还是老板娘，只有我知道你是谁。最大的可能，是你跟敖炽老老实实地找回了十二块石头交给他，而他早就从他爹那里知道了石头的秘密，知道一旦'明镜心'复原，而你还在世的话，这颗'心'会带他找到你，事实也确实是他托着这颗心出现在了不停。而且，如果没有这颗心，他不但找不到你，就算运气好找到了，他也没办法除掉你，因为他根本不知道你的克星是什么。"

我愣住，这复杂的剧情，我自己都很难消化。

"妈，我知道你恨死 4E 了，可是比起被那样卑鄙的家伙逼上绝境，我宁可我来做这个坏得不得了的将军，我宁可你让这个世界像从前那样死在你手里，只要你活着就好，相信你爸也是跟我一样的想法，如果未知能醒过来，她也会赞同我的做法。"浆糊握住我的手，低下头，"本来它劝我没有必要出现在你们的生活里，说我们只要把自己的事做好就能改变一切，而且我们已经离成功很近了。可我每次远远看着你跟爸爸，看着你们手牵手一次次走在那条熟悉的巷子里的样子，我就忍不住想朝你们跑过去。不停重开之时，我送去一个灯笼当礼物，想着能有一件与我有关的东西常在你们身边也好。"他完全褪去了"甲乙"的面具，认真说道，"直到你们终于出发去寻找十二块石头，我还是决定出现在你们面前，虽然我只需要随便挑一个时候，把你们得到的任何一块石头调包，某人的美梦就注定是个梦了，但我还是想到你们身边去，跟你们在一起，把失去的陪伴找补回来。"他的声音越来越低，"我很想念你们……也很想念那个爱跟我斗嘴的未知。"

敖炽又揉了揉眼睛，捶了他一拳："你个傻小子！你闯了多大的乱子啊！怎么到最后还要气死你妈呢！把那么多人关到你的西溟幽海里头！"

他仍然不敢抬头，只说："那时候，我已经知道我妈的身体不太行了，这世界已经快到尽头，我内心很希望你们能安稳留在不停，过好最后的日子，不要再去费多余的心思让自己那么辛苦。可我也知道用这个法子威胁你们原地不动，你们肯定不会乖乖听话，但我还是这么做了，并且故意暴露身份，目的就是让你更愤怒更难过。我太了解自己人的背叛对你而言是多大的打击，既然已经走到最后的关头，我再不忍心，也要让你虚弱得更快。"他咬了咬嘴唇，跪下来，"我说完了，你们打我一顿吧。可我不后悔我做的一切！"

怎么打得下去……一想到他曾经无依无靠地度过了那么艰难的时光，一想到当初时姨说她从浆糊身上看到的"非常非常沉重的悲伤"，我只恨不得把他心里所有的悲伤都挪到我身上来。

他不需要对我有任何歉意，是我亏欠了他才是。

我把手里那个令我憎恶的自己狠狠扔在地上，恨不得踩上几脚，然后蹲下来再一次抱紧浆糊。

这是我现在唯一能给他的安慰了。

这时，被我们当作透明人的那一群里，走过来一个人。

天帝的视线牢牢锁定了浆糊。

敖炽本能地拦在他面前："你想做什么？"

"别紧张，在你夫人面前，我什么都做不了。"他站定，还是盯着浆糊，"你那么恨我，就是因为另一个时间的我做了不可饶恕的事情？"

"你不配做这个世界的主宰！"浆糊抬起头，冷冷地说，"若不是我插手改变了轨迹，你还是会跟之前那样做出相同的举动！"

天帝微微皱眉："可我毕竟没有做。"

"那又如何？"浆糊冷笑，"你不还是妄图把'明镜心'据为己有吗？跟你那个背信弃义恩将仇报的父亲一模一样。"

天帝的脸一阵白一阵红，甚是尴尬。从未因为任何人折煞过自己的高贵，习惯了被仰视被畏惧的他，居然也有愧疚到低头的一天。

"我父亲虽贵为天帝，身体却总不太好，后来还因为亲自下人界降伏妖魔受了伤，久治不愈。那时，我常见父亲独自嗟叹，说自己身弱命弱，即使身为天帝也难逃病痛生死，我每去探望时，深觉难过。我与诸神一同寻遍灵药，想尽办法，父亲的身体也毫无起色。父亲自知时日无多，将我召至身旁，将'神树'的秘密一五一十讲了出来，他说自己虽然应承过绝不告诉第二人，但他实在不想自己的命运再在我身上重演。"他看着我，坦白地说，"他说他早已将十二颗石头嵌在灵凰十二棺上，并找了个借口将它们存放在东海龙墓之中，前面那十二位天神本该一直受神石之力的净化，完成后自当重返世间，可是……"他似乎卡在了一个羞于启齿的地方，半晌才说，"当初在送灵凰棺去龙墓之前，我父亲对十二神石动了手脚，他用了一个不太好的秘咒，令神石外头生出一层青珀，青珀的力量与神石的净化之能相抵触，它不但能阻挠净化、拖延时间，还能逐渐侵蚀里头的天神，让他们越来越虚弱，直到化作虚无。我问他为何要这么做，他说他是新任天帝，麾下诸神是按他的意思重新选拔而出的，天界已经是崭新的天界，那么还有什么必要让那些已经被'污染'过的前任天神们再回来？它们是否真能完全被净化尚是未知数，即便是，旧人归来，眼见着曾经属于自己的位置被别人占据，焉知他们不会心生怨气，多生枝节。所以他才出此下策，希望以秘咒之力，让那十二位天神永无归来的机会。"

"居然是你爹？！"敖炽脱口而出，"怪不得好好的石头被包了那样一层东西……"他皱眉，鄙夷道，"你爹身为天帝，心胸居然狭窄自私成这样，真是丢人。"

青珀的秘密，原来只是一个对自己的权力过分迷恋的人留下的羞耻……我不想骂人，也不生气，只觉得遗憾又可笑。

"你父亲告诉你这件丑事，应该不是表达忏悔吧？"我淡淡道。

"父亲给了我一个比较准确的时间，让我一定要在那个时候把石头从龙墓中带回来。说一旦石中再无天神，彻底'干净'之后，便能召唤出那颗'明镜心'。"他抱歉地看着我，"还说如果那时佑生河畔的神树还在，便说明您还活着，既然那棵树是您的一部分，那么我一定要用'明镜心'先看穿您最致命的弱点，有个准备，然后再利用它找到您……"他有些说不下去了，大概觉得实在是卑鄙又荒唐。

"这个法子倒是对的。"我笑，想起那个无比崇拜我，非要我留下一个"念想"给他的年轻人，原来那个时候他就生怕我不死，天天盼着那棵神树消失啊。

人心、神心，在贪生怕死留恋权势这件事面前，差别不大。

"难怪我家浆糊会那么生气。"我看着这个在我面前一次又一次低下头的男人，心下也想过，如果不是因为我现在是我了，他没有任何资格与我对抗，他还会不会像现在这样老实坦白，甚至带着一颗乞求原谅的心。

算了，不会发生的事就不深究了，如今这样就算是最好的结果了。

"照您家公子所言，另一个时间的我确实犯了不可饶恕的罪过。"他忽然单膝跪下，"虽然那是我，也不是我，我依然要跟您诚心道歉。我不否认出事前，我一直对得到'明镜心'有执念，身为天帝，我虽不像父亲那般短命，可也早晚有尽头。有一天，我可能会在无人关注的角落里消亡，也可能会被新崛起的人物赶下帝位。"他咬了咬牙，索性将埋在心头多年的心病一吐为快，"我怕输。我想把万物的命运都控制在自己手里，这样就没有什么再能威胁到我。所以我一定要得到'明镜心'，有了它，等同于有了一把能轻易除掉任何敌人的刀，连您都逃不掉。可是，'明镜心'能杀人亦能救人，如果我父亲当年得到了它，那么他的伤病一定会找到对应的克制之法，不会那么快失去一切。我也一样，我想活得更久更长，所以我更要得到它，只有它能让我一路安稳。"

浆糊冷哼一声，看他的眼神依然鄙夷。

"就别跪了，我不太习惯别人总跪我。"我让他起来，又道，"权势富贵，长生不死，自古就是无数人最想实现的愿望。但是，愿望太高的话，容易跌死人。"我笑笑，"你父亲费尽心机不让那十二个倒霉鬼回来，却没料到阴差阳错被敖炽的父亲给放跑了，最后却又被我找回石头主动奉还，你终是遂了心愿，变成除掉了邪恶妖树的英雄，本该安享万世繁华，谁知我家浆糊能人所不能，硬是折返回来，断了你的梦想。这际遇，委实神奇。"我扭头看着风平浪静的窗外，想着此刻另一个时间的世界会是什么样子。

天帝起身，皱眉想了许久，问："既然我没有成为那个我，那五十年之后的世界……"

"自然也在改变。"地上的家伙慢吞吞地开了口，"龙域的时间之轴，天界的朱雀灯，还有世上别的奇奇怪怪的可以重置时间的工具，都无法跟西溟幽海相比。只有西溟幽海对时间的对抗，有掐断来路、重建天地的能力。"

"我龙族的时间之轴也能把时间推前退后，你不过是进不去，借不了它的力量，所以才这么说吧。"敖炽居然在这一点上露出不服输的意思，好吧，毕竟是守了那里二十年的人，有感情也能理解。

"这你就错了。"它想了想，说，"其实回来不难，一盏朱雀灯都能办到。自古以来能够在时间里自由来去的高人不算少，但终究是势单力薄，翻不起大浪。而最麻烦的是，就算你试图改变什么，那个已经走在前头的世界也会用它的力量来尽可能纠正这个意外的'错误'，让你的努力化为泡影。你以为你回到十年前就能救起那个落水的姑娘，你也确实救到了，可一个月甚至几天后，那个姑娘还是死了，可能是车祸也可能是疾病。虽然这股力量不一定每次都能抓住你做的改变，但它确实频繁地存在，漏网之鱼只是少数。对这股力量，我们姑且理解为时间对自己的保护吧。而你也不要以为来回于时间中跟穿梭菜市场一样容易，那种反复来回还能安然无恙的人只存在于电影里。普通人一生能来回一次就是极限，有异能者也不过两三回，多了，必消亡于时间之中。然而，用西溟幽海的力量回来，那股'纠正'之力会被彻底切断，我们现在改变了什么，来时的世界也会相应地变化，这是真正的改变，甚至是重建。所以你还觉得我是在故意贬低你的时间之轴吗？"

敖炽听罢，虽然大致明白了它的意思，但还是半信半疑，并把质疑的目光转到我脸上。

"它怎么说就怎么是了，西溟幽海在时间上的作用，它比我熟悉。"我耸耸肩，"也许创造我们的人觉得还是得给它一门技能，不然就真的太偏心了。"

"若真是如此，我心头也好受一些了。"天帝略微松了一口气。

"你不是应该遗憾才对吗？"浆糊不屑道。

"如果我没有经历过被变成一个石人的遭遇，也许我真的会如你所说的那样，表面上对你母亲敬畏，心头却依然遗憾没能实现我的愿望。"他坦白道，"绝处逢生的人最容易脱胎换骨不是吗？可能你还是觉得这个理由毫无说服力，但我现在都记得，我从混沌绝望中被拯救出来的刹那，有多激动，那是在我漫长的一生里从未体验到的庆幸与释然，那时候你就算让我放弃天帝的身份做一个普通人，我也愿意的。"

浆糊又是一声冷哼，眉眼之间却稍微有了一丝松动。

我相信他，对一个顶尖的天神而言，没有什么比让他变成愚蠢而凶恶的怪物更糟糕的了，名誉扫地，未来全无，真真比杀掉他还让他难过。

天帝看着浆糊的那张臭脸，无奈地问了一句："给我送密函的人也是你吧？"

浆糊愣了愣，没有正面回答，只说："看你自己把自己变成怪物，比任何一件事都让我有成就感。"

"浆糊……"我心情复杂，欲言又止，心疼他是一回事，可使出这样的方法去算计，始终不是什么值得夸耀的事。身为母亲，我最难过的，是看到自己的孩子变成另一个不择手段的怪物。

浆糊避开我的视线，说："我知道这么做会让你很失望。你从小就教我们要做一个光明大度的人，但对这个人我大度不起来，永远都不能。我一直在等他跌落神坛的那一天，等他像上回那样，用相同的方法去得到'明镜心'。只是这次他不知道，绡狐眼已被封藏在谁都找不到的地方，他手里的十一块石头再不是能让他为所欲为的神物，而是要他身败名裂、下场凄凉的诅咒。"

我看着地上的它，问："换掉一块石头，不但能让天帝召唤不出'明镜心'，还会让他遭到反噬，也是你告诉浆糊的？"

"不然呢？"它若无其事地说，"孩子回来就是要报仇的，我自然要告诉他这个最简单有效的法子。我也是你啊，咱们的咒要怎么正确使用，我多少也知道的。"

我摇摇头："那止羽呢？你何至于那么恨它们，要将它们赶尽杀绝？"

"没有它们，天帝就没机会耍赖了。"浆糊坦白道，他的目光移到龙王跟九厥身上，"没有它们，曾祖父跟九厥干爹，还有所有去救你的妖怪们就不会死了。止羽这种妖怪生来就是天帝的帮凶，我不会给它们活下来的机会。灭止羽，毁天帝，乱三界，就是我要完成的三件事。"

室内一片死寂。

所有人脸上都比压了一座山还要沉重。

只是个孩子而已，却背负了如此多本不该他背负的东西。

"你这孩子……"我心头突然又气又痛，打了他的肩膀一下，"可你何必把獠元他们牵扯进来，松县百姓又何其无辜。"

"密函是我放的。"它在地上扭动了一下，还很引以为豪的口气，"我在浆糊睡觉的时候稍微离开了一会儿，虽然我已经没有当年对付十二位天神的能力，可放一封轻飘飘的密函还是很容易的。天界的顶梁柱们越乱来，我的目标就实现得越快，他们的疯狂与愤怒不是普通人类可以比拟的，无论是因此造成的实质伤害，还是仅仅就是他们变坏的心念，都是我最好的助力。有了那封密函，以天帝糟糕的现状加上对神石的执念，跟獠元反目成仇自相残杀算轻的，他极可能做出更疯狂的事情来，只不过我们根本不用去理会他还会做什么，反正做什么都只会让世界更坏，我们怎么都是获益者。所以做妥这件事后，我们就开开心心地去了雾海，留你们在外头打到头破血流。"

"多事的那个永远是你。"知道真相的我叹了口气，"所以你现在后悔了吗？如果你没有多此一举，獠元就不会来追杀我跟敖炽，敖炽也不会被半龙抢去身体。"我顿了顿，犹豫片刻后还是开了口，"如果敖炽还是敖炽，诗诗她就不会死。如果她还活着，我那三分之一的记忆就不会回来，我也不会有能力对付跟来的'暗'。"我俯身把它从地上捡起来，"你用了那么长的时间，花了那么多心机，最后还是不能面面俱到。你只想着我无法杀掉它们三个，却忽略了世上除了我之外，还有另外两个人能做到。"

浆糊的脸色变得十分难看。

同样地，坐在另一头，全程一字不漏将这边的情况听进耳中的几位，好像突然意识到了一件非常不妥的事。

"三兄妹因我而生，只有我能拿走它们的性命。但是……"我转头看着敖炽，"如果是连我的性命都可以带走的家伙，对付三兄妹又算得了什么。"

敖炽的反应突然迟钝起来，愣了好久，才缓缓指着自己："你……在说我？"

我走到他面前，抬头看着他惊诧的眼睛，一字一句道："皇蛾弓，孽龙箭……是我一直在等的两件东西。"

敖炽僵在那里。

浆糊也是。

其他每个人都像听到了此生最恐怖的一件事，不敢动弹，不敢呼吸，那表情，仿佛有人在他们头顶悬了一把大刀，稍微乱动就会让他们身首分离一样。

最轻松自在的只有我手里的家伙，我说过，任何跟我的"克星"有关的信息，只要到了它那里就会变成它无法接收的空白，即便我如此直接地说出了他们的名字，它也根本不知道我在说什么。

说实话，看着敖炽跟浆糊的样子，我倒宁可自己是永远不知道的那一个了。

可是，我就是被赋予了这个技能，我的"明镜心"啊，它第一次运作，找到的第一个弱点就是我自己的，虽然那会儿尚且相隔千万年，但那两张脸孔已然出现在我心中，不可磨灭。

原本我有机会与他们永不相见，一个孤单单地在浮珑山，一个在遥远的龙域，一个在茫茫人界的角落，有交集的可能性接近于零。可是，因缘际会，兜兜转转，一只无形的手还是把我们推到了一起。

这是我自己都不敢相信的巧合，或者说必然。

无论我是不是我，无论我是这个世界的开始，还是一只懵懂的树妖，都注定要与他们相遇。

天意?

不，不是天意，也没有什么无形的手，是我内心最深的地方从没有忘记过自己要做什么，就算我不是我了，那份心念依然是我的路牌，一定会把我带到心心念念要找的人面前。

"你到底在说什么！"最先回过神来的是九厥。

他全无平日里不慌不忙嬉皮笑脸的模样，冲过来一把捏住我的胳膊："你是今天说了太多话说糊涂了吗？你怎么能说敖炽是可以带走你性命的家伙！他怎么可能是！他是你丈夫啊！"

我由着他大声吼我，等他吼完了，才微微一笑："他就是啊。"

敖炽微微张着嘴，望着我，一瞬间丧失了所有表达情绪的功能。

"不行！这怎么行！"龙王终于复活了，用几乎暴怒的口吻道，"敖炽怎么能当五子棋的箭！那支箭又怎么能对准你呢！我绝对不允许！"

回过神来的圆月川赶紧安抚他："不急不急，会有别的解决方法的！"

"没有别的解决方法。"我毫不留情地切断他的希望，既然走到了这一刻，我们之间已经不需要别的，只要实话，"能取我性命的，只有他们两个。能让这个世界不再被我'反哺'的，也只有他们。"

说罢，我看向还在发愣的左右："虫虫，你对这片土地的变化最敏感了，要不你来跟大家说说，照现在这个糟糕的状况走下去，这个世界大概还能留给我多少时间？"

"这……这……"左右嚅嗫了半天，说不出话来。

我笑笑，仿佛又看到了当年那个整天跟在我身边的天真的小虫子。

"那天在你家厨房，你不是问过我吗？"我笑道，"你问我，你很喜欢这个世界吧？"

左右一怔。

"那时，你是不是已经隐约猜到了什么？"我又问他。

他犹豫片刻，说："只是一种莫名的感觉，觉得你很像……那个你。"

"你内心也对这世界充满了眷恋，不想它成为第六个空荡荡的过去，对吧？"我上前，像从前那样摸了摸他的头，笑道，"我跟你一样的，真的。"

他沉默许久，自己跟自己打完了一场架后，抬头道："不出半年，可能更快。"

"知道了。"得到这个答案，我反而彻底轻松了。

"半年？你说半年？你说半年之后我孙媳妇会吃掉这个世界吗？"

"不是我说的……是咱们脚下这片土地……它不撒谎的。"

"你这个糟老头子，我孙媳妇是爱吃，但她绝对不会吃掉这个世界！"

"爷爷。"我上前握住他差点打到左右脸上的拳头，认真地说，"我真的会吃掉这个世界。"

"你……"龙王愣住，举在半空中的拳头剧烈地颤抖着。

"如果你要留下我，半年之后，说不定半年都不用，届时你们没有一个人能阻止我。"我看着他发红的眼睛，"那时，更多被你爱护着的人，浆糊、未知、龙域里无辜的老少，世界上所有活着的东西，都会化为乌有。虫虫离开我那么久，这次能不能幸存下来都未可知，万一只剩下一个我……你是要我带着失去你们所有人的痛苦，孤独无止境地活下去吗？"

龙王怔怔地看了我很久，拳头终是颓然落下，他狠狠一跺脚，忍住眼泪骂道："你们这些不懂事的小东西啊……活多大岁数都不能理解我们长辈的心……"

我只能抱抱他，就算是我不懂事吧，对不起。

"照顾好我爷爷。"我转头对圆月川说，又想起了一件特别重要的事，"说好的金镯子不能算了，留着给我们家未知。"

圆月川摇头一笑，本来要跟我说什么，最终还是一个字都没有讲，只点点头。

无藏青霜是把自己的体面维持得最好的那个，也是，反正他一直很讨厌我跟敖炽嘛，我好像也没什么可跟他讲的，只希望他以后能做一个稍微有点温度的龙王。

可是，他居然在我转过身的时候，不轻不重地说了一句："浆糊未知以后可以随便来我这里玩耍。"

听起来莫名其妙的，可是，我知道那是北海龙王能给出来的最大的温暖跟宽容了。

"你那里有什么好玩的，又阴又冷，不稀罕。"我回头给了他一个白眼。

"随便。"他转过头去，再也不理我。

再不能接受的事实，也要尝试着接受。

人生本来就是分分合合，其实没有什么的。

回头看了看天帝，我对他道："寒荒与离乱，就别为难他们了吧。"

天帝一怔，旋即拱手道："自当遵从。"

我又放心了一个。

可是，浆糊却一直咬紧了牙关，直到身体失去了所有力气，他一屁股坐在了地上，喃喃道："我都回来了……为什么还是这样？！为什么还是这个结局？"

没有人能回答他，他们同样在以自己的极限承受一场即将到来的永别。

"天色还亮着，我们出去走走吧。"敖炽忽然成了除我之外最平静的那个人，他走到浆糊面前，朝他伸出手，"大男人坐在地上像什么样子，起来，让你妈带我们去外头吃点东西，她知道这附近哪里的东西好吃。"

浆糊抬起头，不作声。

"愣着干吗？走啊！"敖炽一把抓住他的胳膊将他拖起来，又若无其事地朝我打了个响指，"跟上！"

这个家伙啊，总爱做些不应景的事，不该激动的时候各种大呼小叫，真该他崩溃的时候，又站得比谁都稳当。

"好。"我应了一声，走上前去一手挽住他，一手挽住浆糊，"是该带你们出去好好吃一顿了。"

说罢，我又回头朝地上那一团努努嘴："你们看好它，要不找个锅把它装起来，它现在除了能说话，没别的本事了。"

九厥上前一步，欲言又止地看看我。

"我们就是出去吃个东西，别担心。"我朝他一笑。

千言万语涌在他喉间，终是化成一个我熟悉的不正经的笑脸："吃完记得给我打包一份回来。"

他的重点，在"回来"。

我笑笑，拽着我生命中最重要的两个男人出了门。

◇伍◇

我很久没有在这个时间段走在忘川的街市中了，抛去所有负担与焦虑的脚步，比任何时候都悠闲轻快。最重要的，是来自我身边的切实的安全感。

三条影子在地上拖得长长的，亲密又坚定地跟从着。

春日的傍晚，把这座没什么存在感的小城市渲染得像动漫里的场景，从熟悉的巷口走出来，街道上处处都是回家的人，朴素老旧的铺子里一如既往地塞满杂货，各家的店主依然不太热衷于赚钱的样子，不是坐在门口跟人闲聊，就是在店里打呵欠，一群放学的小孩子兴冲冲地涌进花花绿绿的文具店，嚷嚷着要买最新的玩意儿，隔壁的服装店里几个试衣服的年轻姑娘们正在给彼此意见，大概是刚发了工资，一脸尽情买买买的喜悦，从超市出来的男人，一手拎着大包小包一手抓着手机急吼吼地说别催了别催了马上回来，一不小心一袋青菜又掉在地上，手忙脚乱地捡起来，骂骂咧咧地小跑而去。

我住了那么多年的城市，从来没有改变过它的样子，我也不希望它改变，它应该一直这样，平静地容纳一群世间最普通的人类，容纳他们所有悲欢喜乐的情绪，让最烟火气的生活有依靠地延续下去。

路过的人，尤其是姑娘们，都忍不住会往我身边多瞅两眼，然后再投给我可能是羡慕的一瞥。

我欣然接受。

毕竟我的丈夫跟孩子，在任何时候都是我心里最好看的，走到哪里都带着光的珍贵存在。

如此舒适清闲的时光，似乎都不能舒展浆糊紧锁的眉头，他还沉浸在自己遗憾又不甘心的世界里，不肯把自己放出来。

"到啦！"我站定，指了指面前这间连店名都懒得写的小吃店，"要说我最推荐的，还得是这一间，他家的鱼香刀削面跟酸辣粉真是人间一流。"

"我都没来吃过！你瞒着我偷吃？"敖炽瞪我一眼，又吸了吸鼻子，"好香啊。"

"这不是从前赵公子总不让我们吃外头的东西嘛，说外头的食材他不放心。真是个对食物要求很高的家伙呢。不过偷偷吃几回也不会怎样的，"我笑道，又朝他翻个白眼，"当然不能带你这个大嘴巴来了，你吃到好吃的哪能忍住不说出来，被赵公子知道了又得唠叨。"

"我倒希望那时能多听他唠叨几句。"敖炽如是道，然后扭头朝店子里张望，"人不多，进去吧。"

而浆糊好像根本没听见我们在说什么，像个快没电的机器人一样杵在那儿。

"吃东西啦！"我轻轻推了他一把。

他慢慢抬起头："我……不饿。"

"谁说要饿了才吃东西！"敖炽不由分说地拽住他，大步走进店里，还没落座就对正给客人们上菜的胖胖的店主大姐喊了一声，"三碗刀削面三碗酸辣粉，都要大份的，酸辣粉多多放青菜！"

"好嘞！"大姐扭头冲后厨高声重复了一遍，然后马上过来这边，把一张已经很干净的空桌子又麻利地擦了一遍，热情地招呼我们坐下，一见了我，大姐立刻认出来，笑问："姑娘你可好久没来光顾了！"

"您还认识我呐？"我有些意外，其实我自己总共也没来吃几次。

"你头发那么长那么多，我记不得你的脸也能记得你的头发，哈哈。"大姐爽朗地笑出来，又看看敖炽跟浆糊，随口问，"您朋友？"

"我丈夫跟我……"我差点顺嘴说出儿子，那不得把大姐吓死，哪有儿子看起来跟自己一般年纪的，赶紧改口，"我侄子啦。"

"哟，一家子都长得这么精神！"大姐由衷地称赞。

敖炽脸上立刻笑开了花："就冲你这么会说话，今天怎么也要多照顾照顾你的生意，干脆把你餐牌上的所有东西都给我上一份。"

"啊？！"大姐吓一跳，连连道，"不行不行，你们三个哪吃得了那么多！"

"就照他说的办吧。"浆糊忽然开了口，"我很久没跟他们一起吃过饭了，多一点菜无所谓的。"

我跟敖炽一怔。

"这样啊……那也行。"大姐认真地说，"吃不完就打包，不要浪费粮食才是。"

"好！"我赶紧点头，反正有人还在家等着我们打包不是。

店里放着符合大姐喜好的歌曲，俗气又有点热闹，另两桌客人吃得正开心，店门外人来人往，嬉笑怒骂一切动静肆意自然地展开，在夕阳的照射下，对着这样真实温暖的场面，没有胃口也会变得有胃口的。

我们三个真就像是纯粹来吃东西的食客一样，彼此非常默契地不去提任何跟食物无关的话题。

很快，我们的桌上就丰富得不像话，热气与香气从每一个装得满满当当的碗盘里飘出来，光是看一眼就饿得不行了。

我把一碗刀削面摆到浆糊面前，先细心地把面里的几根香菜挑出来，再把筷子递给他："这个特别好吃，虽然好像离赵公子的手艺有一丁点距离，但也很接近了，你小时候不是最喜欢吃面条吗。快吃吧！"

浆糊接过筷子，端起碗，说："其实我后来也能接受香菜了。"

"是吗？"我揉了一下他的脑袋，"果然出息了，小时候你一闻到香菜味道就说想吐。"

"人总是会变的，只是不知道会变好还是变坏罢了。"他一直盯着他的碗，慢慢夹起面条放进嘴里，慢慢地嚼着。

"不好吃？"我问。

他摇头："好吃。"

然后他越吃越大口。

"实在不喜欢就不要吃了，还有别的菜不是。"我生怕他连这件事都要假装。

"真的好吃。"他含糊不清地说着，吃得越来越快，面碗转眼就见了底。

才放下碗，他就抱过一碗酸辣粉使劲吸溜起来，估计是太辣了，额头都吃出了汗。

我笑出来，拿过纸巾很自然地替他擦汗："慢点，小心呛着！"

他不管，刚刚才说自己不饿的人突然胃口比谁都好了，酸辣粉、蒸排骨、红糖糍粑接二连三进了他的嘴巴，这孩子，仿佛几十年没有吃饭了一般。

"我看我们今天没剩菜可打包了。"敖炽边吃面边把一盘卤味偷偷拖到自己面前，生怕被浆糊抢去了一样。

我满足地嚼着香糯的面条，顺便从他面前的盘子里夹走一块卤鸡翅膀，说："能吃是福。"

"嘿，就剩那一个鸡翅膀了！"敖炽愤愤地盯着我的碗。

我把鸡翅膀放在浆糊碗里："这个好吃，入味。"然后扭头对敖炽道，"你还想抢回来不成？"

"不是……那个……真的很好吃嘛。"敖炽委屈地嘀咕，眼巴巴地看着浆糊的碗。

"不是还有卤猪蹄吗！"

"我喜欢鸡翅膀……"

"大猪蹄子才更配你。"

"我喜欢鸡翅膀……"

"你再复读机，我就……"

"好啦好啦，把醋递给我，这个酸辣粉不够酸嘛。"

我忍住笑，拿过醋瓶往他碗里倒了许多："酸死你！"

"怎么可能！"他边搅和边咽口水，"吃醋简直是我的天赋！"

好笑吧，我们夫妇俩的日常好像一直都是这样。

可是，笑出来的只有我们俩。

浆糊抱着碗，吃着吃着，就哭了。

他只能拼命低头并且故意吃得很大声，希望不要被人注意到他现在的样子。

我跟敖炽对看一眼，只觉得这个时候无论做什么说什么，都不太妥当。

敖炽默默地把一张纸巾推到浆糊面前，故意道："你吃辣的本事也太渣了，才吃那一点点就辣哭了。"

浆糊放下碗，拿过纸巾狠狠擦了擦脸，始终低着头，说："我等了好多年，才等到这一顿饭。别人家里天天都有的场面，我在梦里都不一定能遇到。"

在梦里都不一定能遇到……我鼻子顿时酸得不行，比灌了一瓶醋还难受。

敖炽的眼睛也红了，深呼吸了好几下才把眼泪逼回去，然后把自己抢过去的卤味全堆到浆糊的碗里，直到堆成一座小山才住手："多吃点，不够再叫。"

看着碗里堆得满满的，他红着眼睛笑出来："这就叫父爱如山？"

"啊？"敖炽一愣，旋即反应过来，拍了他的脑袋一下，"好的都给你了，你还讥讽我？怪不得你一出现我就不喜欢你！"骂着骂着，他的手落在浆糊的肩膀上，久久没有挪开，"如果让我把全世界的好东西都堆到你面前，我也愿意的，只要你高兴。"

浆糊怔怔地看着敖炽："爸……"

敖炽用力捏了捏他的肩膀，眼里有泪光闪动："我们不在的那些年，你一个人辛苦了。"

我赶紧低头擦干净眼泪，不然被人看见我们一家人吃着吃着就哭起来，还以为这家店的东西难吃成这样呢……

浆糊咬牙，摇头："我终是没有成为你们期盼的那个样子。"他看着我们俩，"我从头到尾都知道在目的达成之前，你们会遭受多大的痛苦，但我只能当一个旁观者，任由你们被伤害被折磨。我不能心软，不能功亏一篑，还得不在心头期望你们能遇到更多可怕又绝望的事，你们受的伤越多，对这个世界越绝望，那一天就来得越快。"他苦笑，"并且我觉得运气一直是站在我这边的。从回来的那一刻开始，每一步好像都在我的掌握之中，我总是很自信，认为我所有不顾一切的努力已经达到完美的程度。可是，我忘记了你们跟我说过，世界上从来没有绝对完美的东西。"他看着我，"怎么也没有想到，你会以那样的方式回来。"

"哪样的方式？"我笑，"中头奖那样的巧合是吗？以它阴暗多疑的性子，即便是你，它应该也不会告诉你那三只大妖怪身上藏着带我回来的终极条件吧。"

"是，它从没有告诉我这个。"他坦白道，"如果我知道的话，也许会是另一个结果了。"

"不会有另一个结果的。"我认真看着他又涌出一丝不甘的双眼，"无论你如何布局，我相信我心里那个绝不会改变的心念，也会让一切照着我希望的方向走下去。"

他攥紧了拳头，沉默了许久，那一点点不甘心终是沉在了无法掩饰的难过里。

"哎呀，好吓人呐！"坐在里面的大姐盯着墙上的电视喊出来。

屏幕上是一段国际新闻，内容自然不是好消息，无非是哪里又地震山洪火山爆发瘟疫横行，以及哪个国家跟哪个国家又开战了，画面里没有一处不触目惊心。

"阿弥陀佛，就不能消停一下吗。"大姐自顾自地双手合十，又有几分庆幸，"还是咱们这个地方安全，唉，可怜外头那些人了。"

浆糊的眼睛盯在电视机上，直到看完了新闻，他才忽然开口："你真的不必为了这样一个世界就……"他哽住，看着我们，"我知道这个世界变成这样，有我的'功劳'，可是即便没有我，也会有无数天帝那样的家伙，他们只在意自己的生死权势，在意如何从这个世界获取最大的利益，只要有这么一群人在，世界早晚会走到末路，既然这样，你们的牺牲有什么意义？！"

"有什么意义……"我笑，边思索边看向门外，"好问题。"

"难道不是吗？"他固执地追问。

"不如自私一点来看吧。"敖炽扔了一粒油炸花生米到嘴里，吧唧吧唧地嚼着，"无论你妈做哪个选择，我都留不下来。但如果按她的决定来，且不说别人，你跟未知，还有我爷爷，整个龙域，都能好好地留下来。这么简单的账你不会算？你数学不是挺好吗？"他又朝浆糊眨眨眼，"何况你妈都说了，咱们这个世界最好看，万一又被你妈吃了，下一个世界会出现什么谁能保证呢，万一是一群比大猩猩还难看的物种统治全世界，你妈岂不是会活生生气死吗。"

"怎么说话的！"我哭笑不得地打了他一下，怎么那么沉重严肃的事情到了他嘴里，就跟个笑话一样好笑呢。

"爸……"浆糊心知他爹的话是很不正经，可道理就是这样的，一时间他不知要如何回应才好。

"跟我来一下。"我突然起身，牵起浆糊往门口走去。

他疑惑地跟着我："去哪里？"

我跨出大门，停下："就这里。"

他与我比肩而立，看着外头的街道："这里？"

"把你眼前能见到的一切都仔仔细细看一遍。"我伸了个懒腰，天边的光还是金色的。

他皱眉，四下环顾，说："街市行人，花草树木，夕阳天空，没有什么特别的。"

一个中年男人抽着烟从我们面前经过，没走多远便将没有熄灭的烟头随便扔在了地上。

浆糊皱了皱眉头。

忽然，男人身后跑上来一个四五岁的小男孩，跳起来踩在那个烟头上，一下不够，跳了好几下，直到确定烟头熄灭了，才对着后头的母亲说："妈妈，不能乱丢没有熄灭的烟头对吧？"

年轻的母亲笑着摸了摸他圆圆的脑袋："当然不能啦！你做得对。"

得了夸奖的小家伙很是得意，又从自己绣着小怪兽的衣兜里抽出一张纸巾，把烟头裹起来，颠颠儿地跑到不远处的垃圾桶前扔了进去，然后才牵着母亲的手蹦蹦跳跳离开了。

我看着这对母子离开的背影，笑了笑。

这时，一对老夫妻又从面前经过，老太太盖着毛毯坐在轮椅上，怀里抱着一束其实已经有点蔫的玫瑰，一边唠叨着推着她的老头子说他乱花钱，一边又看着怀里的花笑得像个情窦初开的少女。

他们还没走远，旁边又走过来一个穿着劣质玩偶服的"大熊"，一沓还没发完的传单捏在手里，也许是太闷了，"大熊"摘下头套，露出一个头发都汗湿了的中年妇女，她稍微擦了擦汗，深呼吸几口，又把头套戴回去，然后给自己做了个"加油"的动作，便继续投入派发传单的工作里。我们也收到了一份某减肥中心的广告……

旁边的车道上，好几个外卖小哥骑着电瓶车争分夺秒地过去，粘在头盔上的竹蜻蜓转得飞快，一群中学生边骑车边讨论着今天的考试，顺便聊一聊偶像们新演的电视剧，年轻朝气的脸在余晖里发着光。

我目送着每一个经过我面前的人，说："浆糊啊，但凡世界上还有一个踏实生活着的人，我就无法把这个世界送入尽头。"我转回头，笑看着他，"何况并不只一个。"

"妈……"他眼中的悲伤，重过之前任何时候。

"你所见到的那个天帝以及所有跟他相似的人，无论在哪一个世界，都会存在，连我都有两个我，又怎么能要求这个世界只有一面呢。"我抬头看着天边最后一抹霞光，"就算天黑了，只要还有人能点灯，黑夜也就没那么可怕了。所以我怎么能因为不喜欢天黑，就把那些在拼命发光的人也一起带走呢。"

他闭上眼，沉默。

我挽住他的胳膊，轻松地说："我还是那句话，不能因为这个孩子没有长成期待的样子，就把他抹掉另外生一个吧，多给他一点时间，也许未来会很不一样。"

他握住我的手，沉声道："我可能把事情搞糟了……以为可以改变一切，却什么都没有改变。如果我没有回来，你跟爸爸应该还有时间……"说着，他突然狠狠给了自己一个耳光。

"又犯傻了？"我拉住他的手，赶紧揉了揉他发红的脸，"你虽然做错了不少事，但你不回来的话，未知跟你曾祖父、九厥干爹，还有那些看着你出生的妖怪前辈们，又如何安好如故？！妈妈责怪你是真的，但感谢你更是真的。你已经给我们带回了一个更好的世界。"

他愣在那儿许久，一把抱住我，哽咽道："我舍不得你们。我想一直留在你们身边。"

"你当然会永远留下来。"我抚着他的背脊，"我们一家人会一直在一起的。"

他慢慢直起身子，有些无奈地说："可我应该不能留下来了。"

我眉头一皱。

"我也是被改变的一部分啊。"他苦笑，将衣领解开。

被衣服遮盖着的心口，不知何时失去了血肉，变成了半透明的。

"你……"我大惊，一把抓住他的手，"难道……"

"还记得你们刚从鱼门国回来时，在商场遇到我时的情景吗？"他将衣领扣回去，笑了笑，"你气鼓鼓地说不想看见我，我说，你以为我想看见你们吗？"

我回想片刻，点头："记得啊。"

"我说的是真心话。"他看着我，"我一直盼着自己尽快消失，另一个你也有同样的盼望。我们希望我们的每一步计划，都是最后一步。"

每一步都是最后一步？

我恍然大悟，心间顿时一阵刺痛，说："如果你们现在做的那件事真的触发到根源，彻底改变了未来，那么你来的那个世界就不复存在，而你也自然不能留下。"

"是啊。可我做了那么多，我还在，我便知道我终是失败了。"他笑笑，"但现在看来，我还是不能留下来。如果你没有改变心意，那一定是别的原因要带我走了。如此也好，毕竟我连累了诸多无辜，还出一条命，理所当然。"

我有些慌了，紧紧抓住他的手，好像我的力气能把他夺回来似的。

"应该高兴才对吧。"敖炽不知什么时候站在了我们背后，"如果世界好好地留下了，咱们的亲朋好友都安然无恙，未来同样不会有这个孤苦无依、对世界憎恨到宁可它消失也要回来救你的浆糊了。"说罢，他望着浆糊，忽然把他拥到怀里，用力拍了拍他的背，"别再说你什么都没有改变了，你不但救了未知，也救了你自己。现在什么都不必想了，回去好好坐下，咱们一家人开开心心把这顿饭吃完如何？"

"爸……"浆糊的眼泪夺眶而出。

我上前与他们拥在一起，心头已不辨悲喜，只想抱住他们的时间尽量再长一些，再长一些。

路过的人投来异样的目光，大约三个人在一间小吃店外抱头痛哭的场面实在太奇怪了吧。连那位大姐都忍不住探头出来看，一脸莫名其妙。

没事，爱看就看吧，一场不期而至的分别，能发生在热闹的街头与食物的香气里，也算好事，起码即将分开的人的心里，不至于太萧瑟冰凉。

时间就请再为我们多留一刻吧，起码让我们吃完这顿饭。

"哎呀，好了好了，大男人怎么老哭呢！鼻涕都落在我身上了！"

"那是我妈的鼻涕……"

"不是我的！"

"我看着你掉下来的！"

"你……"

"行了行了，还吃不吃饭啊，里头还那么多菜呢！"

"吃啊！"

"妈，我还要一碗酸辣粉！"

"好！"

◇陆◇

汤足饭饱的三个人，满足地走在回不停的路上。

父子俩的饱嗝跟比赛一样，你来我往的。

刚要拐进巷子，迎面便看见抱着一堆零食的三个小家伙。

"妈！"未知拿着一个巨大的棒棒糖，飞快地朝我扑过来，然后又挨个嗅了嗅我们三个，说，"你们是去吃什么好吃的了吗？我怎么闻到好香的卤菜味？"

"你们不也吃好吃的去了？去哪儿疯了？搞得跟一只脏猫一样。"敖炽拍了拍她衣服上的泥巴，"还有，甜食吃多了坏牙！早提醒过你了呀！"

"西瓜也是甜食，你比我还吃得多。"未知吐舌头。

"这丫头什么都学不好，就跟你一样会顶嘴！"敖炽哼了一声。

"女儿随父。"我哼回去。

五子棋偷偷地笑，说："未知很好的，又聪明心地又好，还知道那么多好吃好玩的地方。"

我刮了一下他的鼻子："现在已经开始无条件替妹妹说话了吗？！"

"不是替她说话，是她真的很好。"他认真地说。

我看着他干净明亮的眼睛，笑道："看来我没有给他们找错哥哥。"

小浆糊倒是不太理会我们吃了什么，只管走到他的"甲乙叔叔"面前，拉住他的手问："甲乙叔叔，这次回来你不会再走了吧！"

他一愣，蹲下来笑着摸了摸小浆糊的脑袋："抱歉，我还要离开一段时间，这次可能要走很久。"

"去哪儿呀？"小浆糊皱起眉头，不舍的样子，"不能快点回来吗？"

"我尽量吧。"他忽然把小浆糊轻轻搂到怀里，"我不在的时候，你要照顾好未知，照顾好身边每个人，更要照顾好自己。你是我见过的最聪明最懂事，也最善良的孩子，记住，一定要永远是这个样子！"

"哦，知道了。"小浆糊挠头，"甲乙叔叔，你今天好像怪怪的呢。"

"我一直都很怪啊。"他拍拍他的脸蛋，笑道，"去吧，天都要黑了，快带着你的哥哥妹妹回家去！"

"好咧！"

三个小东西立刻笑闹着跑进了不停。

我笑问他："自己抱自己的感觉可还好？"

他也笑："手感很好。"

快走到不停大门前时，我一挥手，门口的灯笼亮了起来。

他走到灯笼前，仰头看着这团在夜色里最温暖的光。

"留步饮君茶，一夕浮生梦……"他的笑容在这片光芒里格外温柔，"我字写得还可以吧？我一个人的时候，不发呆的话就会练字的。"

"比你爸的狗爬字好看多了。"我衷心称赞。

"那是我用的笔不对！"敖炽立刻跳出来反驳，"器不利，何以善其事！"

浆糊很自然地揽住我的肩膀，对敖炽笑道："我妈对你的评价向来客观。不过你找借口的无赖样子……还真是我爸。"

"母子同心了是吧？"敖炽哼哼着进了门，脱口而出，"回去看我怎么收拾你！"

"回去好好陪我妈吧。"他把我也推进门去，自己却站在门外。

我走出两步，觉得不对，停下猛回头："浆糊……"

灯笼下的他沐着一层朦胧的光，好看得像一场久违的美梦。

敖炽也停下来，可是没有回头。

"进去吧，别回头看了。"他朝我们挥挥手。

敖炽咬咬牙，过来牵住我的手："进去吧，听孩子的，别回头了。"

我深吸了一口气，依依不舍地转回头，一个这么小的动作，却把喉咙哽得那么难受。

裟
椤

"爸妈，我走了。"

他的声音很轻，立刻就要从我身后飘走一般。

我不管那么多了，怎么能不回头呢！

那是我的儿子啊，我还有好多话要跟他讲啊！

可是，就这一瞬间，不停的门口已经空无一人，只有那盏灯笼温柔如故。

我身子一软，敖炽赶紧扶住我。

我觉得身体明明很轻，却又沉重到无法挪动半步，连呼吸也不平顺了，我轻声道："我想坐一会儿，就坐在咱家的门槛上吧。"

"行。"他由着我坐在那条来回过无数次的门槛上，自己也坐到我旁边，仔细端详着我，"还好吧？"

怎么会好呢……

无论原因如何，已经伤痕累累的世界依然摆在面前，它越累越痛，我就会越来越糟。

忍耐与控制，终会化为乌有。

摁着自己的心口，我沉默了许久，忽然说："敖炽，我们去浮珑山吧。"

他一愣："现在？"

"现在。"我认真看着他的眼睛，"虽然我现在的力量能够暂且抑制大部分的不适，但这种正常并不稳定，我无法保证这样的我还能维持多久，如果运气突然走了，也许明天我就会在无人可以阻止、包括我自己都不行的状态下，吃掉这个世界。那时候即便是你跟五子棋，都不会再对我有威胁。如果是这样，浆糊所做的一切才真真是白费了。"我顿了顿，又道，"本来应该回西溟幽海才是，可我就是想回浮珑山。"

敖炽听罢，长长地吁了口气，复杂的眼神渐渐变得简单而果断："那就出发吧。"他抬头看看屋檐下的灯笼，又道："不再进去看看了？一帮人还在里头呢。"

我犹豫。

现在就走，目送我们的就只有灯笼与夜色，还能假装走得潇洒，可如果进去了，我还能毫不拖泥带水地离开吗？

"好歹再去看看。"

身后突然响起另一个声音。

我俩吓了一跳，差点从门槛上滑下去，回头，九厥像个幽灵一样站在那儿，脸上没有任何表情，平静得好像只是在对两个即将去短途旅行的人说话。

"他们一个都还没走，不放心，一直在屋里等你。我觉得跟这群大佬们待在一起不太自在，便出来院子里透口气。"九厥自顾自地笑了笑，"要是这会儿能有一壶好酒作陪，才不算浪费这么好的夜色。"他顿了顿，又道，"要能跟那个不辞而别的小子喝一杯，就更好了。"

"你以后可不许教我儿子乱喝酒！"我瞪他一眼，并没有起身，只转头看着门外熟悉的夜色，"没必要再看什么了。该说的话都说了，倒也没有必要再进去重复一遍，徒增伤感而已。"

敖炽想了想，说："是这个道理，交代遗言什么的，我们也不是第一回做了，之前不也有好几次以为自己活不了了吗。"他笑笑，"结果每次的遗言都没用上，倒是这回省事了。对旁人来说生死乃大事，可我觉得无所谓，活得很开心，死得不窝囊，这辈子就没亏本，也不会多遗憾。何必再反反复复去告别、去掉眼泪，一件寻常事非搞得悲悲戚戚，怪没劲的。对吧？"他看着我，又是那个我行我素，连悲伤都不屑表达的敖炽了。

"对。"我笑，又对九厌道，"以前我们就说过，如果我们夫妇俩有个三长两短，唯有九厌可堪托付。现在你终于有机会证明这句话了。"

一阵微风吹过，灯笼轻轻摇晃，洒下的光线把屋檐下这片小世界渲染得更旖旎生动。

我就是不回头，万一九厌现在红了眼睛，甚至都哭成狗了，还能给他留点面子不是。

敖炽说得没有错，生死不过是一条路的两端罢了，只要路上风景好，吃得好玩得好，一直被爱也一直爱人，那走到尽头又有什么可害怕可悲哀的。好险呐，我自己都差点掉进那毫无必要的情绪之中。

分别也可以很轻松的，我提醒自己。

"如果我证明了这句话，那到时候要怎么通知你们呢？烧纸行吗？"门槛突然一震，九厌居然一屁股坐到我旁边，冲我露出个夸张的笑脸，"失望了吧，以为我已经泪流满面了？"

我一愣，旋即撇撇嘴："知道了，你这样的家伙，除了被你那个所谓的未婚妻抛弃的时候会咬着被子掉眼泪，别的事还真不能让你哭的。"

"她没有抛弃我啊，谢谢，我们都是忙事业的人，儿女情长那些事不着急。"他自信地托着下巴，"放心吧，我结婚的时候，会通知你们的。"

我想了想，问敖炽："烧纸给我们的话，我们还能收到吗？"

"你清醒一点好吗，我没有这方面的经验。"敖炽甩给我一个大大的白眼，又探出脑袋瞪着九厌，"要不我们逢年过节的都回来一次？半夜站你床头问你结婚了没有？"

"那我就高兴死了。"九厌哈哈一笑，可笑得再大声，眼神还是骗不了人。

那个在许多年前一口一个"小树妖"喊着我的男人，在我作为树妖而活着的漫长岁月里，从未缺席过我人生的任何一个阶段，无论他还是我，我们都是彼此可以无条件信

257 第十二章

裟椤

赖的，最好最好的朋友，最温暖的陪伴。

他怎么会舍得我们离开。

我看着他的笑容渐渐淡下去，平静地说："我知道说什么都没用。也知道你所做的选择一定是最正确的。身为你最好的朋友，对你的尊重，就是对我们这段友情最大的爱护。"他说着说着又笑起来，自嘲般摇摇头，"但我必须承认，我没办法不难过。一想到今后，不停里没有了老板娘，东海里没有了孽龙，我的心就像被人切去了两块一样。"

门槛上的三个人，忽然就陷入了很长时间的沉默。

"这么想好像也不对。"我揉了揉眼睛，勾住他的肩膀，笑道，"换个角度看吧，只要这个世界没有灰飞烟灭，我跟敖炽就不会离开。天地四季，风霜雨露，哪怕一草一木，一颗微尘，都有我们在的。这样看的话，你们反而更容易见到我们呢。"

"本来嘛，不就是换一个方式存在嘛。所以就别这么委屈巴巴的了，我看着好不习惯呐。"敖炽也勾住他的肩膀，用力摇了摇，又哈哈一笑，"不过以前也没见过你这么在乎我啊？！"

九厥瞪他一眼，故意道："倒也说不上特别在乎，虽然难过，但比起当年子淼消失时我的痛心，你的离开我也不是那么不能接受了。"

敖炽半眯起眼睛，笑得风轻云淡："你以为我还会在意那个反复诈尸的家伙吗？如果烧纸真有用的话，我倒是要烧纸给他，跟他说一声谢谢的。"

"哦？"九厥故作惊讶，"你想开啦？"

"不是想开。"敖炽坦白道，"我从来就没真的……讨厌过他。虽说没有他，我们两口子依然能遇见，但可能就要晚很久了，所以哪怕是提前了一年，我都感谢他让我们在一起的时间多出了一年。"

我微微一怔，旋即笑道："那就真要感谢他了。"

"嗯！"敖炽正点头，却又突然陷入奇怪的思维，"等等，你说咱们以后会不会在另外一处遇到他呢？这个……我感谢他是因为他已经挂了啊，要是再遇到他，我还感谢个屁啊，光是想到你以前哭着喊着要跟他在一起的样子，我就不能忍！"

"我才不能忍呢！"我捶了他一拳，"你有完没完！"

九厥看着我，哭笑不得："他果然还是没救的。"

"我就随口说说嘛，你们两个真没幽默感。"敖炽翻个白眼，又回头看向门后，感叹道，"要说舍不得，还真是舍不得，上回囤的一批新款花衬衫还放在柜子里，都没来得及穿呢。"他拍拍九厥，大度地说，"送你了！"

"我可没有您超凡脱俗的容颜，驾驭不了，要不留给浆糊吧……"九厥想了想，嘀咕道，"但可能浆糊也很嫌弃……那就只能拿来擦地了……啊啊，你掐我脖子干什么！"

"你以为你的品位有多高吗？我老早就看不惯你头发的颜色了，蓝莹莹的跟中毒了一样，你还臭美得很！"

"你的花衬衫跟我的头发有什么可比性？"

"我管它有什么可比性！我总得找个能打击你的点啊！"

"……"

我摇头一笑，视线从两个闹成一团的男人身上挪到大门后。

楼上楼下的窗口里，还亮着暖黄的灯火，院子里依然飘荡着淡淡的花草气息，在那片熟悉的土地下，埋着阿朱，埋着赵公子，也记载着每一段我听来的，我参与过的，或惊奇或平淡的故事，那些曾经跨进不停的大门，与我坐在窗前，静静喝下一杯浮生的家伙们，依然鲜活地存在于这个叫不停的小店里。

我记得他们每一个的脸，每一个的名字。

阿辽、沧瞳凯、Kevin、阿透、枯叶、丁小错、陆阿藏、顾无名、乌衣、小猴……

我们无须道别，那一杯茶的交情只要还在，我们就不算分开。

这时，敖炽与九厥停止了打闹，他们看着我凝望不停的眼神，欲言又止。

"要不……"

"不要。"

敖炽刚刚开口就被我打断。

真的不需要再进去了，就算我不在这里了，不停也会永远在的，不必担心里头没有老板娘，因为不停里从不是只有老板娘一个人，那些喝下浮生并且喝明白了的家伙们会成为新的支撑，让这一方小小的宅院，继续成为让疲倦的人稍微落脚休息，找回力气，重新出发的起点。

又一阵风吹过，拂动了我的头发。

我深吸一口气，站起来，背过身子，不再往里看。

"不必跟浆糊未知撒谎，是怎样便怎样讲，不要给他们虚假的希望，不要说我们还会回来。"我看着九厥果断地说，"如果有朝一日有谁觉得我的选择是错的，那么你只要跟他们讲……"

"怎么讲？"他等着我的答案。

我笑笑："我的选择是否正确，仅仅取决于你们。"

九厥一怔，若有所思地点点头："知道了。"

"去把五子棋带出来吧，找个理由，别让浆糊未知跟出来。"我忽然上前一步，给了九厥一个拥抱，"这是我拜托你的最后一件事了。"

九厥的身子僵硬了片刻，好一阵子才伸出手，紧紧抱住我："我会看顾好一切。不用我通知，总有一天，你自己就能看到，这个世界还是不是你爱着的那个样子。"

说罢，他松开我，对着敖炽道："抱不抱一个？"

敖炽翻了个白眼，很勉强地伸出胳膊："别抱太紧，我不喜欢被男人抱着……"

九厥一笑，一把抱住他，两个男人终于像朋友那样，狠狠地把对方的背拍得砰砰响。

好像还有一件事可以做……

我想了想，手指比作剪刀状，剪下一小束头发来交给九厥。

"这是……"九厥不解地看着它。

"留个念想吧，这么多年交情，也没什么可送你的。"我笑笑，"不过可能连这个都留不下来，毕竟它是我的一部分，很可能我不在之后，它也会消失的。"随后我又嘱咐道，"还有，那个黑黢黢一团的我，你们随便看管起来就是，我不在了，它也会消失。"

"我才不管那个黑黢黢的你。"九厥皱眉，只管把这束头发紧紧捏在手里，"这如果是你留给我的念想，那我的念想足够强的话，它就不会消失。"说着，他又看向敖炽，伸出手，瞪眼，"你呢？好意思说走就走？"

"我才不要剪头发给你呢！"敖炽瞪他，想了想，伸手往身上一拂，他的指间顿时多出一团光，他往九厥手上一放，再看，掌上却是一片紫光闪烁的龙鳞。

"这可比剪头发痛多了……"敖炽不高兴地嘟囔着。

"多谢。"九厥握着手里的"念想"，笑看着我们，"与君为友，深感荣幸。"

"与君为友，深感荣幸。"我以同样的话回他。

"可算说了句人话。"敖炽就是不肯保持队形。

灯笼散发出的光线，仿佛比之前更亮了一些，要把我们的笑脸映得更清晰一些。

留步饮君茶，一夕浮生梦。

但去莫复问，白云无尽时。

今天这四句话，真正地应了景。

纵是夜深，不停的屋檐下，始终有光。

◇柒◇

好久没有回浮珑山了啊。

我换了一身衣裳，绿色的纱衣像云朵般围绕着我。

我的"真身"还在那里，沐着晨曦，纹丝不动地站在浮珑山最高的地方。

　　没有它，我走不到另一段人生。

　　我的手从它粗糙的树干上抚过，遥远无比的画面便从真实又粗糙的触感中逐一跑出来，清楚得仿若昨天才发生。

　　"我是一只树妖，生于漫天飞雪的十二月，浮珑山巅……"我缓缓念道，笑，"原来这是我自己给自己的咒啊。"

　　"就算是咒，也没什么不好的。"敖炽走上前来，拍了拍树干，若无其事地说，"不过真奇怪啊，你都本尊归位了，这个所谓的真身不是应该像个梦一样消失掉吗？"

　　我仰望着这棵依然枝繁叶茂的树，说："理论上是该消失的。"我回头看着他，"但树妖也是我生命中不可被否认的身份，坦白说，在我心里，做树妖的这千万年，远胜过从前那五个世界的岁月。如此重要的一部分，无论如何也会留下来的。"

　　敖炽想了想，认同地点点头，上前揽住我的肩膀，我们都不再说话，只一道仰望这棵意义非凡的树，任各种复杂的情绪在心头萦绕。

　　远处的云层里渐渐有了金色的光，今天又是个好天气。

　　眼前那片茂密青翠的树叶一片接一片地灿烂起来，浮珑山一天中最美的时刻就是现在了。

　　敖炽环抱着我，忽然在我耳畔说："你现在还可以做选择的。"

　　我笑，静静地欣赏着眼前的美景，良久方道："我早就选好了啊。"

　　"他们说得也没有错。"他轻轻叹气，"多年之后，也许不用很多年，这世界便彻底不是你喜欢的那个样子了。"

　　"那也应该由它自己来选择结束，而不是我。"我转过头看着他，"我一直不知道自己来自哪里，更不知是谁创造了我，曾经的我就像一颗被输入了信息的种子，脑子里只有被允许的认知与记忆，然后被放逐到茫茫的宇宙里，漂泊许久才遇到想留下的地方。我一度认为创造我的人非常自私，凭什么要按他的设定来决定我的未来，可后来我不这么想了，如果他要彻底限定我的一生，就不会让我有机会做选择。"我回过头，看着即将从云层中跃出的太阳，"于是我彻底明白，不能重来，才是生命真正的样子，也是它最最珍贵的地方。如果不能了解这一点，活多少次都不算是活过啊。"

　　敖炽没有说话，只把我抱得更紧了些。

　　"我急着回来，怕我的身体不听使唤只是原因之一。"我握着他的手，"现在，我还不算油尽灯枯，如果这个时候离开，我释放的力量应该可以修复世界大半的伤口。只是……"我停顿片刻，"让你陪我，我依然内疚。"

"有一天，你会走遍世上任何一个地方。不停地走，不停地走，是对这个世界最大的尊重。而我，永远在你的旁边。"敖炽忽然念出了这样的话，然后敲了我的脑袋一下，"这是我当年亲手写给你的，你不记得了？"

怎么会不记得呢，你那歪歪扭扭丑得要命的字想忘记都很难呢。

"记得啊，那是你人生中唯一一次文采飞扬的高光时刻。"我笑。

"我一直都很有文采，但我低调！"他又敲了我的脑袋一下，然后把我扳过来，跟他面对面，"我对自己未来的所有期待，已经在你出现后全部实现了。我现在只是希望，你也一样。"他嘴角一扬，"一点都不值得难过，这么一来，咱们才算是真正实现了天长地久永不分开的梦想吧，从开始到最后，你跟我，都在。"

"知道了。"我把头埋在他的心口上，听着熟悉的心跳声，"把今天的日出看完吧。"

"行。"

突然，身后传来"哇"的一声大哭。

我们一回头，啊，差点把我家的五子棋忘记了，这可怜孩子，从我在来时把需要他做的事告诉他之后，就一直哭丧个脸，一路忍到现在，才大哭出来。

我跟敖炽对看一眼，无奈地笑笑。

我走过去，拿袖子擦着他的眼泪："我们家只有未知会哭得这么难看。"

"干妈……我不能那样做！"越擦他越哭得厉害，"我怎么能把干爹变成箭……怎么能对你出手……我不要我不要！浆糊未知会讨厌我的！呜呜呜，我原来只是个很坏的工具……我还不如不要出生，呜呜呜！"

唉，哭得我心疼，可是没有别的办法，你会出生在天地之间，就是为了与我相逢啊。

"五子棋，还记得我们在雾海的约定吗？"我不能心软。

他抽抽噎噎地点头。

"你亲口答应了我，要替我做一件力所能及的事。"我看着他红通通的泪眼，"承诺不是随便说说就可以的，不做到的话，就是欺骗他人，欺骗自己。"

"我知道……可是……呜呜呜！"他还是哭。

敖炽朝我做了个手势，示意我让开，他来。

"你先回答我一个问题，答完再哭。"他蹲在五子棋面前，认真地问他，"你还愿不愿意当浆糊未知的哥哥？"

五子棋瘪着嘴，强忍着眼泪点头："我喜欢他们，我想做他们的哥哥，我想跟他们是一家人……"

"那如果浆糊未知有生命的危险，你救还是不救？"敖炽又问。

"当然要！"五子棋不假思索道。

"所以你不是什么都明白吗！"敖炽揉揉他的脑袋，"你只有帮我们把这件事好好地完成，才能把浆糊未知，还有许多跟他们一样的孩子从死亡线上拉回来啊！浆糊未知怎么会因为这个讨厌你呢，你救了他们啊！"

"可是……可是……"五子棋的小脸因为着急涨得通红，"可是你们会死掉的呀！"

"我们不会死的。"我也蹲到他面前，笑道，"其实我们只是换了个模样留在世界上，以后你们路过一座山、一条河，或者一座游乐场、一间餐馆，都能看见我们的。"

"真的？"五子棋不太明白，"可是被我的箭射中的人都不会活下来的！"

"我跟你干爹可不是普通人。你也看见干妈我的本事有多大了，我一挥手，一艘那么大的船就没有了，连世上最厉害的天帝都要听我的话，你还有什么不放心的。"我刮了一下他的鼻子，又伸出手指，"要不我们拉钩，我保证，我们一定会再见面的！"

"真的会再见面？"五子棋还是不敢相信。

"我才说过，承诺了又做不到的是骗子，我可不当骗子。"我晃了晃小拇指，"但你也要答应我，以后如果浆糊未知欺负别人，你得教训他们，如果有人欺负他们，你就教训那些人！永远当他们的哥哥，不离不弃。做不做得到？"

五子棋犹豫片刻，终是伸出了手指。

我没有骗他，我们真的会再见面的。

没有被爱过的，才会粉身碎骨，再无归路。

但我跟敖炽，明明有那么多人在爱着我们。

所以，从今以后，我与敖炽就真的在天地万物、山河湖海之间了，可以日日夜夜看顾着你们这群调皮捣蛋的小鬼跟老鬼们。

想想……还挺浪漫的！

这时，灿烂到晃眼的光线终于穿过了层层叠叠的云朵，浮珑山巅的一切都被染成了梦幻的金色，包括我们。

我与敖炽站在我们的树下，牵着五子棋的手，俯瞰着脚下的世界。

再等一等就好，你们会回到最初的模样。

我说过，我喜欢这世界原来的模样。

这一个光芒万丈的清晨，如果有谁恰好经过浮珑山的话，应该会看到一束紫色的光，像一支箭一样，划破长空，飞向一个脸上带着微笑，牵起身上的绿纱裙摆出一个臭美的姿势的女子……

"我说，下辈子还做不做夫妻呀？"

"当然要。"

"说定了？"

"定了。"

那就说定了。

此刻，全世界的电同时断掉。

而全世界的天空，无视时区之差，亦在此时闪出异常壮丽的光芒，白昼黑夜都被笼罩进了一片前所未见的奇异景象中，一股无形但巨大的力量从地上的某一点飞速扩散开来，巨浪般席卷了全世界的每个角落……

几个钟头之后，全世界的新闻频道轮番炸了锅。

××国突然宣布停战。

××地山火一瞬间自行熄灭。

席卷某地区的罕见病毒迅速丧失感染性，已被感染患者无药自愈，专家称正在紧急调查中。

地震、山洪，所有你想到的、看到的灾难，都在这一刻被阻止。

促使以上事件发生的原因——不明。

那么，世界就交还给你们了，请善待。

如果你们要问我到底是什么，高纬度怪物？外星人？

不不，我觉得都不是。

我猜，我就是生命的样子。

好啦，此生未有遗憾，多谢关照。

山高水长，后会有期。

◇尾◇

不停的门口，九厥怔怔地看着天空的异光，不禁攥紧了拳头。

"不要走，不要走！"他咬牙切齿地念。

待到一切平静之后，他才鼓足勇气摊开手掌。

一束头发、一片龙鳞，仍在。

他眉头一松，突然飞速朝不停里跑了进去。

剩下屋檐下的灯笼，好奇地在晨风里摇晃。

第十三章 【终章】

你们不曾辜负世界，
我们怎能辜负你们。

◉ 楔子 ◉

一沙一世界，一妖一物语。

一木一菩提，一梦一浮生。

根据史料记载，两百年前的一天，全世界在同一时刻断电，世界各地的人都在清晨目睹了一次异象，而之前困扰全球的各种灾难也在这一刻纷纷停止，伤痕累累的世界仿佛被注入了不得了的力量，由坏转好，堪称奇迹。至今亦无人能解释那一天究竟发生了什么，这一天成为世界上有史以来最大的一个谜。

只是，人们只留意到这些，却不知道当天夜里，还发生了一件大事。

世界各地的妖怪，浩浩荡荡地赶到那座名叫"浮珑"的山上。

这大概是世界上有妖怪以来，最大的一次聚会。

所有赶来的妖怪，都收到了一条信息——老板娘两口子有难，速来浮珑山相救。

虫帝左右，四海龙王，包括天帝，亦齐聚于山顶。

北海龙王无藏青霜，拿出一个锦囊，交给天帝，说："这是按你们吩咐用最快速度寻来的离尘土，有用没用就看你们的了。"

"一定会有用的！"九厌看着那一袋可说是救命的土，"虽然那团黑影与她曾经的真身都消失了，但头发与龙鳞还在，说明他们还有一线生机，就算只是最后一丝残留下来的挂念，也是他们没有彻底离开的证据！只要我们有足够的人手与念力，加上天帝的返生咒，定能逆天改命，带他们回来！哪怕他们再无通天彻地之能，纵是只能做一对平凡夫妻，也是大好！"

"我自当尽力，但此咒从前只用在过凡人身上，能否对那两位奏效，我也实在不能保证。"天帝掂了掂手里的锦囊，"但愿有这能聚生魂再生躯体的离尘土，加上大家的修为，或有可为。"他顿了顿，又看了看山顶上浩浩荡荡的妖怪们，问："它们可知道，此番前来不是呐喊助威即可，是要他们实打实地耗损修为，直到离尘土中生出新芽方算成功，如若不成，人救不回来，它们的修为也白白损去了。"

"没什么舍不得的。"那圆圆胖胖的姑娘站出来，"大不了我又变回一颗银杏子就是了。老板娘一定要救回来。"

"换了别人，我可能舍不得。但是老板娘的话，拼了我这副骨头架子也要帮她！"穿着长风衣的骷髅有点激动，一甩手把自己的帽子都打飞了。

一只狐狸一头狮子，也在一旁用力点头附和。

"只要我们在，一定要把老板娘带回来！"

"对！反正我不怕痛也死不了，你们让我做什么都可以！"

一个挂着海螺的姑娘，头上还站着一个小小的纸人，一脸坚决。

身后，金色的鲸托着一对小龙，也在猛点头。

"还有我们呐！"三个小娃娃从东海龙王身旁跳出来，"我们也有力气有本事！"

很快，他们之后的所有妖怪七嘴八舌地说开了——

"老板娘救过我，那点修为算个啥！"

"就是，我们好歹是活了成百上千年的，既喝了那杯茶，怎么能辜负她，见死不救有恩不报，才不是我们能干的事！"

"别磨蹭了，赶紧开始！再晚了人带不回来了……"

"闭嘴！说点吉利话！"

"恭喜发财……老板娘吉祥……敖大爷万寿无疆……"

"……"

九厩看着这群家伙，笑了笑，对天帝道："您看，妖怪也不是那么惹人讨厌的。"

"或许如此。"天帝走到中间的位置，停下，将锦囊中的离尘土倒在地上，又看了看九厩，"你可想好了？我再告诉你一次，它们是损修为，而咒术中更关键的一点，是要一人以命为引，如此一来，你可知后果？"

九厩耸耸肩："我知道，最坏就是我魂飞魄散、本体化灰嘛。"

"仍义无反顾？"

"义无反顾。"

267 第十三章
终章

"好，把头发跟龙鳞埋下去吧。"

片刻之后，浮珑山顶渐渐升起一团巨大的光环，无数形态各异的光体在光环之中跳跃旋转，比星海银河还要浩瀚壮观。

眨眼之间，"银河"越来越大，越来越亮，竟从山顶倾泻而下，将整个浮珑山都笼罩在其中，灵气逼人，璀璨绚丽，竟比仙境还要美。

所有在山顶的家伙们都席地而坐，闭目施法，才不管自己耗去多少修为，所有焦点都落在那一堆一直没有任何变化的离尘土上。

你们不曾辜负世界，我们怎能辜负你们。

纵是执念，也要你们重临人间，沧海桑田，欢笑喜乐，都要有你们一份！

请回来！

请回来！

请回来！

……

不知过去了多久，地上那一堆土仿佛是有了动静。

有什么东西在下头动弹，马上就要破土而出的样子……

"等等，你这么写不对吧，太潦草了，你应该把当时的场面写得更详细一些，尤其是那谁谁从土里蹦出来的时候，一定要英姿飒爽，有颠倒众生之魅力！其他人的感受不用写那么详细！来来，改一改！"剃着寸头穿着花衬衫的年轻男人在电脑前指指点点说个不停。

"键盘给你，你来！"长发过腰，穿了一件绿色连衣裙的女人把笔记本朝他那边一推。

"我哪有时间来写这种小说。"男人赶紧把笔记本推回去，"再说一开始就是你自己要写的呀，给你提意见你还不高兴！"

"我多不容易才写到结尾啊！你不夸奖我还要吐槽？"女子狠狠瞪他一眼。

"问题是你写来干吗呀，现在写小说很容易赚钱吗？"男人撇撇嘴，"要是赚钱的话，我还勉强支持你一下。"

女子踢了他一脚："没有脱离低级趣味的人！你不觉得把这些故事写下来是一件特别有意义的事吗？完成它，等同于送我们自己一件最珍贵的礼物啊！"

"你这么重视它，怎么都写完了还没给这小说起个名字？"男人翻了个白眼。

女人立刻道："我刚刚想好了，既然写的全是妖怪的故事，那就叫《百妖谱》好了。"

"百妖谱？"男人皱眉想了想，嘀咕，"听着有点耳熟。"说着便拿过手机点进搜索引擎。

很快，他把手机伸到女子面前："放弃吧，已经有作家用过这个书名了。"

女子仔细一看，露出失望的神情："还真被用了……"

"换个名字吧。"男子想了想，"要不叫《龙树传奇》？或者《孽龙与树妖不得不说的故事》？"

"去去去，别来打乱我的思路了。"

"我走可以，但还是得提醒你，一会儿儿子女儿还有干儿子就要过来了，咱们定的可是晚上七点飞西安的机票啊。"

"我知道！我没什么要收拾的。"女人扭头问他，"翠微山水塘里的家伙去年不是长出眼睛来了吗？你说今年他能不能长出一张完整的脸？"

"你记错了，长出眼睛是前年的事了，去年他不但有了脸，还生了一只手出来呢。"男人纠正她，"今年怎么也该长出另外一只手了吧？哎呀，一只酒爵长着人脸人手，想起来都好怪哦，哈哈哈。"

"你在家里笑够，到了他面前你老实些！咱们能在这儿，多亏他。"女人又嘱咐道，"回头出发时记得把我买的那瓶限量典藏老白干带上，他喜欢。"

"知道了，说了两百次了。"男人伸了个懒腰，又说，"你要的膏药给你买回来了，搁在桌子上呢。你说你也才两百岁，怎么就跟个老太太似的，不是腰酸就是腿疼的。"

"我又不是从前的身体！咱们现在除了活得比较长，不见老之外，你说还有哪项技能比普通人强的？"女人不服气道，"你上次才拎五十斤的米就喘成狗了，比我好到哪里去？"

"那个……我那天不是没吃早饭吗！"男人死不承认，又扭头看了看一旁镜子里的自己，"你说咱们现在算啥呢？人？妖怪？还是一把土？只不过土里装着全世界送给我们的、曾经属于另外一个我们的记忆？"

女人想了好一会儿，说："我们就是我们，独一无二的存在。"

"唉，随便吧，反正好像没太大区别，就跟刚刚才睡着就被喊醒了似的……"男人自言自语嘀咕几句，又对女子道，"你慢慢想你的小说名字，我去睡个午觉。"

说罢，他活动活动肩膀，跶着拖鞋往院子里走去。

今天天气甚好，初夏的阳光照得满院明媚，他躺在藤椅上玩起了手机，又看了看旁边空空的小几，扯着嗓子冲屋里大喊一声："纸片儿，给我拿半个西瓜出来！"

"没西瓜！"屋子里传出声音来，"小僵尸买菜还没回来呢！"

"打电话让她快点呀，这是在外头又跟哪个好看的小哥哥聊上天了吧！"

"……"

女人听着他们的声音，笑着摇摇头，然后托着腮继续盯着电脑屏幕发呆。

一杯温热的茶放在她手边，碧绿清透的颜色与生机勃勃的初夏十分般配。

她从发呆中回过神来，端起茶杯喝了一口，悠闲地看着窗外的景色，片刻之后，她忽然想到了什么，放下茶杯，手指在键盘上娴熟地敲起来——

一沙一世界，一妖一物语。

一木一菩提，一梦一浮生。

她看着屏幕上这两排字，笑："要不就叫……《浮生物语》吧。"

她又端起茶杯，满意地喝了一口。

这时，大门被推开，人还没进来，便响起一个女子的大嗓门——

"妈，我给你买了一条新裙子！超好看的！"

"别听她的，巨丑！跟毛毛虫掉进油漆桶一样恐怖的颜色！"

"你审美有问题！"

"女儿随爹。"

"五子棋哥哥你不揍他吗？他总欺负我！"

"我觉得他没说错啊……"

"你们……爸！你就不管管他们吗！"

"等我把这局打完！"

"……"

唉，没有一天清静的。

女子揉了揉额头，起身朝院子里走去。

阳光落在她身上，温度正好。

庆幸，世界还是她喜欢的那个样子，热热闹闹，苦甜并存。

所谓的结束，也许只是另一个开始吧。

无论如何，活着就很好。

她抬头看看晴朗的天空，笑靥如花。

———————《浮生物语》全系列·终———————

本系列小说纯属虚构

后 记

多年前，还是中学生的我，在笔记本上写下了一个关于"酒爵"的小故事，讲的是一只酒爵化作人形，以"九厥"为名，在长安城遇到两位挚友的奇幻之旅。

2005 年，我以玩票的性质，在网上写了一篇关于"树妖与孽龙"的故事。

2009 年，《浮生物语》完成了第一篇故事——长生，由此开启了在《漫客小说绘》上漫长的十年连载之旅。

2010 年底，《浮生物语》第一部单行本正式出版。

之后，十年，一路到此。

十年浮生，不曾停歇。

本来以为写到"全系列·终"这几个字时，我应该涕泗横流，再洋洋洒洒写下一篇万字感言才对，但真写到这里了，却发现并没有那么多话可说。

完稿时，我对编辑讲：我现在的心情又激动又平静。

十年对我来讲确实是一个意外。

我从不认为自己是一个可以在十年时间内连续不断坚持做同一件事的人，尤其这件事还需要耗费大量心力与时间，以及投入深刻的感情，稍有松懈或者动摇，就可能半途而废。

但我确实做到了。

让一部耗时十年的小说有始有终，对我而言绝对不是一件容易的事。

中途也有各种阻碍，主观的，客观的，万幸最终都被一一踩在脚下，一口气坚持下来。

所以我始终认为，要到达想去的地方，未有捷径，唯有坚持。

对十年心血换来的圆满，甚是安慰。

感谢我自己从来没放弃，感谢一路走来为这部作品付出努力的幕后小伙伴们，更感谢十年来一路陪伴不曾离开的读者们。

早在我动笔写结局时，就想着要在浮生的最后一页上，让那些爱着老板娘与敖大爷以及九厥等诸多人物的读者们，留下他们的名字与心里话，以这种方式来跟他们捧在手里多年的故事合个影，留个念，于我而言，这也是给我的一份最好的礼物。

从不认为自己的故事有多完美，它们就跟活生生的我们一样，有自己的脾气与缺点，当然也有它们的可爱之处，而我只是诚恳地将它们讲出来，希望它们遇到有缘人，在阳光下、雨天里、灯光中，或者随便一个闲暇的时候，走到你们心里，带来一时的笑与泪，安慰与鼓励。

浮生落幕，但不停仍在。

不停向前走，总能走到想去的地方。

尽管人生亦如浮生茶，苦甜皆有，仍愿大家心存豁达，常怀善意，像老板娘爱这个世界那样，爱自己，爱他人。

鞠躬，并逐一拥抱所有看到这里的，真爱过浮生的你们。

江湖路远，有缘再见！

比心，么么哒！

娑椤双树

2020 年 11 月于成都

我们的"浮生"纪念册

现在把话筒给你们，慢慢说
不着急，一杯浮生喝十年，时间
还比较多。

——裟椤双树

绝世好男人敖炽！看着你从莽撞毛头小子到结婚生俩，在《浮生物语》的正文里大概看不到你哭着送未知出嫁了，哈哈哈哈。你们这一家子妖怪，和我们人类没什么差别嘛，人类的复杂感情，被你们全都学去啦！？爱你们，再见。——鹅楞楞

十年很长，长到和你在一起用尽了我的整个青春；十年很短，短到我又重新爱上你一次。谢谢你，让我重拾对这世界的善意和美好；不管多少十年，希望未来的我们都能永远再见如初——致《浮生物语》里的每个人。

——那时的我是真的喜欢你

龙树让我明白：别担心，你迟早也会是别人的宝藏。　　　　——二月双辞

读《浮生物语》最大的感受就是我能跟着老板娘和孽龙一起，去周游世界，去认识那些善良的妖怪，即使这世界并不算完美，却也会尽全力去保护它，我爱《浮生物语》。

——桔鱼橘

陪我走过那么多日子的《浮生物语》要完结了，每次小说或电视剧完结大家都说青春结束了，可它一路带给我的故事、温暖、感触，每个岁月里微小的触动都永远不会完结，我会永远带着它，带着老板娘一家子好好生活，希望他们能在平行世界里都过得好，让我来替他们探索这个世界。

——海苔饿了

有幸见证他们在书里过了半生，做着那些我想都不敢想的事。　　——无敌雅桑桑

2010年认识你，至今10年，你陪伴我的青春，我见证你长大。转眼间你即将完结，我虽不舍，但故事总会结束。相见不如怀念，不停里的每一个小可爱，来过不停的妖怪，树姐帮过的妖怪，我共情过的妖怪，正派反派，我都会深深怀念。愿一切安好。

——一颗司考奇

特别喜欢活得痛快又洒脱的不动，特别喜欢不惧未知会相信时间的老板娘，特别喜欢平时咋咋呼呼但碰事了毫不慌张超级稳的敖大爷，还有那些奇奇怪怪但很善良的妖怪们，我喜欢的人身上啊都有我想要成为的样子。《浮生物语》要完结了，也许这个秋天也许下个春天，但春夏秋冬浮生不停，往前走莫回头。

——奕栾栾

妖怪长生，所以，你们应该会一直陪着我吧？谢谢你们陪我度过那段最无助困惑也最肆意的时光，在你们面前我永远是那个孤独又满怀心意的少年。是你们教会我"但行善事，莫问前程"，我会努力。人性有各种各样的缺陷，人却依然可爱得紧；这个世界有太多的不圆满，却也仍然值得我们热爱。——致《浮生物语》里的"人们"。

——蒲俊伊Y

我是在《漫客小说绘》第3期遇到你的，和你一起渐渐长大，记得树妖心里的眼泪，记得来来往往的客人。在我看着小树妖变成了老板娘，结婚、生子的时候，我也渐渐舒展开了枝丫，抽条、开花，你带给了我许多许多的梦，把某些东西永远留在了我的灵魂里，那些东西是好的，那些光芒构成一条线，保护着我永不堕黑暗。

——是纽特嫂子

不知道九厥最近有没有游山玩水酿酒呀？将近十年的时间，收录了全集和番外，至今都记得所有妖怪和人做出的选择，发生的故事，善良、勇敢、爱别人、爱自己。我总觉得，我们和他们都一样，他们是各种各样的我们，在告诉我们某些时刻，即使只能改变一点，那就改变一点。它塑造了我部分的人生看法。

——山药与琼糜

我遇见过这样一群人，善良、情深、热烈。他们不曾向这个世界妥协，却也平凡而伟大地爱着这个世界。他们告诉我，昨日如死今日生，且永远敬畏明天，此为浮生。

——苏舟下

感谢陆阿藏让我知道可以不爱但不要伤害；感谢第五篇和男生孙思勰，因为你们，我走上了学医之路，未来我会努力做个好医生；感谢四喜和赵公子告诉我：但行善举，莫问前程；感谢白驹让我相信时间会带来惊喜……谢谢我爱的老板娘、敖大爷、浆糊和未知、九厥……希望有一天可以和你们一起喝那杯叫浮生的茶。

——你蝶后永远是你蝶后

《浮生物语》最吸引我的地方，是看这本书时，会产生一种错觉，这些人就是真真实实、有血有肉地生活在这个世界上，他们并非附庸主角而生，也不是为了陪衬而刻意塑造，他们每个人都是自己生命中的主角。他们与老板娘的相遇不过是他们自己人生中的一次偶然，在此之前，他们毫无关联，在此之后，他们继续生活。

——南亭鹤唳

做一个好人最让人尊敬的是：他深谙所有做坏事的套路，却能够努力控制，绕道而行。

——Ma_hongbin

没有人是万事顺遂的，甘和苦也丰富了人生。老板娘温暖善良，有棱角，有不用依附别人的能力，也有一群真诚的朋友。即使身处困境也要有拼死一战的决心！老板娘要"不停"地走下去哦！

——雪-转身

我喜欢不停里的每一个角色，因为他们都是认清生活的真相后仍然热爱的人。

——坏坏或坏

转瞬十年了，我们和老板娘一起，和敖大爷一起，和子淼一起，和浆糊未知一起，和许许多多曾饮下那杯茶的人或妖一起，在光阴中走走停停，就这样长大了。

——Jenjenjenjennie

谢谢你们，不停里的所有人，你们陪我度过最难熬的时候，留住了我。接下来，放下吧，我会好好走下去，也许有一天我真的能尝到老板娘那杯浮生，又或许不经意之间与老板娘擦肩而过。老板娘，谢谢你，我们再会。

——燕挽颜

表白老板娘和敖大爷，以及所有的妖怪。树姐的书里没有绝对的坏人，只是一群妖怪或者人选择的路不同而已。

——越小双鱼

希望《浮生物语》完结又不希望浮生完结，在所有爱浮生的人心中，它总不会完结，我的老板娘、敖炽、子淼……他们一直还在继续创造他们的故事和未来。浮华一生，有甘有苦，饮一杯浮生茶，做一个快乐人。　　——魏啊魏啊魏啊 yu

青春至此，我原本只能体验这一生，是《浮生物语》带我进入这光怪陆离的世界，我似乎参与了许多人的一生，我被现实世界伤害，却在虚幻世界中被愈合，从初二到大四，这套书为我的世界注入了太多的色彩，长生、乌衣等等，相信这些故事所传达的友情、爱情的美都会在我心中留存。　　——逗哥 a

致龙树：你们的世界和我们的红尘芥子、四季更迭，或许并无不同。然而万物有灵，你们的世界里一定还有我没见过的景色，没来得及认识的人。但遗憾的是，你们脚步不停，而我的脚步，却只能停在最后的那个句号上了。我只能陪你们到这里了，愿你们以后的路有荆棘也有玫瑰，不平淡却温柔。

　　——冬竹铃子

想要表白在最后一本中不知是否领了盒饭的甲乙。我做过一个梦，那是我唯一一次感受到浓烈而彻骨的悲伤。梦到甲乙平静地对我说，他要去拯救世界了，以一种毅然决然的姿态决定沉默地走向消亡。我不确定这是不是一个预知梦，但我无条件相信甲乙是一个即使豁出性命也要护老板娘一家平安的伟大的人。

　　——精分不掉马甲

《浮生物语》大家庭里，老板娘很抠，敖炽很逗比，赵公子憨憨的，纸片儿咋咋呼呼，胖三斤老妈子心，聂大人钢铁直男……还有很多人，虽然他们不同，我却很喜欢他们，也说不清楚是哪一点，这种模糊朦胧的感觉可能就是树姐所说的无法定义的爱吧。　　——苍山水木忆经年

以妖之情，写人间之景，我不知道传说中的妖是什么样子，但我心目中的妖就是老板娘的样子。　　——i 枫洛影

若要给《浮生物语》下一个定义，我觉得是成长。一路走来，老板娘见证了太多的故事，也见证了我们这群读者的成长。愿浮生安好，愿未来可期！

　　——多多筷粉

我们的『浮生』纪念册

　　我一直都觉得老板娘他们是真实存在的，世界上也真的会有那么一个角落，能让人和妖和平共处，每当我翻开《浮生物语》这本书，就成了那个角落的一员，跟着老板娘他们一起体验那个角落的一切。有时我也会想，会不会和我擦肩而过的某一个人其实就是一只妖怪，或者是刚走出鱼门国，想要看看大千世界的鱼门国国民？

——祺萌萌爱吃蜜柚

　　第一次读《浮生物语》是在小学，一只树妖的故事吸引我进入了她的世界，反反复复读了很多遍，把它安利给身边每一个人。2020年大学毕业，浮生全套依然是我最爱的小说，越来越相信有另一个凡人看不到的世界，也突然明白吸引我的不是妖怪的奇闻异事，而是裟椤始终在告诉我们不抱偏见地爱每一个人。

——麻酱花花

　　《浮生物语》真的是我青春里很重要的一个坐标了。青春这十年，不会再回来了，《浮生物语》却会一直陪着我。"完结"这个词太沉重，压在心头像要催我说出千言万语，但话到嘴边又惶惑了，又怅然了。那就说一句：亲爱的裟椤，祝一切都好吧。山高水远，来日方长，《浮生物语》完结而不会结束，我也会跟着你的步伐看更多妖的《浮生物语》。

——曲也stu

　　十年是什么概念呢？光是想想我追浮生的这八年，便足以使我从豆蔻梢头到桃李年华。你说荣幸参与我们的青春，我们又何尝不是看着树姐、看着《浮生物语》里的所有可爱的人儿们一同成长呢？从初中知道树姐至今，我可以骄傲地说，树姐的每一本书我都认真看过！有幸遇见你、遇见浮生，也是我的荣幸，永远喜欢《浮生物语》。

——mintinkinn

　　《浮生物语》这一系列，没想到这么长，长到陪伴了人生的转折，成年，陪伴了那些岁月里难过的时候。不开心的时候翻翻书，看看签售的照片，好像又没有什么过不去。倍感荣幸的也是我们，能在那些字里行间，拉近彼此距离，认识那么多可爱的小妖怪。故事不停，浮生未歇。我们还在继续，未来也请继续文字相伴。

——灿烂的星光二点点

故事会完结，我们会成长，原以为可以大方告别，可我还是舍不得，我们都会越变越好的，一定会的。
——十废废废废

《浮生物语》是一本不可描绘的书，它带给我很多酸甜苦辣，也给了我很多光亮和勇敢，更赐予我无数的希望，让我一想到它就兴致勃勃元气满满，更为不可多得的是遇见一群小"浮生迷"，在我最狼狈不堪的时候给我的小小世界里点燃了那盏名为温暖的灯。我爱树姐爱《浮生物语》更舍不得他们。
——阿衡衡吖

很多年前你来重庆开签售会，我说，谢谢你陪我走过那些不开心的日子。你在书的扉页写：以后也要一直开心下去。很多年之后，我从小学开始看的《浮生物语》陪我考到了一个我做梦都不敢想的好大学，现在树和龙的故事也要画上句点了。我不会忘记那些吹着空调看《浮生物语》系列的夏天，也不会忘记树姐给我带来的治愈和勇敢。
——MewCute

十年啦，在《浮生物语》里最喜欢这句：我，还是我。树妖裟椤，射手座，生于漫天飞雪的十二月，浮珑山巅。遇到树姐，在浮生里学会了爱和成长，坚定着做好自己的决心，谢谢树姐这么多年来用文字给予的温暖和美好。即使完结，浮生的茶也在冒着温暖的热气，因为那里有我最爱的不停啊。
——虞谷鱼骨

和老板娘一样，我们也见证着别人的故事，努力过着自己的生活。我们都是在人生路上修炼不止的小妖怪，谢谢树姐让我们有了彼此治愈的机会，也正是这杯甘苦与共的浮生，陪伴了我们的成长。
——贺朝夫斯基 -822

从浮生最开始连载看起，那时初中，感谢《浮生物语》在我人生的懵懂时刻用文字教会我什么是真善美，什么是成长……《浮生物语》就要结束了，感谢它陪伴了我整个青春，感谢树姐用笔描绘了一个美丽世界伴我以梦想、以坚持。好风凭借力，送我上青云。
——永不倒下的汉子

温暖如浮生。从浮珑山巅到西溟幽海，他们在爱或痛中成长，命运予人风雨，也会予人惊喜。感谢树姐带来的惊喜，《浮生物语》陪伴了我七年，我最喜欢的是《猎狮》，我们都需要一点勇气。
——逆风不解意

我们的『浮生』纪念册

　　积攒十年的惊喜和感动压缩在短短几十个字里真的很难。我记得鱼门国主结尾那里老板娘一行人的举动，直到现在想起来我都震撼到无以复加。真的很感谢树姐，把家、国、人性，和社会的复杂简化，揉进一个个故事里娓娓道来。很难想象《浮生物语》结局的那天，但我知道老板娘一家一定会不停地走下去，平安喜乐，谢谢你。

——Vitamin_XX

　　对路人来说，《浮生物语》是裟椤双树的一个小说系列；对书粉来说，《浮生物语》是我们的十年青春；对书中角色来说，《浮生物语》是一杯用故事换的茶；对于树姐来说，《浮生物语》是她分享给大家的一整盒创口贴。从一到五，我见证了树姐文笔逐渐成熟，《浮生物语》也伴随着我逐渐成长。当两样事物有了联系，他们便相互作用着，就好像，我和《浮生物语》吧。

——千月易殇

　　但愿我们在这些故事里找寻到生命中些微的曙光，以照亮匆忙人间。但愿我们能遇上那个能随时随地让我们放心向后倒去的人。但愿我能成为一个温柔的人。感谢《浮生物语》让我有勇气，在生命的路上，不停走下去。感谢树姐，以文字创造了温暖与救赎。浮生有尽时，今生无别处。回首尝冷暖，尽在杯中物。

——momos 有理想

　　花十年写了《浮生物语》系列的树姐超厉害！用十年追了《浮生物语》系列的我也超自豪！这个十年即将过去，但是我会将它珍藏在我的回忆里。期待树姐下一个十年。

——青提梅子冰

　　一本一本，树姐越写越好，我慢慢长大。《浮生物语》总共十本，今年刚好十年，这大约是我人生中的第一个名副其实的十全十美。一路走来，我去到奇怪可爱的妖怪们的世界，在故事里体会情感，品悟经历，明白道理，不断成长。浮生一梦，大梦十年，梦圆不是一场空，未来也一起走吧，书在身侧，情在心底！

——秃头小 berber

　　从小学等到大二，我总是和自己说，有机会也要写一本和妖怪有关的书。写给打马走过的青葱岁月，也写给浮生。我在浮生享受过世上最暖心的爱，也要将这份爱继续传递下去。

——斯绫舞不加糖

初二的夏天，我打开了一本叫作《小说绘》的杂志，认识了一棵树和一条龙，大学我来到了树姐所在的城市，有时走在宽窄巷子的石板路上想，平行时空里，"不停"是否真的开在一个这样的小巷子里呢？

——谯明何罗

打动我的，是我信命，但不认命。是置之死地而后生。《浮生物语》这个系列陪伴我从最难的日子里走出来，字里是我最最喜欢的平和与闲适，遇见《浮生物语》是我最大的幸运。

——无边胜景 Elsa

《浮生物语》是我的爱丽丝魔境，让我在单调又紧张、平平无奇的三年高中生活中，躲避无聊，窥见奇幻，找到热爱。祝长大的我们，一切都好。

——there_and_then

《浮生物语》承载的故事是我心里一方的归属，当它和青春结合在一起，不论后来的如今迷惘成什么样子，也泪流满面，有不舍，没有遗憾！

——一 GETAWAYCAROS

就是觉得，这是一本陪伴我人生最好年华的读本，陪伴我长大，每次翻开书总能让浮躁的心安静下来，好像真的有茶水在手边。

——努力的小咸鱼干

《浮生物语》要完结了，当初那个被我疯狂安利的少年也早就不见了，不愿离别，可终究还是要离别。谢谢树姐，让《浮生物语》这个小世界陪伴了我六年。

——整天做白日梦的咸鱼

遇《浮生物语》前，我觉得花木就是花木，他们的宿命就是在我们成长时行个注目礼。遇《浮生物语》后，他们原也有着自己的生命与信仰，甚至不甘遗憾。草木有本心，他们是可爱的小妖，懂得人世间一切美好的道理。树姐，是你让我相信，万物有灵。浮生一梦，不愿醒。

——慕不闲咕

谢谢坚持的树姐，谢谢当时的我，谢谢一直幸福的老板娘和敖炽。从翻开《浮生物语》系列的第一本书到人生中第一个阶段青春的结束，《浮生物语》带给了我太多的感动和欣喜，希望有机会我也可以到不停喝一杯茶，故事不停，浮生未歇。

——黑猫和小兔子

我们的『浮生』纪念册

写的是妖，讲的是人，读的是故事，做的是自己。　　　　　　——Gmohann

果然"完结"这两个字真的很好哭，尤其是加上十年期限。《浮生物语》系列里最喜欢的一句话是"时间会带来惊喜"，也一直告诫自己学会坚持。尽管裴椤和敖炽的故事到此结束，但我还是会相信浮生未歇，他们有趣的生活一定会在平行世界继续上演，况且不是还有与魅等着我们吗?!　　　　　　——smile-wee

是《浮生物语》告诉我绝望会传染，而新生代表希望，是《浮生物语》告诉我时间会带来惊喜，也是《浮生物语》告诉我举起镰刀的不一定是死神。那个叫浮生的小店，它告诉我爱的力量。老板娘，再见! 浮生若梦，十年之约。　——是苏叶o

不敢想象没有接触《浮生物语》的我是什么样子，九厥、飞天、梦碗、茶国，认识时间不长，但教会我的岂是只言片语能说，"人间有情，红尘有爱。""我信命，但不认命。""甘苦与共，是浮生茶，也是人生路。"遇见《浮生物语》是我的幸运，再见，《浮生物语》，接下来的路，需要我自己走了。　　　　　——百炳啦

我好爱啊，这藏着满满回忆的十年。　　　　　　　　　　　——-清_浅

从初中到大学，说不出来的感觉，就像是一段旅程，有了个无形的人在陪着你走，幸好纸质书可以收藏，记忆被我留在了最熟悉的地方。　　　——是贝壳不是蚌壳

其实也曾幻想自己来自浮珑山，但十年过去了，我仍相信自己也会走向西溟幽海。
　　　　　　　　　　　　　　　　　　　　　　　　　　——愿化彩虹的你

一夕浮生梦，停步饮君茶。在最稚嫩的时期浮生陪伴着我成长，给予我力量，教会我但行善举，莫问前程。遇见浮生是我最开心的事情，愿你我怀着一颗赤诚之心走在路上，愿你我心生彷徨之时，总有一杯热茶和一群吵闹的妖怪在不停等待着我们。　　　　　　　　　　　　　　　　　　　　　　　　——夕耀梧桐

此生有幸，喝了这杯"浮生"的茶，听了别人的故事，丰富了我的人生。
　　　　　　　　　　　　　　　　　　　　　　　　　　　——耗内个旭

浮生不仅像是娑椤的"一生"，更像我们一起走过的时间与地方，大大咧咧却又心细如发的老板娘总是带给我们很多惊喜，今天看到《浮生物语》系列即将完结的消息，我的心情难以平复。随之我们这里下起了暴雨，故事完结，可是就像生活依然在前进，江湖再见，我们的老板娘以及她的朋友们。

——壹杯奶

　　《浮生物语》的世界，有妖神，有人生，有舍有得，亦真亦幻；一杯浮生茶，苦尽回甘，窥见天地乾坤，恍然如一梦。有幸来赴这场十年之约，往后岁月步履不停，浮生不息。

——云海拾贝_

　　《浮生物语》让我看到了世间冷暖，岁月变迁。十年浮生若梦，有意难平，有泪沾襟，有温暖环绕，有爱意传递，有温柔软语……凡此种种，历历在目，一杯浮生，道不尽！

——两面派的骗子

　　第一次接触《浮生物语》是在高一的课间，随便借来的一本书，看了短短的五分钟，然后就无法自拔地爱上了，在网上买来当时的全套，如痴如醉地看，在宿舍熬夜看，开着台灯，语文课也看，睡前看，真的是太着迷了。买的书被同学借走后没了，又买了一套，除了纪念版又买了几本，高中三年看了好多遍，现在还是很怀念。

——楼下小黑夸我帅 g

　　《浮生物语》写的是人生，也是人性。人性的东西才能征服人心，每一个故事都有爱，有温度，所以我完全被征服了，庆幸这十年有《浮生物语》陪伴，与其同行的时光承载了太多，喜欢这里的一切，教我善良，教我勇敢，还有很多感受难以言喻……故事也许会止步于此，然而浮生从未停歇，时间会带来惊喜，我们亦要认真，有希望地往前走，不回头。

——大头鬼氣噗噗

　　时间会带来惊喜，我也坚信着。
——爱吃土豆一只喵

　　《浮生物语》壹上有一句话"不尝苦，何有甘，人生本就是甘苦与共的一段旅程"。十年好长，让我见证了一个树妖和东海孽龙的成长；十年好短，让我对《浮生物语》仍保持热爱。成为我学生时代的一束光；感谢大树在我心里种下一颗种子。下个十年，我们还在。

——泡沫 and 悠然

我们的『浮生』纪念册

第一次认识《浮生物语》还是七八年前初中时的同桌借给我看的，那时还年少的我一下子就迷上了这个故事。故事中的凡人与神仙，妖怪与道士，看似皆为虚构，却无不折射出这大千世界的众生百态。若说《浮生物语》给我带来的最大影响，莫过于让我坚信这世上仍有许多美好值得期待，即便旅途艰辛难免遇挫，也终有爱与温暖陪伴。

——茉茉云中歌

但行善举，莫问前程。浮生若梦，茶烟随风。纸页翻过一面又一面，不停未变，一如初见。势不可当，灼烧目之所及的肮脏，新酒初酿，涤荡穷途末路的绝望。浮生情长，忘不了，割不断，是羁绊。一路成长，幸得你相伴；韶光不晚，勇气不散，引我选择光明路，不孤单。断湖湖畔，故人依然，龙树平安，浮生圆满。

——我是舒末末不是舒末末不是舒末末

希望我永远勇敢热忱。

——桐桐你快给爷开窍

记得 2017 年 1 月 13 日《浮生物语·肆（下）》，又看完一本，虽然心疼但内心很平静，我们不能以绝对的恶意来揣测事情，善良是人的天性，那些路过或离开我们生命的人，想必也是有自己的道理的，不怨不念，如此而已。如果世间真的有一杯名叫浮生的茶，我也真的很想尝一尝它神奇的味道。

——獨谙一隅

之前的我很少看玄幻，骨子里缺少浪漫，不相信爱情，也没有喜欢的人。但是因为你，我看了《浮生物语》，我开始怀念那年夏天的中午我们趴在一起偷偷看书的时光，我有了喜欢的人，开始相信爱情。

——原来是 kun 啊

一杯浮生陪我十年，走过曾经的骄傲放纵，到今天，我也要试着为快乐而享受人生的各种滋味。

——卿氿七 OuO

一直以来都非常喜欢《浮生物语》，因为不管情节是喜是悲，文字永远都是温柔的，给我的学生时代留下了好温柔的回忆啊！

——想要一直可爱下去

上学时，一年一本《浮生物语》，是我给自己的假期；现在，最后一本《浮生物语》，跟过去做最不舍的告别。

——虹东东 -D

不停，没有具体的方向，却知道什么是自己不想要的，不停地寻找，一直在路上。

——爱幻想柠檬精

缘分一词，太过放肆。初"尝"浮生，笑着附和着说苦，再"尝"浮生，体会故事背后的故事，流着泪说甜。当初的我们，都长大啦。　　——弃吾求兮

高中为了和那个女生有所联系，便向她借了《浮生物语》，却不知，我会深陷其中，它是我青春岁月的目击者。　　——游到海水变蓝叭

我们终将消失在历史的长河中，但来自不停老板娘的《浮生物语》将治愈我现在以及未来无数个孤寂的夜。期待爱情，相信友情，珍惜当下，无惧未来。

——好熙欢你 csh

韶华向远，浮生未歇。愿今后的我们都有"不停"的勇气，在未知的人生路上保持前进，找到属于自己的那杯浮生茶。饮时苦涩却终有回甘。

——喋喋 7 不休

我不经意间打开了一扇门，却不小心看到了不一样的人生，从此山高路远，无畏艰险，长路漫漫，我愿为你而来。　　——银河漫游指南 bz

一杯名为浮生的茶，卖了十年！一群痴迷物语的人，陪了十年！花了十年才明白万物有灵，花了十年才读懂万物有心！　　——空城旧梦都已不在

希望我们合上书，从老板娘光怪陆离的世界中走出来后，也能尽情地享受生活，发现身边点点滴滴的美好。　　——容与 YUL

看到结束二字就不舍，谢谢《浮生物语》陪伴我度过的每一段时光。是初一时认识的好朋友推荐我看的，当时我已经转学了，但她没怪我没有提前打招呼，还跟我推荐她喜欢的书，从此满怀着被温柔地对待着的心，认识了《浮生物语》里温柔的妖怪们。高一军训时和旁边的人聊起浮生，高中时最好的朋友就这么认识了，很奇妙的缘分吧。　　——Qing 雨 -

我们的『浮生』纪念册

知道《浮生物语》要完结时，内心很感伤，虽然知道迟早有那么一天……它承载了我太多的梦和情感，就像那段孤独又宁静的时光。有时候我会恍惚，他们好像真的鲜活地活在这个世上，一呼一吸都与我相通。不过我终于也要迎接自己的人生了，这次短暂地说"再见"，我们终会重逢。

——一叶鱼与星

容得下幸福也要容得下难过，这样才会花好月圆。

——SQ 是喻 an 呐

看到的是故事，其实想到的是自己的人生。

——Villainaa

我们一生中可能遇到那么一两个人，也许相见的时间只有一场雷雨或者一个春天那么短，但他们却伸手把我们从深渊里拉了出来，不为什么，只因为他们看见了我们的绝望与悲伤。然后，即便永不相见，也觉得常在身旁。所以，我们会与《浮生物语》在不同时空继续前行。

——旺仔玉米糖

我没想到，在好几年后，我才渐渐读懂浮生中的"烬弯"那个故事，在我开始经历那些求而不得又放不下的事时，它们像隐蔽的倒刺，时不时刺痛、折磨着我，我只能忍着痛一次次幻想另一种选择下的美好结果。在某一日，突然忆起"烬弯"这个故事，忆起那句"往前走，莫回头"，我知道，是时候拔出那根倒刺了。

——朝廷一品退役熬夜大员

难得相遇，十年浮梦。

——白墨一生

继续向前，但永远记得曾经的感动。

——你不做我的诗

这个故事很复杂，人物众多，篇幅宏大，从古至今，从中国到外国，各种妖精鬼怪，一会儿找人，一会儿找石头，一会儿被关押，上天入地，七嘴八舌。但这个故事也很简单，做事对得起天对得起地，永远一个理字在中间，行得端坐得直，喝一杯浮生，看人间百态。平淡、冒险、争吵、难过、释怀，都是人生。

——李昭廷

老板娘说：不停地走是对这个世界最大的尊重。从那时开始，我就觉得我找到了知己。

——江山 7393

《浮生物语》对我最大的影响归根到底就是未歇两个字吧，就像老板娘一样，从来没有停下过脚步，从来没有停止过人生，这正好也是在我人生低谷期带我走出来的一种信念，但去莫复问，终有再见时，愿我们一直未歇。　　　——未未未歇

《浮生物语》给了我们一个梦，在梦里我们都是英雄。　　　——会飞飞的 pig

十年，如果把这个时间的线头拉到最前面，似乎还能看到午睡时，趴在桌上，一页页翻书的女孩子。镜头拉远，还是那个女孩，对着电脑工作，勤勤恳恳，心里永远藏着对《浮生物语》的喜欢。　　　——小白花 fmy

浮生像链接我们和浮生宇宙的门，因为浮生，我有幸看到另一个世界的喜怒哀乐。浮生完结了，门关上了，而我们会在各自的世界里拥有越来越好的生活。

——一只想改名字的柚子

我们的『浮生』纪念册

附：裟椤双树出版作品表

浮生物语单行本系列——
《浮生物语·壹》
《浮生物语·贰》
《浮生物语·叁（上）》
《浮生物语·叁（下）》
《浮生物语·肆（上）鱼门国主》
《浮生物语·肆（下）天衣侯人》
《浮生物语·伍（上）西溟幽海》
《浮生物语·伍（下）裟椤敫炽》
前传：《浮生物语·浮珑》
番外集：《浮生物语·七夜》

浮生物语衍生作品——
《浮生物语大画集》
《浮生物语》系列绘本
《浮生物语》漫画

百妖谱系列——
《百妖谱·壹》
《百妖谱·贰》
《百妖谱·叁》

钟家系列——
《降灵家族》
《雌雄怪盗》
《与魅共舞》
《三界宅急送》

其他中短篇集——
《陌上桑》
《山·十二记》

除以上作品之外，任何冠名"裟椤双树"为作者或以"浮生物语"等为标题之图书，皆与本人无关，并对任何盗版行为保留诉诸法律的权利。请读者认清正版，谨慎购买。

The Story Of Fleeting Life

浮生物语·伍（下）裟椤敖炽

作者
裟椤双树

选题策划
知音动漫图书·新阅坊

封面 & 插图
鹿 菏

装帧设计
方 茜

图片总监
杨小娟

特约编辑
万旭进

执行编辑
杨 鸿

出版社
长江文艺出版社

总出品
湖北知音动漫有限公司

制作出品
知音动漫图书·新阅坊

平台支持

知音漫客　　小说绘

图书在版编目（ＣＩＰ）数据

浮生物语．伍．下，裟椤敖炽：全二册 / 裟椤双树
著 ． -- 武汉：长江文艺出版社， 2021.6
ISBN 978-7-5702-2026-7

Ⅰ．①浮… Ⅱ．①裟… Ⅲ．①长篇小说－中国－当代
Ⅳ．① I247.5

中国版本图书馆 CIP 数据核字（2021）第 043799 号

特约编辑：万旭进　杨　鸿
责任编辑：雷　蕾　付玉佩　　　　责任校对：毛　娟
装帧设计：方　茜　　　　　　　　责任印制：邱　莉　胡丽平

出版：长江出版传媒　长江文艺出版社
地址：武汉市雄楚大街 268 号　　邮编：430070
发行：长江文艺出版社
电话：027—87679360
http://www.cjlap.com
印刷：长沙鸿发印务实业有限公司

开本：710 毫米 ×1000 毫米　　1/16　　印张：35.75　　插页：10 页
版次：2021 年 6 月第 1 版　　　　2021 年 6 月第 1 次印刷
字数：674 千字

定价：86.00 元（全二册）

浮生物語

浮生物语

"不停" 不完全档案

　　名为"不停"，实为停下。从不停行走，到甘愿停下，老板娘的不停前后经历了五个时期，每个时期主营业务不同，见证的事物不同，帮工也有所变化，然而无论经历多少，不停还是那个不停，是那个值得妖怪们信任的地方。

第一代不停·甜品店

不停（第一代）

⭐⭐⭐⭐⭐

口味：5.0 环境：4.8 服务：2.5　　　　　　　　　甜品

🕐 在营时间：创立——龙树结婚前的那个冬天

📍 店铺地址：忘川 XX 大街 XX 巷

推荐菜 ＞
浮生茶

客人评价 ＞

味道不错　　　帮工很热情　　　态度一般

小透

打分 ⭐⭐⭐⭐

红豆饼做得还不错，就是这杯茶太苦了。

暮

打分 ★★★★★

听说不停有一位漂亮的老板娘，可惜我去的时候她不在，只有一个竹竿样的瘦子和一个圆球般的胖子在店里忙，两个人抢着给我打包，还管我要电话……

商家回复： 他们只对女客人这样！

陆人甲

打分 ★★★★★

被同学安利过来的，甜点重度爱好者已经连着吃好几天了……

金牌员工 >

胖子 & 瘦子

种族：蚯蚓怪

外形：一胖一瘦

技能：做甜品（且只会做甜品）

爱好：涨工资、看美女

老板娘点评：老实说，我对胖子瘦子的工作态度一直非常不满意，尤其是嚷着要加薪水的时候。

但万万没想到啊，这两只又笨又贪吃的蚯蚓怪竟然是敖炽变的！！！

◎ 留言板 ◎

THE STORY OF FLEETING LIFE

不停（第二代）

★★★★★

位置：5.0　设施：4.0　服务：3.5　卫生：5.0　　　　　　　　旅店

🕐　在营时间：龙树蜜月结束后——裟椤怀孕（前期）

📍　店铺地址：忘川 XX 大街 XX 巷

推荐菜　　　　　　　　　　　　　　　　　　　　　　＞
浮生茶

客人评价　　　　　　　　　　　　　　　　　　　　　　＞

新装修　　　提供餐食　　　行李寄存

乌衣

打分　★★★★★
店里的环境是还不错啦，但是这里的老板娘扬言只收
金子真的没有部门管管吗？

碗千岁

打分 ★★★

老早就听说这家店的老板娘有个怪癖，喝茶听故事，生命不息，八卦不止！

陆人乙

打分 ★★★★☆

临街又不吵，地理位置绝杀！打三星半是因为……一进门都没人出来招待，冷飕飕的好诡异啊啊啊！

陆人丙

打分 ★★★★★

这么小清新的民宿里居然摆了一副盔甲，辟邪镇宅吗？如果我说有人摸了它，应该没事吧？！

金牌员工

纸片儿

种族：纸？

外形：三寸不到的纸人

技能：打探消息、做书签

爱好：爱八卦爱偷窥爱腹黑

老板娘点评：一个需要在威胁中成长的小妖怪，打火机是个好东西！

赵公子

种族：参人

外形：披着黑色斗篷的高大白色盔甲

技能：厨艺了得，做面最绝；力大无穷，能轻易拎起敖炽

爱好：与《三国》有关的影视剧以及赵子龙

老板娘点评：听话老实干活多，关键是从不跟我讨论任何跟薪水有关的事！

碗千岁（临时工）

种族：碗妖

外形：打扮得像吉普赛人的红发花衣男人

技能：创造梦境，必要时制造假象蒙蔽敌人

爱好：卖梦、变碗、推销碗

老板娘点评：为什么你既出现在客人评价里，又出现在员工档案里？赖着不走还有理了啊？！

◎ 留言板 ◎

THE STORY OF FLEETING LIFE

第三代不停·流动摊贩

不停（第三代）

★★★★★

口味：5.0 环境：3.8 服务：2.5　　　　　　　　　　浮生茶

🕐 在营时间：寻找十二青珀——于帝都拿回冥王冠

📍 店铺地址：无固定地址

推荐菜 ＞
浮生茶

客人评价 ＞

　味道够怪　　　帮工够酷

👤 **小青**

打分 ★★★★★

听说喝了这里的茶，就会明白一些事……现在的广告词尺度这么大？虚假宣传也可以？

商家回复：呵呵。

第五篇

打分 ★★★★★

一个孕妇开着一辆房车到处卖茶！如果这就是她卖那么贵的原因，那我决定原谅她……

商家回复：没那么多钱还要来喝茶，如此天真却如此自信，我也决定原谅你了！

甲乙

种族：……

技能：道术、枪法

爱好：墨镜、嘲讽

老板娘点评：原来吧，看他虽然一天到晚神神秘秘，傲娇又毒舌，但战斗力强，不插手杂事，偶尔还把敖炽气个半死觉得蛮有趣的。但没想到啊没想到啊，我为我曾经的无知道歉！

◎ 留言板 ◎

THE STORY OF FLEETING LIFE

第四代不停·鱼门国分店

不停（第四代）

★★★★☆

环境：5.0 服务：4.5　　　　　　　　　　　　　　　　寻人寻物

🕐 **在营时间：** 东海探亲被发配至鱼门国——鱼门国封禁解除

📍 **店铺地址：** 鱼门国东坊相思里

推荐菜
浮生茶

客人评价　　　　　　　　　　　　　　　　　　　　>

柳生

打分 ★★★★☆

听说这里专门替人寻找遗失的东西，能不能帮我……

商家回复：这位公子，你话还没说完怎么就不见了？

罂小姐

打分 ★★★★★

老板娘姐姐好细心啊，做你的孩子肯定很幸福，唉……

陆人丁

打分 ★★★★★

老板娘，这里丢了好多好多糖，能发……不，能给找吗？

金牌员工 >

胖三斤

种族：人类

技能：做饭、绣花、裁衣、养瓜种菜、作诗作曲、木工手艺

爱好：做饭（但自己不吃）、绣花

老板娘点评：虽然身上太多秘密，身份存疑，但上得厅堂下得厨房，还能带娃，简直全能型人才。

阿灯

种族：鲸鱼

外形：身长足有三米的金色大鲸（体型可变化）

技能：超速行驶，隐形，可穿越生物体在内的任何障碍物不被发觉

爱好：土豆制品、青蛙

老板娘点评：胆子很小，受到惊吓后身体就会缩小，但好在不聒噪不惹事，尤其是吃土豆就心满意足，非常好养活。

信龙兄弟

种族：信龙

外形：身长不足一尺的小白龙，背上扇着一对儿蝙蝠翼，天生的瞎子。兄弟合体可化为人形。

技能：通讯、耳力极强

爱好：睡觉

老板娘点评：话痨又臭美，偷懒还爱耍脾气，但看在偶尔还有点用的份上，就不跟他计较了。

◎ 留言板 ◎

THE STORY OF FLEETING LIFE

第五代不停·茶叶店

不停（第五代）

⭐⭐⭐⭐☆

口味：3.0　环境：4.8　服务：2.5　　　　　　　　　茶叶

🕐　**在营时间：** 自鱼门国回归——至今

📍　**店铺地址：** 忘川 XX 大街 XX 巷

推荐菜　　　　　　　　　　　　　　　　　　　>
浮生茶

客人评价　　　　　　　　　　　　　　　　　　>

茶好苦　　　接待人员脑子好像有点问题……

🌿 **韩黎**

打分 ⭐⭐⭐⭐☆

茶香四溢，水如碧玉，光是看着就赏心悦目，难怪有
那么多妖怪在传说这杯浮生，更以喝到这杯茶为荣幸。

獠元

打分 ★★★★★

还以为老板娘认不出我了，毕竟我们只有一杯茶的交情。

商家回复： 我做鬼（永远不可能）都不会不认得你！但你就难说了，哼！

陆人卯

打分 ★★★★★

进门，出门，再进门，确认……好吧，我没走错地方！一屋子的大佬，是开会的节奏吗？

金牌员工 >

信龙兄弟

种族： 信龙（双胞胎）

外形： 兄弟合体化为白衣少年模样

技能： 通讯、耳力极强、行走的备忘录

爱好： 睡觉、美食、旅游

老板娘点评： 本来原形只要一格衣柜就能容纳，而且不用吃饭，既不占地又省粮食，但非要化为人形，只能多收拾出一个房间。只是，再怎么少年，还是个瞎子啊，出门还得带盲杖真的方便吗？

青童

种族： 僵尸

外形： 人类

技能： 挨打不疼、自带保鲜、力气很大

爱好： 好奇全世界以及甲乙

老板娘点评： 不怕苦不怕累不怕符咒不怕疼还听话，不用吃饭喝水，脏活儿还抢着干，就是记性不太好，但这也有好处，我说什么就是什么！

◎ 留言板 ◎

THE STORY OF FLEETING LIFE

"不停"应聘表

姓名		性别		文化程度	
民族		年龄		籍贯	

应聘职位	
想对"不停"说的话	
自我评价	
特长、爱好	

Illustrated by 鹿荈

非卖品·随《浮生物语·伍（下）裟椤敕炽》赠送
知音动漫图书·新闻坊荣誉出品